फसक

फसक

राकेश तिवारी

वाणी प्रकाशन

वाणी प्रकाशन
4695, 21-ए, दरियागंज, नयी दिल्ली 110 002
शाखा
अशोक राजपथ, पटना 800 004
फ़ोन : +91 11 23273167 फ़ैक्स : +91 11 23275710
www.vaniprakashan.in
vaniprakashan@gmail.com
sales@vaniprakashan.in

FASAK
by Rakesh Tiwari

ISBN : 978-93-5229-656-9
Novel

प्रथम संस्करण
मूल्य : ₹ 450

सिटी प्रेस, दिल्ली-110 095 में मुद्रित

वाणी प्रकाशन का लोगो मक़बूल फ़िदा हुसेन की कूची से

पिता स्वर्गीय श्री ***गोपाल दत्त तिवारी*** को, जिनकी अलमारी से चोरी-छिपे किताबें पढ़कर और जिनसे बचपन में कहानियाँ सुनते-सुनते पता नहीं कब कहानी लिखना सीख लिया।

फटफटिया मुँह

यह अभी हाल की बात है जब सर्दी शबाब पर थी। सड़क के दोनों किनारों पर पत्तों का ढेर लग गया था। हवा के साथ सूखे और आवारा पत्ते खड़खड़ा कर यहाँ-वहाँ उड़ते थे। हवा धारदार और नम थी। तभी भूत के साथ उस अज्ञात और अनाम लड़की के प्रेम-प्रसंगों से बचवाली में हंगामा बरपा था। पहाड़ों पर सर्दियाँ भूतों की कहानियों के लिए सबसे अनुकूल मौसम होता है। रात में हर छाया भूत का साया और हर खुटका उसकी पदचाप। लम्बी-अँधेरी रातों में भूतों की कल्पना करो और अगले दिन धूप में बैठ कर क़िस्सा सुनाओ। उसे कई दिन दोहराओ। मौसम के करवट लेने पर भी क़स्बे का मिजाज़ बदलता नहीं। कोई नयी कहानी और वही पुरानी हरकत। बारहमासी क़िस्से अलग। फसक[1] मारने से तौबा कोई नहीं करता। फसक की कलात्मक प्रस्तुति का हुनर यहाँ लोगों के पास अब भी है। कंटेंट फसक का और अन्दाज़-ए-बयाँ दास्तानगोयों का। यह लोगों की सुविधा पर था कि इसे क़िस्सागोई कहें, दास्तानगोई कहें, फसकबाज़ी कहें या फसकियों का कथा-कौशल।

बचवाली में अमीर-हमज़ा की दास्तान सुनाने वाले नहीं थे। कई-कई जिल्दों में समाने वाली दास्तानें नहीं थीं। फिर भी छोटी-छोटी गप्पों को रबर की तरह खींच कर वे अपने हुनर के मुताबिक छोटी-मोटी दास्तान में तब्दील कर देते थे। लेकिन बचवाली की दास्तानें भूतों से भिड़ंत के अज़ीमुश्शान क़िस्से थे। छुपेरुस्तम आशिक़ों और बड़े जतन से बेपर्दा की जाने वाली उनकी आशिक़ी के नट-करतब थे। बाघ, भालू और सूअर जैसे जंगली जानवरों से मुठभेड़ की साहसिक कथाएँ थीं। बाबाओं के चमत्कार और जादू-टोने के वहम थे। फसकियों का मसख़रापन था और क़िस्सागोई का खूबसूरत पेचोताब। कुछ बेवकूफ़ थे जो केवल 'ऊँ-आँ, हूँ-हाँ' कह कर फसकियों की हौसलाअफ़ज़ाई करते थे। कुछ उन्हें बनाने वाले थे जिनके मुँह फटफटियों की तरह भटर-भटर चलते थे। कुछ जानते थे कि बनाया जा रहा है। लेकिन बनने में भी भरपूर मज़ा था। सारी मशक़्क़त मनोरंजन के लिए। सारी क़वायद समय काटने के लिए।

इस बार सत्ताईस साल की लड़की निशाने पर है। उसे लेकर तूफ़ान आ गया

---

1. गप।

है। अगर दस साल पहले का वाक़या रहा होता तो, क़स्बे और आसपास के गाँवों के लौंडे-लफाड़ी उड़-उड़ कर जोशी कॉटेज की कच्ची सड़क पर आ टपकते। लेकिन ऐसा हुआ नहीं। हाँ, वे बुरी तरह खदबदा ज़रूर गये।

हवाएँ सन् 2013 के लिए विदा-गीत गा रही थीं। कई दिनों से रूठा आसमान हवाओं की हरकत पर मुस्करा रहा था। बचवाली की राजनीति में कुछ सपने दूध की तरह उबल कर भगोने से बाहर आने को आतुर थे। खैर, फ़र्ज़ कीजिए यह 1994 होता। बड़े दिनों बाद मौसम इसी तरह खुला होता। तो क्या होता? 1994 के पव्वे-अद्धे और खिर्री-मिर्री टाइप लड़के वहीं सड़क पर रोड़ी की तरह बिछ गये होते। और अगर 1984 होता तो जोशी कॉटेज की टिन की छत पर पत्थर में बँधी चिट्ठियाँ फेंकी जा रही होतीं। फिल्मी गीतों के ज़रिये प्रणय निवेदन होता। लूली-लँगड़ी शेरो-शायरी की मदद से आशिक़ी में कुर्बान जाने की धमकी होती। कुछ सनकी अपने सीने पर उसका नाम गोद दिये होते। खूनमखून।

लेकिन बीस साल में बड़ा तेज़ बदलाव आया। 2014 में क़दम रख रहे लड़कों की बेचैन आँखें लड़की की तस्वीर देखने को बेशक मचल रही थीं, किन्तु वे साधुओं जैसी मुद्रा अख़्तियार किये हुए थे। वे अपने-अपने घरों में शान्त और स्थितप्रज्ञ दिखते थे, लेकिन उँगलियों की तेज़ी बताती थी कि वे भीतर से अशान्त हैं। वे गर्दन झुकाए लड़की की खोज-ख़बर में लगे हुए थे। सैकड़ों चेहरों, चरित्रों और घटनाओं से उसकी तुलना के लिए अपने स्मार्ट यन्त्र (एंड्रॉयड फ़ोन) की मदद ले रहे थे।

इस दौर के लड़कों का यही अन्दाज़ है।

पूरे बचवाली में समय ने एक साथ करवट ली हो, ऐसा नहीं है। यहाँ फर्राटा समय के साथ-साथ दूसरा समय भी चल रहा है। जो वर्तमान समय के दूसरी तरफ़ बैठे बुज़ुर्गों, अधेड़ों और स्मार्ट यन्त्र के अभाव में पिछड़ गये लोगों का है। इनमें ग़रीब-गुरबा युवक भी हैं। फ़र्ज़ कीजिए कि कोई लड़की शॉर्ट्स पहन कर घूमने लगे। उनका ग़ुस्सा भौंहों और नथुनों पर आ जाता है। उस तरफ़ के वे लोग अत्यंत असहाय लगते हैं। बहू-बेटियों वाले और तथाकथित शरीफ कुछ ज़्यादा ही बौखलाये हुए रहते हैं। उनके मुँह से गालियाँ आतिशबाजी की तरह छूटती हैं। वे पैर पटकते हैं। जीभ बचा कर दाँत पीसते हैं। पत्थर मार कर कुत्तों, टिन के डिब्बों और टेलीफ़ोन के खंभों पर ग़ुस्सा उतारते हैं। अत्याधुनिक लगने वाली युवतियों के प्रति नफ़रत से भर उठते हैं। रात में जब दारू पीकर आक्रामक हो जाते हैं तो सरकारी स्कूल के गेट पर मूत देते हैं। इन लद्धड़ों का मानना है कि उनके पिछड़ जाने के लिए सरकारी स्कूल ज़िम्मेदार है।

ख़बर तो यह है कि बचवाली के फसकियों का मिज़ाज बदल रहा है। फसकिये लद्धड़ों को बदल रहे हैं। बड़ा भ्रम है। पता नहीं, लद्धड़ आगे जा रहे हैं या पीछे। कौन जाने, आगे जाते दिख रहे फर्राटा लोग भी आगे न जा रहे हों।

चाय की दुकान पर रान खुजाते मोहन सिंह के पीठ पीछे वह अधलेटी-सी पहाड़ी है जिसकी ढलान पर लड़की उतर रही है। फसकियों के अड्डे को अभी उसके ढलान उतरने की भनक नहीं लगी है। उन्हें तो लड़की का नाम भी पता नहीं। दुकान के अन्दर से मोहन सिंह उसे देख नहीं सकता। उसकी पीठ देखती तो भी वह देख नहीं पाता। मोहन सिंह का चकला मुँह हमेशा सामने होता है। दुकान के विज्ञापन की तरह। वह सड़क की ओर देखकर ग्राहकों का इन्तज़ार करता रहता है। जब कोई ग्राहक नज़र आये तो उसके पहुँचने से पहले झटपट रान खुजा लेता है। खुजाना उसकी अदा नहीं है। यह हफ़्ता-हफ़्ता नहीं नहाने और अंडरवियर न बदलने का नतीजा है। एक तो पहाड़ों की सर्दी, ऊपर से दुकान की लम्बी ड्यूटी। जाँघ के पास खुजली ने स्थायी जगह बना ली है। वहाँ कालापन इतना गहरा है, जैसे टाँग मोहन सिंह की हो और रान हबशी की। कहता है, खुजाने से मीठा-मीठा-सा मज़ा आता है। मन करता है एक ही बार में धदोड़[1] दूँ।

मोहन सिंह की पीठ और लड़की के बीच दुकान की दीवार है—दोयम ईंटों की, जो कई वर्षों से हवा-पानी खाकर कहीं-कहीं भुरभुरी होने लगी है। छत लकड़ी के फट्टों पर टिन ठोक कर बनाई गयी है—कनस्तरों को काट कर हथोड़े से चपटे किये गये टिन के टुकड़ों से। बारिश में टपके नहीं इसके लिए ऊपर से नीली-काली पॉलिथिन से ढक दी गयी थी। मोहन सिंह दुकान से बाहर निकल कर सड़क की तरफ़ पीठ और दुकान की ओर मुँह कर ले तो पहाड़ साफ़ दिखाई देता है। थोड़ा गरदन उठा कर दायीं तरफ़ देखने से शाम को भुमई एस्टेट की पहाड़ी पर चढ़ते और सुबह-सवेरे ढलान उतरते लोगों को देखा जा सकता है। पर वह देखता नहीं। जब थक जाता है और दुकान के बाहर निकलने के बाद 'ओ इजा' कह कर अँगड़ाई लेता है तो अपने-आप नज़र पड़ जाती है। या फिर जब वह दुकान के बाहर झाड़ू लगाता है या धूप में बेंच डालता है। अन्यथा दुकान के अन्दर हो तो, पगडंडी पर बाघ भी आ जाये, उसकी बला से। हालाँकि बाघ अब पगडंडियों पर नहीं आते। आबादी इतनी हो गयी कि आदमियों के बीच घिर जाने से डरने लगे हैं। बचवाली के बाघ डरपोक और आदमी आक्रामक हो रहे हैं। इसीलिए तल्ला रामखेत का लालू उर्फ़ लालबुझक्कड़ पिछले दो-एक साल से बड़ी अजीबोग़रीब बातें करता है। कहता है, आदमी साले खूँख़ार हो गये। हाथ-पैर ज़मीन पर टिका कर चौपायों की तरह चलते हैं और पंजे दबा कर आगे बढ़ते हैं।

बाघ पगडंडियों पर नहीं आते। लेकिन बाघों के क़िस्से घरों में घुस जाते हैं।

लोग कहते हैं, लालबुझक्कड़ पागल है। अंड-बंड सपने देखता है। लोगों के बीच चर्चा इस बात पर होने लगती है कि पागल सपने देखते हैं या नहीं। बहस

1. खुजला-खुजला कर फाड़ देना।

बढ़ने पर यह तय होता है कि लालबुझक्कड़ से ही पूछा जाये। वह कहता है—सिर्फ़ पागल ही सपने देखते हैं। बल्कि सपने इन्तज़ार करते हैं कि पागल उन्हें देखें।

पतझड़ के मौसम में पत्तों को रौंदे जाने से चरमर बहुत हो रही है। तेजू सामने से आ रहा है और पत्तों पर चलता हुआ आगे बढ़ रहा है। चरमर में रिदम है। वह सिर उठाता तो ढलान पर वह लड़की उसे दिखाई पड़ जाती। किन्तु उसका ध्यान दुकान की तरफ़ है। चाय की तलब दुकान की ओर खींचे ले जा रही थी। सुबह रोज़ ही सिगरेट पीने घर से दूर निकल आता था। आज माँ के सोये रह जाने से सुबह की चाय नहीं मिल पायी। जैकेट का कॉलर उसने ऊपर उठा लिया, ताकि कानों को सर्द हवा से बचा सके। गरदन बार-बार कॉलर के अन्दर समेटे रखने की कोशिश कर रहा था। इससे, उसका अनुमान था, उसके चौड़े कन्धे थोड़ा झुक गये होंगे। लंबाई थोड़ा कम लग रही होगी। जेब में हाथ डाल कर चलते हुए असुविधा हो रही थी। फिर भी उसने न तो क़दम धीमे किये और न जेब से हाथ निकालने का दुस्साहस।

उसने सर्दी के बारे में सोचा। सर्दी बहुत है।

उसने फ्यून के बारे में सोचा। यह अज्ञात-कुल प्राणी फ्यून होता कैसा होगा? लोग उससे इतना भय क्यों खाते हैं? बूढ़े क्यों कहते हैं कि फ्यून का बोलना मृत्यु का सूचक है? वह बोला और गाँव में कोई टपका। ये कोई पशु है या पक्षी? फ्यून सचमुच कुछ होता भी है या केवल लोगों की कल्पना है? पता नहीं। पिताजी के बचपन की स्मृतियों में दादी का बैठाया भय। एक बार उन्होंने नाम लिया था उसका। ज़्यादा पूछताछ करने पर डपट दिया। लोग कुछ बताने को तैयार ही नहीं होते।

सर्दी बहुत है।

मोहन सिंह की खोखेनुमा दुकान में चाय के अलावा, उबले अंडे, बीड़ी, रेड एंड व्हाइट और छोटी गोल्ड फ्लेक सिगरेट और गुटखे मिलते हैं। एक छोटे-से काउंटर पर पाँच मैले जार सजे हैं, जिनके अन्दर नान खताई, क्रीम रोल और टॉफियाँ रखी हुई हैं। जार के बाहर बैठी मक्खियाँ सुबह-सुबह नान खताई और क्रीम रोल का धोखा खा रही हैं। मोहन सिंह को इधर यक़ीन होने लगा है कि लोग अब क्रीमरोल और नान खताई पर नहीं रीझते। ऐसी चीजों के ज़्यादातर ग्राहक दुकान पर आने वाले मज़दूर हैं। उनके लिए रखना पड़ता है।

तेजू ने जैकेट की जेब से हाथ निकाल लिए और दोनों हाथों को आपस में रगड़ते हुए पूछा—चाय मिलेगी?

अलसाया मोहन सिंह ऐसे चौंका, मानो, सचमुच बाघ आ गया हो। उसके स्वर में अचानक उत्साह भर गया, "कैशी बात कर दी, क्यों नहीं मिलेगी?"

उसने रान खुजाना छोड़कर हिलते हत्थे वाला अल्यूमीनियम का बर्तन गैस चूल्हे पर चढ़ा दिया। मुट्ठी भर चीनी और, अनुमान से ही, उँगलियों के पोरों से पकड़ कर चाय-पत्ती भी डाल दी और रात के धुले गिलासों को दुबारा धोने लगा। उसमें स्फूर्ति आ गयी थी। जैसे ग्राहकों का टोटा पड़ा हो और कोई भूला-भटका आ जाये। हालाँकि ग्राहकों की आवाजाही में यहाँ बारहों महीने एक जैसा रुझान रहता है। न मंदी, न उछाल। मई-जून के महीने में इस पहाड़ी क़स्बे की सड़कों पर गहमागहमी तो बढ़ जाती है, लेकिन चाय की ख़पत उस अनुपात में रफ़्तार नहीं पकड़ती। एक तो चाय की दुकानें बहुत हो गयीं। दूसरा, पहाड़ियों का मिज़ाज बदल गया। पहले चाय दबा कर पीते थे, लेकिन इधर के वर्षों में देश-दुनिया का मनुष्य चूँकि तेज़ी से बदल रहा है, इसलिए ये भी बदलने को उतावले हैं। अब दोपहर में फटियल लोग भी ठेंगा उठा कर ठंडा पीते हैं। सूर्यास्त के बाद पव्वा-अद्धा तो बचवाली के लोगों का पुराना शगल है।

पहले के शराबी उबले अंडे और भुटवा[1] बहुत खाते थे। सुरा और ठर्रा पीने वाले नमक से काम चला लेते थे। अब तो खाने-पीने के तैयार माल से बाज़ार पटे पड़े हैं। शराबी, नमकीन-शमकीन तो छोड़ो, डिस्पोजेबल गिलास तक साथ लेकर आने लगे। बस आड़ चाहिए पीने को। कल को साले फोल्डिंग आड़ भी साथ ले आयेंगे। बैठ गया दुकान का भट्ठा। वाह रे बखत। मोहन सिंह सोचता है।

इस मामले में वह थोड़ा भाग्यशाली है कि उसकी दुकान फसकबाज़ी का अड्डा है। दुकान चुंगी तिराहे के फसक ज़ोन में पड़ती है। तीन तरफ़ से आने वाले दम साधने के लिए यहीं पुलिया पर या सड़क किनारे बने जंगले पर बैठते हैं। घाम तापते हैं। चाय की तलब लगी तो घुस गये मोहन सिंह की दुकान में। उसके कुछ तय ग्राहक हैं। हालाँकि मोहन और दूसरे अड्डेबाज दुकान को ख़बरों का अड्डा कहते हैं। गप्पें हाँकने में मज़ा सभी को आता है, लेकिन गप्पी या फसकिया कहलाने में तौहीन होती है। आजकल तो झूठ का हर सौदागर सत्य और निष्ठा का प्रचारक बना घूमता है।

क़स्बे के फसकिये[2] ही नहीं, अतरिये[3], चुटकुलेबाज और आस-पास काम करने वाले ऐसे मज़दूर दुकान पर आते रहते हैं, जिन्हें फसक का चस्का लगा हो। सब अपनी-अपनी हाँकते हैं और दूसरों की फेंकी लपेटते हैं। गाहे-बगाहे कुछ चायख़ोर बुद्धिजीवी भी आ जाते हैं। दो-तीन चाय पीते हैं और घंटों बैठे रहते हैं। लोग मानते हैं कि वे दरअसल, अख़बार की ख़बरें चूसने आते हैं। रहस्यमय भाषा में बात करते हैं, जिसके शब्द तो पकड़ में आते हैं, अर्थ नहीं। पर मनोरंजन के मरीज़ों के लिए उनके हाव-भाव ही लाफिंग गैस का काम करते हैं। खैर, भाँति-भाँति के लोगों से

---

1. बकरे की अँतड़ियों की भुरजी, 2. गप्पी (अफवाहवाज़), 3. चरसिये।

भाँति-भाँति की सूचनाएँ मिलती हैं। मोहन सिंह का भी मन बहलता है और समय कटता है। दो पैसे देकर ही जाते हैं। ले क्या जायेंगे? लोढ़ा (बट्टा)?

उसने काउंटर पर लोढ़े से अदरक कूट कर उबलती चाय में डाल दी। तेजू ने जेब से सिगरेट का पैकेट निकाला और उसमें से एक सिगरेट खींच कर मुँह तक ले गया। लेकिन दूसरे ही क्षण यह सोच कर वापस पैकेट के अन्दर डाल दी कि चाय के बाद पीना ठीक रहेगा। वह जब भी सिगरेट छोड़ने की सोचता है, उसका यह संकल्प सिगरेट कम करने के इरादे के साथ धीरे-धीरे ख़त्म हो जाता है।

वह चहलकदमी करते हुए चोटियों की तरफ़ देखने लगा। उसका बचपन पहाड़ में बीता। पढ़ाई-लिखाई दिल्ली में हुई और पिता के रिटायरमेंट के बाद फिर से पहाड़ लौट आना पड़ा। लौटने से पहले यहाँ घर बना लिया था। पहाड़ की चोटियाँ दिल्ली में रहते हुए हमेशा आकर्षित करती रहीं। मानो, पुरखे खड़े हों। बर्फ़ से कोई पुराना और भूला हुआ रिश्ता लगता था। अन्दर कुछ पिघलने लगता और कई बार आँखों से बाहर आ जाता।

मोहन सिंह सीटी बजाता हुआ बेवजह बरतनों की खटर-पटर कर रहा था। एक चीज़ उठाता और रख देता। कभी काउंटर को झाड़ता, कभी कपड़े से पोंछता। जैसे, ग्राहकों की आमद शुरू होने वाली हो और यह सब व्यस्तता के बीच काम करने का पूर्वाभ्यास हो। रान से ध्यान हट गया था। ज्योंही खटर-पटर बन्द होती, चीड़ के पेड़ों की साँय-साँय पार्श्व संगीत की तरह सुनाई देती। हवा खुले अंगों को रेत रही थी। सूरज उग आया था लेकिन उसकी तपिश सर्दी के मुक़ाबले पस्त लग रही थी। तभी दूर से मुस्कराता एक और ग्राहक आ गया। यह चन्दू पांडे था। इसके पीठ पीछे मोहन सिंह इसे 'फरफंदी आदमी' कहता है। पांडे और तेजू के बीच ऐसे ही उड़ता-उड़ता-सा परिचय था। कभी वह तेजू के पिता को ज़मीन बेचना चाहता था। उसके बाद चन्दू से न कोई काम पड़ा और न सम्पर्क रखने की कोई वजह थी।

पास आकर चन्दू ने सिर के ऊपर पौना हाथ उठाते हुए दुकानदार को अभिवादन किया। उसने तंग मोहरी की पैंट पहन रखी थी और पॉलिश किये काले जूते दूर से ही चमक रहे थे। वह अपना रुतबा दिखाने के लिए पैंट की क्रीज को आरी की तरह खड़ा रखता है। दिखने में वह भला जान पड़ता है। उसकी बनावट भले आदमी जैसी है। केवल आँखें उसके चेहरे को धोखा देती हैं, जिनसे वह बट्टेबाज लगता है।

दुकानदार ने जवाब में पेशेवर नर्तक की तरह गरदन को खचाक्-से तीन इंच आगे झुका दिया, "नमश्कार पांडे जी, कैशे हैं?"

उसे बचवाली के बहुत सारे लोगों की तरह तालब्य 'श' और दंत 'स' का फर्क़ समझ में नहीं आता।

"सब फसक्लास हैं मोहन'दा।" —उत्तर के साथ चन्दू के मुँह से ढेर सारी भाप बाहर निकल आयी।

"चाय?"

"हाँ, पिलाओ हो दाज्यू[1]।" —उसने फिर भाप उगली। तेजू के अन्दर बैठे तेज प्रताप को अच्छा नहीं लगा। वह बुदबुदाया—साला आदमी है कि भाप का इंजन? हालाँकि भाप तेजू के मुँह से भी निकल रही थी। भाप का इंजन दुकान के अन्दर घुस गया। वह कुछ ढूँढ़ रहा था। मोहन सिंह को समझते देर नहीं लगी। बोला, "अख़बार अभी आया नहीं पांडेजी।"

मोहन सिंह कहता है कि बुद्धिजीवी लोग अख़बार को अत्तर के धुँवे की तरह अन्दर घोटते हैं, जबकि चन्दू पांडे गुटखे की पीक की तरह बाहर उगलता है। हर ख़बर पर बहस।

भाप का इंजन हथेलियों को आपस में रगड़ता हुआ बाहर निकल आया और धूप की तपिश का अनुमान लगाने के लिए आकाश की ओर देखने लगा। उसके चेहरे पर झुर्रियों जैसी लकीरें थीं और हँसते हुए लकीरें गहरी हो जाती थीं। पांडे की नज़र तेजू पर पड़ी तो उसकी निगाहों का पीछा करते हुए वह ख़ुद भी चोटियों की तरफ़ देखने लगा। जैसे अनुमान लगाना चाहता हो कि आख़िर इन चोटियों में ऐसा क्या है। पहाड़ की ओर देखते हुए उसकी लम्बी और तीखी ठोड़ी समोसे की चोंच लग रही थी। तेजू के बगल में खड़ा वह काफ़ी नाटा लग रहा था। अचानक तेजू की निगाह युवती पर टिक गयी। चीड़ के पेड़ों के बीच टेढ़ी-मेढ़ी लकीर की तरह चमकती पगडंडी पर वह सँभल कर उतर रही थी। मानो, उसे ढलान उतरने का अभ्यास न हो। या फिर उसके व्यक्तित्व में ऐसी ही नज़ाकत थी। पांडे की निगाह भी वहीं आकर ठहरी। उसने मन ही मन कहा—ओत्तेरे की बेटा, इस हरामी की नज़र का जवाब नहीं।

लड़की अभी ऊँचाई पर थी और उसे देखने के लिए गरदन उठानी पड़ रही थी। पांडे ने कन्धों को ट्राइपॉड की तरह स्थिर कर लिया और गर्दन कैमरा बनी घूमती रही। ग़ौर से देखने के लिए पुतलियाँ सिकुड़ रही थीं। जब वह थोड़ा नीचे उतर आयी और साफ-साफ दिखाई देने लगी तो उसकी पुतलियाँ अचानक फैल गयीं। वह चौंका। मानो, मुर्ग़े ने बिल्ली देख ली। गरदन खड़ी हो गयी। उसने स्वर को दूना उठा कर दुकानदार को आवाज़ दी, "अरे मोहन'दा, वो आ रही है।"

"धत् तेरे की," दुकानदार ने माथे पर हाथ मार कर पूछा, "इसी तरफ़ आ रही है क्या?"

पांडे को हँसी आ गयी, "आने दो दाज्यू, आज उसकी आँखों में देख कर बात

1. बड़े भाई।

करना," दुकानदार के क़रीब पहुँचते हुए उसने अपना चेहरा अकड़ा कर और आँखें फैला कर बताया, "ऐसे!"

"मन नहीं भरा तो एक बार ये वाला अक्शपरीमेंट भी करके देख लो।" —पांडे की ओर देख कर दुकानदार हँसा और फिर अंग्रेज़ी शब्द 'एक्सपेरीमेंट' के उच्चारण का असर जाँचने के लिए कनखियों से तेजू को देखा। तेजू उसे स्थानीय लोगों से थोड़ा हट कर लगता था। ऐसे ग्राहकों के सामने अंग्रेज़ी शब्दों का प्रयोग करना उसके बरताव का हिस्सा बन चुका था। वह नौवीं पास था। पास भी ऐसे हुआ जैसे चढ़ाई में ख़राब हुई कार को धक्का लगा कर सड़क किनारे लगा दिया गया हो। दसवीं में एकदम खड़ी चढ़ाई पड़ गयी। फेल होने के बाद स्कूल छोड़ दिया। उसके बाद खाने-कमाने के कई धन्धे आज़मा कर इस खोखे में जम-जमाव कर लिया था। वह अपने बच्चों को एक ऐसे स्थानीय कान्वेंट स्कूल में पढ़ा रहा था, जिसके अध्यापकों को खुद अंग्रेज़ी के ट्यूशन की ज़रूरत थी। हालाँकि बच्चे टूटी-फूटी अंग्रेज़ी सीख गये थे और उनकी देखा-देखी कुछ लूले-लँगड़े शब्द मोहन सिंह के पल्ले भी पड़ जाते थे।

मोहन सिंह ने काँच के गिलास में एक चाय तेजू को और एक पांडे को थमा दी। आधा गिलास खुद के लिए थी। तेजू गिलास को दोनों हाथों के बीच थाम कर गरमाहट लेने लगा। ठंड से उसकी नाक लाल हो गई थी। लड़की ज्योंही दुकान की तरफ़ आती दिखाई दी, मोहन सिंह तेज़ी से भागा और काउंटर के नीचे घुस कर फटे कपड़े से धूल झाड़ने लगा। पांडे ने झट-से लड़की की ओर पीठ कर ली। वह मोहन सिंह को नज़रों की सीध में ढूँढ़ रही थी। मोहन उसे काउंटर के शीशे से झाँक कर देख रहा था।

उसने नीली जींस और काला जैकेट पहना था। खुले और कुछ-कुछ उलझे बाल कन्धे पर झूल रहे थे। उसकी आँखें बड़ी और पलकें लम्बी थीं। लेकिन आँखों के आकर्षण की वजह इसके अलावा भी कुछ थी। कद पांडे के बराबर होगा—पाँच फुट चार-पाँच इंच। नाक-नक्श तेजू की तरह आकर्षक थे। पतली टाँगों के कारण खासी ऊँची लग रही थी। तेजू के बगल से निकलती हुई वह काउंटर के पास पहुँची। तेजू ने भरपूर निगाहों से लड़की को देखा और लड़की ने उड़ती नज़र से। उसने चाय का नाम लिया भी नहीं था, इससे पहले मोहन सिंह, नज़रें उठाये बिना, काउंटर के नीचे से बोल पड़ा, "सॉरी मैडम, अभी मिल्क नहीं आया।"

दुकानदार उसके लौटते कदमों को काउंटर के नीचे से देखता रहा। तेजू ने लड़की को ग़ौर से देखा। अच्छी भली तो है। सभ्य, शिक्षित और सुसंस्कृत लगती है। उसने सोचा।

उसी क्षण हाथ में रंदा लिए एक अधेड़ दुकान के पास आकर खड़ा हुआ। मोहन सिंह बिल से निकल आया। रंदे वाले की उम्र पचास से ऊपर होगी। उसने मैलख़ोर

पैंट पहनी थी, जिसने काफ़ी गन्दगी पी रखी थी और चमकदार काली लग रही थी। बैगी स्टाइल का उसका स्वेटर कुहनियों के पास से उधड़ा हुआ था। ठंड के कारण उसकी थुरथुरी छूट रही थी। रंदे से स्पष्ट था कि वह बढ़ई है। सचमुच सर्दी बहुत थी। उसने दुकानदार की तरफ़ देखकर एक उँगली खड़ी की और बेंच पर बैठ गया। मोहन सिंह ने एल्यूमीनियम का बरतन फिर से गैस चूल्हे पर रख दिया। तेजू के आश्चर्य का ठिकाना नहीं रहा। लड़की को तो इसने चाय के लिए मना कर दिया था?

लड़की के चले जाने का अनुमान पांडे थोड़ी देर से लगा पाया। आश्वस्त होते ही पलट कर दुकानदार से मुख़ातिब हुआ, "बाप रे!", और अपने कानों को छूकर कहा, "देखते ही मेरे तो कांटे[1] बबुर[2] गये हो, दाज्यू। अभी नज़र जो मिला लेता तो पता नहीं क्या होता।"

"जिशकी क़जा आयी होगी नज़र वोई मिलायेगा पांडेजी, मैं तो कोंटर (काउंटर) के नीचे घुस गया।"

कुछ तो गड़बड़ है। तेजू ने खुद को सूचित किया। लेकिन अन्दर से तेज प्रताप का सुझाव आया—कुछ पूछना मत। उतावलों का कुछ हो न हो, पर दाँत ज़रूर टूटते हैं।

बढ़ई फैली हुई पुतलियों से अब भी चौंका हुआ लग रहा था।

हर फलवाला पुष्पा को कबूतर की तरह टुकुर-टुकुर देखता है। उसके प्रति सहानुभूति जताने के प्रयास में वह खुद मासूम और बेचारा लगने लगता है। पुष्पा अपनी तमाम सरलताओं के बावजूद आजकल नज़रों का इरादा भाँप लेती है। लेकिन निरीह आँखों के फँदे से बचना बड़ा कठिन है। सतर्कतावश यही करती है कि अपनी सूती धोती के पल्ले को छाती से सरकने नहीं देती।

पुष्पा को भय तो बहुत सारी चीज़ों से लगता है, लेकिन पीलिया, जेठानी और देवता की टेढ़ी नज़र से बहुत डरती है। जब से वह दुकान पर बैठने लगी, भँवर की तरह दिमाग़ को मथ रहे जेठानी के भय से थोड़ा-सा ध्यान हटा है। लेकिन आस-पास के फल बेचने वालों की नज़रें देख कर एक नये क़िस्म का भय घर कर रहा है। उसे आशंका है कि कबूतर की आँख में बाज़ की निगाह पैठी हुई है।

छह महीने से घर में राशन की भारी क़िल्लत है। पहले संयुक्त परिवार में एक ही राशन कार्ड था। जब से चूल्हे अलग हुए, जेठानी राशन कार्ड देने में आनाकानी करने लगी। पड़ोसियों को जब पता चलता है कि इस बार राशन में काले गेहूँ आये हैं या चावल ज़्यादा मोटे हैं, तब भी चार बार चिरौरी करने के बाद ही कोई अपना

---

1. रोंगटे, 2. खड़े होना।

राशन कार्ड देता है। सस्ते गल्ले के राशन को बड़ी क़िफायत से चलाना होता है। मंदी के दिनों में, जब हरी सब्जी का मौसम न हो, आलू और मूली का सहारा रहता है। नहीं तो लहसुन और हरी मिर्च के नमक ने तो रोटी से स्थायी दोस्ती कर ली है। बेटा गुड़ से नीचे नहीं मानता। दूध की गन्ध से, बिलाँत भर का वह छोकरा, बिल्ली की तरह बौरा जाता है। नाक उठा कर गन्ध की दिशा में सूँघने लगता है। पुष्पा पूरी कोशिश करती है कि भूख भड़काने वाली हर गन्ध से उसे दूर रखे।

पिछले साल तक गालों में हँसी के गड्ढे और धूल-मिट्टी लेकर घर की चहारदीवारी में फुदकने वाली छब्बीस साल की पुष्पा सिकुड़-सिमट गयी थी। पर कब तक? अब अपनी छरहरी बाहों को बगुला-पंख की तरह खोलने लगी थी। उसे घर से बाहर उड़ान भरनी थी। लेकिन पंख भारी और थके लगते थे। अकस्मात आया दुख पंखों पर बैठ गया था। दुख के साथ उड़ना था। दुख को ऊँची चोटी पर ले जाकर पंखों से लुढ़काना था।

एक साल पहले तक पुष्पा का पति मदन बचवाली बाज़ार में फल बेचता था। अव्वल दर्जे का शराबी माना जाता था। दिन में भी टिल्ल रहता। देसी या थैली जो मिल जाये। पिछले साल इस दुनिया से कूच कर गया। दोस्त कहते हैं, लीवर ख़राब हुआ। रिश्तेदार कहते हैं, पीलिया बिगड़ा। पी थ्री की राय में उसे हेपेटाइटिस-ए था, जो दारू पीने से बिगड़ा होगा। तल्ला रामखेत के एक बुज़ुर्ग थान सिंह कहते हैं कि रात में जंगल में फ्यून बोला था। मदन ने तो मरना ही था। पति के मरने के तीन महीने बाद ही पुष्पा को अपने उन्हीं वजनी पंखों के साथ घर की दीवार फाँदनी पड़ी। वह फलों की दुकान पर बैठने लगी। दुकान क्या थी, बाज़ार में, एक कतार में, फलवालों के खोखे बने हुए थे। उनमें से, बायीं तरफ़ पाँच और दायीं तरफ़ तीन खोखे छोड़ कर बीच वाला मदन का था। पुष्पा के लिए खाने-कमाने का अब यही एक ज़रिया था।

जब से दुकान पर बैठने लगी, फल वालों का कायाकल्प हो गया। पलीद भी बन-ठन कर आने लगे। भुर्रन ज़ुल्फ़ी अपने भूरे और बेजान बालों को जॅल लगा कर खड़ा रखने लगा। दीपू अपनी दुकान से लौटने वाले ग्राहक को उँगली लगा कर पुष्पा की तरफ़ भेज देता—उधर से पसन्द कर लो। बूढ़े तिवाड़ी ने काला चश्मा ख़रीद लिया था और उसके अन्दर से लगातार पुष्पा को देखता था। कुछ सीधे नज़रें लड़ाने की कोशिश करते। उसे लगता था, उसकी छाती में घुस कर कोई तीखी चीज़ पीठ के पार निकल रही है।

पनुआ की औरत ने जो बताया, उसके बाद से जेठानी को लेकर उसकी आशंका यक़ीन में बदलने लगी। वह औरत जेठानी के गाँव की है। उनके परिवार को अच्छी तरह जानती है। उसकी बात का गहरा असर हुआ था। एक दिन जेठानी के घर से उनके बच्चों ने काग़ज़ का हवाई जहाज़ उड़ाया तो उसे देख कर पुष्पा

घबरा गयी। हवाई जहाज़ पुष्पा के कमरे में घुस गया था। उसे लगा, दुश्मन का हमला हुआ है। हवाई जहाज़ में टोटके जैसी कोई अनिष्टकारी सामग्री हो सकती है। पनुआ की औरत का कहना था कि जेठानी की कंजी आँखों वाली माँ अपने गाँव में जादूगरनी के नाम से कुख्यात है। वह अपने होंठों पर दाँत रख कर उसके बाहर को निकले दाँतों का उपहास करती है। कहती है, शक्ल-सूरत से ही जादूगरनी लगती है। जिसे वह भरपूर निगाहों से देख ले, वह उठ नहीं सकता। जिसे उसकी नज़र न बैठा पाये, उसे जादू-टोने से लमलेट कर देती है। उसने यह भी जोड़ा कि ऐसा वह नहीं कह रही, बल्कि गाँववाले कहते हैं। कोई भी वहाँ जाकर पता लगा ले।

इस खुलासे से पुष्पा का भय कच्ची लकड़ी से उठते धुँवे की तरह गाढ़ा हो गया था। दम घुटने लगा। उसे भरोसा हो गया कि मदन की असमय मृत्यु जेठानी की माँ के किये-कराये का नतीजा है। बीज निगम में काम करने वाले लल्लन सिंह की पत्नी ने एक तरह से पुष्टि कर दी। उसका कहना था, जादू सात समुंदर पार तक मार करता है। लल्लन सिंह की पत्नी बदाऊँ (वह यही कहती थी) की रहने वाली थी। बदाऊँ वाली का कहना था कि मरते समय पुष्पा के पति का चेहरा जिस तरह पीला हो गया था, वह जादू-टोने की तरफ़ संकेत करता है। उसने अपनी बात की पुष्टि एक मनगढ़ंत कहावत से की—ज़हर से मरे तो नीला, जादू से मरे तो पीला।

प्रेम प्रकाश पंत उर्फ़ पी थ्री जादू-टोने के नाम पर हत्थे से उखड़ जाते हैं। मानो, किसी ने गुदा द्वार में मिर्च घुसेड़ दी हो—साले कूढ़-मगज। अगर जादू से जान ली जा सकती तो, इस दुनिया पर तांत्रिक राज कर रहे होते। न सुराग, न सबूत। बिना किसी प्रपंच के आदमी ख़लास।

"बदगुमानी देखिये", वे पान का पीक गुलगुलाते हुए कहते हैं, "मर्दों को ही नहीं, औरतों को भी बदशक्ल स्त्रियाँ जादूगरनी और चुड़ैल लगती हैं।" वे सुनहरा-लाल पीक पच्च-से नाली में थूक देते हैं—साले पैदल दिमाग़।

पुष्पा की जेठानी अपनी माँ पर गयी है। साँवली, कंजी-भूरी आँखें और थोड़ा-सा बाहर को भागते दाँत। पुष्पा को लगता है, जेठानी उसकी सुन्दरता से ईर्ष्या रखती है और उस पर भी जादू चलाने की ताक में है। हालाँकि मदन को मारने का कारण उसे सम्पत्ति का लालच लगता है। मदन और उसके बड़े भाई के पास एक ही घर था—पुश्तैनी। बड़ा भाई अक्सर मदन को नशा नहीं छोड़ने पर जायदाद से बेदख़ल करने की धमकी देता रहता था। पुष्पा ने मान लिया कि जेठ यह सब अपनी पत्नी के सिखाये पर कर रहे थे। मास्टर माइंड तो जेठानी की माँ रही होगी।

हरिया उसकी बायीं बगल का दुकानदार है। दिखने में खूबसूरत नौजवान है। लेकिन रोज़ शराब पीने से उसके पपोटे सूजे रहते हैं और आँखों के नीचे पुकटियाँ-सी निकल आयी हैं। मदन की तरह तो नहीं, पर पलकें कुछ-कुछ झड़ने लगी थीं। वह इन दिनों बिला नागा सफाचट होकर आने लगा है। पुष्पा को दुकान

खोलने, फलों की पेटियाँ और टोकरे सजाने और रात में उन्हें समेटने में निर्विकार भाव से मदद करता है। बारदाना बेचकर कुछ अतिरिक्त आमदनी करने का तरीक़ा भी उसी ने बताया था।

लम्बे समय तक उदारता और सज्जनता के प्रदर्शन के बाद हरिया ने एक दिन अपने प्रभाव की आजमाइश की, "भौजी, तुम्हारे बारे में सोच कर रोना आता है।"

"तो मत सोचा करो।" —पुष्पा ने जवाब हाथ में धर दिया। हरिया को लगा उसने जूता मारा है। वह रुआँसा हो गया। कबूतर की आँखें बना लीं। एकदम निरीह। उसे देख कर पुष्पा की आँखें नम हो गयीं। खरखराते स्वर में बोली, "मरने वाला लौट कर नहीं आ सकता, लला। मैंने अपने आँसू सुखा दिये। फिर तुम क्यों दुख करते हो?"

सुखा दिये आँसुओं को उसने धोती से पोंछ कर फिर से सुखाया। हरिया ने तुरन्त उसके कन्धे पर हाथ रख कर सांत्वना दी, "भौजी, मदन दाज्यू मेरे दोस्त थे। चिन्ता तो होती है। वैसे तो, मैं हर सुख-दुख में साथ हूँ, और इस दुकान के सहारे तुम्हारी ज़िन्दगी भी कट जायेगी। पर दुनिया काटने देगी तब ना?"

हरिया के स्वर में थरथराहट समा गयी थी। वाक्य टूटने लगे। वह कुँवारा था। पहली बार किसी स्त्री के इतने क़रीब गया था और पहली बार छुआ था। फलों की तेज़ गन्ध के बीच स्त्री देह की भीनी-भीनी गन्ध आ रही थी। हरिया इसे टैलकम पाउडर की खुशबू समझ रहा था और उसने तय कर लिया कि अगली बार पुष्पा को ऐसी ही भीनी-भीनी खुशबू वाला पाउडर उपहार में देगा। कहेगा, बेटे के लिए है। उस गन्ध में हरिया डूबने लगा था। उसने कुँआ नहीं देखा था, लेकिन फिर भी उसे लग रहा था, भाँग पड़े कुँए में उतरते हुए ऐसा ही लगता होगा। भाँग और उसकी हरियल खुशबू का नशा एक साथ।

"दुनिया बड़ी ज़ालिम है भौजी। सब अच्छा चल रहा हो तो ईर्ष्या करती है। बुरा चल रहा हो तो सामने से सहानुभूति जताती है और पीठ पीछे खुशी मनाती है। मनुष्य का स्वभाव ऐसा ही है।"

पुष्पा ने सहमति में सिर हिलाया, "मेरे तो घर में ही दुश्मन बैठा है।"

हरिया ने ताव खाते हुए पूछा, "कौन है वो, ज़रा मुझे भी तो बताओ?"

पुष्पा का गला फिर खरखराने लगा, "जेठानी, और कौन। लगी रहती है जादू-टोने में।"

हरिया को जादू का 'ज' पता नहीं था। पर उसने माथा पकड़ लिया, "हे भगवान। बड़ी बुरी चीज़ है। आदमी पागल कुत्ते की मौत मरता है। पानी माँगते नहीं बनता।"

सुन कर पुष्पा रोने लगी। हरिया ने फिर से कन्धे पर हाथ रख दिया। आँसुओं का बाँध टूट पड़ा, "पता नहीं उन्हें कितनी तकलीफ़ हुई होगी। वे भी तो जादू से

ही मरे। पानी नहीं माँग पाये। पीलिया-हीलिया की बात तो बहाना है। किसी ने पक्की ख़बर दी है कि वे जादू से मरे।"

हरिया ने 'च्च-च्च' करते हुए दुख के स्वाँग से बोझिल गरदन हिलाई।

"अब वो मेरे चक्कर में है।"

हरिया ने कन्धा थपथपाया, "कौन नहीं है तुम्हारे चक्कर में भौजी।"

पुष्पा ने घूर कर देखा तो हरिया ने लुच्चई को झटका दिया, "जब वक़्त बुरा हो, पालतू कुत्ता भी काट लेता है।"

पुष्पा की आँखों का भाव बदल गया। सच ही तो कह रहा है।

हरिया ने उसकी पीठ सहलाई। उसके अन्दर तनाव बेकाबू-सा होने लगा। वह कसमसाने लगा था। उसने दूसरे फलवालों की ओर देखा। वे उचक-उचक कर देख रहे थे। भुर्रन ज़ुल्फ़ी हँस रहा था। पुष्पा के शरीर में झुरझुरी की ऐसी लहर उठी जैसी मक्खियाँ बैठने से भैंस की पीठ पर उठती है। उसने लहर को सप्रयास और अधिक तेज़ कर मक्खियाँ झटक दीं।

मोहन सिंह की दुकान पर चन्दू पांडे और जीतराम बढ़ई को देख कर अगले दिन तेजू के कदम उस ओर अपने आप मुड़ गये थे। सुस्त समय में रहने वाले मोहन सिंह के अलावा, उसकी दुकान पर बैठा चन्दू पांडे दूसरा लद्धड़ था। तीसरा लद्धड़ जीतराम। लद्धड़ों की बैठकी यहाँ रोज़ हुआ करती है। लेकिन वक़्त ने ऐसी पलटी खाई कि पूछो नहीं। कभी-कभी तो चार आदमी यूँ बैठे रहते हैं मानो, मुर्दा फूँक कर आये हों। इधर बड़े दिनों बाद रेवा का फड़कता क़िस्सा हाथ लगा है। फिर से सतरंगी इन्द्रधनुष ज़मीन से फूटते हैं और आकाश की ऊँचाइयों पर टँग जाते हैं। लेकिन नज़ारा देखने वाले ग़ायब हैं। क़िस्सागोई और फसकबाज़ी के पुराने स्मारकों के सामने बैठने वाले कौन हैं? ले-दे कर उदास आखों वाले मुरझाए चेहरे। अपने समय और स्थान से विस्थापित। कंप्यूटर के बगल में पड़े सूखे फाउंटेन पेन। जिनकी स्याही बाज़ार से उठ गयी है। क़िस्सों की पेराई में आख़िरी बूँद तक रस खींच लेने वाले श्रोता पता नहीं कहाँ बिला गये। लोग अनुमान लगाते हैं कि यह तब से हुआ जब से यहाँ समय दोफाड़ हुआ। आधे इधर रह गये, आधे उधर। लद्धड़ पाले के आधे के भी आधे नन्नू बाबा के मुखारबिन्द से कथा सुनने निकल जाते हैं। लेकिन लद्धड़ों में कुछ महत्वाकांक्षी लद्धड़ भी हैं, जिनमें से एक चन्दू पांडे है।

"वो लड़की...थोड़ा अजीब-सी लगी।...नहीं?" —तेजू ने घुमा कर सवाल किया। चन्दू ने सपाट नज़रों से उसकी तरफ़ देखा, जैसे बहरा हो और हिलते होंठों से शब्द पकड़ने में चूक गया हो। अगले ही क्षण उसकी नज़रें दुकानदार से मिलीं तो आँखें मुस्कराईं और वह तेजू की ओर घूम गया, "तुम्हें क्या पता वो क्या है?"

"क्या है?" तेजू ने पूछा। लेकिन चन्दू चुप हो गया।

रेवा की फसक। जो बाढ़ के पानी की तरह दीवारों पर छपाके मारने लगी थी। चारों तरफ़ उत्तेजना थी। अट्ठाईस साल पुराने दिन जैसे लौट आये। लेकिन, केवल लध्धड़ पाले के। जो भी हलचल है, सुस्त लोगों में है। जोशी कॉटेज फिर चर्चा में आ गया है। हंगामा तब भी ऐसा ही हुआ था। सच पूछो तो स्मृतियों के कबाड़ में कुछ चीज़ें अट्ठाईस क्या, अट्ठावन या उससे भी ज़्यादा साल बगैर ज़ंग खाये मौजूद रहती हैं। बीसवीं सदी के नौवें दशक की उस घटना ने बुड्ढों-ठुड्डों और अधेड़ों को कई मर्तबा पीछे देखने के लिए विवश किया है। अभी दस साल पहले तक, जब कोई उस घटना को कुरेदता, तो धीमे से पोटली खुलने लगती। ज़िक्र चल पड़ता। लोग मौक़ा-ए-वारदात, यानी जोशी कॉटेज की दूरी बताने के लिए 'चुंगी तिराहे से डेढ़ फ़रलांग दूर' कहना नहीं भूलते। फिर शुरू होती जानकी की कहानी। आधी कहानी, आधी लंतरानी। स्थानीय भाषा में कहें तो आधी फसक, आधा फसाना। बचवाली के फसकिये उर्फ़ क़िस्सागो कुछ ऐसे ही थे। जिसमें ख़ुद की भूमिका हो, उसमें लंतरानी, जिसमें दूसरे हों, उसमें कोरी फसक। औरतें तो 'ओ इजा, को मरौ तैक'[1] कह कर एक-दूसरे के एकदम क़रीब सिमट आतीं। मुंडियाँ सट जातीं, ताकि मुँह से कानों की दूरी कम से कमतर हो जाये। कथा-पारायण चटकारों के साथ होता। मानो, धूप में बैठ कर नींबू साना जा रहा हो–दही, मूली, गुड़ और भाँग का नमक डाल कर। जहाँ थोड़ा भी असंसदीय प्रसंग आये तो कुमाऊँनी या हिन्दी का उच्चारण अन्तरराष्ट्रीय फुसफुसिया बोली में बदल जाता। पुरुष तो खैर, असंसदीय भाषा में पीएच.डी. थे।

जानकी की कहानी अलग थी। उसका ज़माना अलग था। उस ज़माने के नज़ारे अलग थे। फसकिये भी अलग थे। सारे प्रतिभाशाली कहानीबाज़ सक्रिय हो गये थे। ज़बान पर धार चढ़ गयी थी। न रुकने की पाबन्दी, न टोकने की मंशा। वो बके जा रहे हैं, बिना साँस लौटाये। ये सुने जा रहे हैं, बग़ैर पलक झपकाये। मुँह खुले हैं, आँखें फटी की फटी। सारी इंद्रियों को बतरस का सुख–आय-हाय-हाये, हम क्या मर गये थे!

वो ऐसे लोग थे जो मृत्यु के प्रसंगों से भी रस निचोड़ लेते और श्मशान घाट में ठहाके लगा लेते थे। तब फसकबाज़ी बचवाली के सिर्फ़ चौथाई लोगों का शगल नहीं था।

चन्दू पांडे ने कोई उत्तर नहीं दिया तो तेजू ने फिर से सवाल किया, "कल आपने उसकी ओर पीठ क्यों कर ली थी? और ये दुकानदार भाई साहब तो काउंटर के नीचे छिप गये थे?"

---

1. कैसी दुर्बुद्धि आयी इसे (भावार्थ)।

"वैसे, लड़की कैसी लगी?" पांडे के इस अप्रत्याशित सवाल से तेजू लड़खड़ा गया, "ठीक थी। ...अच्छी थी।"

"जैसे आपको अच्छी लगी, वैसे ही भूत को भी अच्छी लग गयी। आ गया दिल।"

पांडे होंठ दबा कर मुस्कराया। उसकी चुलबुली आँखों से शैतानी छलकने लगी। वह लगातार मुस्करा रहा था, "इनसे पूछो ना, दुकानदार जी से," उसने 'दुकानदार जी' पर थोड़ा ज़ोर दिया ताकि कुछ दूर खड़ा मोहन सिंह सुन ले, "इन्हें सब पता है।"

मोहन सिंह और पांडे, दोनों 'फी-फी' कर हँसने लगे। मोहन सिंह गठीले बदन का अधेड़ है। उसकी आँखें छोटी और गाल की हड्डियाँ उठी हुई हैं। हँसते हुए उसकी आँखें अधमुँदी हो जाती हैं। वह अक्सर कमीज़ के नीचे पजामा पहनता है। आज पैंट में नज़र आ रहा था, जिससे रान खुजाने में असुविधा हो रही थी।

"इन्हीं से पूछो, पांडे जी से, लड़की के पीछे गये थे और लकड़ि[1] गये," कहता हुआ वह दुकान से बाहर आ गया और घुटनों पर थोड़ा-सा झुकते हुए दोनों हाथ जेब में डाल कर रान खुजाते-खुजाते ज़ोर-ज़ोर से हँसने लगा, "लौंडे-मौंडे उठा कर घर नहीं लाते तो...शच कह रहा हूँ," उसने उँगलियों पर हिसाब लगाते हुए बताया, "इतवार से इतवार आठ और दो दश...आज दशवाँ दिन हो गया। दो दिन बाद इनका पीपल-पानी[2] होता।"

मोहन सिंह अपने ही कथन पर पेट पकड़ कर हँसता रहा। उसकी आँखें मुँद गयीं। पांडे का चेहरा फीका पड़ गया, "फालतू बात मत करो।"

यह क़िस्सा मोहन सिंह कई बार सुन चुका था। अपनी तरह से सम्पादन-संशोधन कर कइयों को सुना भी चुका था। शायद पांडे का उद्देश्य तेजू और वहाँ बैठे जीतराम को वह कहानी बताना रहा हो। बोला—जहाँ से जोशी कॉटेज की कच्ची सड़क शुरू होती है, ठीक वहाँ पर पहुँचा तो देखा सामने से मेरे गाँव के तीन लड़के आ रहे हैं। मैं उस वक़्त बाज़ार से आ रहा था। अँधेरा हो चुका था। लड़के रात में बाज़ार की तरफ़ क्यों जा रहे होंगे? मैंने पलट कर देखा। तीनों जोशी कॉटेज की ओर मुड़ गये। मैं और हैरान। रात को जोशी कॉटेज?"

"शक की बात तो ठैरी महराज।" —जीतराम ने समर्थन किया।

"मेरी जगह ये मोहन'दा होते तो पीछे-पीछे नहीं जाते?" पूछते हुए पांडे ने जीतराम को सम्बोधित किया, "हें हो जीतराम, गलत कह रहा हूँ?"

जीतराम मुस्कराया। दुकानदार को भूकम्प की तरह आयी तेज़ हँसी के बचे-खुचे झटके अब भी लग रहे थे—आफ्टरशॉक्स की तरह। तेजू पर नज़र पड़ी तो उसका सपाट चेहरा देख कर मोहन सिंह की हँसी अचानक थम गयी। फसकबाज़ी

---

1. ऐंठने के साथ बेहोश होना, 2. मृतक का बारहवें दिन होने वाला संस्कार।

में दुकानदार को जो आनन्द मिलता था, उसमें डूबने के बाद वह भटकना नहीं चाहता था। लेकिन तेजू की उपस्थिति से थोड़ा सशंकित था। क़िस्सों में रस घोलने वाले को रस लेने वाले क़दरदान चाहिए।

पांडे को एकाएक तेजू के दिल्ली कनेक्शन की याद आ गयी, "तुम्हारे किसी परिचित को यहाँ बचवाली के आसपास प्रापर्टी ख़रीदनी हो तो बताना। तुम्हारा कोई खास हो तो अलग रेट लग जायेंगे।"

सत्ताईस-अट्ठाईस साल के तेजू से पांडे कम से कम दस साल बड़ा होगा। उसने पांडे के सम्मान में यों ही कह दिया, "हाँ जी, ज़रूर बताऊँगा।"

यह सुनते ही पांडे की छोटी-छोटी आँखों में जुगनू चमकने लगे। वह टूटी कुर्सी खींच कर तेजू के क़रीब ले आया, "जगह पसन्द आ जायेगी। अब ज़मीन है कहाँ? ...वैसे, बजट क्या होगा उनका?"

"किनका?"

"जिन्हें आप दिलवाएँगे?"

"अभी तो ऐसा कोई मेरे ख़यालों में भी नहीं है। जब मिलेगा तो बजट भी पूछ लूँगा।"

चन्दू खिसिया गया। इसके बावजूद वह ज़मीन की बात करना चाहता था। लेकिन दुकानदार को इसमें रुचि नहीं थी। वह भूतों पर अटका हुआ था। उसने दोनों का ध्यान अपनी ओर खींचने की कोशिश की—ये छल-छिद्दर[1] हुए। हमने तो रोज़ ही देखे ठैरे। जिस दिन दुकान में देर हो गयी, धार पर जाते ही, भूत शाला पीछे से धाल[2] लगाने वाला हुआ—मोहनिया, ओ मोहन सिंह।

तेजू हँसना चाहता था, लेकिन हँसा नहीं। उसे ऐसा लगा, तेज प्रताप मना कर रहा है। हँसी दबा रहे उसके होंठों की हरकत साफ़ पकड़ में आ रही थी। चन्दू पांडे उसके कान में फुसफुसाया, "दो-एक मौक़े के प्लाट हैं। बिकवा दो तो आपका भी शेयर हो जायेगा।"

"किसी को विश्वास न हो तो खाली में अपनी 'अनर्जी' बरबाद करनी हुई।" दुकानदार ने तिरछी नज़र से तेजू को देखते हुए जीतराम से कहा। पांडे और तेजू को बात करते देख उसे खीज हो रही थी। जीतराम ने उसका उत्साह बढ़ाया, "सबको विश्वास है, आप बोलो।"

दुकानदार क़िस्से में लौट आया—बौज्यू[3] की सीख काम आने वाली हुई। कहने वाले ठैरे, जो पलटा, समझो गया। मैं पलट कर देखने वाला ही नहीं हुआ।

तेजू फिर हँसने वाला था, पर उसे लगा तेज प्रताप ने जैकेट खींचा है—थोड़ा धीरज रख।

---

1. छलाबा, 2. आवाज़, 3. पिताजी।

"हमारे बौज्यू बताने वाले हुए कि सामने झल्लू कबर पर एक रात भूत ने उनकी टाँग पकड़ ली।" —मोहन सिंह ने दूसरा क़िस्सा शुरू किया।

"अरे बाप रे, फिर बच कर कैसे आये हो?" —कहते हुए जीतराम ने अपना रंदा लकड़ी की बेंच पर रख दिया और ख़ुद भी एक किनारे पर आधी तशरीफ टिका कर बैठ गया। तेजू को छोड़ कर तीनों ही लद्धड़ हर विपत्ति का हल झाड़-फूँक, तन्त्र-मन्त्र और पूजा-पाठ में ढूँढ़ते हैं। कुछ भी बुरा हो जाये तो मान लेते हैं कि या तो भूत काफ़ी ताक़तवर था, या जादू अत्यंत मारक था, या फिर देवता अधिक रुष्ट हो गया। वहाँ हर कृत्य का संचालनकर्ता देवता ही था और वह बात-बात में रुष्ट होता रहता था। जब भी बीमारियाँ या पारिवारिक उलझनें बढ़तीं, लोग समझ जाते कि देवता रुष्ट हो गया। उसे मनाने और याद करने के लिए जागर[1] लगाई जाती। जिसमें ढोल बजा कर और देवता के पराक्रम की प्रशंसा करते हुए उसे जगाया जाता। जिस व्यक्ति के शरीर में देवता अवतरित होता वह काँपने लगता और अलग-अलग मुद्राओं में हाथ-पैर हिलाने (नाचने) लगता। वह बताता कि क्या और कहाँ ग़लती हुई। वह काँपते स्वर में जो कुछ बताता वह इतना गोल-मोल और प्रतीकात्मक होता कि लोग केवल अनुमान लगाते। अवश्य ही उनके कहने का आशय 'यही' है। लोग नतमस्तक हो जाते। देवता भभूत लगा कर और सिर पर हाथ फेर कर आशीष देता। अन्त में वह कहता कि यह (वहाँ जुटे लोग) उसकी फुलवाड़ी है और उन पर उसकी छाँव है।

अगले ही दिन लोग महसूस करते कि परेशानियाँ कुछ-कुछ दूर होने लगी हैं। लेकिन परेशानियाँ कभी दूर नहीं होतीं। फिर-फिर आतीं। संकट फिर-फिर आते। बीमारियाँ बार-बार जकड़तीं। जब बस से बाहर की बात हो जाती तो फिर से जागर लगती। बड़ा संकट हो तो बड़ी जागर। बड़ी जागर में बड़ा खर्चा। बकरे काटने पड़ते।

हालाँकि पिछले तीस-पैंतीस सालों में काफ़ी परिवर्तन आया है। इस दौरान जवान हुई नयी पीढ़ी में कई युवा तेजू की तरह तर्क करने लगे थे। अन्धविश्वासों की खिल्ली उड़ाने लगे थे। लेकिन आश्चर्यजनक तरीक़े से इधर के कुछ वर्षों में अन्धविश्वास फिर तेज़ी से लौट रहा था। पता नहीं उल्टी गंगा कैसे बहने लगी। पी थ्री इन दिनों बचवाली को अन्धविश्वासों की प्रयोगशाला कहने लगे थे। इधर के दिनों में चुस्त समय में भी लद्धड़ों की बात चुपचाप मान लेने की मजबूरी दिखाई दे रही थी। बल्कि चुस्त पाला दुविधा के बावजूद अपने करामाती यन्त्र के ज़रिए ऐसी बातों को हवा देने लगा था। ऐसा लगता था, वक़्त के एक अँधेरे दौर से गुज़र चुकने के बाद लोग फिर से अँधेरे के तिलिस्म में फँस रहे हैं। अन्धकार का काला ग़ुबार। स्वागत में बिछे लोग। ऐसे कहीं समय को लौटाना चाहिए?

---

1. इष्ट देवता का आह्वान करना।

"उन दिनों यहाँ झल्लू कबर के आसपास जंगल ठैरा। तो हुआ ये कि बौज्यू उस सड़क पर थे," मोहन सिंह ने मैदानों की तरफ़ ले जाने वाली सड़क की ओर उँगली लगाई, जहाँ अँधेरा पहाड़ था और धूप अभी उस हिस्से में पहुँची नहीं थी, "और ठीक नीचे हुई झल्लू कबर। जैसे ही मोड़ की तरफ़ बढ़े तो भूत ने खच्च-से उनकी टाँग पकड़ ली। गिंगाँज[1] के चिमटे जैसी नरनरी[2] उँगलियाँ हुईं महराज। ...उँगलियों क्या हुईं, उँगलियों के नाम पर निख़ालिस हड्डियाँ ठहरीं। बौज्यू पैर खींचें तो टस से मस न हो।

"उन्होंने तिरछी नज़र से देखा—भूत तो पूरा ही कंकाल हुआ। बस, पिंजर के अन्दर दो फेफड़े हारमोनियम की धोंकनी जैसे हिल रहे ठैरे। वो कहने वाले हुए, उस दिन उन्होंने पहली बार फेफड़े देखे।"

तेजू ने मन ही मन कहा—हाँ, हम तो रोज़ फेफड़े देखते हैं।

"और ये बड़े-बड़े चौखुंडे दाँत। अँधेरे में बिजली जैसे चमक रहे ठैरे। बौज्यू की हवा शंट।"

जीतराम की आँखें फटी रह गयी थीं। वह एकटक दुकानदार को देख रहा था। दुकानदार बोला, "तो जी, बौज्यू ने हिम्मत जुटाई। भूत की नज़र बचा कर चुपचाप से जेब में हाथ डाला और बीड़ी-माचिस निकाल ली।"

दुकानदार ने खुद भी बीड़ी जला ली। तेजू के अन्दर सिगरेट की इच्छा ज़ोर मारने लगी। मोहन सिंह ने ज़ोर का सुट्टा मारते हुए नाक से धुआँ निकाला, "बौज्यू बताने वाले हुए, उस दिन उन्होंने तीन फ़रलांग का रास्ता पार करने में एक के बाद एक सोलह बीड़ियाँ जलाईं। वो आगे-आगे, भूत शाला पीछे-पीछे।"

मोहन सिंह ने मुट्ठी में बीड़ी फँसा कर फिर से ज़ोर का सुट्टा खींचा और खाँसता हुआ बोला, "भूत शोचे, बौज्यू बीड़ी फेंकें तो उन्हें वहीं लमलेट कर दे। वो भी शमझ गये भूत की चाल। उन्होंने बीड़ी फेंकी ही नहीं—ले शाले, अब पकड़ टाँग। बीड़ी से बीड़ी जलाते रहे।

"ठाकुर साब, मैं तो ये दास्तान सुन कर हैरान रह गया हो।" —जीतराम ने ठोढ़ी पकड़ रखी थी और पुतलियाँ फैली हुई थीं।

"घर के अन्दर आकर उन्होंने पजामा खोला तो देखते क्या हैं...पैर में ये लम्बे-लम्बे चिंगारे[3] लगे ठैरे।"

"पैर झाड़ी में फँसा होगा।" —तेजू ने जैसे ही कहा, तेज प्रताप ने माथा ठोक लिया—कर दिया सारा गुड़-गोबर। अपनी राय देना ज़रूरी था?

मोहन सिंह ने तेजू को घूर कर देखा, "मैं इसीलिए नहीं बताना चाहता था। कुछ लोग ऐशे होते हैं, जिनके सामने खुद बजरंग बली छाती फाड़ दें, तो भी यक़ीन नहीं करेंगे।"

---

1. केकड़ा, 2. ऐंठी हुई (रूखी), 3. खरोंच के निशान।

"कोई बात नहीं, तुम बताओ हो मोहन'दा, फिर क्या हुआ?" —तारतम्य टूट जाने से जीतराम विचलित हो गया था। क़िस्से में टाँग मारने का मतलब वह जानता था। उसने क़िस्सेबाज़ों की बड़ी सोहबत की थी। वह जानता था कि एकाग्रता भंग होने से कथा सुनाने वाला उखड़ जाता है।

"भाँग हुआ फिर। होना क्या था।" —मोहन सिंह सचमुच उखड़ चुका था। जीतराम उसकी खुशामद करने लगा, "अरे ठाकुर साब, बुरा नहीं मानते। आगे बताओ, क्या हुआ।"

मोहन सिंह ने तिरछी नज़र से तेजू को देखा, जिसके चेहरे पर अब भी हल्की-सी मुस्कराहट बची थी। उसे ज़रा भी अच्छा नहीं लगा। उसने रान खुजाई। तेजू की नज़र पड़ी तो हाथ हटा कर क़िस्से को समेटता हुआ बोला, "बौज्यू बताने वाले हुए, भूत सिर्फ़ दो चीज़ों से डरता है—निडर आदमी से और आग से।"

वह चुप हो गया और फिर से बीड़ी जला ली। तेजू की तरफ़ कनखियों से देखते हुए तेज़-तेज़ कश खींच कर मानो ग़ुस्सा उतार रहा था।

"लेकिन आप लोग तो लड़की के बारे में बता रहे थे?" —तेजू ने उसे फिर से पटरी पर लाना चाहा, पर दुकानदार हत्थे से अलग हो गया था। वह फिर से रान खुजाने लगा। उसके हाव-भाव को हॉरर फिल्म की तरह देख रहे जीतराम का ध्यान भी भंग हो गया। धूप का ताप लगने से उसकी कँपकँपी बन्द हो चुकी थी। सर्दियों की हर सुबह वह इसी तरह कँपकँपाता हुआ पीठ झुकाये आता है और घाम ताप कर तना हुआ जाता है। वह रंदा सँभाल कर उठ खड़ा हुआ, "बड़े हिम्मती हुए हो तुम्हारे बाबू। हम जैसे होते तो वहीं ट्यांक्क[1] कर जाते।"

जीतराम लद्धड़। मोहन सिंह लद्धड़। चन्दू पांडे फर्राटा बनने को उद्यत लद्धड़।

इस छोटे-से क़स्बे में समय की ऐसी दुर्गति होगी, यह किसने सोचा था। अभी आठ-दस साल पहले तक, ऐसा लगता था, बचवाली में समय घड़ी के मुताबिक चलता है। सम्भव है, उससे भी धीमे चल रहा हो और बचवाली की घड़ियाँ उसकी रफ़्तार की झूठी कहानी बता रही हों। कौन जाने, जॉस बर्गी ने घड़ी की मिनट की सुई का आविष्कार ऐसे ही लोगों के सुस्त पूर्वजों को दौड़ाने के लिए किया हो। पर अब यहाँ के फर्राटा समय में रह रहे लोग समय को चिढ़ा रहे थे।

बस यूँ ही, एक दिन अचानक बचवाली (जिसमें बचवाली बाज़ार और आस-पास के गाँव शामिल हैं) के कुछ युवक समय से आगे दौड़ने लगे। उस वक़्त क़स्बे में दो तरह के समय एक साथ टिक-टिक करने लगे थे। एक समय मनुष्य

1. टें (बोलना)।

की रफ़्तार की अधिकतम सीमा को छुए बिना ही ठिठक गया था। दूसरा उस सीमा को पार कर आगे निकल गया। पता नहीं किसने एकाएक ही उन युवाओं को आगे निकलने के लिए हाँकना शुरू कर दिया था। किसने? इस सवाल का जवाब किसी के पास नहीं था। केवल डाँवाँडोल बालकमानी वाले पी थ्री ही थे जो, इस बारे में किसी तरह की जिज्ञासा के उत्तर में भुमई एस्टेट के पहाड़ की तरफ़ देख कर मुस्कराते थे। आश्चर्यजनक बात तो यह है कि दूसरे की फटी में टाँग घुसेड़ने वाले तेज प्रताप के कहने पर तेजू भी उसी अन्दाज़ में भुमई एस्टेट की तरफ़ देखता है। लोग हैरान थे कि वहाँ कौन परमवीर बैठा है और किस काकभुशुंडी ने इन दोनों गरुड़ों को उसकी कथा सुना दी?

भुमई एस्टेट का पहाड़ इस इलाक़े की सबसे ऊँची चोटी है। वहाँ चीड़ों के झुरमुट हैं, पिरूल से पटा पड़ा जंगल है। पानी के सोते के पास बाँज और बुराँश के कुछ पेड़ हैं। बुराँश के होने का पता, मार्च-अप्रैल के दौरान, तभी चलता है जब वे फूलते हैं और जंगल का एक हिस्सा अचानक सुर्ख़ हो जाता है। दूर से बाँज के पेड़ों की मौजूदगी का अन्दाज़ा, जंगल से गहरा रिश्ता रखने वालों को भी, तब होता है जब तेज़ हवाएँ चलती हैं और पत्तियाँ उलट कर सफ़ेद चमक बिखरने लगती हैं। और हाँ, वहाँ सबसे ऊपर मोबाइल फ़ोन का एक टॉवर भी अचानक उग आया है। उसे दस-बारह साल पहले चीड़ के पेड़ों के बीच रोपा गया था। उसके उगते ही कुछ इक्का-दुक्का लोग गवैयों की तरह कान पर हाथ धरे सड़कों पर घूमने लगे। इनकी संख्या धीरे-धीरे बढ़ने लगी और बढ़ती ही चली गयी। ऐसे लोगों ने, चूँकि अपने लिए एक अलग फर्राटेदार दुनिया का निर्माण कर लिया, इसलिए बचे हुए लोगों की सुस्त दुनिया खुद-ब-खुद बन गयी। सुस्त समय में रहने वाले कुछ अधीर युवा, उनकी तरफ़ हसरत भरी निगाहों से देखने लगे। उनमें से कुछ उधर जाने की तैयारी में हैं। कुछ चले भी गये। लेकिन उधर के लोगों का कव्वालों जैसा अन्दाज़ अपनाने के बावजूद वे उस नवीनतम जीवन-पद्धति से अनुकूलन नहीं कर पाये हैं। वह पद्धति लत की तरह गले पड़ रही है। वहाँ वक़्त बहुत तेजी से भाग रहा है। जब तक उन्होंने कान पर हाथ रखना सीखा, फर्राटा पाले के युवक अपने-अपने अत्याधुनिक यन्त्रों के सहारे और आगे निकल गये। उनके यन्त्रों में सुनने की सुविधा तो थी, देखने की भी हो गयी। अब पाला बदलने वाले लद्धड़ उनकी बराबरी के लिए फड़फड़ा रहे हैं।

पी थ्री कहते हैं—अब समय की गणना नये तरीक़े से करने का समय आ गया है।

पिछले साल सीपी भंडारी से मुलाक़ात के दौरान पी थ्री को 1984 का 'नशा नहीं रोज़गार दो' आन्दोलन याद आ गया था। उस आन्दोलन के एक जाँबाज़ सिपाही भंडारी भी थे। हुड़के की थाप पर गिरदा के जनगीत, अली सरदार जाफरी

की नज़्म और फैज़ अहमद फैज़ व गोरख पांडे की कविताएँ जब गाई जाती थीं, युवा भंडारी सुर में सुर मिलाता था। एक दिन बचवाली में शराब भट्टी के सामने क्रमिक अनशन पर बैठ गया था। कभी-कभी वह सिर पर रूमाल बाँध कर कहता था—मैंने कफ़न बाँध लिया। वह अक्सर गोरख पांडे की कविता दोहराने लगता—*हमारी ख़्वाहिशों का नाम इन्कलाब है/हमारी ख़्वाहिशों का सर्वनाम इन्क़लाब है/हमारी कोशिशों का नाम इन्क़लाब है/हमारा आज एकमात्र काम इन्क़लाब है।*

पी थ्री को सब कुछ याद आ रहा था। उन्होंने बातों-बातों में भंडारी से पूछा, "आप क्या समझते हैं, जो बोतल में होता है, वही नशा है?" भंडारी के हाथ से मोबाइल फ़ोन लेकर उसे डमरू की तरह हिलाते हुए उन्होंने कहा, "नशे की कैसी-कैसी दुकानें खुल जायेंगी, आपने 1984 में सोचा था?"

भंडारी का सिर चकरा गया। पी थ्री ने पूछा, "भंडारी जी, कभी मरी हुई भैंस के पेट में सियार का घुसना देखा है? ...मैंने देखा है। सियार जब भैंस की आँतें खींचता है तो ऐसा लगता है, भैंस साँस ले रही है। ज़िन्दा है। हमारे हाट-बाज़ारों के पेट में आँतें खाने वाला ऐसा ही बाज़ार घुस गया है।"

भंडारी पसीने से नहा गये। होंठ गोल हो गये। सीटी बजने लगी।

मोहन सिंह की दुकान में तनाव की घुसपैठ हो गयी थी। लड़की की बात में, तेजू को छोड़ कर, अब किसी की रुचि नहीं रह गयी थी। जीतराम ने आँखों के ऊपर हाथ का छज्जा बना कर पहाड़ के पीछे से कुछ दूर निकल आये सूरज की ओर देखा। यह समय का अनुमान लगाने का उसका तरीक़ा था। समय से पहले काम पर चले जाना ही ठीक रहेगा, उसने सोचा। पांडे ज़मीन की बात करने के लिए उतावला हो रहा था। जबकि मोहन सिंह तेजू को खिल्ली उड़ाने का कोई अवसर नहीं देना चाहता था।

तेजू, दुकान के दायीं तरफ़, पाँगर[1] के पेड़ पर बैठी एक फाख़्ता को परेशान कर रहे कौवे की हरकत देखने लगा। अचानक बोला, "लड़की का मामला क्या है?"

मोहन सिंह ने व्यंग्य किया, "आप तो हँस रहे थे। ऐसा करो, पांडे जी से पूछ लो। इन्होंने तो प्रत्यक्ष देखा। लकड़ि गये ठैरे," कह कर वह जीतराम की तरफ़ घूम गया, "हाथ-पैर एकदम फरका[2] दिये पे रे, जीतराम। पूछ ले, ये सामने हैं।"

जीतराम फिर से नये क़िस्से के मोह में फँस गया। वापस बेंच पर बैठते हुए उसने रंदा अपनी गोद में रख लिया। दुकानदार से उसने एक और चाय बनाने को कहा। तेजू को भी अदरक-काली मिर्च की चाय अच्छी लगी थी। दुकानदार झटपट

1. चेस्नट, 2. उलट।

गया और भगोना गैस चूल्हे पर रख कर अदरक कूटने लगा। इतनी देर में जीतराम ने तेजू को समझाया कि क़िस्से के बीच में टाँग मारना ठीक नहीं होता बाबू साब। बुरा मत मानना। आदमी का उत्साह ठंडा पड़ जाता है।

जीतराम मँजा हुआ क़िस्सागो तो नहीं था, पर बैठकी का पुराना चस्का था। यह चस्का उसे तभी से लगा जब बचवाली में फसकबाज़ी अपने चरम पर थी और जब लोग फुर्सत में हुआ करते थे। लेकिन दस साल पहले क़स्बे के युवाओं ने मानो चाकू से समय के पेट पर साफ़-साफ़ विभाजन रेखा खींच कर हैरान कर दिया था। लकीर के इस पार लद्धड़ यानी सुस्त समय और लकीर के उस पार फर्राटा यानी स्मार्ट व तेज़ समय। लद्धड़ अक्सर ऐसे किसी खेल के इन्तज़ार में रहते, जिसमें वे 'कबड्डी-कबड्डी' कहते हुए उस पार चले जायें और वहाँ साँस तोड़ दें, ताकि लौट कर इधर न आना पड़े।

"अगर उन्होंने ज़मीन ली तो कितनी लेंगे?" चन्दू पांडे ने पूछा और फिर खुद ही कह दिया, "दो-चार नाली से कम में क्या होगा।"

दुकानदार चाय ले आया। तेजू ने पांडे को धीरज बँधाया, "देखते हैं।"

मोहन सिंह ने आधा गिलास चाय फिर से अपने लिए बना ली थी। जीतराम का ध्यान मोहन सिंह पर अटक गया कि वह आगे बोले। लेकिन वह चाय सुड़कते हुए गुमसुम बैठा रहा। शायद उसका टेम्पो नहीं बन रहा था। मन रान खुजाने को कर रहा था। लेकिन सरेआम थोड़ा दिक़्क़त हो रही थी। उसकी चाय सुड़कने की ध्वनि परेशान करने वाली थी।

पांडे इस बीच जल्दी-जल्दी हथेली पर सुर्ती रगड़ते हुए क़िस्से में घुसने की तैयारी करने लगा। मोहन सिंह की चुप्पी से वह भी असहज महसूस कर रहा था। या शायद सुड़की से। आठ-दस फटकी मारने के बाद निचले होंठ की जड़ में सुर्ती ठेलते हुए उसने क़िस्सा अपने कब्जे में ले लिया—ऐसा हुआ जी, ...पहले तो ये बता दूँ कि मैं लड़की के पीछे नहीं गया। ये जो हैं, मोहन 'दा, बात का बतंगड़ बनाने में माहिर हैं।"

"तो जोशी कॉटेज कैसे पहुँच गये, बताओ? तुम्हारा घर तो सीधे रस्ते पर हुआ?"

मोहन सिंह के सवाल से पांडे की लय शुरुआत में ही गड़बड़ाने लगी। वह मोहन सिंह से भिड़ गया। तू-तू, मैं-मैं शुरू हो गयी। बात बढ़ने लगी। पांडे ने गुस्से में कह दिया, "तुम तो बड़े गाँडू आदमी हो मोहन' दा। अकेले में मेरी हाँ में हाँ मिलाते हो, पर दूसरों के सामने मुझे झूठा बना रहे हो?"

'गाँडू' कहने से मोहन सिंह बिदक गया, "अब तो मुझे शचमुच शक हो रहा है। तुम जैसा फरफंदी आदमी झूठी कहानी भी तो बना सकता है?"

बात बिगड़ने लगी। जीतराम को उन दोनों को शान्त कराने में बड़ी मशक़्क़त करनी पड़ी। जब दोनों थोड़ा ठंडे पड़ गये तो वह रंदा उठा कर चलता बना। तेजू

समझ गया कि लड़की के बारे में बात करने का उचित अवसर नहीं रहा।

लेकिन फ्यून की तरह ही लड़की भी उसके लिए रहस्य बन गयी थी। उसे दोनों के बारे में जानना था। फ्यून। लड़की। फ्यून। लड़की। लड़की। फ्यून। फ्यून। लड़की।

सुरंग में दोपहर

सुबह के सवा दस बजे थे। बाबाजी उस वक़्त खिड़की के पास बैठे मलाईदार दही के साथ आलू के पराँठे खा रहे थे। उनका खास चेला भैरव तबले पर तीन ताल की रियाज़ कर रहा था—धा-धिन-धिन-धा...धा-धिन-धिन-धा।

पुष्पा को साथ लेकर हरिया आश्रम की चढ़ाई चढ़ रहा था। उसने नयी पैंट और नयी कमीज़ पहनी थी। अगर उसके पपोटों और पुटकी पर ध्यान न दिया जाये तो वह काफ़ी स्मार्ट लग रहा था। नये कपड़े की महक से वह आत्ममुग्ध था। मान कर चल रहा था कि पुष्पा पर इसका प्रभाव पड़ा होगा। कल शाम उसने पुष्पा को सुझाव दिया था— भौजी, एक दिन मेरे साथ नन्नू महराज के पास चलो। महराज बहुत जानकार हैं। अगर जादू-टोना किया होगा तो खट्ट से बता देंगे। मुझे भरोसा है कि महराज उसकी काट जानते होंगे।

वह मन ही मन सोचने लगी कि पराया आदमी भी कभी-कभी कितना अपना हो जाता है। एक अपने लोग हैं जो जान लेने पर आमादा हैं। ईश्वर जब कृपा करता है तो अच्छे लोगों से मिला देता है। हरिया कितना अच्छा और निश्छल है।

नन्नू महराज को मन्दिर और कुटिया के लायक एक नाली ज़मीन चन्दू पांडे ने ही औने-पौने में दिलवाई थी। बाबा और चन्दू पांडे ने सोच-समझ कर यह जगह चुनी। यहाँ आसपास कई नाली बेनाप सरकारी ज़मीन थी। उस पर बाबा ने फलदार वृक्ष लगा दिये थे और सामने की तरफ़ फुलवारी बना दी थी। जिसमें गेंदा, चमेली, गुलदाऊदी, डहेलिया, गुलाब और कनेर जैसे कई मौसमी और बारहमासी फूलों के पौधे लगे हुए थे। कुछ लोगों को लगता था बाबा धीरे-धीरे फैल रहे हैं। बाबा के भक्तों का मानना था, यह धर्म का विस्तार है।

पहले बाबा ने यहाँ सिर्फ़ एक छोटा-सा मन्दिर और अपने रहने के लिए कुटिया बनाई थी। बाद में भक्तों ने थोड़ा-बहुत नक़द दान-दक्षिणा के अलावा सीमेंट, लोहा, रेता वगैरह देकर चार कमरों का पक्का आश्रम बनवा दिया, जिसमें एक बड़ा हॉल शामिल था। यह भजन-कक्ष कहलाता था। लकड़ी के दरवाज़ों, खिड़कियों और उनकी चौखटों की ज़िम्मेदारी चन्दू ने ले ली थी। पता नहीं कहाँ से चीड़ के पेड़ काटवा कर आश्रम में पहुँचा गया। बाबा ने आँखें फाड़ कर आश्चर्य जताया तो उसने अपनी छोटी-छोटी और शरारती आँखें तेज़ी से झकपाते हुए कहा—आप चिन्ता

छोड़ दो बाबाजी। आप तो इन्हें चिरवाओ और सूखने के बाद दरवाज़े-खिड़कियाँ बनवाओ।

बाबाजी की नज़र नीचे के मोड़ से आते हरिया और पुष्पा पर पड़ी तो शिष्य से बोले—भैरव, दो भक्त आ रहे हैं। उन्हें बाहर इन्तज़ार करवाना। मैं नाश्ता ख़त्म कर लूँ।

पुष्पा और हरिया ज्योंही दरवाज़े पर पहुँचे, भैरव ने उन्हें बाहर लगी कुर्सियों पर बैठने का संकेत करते हुए कहा—बाबा ध्यान कर रहे हैं। हरिया ने पूछा—कितना समय लग जायेगा? भैरव ने बताया कि ध्यान का कोई समय नहीं होता। हो सकता है, बाबा तीन दिन तक ध्यान में ही डूबे रह जायें। जोगी और पानी, दोनों किसी की मर्ज़ी से नहीं चलते। कई बार चमक[1] चढ़ती है तो हिमालय जाने की तैयारी करने लगते हैं। कभी जंगल की तरफ़ निकल जाते हैं। आधी रात में पकड़-पुकड़ कर लाना पड़ता है। ध्यान तो, ऐसे भी, जोगी की अन्दर की यात्रा है। अन्दर ही अन्दर कहाँ चला जाये, कोई नहीं जानता। नन्नू महराज तो कई बार अपने गुरु-स्थान कैलास पहुँच जाते हैं। कैलास गये तो समझो, अभी से वापसी नहीं होने वाली। वरना कुछ मिनट में ही लौट सकते हैं। कुछ भी सम्भव है और कुछ भी असम्भव नहीं।

भैरव आमतौर पर कम बोलता था। लेकिन भक्तनों के सामने वाचाल हो जाता। दोनों उसकी बात से प्रभावित तो बहुत हुए, लेकिन चेहरों पर चिन्ता की रेखाएँ खिंच आयीं। भैरव ने बारी-बारी से दोनों को देखते हुए सुझाव दिया—अगर उन्हें अभी जल्दी हो तो फिर कभी आ जायें।

हरिया तुरन्त पुष्पा के कान की ओर झुका। वह इतना झुक गया, जिससे अधिक भैरव की उपस्थिति में झुक नहीं सकता था। उसने पुष्पा को यह कहते हुए थोड़ा इन्तज़ार कर लेने की सलाह दी कि हो सकता है, ध्यान टूट ही जाये। कल का क्या भरोसा। पुष्पा ने सहमति में गरदन हिला दी। उनकी बातें सुन कर भैरव ने कहा—तो आप लोग बैठिए। मैं बाबा को देखता हूँ। क़िस्मत अच्छी हुई तो बाहर आ जायेंगे। कैलास चले गये तो समझो, क़िस्मत ख़राब है। ख़राब क़िस्मत को भी बाबा ही सुधार सकते हैं। हम तो साधारण मनुष्य हुए।

दो क़दम बढ़ाने के बाद भैरव ठिठका। तबला बजाने के लिए समेट कर रखे कुर्ते के बाजुओं की तह खोलता हुआ पलटा—वैसे समस्या क्या है? पुष्पा ने बता दिया कि उसके आदमी का निधन हो गया है। उसे शक है कि उनकी मृत्यु जादू-टोने के कारण हुई। भैरव ने उसे धीरज बँधाया—चलो, इतना ही साथ होगा। बाबा कहते हैं, जो मर गया, वह ईश्वर के घर गया। वहाँ से कौन लौटा सकता है। इसलिए जो जीवित हैं, उन्हें बचाने की चिन्ता करनी चाहिए। और यह काम बाबा के लिए

1. सनक।

छँगुली का खेल है। वो तो अन्दर बैठे-बैठे जान चुके होंगे कि तुम लोग आये हो। यह भी जान चुके होंगे कि किसलिए आये हो।

अच्छा? हरिया ने आश्चर्य जताया तो भैरव ने पूछा—अन्तरयामी किसे कहते हैं? पुष्पा और हरिया चुप। भैरव ने समझाया, "ऐसे ही सिद्ध पुरुषों को कहते हैं। तुमने कभी देखा, भगवान सड़क पर बाँसुरी बजाते घूम रहे हैं? नहीं देखा। आजकल जब हमारे पास टाइम नहीं, तो भगवान के पास बाँसुरी बजाने का फालतू टाइम कहाँ से होगा? भगवान अपना हर काम ऐसे ही साधु-महात्माओं के माध्यम से कराते हैं।"

एक जिज्ञासा पुष्पा के मन में भी उठ रही थी। कभी जब उसका मन विरक्त हो जाता तो साध्वी बन जाने की इच्छा करती। बोली, "भैरव बाबाजी, ये साध्वियाँ भी ऐसी ही पहुँची हुई होती होंगी?"

'बाबाजी' कहे जाने से भैरव की जीभ हिलकोरे खाने लगी, "साध्वियाँ तो ज़्यादा पहुँची हुई होती हैं। उनके मुँह में साक्षात् सरस्वती बैठी होती है। लेकिन साधु-साध्वी बनना मखौल नहीं है। इसके लिए हाथों की उँगलियों में दस शंख लेकर पैदा होना पड़ता है। दस चक्र राजा, दस शंख जोगी...समझे। काम, क्रोध, मद और लोभ के दरवाज़ों पर साँकल लगा कर बाहर से सीमेंट करना पड़ता है। ये है त्याग। फिर होती है तपस्या। जैसे नन्नू महराज ने आसाम के जंगलों में की। जैसे इनके गुरु ने हिमालय में की।"

मोहन सिंह की दुकान चन्दू के पसन्दीदा अड्डों में से है। वह पहले से वहाँ मौजूद था। दोनों की बातचीत से लग रहा था, सुलह-सफाई हो गयी। जब तक मोहन सिंह ने तेजू की चाय बनाई, जीतराम भी आ गया। एक उँगली उठा कर उसने चाय बनाने का सिग्नल दिया और बेंच पर बैठ कर पांडे व मोहन सिंह का मूड भाँपता रहा। उसने वही, कुहनियों से फटा स्वेटर पहन रखा था, लेकिन आज कँपकँपी नहीं छूट रही थी। रीढ़ सीधी थी। यहाँ आने से पहले वह पुलिया पर लधर कर घाम ताप चुका था। मोहन सिंह चाय देने आया तो जीतराम ने अफ़सोस जताते हुए कहा, "कल तो सारा मज़ा किरकिरा हो गया महराज।"

"मोहन'दा ने किया।" पांडे ने झट से कहा और मोहन सिंह की ओर देख कर मुस्कराया। मोहन सिंह ने जवाबी मुस्कराहट से संकेत दिया कि उसके अन्दर भी कोई कड़वाहट नहीं है। जीतराम ने फैसला सुनाने के अन्दाज़ में कहा, "चलो, अब सुना दो। कौन-सा बिगड़ गया।"

मोहन सिंह ने भी उकसाया। तेजू तो चाहता ही था। लेकिन बोला कुछ नहीं। पांडे ने सुर्ती का डोज़ लिया और शुरू हो गया, "मैं जब जोशी कॉटेज पहुँचा तो तीनों लड़के खिड़की से अन्दर झाँकने की कोशिश कर रहे थे। मैंने सोचा रे चन्दू,

तुझे लड़कों ने देख लिया तो गाँव में बेइज़्ज़ती होगी। इसलिए चुपचाप मकान के पीछे की तरफ़ चला गया।"

जीतराम ने पूरा गुटखा मुँह में डालने के बाद पाउच में बची धूल मुँह के अन्दर झाड़ी।

"पीछे पहुँचा तो गुणमुण-गुणमुण[1] हो रही ठैरी। मुझे तो यही ख़बर हुई कि लड़की घर में अकेली है। ये बात लड़कों को भी पता हुई। अगले दिन मैंने पूछा भी था—वहाँ क्या करने गये थे रे हरामी के बच्चो? कहने लगे, लड़की को डराने गये थे। अब ये विश्वास करने वाली बात हुई? साफ़ झूठ बोल रहे थे। बात ये हुई कि ऐसी फंटूश लड़की देखी नहीं ठैरी सालों ने।"

"तुम किसलिए गये थे?" —मोहन सिंह ने टोका तो पांडे की लय-ताल गड़बड़ाने लगी। लेकिन जब उसने अपनी ग़लती के लिए जीभ काट ली तो पांडे ने अपने को संयत करते हुए कहा, "तो जी, वहाँ तो मामला कुछ और ही ठैरा। मैंने दरवाज़े पर कान चिपका दिया—अरे बाप रे, अन्दर कोई बुलडॉग की तरह गुर्राया—चिकन खाऊँगा।"

"चिकन कहा कि मुर्गा? उस दिन तो तुमने 'मुर्गा ' कहा था?" —मोहन सिंह ने फिर टोका। अपने क़िस्से में कल हुई टोकाटाकी के बाद से उसके व्यवहार में यह नयी बात नज़र आ रही थी।

"अरे यार, मोहन'दा, जब घोड़ा दौड़ रहा हो ना, उसकी पूँछ नहीं पकड़नी चाहिए। जो कुछ मेरे साथ हुआ, आपको तो पता है। वैसी हालत में मुझे ठीक से याद रहेगा?"

"हाँ, हो सकता है, पढ़ा-लिखा हो।" —दुकानदार ने अपनी शंका का समाधान खुद ही पेश कर दिया।

"सच बताऊँ मोहन' दा, असल बात तो मैंने किसी को बतायी ही नहीं। घर में भी नहीं। घरवाली का कलेजा है कच्चा। लेकिन जब भी अकेले में सोचता हूँ ना, काँप जाता हूँ।

"मुझे ऐसा लगता है, जैसे उसने कहा था 'मुर्दा' खाऊँगा और मैंने 'मुर्ग़ा' सुन लिया।"

"क्या ग़ज़ब कर रहे हो बापशैप[2], डराओ मत। दिन-दहाड़े झरझराट[3] हो रहा है।" —बढ़ई जीतराम ने पांडे से, जो बगल में बैठ गया था, थोड़ा दूर सरकते हुए कहा।

"डरा नहीं रहा मिस्त्री," पांडे ने दोनों हाथों को हल्के से जोड़ कर होंठों ही होंठों में ईश्वर का नाम लिया या कोई पाठ किया, "अन्दर लड़की लगातार हँस रही

---

1. गिनमिन-गिनमिन, 2. बाबू साहब, 3. झुरझुरी।

ठैरी। हँसी क्या थी महराज, ग़ज़ब थी। ऐसा लगता था जैसे कोई हथौड़े से काँच कूट रहा है। उसने किसी अंग्रेज़ी खाने का नाम लिया और मोटी आवाज़ वाले से बोली, खाओगे?"

"क्या नाम लिया होगा अंग्रेज़ी में?" —ध्यानमग्न जीतराम ने पूछा।

"पता नहीं। गले तक याद आता है, लेकिन ज़बान पर नहीं आ रहा।"

तेजू को शरारत सूझ रही थी। लेकिन उसे लगा, तेज प्रताप ने जैकेट के बाहर निकल आयी उसकी कमीज़ का कोना पकड़ लिया है और पतंग की डोर की तरह उसे झटके दे रहा है। उसने मुँह पर हाथ रख लिया। पांडे ने तंबाकू का पीक थूका और उल्टे हाथ से मुँह पोंछता हुआ बोला, "रात में जिस वक़्त वो आवाज़ें याद आती हैं ना मोहन'दा, बाप कसम, पूरा बदन पसीने से लतपथ हो जाता है।"

"आपने तो ग़ज़ब ही रहस्य रच दिया हो पांडे जी।" —जीतराम ने रंदा एक तरफ़ रख दिया और ठोड़ी हथेली पर टिका ली।

"मकान के पीछे की तरफ़ कोई खिड़की नहीं ठैरी। मैंने फिर से दरवाज़े पर कान चिपका दिया। ओये...होये-होये। अन्दर तो घमासान चल रहा ठैरा। कभी आदमी बोले तो कभी औरत। कभी औरत बोले तो कभी आदमी। ...शोले पिच्चर देखी थी मिस्त्री?" —पांडे ने जीतराम से पूछा तो वह अचकचा कर बोला—नहीं हो बापशैप, नहीं देखी।

"तो क्या देखा तुमने? घंटा? कोई जिन्दगी है साली तुम्हारी?" पांडे ने खीज कर कहा और फिर तेजू की ओर देखा। तेजू ने बताया कि उसने देखी थी। पांडे ने राहत की साँस ली, "समझ लो बसन्ती और बीरू के डायलॉग चल रहे थे। पर तभी क्या सुनता हूँ, अन्दर बाघ जैसा डुडाट[1] शुरू हो गया। मेरी हालत ख़राब। चलो, मर्द तो आ सकता है, लेकिन ये साला बाघ कहाँ से आया घर के अन्दर?"

"अरे बाप रे। फिर?" —जीतराम घबराया।

"वहाँ बरामदे में रखी ठैरीं ईंटें। ईंटें देख कर मेरे डिमाग[2] में खुराफ़ात आ गयी हो। दरवाज़े पर ईंटों का चट्टा लगा दिया। ऊपर हुआ रोशनदान। मैं उससे अन्दर झाँकना चाहता था। कुछ तो दिखाई देगा। लेकिन जैसे ही रोशनदान की तरफ़ झुका हो जीतराम, ईंटें साली खिसक गयीं।

"मैं धड़ाम् से नीचे। सिर टकराया दरवाज़े पर।"

"फिर?"

"फिर क्या था, लड़की अन्दर से चिल्लाने लगी—कौन है बाहर? मैंने एक हाथ से कपाल पकड़ा ठैरा और ज़मीन पर लमलेट हुआ। मैंने सोचा रे, अब लड़की ने

1. दहाड़ 2. दिमाग़।

दरवाज़ा खोला और अब आया बाघ। आज तो तू गया रे चन्दू।

"मैं बाहर से ही चिल्लाया, सॉरी बहनजी, मैंने अत्तर[1] पी ली थी, नशे में अपने घर की जगह तुम्हारे घर पहुँच गया।

"इतना कह कर मैं भागा। मुश्किल से दस कदम चला हूँगा। तभी ऐसा लगा जैसे किसी ने लँगड़ी मारी।"

"ओये-होये, फिर?" —पूछा जीतराम ने ही, क्योंकि मोहन सिंह इस कहानी को तीसरी बार सुन रहा था।

"अन्दर से फिर आदमी के हँसने की आवाज़ सुनाई दी और वही काँच कूटने की खनखन।"

"अरे बाप रे! फिर?"

"फिर क्या, उसी वक़्त मेरी समझ में आ गया कि हो न हो ये कोई अला-बला ही है और छम[2] दिखा रही है। उसके बाद मैं वहीं लुढ़क गया।"

मोहन सिंह ने झट से जीतराम को बताया, "ये तो लकड़ि गये ठैरे," उसने तिरछी नज़र से तेजू को देखा, "लड़के जब पीछे की तरफ़ भागे तो महेंदर का पैर टकराया पांडे जी से। लाश समझ कर उसके मुँह से चीख निकल पड़ी। तभी रमेश ने अपने मोबाइल फ़ोन का टॉर्च जला दिया। लड़के खट्ट से पहचान गये।"

"मैं तो बेहोश ठैरा। हरदा ने बिभूती[3] लगाई, तब जाकर होश में आया बल।" —पांडे ने बताया। तेजू हँसा। बाक़ी तीनों हैरान कि ऐसा ट्रैजिक क़िस्सा कॉमिक कैसे हो गया।

पांडे को उसका व्यवहार नागवार गुज़रा, "अगर आप परमात्मा को मानते हो तो आत्मा को भी मानना पड़ता है। नन्नू महराज कहते हैं, आत्मा मरती नहीं, केवल शरीर मरता है।"

तेज प्रताप को ग़ुस्सा आ गया—साले मरे हुए शरीर, आत्मा की चिन्ता करता है?

तेजू चुप रहा। तेज प्रताप क्योंकि खुद आत्मा की तरह था, इसलिए उसकी टिप्पणी किसी ने नहीं सुनी। शायद दुकान की छत पर बैठे कौवे ने सुनी हो। वह काँव-काँव करते हुए उड़ा और पाँगर के पेड़ पर बैठ गया। पांडे ने फिर कहा, "जब तक मनुष्य दूसरा जन्म नहीं लेता, आत्मा भटकती रहती है बल। लेकिन आप नहीं मानोगे। किसी खुराफ़ाती आत्मा से आपका पाला नहीं पड़ा।"

कौवे ने फिर काँव-काँव की।

भैरव ने बाबा के कान में कुछ कहा और मुस्कराया। बाबा और अधिक रहस्यमत

1. चरस, 4. छल-छद्म, 3. भभूत।

अन्दाज़ में मुस्कराये। डकार लेकर उन्होंने बालों की लटों को झटका दिया—बोल दो, बाबा ध्यान से बाहर आ गये। भैरव जाते हुए पलटा, "बाबाजी, मूँछों में दही लगा है।"

उसने बाहर आकर पुष्पा और हरिया को सूचना दी कि बाबा लौट आये हैं। तुम लोग बड़े भाग्यशाली हो। अन्दर जाकर मिल सकते हो। दोनों के अन्दर जाने से पहले भैरव ने झाँक कर देखा और राहत की साँस ली। मूँछों में दही का कोई निशान नहीं बचा था। उसने इशारा किया—जाओ। अन्दर बाबा आँखें मूँदे हुए मिले। पुष्पा और हरिया चुपचाप उनके सामने बैठ गये। काफ़ी देर बाद बाबा ने बगैर आँखें खोले कहा—तुम तो विधवा लगती हो, तो फिर यह आदमी कौन है?

बाबा कितने सिद्ध योगी हैं, आँखें खोले बिना ही देख लिया कि वह विधवा है? लेकिन हरिया थोड़ा घबराहट महसूस कर रहा था। पुष्पा ने उसका परिचय देते हुए कहा, "ये मेरे पति के दोस्त हैं। सगे देवर से भी बढ़ कर हैं।"

बाबा ने आँखें खोलीं और हरिया को घूर कर देखा—अच्छा, तुम हो? वे हरिया को पहचानते थे। हरिया को बाबा के 'तुम हो' कहने से राहत मिली। बाबा ऊपर से नीचे तक पुष्पा का मुआइना करते हुए बोले—दुश्मन तो घर में छावनी बनाये बैठा है। सुरंग खोद रहा है। खींच कर ले जायेगा उसी में।

"एकदम ठीक कहा महराज। घर में ही है।" —पुष्पा ने उत्साह में बताया। बाबा ने निर्णय सुनाया—जादू-टोने का चक्कर है। पुष्पा धड़ाम-से पैरों में गिर गयी। हरिया ने हाथ जोड़ लिए। बाबा ने पूछा, तुम्हारे घर के सबसे निकट कौन-सा वृक्ष है? पुष्पा ने एक क्षण सोचा और बोली, खुबानी का है। बाबा बुदबुदाए—जादूगर का जादू उसी खुबानी के पेड़ पर लटका दूँगा।

उसी वक़्त आश्रम के पिछवाड़े से बकरी के मिमियाने का स्वर सुनाई दिया। बाबा कान पर हाथ लगा कर मिमियाहट सुनने लगे। वे एकाएक चिन्तित लगने लगे थे। पुष्पा और हरिया के चेहरे लटक गये। बाबा ने मिमियाहट की दिशा में उँगली लगाते हुए पूछा—सुना तुमने? तुम्हारी हालत ऐसी ही है। कसाई ले जा रहा है। हल्के में मत लेना। यह समस्या नहीं, संकट है। उपाय न किया तो गम्भीर परिणाम होंगे। तुम भी वहीं पहुँचा दी जाओगी।

बाबा देर तक आकाश की ओर उँगली उठाये रहे। जिसका अर्थ ऊपर पहुँचा दिये जाने से था। पुष्पा के चेहरे का रंग उड़ गया। कहने लगी, पति के पास जाने में वह खुश ही होती। उस निष्ठुर और दग़ाबाज़ शराबी की याद तो आती है। लेकिन बेटे का क्या करे? बाबा ने हिम्मत से काम लेने को कहा और उपाय बताया, "मुश्किल नहीं है। संध्या-काल में तुम्हें चालीस दिन तक ध्यान करना है। इसे चलिया ध्यान कहते हैं (ध्यान विशेषज्ञों का कहना है कि ऐसा कोई ध्यान नहीं होता। झूठ बोल रहे होंगे साले)। तुम आँखें मूँदोगी, मैं मन्त्र पढूँगा।"

बाबा ने एक पल के लिए सोचा कि कहीं वह मन्त्र को पंडितों-सा सामान्य मन्त्र समझ कर हल्के में न ले रही हो, "तन्त्र से हजार गुना शक्तिशाली होते हैं मन्त्र। हमारे ऋषि-मुनियों ने मन्त्र-शक्ति के ज़रिये एटम बम से ज़्यादा घातक अस्त्र बना दिये थे। ये जो पिद्दी छाती कूटते हैं ना, कि हम परमाणु शक्ति हैं, उन्हें पता नहीं कि हम क्या थे।"

उन्होंने अपनी बात का असर देखने के लिए पुष्पा की आँखों में झाँका। बाबा के मन्त्र पढ़े बिना ही वह मन्त्र-मुग्ध थी। महराज बोले—रोज़ सुबह उठकर खुबानी के पेड़ को देखती रहना। तुम्हें पता चल जायेगा कि जादू पेड़ पर असर कर रहा है और तुम्हें छोड़ दिया है।"

पुष्पा ने फिर से बाबा के पैर पकड़ लिए। बाबा उसकी दोनों बाहें पकड़ कर उठाने लगे। उनके दोनों हाथों की दो-दो उँगलियाँ उसकी काँख में धँस गयीं। पुष्पा पैर छोड़ने को तैयार नहीं थी। बाबा बाँह नहीं छोड़ पा रहे थे। वह रुआँसे स्वर में बोली, "लेकिन पैसे कितने ख़र्च हो जायेंगे महराज जी?"

"जब हैं नहीं, तो पूछती क्यों हो?"

पुष्पा ज़ार-ज़ार रोने लगी। बाबा जितने जानकार हैं, उतने ही दयालु भी। बाबा ने उसकी पीठ पर धौल जमाते हुए कहा, "खुश रहो। कोई चिन्ता नहीं। पैसों के बदले सेवा कर देना।"

"कैसी सेवा?" —सवाल हरिया ने किया। बाबा का भगवान जैसा सौम्य मुखड़ा तमतमा गया। मन उसे थप्पड़ मारने को हुआ। पर उन्होंने फिर से घूरा और उसके प्रश्न का उत्तर पुष्पा को दिया, "जो तुम्हारी इच्छा हो, कर देना। मतलब, कभी आकर आश्रम में झाड़ू लगा दो। कभी चाय बना दो। पौधों को पानी दे दो। यह सब भी न हो तो," उन्होंने एक तस्वीर की ओर इशारा किया, जिसके आगे अगरबत्ती जल रही थी, "चालीस दिन तक रोज़ इनके चरणों में एक फूल चढ़ा देना। सेवा की तो अनंत विधियाँ हैं।"

महराज ने उस तस्वीर वाले बाबा को देखते हुए कानों को छूकर बताया कि ये मेरे गुरु लँगोटी महराज हैं। इन्होंने जीवन भर लँगोट के अलावा कोई वस्त्र धारण नहीं किया। हिमालय में रहते थे। बर्फ़ की कुटिया में। बर्फ़ के ऊपर बैठ कर तपस्या करते थे। कंद-फल खाते थे। वह भी न मिले तो पत्तियाँ खा लेते थे। जब प्यास लगती तो थोड़ी-सी बर्फ़ चूस लेते थे। ठीक दो सौ वर्ष की आयु में समाधि ली।

सुन कर पुष्पा ने तस्वीर की तरफ़ हाथ जोड़ दिये। फटी आँखों से लँगोटी बाबा की तस्वीर देख रहे हरिया ने भी पुष्पा की देखादेखी झटपट हाथ जोड़े। बाबा ने भी तस्वीर को प्रणाम किया। पुष्पा ने ग़ौर किया कि बाबा सममुच केवल लँगोट में थे। देख कर साफ़ लगता था, बर्फ़ की सिल्ली पर बैठ कर फोटो नहीं खिंचाया होगा। कुछ देर सन्नाटा छा गया। हरिया लगातार लँगोटी बाबा की तस्वीर को देख

रहा था—दो सौ वर्ष! बाबा ने तस्वीर की ओर संकेत करते हुए कहा—निष्कलुष आत्मा, निरोगी काया। हरिया को ऐसा लगा, जैसे बाबा उसकी आत्मा के रोगग्रस्त होने का ताना दे रहे हैं।

उसी वक़्त चेले ने आकर बताया कि कोई भक्त महाशय गम्भीर समस्या लेकर आये हैं और इन्तज़ार कर रहे हैं। बाबा ने हरिया और पुष्पा की ओर देखा। यह उनके लिए जाने का संकेत था।

दोनों गुमसुम थे। जैसे किसी अविश्वसनीय घटना के चश्मदीद बन कर लौटे हों। आख़िर ये सब बाबा ने कैसे बता दिया? हरिया अन्दर ही अन्दर घबराया हुआ था। कहीं उन्होंने भाँप न लिया हो कि उसके अन्दर क्या चल रहा है। घूर कर देख रहे थे। निष्कलुष आत्मा की बात भी कह दी। व्यंग्य तो नहीं कर रहे थे? उसने सोचा तो था कि वापसी में जब पुष्पा उतार में डगमगाएगी, वह सहारा देने के लिए हाथ बढ़ाएगा या झट-से थाम लेगा। वह कई बार डगमगाई भी। हरिया का हाथ आगे बढ़ा, पर पुष्पा की कलाई नहीं थाम पाया। छूने की हिम्मत नहीं हुई। बाबा ने कोई जादू-फादू तो नहीं कर डाला? मन में यह विचार भी आया कि कहीं पुष्पा को नन्नू महराज के पास लाकर उसने अपने पैर में कुल्हाड़ी न मार ली हो?

पुष्पा को लग रहा था, वह किसी ऐसी सुरंग में खिंची चली जा रही है, जहाँ घना अँधेरा है। कोई उसकी टाँग पकड़ कर खींच रहा है। शायद वह मीलों तक इसी तरह खींचता चला जायेगा। उसके पुट्ठे, नितंब, पीठ और रीढ़ घिसट कर छिल रहे हैं। उस जनावर के इरादे से लगता है कि खूब छकाने और अधमरा करने के बाद वह सुरंग की दीवार पर पटक-पटक कर उसे मार देगा। नहीं, उसने तो छोड़ दिया। ऐसा कैसे हुआ? अच्छा तो, सुरंग के बीचोंबीच बाबाजी खड़े हैं। उन्होंने रोशनी कर दी है। सुरंग में दोपहर हो गयी। आँखें चुंधियाने वाली रोशनी। जनावर भाग रहा है।

दोनों ने पूरे रास्ते एक-दूसरे से कोई बात नहीं की। मोटर की सड़क पर पहुँच कर हरिया ने मुँह खोला—मैं रोज़ तुम्हारे लिए फूल ला दूँगा। तुम लँगोटी महराज के चरणों में चढ़ा देना।...सेवा की तो अनंत विधियाँ हैं।

धुँध में घुला सुबह का गीत

दोपहर में अच्छी धूप खिली, लेकिन शाम होते-होते ठंड बढ़ने लगी। तेजू घर पर था। दिमाग़ से लड़की उतर नहीं रही थी। वह फ्यून से ज़्यादा परेशान करने लगी थी। आख़िर वह कुछ और क्यों नहीं सोचता? तेज प्रताप ने चिढ़ाया—बेटा, अब तू कुछ और सोचने लायक नहीं रहा। तेजू ने अपने आपको समझाया—यह तो जिज्ञासा भर है। अन्यथा मेरा क्या लेना-देना। जैसे फ्यून, वैसे लड़की। किसी के

मन में कुछ हो या न हो, पर तेज प्रताप दिल और दिमाग़ से खेलने लगता है। ये तो हद है। ज़बरदस्ती।

तेजू और तेज प्रताप के बीच एक अघोषित संधि है। तेजू सामने से मोर्चा सँभालता है, जबकि तेज प्रताप उसके एंटेना की तरह सूचनाएँ लपकता रहता है और टिप्पणियों का प्रसारण करता है। वक़्त ज़रूरत पर तेजू को सलाह देता है, आगाह करता है और मजबूर करते हुए मुसीबत में भी डाल देता है। कभी-कभी बैकग्राउँड में रह कर घटनाक्रम के मुताबिक केवल ध्वनि और संगीत देने का काम करता है। खुशी हो तो ढोल बजा दिया, दुख हो तो सितार। तेजू दिखाई देता है और तेज प्रताप अदृश्य है। तेज प्रताप, असल में, तेजू के अन्दर रहता है। कभी-कभी तेजू को कोफ़्त होती है कि उसके व्यक्तित्व पर तेज प्रताप हमेशा भारी क्यों पड़ता है।

तेज प्रताप के भड़काने पर ही उसने कुछ साल पहले पिता को दो-टूक जवाब दे दिया था। पिताजी जल्द से जल्द नौकरी करने का दबाव बना रहे थे। उसने साफ़ कह दिया कि वह उनकी तरह नहीं सोचता। जल्दी से नौकरी पकड़ ली और सारी ज़िंदगी उसी नौकरी में गुज़ार दी। उन्हें रिटायमेंट तक धैर्य रखना चाहिए। नहीं रख सकते तो, जैसा वे चाहते हैं, गाँव लौटने के बारे में फैसला कर लेना बेहतर होगा।

हार कर कृष्णानन्द एक दिन गाँव निकल पड़े। इस बार आर या पार। भाई से बात करेंगे, ताकि वह बिना बँटवारे के ही सही, घर के दो कमरे उन्हें दे दे। भाई ने आज्ञाकारी छोटे भाई की तरह शान्ति से उन्हें सुना। फिर अपनी शंका सामने रख दी—बच्चे बड़े हो गये हैं। एक घर में दो परिवार कैसे रह पायेंगे? तब कृष्णानन्द ने एक और प्रस्ताव रखा। घर की टिन की छत हटा कर लिंटर डाल देते हैं। ऊपर की मंज़िल पर दो कमरे वे अपने लिए बना लेंगे। घर के आगे और पीछे जो खेत हैं, वे उन्हें नहीं चाहिए। भाई ने काफ़ी देर तक सोच-विचार के बाद गरदन हिलाई, “दाज्यू, ये अच्छा आइडिया है।”

कृष्णानन्द ने राहत की साँस ली कि चलो, भाई की समझ में बात आयी। वे उत्साहित स्वर में घर के रेनोवेशन का खाका खींचने लगे। पुराने घर का मुँहज़बानी कायाकल्प कर डाला। भाई सुनता रहा। बीच-बीच में उनकी योजना की प्रशंसा करता रहा। कृष्णानन्द को लगा, काम बन गया। तभी अचानक भाई ने समस्या पेश की, “लेकिन घर की बुनियाद बहुत कमज़ोर है। छत पर लोड पड़ने से दीवारें बैठ जायेंगी। दुमंज़िला तभी बन सकता है जब इस मकान को गिरा कर नये सिरे से बनाया जाये।”

“ठीक है तो, ऐसा ही कर लेते हैं। आधे पैसे मैं दूँगा, आधे तू। कुछ कम दे देना। अच्छा घर बना लेते हैं।”

कृष्णानन्द ने नये घर का खाका खींचना शुरू किया, जो दिल्ली की तर्ज़ पर होगा। बड़ा ड्राइंग रूम, बड़े-बड़े बैड रूम। अटैज्ड टॉयलेट। किचन भले माड्यूलर

न हो, लेकिन उसी तरह का होगा। औरतों को गाँव वालियों की तरह नीचे बैठ कर खाना नहीं पकाना पड़े। बस।

भाई वाह-वाह करता रहा। अन्त में मुँह लटका लिया।

"तुझे पता ही ठैरा दाज्यू, मेरे पास तो फूटी कौड़ी नहीं हुई," सिर खुजाते हुए छोटा भाई बोला, "मैं पैसों के बदले काम कर सकता हूँ। पैसे तेरे, मेहनत मेरी। अपनी देखरेख में हूबहू वैसा ही बनवा दूँगा जैसा तूने बताया।"

कृष्णानन्द खून का घूँट पीकर दिल्ली लौट आये। कई दिन तक किसी से कुछ नहीं बोले। पत्नी भी थक गयी पूछ-पूछ कर। उन्होंने मुँह पर डाट लगा लिया। एक दिन पत्नी टीवी पर 'सुहाग' फिल्म देख रही थी। छुट्टी का दिन था। कृष्णानन्द भी साथ बैठ गये। आधी फिल्म के बाद एकाएक रोने लगे। रुलाई बन्द न हो। पत्नी ने पानी पिलाया और फिर वही सवाल किया कि आख़िर गाँव में ऐसा क्या हुआ? ज़रूर कुछ तो हुआ होगा। वरना, फिल्म देख कर रोने वालों में तुम नहीं हो। तब बड़ी मुश्किल से उन्होंने मुँह खोला। गाँव में भाई से हुए वार्तालाप का पूरा ब्योरा देने के बाद बोले, "साला हरामी। मुक़दमा करूँगा, तब होश ठिकाने आयेंगे। उस मकान में मेरा भी बराबर का हिस्सा है।"

तेजू सुन रहा था। लेकिन उस वक़्त कुछ नहीं बोला। जानता था कि पिताजी ध्वनि की दिशा में मार करने वाली स्वचालित तोप हैं। मुँह खोला नहीं कि उनके गुस्से का रुख उसी तरफ़ हो जायेगा। तीन दिन चुप लगाने के बाद उसने बड़े धैर्य के साथ बात छेड़ी, "बीस साल लग जायेंगे मुक़दमे का फैसला होने में।"

पिता के चेहरे को कठोर होते देखा तो स्वर में थोड़ा मुलायमियत ले आया, "कहीं छोटी-सा ज़मीन का टुकड़ा देखते हैं। सस्ती हो और जिस पर दो कमरों का घर बन जाये। काफ़ी है।"

पिताजी बिफर पड़े, "मैं फंड से पैसा निकाल कर, उधार माँग कर घर बना लूँ और फिर बाक़ी की ज़िन्दगी भीख माँगूँ?"

"मैं भी तो कुछ करूँगा।"

पिता चुप हो गये। लेकिन चेहरे से लग रहा था कि उनका क्रोध बढ़ रहा है, जिसे वे काबू करने की कोशिश में हैं। पत्नी को कृष्णानन्द का रक्तचाप बढ़ने की चिन्ता हो रही थी, उन्होंने फ़ौरन दख़ल दिया "अभी तो रिटायरमेंट में टाइम है। उसके बाद भी कुछ समय दिल्ली में रह सकते हैं—तेजू की नौकरी लगने तक।"

पिता चिल्लाये, "तब तो ग्रेच्यूटी का पैसा भी उड़ जायेगा। मकान से भी जाओगे।"

"तो फिर पहाड़ में कोई सस्ती जगह देखो।... बच्चे सयाने हो जायें तो उनकी सलाह पर भी ध्यान देना पड़ता है। हमेशा माँ-बाप ही सही नहीं होते।"

कृष्णानन्द बड़बड़ाते-फनफनाते घर से बाहर निकल गये। माँ ने तेजू को

समझाया कि वह पिताजी के साथ पहाड़ जाये ज़मीन देखने। इससे पिता को खुशी मिलेगी। उनको भड़काना या उनकी बात पर भड़कना ठीक नहीं है।

कृष्णानन्द को अट्ठावन वर्ष में रिटायर होना था। दो साल पहले से ही काफ़ी उदास और चिड़चिड़े रहने लगे थे। पिछले कुछ समय से बाप-बेटे के बीच इसी तरह नोकझोंक चल रही थी। उनके चिड़चिड़ेपन का पहला कारण तो यह था कि उनकी कोई पेंशन नहीं थी। ऊपर से बेटा उनकी अपेक्षाओं पर ख़रा नहीं उतर रहा था। पता नहीं आख़िर करना क्या चाहता है। वे सोचते और रक्तचाप बढ़ा लेते।

पहाड़ जाकर बस जाने की सहमति बनने के बाद तेजू पिता के साथ पहली बार बचवाली पहुँचा था। दिल्ली में किसी परिचित ने सलाह दी कि बचवाली में ज़मीन मिल सकती है। यह 2010 के अन्त की बात है। ज़मीन के चक्कर में ही चन्दू पांडे से पहली बार मुलाक़ात हुई थी। चन्दू ने एक प्लॉट दिखाया था। लेकिन इस बीच पिताजी को कोई और ज़मीन पसन्द आ गयी और सौदा हो गया। 2011 के सितंबर महीने तक घर बन कर तैयार हो गया था। लेकिन यहाँ स्थायी तौर पर रहने आये 2013 के मध्य में, जब कृष्णानन्द रिटायर हो गये। तब तक तेजू एक टीवी चैनल और दो अख़बारों में कुछ-कुछ महीने नौकरी करने के बाद छोड़ चुका था।

छोटा घर था, लेकिन अपना घर है यह सोच कर कृष्णानन्द और उनकी पत्नी इतना खुश थे जैसे जीवन में इसके अलावा और कोई इच्छा बाक़ी न रह गयी हो। हालाँकि दो इच्छाएँ अभी सामने खड़ी थीं। एक तो तेजू की ढंग की नौकरी और दूसरा, उसकी शादी।

अभी कल की ही बात है। दिल्ली से आया तेजू का दोस्त नितिन बचवाली के एक सस्ते-मद्दे होटल में टिका था। उस दिन नैनीताल में बर्फ़ गिरी थी। बचवाली में बर्फ़ का नामोनिशान न पाकर नितिन थोड़ा हैरान हुआ। शाम के वक़्त तेजू जब उससे मिलने होटल पहुँचा तो नितिन खिड़की से चोटियों को देख रहा था। वह बाहर खड़े वेटर से पूछ बैठा, "भय्या, ये बर्फ़ इतनी जल्दी कैसे पिघल गयी?"

वेटर आश्चर्य से उसे देखने लगा। इसलिए नहीं कि औसत क़द और तांबई रंग के उस युवक के सिर के बाल आगे से झड़ने लगे थे।

"आप इतनी ठंड में बरफ से साथ पी रहे हो?" —उसने पूछा था। तेजू ने उसे समझाया कि नितिन किस बर्फ़ की बात कर रहा है। दुबला-पतला वेटर हथेली होंठों पर रख कर अपनी नासमझी पर हँसा, "मेरे बूबू[1] कहते थे, बचपन में उन्होंने बचवाली में घुटनों तक बरफ देखी थी। अब वैसी बरफ नहीं गिरती। मैंने क्या, मेरे बाबू[2] ने भी घुटनों तक नहीं देखी।"

---

1. दादाजी, 2. पिताजी।

वह मरियल वेटर, जिसके दाँत मुँह के अनुपात में ज़्यादा बड़े थे, नितिन के इस सवाल का सन्तोषजनक उत्तर नहीं दे पाया कि जब बर्फ़ नहीं गिरती तो वहाँ इतनी सर्दी क्यों पड़ रही है। बोला, "सर, यहाँ हवा बहुत चलती है। चौराहे पर तो, अगर बटन ढीले हों, सर जी, कपड़े उतर जायें। ये निख़ालिश बर्फ़ीली हवा नैनीताल से आती है।"

उसने नैनीताल की चोटी की तरफ़ उँगली उठाते हुए कहा और उसकी आँखें इस क़दर झपकने लगीं, मानो बर्फ़ीली हवा को देखने की कोशिश कर रहा हो। नितिन और तेजू कमरे से बाहर निकल आये थे। दोनों ने पहाड़ी की तरफ़ देखा। शाम ढल चुकी थी और वहाँ रोशनियाँ झिलमिला रही थीं।

वेटर विश्वास दिलाने लगा, "बड़ी बदचलन हवा है यहाँ की साब। शाम को चौराहे पर जाकर देखो, कैसे हूँ-हूँ करते हुए कपड़ों के अन्दर घुसती है।"

थोड़ी दूरी पर एक बुज़ुर्ग कुक होटल की बाउंड्री वाल से पीठ टिकाये बीड़ी पी रहा था। उसका एक पैर ज़मीन पर था और दूसरा मोड़ कर दीवार पर टिका रखा था। कुक के कत्थई होंठों पर हलचल हुई–दै रे फसकिया[1]!

तेजू ने कुक की ओर देखा तो वह सकपका गया और बीड़ी फेंक कर दूसरा पैर ज़मीन पर टिका लिया–ठीक ही कह रहा है सर, पहाड़ के मौसम का और हवा का कोई ईमान-धरम थोड़ी ठैरा।

'इन्हें तो सब पता हुआ' कह कर दुबले वेटर ने गप की कमान बुज़ुर्ग कुक को सौंप दी और तेज़ी से अन्दर की ओर भागा। उसे किसी ने आवाज़ दी थी। कुक बोला, "अब तो वैसी ठंड पड़ती ही नहीं। पुराने ज़माने के बुज़ुर्ग बताने वाले हुए, नसों में खून जम जाता था। ऐसी ज़बर ठंड महराज, बुड्ढों की तो शामत आ जाने वाली ठैरी।"

तेजू समझ रहा था कि यह फसक मारने में वेटर का उस्ताद जान पड़ता है। कुक अचानक हँसने लगा, "हमारे एक पड़ोसी थे घनश्याम कका[2]। काखी[3] जो हुईं, उनकी घरवाली, उन दिनों जवान हुईं। बूढ़े सास-ससुर उन पर हुकम चलाने वाले हुए। काखी परेशान। हर जाड़े में उनके मरने का इन्तज़ार करने वाली ठैरीं।"

दोनों को उसकी बात से अरुचि हो रही थी। वह समझ गया। बोला, "तो सुनिये बाबू साहब, बड़ा मज़ेदार क़िस्सा है," उसने दोनों का ध्यान अपनी ओर खींचने की कोशिश की, "काखी के ससुर हुए बड़े खुराफ़ाती आदमी। जाड़े में बन्दर वाली दो टोपियाँ ख़रीद लाये। एक अपने लिए और एक अपनी बुढ़िया के लिए। उसे पहन कर दोनों रज़ाई के अन्दर घुसे रहने वाले हुए। बिस्तर पर ही खाना खायें और बिस्तर पर ही चाय मँगाएँ।

---

1. वाह रे गप्पी!, 2. चाचा, 3. चाची।

"काखी बेचारी दुबला गयीं। एक दिन पड़ोस की एक औरत ने उनका दुख पूछा कि आख़िर उसे हुआ क्या, जो ऐसे सूखती जा रही है? काखी बोलीं, क्या बताऊँ। बुड्ढा दो कनटोपे ख़रीद लाया।

"तब पड़ोसन ने पूछा कि कनटोपे से तू क्यों दुबला गयी? काखी ने कहा, सर्दी नहीं लगी तो दोनों मरेंगे कैसे? फिर वो पड़ोसन से पूछने लगीं—तेरे पास यमराज से बात करने का कोई उपाय है? पड़ोसन ने पूछा—क्यों? बोलीं, उन्हीं से साफ़-साफ़ पूछती हूँ कि अगर दो अधमरे बुड्ढों को उठाना तुम्हारे बस में नहीं है, तो ऐसा करो, मुझे उठा लो।

"संयोग की बात थी, काखी के ससुर ने उनकी बातचीत सुन ली। पर कई दिन चुप मारे रहे। फिर एक रोज़ अचानक बोले—रात में यमराज आये थे। साक्षात् दर्शन हुए। ये गोल-गफ्फू मुँह, ये बड़ी-बड़ी मूँछें। सिर पर सोने का मुकुट, हाथ में सोने का मुग्दर और खून से भरी लाल आँखें।

"काखी के मन में लड्डू फूटने लगे। अब दोनों में से एक का टपकना तय है। ससुर ने बताया—यमराज कहने लगे, नाम नहीं लूँगा, पर तेरे घर में कोई है जिसने तुझे और तेरी घरवाली को उठाने की प्रार्थना की है। पर तू तो साला, एक नंबर का हरामी है रे।

"ससुर ने बताया कि उन्होंने यमराज से पूछा—मैंने क्या किया? यमराज बोले, एक हफ्ते से तेरे घर के चक्कर काट रहा हूँ। भैंस की पीठ पर बैठे-बैठे मेरे भेल[1] छिल गये। मुझे पागल समझ रखा है जो एक आदमी के पीछे इतनी मेहनत करूँगा। अब जिस दिन तेरी टोपी फटेगी उसी दिन आऊँगा तुझे उठाने।

"ससुर ने बताया कि वो भी यमराज के बाप हैं। एक जोड़ा कनटोपे उन्होंने पहले से ही ट्रंक में छुपा कर रखे हैं। यह सुनना था, काखी धड़ाम् से गिरीं और बेहोश हो गयीं।"

कुक अपने किस्से पर देर तक हँसता रहा।

तेजू अपने मित्र नितिन के साथ होटल के बाहर खड़ा सिगरेट पी रहा था। उसे फसकियों की कल की बातें याद आ रही थीं। उसी वक़्त चन्दू पांडे आता दिखाई दिया। अपनी अदा में दूर से ही पौना हाथ उठा कर उसने अभिवादन किया और क़रीब आकर बोला, "असल में कई बातें यक़ीन करने लायक नहीं होतीं। लेकिन सच्चाई तो सच्चाई है।"

"बुरा न मानें पांडे जी, आपका विश्वास और आपकी आस्था आपके लिए

1. नितंब।

सच्चाई हो सकते हैं। पर ज़रूरी नहीं मेरे लिए भी सच्चाई वही हो।"

"चलो, कोई बात नहीं। मैं तो ज़मीन की बात करने आया था।"

तेज प्रताप ने शान्ति का सन्देश दिया, तो तेजू ने रुख बदला, "जोशी कॉटेज है किसका?"

चन्दू चौंका। अच्छा तो इसकी नज़र जोशी कॉटेज पर है? कहीं इस लड़के को, जिसे दोस्त बताता है, ज़मीन बेच कर कमीशन खाने के चक्कर में न हो। उसने हतोत्साहित करने के अन्दाज़ में कहा, "जिनका है वो पच्चीस-तीस साल में कभी नहीं आये।"

"तो क्या लड़की ताला तोड़ कर अन्दर घुसी? या चाभियाँ साथ लेकर आयी थी?"

चन्दू ने हाथों को आपस में रगड़ते हुए कहा, "बाहर ठंड बहुत हो रही है। बैठ कर बात करें?"

तेजू ने अपने दोस्त की तरफ़ देखा। उसने चलने का इशारा किया और बिना कुछ बोले तेजू के साथ अन्दर की ओर चल दिया। चन्दू उनके पीछे-पीछे। अन्दर पहुँच कर नितिन और तेजू बेड पर अधलेटे हो गये और सिरहाने पर तकिया लगा लिया। चन्दू कुर्सी खिसका कर उनके थोड़ा क़रीब आ गया, "ताला तोड़ते हुए या खोलते हुए उसे किसी ने नहीं देखा।"

"जोशी कॉटेज के मालिक रहते कहाँ हैं?"

"अगर वे कहीं होते तो सबसे पहले मैंने पता लगाया होता। पिछले सात साल से, जब से प्रापर्टी के धन्धे में आया, उन्हें ढूँढ़ रहा हूँ।" चन्दू ने स्वर को थोड़ा धीमा कर दिया, "हर महीने दो-चार ग्राहक जोशी कॉटेज के बारे में पूछताछ करते हैं। ऐसी खुली और एकांत जगह अब इस इलाक़े में कहीं नहीं बची। लेकिन मिल नहीं सकती किसी को। असम्भव।"

"आप ये न समझें कि मुझे ज़रूरत है। मैं तो आपके फ़ायदे के लिए कह रहा हूँ कि अफ़वाहें उड़ाने की जगह लड़की से सीधे बात क्यों नहीं करते?"

पांडे ने कानों को छूते हुए कहा, "आप अफ़वाह कह सकते हैं। पर मैंने जो देखा, उसके बाद मेरी हिम्मत नहीं है।"

तेजू ने बहस करना ठीक नहीं समझा। हालाँकि यह सवाल अब भी अपनी जगह था कि अट्ठाईस साल से बन्द पड़े मकान में अचानक कोई लड़की कहाँ से आयी। चन्दू पांडे को कुछ तो पता होगा। चन्दू ने नितिन की ओर संकेत करते हुए कहा, "भाई साब को कोई ज़मीन चाहिए तो बताओ। मेरे पास एकाध अच्छे प्लाट हैं।"

तेजू को लगा वह इतनी आसानी से खुलने वाला नहीं। उसने हाथ से घूँट लगाने का संकेत करते हुए पूछा, "पांडे जी, कभी-कभी लेते हो?"

"हाँ, कभी-कभी ले लेता हूँ। टेंशन भी तो बहुत ठैरे।"

तेजू बोला–टेंशन तो हमें भी बहुत हैं, लेकिन आपको हमसे एक ज़्यादा हुआ–भूतों का।

सुन कर पांडे मुस्कराया और होटल के कमरे में नज़रें दौड़ाने लगा। पीने के नाम पर वह ज़्यादा विनम्र हो गया था। दरवाज़े के सामने और दायीं तरफ़ की दीवार पर सस्ती और घटिया क़िस्म की दो पेंटिंग टँगी थीं और बैड के पास होटल के नियम फ्रेम कर टाँग रखे थे–होटल के अन्दर शराब पीना मना है। नितिन की नज़र वहाँ टिक गयी। उसने फ्रेम की तरफ़ इशारा करते हुए पूछा, "यहाँ पीना ठीक रहेगा?"

पांडे का उत्साहित स्वर गूँजा, "ये तो शराब की याद दिलाने के लिए लगा रखा है। मान लो, आप भूल ही जायें कि पीना है।"

वह अपनी बात पर हो-हो करता हुआ हँसा। तेजू और नितिन को भी हँसी आ गयी। नितिन ने अपने सूटकेस से बोतल निकाली और वहाँ रखे दो गिलास उठा कर उन्हें सूँघने लगा, "मौसम का मिज़ाज देख कर नैनीताल में ख़रीद ली थी। दो ही पैग पिये हैं।"

पांडे ने झट से गिलास उसके हाथ से ले लिए और उन्हें धोने के लिए बाथरूम की तरफ़ लपका, "इस पर मेरा नाम लिखा होगा, इसलिए बची रह गयी।"

कमरे में दो ही गिलास थे। नितिन ने वेटर को बुला कर एक और गिलास मँगवा लिया। साथ में कुछ खाने को। शाम के साढ़े सात बज रहे थे। सर्दी बढ़ती जा रही थी। चन्दू ने दो-चार घूँट में ही पूरा पैग हलक में उतार लिया। अब वह कन्धे झटक कर अपने आप को सामान्य दिखाने की कोशिश करने लगा। वह काफ़ी खुल गया था, "जो भी हो, लड़की का कोई जवाब नहीं। बड़ी मस्त चीज़ है जी। अगर भूतों ने उस पर कब्ज़ा नहीं किया होता तो मैं कर लेता।"

"हाँ, लड़की भी तो प्रापर्टी ही है।" –तेजू ने व्यंग्य किया। लेकिन चन्दू ने ध्यान नहीं दिया या शायद उपेक्षा की। वह दूसरा पैग ले रहा था। सरूर बनने लगा था। उसने फिर से कन्धे को झटका दिया, "हम जैसों को बढ़िया शराब से नशा कहाँ होने वाला हुआ।"

"चन्दू जी, ये बताओ, लड़की कहाँ से आयी?"

"रहस्य तो यही है तेजू भाई।"

"जोशी कॉटेज वालों की कोई सगी-सम्बन्धी भी तो हो सकती है?"

"हो सकता है। ये भी हो सकता कि साले जोशियों ने ये घर इस लड़की को बेच दिया हो। मतलब इसके बाप को।"

पांडे ने बताया कि इस संभावना की तरफ़ उसका ध्यान अभी कुछ दिन पहले गया। उसने पता करवाया है। प्रापर्टी बिकी होगी तो मालूम पड़ जायेगा। तेजू ने कहा कि अगर वह इसी तरह सीधा सोचे तो इस सवाल के जवाब तक पहुँच जायेगा

कि लड़की कौन है। भूतों के वहम से भी छुटकारा मिलेगा।

भूतों की बात पर वह गम्भीर हो गया, "देखिए भाई साब, आपके दोस्त ने पिलाई। आपका और इनका बहुत-बहुत धन्यवाद। आपसे दोस्ती हुई। इनसे भी हुई। मुझे खुशी है। लेकिन जहाँ तक भूतों का सवाल है, मैं आपसे सहमत नहीं हूँ। मैं अपनी आँखों से देख चुका हूँ। पहले भी इसी जोशी कॉटेज में देखा था।"

"आपका भ्रम है।"

"भ्रम तो आपको भी हो सकता है। भूत नहीं होने का।"

उसी वक़्त वेटर प्लेट में पनीर टिक्का ले आया। चन्दू पांडे तीसरा पैग उतार रहा था और लगातार कसमसा रहा था। तेजू और नितिन ने अभी-अभी अपने लिए दूसरा पैग बनाया था। वेटर को देख कर चन्दू उसकी ओर मुख़ातिब हुआ, "हाँ भई, एक बात बताओ, भूत होता है कि नहीं?"

"देखो साब, भगवान के बारे में तो एक बार शक हो सकता है, लेकिन भूत के बारे में नहीं।"

"देख लिया?" उसने तेजू की ओर देखने के तुरन्त बाद वेटर की तरफ़ गरदन घुमाई, "देखो, ये जो भाई साब हैं, भूत को नहीं मानते। लेकिन इनके दोस्त हमारे मेहमान हैं। अगर मेहमान की ख़ातिरदारी ठीक से नहीं हुई तो ये होटल जो है ना, कल सुबह यहाँ नज़र नहीं आयेगा।"

"कैसी बात कर दी आपने, क्या हम आपको नहीं जानते? और मेहमान तो, ऐसे भी भगवान होने वाला ठैरा।"

"ठीक है। भगवान जो भी कहें, उन्हें 'ना' मत कहना।" —चन्दू पांडे फिर से कसमसाया और वेटर के जाते ही अन्ततः जेब से रिवाल्वर निकाल कर मेज पर रख दी, "चुभ रही थी," कह कर उसने तेजू और नितिन के चेहरे पर आये तनाव को देखते हुए तुरन्त जोड़ा, "लाइसेंसी है।"

दोनों ने कोई प्रतिक्रिया नहीं की। उसने वहाँ पड़ा एक बासी अख़बार रिवाल्वर के ऊपर रखते हुए पूछा, "हम क्या बात कर रहे थे?"

"आप कह रहे थे, जोशी कॉटेज में आपके साथ पहले भी कुछ हुआ।" —नितिन ने बताया।

"हाँ," अपना गिलास हाथ में लेकर चन्दू कुर्सी से उठा और उन दोनों के क़रीब आकर बेड पर बैठ गया, "आप लोग जो भी सोचो मेरे बारे में, पर आपकी पी है, तो सच कहूँगा। मैं एक ज़माने में बड़ा 'वैसा' आदमी था।"

कैसा? तेजू और नितिन दोनों के दिमाग़ में यह प्रश्न कौंधा। लेकिन पूछा किसी ने नहीं। तेजू जानता था, पांडे बिना सवाल किये ही जवाब देगा।

"सभी होते हैं एक उमर में। दस-ग्यारह साल पुरानी बात है। आप से क्या छुपाना। एक औरत को लेकर गया था जोशी कॉटेज। वहाँ बारामदे में बैठकर चाँदनी

रात में दारू पीता रहा। लेकिन उस दिन बाल-बाल बचा भाई साब। दीवार घड़ी की टिक-टिक ने तो प्राण ही निचोड़ लिए थे।

''सोचो जरा, अट्ठाईस साल से बंद घर में घड़ी अपने आप कैसे बज गयी?" —पांडे की ज़बान लड़खड़ा रही थी और वह हाथ हिला-हिला कर और मुँह की विचित्र मुद्राएँ बना कर बात कर रहा था।

"नशे में ऐसा लगता है। अच्छा हुआ जोशी कॉटेज में तानपुरा नहीं था। भूतों को संगीत बहुत पसन्द है।"

"हद्द कर दी आपने! ...चलो मान लो कि वो मेरा वहम था। लेकिन मेरे बाल किसने झनमनाए[1]?"

"पता नहीं पांडे जी, आपकी बात मैं नहीं समझ पा रहा," कह कर तेजू ने मज़ाक किया, "वैसे, कभी मुझे भी मिलाओ भूतों से। उनसे गाना सुनेंगे।"

"आप लोगों की पी रहा हूँ। कहना नहीं चाहिए। पर सच बताऊँ, एक बार देख लिया तो फट कर हाथ में आ जायेगी।" —वह चिढ़ कर बोला। अचानक तेजू के अन्दर नशे में झूम रहा तेज प्रताप उठ खड़ा हुआ—सत्यानाश। जब उगलवाने का वक़्त आया तो तुमने उँगली कर दी।

पांडे ने उसी वक़्त घड़ी देखी, जब वेटर ने फिर से कमरे का दरवाज़ा आधा खोल कर अन्दर झाँका, "कुछ और चाहिए? बिना संकोच बता देना साब, कल को पांडेजी ये न कहें कि हमारे मेहमान की इज़्ज़त नहीं की।"

चन्दू ने अख़बार के नीचे से रिवाल्वर निकाल कर जेब के हवाले करते हुए कहा, "अच्छा, इज़ाज़त दीजिए।" वेटर के चेहरे पर हवाइयाँ उड़ने लगीं। उसने थोड़ा ऊँची आवाज़ में चन्दू की पीठ से कहा, "आप निश्चिन्त होकर जाओ। शिकायत की नौमत[2] नहीं आने दूँगा।"

पहाड़ की ओट से सूरज अभी-अभी खिला था। बग़ीचे की घास पर जमी ओस की परत चाँदी के तारों-सी चमक रही थी। उससे धीमे-धीमे भाप उठ रही थी। बचवाली के आधे हिस्से को अभी सूरज के दर्शन नहीं हुए। घाटियों और निचले हिस्सों में हल्की-सी धुँध है। जोशी कॉटेज ऊँचाई पर है, तो सूरज थोड़ा पहले दिखाई देता है। रेवा ठिठुरती हुई आँगन में खड़ी थी। सिटौलों[3] का एक झुंड लगातार किर्र-टें किर्र-टें कर रहा था और उड़-उड़ कर इस पेड़ से उस पेड़ पर बैठ जाता था। सिटौलों की किर्र-टें से उसका ध्यान टूटा तो देखा अखरोट के पेड़ के नीचे जंगली बिलौटा घात लगाये बैठा है। उसे देख कर सिटौलों ने धैर्य खो दिया था। दूर से कोई स्त्री

1. खींचे, 2. नौबत, 3. मैनाओं।

स्वर थोड़े-थोड़े अन्तराल के बाद 'आ ले आह-आह-आह' पुकार रहा था। वह स्त्री अपने कुत्ते या बकरी को पास बुला रही थी शायद। या हो सकता है दाना चुगाने के लिए मुर्ग़ियों को बुला रही हो। जिस दिशा से आवाज़ आ रही थी उधर देखने पर कोई दिखाई नहीं देता। या तो वह ओट में है या धुँध के कारण दिखाई नहीं दे रही। यह भी हो सकता है कि अनुगूँज की दिशा को लेकर भ्रम हो रहा हो। पर ज़ाहिर है कि कहीं किसी आँगन में कोई स्त्री अवश्य खड़ी थी। और किसी को तो सम्बोधित कर रही थी।

जोशी कॉटेज के आँगन में रेवा अकेली थी। सन्नाटे में दूर से आ रहे स्वर स्पष्ट सुनाई पड़ रहे थे। जिनमें सबसे तीव्रतर 'आ ले आह-आह-आह' था। ऐसा लगता था वह स्वर पहाड़ के सीने से टकराने के बाद धुँध में प्रवेश कर रहा है और इससे अत्यंत्य मधुर और लयबद्ध हो गया है। मानो, कोई स्त्री सुबह का गीत गा रही है।

बाहर, मद्धम ही सही, जीवन की हलचल थी। जब रात में वह अकेली होती है तब स्थिति इसके उलट होती है। चारों तरफ़ सन्नाटा छाया रहता है। जिसकी सनसनाहट को बाक़ायदा सुना जा सकता है।

घर में जो युवती अकेली रहती है, उसके कमरे रात में गूँजते हैं। मल्ला रामखेत के तीन लड़कों को इसी बात की हैरानी है। अन्दर से मर्दाना आवाज़ें क्यों सुनाई देती हैं। उन मर्दाना आवाज़ों से संवाद कौन करता है?

रमेश, महेंदर और चन्दन पिछले कई दिनों से उसका पीछा कर रहे थे। पिछली कई रातों में उन्होंने दरवाज़े पर कान लगा कर और खिड़की से झाँक कर अन्दर देखने की कोशिश की थी। लेकिन खिड़की के मोटे पर्दे न तो हिलते थे और न अपनी जगह से खिसकते थे। लड़कों को ज़बर्दस्त बेचैनी हो रही थी। बेचैनी में ग़ुस्सा आता और भुजायें ऐंठने लगतीं। आख़िर इतनी-सी बात का पता वे क्यों नहीं लगा पा रहे हैं कि अन्दर कौन हो सकता है?

इस दौरान उन्होंने कभी किसी को वहाँ आते-जाते नहीं देखा। फिर भी यक़ीन होता जा रहा था कि कोई तो है। लेकिन चन्दू पांडे के बेहोश होकर गिर जाने की घटना के बाद, जिस दिशा में वे सोच रहे थे, अचानक उसके उलट सोचने लगे। अगर सचमुच लड़की के साथ अन्दर कोई मनुष्य होता तो कभी तो दिखाई देता!

अफ़वाह बहुत तेज़ी से फैलने लगी थी। कि लड़की का भूतों के साथ कोई रिश्ता है। कि वह उन्हें दावत देती है और उनसे बातें करती है। जिन्हें अब तक इस बात की भनक नहीं लग पायी थी वे इसलिए हैरान थे कि जोशी कॉटेज में कोई लड़की अकेली रह रही है। कोई नहीं जानता कि वह कौन है। चन्द लोग ऐसे भी थे जिन्हें बाक़ायदा उम्मीद थी कि किसी दिन कोई और भी जोशी कॉटेज के आँगन में खड़ा नज़र आयेगा। उनमें से कुछ लोगों को लगता था माधव जोशी आये होंगे। कुछ कहते थे, शायद शिवप्रसाद हों। कुछ यह मान रहे थे कि लड़की माधव या

शिव में से किसी की बेटी होगी। हो सकता है माधव या शिव में से कोई आया हो, आते ही बीमार हो गया हो और घर के अन्दर हो। हो सकता है चुपचाप दोनों ही लौट आये हों और लोगों के सामने प्रकट होने के लिए ख़ुद को तैयार कर रहे हों। पर ऐसा सोचने वालों को अपने ही इस विचार पर ज़्यादा भरोसा नहीं होता था। अट्ठाईस साल बाद भी क्या किसी के अन्दर उतनी ही झेंप बैठी होगी? पर अगर शर्मिंदगी न होती तो अब तक आ न गये होते?

तेजू के अन्दर वह लड़की अबूझ गुत्थी की तरह घुमड़ रही थी। वह जितना उसे खोलने की कोशिश करता, उतनी ही वह उलझ जाती। वह क्यों इस फेर में पड़ा है। मन उड़-उड़ कर फिर उसी कमज़ोर फुनगी पर क्यों बैठता है? उसमें ऐसा क्या है?

अचानक उसके मन में जोशी कॉटेज तक घूम आने का विचार कौंधा। जूते के तसमे बाँधने के बाद उसने शीशे में झाँका, बाल सँवारे और गुनगुनाया। अच्छा है कि वह खुद ही लड़की से मिल आये। उसके बारे में सब पता चल जायेगा। उसने अपने इरादे को सही ठहराते हुए सोचा। वह घर से निकला और पैदल उस दिशा में चल पड़ा जहाँ जोशी कॉटेज था।

जिस तिराहे पर मोहन सिंह की दुकान थी, वहाँ से एक सड़क पहाड़ों से उतरती हुई मैदानी इलाक़े में पहुँचाती है। दूसरी, साँप की तरह रेंगती हुई पहाड़ों पर चढ़ती चली जाती है। जहाँ दूर-दूर तक ऊँची-ऊँची चोटियाँ हैं और टेढ़े-मेढ़े रास्ते हैं। जो कहीं-कहीं बहुत सँकरे हो जाते हैं। पहाड़ों वाली सड़क के दोनों तरफ़ चीड़, देवदार और बाँज के घने पेड़ हैं। सड़क किनारे पिरूल[1] गिरा रहता है। साँय-साँय हवा चलती है। कुछ और आगे चल कर बर्फ़ीली चोटियाँ मिलती हैं। कहीं-कहीं हिमालय ठीक सामने दिखाई देता है। जहाँ धूप से आँखें चुँधिया जाती हैं। खूब घने बालों वाले झबरैले कुत्ते आलस में डूबे दिखते हैं। जहाँ औरतें और आदमी बारहों महीने कपड़ों के ऊपर कपड़े डाटे रहते हैं। जहाँ बादल घरों में घुस जाते हैं और बच्चे आसमान की ओर हाथ उठा कर बर्फ़ के फाहे खींच लाने को हमेशा तत्पर रहते हैं। जहाँ माँ-बाप बात-बात में एक ही रट लगाये रहते हैं—बाहर सर्दी है। अन्दर बैठो, आग के पास।

जोशी कॉटेज पहाड़ों की तरफ़ जाने वाली इसी सड़क पर है। बचवाली से डेढ़ फ़रलांग दूर, उल्टे हाथ पर, एक कच्चा रास्ता जाता है। उस पर सौ-डेढ़ सौ गज की दूरी तय करते ही जोशी कॉटेज आ जाता है। एक अकेला घर। जिसने कभी उस वीरान इलाक़े को आबाद किये रहने की ज़िद ठानी थी। इसी मुख्य सड़क पर, लगभग डेढ़ फ़रलांग और आगे निकल जाने पर एक कच्चा रास्ता पहाड़ पर चढ़ जाता है। वहीं, पहाड़ के एक सपाट हिस्से में चन्दू पांडे का गाँव है। मल्ला

---

1. चीड़ की सींकनुमा पत्तियाँ।

रामखेत। गाँव सड़क से नहीं दिखता। वहाँ दूर-दूर बने थोड़े-से घर हैं। हर घर के साथ आड़ू, प्लम, खुबानी, सेब और नाशपाती से बग़ीचे हैं। कहीं-कहीं नींबू, गलगल और लुकाट के पेड़ मिल जायेंगे। चन्दू पांडे के बग़ीचे में एक काकू[1] का पेड़ भी है। उस गाँव में फूल बहुत होते हैं और तितलियाँ भी। लोग मधुमक्खियाँ पालते हैं। शहद बेचते हैं। छत्तों में जितना बचा रह जाता है उसे बच्चे चूस लेते हैं—अंडों और लार्वा सहित।

मोटर की सड़क के नीचे, घाटी जैसी जगह में, तल्ला रामखेत है, जिसे अब केवल रामखेत कहा जाता है। रामखेत का विस्तार, बचवाली की तरफ़, जोशी कॉटेज के आस-पास तक हो चुका है। पहाड़ों की ओर जाने वाली सड़क पर भी रामखेत दो किलोमीटर आगे तक पहुँच गया है। एक तरह से इसे बचवाली का विस्तार भी कह सकते हैं, क्योंकि बाहर के लोगों को बचवाली और रामखेत का फ़र्क़ समझ में नहीं आता।

जब वह मोटर की सड़क छोड़ कर देवदार के पेड़ों के बीच बने कच्चे रास्ते पर मुड़ा तो दूर से ही एक अकेला घर दिखाई पड़ गया। यही होना चाहिए। उसने अनुमान लगाया। लेकिन ज्यों-ज्यों दूरी कम हो रही थी, उसकी चाल धीमी पड़ती जा रही थी। आख़िर क्या कहेगा उससे? क्यों आया यह तो बताना पड़ेगा। लड़की से तो पूछ नहीं सकता कि उसके बारे में जो कहा जा रहा है, क्या वह सच है? कि वह कहाँ से आयी है? इस घर में कैसे रह रही है? जोशी कॉटेज वालों से उसका क्या सम्बन्ध है? वह ताला खोल कर अन्दर घुसी या तोड़ कर?

नहीं। इससे तो वह बिदक जायेगी। सब गड़बड़ हो जायेगा। उसका उत्साह ठंडा पड़ रहा था। हाथ-पैर नम हो रहे थे। उसकी चाल और धीमी हो गयी। वह घबरा क्यों रहा है? अगर उसे जोशी कॉटेज नहीं जाना चाहिए था तो फिर वह जा क्यों रहा है?

लौटने का इरादा किया ही था कि लड़की ठीक सामने खड़ी मिली। वह सेब के दो ठिगने पेड़ों की आड़ में खड़ी फ़ोन कर रही थी। दोनों पेड़ काफ़ी क़रीब थे। सरसरी निगाह से देखने में दोनों के बीच खड़े व्यक्ति का ओझल होना स्वाभाविक था। वह क़दमों की आहट सुन कर पलटी। तेजू हड़बड़ा गया, "गुड मार्निंग।"

"गुड मार्निंग। कहिए?" —उसने फ़ोन पर बात ख़त्म करते हुए कहा।

"कुछ नहीं। ऐसे ही टहलते हुए आ गया।"

"ये मॉल रोड है?" —लड़की ने भौंहे उचका कर सवाल किया।

सवाल को टालने के लिए वह थोड़ा मुस्कराया, "अच्छी जगह है। आपकी है?"

"तो आपकी है?"

"नहीं, मेरी कैसे हो सकती है?" तेजू की समझ में नहीं आ रहा था कि क्या

1. काकी पर्सिमन।

उत्तर दे। वह फिर से हँसा। पर लड़की नहीं हँसी। ज़मीन ख़रीदने की बात करनी चाहिए? लेकिन अगर बेचने को तैयार हो गयी तो क्या करूँगा? मुझे तो ख़रीदनी नहीं है। तेज प्रताप ने हिम्मत बँधाई—नहीं ख़रीदने वाले को कोई जबरन बेच नहीं सकता।

"सुना है, आप थोड़ा ज़मीन बेचना चाहती हैं?"

"आपने ग़लत सुना।" कह कर वह लापरवाही से पलटी और घर के अन्दर चली गयी। तेजू खड़ा रह गया। लड़की की आवाज़ में जैसे कोई जादू था और आँखों में सम्मोहन। वह लौट जाना चाहता था लेकिन पैर ज़मीन से चिपक रहे थे। वह इधर-उधर नज़रें दौड़ाने लगा, जैसे उजाड़ बग़ीचा लीज पर लेने आया हो। पाँच मिनट बाद वह बाहर आयी। उसके हाथ में चाभियों का छल्ला और ताला था। उसने घर को ताला लगाया और सामने तेजू को खड़ा पाकर आश्चर्य के साथ बोली, "आप प्रापर्टी डीलर हैं?"

"आप अच्छा मज़ाक कर लेती हैं।"

"तो अब तक यहाँ क्यों हैं?"

"ये नाशपाती का पेड़ है?" —तेजू ने आडू के पेड़ की ओर इशारा करते हुए पूछा।

"आप मुझे बेवकूफ़ समझते हैं?" वह भड़क गयी, "पेड़ के बारे में पूछने के लिए यहाँ खड़े हैं?"

तेजू घबराया, "आप ग़लत समझ रही हैं। मुझे सचमुच नहीं पता। मैं अभी दो साल पहले यहाँ आया हूँ। दिल्ली से।"

"मैंने पूछा कहाँ से आये हैं?"

तेजू को ऐसे तीखे सवालों की बौछार और सपाट जवाबों की उम्मीद नहीं थी। फिर भी उसने दूसरी तरह से घेरने की कोशिश की, "अच्छा ठीक है, अपने पापा को भेजिए। आपसे बात नहीं करनी।"

रेवा थोड़ा सकपकाई, "वो नहीं हैं। आई मीन...अभी नहीं हैं।"

"कब आयेंगे?"

"कुछ देर पहले तो आपने कहा था कि ऐसे ही टहलते हुए आ गया। अब पापा से काम पड़ गया? आपको काम क्या है, मुझसे बात करो ना?" —रेवा लगभग चीखती हुई बोली।

तेजू उसके चीखने से सकते में आ गया। तेज प्रताप ने ग़ुस्से से कहा—बोल दे, तेरा हाथ माँगने आया हूँ, तुझसे बात करूँगा या तेरे बाप से?

वह तेज प्रताप पर बड़बड़ाया—तू मरवा देगा।

लड़की ने फिर चिल्ला कर कहा, "क्या बोला? ज़रा ज़ोर से बोलो।"

तेजू ने समर्पण कर दिया, "कुछ नहीं। आइ एम सॉरी...मुझे नहीं पता था कि आप इतनी...।"

"इतनी क्या?"

उसने कोई जवाब नहीं दिया और पलट कर जाने लगा। कुछ दूर चलने के बाद एकाएक पीछे मुड़ा। लड़की उसे जाते हुए देख रही थी। तेज प्रताप उसे धिक्कारते हुए उसकी ज़बान पर बैठ गया। उसने चिल्ला कर कहा, "इतनी ऐरॅगंट। घमंडी!"

वह तेज़ कदमों से आगे बढ़ गया। उसने लड़की पर हुई इसकी प्रतिक्रिया जानने के लिए पलट कर नहीं देखा। शायद लड़की ने गुस्से से पैर पटके हों। उसने सोचा। लेकिन जितनी खूबसूरत है, उतनी ही नकचड़ी और बदतमीज़ है। बेकार ही आया। ऐसी बदज़बान लड़की तो भूत की प्रेमिका बनने लायक भी नहीं है।

श्रद्धा और विश्वास, और जो भी करें, उत्साह का संचार अवश्य कर देते हैं। पुष्पा ने बाबा की कुटिया में सेवा और ध्यान दोनों एक साथ शुरू कर दिये थे। अपने घर में तो औरतें सेवा-टहल में सारा जीवन लगा देती हैं। यहाँ तो केवल चालीस दिन की बात थी। उसने सोचा और अपने घर की तरह जुट गयी। कभी फूलों को पानी देती, कभी बाबा और भक्तों को चाय-पानी पिलाती, कभी फल काट कर बाबा से सामने रख देती। भैरव जब तबले पर रियाज़ कर रहा हो, तो उसे भी चाय दे देती। बाबा अक्सर ठंड से पीठ ऐंठ जाने की शिकायत करते। ऐसे में वह उनकी पीठ भी दबा देती और सोचती कि बाबा कितने निश्छल हैं, पीठ भी दबवा लेते हैं। बाबा प्रसन्न थे। पीठ दबाते वक़्त गुनगुनाने लगते। कभी-कभी प्रेमी रूपी ईश्वर को सम्बोधित फिल्मी गीत भी ज़ुबान पर आ जाते। वे तिरछी नज़र से पुष्पा को देखते हुए मस्ती में गाते। मानो, ईश्वर-प्रेम में ऐसा ही होता हो। महराज के प्रिय चेले भैरव ने पुष्पा से कह दिया कि उस पर लँगोटी बाबा की कृपा और नन्नू महराज की दृष्टि है। अब कोई उसका कुछ नहीं बिगाड़ सकता। भैरव और दूसरे भक्तों से बाबाजी के चमत्कारी क़िस्से सुनने के बाद पुष्पा को भरोसा हो गया था कि बाबा के पास कोई अलौकिक शक्ति है। वे कुछ भी कर सकते हैं। वह दूने उत्साह से सेवा करने लगी। वह तो सारा जीवन घंटा-दो घंटा आश्रम को दे सकती है। पुष्पा सोचती।

हरिया पगलाया हुआ था। शुरू में वह हाथ में फूल लिए भुमई एस्टेट की चढ़ाई पर उसका इन्तज़ार करता मिलता। पुष्पा को फूल थमा कर कहता, "ये लँगोटी बाबा के लिए।"

पुष्पा फूल ले लेती। वह उसके साथ हो लेता और ऊपर तक छोड़ आता। लेकिन कुछ ही दिनों बाद पुष्पा बदल गयी। हरिया दूर से आता दिखाई दे तो वह उल्टी दिशा में चलने लगती। वह चाल तेज़ करता तो पुष्पा दौड़ने लगती। उसकी समझ में नहीं आ रहा था कि यह सब क्या हो रहा है।

यह दरअसल, बाबाजी की चेतावनी का नतीजा था। पर हरिया नहीं जानता

था। एक दिन बाबा ने पुष्पा को समझाया था—तुम सुन्दर हो...मतलब तुम्हारे अन्दर मिठास बहुत है। चींटे लग जाते हैं। स्वाभाविक है।

पुष्पा अपने पैरों के नीचे देखने लगी कि चींटे कहाँ लगे हैं। बाबा ने फिर कहा—लेकिन कुछ चींटे अशुभ और अनिष्टकारी होते हैं, क्योंकि उनके जन्म की घड़ी ही अशुभ होती है। जिसके पीछे लग जायेंगे उसके बनते काम बिगड़ जायेंगे।

पुष्पा का मुँह खुला रह गया। चेहरे पर मूर्खता का रंग चढ़ गया था। राख जैसा सटेली। बाबा समझ गये कि सांकेतिक भाषा इसके बस की बात नहीं। उन्होंने स्पष्ट किया कि वे हरिया की बात कर रहे हैं। पुष्पा घबरा गयी। तभी से वह हरिया से बचने लगी। उससे मुठभेड़ न हो, यह सोच कर कभी वह आश्रम के लिए जल्दी निकल जाती तो कभी देर से जाती। फिर भी कई बार वह रास्ते में खड़ा मिलता और फूल देने की कोशिश करता। पुष्पा ने टालने के कई बहाने किये। लेकिन वह टलने को तैयार नहीं था। आख़िरकार एक दिन, जब हरिया टैलकम पाउडर और फूल हाथ में लिए खड़ा था, उसने कह दिया, "लला, तुम अच्छे आदमी हो। तुमसे झूठ नहीं बोलूँगी। बाबाजी ने तुमसे दूर रहने को कहा है। अगर तुम सचमुच मेरा भला चाहते हो तो मेरी चिन्ता छोड़ दो।"

हरिया के माथे पर सलबटें पड़ गयीं। आँखों में झेंप बैठ गयी। उसे लगा कि बाबा को उसकी नीयत पर शक हो गया है। उसने झट-से कबूतर की आँखें बना लीं। लेकिन पुष्पा कुछ-कुछ समझने लगी थी। सीधे किसी की आँखों में नहीं देखना चाहिए। लोग मून[1] देते हैं बल।

1. सम्मोहित करना।

कुकुरीबाघ

शहतूत के पेड़ की एक मोटी और ज़मीन के समानांतर पसरी डाली पर बाबाजी उल्टे लटके थे। पैर टहनी में फँसा रखे थे। सिर नीचे। लुंगी की तरह बँधी धोती उलट कर मुँह तक पहुँच रही थी। कमर से नीचे के नग्न हिस्से को केवल एक लँगोट ढाँपे हुए था, जो ढीला लग रहा था। भैरव को उस ओर देखने में संकोच हुआ। उसे डर था कि ज़्यादा कसरतबाज़ी से कोई अश्लील दृश्य न उपस्थित हो जाये। बाबा बीच-बीच में सीधे हो जाते और उसी मोटी डाल पर उकड़ू बैठ जाते। बन्दर की तरह। बार-बार मुंडी हिला कर नीचे खड़े भैरव और आठ-दस दूसरे लोगों को घुड़की-सी देने लगते। यह दृश्य देख कर चन्दू पांडे भौचक रह गया।

भैरव के हाथ में केले थे। वह बाबाजी को केले दिखा कर नीचे बुला रहा था। चन्दू ने भैरव के कन्धे पर धीरे से हाथ रखा, "ये क्या हो रहा है?"

भैरव ने उसकी तरफ़ नहीं देखा। केले हवा में लहरा कर बाबाजी की ओर बढ़ाते हुए बताया, "कभी-कभी वानरों की तरह व्यवहार करने लगते हैं। हनुमानजी के अवतार हैं ना। केले दिखा कर नीचे उतारना पड़ता है।"

चन्दू ने फ़ौरन महराज जी की ओर हाथ जोड़ दिये। भैरव ने आवाज़ दी, "आओ महराज जी, केले खा लो...हनुमान जी, ये देखो केले !"

यह दो साल पुराना वाक़या है। तब से चन्दू पांडे शनि और मंगल के दिन प्रायः एक चक्कर आश्रम का ज़रूर लगाता है। सुबह मौक़ा न मिले तो शाम को सही। दोनों दिन बूँदी का प्रसाद लेकर जाता है। कभी-कभी केले भी ले जाता है।

मंगलवार का दिन है। आश्रम के भजन-कक्ष में नन्नू बाबा उर्फ़ नन्नू महराज तखत पर विराजमान हैं। उनके खुले केश कन्धे पर झूल रहे हैं और पैर हवा में। बाबा बालों में फूटती सफ़ेदी को मेंहदी लगा कर छुपा लेते हैं। दाढ़ी और मूँछों के सफ़ेद बालों को कैंची से छाँटते रहते हैं। तनी हुई बेदाग़ त्वचा के साथ सफ़ेदी जँचती नहीं। कुछ भक्तगण फ़र्श पर बिछे कालीन पर पहले से बैठे हैं। बाबा के चरणों की छाँव में। दो महिलाएँ बाबाजी के पैरों की सुन्दरता पर चर्चा कर रही हैं—कितने सफ़ेद और गुदगुदे हैं।

मंगलवार को बाबा सिन्दूरी टीका लगाते हैं। भक्तगण आ रहे हैं, बाबा के चरण छूकर स्थान ग्रहण करते जा रहे हैं। चन्दू पांडे पिठ्याँ[1] लगाये बीच में बैठा है। बूंदी का प्रसाद बाबा के सामने रख चुका है। कुछ भक्त फल, मिठाई और अगरबत्ती लेकर आये हैं। इस मंगलवार भक्तों की संख्या अधिक लग रही है। बाबा तिरछी नज़र से एक-एक भक्त को देखते हैं और भक्त मुदित मन से बाबा के मुखमंडल को। वे चन्दू को सम्बोधित करने के लिए उसकी ओर नज़र घुमाते हैं, "कर्म करने से भाग्य नहीं बदलता। किसी का नहीं बदला।"

बाबा हाथ हिला कर कहते हैं। भक्तों का नयी थ्योरी से परिचय हो रहा था। वे साँस रोक कर सुन रहे थे। बाबा ने समझाया—सच्चाई तो यह है कि हर मनुष्य भाग्य के अनुसार कर्म करता है। भाग्य में जितना पाना लिखा है, कर्म उतना ही होगा। लाख एड़ियाँ रगड़ लो। भाग्य में जेल जाना होगा तो मन चोरी-डकैती के लिए ललचायेगा। आदमी ऐसी ग़लती करेगा कि रंगे हाथों पकड़ा जाये। पकड़े जाने पर पुलिस वाले के साथ सुलह-समझौता करने की जगह ऐंठ जायेगा। 'ठुल्ला-पुल्ला' बोल देगा। क्यों बोलेगा? क्योंकि भय्या, भाग्य में तो जेल जाना लिखा है।

महराज के सामने बैठे चेले-चपाटे उनके विचार सुन कर नतमस्तक हो गये। सभी भक्त भाग्यवादी थे। अपने खुट्टल भाग्य में धार लगवाने के लिए बाबा के द्वार पर आये हुए थे। बाबा सान लगाने वाली साइकिल का पहिया घुमाए जा रहे थे। चिंगारियाँ निकल रही थीं। धार लग रही थी। चमत्कार।

बाबा के प्रवचन ही नहीं, खुद वे भी चमत्कारी बताये जाते हैं। वे चमत्कार दिखाते नहीं, बल्कि जो भी दिखा दें, भक्त उसी को चमत्कार मान लेते हैं। एक दिन बाबा ने जॉनसन बड कान में डाल कर पीला मैल निकाल दिया। पास के गाँव से आया एक भक्त देख रहा था। वह चिल्लाया—चमत्कार हो गया। बाबा ने कान में फुलझड़ी जैसी कोई चीज़ डाली और सारा मैल अपने आप फुलझड़ी में चिपक गया। दो साल पहले जब बाबा पेड़ पर लटके थे, तब भी उनकी धोती के अन्दर से झाँक रहा लँगोट देख कर भक्तों ने उसे चमत्कार कहा था। सुनने वालों की आँखें फटी रह गयी थीं—अरे बाप रे। शायद उन्होंने भक्तों को अपने अन्दर विद्यमान लँगोटी महराज के दर्शन कराये—अपने गुरु के। हाये, हम न हुए। भक्तनों को भी अफ़सोस था। भैरव सब सुन रहा था। उसने आकाश की ओर हाथ जोड़ दिये। ईश्वर की बड़ी कृपा। उसने बाबाजी का लँगोट नहीं खिसकने दिया।

बाबा अगर खिड़की से झाँक रहे हों तो लोग अनुमान लगाते हैं कि भविष्य में झाँक रहे होंगे। वे अँधेरे को देखने लगें तो लोग सन्नाटा खा जाते हैं। अवश्य ही बाबा अतीत में झाँक रहे हैं। भक्तों की राय में बाबा त्रिकालदर्शी हैं।

---

1. रोली-अक्षत का टीका।

बाबा के प्रवचनों से सब मुग्ध थे। सबसे अधिक प्रभावित लग रहा है चन्दू पांडे। बाबा जो कहते हैं उसके समर्थन में लगातार गर्दन हिलाता है। महराज ने पाँचों खुली उँगलियों के साथ बायें हाथ से चन्दू की तरफ़ संकेत किया—विचार कीजिए कि इनके भाग्य में एक दिन संसद पहुँचना लिखा है।

सबने पलट कर देखा। आज किसके भाग्य में धार लग गयी? चन्दू भी पलट कर पीछे देखने लगा। बाबा मुस्कराए, भक्तों की ओर देखा और प्रश्न पर ज़ोर दिया—संसद पहुँचना लिखा है तो क्या होगा? सारे भक्त चूतियों की तरह एक-दूसरे को देखने लगे। कौन जाने क्या हो जाये! बाबाजी ने रहस्य खोलने के अन्दाज़ में कहा—होगा यह कि हमारे चन्दू जी का मन अभी से ग्राम प्रधान का चुनाव लड़ने को लालायित हो जायेगा। छटपटाने लगेगा। अगर चोरी-चमाटी करते होंगे तो उससे विरक्ति हो जायेगी—नहीं भय्या, बहुत हुआ। अब तो चुनाव लड़ूँगा।

जो भक्त चन्दू को जानते थे और जिन्हें उससे ईर्ष्या हो रही थी, वे 'चोरो-चमाटी' सुन कर सिर झुकाए फी-फी करने लगे। चन्दू ने उनकी हँसी पर ध्यान न देकर उनकी उपेक्षा का प्रदर्शन किया, "ऐसे ही केवल उदाहरण दे रहे हैं महराज, या मेरे भाग्य में लिखा है?"

"भाग्य में जो लिखा है उसे तुम भी पढ़ सकते हो। अपने अन्दर झाँक कर देखो।" —इतना कह कर महराज गुनगुनाने लगे—*मन की आँखें खोल बाबा, मन की आँखें खोल...।*

चन्दू पांडे असमंजस में पड़ गया। उनसे आँखें मूँद लीं और मन की आँखें खोलने की कोशिश करने लगा। उसे कुछ नहीं दिखाई दे रहा था। लगा, कहीं उसके मन की आँखें फूट तो नहीं गयीं? कौन जाने मन साला पैदाइशी नेत्रहीन हो। उसने कुछ पल शान्त रहने के बाद यूँ ही कह दिया, "थोड़ा-थोड़ा दिख रहा है महराज। मैं...मैं बनना चाहता हूँ। लेकिन एक दुविधा है।"

बाबा ने उसकी ओर देखा। मानो, पूछ रहे हों, क्या दुविधा है। चन्दू ने बताया—अन्दर तो मल्ला रामखेत वाले घमासान मचाए हुए हैं। वो बनने देंगे? खुद हमारे भाई साब नहीं बनने देंगे। मन के अन्दर दिख रहा है, भाई साब हाथ में जूता लिए दौड़ा रहे हैं।

सब लोग ठहाका मार कर हँसे। बाबा ने बड़ी मुश्किल से हँसी दबाई। चन्दू को उसका बड़ा भाई बचपन से ही जूता हाथ में लिए दौड़ाता रहा। लोग कहते हैं कि चन्दुआ पैदाइशी लुच्चा है। जूता खाये बिना मानने वालों में से नहीं रहा। कुछ लोग उसके भाई के लिए भी उच्च विचार रखते थे। उनकी राय में, भाई अपने समय में बड़ा हरामी था। गुरुघंटाल। तीन भाइयों के गिरोह का सरगना वही था। उसी ने तीनों को गाँव और क़स्बे से लेकर जंगल तक छापामारी की ट्रेनिंग दी थी। बड़े को जब से लकवा मार गया, भाइयों का गिरोह टूट गया और सबने अगल-अलग धन्धे पकड़ लिए।

"आप तो जानते हैं महराज, दूसरों को चैन से दो रोटी खाते कोई नहीं देख सकता।" चन्दू ने भक्तों पर सरसरी निगाह डालते हुए व्यंग्य किया, "यहीं देख लीजिए, कितने लोगों के साँप लोट रहे हैं।"

"मैं अकेला ही चला था जानिब-ए-मंज़िल मगर, लोग साथ आते गये कारवाँ बनता गया," कह कर बाबा ने फिर आँखें मूँद लीं और गुनगुनाने लगे, *"जोदी तोर डक शुने केऊ ना आसे, तबे एकला चलो रे...।"*

बाबा कभी पश्चिम बंगाल में रहे। काफ़ी समय असम में रहने के अलावा कुछ समय उत्तर प्रदेश के अलग-अलग इलाक़ों में बिताया। यह बाबा खुद बताते हैं। पर हल्द्वानी के एक उभरते कथावाचक का कहना था कि नन्नू बाबा कभी उत्तर प्रदेश में सरकारी नौकरी करते थे। ग़बन के एक मामले में जब पकड़े जाने की नौबत आ गयी तो वे पश्चिम बंगाल भाग गये और साधु हो गये। पन्द्रह साल देशभर में भटकने के बाद बचवाली पहुँच गये।

पता नहीं सच क्या था। पर बाबा के चेहरे पर लिखी इबारत तो कहती थी कि सब झूठ है। हाँ, इसमें दो राय नहीं कि उन्हें बांग्ला ही नहीं, कई भाषाओं, कई प्रांतों की लोकधुनों और साहित्य की मोटी-मोटी जानकारी थी। चन्दू को केवल 'एकला चलो रे' समझ में आया था। नासमझों के लिए सारा अर्थ इसी में छुपा है।

नन्नू महराज ने कुछ पंक्तियाँ गाने के बाद फैसला सुनाने के अन्दाज़ में कहा—जहाँ चाह, वहाँ राह।

"राह बनेगी?"

"मैं तो संसद तक की यात्रा देख रहा हूँ।"

चन्दू की हालत कुछ देर के लिए उस बच्चे जैसी हो गयी जो बाज़ीगर की टोपी से कबूतर निकलता देख कर भौचक रह जाता है।

बचपन की कहानियों में कुकुरीबाघ[1] का ज़िक्र बहुत होता था। अँधेरा घिरते ही बाघ बस्ती में घूमने लगते और घरों के बाहर बैठे कुत्तों को उठा ले जाते। कुत्ता ग़ायब होने पर लोग अनुमान लगाते, रात में कुकुरीबाघ आया होगा। चोरों के डर से बचवाली में दरवाज़े कभी बन्द नहीं हुए। लेकिन जिन दिनों बाघ की दहशत फैली हो, शाम होते ही दरवाज़े भेड़ दिये जाते। कुकुरीबाघ कहने से लोगों का डर कम हो जाता। कुत्तों को ले जाने वाला बाघ है, यह सोच कर जनजीवन अगले दिन फिर अपनी रफ़्तार पकड़ लेता। जैसे वह कुत्ते की प्रजाति का ही प्राणी हो।

उन कहानियों में सूनी सड़कें थीं, दूर-दूर बसे घर थे, कड़ाके की सर्दी पड़ती थी

---

1. कुत्तों का शिकार करने वाला तेंदुआ।

और लोगों के मुँह से डायनासॉर की तरह भाप निकलती थी। बरसात में सतझड़[1] पड़ते। मिट्टी की ऊपरी परत को बारिश छेद देती। धरती के अन्दर धँसे पत्थर बाहर झाँकने लगते। डरी-सहमी चिड़ियाँ घर के बारामदे में आ जातीं और टिन की छत के नीचे एक कतार में बैठ जातीं। तीसरे-चौथे दिन से लोगों की घबराहट बढ़ने लगती। अब प्रलय आया ही समझो। सब जलमग्न हो जायेगा। प्रलय न भी आया तो पहाड़ टूट कर सारे क़स्बे को मलबे में बदल देंगे। बच्चे रुआँसे हो जाते और औरतें प्रार्थनाएँ करने लगतीं। सात कानों का नाम लेकर धागे में गाँठ बाँधी जाती और उसे बारिश की धार में टाँग दिया जाता। काने बाँधते समय उस छोटे-से क़स्बे और आसपास के काने कम पड़ जाते। औरतें अपने मायके के कानों का नाम लेतीं। और सात काने बाँध कर राहत महसूस करतीं कि अब बारिश रुक जायेगी। इसके पीछे तर्क क्या था, यह बताया नहीं जाता था। इसकी परवाह कोई नहीं करता कि इस अपमानकारी कृत्य की ख़बर क़स्बे के कानों को होती है या नहीं। सबको बारिश की झड़ी रोकने और जान बचाने की पड़ी रहती। हो सकता है काने और उनकी माताएँ भी यही सोचती हों कि जान के सामने मान-अपमान का क्या मूल्य।

कहानियों में कोहरा बहुत छाता था और दूर-दूर नज़र आने वाले इक्का-दुक्का घर, जो अकेलेपन में सम्बल लगते, कोहरे में डूब जाते। लगता, शून्य में अपना घर अकेला तैर रहा है और इस सृष्टि में वह अकेला ही बचा रह गया है। कहानियों में, बरसात के मौसम में जोंक, घोंघे, केंचुए और मेंढक बहुत होते। बच्चे घोंघों को लकड़ी चुभो कर उनके एंटेना जैसे टेंटेकिल्स का सिमटना देखते। केंचुवे अपने पीछे गिलगिली-सी लकीर छोड़ते बरामदों में चढ़ जाते। बच्चों को पता नहीं होता था कि मेंढक टर्र-टर्र क्यों करते हैं। रातों में वे उन आवाज़ों से डरते।

गरमी के मौसम में चिड़ियों के नाना स्वर गूँजते। घिनौड़ियों[2] का दल सैकड़ों का होता और आँगन में दरी की तरह बिछ जाता। उनकी चँहचँहाहट घर के अन्दर तक घुस आती। बूढ़ों और बीमारों का मन आँगन में आने को करता। कौवे सन्देश लाते, तोते गृहणियों के मित्र होते और मनुष्य की बोली बोलते। पेड़ों से औरतें अपने दुख कहतीं। कुत्ते-बिल्लियों के साथ खुशियाँ बाँटतीं। कुछ पक्षियों के चँहकने से शगुन होता और उल्लू के बोलने से अपशगुन। फ्यून का रोना तो मृत्यु का निश्चित सन्देश माना जाता। बूढ़े कहते—जंगल की तरफ़ फ्यून बोल रहा था रे, कहीं पल्ले घर के अम्बादत्त लुढ़क तो नहीं जाते? कई दिन से बीमार चल रहे हैं बेचारे। औरतें अफ़सोस करने लगतीं—अरे, कितने अच्छे थे बेचारे बुढ़ज्यू[3]।

रेवा को लगता है, यहाँ न वैसी सर्दी है, न बारिश है, न बीसियों की संख्या में

1. सात दिन तक बारिश की झड़ी, 2. गौरैयों, 3. बुज़ुर्ग महाशय।

एक साथ चिपकने वाली जोंक हैं। गौरैयों के विशाल झुंड अब नहीं दिखाई देते। सुबह मुँह से थोड़ा भाप ज़रूर निकलती है, लेकिन धूप निकलने के साथ जल्द ही ग़ायब हो जाती है। बाघ तो उसने अभी तक नहीं देखा, लेकिन बाघ देखने के क़िस्से मोहन सिंह की दुकान पर सुने हैं।

कभी वैसी झमाझम बारिश नहीं देखी। बर्फ़ पड़ने के तो तब भी क़िस्से ही थे। अब क़िस्से भी बिला गये। चारों तरफ़ घर ही घर हैं। कई खूबसूरत कॉटेज बन चुके। कान में सीटी की तरह गूँजने वाली निस्तब्धता की जगह कोलाहल है। ज़मीन बिक जाने के बाद अब धड़ाधड़ फ्लैट बन रहे हैं। सड़क किनारे दुकानें ही दुकानें नज़र आती हैं। जिनमें बैठे सूनी आँखों वाले दुकानदार सड़क को ताकते हैं। नाउम्मीद आँखों में बची-खुची उम्मीद के साथ। कहानियों में, सर्दियों में, लोग सूरज ढलते ही घरों में बन्द हो जाते। पर उसी सर्द मौसम में सड़कों पर खासी आवाजाही लगी थी। उन कहानियों में कारों का ज़िक्र कभी नहीं हुआ। लोग पैदल चलते थे। लेकिन अब सड़कों पर कारें हैं और हर वक़्त हॉर्न की पें-पें है। खड़ी चढ़ाई पर कार या बाइक के लिए रास्ते बन गये हैं और छोटे-छोटे टीलों पर कारें खड़ी नज़र आती हैं। पता नहीं लोग बिना डरे कैसे उतनी ऊँचाई पर कार ले जाकर खड़ी कर देते हैं और कैसे उसमें बैठ कर मुख्य सड़क पर उतर आते हैं। बचवाली बाज़ार में तो पैदल चलना मुश्किल हो चुका है। पता नहीं किस वाहन का टायर पैर पर चढ़ जाये।

बचवाली के लड़के पाई-पाई जोड़ कर बाइक ख़रीदते हैं और बाइक में बैठ कर बेवजह चक्कर काटते रहते हैं। ज़्यादातर कान पर एअर फ़ोन लगा लेते हैं। उन्हें लगता है, वे जलवे बिखेर रहे हैं और झरोखों से देख रही लड़कियाँ आहें भर रही हैं। अधेड़, जिनका घर खर्च उनके पूर्णकालिक रोज़गार से पूरा नहीं पड़ता, बैंक से लोन लेकर कार, जीप ख़रीदते हैं और उसे टैक्सी में चलाते हैं। पत्नियाँ कार में घूमना चाहती हैं। पर निन्यानवे के फेर में पड़ कर चकरघिन्नी बने पति अपनी पत्नियों को झिड़क देते हैं। आय के साधन सीमित हैं। लोग क़िफायत से चलते हैं, कंगाली में जीते हैं और पैसे-पैसे के लिए परेशान रहते हैं। मेहनत-मज़दूरी करने वालों की तो बड़ी दुर्गति है। जिसे महीने में आठ-दस दिन के ज़्यादा काम मिल जाये उसकी माली हालत को ठीक-ठाक मान लिया जाता है। ग़रीब आदमी रोटी के लिए आकाश की ओर देखता है और बच्चों को भी वहीं से टपकाया हुआ मानता है। झोली भर दी तो रोटी भी देगा।

बाबाजी की बात सुनने के बाद चन्दू पांडे चील की तरह उड़ान भर रहा था। मन क्रीक-क्रीक करता था। आकाश की ऊँचाई से गाँव वाले चूज़े लग रहे थे। इंकुबेटर

से थोक में निकले चूज़े। बिना मुर्गी के। चील के पंखों की छाँव में पलने के लिए अभिशप्त नन्हें-नन्हें चूज़े।

वह उड़ रहा था। एक बार पंख फटकारता और देर तक हवा में उतराता रहता। शाबाश रे क़िस्मत। तेरा भी जवाब नहीं। कब किस करवट बैठ जाये। उसने अपना कन्धा थपथपाते हुए इस तरह कहा जैसे क़िस्मत आदमी के कन्धे पर बैठी रहती हो।

वह हवा के साथ कदमताल करता हुआ घर पहुँचा। सीधा आँगन में लैंड करने के बाद स्लो मोशन में घर के अन्दर प्रवेश किया। पत्नी बग़ीचे में गोबर की खाद डालने के बाद नीली धारीदार दरी पर लेटी खर्राटे ले रही थी। मुँह खुला था। चारखाने की सूती साड़ी पिंडलियों तक पहुँची थी। एड़ियों में मोटी दरारें थीं और उनमें गोबर फँसा था। घर में गोबर की दुर्गंध फैली हुई थी। मक्खियाँ गुच्छा-सा बनाये पैरों में जहाँ-तहाँ चिपकी थीं। चन्दू ने थोड़ा नाक सिकोड़ी और फ़िल्मी अन्दाज़ में बोला—अब तुझे आराम ही आराम है डार्लिंग।

पत्नी हड़बड़ा कर उठी, "इस घर में और आराम? ऊपर पहुँचाने की ठान ली क्या?"

"मेरी समझ में नहीं आता, तेरी ये ज़बान काकू जैसी टर्री क्यों है?"

"तुम्हारे मुँह में तो मधुमक्खी का छत्ता लगा है। कहो, शहद में सान कर कौन-सा समाचार लाये हो?"

"अब तुझे पैर पर पैर चढ़ा कर बैठना है, ठसक से। एक इशारा, सारा जहाँ तुम्हारा।"

"शराब पी रखी है या अत्तर?"

चन्दू पांडे उखड़ गया, "चल साली औरत बुद्धि...तू दूर की सोच ही नहीं सकती। औरत माने, छोटी सोच। अरे मूरख, रीढ़ में अकड़ लाने की पिरेक्टिस कर अब। ऐसे लुर-लुर, लुर-लुर चलती है लूरी कुतिया की तरह। बदल इस आदत को। नन्नू महराज ने कह दिया है, इस बार ग्राम प्रधान और फिर देखते ही देखते एम्पी। एम्पी का मतलब जानती है?"

चन्दू की घरवाली ने उसे ऊपर से नीचे तक देखा। असभ्य और बदज़बान तो वह पहले भी था, लेकिन ऐसी बहकी-बहकी बातें नहीं करता था। उसे लगा, वह दिमाग़ सटका देने वाले किसी नशे की गिरफ़्त में है।

"एम्पी मतलब, जिसकी कार की मुंडी में लाल बत्ती झमझम करती है," उसने लाल बत्ती के लिए एक हाथ को दूसरे हाथ की हथेली पर लट्टू की तरह दायें-बायें घुमा कर पत्नी को समझाया, "दिल्ली में जो संसद भवन है ना, उसमें बैठता है एम्पी। हमारे यहाँ के कटोरे जैसे मुँह वाले ऐरे-गैरे नेता वहाँ तक नहीं पहुँच सकते। बड़े-बड़े थाल बराबर मुँह होते हैं उनके। सबसे ओजस्वी देश का प्रधानमन्त्री भी वहीं बैठता है। समझी?"

वह सूती धोती का छोर मुँह में लेकर हँसने लगी, "तुम्हारा मुँह तो गिलास जैसा है—नीचे से पतला, ऊपर से मोटा। तुम्हें कैसे ले जायेंगे वहाँ?"

चन्दू ने माथे पर हाथ मारा, "धत् तेरे की, छोटी सोच। दिल्ली में मेरे साथ ऐसे ही रहेगी अपनी उल्टी बुद्धि और सीधे पल्ले की धोती पहन कर? ऊपर से हँसती है। इसी तरह हँसेगी दिल्ली में?"

चन्दू पांडे की घरवाली को नन्नू बाबा पर बड़ा भरोसा था। सोचने लगी कि बाबाजी तो ऐसा अल्ल-बल्ल बोल नहीं सकते। ज़रूर इन्हीं ने कोई नशा किया है। मैं मान नहीं सकती। उसने चन्दू से मुँह दिखाने को कहा।

"तू सोच रही होगी—ये मुँह और मसूर की दाल?"

"नहीं, मैं मुँह सूँघना चाहती हूँ।"

उसने जेब से सेल फ़ोन निकाला और ग़ुस्से से पत्नी के हाथ पर धर दिया—ये ले, पकड़। लगा बाबाजी को। खुद पूछ ले।...और ले, सूँघ मेरा मुँह। कभी दिन-दहाड़े दारू पी मैंने? आँखें देख मेरी, चढ़ी हैं?

चन्दू की घरवाली ने पति की आँखों में झाँका। चन्दू आँखें तान कर खड़ा हो गया, "ले देख।"

उसकी धतूरे के बीज जैसी आँखें पैदाइशी झूठी लगती थीं। लेकिन आज उनमें सच्चाई तैर रही थी। मानो कुकुरीबाघ ने कुत्ते की आँख लगा ली हो। वह असमंजस में पड़ गयी। उसे लगा, कहीं उसे गोबर की गैस तो नहीं चढ़ गयी। उसने नशे की हालत में चन्दू पर इस्तेमाल किया जाने वाला 'टंग ट्विस्टर' अपने ऊपर आज़माया—कुछ ऊँट ऊँचा कुछ पूँछ ऊँची कुछ ऊँची पूँछ ऊँट की।

सब ठीक तो है। ज़बान सरपट चल रही है। उसकी खुशी का ठिकाना नहीं रहा। समझ में नहीं आ रहा था कि खुशी में पति की आँखों में डुबकी लगा दे या अपनी रीढ़ सीधी करे। अन्ततः उसने रीढ़ सीधी करने का फैसला किया और मरोड़ी की तरह ऐंठ गयी। मानो, एम्पियाणी[1] बन गयी हो।

तेज प्रताप ने यह दृश्य नहीं देखा। वरना अपने प्रिय तकिया-कलाम का इस्तेमाल करते हुए कहता—साला चुग़द चूतिया चन्दू पांडे...और उससे भी घनघोर चूतिया घरवाली।

ऐसा लगता था जैसे अचानक किसी आतताई हमले के डर से घर के लोग सब कुछ छोड़ कर रातोंरात भाग खड़े हुए होंगे। एक कमरा, जिसमें अलग से ताला लगा हुआ था, बड़ी मुश्किल से खुला। कमरे में एक सूती साड़ी और पेटीकोट चारपाई

1. एम्पिपाइन (सांसद की पत्नी)।

के ऊपर रखे मिले। दोनों बदरंग हो गये थे। चारपाई पर बिछी चादर और गद्दे में फफूँद लगी हुई थी। एक तिपाही के ऊपर कुछ सिक्के रखे थे, जिसमें बीस पैसे के दो सुनहरे सिक्के शामिल थे। सिक्के काफ़ी काले पड़ चुके थे। बिस्तर पर कुछ चाभियाँ, सेफ्टी पिन और हेयर पिन बिखरे पड़े थे, जिनमें ज़ंग लग चुका था। एक कोने में काला सन्दूक रखा था, जिसमें पीतल का ताला लगा था। उस ताले में छेद वाली गोल चाभी लगती थी। रसोई में कुछ बरतनों के अन्दर दालें, चायपत्ती और चीनी थी। एक कट्टे में गेहूँ रखे होंगे पिसाने के लिए, जिसे घुन और कीड़ों ने मिट्टी कर दिया था। मकड़ी के जालों से घर भरा पड़ा था। जगह-जगह चिड़ियों के घोंसले बने हुए थे। बहुत सारा सामान फफूँद या ज़ंग लगने से ख़राब हो चुका था। कुछ लिहाफ़ और गद्दे कोई अट्ठाईस साल से काठ के एक बड़े सन्दूक में बन्द थे। उनके कवर पर फफूँद के काले-मटमैले चकत्ते पड़ चुके थे। साढ़े चार किलो रुई के लिहाफ़ थे और साढ़े तीन किलो के गद्दे। उस ज़माने में समृद्ध परिवारों में ऐसे ही लिहाफ़-गद्दे बनते थे। सर्दी भी ऐसी ही पड़ती थी। साधारण आदमी थोड़ा कम रुई की रज़ाइयाँ बनवा लेता और थोड़ा हाथ-पैर सिकोड़ कर सो रहता। एक बार बनवाई रज़ाइयाँ नयी पीढ़ी के जवान होने तक टल्ले लगा कर इस्तेमाल की जातीं। यानी, लगभग बारह-पन्द्रह साल।

अमीर यों तो कोई नहीं था, फिर भी खाते-पीते लोग अमीर कहलाते थे। अमीर कहलाने वाले हर पाँच-छह साल में सिमट कर गुठली हो गयी रुई को दुबारा धुनवाते। नये कपड़े में भरवा कर और तगाई करवा कर नया खोल चढ़ा लेते। मारकीन के खोल की सौंधी गन्ध उनके समृद्ध होने का प्रचार तब तक करती जब तक कवर धुल न जाते। पर ग़रीब आदमी के बिस्तर से चुरैन[1] आती रहती। उस ज़माने के बच्चे बिस्तर में मूतते बहुत थे। रुई धुनवा कर रज़ाई-गद्दे आज भी बनवाए जाते हैं।

पी थ्री कहते हैं—नेतागीरी, ठेकेदारी और दलाली से पैसा कमाने वाले यहाँ के नव-धनाड्य वर्ग के प्रतिनिधि हैं। यही तीन-चार यहाँ के आदर्श पेशे हैं। बाक़ी लोगों के हालात कमोबेश वैसे ही हैं।

घर खुलने के बाद दो-तीन रोज़ में सीलन की दुर्गंध जाती रही। लेकिन घर की हालत जर्जर थी। चूहों ने जगह-जगह बिल बना दिये थे। मरम्मत के काम में लगे मज़दूरों का कहना था कि इन बिलों में साँप हो सकते हैं। एक अधेड़ मज़दूर की सलाह पर चूहों के बिलों के अन्दर काँच कूट कर डाल दिया गया, ताकि दुबारा खोद नहीं पायें। ऊपर से, उसने सीमेंट-रोड़ी का मसाला भर कर पलस्तर कर दिया। पहली मंज़िल पर लकड़ी का फ़र्श था। उसकी सफ़ाई कर उसे सबसे पहले रहने लायक बनाया था।

---

1. पेशाब की दुर्गंध।

बग़ीचे की झाड़ियाँ और घास जब कटनी शुरू हुई तो सबका ध्यान एक बार फिर जोशी कॉटेज की तरफ़ खिंचने लगा। वर्षों से झाड़ियों में गुम यह कॉटेज अचानक समुद्री जहाज़ की तरह क़स्बे के एक छोर पर साफ़-साफ़ उभर आया था। जैसे उसने अभी-अभी लंगर डाला हो। कुछ लोगों के लिए तो आश्चर्यजनक था कि अरे, यहाँ कोई घर भी था। इसी के बाद कानाफूसी शुरू हुई और कई लोगों ने अपनी-अपनी तरह से और अपने-अपने मक़सद से जोशी कॉटेज और उसमें रहने आयी रेवा पर ध्यान देना शुरू किया। लड़की और जोशी कॉटेज, दोनों, बचवाली और आस-पास के गाँव वालों के बीच चर्चा में आने लगे। लेकिन चर्चा सिर्फ़ इसलिए नहीं हो रही थी कि अट्ठाईस साल बाद उस घर के दरवाज़े खुले हैं। चर्चा के पीछे सबसे बड़ा हाथ उन क़िस्सों-कहानियों का था, जिनकी बयार पिछले कुछ समय से चल पड़ी थी। घर और लड़की को लेकर कई रहस्य बुने और उधेड़े जाने लगे थे।

शुरुआती दिनों में वह सुबह टहलते हुए मोहन सिंह की दुकान तक जाती और चाय पीती थी। टहलना और लौटते में चाय पीना एक साथ हो जाता। लौट कर चाय बनाने में आलस आता था। ऐसी जगह, जहाँ केवल मर्द ही आते हों, चाय पीने और दुकानदार से गपशप करने के पीछे मक़सद कुछ बातों का सुराग लगाना भी था। कुछ दिन मोहन सिंह ने पूरे सम्मान के साथ उसे चाय पिलाई। उससे मौसम की, हवाओं की, बुराँश के फूलों, घुरड़-काकड़[1] और लमपुछड़ी[2] बंशरियों[3] के बारे में बातचीत की थी, जो अब बहुत कम दिखाई देते थे। उसे एक ही बात का अफ़सोस रह गया कि लड़की से उसके बारे में कुछ नहीं पूछ सका। उसने केवल इतना बताया था कि वह दिल्ली से आयी है। एक-दो बार उसने रास्तों के बारे में पूछा था और डायरी में कुछ लिख लिया था। उसे लगा था, यहाँ-वहाँ की बातें करने के बाद एक दिन उसके बारे में भी पूछेगा। किसी के निजी जीवन में घुसने के लिए धैर्य से काम लेना चाहिए, यह उसने अनुभवों से सीखा था। लेकिन ऐसा समय आने से पहले ही लड़की के प्रेत की पकड़ में होने की अफ़वाह फैल गयी।

एक लड़की का वीरान पड़े घर में लड़कों जैसी दबंगई के साथ अकेले रहना क़स्बे के लोगों के लिए साधारण घटना नहीं थी। इसने रहस्य और कानाफूसी के लिए पहले ही पुख़्ता आधार बना दिया था। चन्दू पांडे वाले क़िस्से ने चर्चाओं में तड़का लगा दिया। अफ़वाह कोहरे की मानिंद घरों में घुसपैठ करने लगी। सबसे रोचक (और मूर्खतापूर्ण) क़िस्सा यह चल पड़ा कि भूत लड़की से प्रेम कर बैठा है। वह भूत की गिरफ़्त में है। चन्दू पांडे से क़िस्सा सुनने के बाद मोहन सिंह को लगा, कहीं यह खुद ही भूत न हो। उसने लड़की के पाँव देख कर तसल्ली की थी। उसने सुना था कि भूत-प्रेत और चुड़ैलों के पाँव उल्टे होते हैं।

---

1. हिरन की दो प्रजातियाँ, 2. लम्बी पूँछ वाली, 3. एक चिड़िया (मेगपाइ)।

डुनि[1] बुब[2] ने तो इससे आगे की कल्पना कर ली थी। लँगड़ी होने के कारण उनकी शादी नहीं हो पायी थी। पिता ने मरते समय उनकी शादी विधि-विधान के साथ घड़े से कर दी। अपने लिए मोक्ष की चिन्ता में। वे मंगल-सूत्र पहनने लगीं। हाथों में काँच की चूड़ियाँ, माँग में सिन्दूर और माथे पर टिकुली। कई साल तक पति (घड़ा) उनके साथ रहा। उन्होंने स्कूली बच्चों से घड़े के आँख, कान, नाक और मूँछें बनवा ली थीं। स्याही से। वे अकेले में घड़े से बातें करती थीं। कहते हैं, रात में वे उसे अपने साथ बिस्तर में सुलाती थीं। एक रात उनकी भाभी ने उन्हें नंग-धड़ंग हालत में घड़े से चिपके देख लिया (यह भी कहते ही हैं)। घर में कोहराम मच गया। भाई ग़ुस्से में जंगली सूअर की तरह दाँत निकाल कर बहिन को फाड़ने दौड़ा। लेकिन बहिन उसके रास्ते से हट कर चारपाई पर चढ़ गयी। भाई का ग़ुस्सा घड़े पर फूटा। घड़ा चकनाचूर हो गया। उस दिन डुनि बुब की क़िस्मत भी फूट गयी। वे दहाड़ें मार-मार कर रोईं। माँग का सिन्दूर पोंछ दिया। चूड़ियाँ तोड़ दीं और मंगल-सूत्र उतार दिया। वे सूनी माँग और सूनी कलाई वाली सचमुच की विधवा हो गयीं। पति तो उन्हें नहीं मिल पाया, लेकिन लम्बा वैधव्य उन्होंने जिया। अब भी जी रही हैं। इस समय छिहत्तर से ऊपर ही होंगी।

डुनि बुब के पिता ने बचवाली से साठ-पैंसठ किलोमीटर दूर मैदानी इलाक़े के एक क़स्बे में किसी आड़तिये के वहाँ कई साल काम किया था। तब वे छोटी थीं और पिता के साथ रहती थीं। उनका कहना था, वर्षों पहले की बात है, वहाँ, एक लाटी[3] ने भूतों की सन्तान को जन्म दिया था। लाटी के अंग्रेज़ों जैसे भूरे-खँड़खँड़े बच्चे थे। इतने सुन्दर कि उन्हें देखते ही भुक्की[4] लेने को मन करता था। उनके मुतिबक एक अंग्रेज़ भूत को गूँगी से प्रेम हो गया था। पर गूँगी अपने पति से प्रेम करती थी। वह बेबस थी। बहुत परेशान रहती। संकेतों में अपनी परेशानी बताती, किन्तु लोग समझ नहीं पाते। रोज़ रात को भूत उसके पति को बिस्तर से नीचे फेंक कर खुद उसके साथ सो जाता था। पति को लगता था, गूँगी उसे फेंक देती है। वह गूँगी को बेरहमी से पीटता। जब उसका पहला बच्चा हुआ तो पति ने फाँसी लगा कर जान दे दी। डुनि बुब को यक़ीन था कि उसे भूत ने ही मारा होगा।

उन्हें लगता था अवश्य ही जोशी कॉटेज में रह रही लड़की कुछ दिन में गर्भवती हो जायेगी। भूत बड़े ज़ालिम होते हैं। डुनि बुब की कहानी के बाद कई औरतें लड़की का पेट देखने के फिराक़ में रहतीं। उन्हें पूरा विश्वास था, पेट देखते ही वे एक बड़े रहस्य का पर्दाफ़ाश कर देंगी।

एक वर्ग की राय यह भी थी कि शायद जोशी कॉटेज पर कब्ज़ा हुआ है। हो न हो यह लड़की कब्ज़ा करने वाले गिरोह की सदस्य है। अपने ज़माने के जासूसी

---

1. लँगड़ी, 2. बुआ, 3. गूँगी, 4. चुम्बन।

उपन्यास पढ़े पुरुष और फ़िल्में ज़्यादा देखते वाले युवक, उस लड़की को खुफ़िया एजंट मानने लगे थे। उनमें भी मतभेद थे। कुछ इस संभावना की तरफ़ बढ़ जाते कि, हो सकता है, लड़की किसी आतंकवादी गिरोह से ताल्लुक़ रखती हो और यहाँ छुप कर रह रही हो।

सूफियाना सर्दी विदा हो रही थी। मिट्टी में खेलने वाले बच्चों के हाथ-पैर और गाल चटकने का मौसम करवट ले रहा था। माँएँ खुश थीं। मैदानों जैसी तपिश यहाँ, मौमस में पिछले कई वर्षों में आये बदलाव के बावजूद, जून में भी नहीं होती। अभी अप्रैल का मध्य था। फिर भी गर्मी अपना शोख रंग दिखाने की तैयारी कर रही थी। मौसम के साथ माहौल भी बदला-बदला लग रहा था। चुनावी साल होने से राजनीतिक गहमागहमी पहले से ही बढ़ी हुई थी। चुनाव की चिन्ताओं और भविष्यवाणियों की झलक मोहन सिंह की दुकान पर मिल रही थी। पी थ्री अख़बार में घुसे रहते। वे हिन्दी का अख़बार यहीं पढ़ते थे। उन्होंने चुनाव का रुख भाँप कर लोगों से बहस करना बन्द कर दिया था। लोग काफ़ी आक्रामक हो गये थे। कुछ भी सुनने को तैयार नहीं थे। हर कोई केवल चुनाव पर, एक ही पार्टी पर और उसके एक ही नेता पर बात करना चाहता था। कोई अपनी ही पार्टी के बुज़ुर्ग नेताओं का नाम ग़लती से भी ले लेता तो लट्ठमपैजार की नौबत आ जाती। दूसरे दल की बात करने के लिए बाक़ायदा जिरह-बख़्तर पहनने की ज़रूरत महसूस की जा रही थी। भ्रष्ट। भ्रष्ट। भ्रष्टाचारी।

समझदार चुप थे। कार्यकर्ता मुखर। वे आपस में भिड़ते और गाली-गलौज करते। बचवाली में इससे पहले गाली इतनी सस्ती कभी नहीं हुई थी। फर्राटा युवक गाली का रायता फेसबुक पर फैला रहे थे। लद्धड़ों के पास चूँकि कंप्यूटर और स्मार्ट फ़ोन नहीं था, इसलिए ठोस और ठेठ गालियों से फेस-टु-फेस प्रहार कर रहे थे। राजनीतिक बहस का ऐसा पतन इस क़स्बे के लिए नया अनुभव था। नौबत यहाँ तक आ गयी कि ज़बान खोलो, जूते खाओ।

तेजू दिल्ली गया हुआ था। इस बीच लालबुझक्कड़ कई बार पिट चुका था। लोग कहते हैं, उसे मुँह की बबासीर है। बोलने से खुद को रोक नहीं पाता। इसीलिए पिटता है। लड़का चूँकि साफ़ दिल का है, इसलिए उसके प्रति प्रायः लोगों की सहानुभूति रहती। एक दिन उसने यूँ ही हवा से कह दिया, “बचवाली की गाँड़ के नीचे ज्वालामुखी सुलगाने की तैयारी चल रही है।”

किसी ने उसका गला पकड़ लिया, “किस बारे में बात कर रहा है बे?”

“पाकिस्तान के बारे में। ग़लती से, मुँह से बचवाली निकल गया।” दो बार पहले पिट चुके लालू का उत्तर था। गला पकड़ने वाला सन्तुष्ट हुआ, “फिर ठीक है।”

लेकिन बाक़ी लोगों ने विश्वास नहीं किया। पाकिस्तान की चिन्ता में हवा से बातें करता होगा भला? असम्भव। भीड़ ने लालू के उसी हिस्से में लातें जमाईं, जिसकी उसे चिन्ता हो रही थी। उस दिन वह कमर टूटे कुत्ते की तरह पिछवाड़ा घसीटता हुआ घर पहुँचा था।

चन्दू पांडे का बपतिस्मा

बाबाजी ने इतनी हवा भर दी कि चन्दू पांडे उत्साह में फटने को हो रहा था। उसने काफ़ी सोच-विचार के बाद भय्याजी से मुलाक़ात का फैसला किया। यही उचित समय है। पंचायत चुनाव में ज़्यादा वक़्त नहीं बचा। उसने सोचा।

भय्याजी की उम्र साठ से थोड़ा ऊपर होगी। उनके लम्बूतरे चेहरे के तिलों और झुर्रियों को देखते हुए, जब उन्होंने राजनीति में प्रवेश किया, लोगों ने उन्हें पैदाइशी बूढ़ा कहा था। लेकिन चम्पू लोग अब भी उन्हें, उनके सुधारवादी जज़्बे और जोश को देखते हुए, युवा तुर्क कहते हैं। राष्ट्रीय राजनीति से परिचित चंपुओं का मानना था कि चन्द्रशेखर पछत्तर पार कर गये। अब इस उपाधि के हक़दार भय्याजी हो गये हैं।

भय्याजी खादी का कुर्ता-पाजामा और सेंडल पहनते हैं। हमेशा हँसते रहते हैं और जहाँ से गुज़रते हैं हाथ जोड़ते हुए निकलते हैं। भय्याजी कहते हैं, "विनम्रता सज्जन पुरुष का गहना है।"

चुनाव का मौसम न भी हो, विनम्रता की मूरत बन चुके भय्याजी ने हाथ जोड़ने की मुद्रा को कभी नहीं त्यागा। पी थ्री कहते हैं, जिस तरह नर्तकों के अंग-प्रत्यंग को थिरकने की लत पड़ जाती है, उसी तरह भय्याजी का अंग-अंग चुनावी मुद्रा का आदी हो गया है। लोग भय्याजी का काफ़ी सम्मान करते हैं। विरोधी तो सबके होते हैं। उनके भी थे। उन पर आरोप-प्रत्यारोप भी लगाते थे। लेकिन उनके पीठ पीछे भी, कोई उनके लिए अपशब्द नहीं कहता। यह सबसे बड़ी उपलब्धि है। नेता होकर समाज में इज़्ज़त कमाना और उसे बरक़रार रखना कोई आसान काम नहीं। उनका मानना था।

भय्याजी के कई गुण हैं, जो उन्हें दूसरों से अलग करते हैं। जब भी किसी के मरने की सूचना मिले, अंतिम संस्कार में वे ज़रूर शामिल होते हैं। साल में उनके तीस-चालीस दिन इलाक़े के श्मशान घाटों के लिए सुरक्षित रहते हैं। लोग कहते हैं अब तो घाटों के पास बहने वाली नदियों की मछलियाँ भी भय्याजी को पहचानने लगीं।

शवयात्रा में शामिल होने के लिए वे कई-कई किलोमीटर नाप जाते हैं। लगन के दिनों में विवाह समारोहों में शिरकत करने का औसत दो बारात प्रतिदिन है।

साल में दो-एक शादियाँ ऐसे बीहड़ गाँवों में पड़ जाती हैं, जहाँ पैदल जाना पड़ता है। वे जाते हैं। भले ही उस परिवार को जानते हों या नहीं। लड़की की शादी में तो बग़ैर आमन्त्रित किये ही पहुँच जाते हैं। हाँ, बिना निमन्त्रण वाले विवाह समारोह में वे खाना नहीं खाते। कहते हैं, यह सिद्धांत की बात है। सिद्धांत यह भी है कि हर शादी में दो सौ इक्यावन रुपए का लिफ़ाफ़ा देना है। इस बारे में उनका मत था—इज़्ज़त पैसों से नहीं, आपकी मौजूदगी से होती है, क्योंकि आपकी मौजूदगी से मेज़बान की इज़्ज़त बढ़ती है।

साल में बीस दिन वे थाना-चौकी में झगड़ा-झंझट निपटाने जाते हैं। उनकी आँखों पर पट्टी बाँध दी जाये तो भी वे थाने को उसकी खास तरह की दुर्गंध से पहचान सकते हैं। उनकी राय में यह शराब पीने के बाद की गयी पेशाब की-सी गन्ध होती है। जिसमें तड़के की तरह सीलन की मिलावट भी रहती है। लगभग पन्द्रह-बीस दिन वे कोर्ट-कचहरी के चक्कर काटते हैं और साल में दस-पाँच दिन नैनीताल हाई कोर्ट में दिखाई देते हैं। वे चोर-उचक्कों और अपराधियों के लिए भी तन कर खड़े दिखाई पड़ते हैं। उनका साफ़ कहना है, जब तक अपराधी से वोट देने का अधिकार नहीं छीन लिया जाता, नेताओं को सबके साथ समान व्यवहार करना पड़ेगा। उनका यह भी मानना है कि राजनीति का अपराधीकरण तभी ख़त्म होगा, जब अपराधी का राजनीतिकरण बन्द होगा। यह दर्शन सुन कर लोगों को चक्कर आने लगते हैं। भाषण पिला दिये जाने के भय से, कोई उनसे इस दार्शनिक सूक्ति की व्याख्या करने को नहीं कहता।

बारह महीनों में, अगर चुनाव न हों तो, भय्याजी दो-तीन दर्जन भाषण देते ही देते हैं। चुनावी मौसम में आप गिनती नहीं कर सकते। स्वचालित चीनी रायफल की तरह भाषणों की बौछार कर देते हैं। एक अकेले आदमी से आमने-सामने बात करते हुए भी ऐसे बोलते हैं जैसे जनसभा को सम्बोधित कर रहे हों। एक तरह से उन्हें भाषणों का अनवरत दौरा पड़ता है। इधर के वर्षों में धार्मिक समारोह बढ़ते जा रहे हैं। साल में एक बार नैनीताल में नन्दादेवी का मेला, एक बार पन्द्रह जून को कैंची धाम में नीम करौली महराज का भंडारा तो पहले से चला आ रहा है। बाक़ी साल भर गली-मुहल्लों में होने वाले धार्मिक समारोह हैं। इधर कथावाचकों की बाढ़ आ जाने से रामायण पाठ, भागवत कथा जैसे आयोजनों में भी सूरत दिखाना ज़रूरी हो गया है। अब तो गौ-कथा में भी जाना पड़ रहा है। भय्याजी कई बार नन्दन भाई के सामने सिर पीटते हैं—राजनीति बड़ी मुश्किल होती जा रही है नन्दन। इंसानों और भगवानों की चिरौरी क्या कम करनी पड़ती थी, जो बीच में मवेशियों को ले आये। ये नया टंटा हो गया। कल को और जाने क्या देखना पड़ेगा। हद है भई।

पिछले कुछ वर्षों से इलाक़े में छोटे-छोटे व्रतों और त्योहारों का सार्वजनीकरण

होता जा रहा है। घर की जगह सड़कों पर त्यौहार मनाने की नयी परम्परा शुरू हुई है। हल्द्वानी में सड़क घेर कर मनाए जा रहे गंगा दशहरा के एक ऐसे ही आयोजन में नन्नू महराज के साथ ही भय्याजी भी विशिष्ट अतिथि थे। महराज ने अपने धर्म और संस्कृति के इस प्रसार और प्रचार पर प्रसन्नता व्यक्त करते हुए कहा—अपने घर की देहरी पर दशहरा-पत्र चिपकाने से क्या होगा? अपने पर्व-त्यौहारों को सामूहिकता के ज़रिए गरिमा प्रदान करना आवश्यक है। इससे हमारे बच्चों को अपनी संस्कृति का ज्ञान होगा और उनमें अच्छे संस्कार पैदा होंगे। पब्लिक स्कूलों में पढ़ने वाले आज के बच्चों को देख लीजिए, गाय को 'काव' (काउ) कहते हैं। आप जानते हैं, यहाँ 'काव' कहते हैं 'काल' को। माने मृत्यु। चलो, अंग्रेज़ी में 'काव' कह दो, पर खाली काव? 'मदर काव' क्यों नहीं?

बुकड़ीनन्दन ने भय्या जी को देखा। भय्या जी हवा को देखने लगे।

बाबा बोले—कैसी लठमार शिक्षा है ये? स्कूलों की इसी आधुनिक शिक्षा से संस्कार नष्ट हो रहे हैं। क्या हम अपनी माँ को 'औरत' कहते हैं? या उसका नाम लेते हैं? भारतीय संस्कृति इसकी इज़ाज़त नहीं देती। तो मैं तो कहूँगा भय्या, स्कूल गुरुकुलों की तर्ज़ पर ही चलने चाहिए, तभी हम अपने धर्म और संस्कृति को बचा पायेंगे।

मौक़े की नज़ाकत को देखते हुए भय्याजी को कहना पड़ा कि त्यौहारों के प्रति लोगों का यह उत्साह उनके लिए सुखद आश्चर्य की तरह है। आज छोटे-छोटे त्यौहारों पर हर गली-मुहल्ले में काँवड़ियों जैसी धक्कम-पेल देख कर मन गद्‌गद हो रहा है। मैं तो कहूँगा, ढोल, मंजीरे और खड़ताल लेकर धार्मिक जुलूस निकालें। मन्दिरों में लाउडस्पीकर लगा कर भजन-कीर्तन करें। इससे, नन्नू महराज ने सही कहा, हमारी सांस्कृतिक चेतना और सुदृढ़ होगी। जब तक कोई धार्मिक आयोजन अपनों के अन्दर अपार श्रद्धा का और दूसरों के भीतर भय का संचार न करे, तब तक उसकी सफलता पर सन्देह करना चाहिए। दुनिया को पता चले कि हमारे देश की संस्कृति कैसी विविधतापूर्ण है। कितनी समृद्ध है हमारी सांस्कृतिक विरासत। अपने-अपने बिलों में घुस कर चुपचाप पूजा करने से क्या लाभ? पूजा को सार्वजनिक अनुष्ठान में बदलना होगा। उसके प्रति मन में जोश और आक्रामता पैदा करनी होगी।

नन्नू महराज वाह-वाह करते रह गये। भय्याजी का उत्साह बढ़ा—सही कहते हैं महराज। पब्लिक स्कूलों के बच्चे संस्कारहीन हो गये। लेकिन सरकारी स्कूलों को बख़्शना भी ठीक नहीं है। सरकारी स्कूल हमारे बच्चों को हुड्ड बना रहे हैं। स्कूलों और कॉलेजों में अनुशासन की भारी कमी है। विद्यार्थियों को केवल पाठ्यक्रम पर ध्यान देना चाहिए। इसके अलावा वे क्या पढ़ रहे हैं और क्या कर रहे हैं, इस पर अध्यापकों और अभिभावकों की कड़ी नज़र होनी चाहिए। अगर बच्चे बहकी-बहकी

बातें करें तो समझ लेना चाहिए कि वे ग़लत राह पर चल पड़े हैं। कोई उन्हें वरग़ला रहा है। बच्चों को उच्च शिक्षा के लिए लाल झंडे के गढ़ों में क़तई नहीं भेजना चाहिए।

नन्नू महराज ने फिर से वाह-वाह की। बल्कि उन्हें लगा कि भय्याजी ने तो कुछ ज़्यादा ही अच्छा भाषण कर दिया। ऐसी आक्रामता उनके भाषण में क्यों नहीं आ पायी?

इस तरह के कार्यक्रमों से जहाँ नन्नू महराज की महिमा का विस्तार हो रहा था, वहीं भय्याजी की पकड़ का दायरा भी बढ़ रहा था। इसलिए दोनों में होड़ लगी थी कि कौन बढ़-चढ़ कर बोले। कथा-वाचन और अन्य धार्मिक आयोजनों के कारण नन्नू महराज तो उत्तर प्रदेश के कई शहरों तक उड़ान भरने लगे थे। जबकि भय्याजी की पहुँच पहाड़ से मैदानी इलाक़ों तक बन चुकी थी। राज्य की सीमा से बाहर वे इसलिए क़दम नहीं रखते क्योंकि वहाँ उनके मतदाता नहीं हैं।

भय्याजी को बीमार पड़ते किसी ने नहीं देखा। केवल बदलते मौसम में जुकाम होता है। वे बहती नाक, जकड़ी छाती और भर्राए गले के साथ ही हर जगह हाज़िरी लगाने पहुँचते हैं। यों तो वे ठेकेदारी का धन्धा करते हैं। पर साथ में चार-छह ट्रक चलते हैं। बड़ी मेहनत से एक होटल बनाया है हल्द्वानी में। एकाध पेट्रोल पंप में उनकी पत्ती बतायी जाती है। हो सकता है, उन्हीं का हो। जो भी है, इससे उनकी गुज़र-बसर हो जाती है। कभी-कभी वे रेत-बजरी का ठेका भी ले लेते हैं। लेकिन रेते का काम वे ख़ुद नहीं करते, बल्कि अपने आदमियों से करवाते हैं। करवाना पड़ता है। भय्याजी का भी परिवार है और आम जनता की तरह उनके और उनके परिवार के पास भी पेट है।

अगर राज्य में उनकी पार्टी की सरकार हो तो वे ठेकों से ठीक-ठाक कमाई कर लेते हैं। अगर दूसरी पार्टी की सरकार हो तो, वे कहते हैं, स्थायी धन्धे की कमाई से खर्चा-पानी चल जाता है। विपक्ष की सरकार के दौरान, बकौल पी थ्री, भय्याजी अपनी चर्बी पर गुज़र करते हैं। लोग कहते हैं, उन्हें ज़्यादा की तमन्ना नहीं है। उनके विरोधी कहते हैं, भय्याजी की कमाई और कौवे की लुगाई को आप उँगली लगा कर पहचान नहीं सकते।

भय्याजी ने कभी खद्दरधारियों की सोहबत में राजनीति सीखी थी। यह शुरुआती दौर की बात है। उनका कहना था कि खद्दर-ब्रांड बड़े नेताओं ने उन्हें कभी ऊपर नहीं उठने दिया। उनकी मौजूदा पार्टी का खद्दर से किसी तरह का भावनात्मक जुड़ाव नहीं था। इधर पार्टी के नेता सूट-बूट पहनने लगे थे। लेकिन भय्याजी ने कुर्ता-पजामा और चप्पल को अपना ट्रेड मार्क बनाये रखा। पर पार्टी में रहना है तो उसके रंग में रंगना पड़ता है। इसीलिए इधर वे थोड़ा रंगीन भी हो गये हैं। माथे पर लाल टीका लगाये रहते हैं। कभी लम्बा तो कभी टिकुली-सा। सच पूछें तो, सारा

जीवन काजल की कोठरी में बिताने के बावजूद भय्याजी ऊपर से नीचे तक उजले ही उजले हैं। टीका लगाने से आचरण की शुद्धता और गहन आस्था भी चेहरे पर उभर आयी है। इसे वे इस पार्टी में आने का बोनस मानते हैं।

चन्दू पांडे ने भय्याजी के घर पहुँच कर सीधे अपनी बात रखी, "मैं आपका आदमी हूँ भय्याजी और हमेशा रहूँगा।"

भय्याजी हँसे, "हाँ, तो इसमें नयी बात क्या है? मैं क्या तुम पर शक कर रहा हूँ?"

चन्दू पांडे मज़ाक के मूड में नहीं था। वह गम्भीरता ओढ़े रहा, "मगर छोटी-मोटी इच्छाएँ हमारे अन्दर भी ज़ोर मारती हैं।"

भय्याजी ने हल्के-फुल्के अन्दाज़ में पूछा, "भई कौन-सी इच्छा ज़ोर मारने लगी? कलेजी खाओगे? दारू पियोगे? दूसरा ब्याह करना है?"

चन्दू ने ठोढ़ी को गले से चिपकाते हुए और भी गम्भीर मुद्रा अख़्तियार कर ली, "इस बार ग्राम प्रधान का चुनाव लड़ना है। पार्टी अपना नाम देगी तो ठीक है, नहीं तो निर्दलीय खड़ा हो जाऊँगा।" इतना कह कर उसने भय्याजी का चेहरा पढ़ा, "वैसे भी, प्रधान के चुनाव में पार्टी की भूमिका तो कोई खास होती नहीं। बस, आपका आशीर्वाद चाहिए।"

भय्याजी हैरान। कार्यकर्ता में इतना कांफिडेंस कहाँ से आ गया। कहने लगे—ठीक है। बात करते हैं। चन्दू बोला, "फैसला आपके हाथ में है। अगर पार्टी मेरे ऊपर अपना ठप्पा लगायेगी, तो विधानसभा चुनाव में हम पार्टी के लिए ठप्पे लगवाएँगे।"

"लेकिन ये बताओ, वो जो मुन्ना सिंह है, उसमें क्या कमी है?" भय्याजी का प्रश्न सुन कर चन्दू पांडे के चेहरे का रंग बदलने लगा। भय्याजी ने फौरन भाँप लिया, "यूँ ही पूछ रहा हूँ, क्योंकि वो भी अपना आदमी है। और तुम में कौन-सी अच्छाई है जो उसमें नहीं है?"

चन्दू का चेहरा विकृत हो गया। भय्याजी ने फिर पेंतरा बदला, "तुम्हारे अन्दर भी बहुत सारी अच्छाइयाँ होंगी। ...बल्कि हैं। पर अच्छाइयों से होता क्या है, कद्दू?" उन्होंने कद्दू के लिए अपने गुप्तांग की ओर मुट्ठी लगाकर अँगूठा खड़ा किया, "इतना जान लो कि उम्मीदवार की अच्छाई और सच्चाई देख कर वोट कोई नहीं देता। वोट पड़ता है विरोधी का घटियापन और कमीनगी उजागर करने से। चुनाव जीतने का मूल मन्त्र है, विरोधी की कमज़ोरियाँ सार्वजनिक करो। मौक़ा मिले तो उसके कपड़े उतारने से भी मत चूको।"

चन्दू ध्यान से सुन रहा था। भय्याजी ने अपना प्रवचन आगे बढ़ाया, "इसके दो फ़ायदे हैं। एक तो उसका टिकट का दावा कमज़ोर पड़ता है। दूसरा, खुदा न खास्ता, वह मैदान में उतर जाये, तो जनता कमज़ोर कर देती है। समझ रहे हैं ना?"

"समझ रहा हूँ।"

भय्याजी ने चन्दू को अपने क़रीब बैठने का इशारा किया और बोले—तुम बड़े

भाग्यशाली हो पांडे जी, क्योंकि तुम्हारे ज़माने में मोबाइल फ़ोन है। उसमें ह्वट्सऐप है। इंटरनेट है, फेसबुक और ट्विटर है। स्टिंग करने का जुगाड़ है। हमारे ज़माने में बदनामी को फैलतें-फैलते महीनों और सालों लग जाते थे। बहुत मुश्किल दिन थे। बड़ी मेहनत करनी पड़ती थी अपने विरोधी का टायर पंक्चर करने में। अब क्या है, रात में आकाश पर चढ़ाओ, सुबह धरती दिखा दो।

इतना कह कर उन्होंने पूछा—चाय पिओगे? अभी तो चाय का ही वक़्त है। उन्होंने खिड़की से बाहर उजाले को देखते हुए कहा। चन्दू ने न 'हाँ' कहा, न 'ना'। उसे आज भय्याजी के भीतर से एक अलग भय्याजी के दर्शन हो रहे थे। उन्होंने इशारे से अपने घरेलू सहायक से चाय बनाने को कहा और अपने सहयोगी नंदन भाई से बोले, "मैं थोड़ी देर में आ रहा हूँ, तब तक तुम पांडेजी को चुनाव के कुछ दाँव-पेंच सिखाओ," और नंदम के कान में फुसफुसाये, "मुन्ना सिंह भोट डायभर्ड कर सकता है तो हम उसको डायभर्ट कर देंगे।"

बचवाली में भूत, औरत और राजनीति सबसे हॉट विषय होते हैं विचार-विमर्श के। चुनावी मौसम में नेताओं के, सर्दियों में भूत के और बसन्त की शुरुआत से प्रेम के क़िस्से खूब परवान चढ़ते हैं। हालाँकि अब तो अवैध सम्बन्धों के क़िस्सों की तरह बाक़ी क़िस्से भी बारहमासी हो चुके। तेजू को कई बार आश्चर्य होता है कि यह कैसी जगह है जहाँ गरमा-गरम मसले भी वही हैं, और ठंडे भी। अगर बात करने का मन न हो या सिर के ऊपर से निकल रही हो, तो मौसम की चर्चा करते हैं। वरना वही क़िस्से, वही कहानियाँ।

अगर बात नहीं करते तो केवल फ्यून के बारे में। तेजू अब तक कई लोगों से पूछ चुका। खास तौर पर बुज़ुर्गों से। वे उसका नाम लेने भर से बुरा मान जाते हैं। बुरा क्यों मान गये, यह पूछने पर मुँह सी लेते हैं। कुछ इतना कहते हैं कि उस अपशकुनी जानवर का नाम लेने का मतलब है क़यामत को बुलाना। तीस-चालीस साल पहले तो, किसी बुज़ुर्ग ने बताया, उन्होंने एक के बाद एक पाँच मौतें देखी थीं, उसी के एक बार रोने से। रोना ही उसका बोलना है। अच्छा है कि आबादी इतनी हो गयी कि उसका बोलना सुनाई नहीं देता। पर बोलता तो होगा। मरने वाले आज भी उसी वजह से मरते होंगे।

उसने फ्यून को भुलाना चाहा तो लड़की याद आ गयी। उसमें ऐसा क्या है? वह बार-बार याद क्यों आती है? अब, जबकि वह अपना असल परिचय दे चुकी, याद करने के लिए बचा क्या है?

इधर नयी पीढ़ी के बीच सेल फ़ोन, टॉक टाइम और फेसबुक भी विचार-विमर्श का नया विषय बन गया है। कुछ युवाओं को वर्चुअल रिअलिटी (वी.आर.) और

सेल्फी खींचने वाले ड्रोन कैमरों की भनक लग चुकी है। इन पर काफ़ी उथली-सी चर्चाएँ होती हैं। यह एक नयी दुनिया है, जो अभी खुल रही है। बचवाली के फर्राटा लड़कों के लिए वह रहस्यमय है और उसके बारे में वे अनुमान ही लगा पाते हैं। पिछले दिनों बचवाली का एक लड़का खच्चर के साथ सेल्फी लेते वक़्त उसकी लात से घायल हो गया था। इसी तरह कुछ समय पहले नैनीताल में एक नवविवाहिता टूरिस्ट युवती सेल्फी लेते हुए पहाड़ से फिसल गयी। शायद ड्रोन कैमरे सेल्फी खींचना आसान कर दें। युवाओं को ऐसे अच्छे दिनों का इन्तज़ार है।

वे फ़ोन का इस्तेमाल भविष्य जानने के लिए भी करते हैं।

तेजू को घर से निकलने में थोड़ा देर हो गयी। दुकान के सामने दायीं तरफ़ रखी बेंच पर तीन नये चेहरे थे। तीनों के हाथ में चाय का गिलास था। उनमें से एक तो बेंच के ऊपर पैर रख कर ऐसे बैठा था जैसे देसी शौचलय में निवृत्त हो रहा हो। रोयेंदार मूँछों वाला सोलह-सत्रह साल का एक लड़का भी उनमें था। वह ज़ोर-ज़ोर से चाय सुड़क रहा था। उसके कपड़ों पर सफ़ेदी और पेंट के छींटे बता रहे थे कि वह रंगाई-पुताई का काम करता है। पर उसकी सपने देखने वाली आँखों में ब्लैक एंड ह्वाइट के अलावा कोई रंग नहीं था।

दुकानदार तेजू के लिए चाय बनाने लगा। अनायास ही तेजू की नज़र सामने वाली चोटी की तरफ़ चली गयी, जहाँ कुछ महीने पहले खूबसूरत और घमंडी रेवा को पहली बार ढलान उतरते देखा था। धूप में चमक रही पगडंडी पर दो बकरियाँ चढ़ाई कर रही थीं। शायद हरी घास की तलाश में निकली हों। तेजू ने धूप का चश्मा चढ़ा लिया। वह मोहन सिंह से पूछना तो चाहता था, लेकिन लड़की को लेकर अनावश्यक रुचि दिखाने में संकोच हो रहा था। हालाँकि लड़की ने अपने व्यवहार से काफ़ी निराश किया था, फिर भी उसे याद करना पता नहीं क्यों अच्छा लग रहा था।

"आज पांडेजी नहीं आये?"

"पांडे जी का क्या है, जब मन हुआ, पैंट-कमीज़ डाली, आ गये।"

"ऑफ़िस कहाँ है उनका?"

"अरे कैसा ऑपिस कह रहे हो शाब, ये तो चलते-फिरते ऑपिस हुए। ऐसे सैकड़ों ठहरे यहाँ। कुछ चलते-फिरते हुए, कुछ इस्थिर (स्थिर) हुए। पान वाला प्रापर्टी डीलर, बरतन वाला भी प्रापर्टी डीलर। सब्जी वाले से पूछोगे तो कहेगा सबसे बड़ा डीलर मैं। एक बार मुँह से 'ज़मीन' निकल जाये, झिमौड़[1] जैसे कितने चिपट जायें। सारा पहाड़ बेच खाया इन्होंने। ऐसे-ऐसे भीड़े[2] बेच दिये, जहाँ गाय-भैंस भी जाने में थर-थर काँपने वाले हुए।"

उसने हाथ हिला कर थर-थर काँपने का संकेत किया और फिर हँसने लगा,

---

1. ततैये, 2. बीहड़ पहाड़ियाँ।

"मुझे तो दिल्ली वालों की बुद्धि पर तरस आता है। गधे कहीं के।" तेजू को 'क्यों' पूछने का अवसर दिये बिना बोला, "जंगल में घर बना कर मौज उड़ाने यहाँ आ रहे ठैरे। हम लोग गाँव-जंगल छोड़ कर सड़कों के किनारे क्यों आ बसे? हमें घोड़े ने काटा है?"

"बाघ का डर रहता है क्या?"

"बाघ-वाघ से कौन डरता है," "कह कर मोहन सिंह ने एक क्षण के लिए सोचा, "मान लो, आधी रात में, पेट में दर्द ही उठ जाये, तो क्या करोगे? चिल्लाओगे तो भी, दूर-दूर तक मदद करने वाला कोई नहीं होगा। जब जान पर आती है ना, सारी मौज एक ही बार में निकल जाती है—फुस्स करके।"

तेजू को घबराहट होने लगी। सचमुच, सस्ते के चक्कर में मोटर रोड से दूर घर बना कर उन लोगों ने ग़लती तो नहीं की? माँ और पिताजी की उम्र बढ़ रही है। कभी अकेले हुए और अचानक बीमार पड़ गये तो क्या होगा? घर में एक स्ट्रेचर ख़रीद कर रख लेना चाहिए। लेकिन स्ट्रेचर उठाकर कौन ले जायेगा? कई घरों में तो औरतों और बुज़ुर्गों के अलावा कोई नहीं है। जिससे पूछो, वही कहता है कि बेटा बाहर रहता है (यहाँ बाहर का अर्थ दिल्ली, मुम्बई वगैरह से है)।

उसने सिर झटक कर इस नकारात्मक विचार को परे धकेल दिया। फिलहाल सब ठीक है। दोनों स्वस्थ हैं। सड़क से दो-चार सौ मीटर की दूरी भी कोई दूरी है।

जिनका यहाँ कोई काम नहीं, वे ऊँची चोटियों पर घर बनाने क्यों आ जाते होंगे? तेजू ने मोहन सिंह का यह सवाल खुद से किया। बहुत देर बाद उसकी नज़र दुकान के अन्दर एक कोने में अख़बार पढ़ रहे पी थ्री पर गयी। उन्होंने बाहर निकलते हुए उसके सवाल का जवाब दे दिया—जीवन की एकरसता से ऊबे हुए लोग। यहाँ फुर्सत में पेड़ों को सहलाते हैं। नदियों, झरनों और तालाबों का पानी छूकर देखते हैं। पशु-पक्षियों के स्वरों को कानों में और हरियाली को आँखों में उतारते हैं। मिट्टी की सौंधी खुशबू सूँघते हैं। फेफड़ों में साफ़ हवा भर कर महीने-पन्द्रह दिन में चले जाते हैं।

पी थ्री ने गरदन को झटका दिया और थूक के छींटे फेंकते हुए कहा—जो कुछ आपके आस-पास है, जिसे बचाना चाहिए था, दिल्ली में या कहीं और, उसकी आपने परवाह नहीं की। जो इस पृथ्वी पर बचा रह गया है वही आपको अच्छा लगता है। अफ़सोस की बात तो ये है कि उसे भी आप वैसा नहीं रहने देते। आपने यहाँ भी कंक्रीट के जंगल खड़े कर दिये। आप जहाँ-जहाँ जायेंगे, वहाँ-वहाँ से हवाओं को, हरियाली को, नदियों और झरनों को बिदा करते जायेंगे। आप के लिए यही विकास है।

पी थ्री ने अपनी बात को तेजू की आँखों में तौला और बोले, "आप अपने बन्द घरों की जो भव्यता अपने पीछे छोड़ जाते हैं, उससे, आप क्या समझते हैं कि लोग

डरते होंगे? कोई नहीं डरता। ईर्ष्या करते हैं। लोगों का ग़ुस्सा भड़कता है। डरते होंगे रखवाली के लिए छोड़े गये आपके कुत्ते और चौकीदार। भव्यता में पसरे सन्नाटे से।"

इतना कह कर वे चले गये। तेजू उन्हें जाते हुए देख ही रहा था कि मोहन सिंह शुरू हो गया, "पांडेजी-हांडेजी तो किटकन डीलर हुए। साल भर में एकाध मुर्ग़ा फँस गया तो बहुत हुआ। कमाने वाले तो शुरू में ही कमा गये, जिन्होंने गाँव वालों से कौड़ियों में ज़मीन ख़रीदी और मनमाने दामों पर बेच दी। पांडेजी तो अब पैदा हुए। अब ज़मीन है कहाँ?

"ऐसे भी, ठगी-फगी से अपना ख़र्चा-पानी चलाते हैं। जो मिल गया जी। 'ना' नहीं कहना हुआ। आप कहो चाँद चाहिए, तो कहेंगे कल मिल जायेगा। कुछ एडवांस दे दो। तारे भी चाहिए क्या? उसके बाद चाँद-तारे आकाश में और चन्दू भय्या पाताल में। ढूँढ़ लो।"

तेजू ने राहत की साँस ली। अच्छा हुआ जो पांडे के ज़रिए ज़मीन का सौदा नहीं हुआ। पिताजी के पैसे डूब जाते तो उन्हें दौरा पड़ जाना था। पांडे के बारे में सोच कर बेवजह घबराहट होने लगी। पी थ्री की बातों से वैसे ही सिर भन्ना रहा था।

तीनों ग्राहक जाने लगे। तेज प्रताप ने कोंचा तो तेजू ने पूछ लिया, "पांडे जी कह रहे थे, एक बार पहले भी जोशी कॉटेज में भूत ने उनके बाल खींचे थे?"

भूत का नाम सुनते ही पुताई करने वाला छोटा लड़का ठिठक गया। दुकानदार का क़िस्सागो जाग गया था। उसने तेजू के लिए कुर्सी खींच ली और खुद बेंच पर बैठता हुआ बोला, "आपने क्या शराब पिलाई थी?"

तेजू को लगा, शराब पीकर चन्दू पांडे फेंकता होगा। लेकिन दुकानदार ने स्पष्ट किया, "पांडे जी हुए झूठ के व्यापारी। सच तभी बोलते हैं जब पी लेते हैं। पर आप सच्ची बात पर य़कीन कहाँ करने वाले हुए।"

तेजू चुप रहा। दुकानदार के होंठ फड़कने और जीभ ऐंठने लगी। क़िस्सा बाहर आने के लिए ज़ोर मार रहा था।

"क़िस्सा क्या है जी, सात-आठ नेपाली मज़दूरों का एक मेट हुआ। चालीस के आस-पास उम्र होगी। उसकी औरत जो हुई, मेटियाणी, बहुत ही खूबसूरत हुई। यहाँ की औरतें उसे देख कर जलन से दुबली हो गयी ठैरीं।" अपनी बात पर वह खुद ही हँसा, "मेरी घरवाली भी बड़ी जलनख़ोर है। है एकदम आदमियों जैसे चौखुंडे मुँह वाली।" वह फिर से हँसा और कुछ देर में हँसते-हँसते पेट पकड़ लिया, "ऐसी टेढ़ी-बाँकी औरत ठीक ही होने वाली ठैरी। जो आँख उठा कर देखे, डर जाये।

"मेटियाणी जो हुई, सोलह-सत्रल साल से ज़्यादा की नहीं होगी। ऐसी गुलफ़ाम... आये-हाये, क्या बताऊँ आपको। दस साल पुरानी बात हुई। तब मैं भी जवान ठैरा। जब चौखुंडे मुँह वाली मायके जाये तो मेरा भी ईमान डोलने वाला ठैरा।"

मज़दूर लड़का आधा मुँह खोले हुए ग़ौर से सुन रहा था और हक्का-बक्का

लग रहा था। उसकी आँखें मेंढ़क की तरह बाहर को निकल आयी थीं। जैसे पारस पत्थर का सुराग मिलने वाला हो। तभी आगे निकल गये उसके साथियों ने आवाज़ दी। वह अचकचा कर उनके पीछे भागा। मन उसका भूत और गुलफ़ाम का क़िस्सा सुनने के लिए पीछे छूटा जा रहा था। जबकि तेजू को ऊब हो रही थी। उसने मोहन सिंह को बीच में रोकते हुए कहा, "क़िस्सा मैं सुन चुका हूँ। फिर भी किसी दिन आपसे विस्तार से सुनूँगा। अभी जल्दी में हूँ।"

उसने तय कर लिया था कि भूतों के वही स्टीरियोटाइप क़िस्से नहीं सुनने।

भय्याजी का सहयोगी नन्दन एक बेडौल व्यक्ति है। तौंद बाहर, सीना अन्दर। जबड़े चौड़े, गरदन मोटी। टाँगें अनुपात में कुछ पतली। उसका गेहुँआ चेहरा ऐसा है जैसे सिल को खोड़ (खोंट) रखा हो। बचवाली वाले उसे 'बुकड़ीनन्दन' कहते हैं। स्थानीय बोली का यह शब्द उसके चेहरे का हाल बयान कर देता है। माथे पर उसके लम्बा टीका रहता है। रंगे हुए काले बाल और करीने से तराशी काली-सफेद मूँछें। भय्याजी के सभी क़रीबी उसे नन्दन भाई कहते हैं। नन्दन भाई ने चन्दू पांडे को विस्तार से बात करने के लिए अगले दिन बुलाया था।

चन्दू को देख कर बुकड़ीनन्दन के बेजान चेहरे पर मुस्कान फैल गयी। भय्याजी की तरह ही उसे भी मौजूदा ग्राम प्रधान मुन्ना सिंह से हिसाब बराबर करना था। इस बार साले ने न भुट्टे पहुँचाये और आड़ू-प्लम। खड़ंजे डालने का सारा मुनाफ़ा भी अकेले डकार गया।

भय्याजी घर पर नहीं थे। नन्दन भाई ने चन्दू की पीठ पर हाथ रखा और बैठने को कहा। उन्होंने खुद भी एक सोफे पर पसरते हुए गहरी साँस छोड़ी, "राजनीति में आदमी जितना बाहर होता है उससे तीन गुना भीतर होता है। होना ही चाहिए। दिल्ली-बंबई में तुमने देखा होगा, फ्लैटों की बालकनी हवा में लटकी रहती हैं। न बीम न पिलर। वहाँ के मिस्त्री क्या जादूगर हैं? कैसे लटका देते हैं?"

चन्दू ने नन्दन भाई की तरफ़ देखा। वह जीवन में दो बार दिल्ली गया था। मुम्बई उसने कभी नहीं देखा। दिल्ली में फ्लैटों की बालकनी उसने देखी थीं, पर ठीक से याद नहीं आ रहा था। सरकारी भवनों का ठेका लेने वाले नन्दन भाई ने समझाया, "सिम्पल-सी बात है। जितनी बड़ी बालकनी आगे निकालनी हो, उससे ढाई-तीन गुना सरियों का जाल अन्दर होना चाहिए। यह सिद्धांत राजनीति पर भी लागू होता है। राजनीति में जो जितना गहरा रहता है, उतना ही ठहरा रहता है। नेता को चुपचाप अपनी जड़ें फैलानी चाहिए। शाखाएँ फैलाने से शत्रु बढ़ते हैं और पकड़ घटती है।"

"बहुत अच्छी बात कही आपने नन्दन भाई।" —चन्दू ने उनकी बात पर सहमति जताई। नन्दन भाई खुश हुए—तुम्हारा राजनीति में प्रवेश हो रहा है, इसलिए

बता रहा हूँ। अपने भय्याजी राजनीति के चाणक्य कहे जाते हैं। इनसे चाणक्य नीति सीखो। लेकिन दग़ाबाज़ी कभी मत करना। भय्याजी का भविष्य उज्ज्वल है। थोड़ा, क़िस्मत साथ नहीं दे रही, वरना आज दिल्ली की गद्दी पर बैठे होते।

चन्दू ने फिर सहमति में गरदन हिलाई और मन ही मन कहा, दिल्ली की गद्दी पर तो मैंने बैठना है बेटा।

नन्दन भाई ने बात आगे बढ़ाई—पहली बार जब इन्होंने विधानसभा का चुनाव लड़ा, तब से मैं इनके साथ हूँ। तब तुम छोटे होगे। तुम्हें याद नहीं होगा। उत्तराखंड राज्य तब नहीं बना था। इनके ख़िलाफ़ एक बहुत ही मजबूत उम्मीदवार खड़े थे। प्रकाश दद्दा। उन दिनों प्रकाश दद्दा की तूती बोलती थी। उनसे भी कहीं ज़्यादा मजबूत थी उनकी पार्टी। दलितों के सारे थोक वोट पार्टी की तरफ़ थे। ब्राह्मणों के वोट दद्दा के थे ही। ठाकुरों में फूट डाल कर दद्दा उन्हें तोड़ने में लगे थे। हार तय लग रही थी। तब भय्याजी ने क्या किया जानते हो?

चन्दू पांडे ने 'नहीं' में सिर हिलाया।

'तुम कैसे जानोगे' कह कर नन्दन भाई ने बताया—भय्याजी ने पाँच लोगों से एक सवाल पूछा था। बड़ा ही सिम्पल सवाल था। बोले—क्या प्रकाश दद्दा ने हल्द्वानी में कोई रखैल रखी है?

जिनसे सवाल पूछा, उनमें एक मैं भी था। मैं बोला—पता नहीं। भय्याजी ने कहा—पता करो। मैंने पूछा—कैसे? भय्याजी ने कहा—तुम भी पाँच लोगों से यह सवाल पूछो और उनसे कहो कि वे पाँच और लोगों से यह सवाल करें। मैंने पाँच की जगह उत्साह में आठ-दस लोगों से यही सवाल किया। बाक़ी चार लोगों ने भी पाँच-पाँच लोगों से पूछा—प्रकाश दद्दा ने हल्द्वानी में कोई रखैल रखी है? इस सवाल पर जिसे देखो वही आश्चर्य व्यक्त करता—अच्छा, रक्खी है? इसका जवाब हम क्या देते, हम तो खुद जवाब माँग रहे थे।

नन्दन भाई ने अपना खुरदरा मुँह खुजाते हुए चन्दू के चेहरे के साथ-साथ वहाँ उपस्थित तीन और लोगों की तरफ़ देखा। बोले—पाँच से पच्चीस, पच्चीस ने एक सौ पच्चीस, एक सौ पच्चीस से छह सौ पच्चीस, फिर तीन हजार एक सौ पच्चीस...। सवाल ज्यों-ज्यों आगे बढ़ा, उसका प्रश्नवाचक चिन्ह ग़ायब होता गया। प्रश्नवाचक चिन्ह जानते हो ना? वाक्य के पीछे लगी हुई घुंडी?

सबने एक साथ कहा कि वे समझते हैं। नन्दन भाई के चेहरे पर सन्तोष के लक्षण उभर आये—तो भय्या, इंट्रोगेटिव सेंटेंस पहले एक्सक्लेमेट्री हुआ और फिर डिक्लेयरेटिव सेंटेंस में बदल गया। जब वाक्य की घुंडी हट जाती है तो शक ख़त्म हो जाता है। शक यक़ीन में बदला तो अफ़वाह फैलने लगी। कुछ दिन बाद किसी ने बाज़ार में हमें रोका। पूछने लगा—नन्दन भाई, तुमने सुना, प्रकाश दद्दा का कारनामा? हल्द्वानी में कोई रखैल रख ली है।

हम चक्कर में पड़ गये। तो क्या हमारे सवाल का जवाब आ गया?

नन्दन भाई ने एक चुटकी सादा पान मसाला मुँह में डाला, "हम उसी दिन समझ गये, भय्याजी जितना दिखते हैं, उससे कहीं गहरे हैं।" उन्होंने हथेली से हथेली बजा कर कहा, "और फिर शुरू हुआ जी, चुनाव प्रचार। भय्याजी ने चुनावी सभा में कहना शुरू किया—खादी पहनने से ज़िन्दगी सादी नहीं हो जाती। सफ़ेदी अन्दर होनी चाहिए।"

उसी समय भय्याजी लौट आये। पूछने लगे—हाँ भई, क्या हो रहा है?

"कुछ नहीं, चन्दू बाबू को आपके पहले-पहले चुनाव की कहानी बता रहा था। आपने उस दिन कबीर का कौन-सा दोहा कहा था भाई साब?"

"मन मैला तन ऊजरा...।" —भय्याजी ने बताया।

"हाँ, याद आया। तो भाई साहब ने कहा था—मन मैला तन ऊजरा, बगुला कपटी अंग/तासों तो कौवा भला, तन मन एकहिं रंग।"

नन्दन के साथ भय्याजी ने भी उसे दोहराया। उसके बाद भय्याजी भी रंग में आ गये और उस पुराने वाक़ये को खुद बयान करने लगे, "मैंने कहा था, जनप्रतिनिधि को सोने की तरह खरा होना चाहिए, दाज्यू। हम तो खरे हैं, खरे थे और खरे रहेंगे। चलो, हम दूसरों के इंजन की भी गारंटी दे देंगे कि ठीक-ठाक है। लेकिन जिस तरह प्लास्टिक और रबर पार्ट्स की गारंटी कंपनी नहीं देती, वैसे ही चमड़े के अंगों की गारंटी तो भय्या कोई नहीं दे सकता। पता नहीं, कब दग़ा दे जायें।

"यह सुन कर लोग हँसने लगे। हमने हाथ के इशारे से लोगों को चुप कराया और बोले—ठीक है, पार्ट्स धोखा दे सकते हैं। पर भय्या, आपका विरोधी भी आख़िर है तो मनुष्य। किसी का चरित्र-हनन तो मत करो। वो हम पर आरोप लगायें, मंज़ूर है। हम उन पर लगायें, ये भी मंज़ूर। लेकिन उनके चरित्र पर हमला कौन कर रहा है भाई? उन्हीं की पार्टी के अन्दर के महत्वाकांक्षी लोग होंगे। टिकट नहीं मिला तो दद्दाजी की जड़ों में मट्ठा डालने लगे। व्यक्तिगत काम नहीं किये, मट्ठा डालने लगे। तो भय्या, चुनाव के वक़्त नेताओं के घर और दफ़्तर में ये जो मट्ठे की डेयरियाँ खुल जाती हैं, यह ठीक नहीं है।

"मैंने आगे कहा—मुझे बहुत दुख है। मैं उनकी तरफ़ से सार्वजनिक रूप से खंडन कर रहा हूँ। वो हमारे विरोधी हैं, पर आदमी भले हैं। हल्द्वानी में किसी औरत को कभी नहीं रख सकते। मैं नहीं मानता। मैं तो 'रखैल' शब्द का भी इस्तेमाल नहीं करूँगा। हमारे समाज में स्त्रियों के लिए सम्मान घटता जा रहा है। यह चिन्ता की बात है।...और मान लो, किसी को रख ही लिया, तो क्या दफ़ा तीन सौ दो लगाओगे?...मेरा हाथ जोड़ कर निवेदन है उनकी पार्टी के लोगों से, राजनीति को इतना गन्दा मत करो कि लोगों का जनप्रतिनिधि से और अन्ततः लोकतन्त्र से ही विश्वास उठ जाये।"

चाय आ गयी। चुस्की लेते हुए भय्याजी मुस्कराए, "मज़ेदार बात यह रही कि तीन दिन में ही दद्दाजी पैरों में लोट गये। कहने लगे—आप मेरे बाप। मुझे सार्वजनिक मंच पर चरित्र प्रमाणपत्र देना बन्द करो। मैं बहुत बुरा आदमी हूँ। मैंने रखैल रखी है। आप किसी से मत कहिए कि मैंने नहीं रखी।

"मैंने कहा—अरे, क्या बात करते हो दद्दाजी। आपकी इज़्ज़त, हमारी इज़्ज़त। हम उसे यों नीलाम नहीं होने देंगे। हमें पता है, आपने रखैल नहीं रखी है। तो हमारा भी तो कुछ फ़र्ज़ है?

"दद्दाजी एकाएक उखड़ गये—फ़र्ज़ की बनाओ बत्ती और मेरी...मेरे पीछे घुसेड़ दो। और फिर तुरन्त ही गिड़गिड़ाने लगे—मुझसे जो ग़लती हुई उसकी माफ़ी चाहता हूँ। आगे से आपके ख़िलाफ़ चुनाव नहीं लड़ूँगा। बस इस तरह बदनाम करना बन्द करो। घर में पत्नी ने हंगामा मचा रखा है। बच्चे नज़रें चुरा लेते हैं। आपने बरबाद कर दिया।

"तब मैं मुस्कराया और उनके कन्धे पर हाथ रख कर उन्हें भरोसा दिलाया कि चलिए, अब आप कहते हैं तो आपकी इज़्ज़त बचाने की ज़िम्मेदारी से हम मुक्त होते हैं।"

"फिर चुनाव में क्या हुआ?" —वहाँ मौजूद एक युवा समर्थक ने पूछा तो भय्याजी बोले—अजीब झंडू हो बेटा तुम, इतनी मेहनत हमने की तो क्या चुनाव दद्दाजी जीत जाते?

चन्दू की आँखें फटी की फटी रह गयीं। उसने तय कर लिया कि वह भी मुन्ना सिंह को फेंट कर रख देगा। उसका उत्साह दोगुना हो गया था। वह फिर से चील की तरह आसमान में उड़ने लगा। चूज़ों की भीड़ में उसे भय्याजी और नन्दन भाई भी नज़र आ रहे थे। भय्याजी का खादी का सफ़ेद कुर्ता-पजामा मखमली पंख में तब्दील हो रहा था और उनकी नाक चूज़े की चोंच में। खोड़े हुए मुँह वाले नन्दन भाई देसी चूज़े में बदलने लगे—चूँ-चूँ, चूँ-चूँ, चिर्र।

कलचुनिये की सीटी, बुड्ढों की बाँग

कृष्णानन्द का पुश्तैनी घर अल्मोड़ा जिले में पड़ता है। गाँव मोटर की सड़क से दो-ढाई किलोमीटर दूर था। उन दिनों गाँव तक पक्की सड़क नहीं होने से फ़र्क़ नहीं पड़ता था। केवल आदमी और लद्दू घोड़ों के लिए रास्ते की ज़रूरत होती थी। बस। घर में चाय का बरतन चूल्हे पर चढ़ता। एक बच्चा दौड़ता हुआ जाता और मोटर की सड़क के किनारे दुर्गा छंगे की दुकान से गुड़ की भेली लेकर लौट आता। कभी-कभी ही ऐसा होता कि बच्चे दुर्गादत्त की छठी उँगली में उलझ जाते और उन्हें

लौटने में थोड़ा देर हो जाती। या कभी रास्ते में किसी पेड़ पर या खेतों की मेड़ पर कोई प्रवासी पक्षी दिख जाये, जिसे पहले न देखा हो, तो बच्चे उसकी ओर आकर्षित हो जाते। ऐसा एक बार कृष्णानन्द के साथ तब हुआ था जब सुर्ख़ाब का एक जोड़ा कहीं से भटकता हुआ गाँव के पानी भरे खेतों में उतर आया था। उसके सुनहरे पंख देख कर बच्चे भौचक रह गये थे। वरना हरियल, बुलबुल, कठफोड़ और तीतर देख कर उनकी रफ़्तार में अन्तर नहीं आता था। कलचुनिये[1] की सीटी सुनकर भी बच्चे नहीं रुकते थे। रोज़ ही के हुए। सरपट गये और सरपट आये।

दिल्ली में परिवार को साथ ले जाने का विचार कृष्णानन्द के मन में लम्बे समय तक नहीं आया। दिल्ली उन दिनों अपना घर नहीं लगता था। सोचते थे, नौकरी करने आये हैं, एक दिन लौट जायेंगे। दिल्ली में कौन-सा सोहन हलवे की दुकान खोल ली?

तेजू बड़ा हो रहा था। कृष्णानन्द को उसके स्कूल की चिन्ता सताने लगी। बगल के गाँव में एक फटीचर प्राइमरी स्कूल था, जिसमें कृष्णानन्द ने पढ़ा था और अब उनके चचेरे भाई के बच्चे पढ़ रहे थे। उन दिनों वहाँ एक हेड मास्टर होते थे भुवन चन्द्र। वे कृष्णानन्द के गाँव के ही थे। उनके और मास्टर गोविन्द बल्लभ के बीच यह सहमति थी कि एक दिन में एक ही जना स्कूल आयेगा। एक दिन मास्साब और एक दिन हेड मास्साब। दोनों की खेती थी और घर में पचास दूसरे काम थे। हेड मास्साब सोचते, मास्टर होने का मतलब यह नहीं कि आदमी घर-द्वार से फ़ालतू है।

वे चतुर आदमी थे। कम बोलते और नहीं कहने वाली बात को मन ही मन में बोल लेते थे। लेकिन मास्टर गोविन्द बल्लभ गधा टाइप थे। बोल देते थे—फ़क़त तनख्वाह से क्या होता है। हमारी भी मलाईदार नौकरी होती तो खेती को हुश-हुश कह देते।

स्कूल में सारे बच्चे ज़मीन पर बैठते थे। जिन्हें अपनी वर्दी की चिन्ता हो, उनके लिए हेड मास्साब ने फ़रमान जारी किया था कि वे घर से टाट या बोरा लेकर आयें। अख़बार गाँव में किसी के घर नहीं आता था कि बच्चे बिछाने को ले आते। खुद हेड मास्साब अख़बार तभी पढ़ते थे जब बाज़ार जाते थे। स्कूल में समय बिताने के लिए वे झपकी लेना बेहतर समझते। उनकी नज़र में अख़बार पढ़ने वाला उतना ही फ़ालतू था जितना ताश खेलने वाले। कहते थे—दोनों समय काटते हैं। किताबें पढ़ने की वे ज़रूरत नहीं समझते थे। किताबों का मतलब उनके लिए कोर्स की किताबें होता था, जिन्हें बच्चे पढ़ते हैं। उनकी राय में प्रायमरी स्कूल के मास्टर का काम सुपरवाइजर या मेट जैसा होता है, जो बच्चों को काम में जोते रहे। बच्चों का काम

1. नीला-काला पक्षी (ब्ल्यू व्हिसिंलग थ्रस)।

चूँकि पढ़ना है, इसलिए मास्टर का काम, हेड मास्साब की राय में, उन्हें किताबों में मुंडी घुसेड़ने के लिए मज़बूर किये रहना था।

स्कूल के बारे में सोच कर कृष्णानन्द को ज़्यादा चिन्ता होती। अन्यथा दिल्ली में अकेले रहते हुए तकलीफ़देह कुछ नहीं था। खाना पकाने में थोड़ा आलस ज़रूर आता। जब आलस आये तो खिचड़ी पका ली। उन्होंने खिचड़ी पर बीसियों प्रयोग किये और उनमें से पाँच-छह सफल रहे। वे अलग-अलग पाँच प्रकार की खिचड़ी बना कर खुद को तसल्ली देने में कामयाब हो चुके थे कि आज कुछ अलग खा रहे हैं। कभी-कभी पत्नी की याद ज़रूर आती। संयोग ऐसा होता कि उस दिन या तो पत्नी, या वह गोल-मटोल पड़ोसन सपने में आ जाती जो टखनों तक गाउन उठा कर बिला नागा बेड़ा धोती थी।

ऐसा भी होता जब किसी छुट्टी के दिन पत्नी की याद दिन-दहाड़े ज़ोर मारती। तब वे पिताजी को चिट्ठी लिखने बैठ जाते। उन दिनों पिताजी के जीवित रहते सीधे पत्नी को चिट्ठी लिखने में संकोच करने का चलन था। चिट्ठी गाँव तक आठ-दस दिन में पहुँचती थी। गाँव में टेलीफ़ोन लाइन नहीं थी। कभी-कभार ही कोई पढ़ा-लिखा आदमी पोस्ट ऑफिस से ट्रंक कॉल करता था। सेल फ़ोन की किसी ने कल्पना ही नहीं की होगी। उस जादुई पिटारे के अन्दर 'बाज़ार' की और खास तौर से ई-रिटेलर की घुसपैठ के बारे में सोचना तो कल्पनातीत की कल्पना करने से भी मुश्किल था। कैसे कोई सोच सकता था कि एमैज़ोन से ख़रीद लो और ओएलएक्स पर बेच दो। गाँव में सौदा-सुल्फ के लिए पहले भी दूर-दूर तक जाना पड़ता था, अब भी, सड़क आ जाने के बावजूद, जाना पड़ता है।

दिल्ली में परिवार की ज़रूरत कृष्णानन्द को तब से ज़्यादा महसूस होने लगी जब एक बार बहुत तेज बुख़ार आया। कमज़ोरी से टाँगें काँपती थीं। पलकों के झपकने की रफ़्तार कम हो गयी थी। किससे मदद माँगें, समझ नहीं आ रहा था। पड़ोसी कृष्णानन्द के उच्चारण और शुद्ध हिन्दी की खिल्ली उड़ाते थे। उनके खाँटी पहाड़ी लहजे पर हँसते। किराएदार मानकर भी दूरी बनाये रखते। महिलाएँ इसलिए बात नहीं करती थीं, क्योंकि परिवार साथ नहीं था। उन दिनों (लोग शरीफ थे, ऐसा दावा नहीं किया जा सकता) बलात्कार की ख़बरें नहीं के बराबर सुनाई देतीं। दिल्ली के मुहल्लों में छड़े-छाँट किरायेदार ही बलात्कारी के समतुल्य माने जाते थे। सिर्फ़ गोल पड़ोसन ही थी, जो कभी-कभी सबकी नज़रें बचा कर मुस्करा देती। इससे कृष्णानन्द के उदास मन की सिंचाई हो जाती। हालाँकि सुबह सरसों लहलहाती और शाम को फिर से खेत उजाड़ हो जाता।

बुख़ार का वह अनुभव भयानक था। कृष्णानन्द को लग गया कि पत्नी को साथ रखना ज़रूरी है। अकेले रहते घबराहट होने लगी थी। ऐसे तो किसी दिन घर के अन्दर बेमौत मर सकते हैं। मान लो, खाते-खाते फंदा लग जाये। कोई पीठ पर डुक्का मारने वाला तो होना चाहिए। पत्नी को ले आने के विचार को और भी बल

मिला बेटे की पढ़ाई और गाँव के स्कूल की हालत के बारे में सोच कर। जब भी स्कूल के बारे में सोचते तो मकड़ी की तरह टाँगें फैला कर चलने वाले हेड मास्टर भुवन चन्द्र याद आ जाते। उनकी धनुषाकार टाँगें देख कर स्कूल के बच्चों को हमेशा लगता था कि हेड मास्टर के पिछवाड़े में कोई फोड़ा हो गया है, जहाँ अपने हाथ से दवाई लगाना सम्भव नहीं है। दूसरों से लगवाने में संकोच होता होगा। शायद इसीलिए ठीक नहीं होता। कुछ बच्चे उनके फोड़े की विचित्र-विचित्र कथाएँ बताते। पर फोड़ा था ही नहीं तो उन कहानियों पर क्या जाना।

मास्साब कबके रिटायर हो चुके थे। हेड मास्साब इस दुनिया से कूच कर गये थे। फिर भी, स्मृति से उन्हें मिटाने और अकाल मृत्यु के भय पर विजय पाने के लिए कृष्णानन्द ने तय कर लिया कि गाँव जाकर परिवार को ले आना है। तेज प्रताप को उसकी माँ ने बताया था कि पिताजी ने उन्हें साथ ले जाने की बात दादाजी से बहुत डरते-डरते कही थी। उससे पहले दो दिन तक हिम्मत जुटाते रहे। काफ़ी रिहर्सल की।

जब तक दादाजी जीवित रहे, अप्रैल के महीने से हीं वे गरमी की चिन्ता करने लगते और पिताजी को चिट्ठी लिखते—दिल्ली में बहुत गरमी पड़ रही है बल, तू एकाध महीने की छुट्टी लेकर आ जा। कृष्णानन्द जवाब देते—गरमी तो हर साल पड़ती है। पर प्राइवेट नौकरी में एक महीने की छुट्टी कभी नहीं पड़ती। इससे तो फौज़ में भर्ती हो जाता। तब दादाजी लिखते—ठीक है तो, दस-पन्द्रह दिन के लिए आ जा। बच्चों को छोड़ जाना। गरमियाँ ख़त्म होने पर उन्हें ले जाना।...और हिम्मत रख। जब ये नौकरी मिली है तो छुट्टियों वाली भी मिलेगी।

तब तक कृष्णानन्द की बेटी हो चुकी थी। वे गाँव आते। छोड़ते वक़्त पाँच-सात दिन रहते। ले जाते वक़्त दो-तीन दिन में लौट जाते। यह सिलसिला छह-सात साल चला। तब तेजू नौ साल का रहा होगा। एक दिन कृष्णानन्द को दफ़्तर में फ़ोन आया कि पिताजी की तबीयत ख़राब है। टेलीग्राम आता तो कम-से-कम शब्दों की कँपकँपाहट पकड़ में नहीं आ पाती। लेकिन फ़ोन ने खुटका पैदा कर दिया।

रात की बस से चल कर सुबह गाँव पहुँचे तो पिताजी की मिट्टी नहीं मिल पायी। वे सुबह ही गुज़र चुके थे। अगली सुबह तक घरवालों ने कृष्णानन्द का इन्तज़ार नहीं किया। गाँव के बड़े-बूढ़ों की एक खास आदत होती है। कहते हैं, मिट्टी को ज़्यादा देर रखना नहीं चाहिए। आपका मरने वाले से चाहे कैसा ही सम्बन्ध हो, लेकिन बूढ़ों के लिए मरने के बाद हर सम्बन्ध मिट्टी हो जाता है। बूढ़े कहते, मुर्दे की जगह मुर्दाघाट। जल्दी से जल्दी पहुँचाओ। रात को कोई मर जाये तो शव के पास बैठ कर बुड्ढे पूरी रात पहरा देते हैं और पौ फटने से पहले ही बाँग देने लगते हैं—चलो, चलो, मिट्टी उठाओ...कुकडू-कूँ।

पिताजी के रहते दोनों भाई जिस डोर से बँधे थे, वह कमज़ोर होने लगी। दो साल बाद जब माँ गुज़री तो डोर में इकहरा धागा बचा रह गया। अब टूटा, तब

टूटा। भाई गाँव आने का वैसा आग्रह अब नहीं करता था। गाँव आने को कहता भी तो बड़े ही ठंडेपन के साथ। धीरे-धीरे हुआ यह कि अगर गाँव आने पर वे लोग हफ़्ते दिन से ज़्यादा रह जायें तो भाई की पत्नी कसमसाने लगती। पहले दिन शिकार[1] पकता, दूसरे दिन ठीक-ठाक सब्जी-तरकारी होती और तीसरे-चौथे दिन के बाद लौकी-कद्दू। इस दौरान भाई कभी घर की मरम्मत का रोना रोता तो कभी बच्चों की फीस का। कृष्णानन्द को लगने लगा कि एक तरह से उनके गाँव न लौटने के सारे जतन किये जा रहे हैं। या फिर इन लोगों को भ्रम है कि दिल्ली वालों के पास इफ़रात पैसा है। कृष्णानन्द के भ्रातृप्रेम का जज़्बा कमज़ोर पड़ने लगा। वे गाँव जाते भी तो धप्पा देकर एकाध दिन में लौट आते। जब रिश्तों में गरमाहट न बची हो तो बच्चों को लेकर जाने का भी कोई मतलब नहीं रह गया था। उन्होंने धोखे में कुनैन खाई थी। उस कड़वाहट को भुलाना आसान नहीं था।

एक बार उन्होंने रिटायरमेंट के बाद गाँव में बसने की बात कही तो भाई ने सुझाव दिया—दाज्यू, तू गाँव में रह कर क्या करेगा? तेरे बस का नहीं है। बच्चे भी नहीं रह पायेंगे। गाँव का माहौल इस लायक नहीं है। कृष्णानन्द बोले, "इसी गाँव में बचपन बीता, अब यहाँ ऐसा क्या हो गया?"

भाई थोड़ा हिचका। फिर सँभल कर बोला, "वैसा माहौल अब नहीं है। गँवार लोग हैं। ...बल्कि मैं तो कहूँगा, अल्मोड़ा शहर में एकाध नाली ज़मीन क्यों नहीं ख़रीद लेता? जब इच्छा हो, गाँव आते रहना।" फिर थोड़ा रुक कर कहा, "पिताजी की इतनी ही प्रापर्टी है। टुकड़े करने से क्या फ़ायदा? इससे न मेरा पूरा पड़ेगा, न तेरा। कल को बच्चों के बीच छोटी-छोटी बात पर काँव-काँव हो, तो अच्छा लगेगा? हमें बच्चों को कौवा नहीं बनाना चाहिए।"

रिटायरमेंट में अभी बारह साल बचे थे। कृष्णानन्द के गले में शब्द अटक गये। केवल काँव-काँव निकलती थी। या कलचुनिये की तरह सीटी बजती। यह सच था कि दादा-परदादा से समय से बँटते-बँटते अब सिर्फ़ दो-ढाई नाली ज़मीन रह गयी थी, जिस पर एक तरफ़ घर बना हुआ था और आगे-पीछे सब्जियाँ उगाने की थोड़ी-सी जगह थी। लेकिन नीयत साफ़ हो तो इतनी जगह कम नहीं होती। कृष्णानन्द को भारी अफ़सोस हुआ। भाई से ऐसी चतुराई की उम्मीद नहीं थी। उन्हें लगा, भाई से कह दें कि कौवा तो तू हो गया। चालाक कौवा। गू खाने वाला। पर कहा कुछ नहीं। घर आकर गले का कौवा फूल गया।

उसके बाद वे कभी गाँव नहीं गये। न पत्नी गयी और न बच्चे। वर्षों बाद, जब वे रिटायर होने वाले थे, भाई के पास जाकर एक आख़िरी कोशिश की थी। लेकिन, सोचते हैं, न की होती तो अच्छा होता। भ्रम बना रहता। भाई और गाँव, दोनों से रिश्ते की आख़िरी कड़ी तो न टूटती।

---

1. मांस।

तेजू बड़ा हो गया। कई बार पहाड़ों पर गया। पर अपने गाँव कभी नहीं। चाचा को लेकर मन में गाँठ पड़ गयी थी। समझ में नहीं आता था कि किसी के लिए भाई से बढ़ कर मकान कैसे हो सकता है? उम्र बढ़ने के साथ ऐसी तमाम घटनाओं के ज़रिये मनुष्य स्वभाव को समझते-समझते, खुद तेजू के व्यक्तित्व के दो हिस्से हो गये। एक सरल-सच्चा आदमी यानी तेजू और एक आँख-कान खोल कर दुनिया को देखने वाला तेज़-तर्रार लड़का तेज प्रताप। उसने तय कर लिया कि पिताजी की तरह घिनौड़ा[1] बन कर जीना बेकार है। तेज प्रताप ने दुनिया को समझने के प्रयास में अपनी बाक़ी इंद्रियों को भी आँख-कान बना लिया। ग़नीमत थी कि उसके सींग, थूथन या पंजे नहीं निकले।

तेजू ने पोस्ट ग्रेजुएशन के बाद अनिच्छा से पत्रकारिता में पी.जी. डिप्लोमा किया। तिस पर किसी ठीक-ठाक मीडिया संस्थान में नौकरी नहीं मिली। जो मिलीं, वहाँ टिक कर काम करने लायक स्थितियाँ नहीं थीं। उसे बीस हजार की ठेके की नौकरी करने की जगह सड़कें नापना ठीक लगा। उसके आँख और कान बन गया तेज प्रताप कहता है—हम तो रहे चूतिया। पिताजी की इमोशनल ब्लैकमेलिंग के शिकार हो गये। उनको धक्का न लगे इसके लिए अपनी ज़िन्दगी को धक्का दे दिया—जा साली गड्ढे में। पत्रकारिता की व्यर्थता का इलहाम होने के बाद भी मूर्खता कर गये।

कृष्णानन्द चूँकि प्रूफ रीडर थे, इसलिए उन्हें दुनिया का सबसे प्रभावशाली व्यक्ति अख़बार का संवाददाता लगता था। वे मुंगेरीलाल की तरह बेटे के रिपोर्टर बनने का सपना देखा करते थे। संवाददाता जब लंतरानी हाँकते, कृष्णानन्द की सपनीली आँखें दिप-दिप करने लगतीं। एक दिन विवेक नाम के एक संवाददाता ने उन्हें धक्का पहुँचा दिया, "पढ़ाकू बच्चे पत्रकार नहीं, मास्टर बनते हैं। पत्रकारिता के लिए कांफिडेंस चाहिए। अगर आप कांफिडेंस के भूसे से ओवरलोडेड ट्रैक्टर ट्राली हैं, तभी पत्रकार बन सकते हैं।"

कृष्णानन्द हिल गये, पर उन्होंने अपने मज़बूत इरादे और कांफिडेंस को डगमगाने नहीं दिया। घर जाकर उन्होंने बेटे को कोंच-कोंच कर याद दिलाया—पत्रकार बन कर दिखाना है बेटा। बाधाएँ बहुत आयेंगी। लोग हतोत्साहित करेंगे। पर सुननी अपने मन की है। तेज प्रताप माथे पर हाथ मार कर कहता—साले हमारे बाप। कुल्हड़ अल्मोड़ी। अपने मन की सुननी है या तुम्हारे मन की!

चन्दू ने बाबाजी और नेताजी से संकेत मिलने के बाद कुछ दिन लगातार गाँव वालों का मन टटोला। पी थ्री जैसा मुँहफट गाँव में कौन हो सकता था, जो कहता कि सहयोग नहीं दूँगा। चन्दू का मन बल्लियों उछलने लगा। उसने फैसला कर लिया। ग्राम प्रधान का चुनाव तो लड़ना ही है। सारे शुभ संकेत हैं।

1. नर गौरैया।

निश्चय करने के बाद वह फिर से आश्रम की चढ़ाई चढ़ रहा था। सोमवार का दिन था। बाबाजी ने त्रिपुंड लगा रखा था और मोबाइल फ़ोन कान से सटा हुआ था। उधर से कौन बोल रहा है, यह समझ में नहीं आया। बाबाजी कह रहे थे—नहीं, नहीं, ये बेकार की बातें हैं।

उधर से फिर किसी ने कुछ कहा। बाबा बोले, "ऐसा करो, लड़की को यहाँ ले आओ। मैं देखता हूँ।"

उधर से फिर किसी ने कुछ जानना चाहा। बाबा ने झल्ला कर कहा—गारंटी तो सामान की होती है। तुम्हारी लड़की सामान है या इंसान?

ज़ाहिर है उधर वाले ने 'इंसान' कहा होगा। शायद इसीलिए बाबा अपने स्वर में थोड़ा उतार ले लाये थे, "आदमी को ठीक करने और ठीक होने के लिए विश्वास होना चाहिए। आस्था होनी चाहिए। ...बिल्कुल। ...मुझे विश्वास है कि ठीक हो जायेगी। ...हाँ, पूरा विश्वास है। ...आप भी विश्वास रखो। सब ठीक होगा। ...जय श्रीकृष्ण।"

फ़ोन काट कर भी बाबाजी तनाव में लग रहे थे। धूप तेज़ थी। बाबाजी शरीर के चढ़ते पारे को थामने की कोशिश कर रहे थे। चेला भैरव शीतलता के लिए चन्दन का लेप ले आया था। चन्दू पांडे ने चढ़ाई चढ़ने से पहले कोक की एक छोटी बोतल ख़रीद ली थी। रास्ते में ढक्कन खोलते-खोलते वह रुक गया कि आश्रम में जाकर अपने मित्र और बाबाजी की रसोई की व्यवस्था देखने वाले लीलाधर के साथ मिल कर पियेगा। भैरव के बाद लीलाधर बाबा का दूसरे नंबर का विश्वास-पात्र था। बोतल चन्दू के हाथ में थी। बाबाजी ने पानी माँगा तो चन्दू ने बाबाजी को सुनाते हुए लीलाधर से पूछा—बाबाजी पियेंगे? बाबा ने भक्त लीलाधर की ओर तिरछी नज़र से देखा। वह चन्दू से धीमे स्वर में बोला—अन्दर चलो। चन्दू उसके पीछे-पीछे अन्दर के कक्ष में चला गया। बाहर बैठे कुछ लोगों को लीलाधर की बात सुनाई पड़ गयी थी। उन्हें पूरा भरोसा हो गया कि अब चन्दू को डाँट पड़ेगी।

अन्दर पहुँचा तो लीलाधर ने बोतल उसके हाथ से लगभग खींच ली और उससे ठीक पीछे की ओर इशारा कर गिलास उठाने को कहा। चन्दू ने पलट कर काँच का गिलास उठा लिया। लीलाधर ने टोका, "काँच का गिलास अशुद्ध होता है। स्टील का दे।"

चन्दू के गिलास थमाने से पहले लीलाधर ने खुद ही लपक कर स्टील का गिलास उठा लिया। उसमें कोक भर कर बोतल में बची कोक उसने अपने गले में उतार ली और ज़ोर की डकार लेने के बाद गिलास लेकर भजन-कक्ष की तरफ़ चल दिया। चन्दू ठगा-सा उसके पीछे-पीछे। भक्त लीलाधर ने गिलास बाबाजी की ओर बढ़ा दिया। बाबाजी ऊँचे तखत पर बैठे थे। उन्होंने एक झटके में गिलास खाली किया और लीलाधर को थमा दिया।

चन्दू दूर खड़ा देख रहा था। उसे शीतल पेय के प्रति एक अन्य बाबा के

नज़रिये का स्मरण हो आया। बड़े बाबा की बड़ी बात। वो तो हर्बल कोक और हर्बल पेप्सी बना सकते हैं। उसने सोचा। पर नन्नू महराज भी छोटे-मोटे बाबा तो हैं नहीं। अवश्य ही इस पेय को 'स्टमक क्लीनर' के रूप में इस्तेमाल करते होंगे। यह ज़रूर पेट साफ़ करता होगा। या कीड़े मारता होगा। बाबा लोग तो नुस्ख़े वगैरह भी जानते हैं। नन्नू महराज क्यों नहीं जानते होंगे? तभी नन्नू बाबा ने 'ओम' कह कर पेट की गैस बाहर निकालते हुए चन्दू को बैठने का संकेत किया और पूछा—फैसला तो तुम कर चुके चन्दू जी। अब मुझसे क्या चाहते हो?

"आपका आशीर्वाद।"

"आशीर्वाद तो है, लेकिन एक सुझाव के साथ," कह कर बाबाजी ने तर्जनी उठाई, "विद्वान अक्सर कहते हैं कि अपनी सांस्कृतिक पहचान को खोना नहीं चाहिए। मैं कहता हूँ, अपनी सांस्कृतिक पहचान को उजागर करते रहना चाहिए। सार्वजनिक जीवन में तो यह अत्यंत आवश्यक हो गया है।"

चन्दू के चेहरे पर सवाल टँग गया। यह सन् 2014 के मई के महीने की दूसरी तारीख़ थी। सांस्कृतिक धर्म और धार्मिक संस्कृति पर नये-नये विचार सामने आ रहे थे। बाबा के विचारों में भी नवीनता थी। बाबा ने स्पष्ट किया—जो हम हैं, उसे दिखाने का समय आ गया। बल्कि मैं तो कहूँगा कि शिष्ट परिचय बहुत हुआ, अब अपना विशिष्ट परिचय प्रस्तुत करो।"

दूर कोने में बैठे एक दाढ़ीवाले ने टिप्पणी की—आपने विशिष्ट कहा या अशिष्ट? बाबाजी ने उपेक्षा से कहा—मैंने तो विशिष्ट ही कहा, आपने जो सुनना चाहा, वही सुना।

दाढ़ी वाला हँसने लगा। चन्दू मूर्खों की तरह कभी दाढ़ीवाले को तो कभी बाबाजी को देखता रहा। बाबाजी ने और स्पष्ट किया—यह समय अपनी श्रेष्ठता पर सीना फुलाने का है। समय की नब्ज़ को पहचानो और अपने लोगों को बताओ कि मनुष्यों में श्रेष्ठ मनुष्य जाति हम ही हैं।"

"इससे क्या होगा महराज?" —उसी दाढ़ीवाले ने सवाल किया, जो रस्ट कलर का कुर्ता पहने हुए था। बाबाजी गम्भीर हो गये और थोड़ा झल्ला कर बोले, "लोगों में नपुंसकता आ गयी है। इससे मुक्त होना ज़रूरी है। सीना फुला कर ललकारने वाला ही देश और समाज का नेतृत्व कर सकता है। यही है 21वीं सदी का अभिनव जागरण।"

चन्दू पांडे को आधी-अधूरी बात समझ आयी। अभिनव जागरण तो चन्दू क्या, वहाँ मौजूद किसी भी व्यक्ति की समझ से परे था। यह एकदम नयी अवधारणा लगती थी। दाढ़ी वाले भक्त ने ही पूछा, "क्या यह अभिनव जागरण ऐसी नयी सांस्कृतिक चेतना है जिसका उद्देश्य प्राचीन भारतीय संस्कृति की पुनर्स्थापना या पुनराविष्कार है?"

बाबा अवाक रह गये। फिर सँभलते हुए उसे ग़ौर से देखा और झल्ला कर

बोले, "नयी सांस्कृतिक चेतना क्या होती है? संस्कृति भी पुरातन है और चेतना भी पहले से विद्यमान है। अभिनव जागरण अपनी प्राचीन संस्कृति के महत्व को रेखांकित करना और उसका स्मरण कराना भर है।" चन्दू फिर से कभी दढ़ियल भक्त का मुँह देखे तो कभी बाबा का। युवक ने कहा, "आप घुमा कर मेरी ही बात कह रहे हैं बाबाजी !"

बाबा ने उसके मुँह लगना ठीक नहीं समझा और डपट दिया, "लगता है, प्रवचन सुनने नहीं, कुतर्क करने आये हो। यहाँ बैठना है तो चुपचाप बैठो, व्यवधान मत डालो।"

चन्दू ने फिर से दोनों को देखा और बाहें समेट लीं, ताकि बाबाजी संकेत करें तो दाढ़ी वाले को बाहर का रास्ता दिखाया जाये। बाबा ने कोई संकेत नहीं किया। उसने मन ही मन तय किया कि किसी वक़्त, जब बाबा अकेले होंगे तो हर बात को और अधिक खोल कर बताने के लिए कहेगा। लेकिन वह सिर इस तरह हिलाता रहा जैसे सब समझ रहा हो। बाबा उसकी मनस्थिति को भाँप गये। पूछा—कुछ दुविधा है?

"नहीं, कोई दुविधा नहीं। आप हैं तो सुविधा ही सुविधा है।"

वह दाँत निपोर कर हँसा। मानो, उसने कोई बहुत बड़ी और अद्‌भुत बात कह दी हो। इस दौरान बाबाजी के फलाहार का समय हो गया। युवक की हरकतों से भी थोड़ा हिल गये थे। वे उठने लगे। चन्दू ने चरण छूकर विदा ली तो बाबा ने उसके कान में फूँक मारी, "एकला चलो का यह मतलब न समझ लेना कि अकेले ही वोट माँगने चल देना है। चार आदमी हमेशा साथ रखो। दो ठस दिमाग़ मुश्टंडे और दो तरल बुद्धि समझदार। जहाँ सभ्यता के साथ अपना परिचय देना हो वहाँ बुद्धिमानों को आगे करो और जहाँ सभ्यता कमज़ोर पड़ने लगे, वहाँ मुश्टंडों पर छोड़ दो।"

जाते हुए चन्दू की पीठ को सम्बोधित कर बाबा ने अंतिम बात ज़ोर से कही—अकेले-दुकेले दिखने का एक अर्थ यह भी निकाला जा सकता है कि तुम सचमुच अकेले हो।

इस तरह एक निहायत ही ग़ैरराजनीतिक प्राणी चन्दू ने नेताजी से नीति-ज्ञान और बाबाजी से गुरुमन्त्र लेकर राजनीतिक यात्रा शुरू की। हालाँकि राजनीति का वास्तविक परिचय मिलने के बाद महत्वाकांक्षा तो हिलोरें मार रही थी, किन्तु हाथ-पैर बुरी तरह फूल रहे थे। उसने खुद को हिम्मत बँधाई और अपने हाथ-पैरों को धमकाया—तुम साले, मेरे हाथ-पैर हो या मुन्ना सिंह के? अगर ऐसे फूलोगे तो आरा-मशीन में डाल कर बल्ली बना दूँगा बेटा!

हाथ-पैर सहम गये। जिस व्यक्ति का दया और करुणा से परिचय न हो वह किसी भी हद तक बेरहम हो सकता है? अपने प्रति भी। हाथ-पैरों ने घबराहट को नियन्त्रित किया और फिर से रिदम पकड़ ली—लेफ़्ट-राइट-लेफ़्ट।

गिलहरी के गणवे

रामखेत और बचवाली बाज़ार के बीच की सड़क रमेश ने हजारों बार नापी है। सड़क पर चाहे गड्ढा हो या कूबड़, पैर जानते हैं कि उन्हें क्या करना है। डगमगाते हुए भी सँभल जाते हैं। उसकी नज़रें सेलफ़ोन पर हैं। टाँगें सड़क की पैमाईश करती बढ़ रही हैं। स्वट्सऐप पर सन्देश आया है, जिसे पढ़ते हुए वह बचवाली बाज़ार की ओर जा रहा है। लालबुझक्कड़ कहता है—आदमी के पास फ़ोन आ जाये तो सारे ऐब (ऐप) भी आ जाते हैं।

जोशी कॉटेज में ताक-झाँक करने वाली तिकड़ी का सदस्य है रमेश। उसके पिता वन विभाग में गार्ड हैं। परिवार की माली हालत ठीक नहीं है। एक आदमी के वेतन पर सात लोग पलते हैं। यह ऐसा ही था जैसे सात लोगों के पास ओढ़ने के लिए एक ही चादर हो। एक तरफ़ ज़्यादा खिंच जाये तो दूसरी तरफ़ से उघड़ जाये। हालाँकि सात लोगों में रमेश की दादी चादर को सबसे कम खींचती हैं। वे खटिया पर बैठ कर सारा दिन हिलती रहने वाली ऐसी वृद्धा हैं, जिनके लिए दुनिया अब तीन फुट चौड़ी और बीस फुट लम्बी रह गयी है। कभी-कभी कोई आते-जाते हुए झूला-सा झूलती बुढ़िया के दोनों बाजुओं को थाम कर स्थिर कर जाता है। थोड़ी देर बाद वे फिर झूलने लगती हैं। जब उन्हें भूख लगे या शौच के लिए जाना हो तो बकरी की तरह मैऽऽऐं करती हुई कुनमुनाती हैं। तब कोई बीस फुट दूर स्थित शौचालय तक पहुँचा देता है। खाने का समय हो तो आधा कटोरी दाल में चौथाई रोटी भिगो कर या दो-तीन चम्मच चावल मिला कर दे दिया जाता है। सुबह-शाम आधा-आधा गिलास चाय पीती हैं। कुल जमा इतना ही उनका ख़र्चा है। पहनने-ओढ़ने को बहू की उतरन। अपने लिए मलमल का कफ़न, चन्दन की लकड़ी के कुछ टुकड़े और कुछ पैसे उन्होंने पहले ही सन्दूक में रख छोड़े हैं, जिसमें ताला लगा है और चाभी उनके गले में टँगी रहती है। उनके लिए कभी कोई दवा नहीं आयी। आठ-दस साल पहले तक वे मेहनत-मशक़्क़त के सारे काम कर लेती थीं। स्वस्थ थीं। इसलिए किसी छोटी-मोटी तकलीफ़ में भी कभी डॉक्टर के पास नहीं गयीं। अब सब मान कर चलते हैं कि वे काफ़ी जी चुकीं। चलाचली की बेला है। डॉक्टर को दिखाने से क्या हो जायेगा? पैसे खींचेगा। बुढ़ापे और मौत को कोई रोक सकता है भला?

बूढ़ों के जीवन में चमत्कार नहीं होते।

पर रमेश के जीवन में सेलफ़ोन एक दिन चमत्कारिक भूमिका निभाने आ पहुँचा। दो साल पहले जब उसने फ़ोन ख़रीदा, ग़रीबी में भी उसका आत्मविश्वास बढ़ गया। उसे लगने लगा, जिस तरह खाते-पीते घर के लड़के सेलफ़ोन से खेलते हैं, वैसे वह भी खेल सकता है। सेलफ़ोन ने उसके और बचवाली के निम्न मध्यवर्गीय लड़कों के बीच की खाई रातोंरात पाट दी। वह पीछे की कम गहरी जेब में फ़ोन

रखता है, ताकि एक चौथाई बाहर झाँकता रहे। कभी-कभार कान में इअर फ़ोन लगा कर गाना सुनते हुए सड़कों पर निकल जाता है। अपने इस अन्दाज़ पर वह खुद ही मोहित रहता है।

फ़ोन का सबसे चमत्कारी कारनामा—जिस रमेश से कभी एक लड़की नहीं पटी, अब वह एक साथ पाँच लड़कियों की आत्मा को फ़ोन में कैद किये हुए है। सबके साथ समान रूप से प्रसंग चल रहा है।

इंटरनेट और फ़ोन रीचार्ज के लिए पैसों की दिक़्क़त रहती है। इसका रास्ता उसने निकाल लिया है। रास्ता पिताजी की जेब से होकर जाता है। जिस दिन पिताजी पूजा करते-करते उसे गालियाँ देते सुनाई दें, समझ लो रमेश का फ़ोन रीचार्ज हो गया। जब तक उनके होंठों के दोनों किनारों पर झाग जमा न हो, वे थकते नहीं। झाग निकलते ही द्रुत से मध्यम और तुरन्त विलम्बित में आ जाते हैं। तब वे मुँह ही मुँह में पत्नी को चोर और नालायक औलाद पैदा करने का उलाहना देते हुए शान्त हो जाते हैं। बाप-बेटे की खिटपिट और झड़प देख कर रमेश को एक दोस्त ने सुझाव दिया कि वह भय्याजी से वज़ीफ़ा क्यों नहीं ले लेता। रमेश ने वज़ीफ़े के बारे में पूछा तो उसने बताया कि भय्याजी दो-ढाई सौ लड़कों को तीन-तीन सौ रुपए का रीचार्ज कूपन हर महीने देते हैं! रमेश को यह बहुत आकर्षक लगा।

रमेश चाय की दुकान के सामने से गुज़र रहा है। चलते-चलते ह्वट्सऐप मैसेज का उत्तर देता जा रहा है। मोहन सिंह की नज़र पड़ती है तो वह फ़ौरन नतीजे पर पहुँच जाता है। कोई इतना मस्त और व्यस्त तभी हो सकता है जब संसार की सबसे रहस्यमय चीज़ देख रहा हो। ज़रूर वह गिलहरी देख रहा होगा। वह रमेश को रोकना चाहता है, ताकि गिलहरी के बारे में पूछ सके। लेकिन उसका हाथ उठा और मुँह खुला रह जाता है। रमेश आगे बढ़ गया है।

मोहन सिंह ने गिलहरी कभी नहीं देखी, क्योंकि बचवाली में गिलहरी नहीं होती। उसने गिलहरी का चित्र बचपन में स्कूल की किताब में देखा था। चित्र में उसकी पूँछ इतनी मोटी दिखाई देती थी कि उसकी कल्पना में गिलहरी आज भी लोमड़ी के बराबर है। बचपन के बाद उसने हमेशा धन्धे के बारे में सोचा, गिलहरी के बारे में कभी नहीं।

एक दिन अचानक उसकी सातवीं में पढ़ने वाली बेटी ने स्कूल के कम्प्यूटर पर डेढ़ मिनट की किसी शॉर्ट फिल्म में गिलहरी देख ली। बड़ा भ्रम था। उसने घर आकर मोहन सिंह से पूछा। मोहन ने उल्टा उसी से सवाल कर दिया, "कितनी बड़ी होती होगी?"

बेटी ने कहा, "बड़ी-वड़ी तो छोड़ो। ज़्यादा बड़ी नहीं लग रही थी। लेकिन कन्फ्यूजन दूसरा है। गिलहरी सरपट निकल गयी। पैर नहीं दिखाई दिये। कहीं

उसके पैरों की जगह व्हील्स जैसी कोई चीज़ तो नहीं होती होगी?" मोहन सिंह नयी उलझन में फँस गया। उसने अनमने ढंग से सिर हिलाया कि हाँ, हो सकता है। फिर ज़ोर से दाएँ-बाएँ हिलाया। नहीं भी हो सकता। बेटी ने बुरा-सा मुँह बनाया। क्या पापा, आपको इतना भी नहीं पता? अब तो जब स्कूल खुलेगा, तभी टीचर से पूछना पड़ेगा।

मोहन को बात चुभ गयी। उसने तय कर लिया कि बेटी की स्कूल की छुट्टियाँ बीतने से पहले वह पता करके रहेगा कि गिलहरी के पैर होते हैं या व्हील्स। लेकिन किसी से पूछने का मतलब अपनी नासमझी का परिचय देना था। संकोच होता रहा।

दरअसल, सुस्त समय में रहने वालों ने, जिनकी दुनिया इसी क़स्बे तक सीमित थी, अधिकांश चीज़ों को समझने के लिए किसी सर्च इंजन की मदद नहीं ली थी। जो आँखों से नहीं देखा, उसके बारे में कल्पना करने के अलावा कोई और रास्ता उनके पास नहीं था। ज़्यादा से ज़्यादा किसी के सामने जिज्ञासा प्रकट कर दी। किसी ने कुछ बताया तो उसी के मुताबिक एक काल्पनिक चित्र दिमाग़ में बना लिया। चाहे वह ठीक-ठीक वैसा ही हो, या एकदम बेढ़ब। कोई कुछ नहीं बता पाया तो, अज्ञान बना रहा। जब तक सही जानकारी न मिले, ग़लत ही सच है। यों भी, सन् 2014 में ग़लत जानकारी का महत्व काफ़ी बढ़ चुका था।

आख़िर एक दिन मोहन सिंह ने पूछा भी तो जीतराम से, "तुमने गिलहरी के पैर देखे हैं जित'दा?" जीतराम ज़ोर से हँसा, "जब गिलेरी ही नहीं देखी, तो उसके गणवे[1] कहाँ से देखूँगा?"

तब से मोहन सिंह को ऐसे व्यक्ति की तलाश है, जो गिलहरी और उसके गणवों के बारे में सही-सही जानकारी दे सके।

सुस्त समय की विडम्बना यह है कि वहाँ सबका सत्य अलग-अलग है, क्योंकि वे प्रायः सुने हुए में अपनी कल्पना मिला कर दृश्य बनाते हैं। चुस्त समय की विडम्बना यह कि सबका सत्य एक जैसा होता जा रहा है। वहाँ कल्पना के लिए अवकाश नहीं बचा है। जब हर चीज़ की तस्वीर और पहचान मौजूद है तो उसमें अपनी तरफ़ से जोड़ने-घटाने को बचता क्या है। नेट पर पोमेरेनियन कुत्ते को अगर सफ़ेद अफ़्रीकी भालू का बच्चा बता दिया जाये तो मान लें। जब कल्पना करने की आवश्यकता पड़े तो वे सैकड़ों साल आगे की और असम्भव की कल्पना करते हैं। जैसे, कभी कोई ग्रह अपनी कक्षा से खिसक कर सूरज और पृथ्वी के बीच में आ आये और धरती पर दिन-दहाड़े अँधेरा छा जाये। तापमान बुरी तरह गिरने लगे। चमगादड़ों का प्रजनन इतनी तेज़ी से बढ़े कि वे हमारे सिर के ऊपर चादर की तरह टँग जायें और चाँद की रोशनी भी रुक जाये।

---

1. पाये (पैर)।

या कि अत्याधुनिक हथियारों से लैस एलियन पृथ्वी पर हमला बोल दें और असंख्य सुन्दर स्त्रियों और बदसूरत पुरुषों को बन्धक बना, उड़नतस्तरियों पर बैठा कर किसी अन्य ग्रह पर ले जायें। वहाँ उन पर, और खासतौर से उनके अंगों के साथ अनोखे प्रयोग करें। या पता चले कि पृथ्वी पर अब तक जितने भी लोग गायब हुए हों, उन्हें एलियन ही ले गये हों। एक दिन लाखों की संख्या में ऐसे लोगों की धरती पर अचानक वापसी हो जाये, जिन्हें दो हजार साल की उम्र मिल गयी हो। उसके बाद ईश्वर को लेकर सबका विश्वास और मृत्यु को लेकर भय अचानक ख़त्म हो जाये।

रमेश चाय की दुकान से आगे निकलते हुए एक बुढ़िया से टकरा गया था। वह 'सॉरी' कहता हुआ आगे बढ़ गया। उसने देखा ही नहीं कि जिससे वह टकराया वो एक काँपती हुई बूढ़ी स्त्री थी, जो बड़ी मुश्किल से अपना सन्तुलन बना पा रही थी। उसके हाथ में थैला था, जिसमें रखे टमाटर और आलू सड़क पर बिखर गये थे। दूर से देख रहे मोहन सिंह को पूरा यक़ीन हो गया कि रमेश ज़रूर गिलहरी देख रहा होगा। इसीलिए तो इतना ध्यानमग्न है। इससे पूछना पड़ेगा। यही है जो गिलहरी के गणवों के बारे में बता सकता है।

कहते हैं, बचवाली बाज़ार की पार्वती एक दिन फ़ोन पर फेसबुक देखते-देखते छत से गिर पड़ी थी। वह सड़क पर जिस व्यक्ति के ऊपर गिरी, उसकी गरदन टूट गयी। अस्पताल में उसकी मिज़ाज-पुरसी करते-करते पार्वती ने उससे शादी कर ली। उसके बारे में दावे के साथ कहा जाता है कि वह चमत्कारी फ़ोन की बदौलत सात प्रसंगों को एक साथ साधे हुए थी। एक दिन पति को उसके अतीत का पता चल गया। पार्वती ने समझाया कि वह फ़ोन पर टाइपिंग का अभ्यास किया करती थी, ताकि टाइपिस्ट की नौकरी मिल जाये। पति को बात हज़म नहीं हुई। उसने इस बेरहमी से पार्वती की संटी से पिटाई की कि वह अस्पताल पहुँच गयी। तब पति उसे देखने अस्पताल जाया करता था। नतीजा यह हुआ कि वह वहाँ से एक नर्स को लेकर घर लौटा।

रमेश अपने यन्त्र में डूबा हुआ बचवाली बाज़ार पहुँच चुका था। अब तक उसने फेसबुस खोल लिया था। एक कार वाले ने हॉर्न दिया, पर उसने नहीं सुना। अचानक कार चिंघाड़ती हुई उसके पैरों के पास आकर रुकी। कार वाला ग़ुस्से से फनफनाता हुआ उतरा और रमेश के कान पर झापट रसीद कर दिया। जब तक रमेश कुछ समझे, कार सरपट निकल गयी। आसपास खड़े लोग बहुत देर तक हँसते रहे।

सुबह के साढ़े नौ बज रहे थे। तेजू घर से निकल कर बाज़ार की ओर जा रहा था। माँ ने उरद की दाल और हींग मँगाई थी। वह पुष्पा लोगों के ठीक बगल में एक पुराने और टिन की छत वाले घर के सामने एकाएक ठिठक गया। घर के आगे

एक छोटे से बाड़े में सुनहरी-भूरी देसी मुर्ग़ी मिट्टी पर बैठी अंडा दे रही थी। एक लड़का और एक लड़की, जिनकी उम्र आठ-नौ साल होगी, घुटनों पर हाथ रखे मुर्ग़ी के पिछले हिस्से पर नज़रें टिकाए हुए थे। तेजू ठीक उनके पीछे था। हल्का-भूरा अंडा आधा बाहर निकला था। लड़के ने हाथ आगे बढ़ाना चाहा। शायद वह अंडे को बाहर खींचना या छूना चाहता था। लड़की ने धीरे से उसके हाथ पर चपत लगाई। उसने हाथ पीछे कर लिया। अचानक पीछे से पुष्पा की आवाज़ आयी, "बाजार जा रहे हो?"

तेजू अचकचा कर उसकी ओर घूमा, "हाँ।"

उसने फिर मुड़ कर बच्चों की ओर देखा। एक बेदाग़ अंडा लड़के के हाथ में था, जिसे वह सूरज की ओर हाथ उठा कर देख रहा था। कच्चे और पिलपिले खोल के अन्दर गहरी सुनहरी ज़र्दी साफ़ दिखाई दे रही थी। तेजू मुस्कराते हुए आगे बढ़ गया। पुष्पा उसे काफ़ी दूर तक देखती रही। उसने मुड़ कर नहीं देखा।

मुख्य सड़क पर पहुँचा तो ठीक सामने रेवा से मुठभेड़ हो गयी। वह ट्रैक सूट और स्पोर्ट्स शू पहने बचवाली से घर की ओर लौट रही थी। रेवा ने कमर तक हाथ उठा कर हल्के से हाथ हिलाया और मुस्कराई। तेजू बुरी तरह हड़बड़ा गया। क्या प्रतिक्रिया करे, एकाएक उसकी समझ में नहीं आया। न मुस्करा पाया और न हाथ हिलाया। रेवा के कदम ठिठके पर तेजू ने चाल तेज़ कर दी। कुछ कदम आगे बढ़ने के बाद उसे समझ में आया कि रेवा कुछ कहना चाहती थी। वह मुस्करा रही थी। तेज प्रताप ने मानो माथा ठोका—हाथ लूले हो गये तेरे? होंठ फट गये? कौन बतायेगा तुझे कि हाथ हिलाना है और मुस्कराना है?

तेजू को तेज प्रताप की बात सही लगी। यह क्या किया उसने? ऐसा व्यवहार तो शिष्टाचार के ख़िलाफ़ है। उसने पलट कर देखा। रेवा भी पलट कर उसे देख रही थी और अब भी मुस्करा रही थी। वह मुस्कराते हुए कितनी अच्छी लग रही थी। कितने शिष्ट तरीक़े से उसने हाथ हिलाया। उसने एक बार फिर देखा। रेवा उस मोड़ से पार जा चुकी थी, जिसके आगे जोशी कॉटेज की पगडंडी फूटती थी। लड़की के बारे में वह जैसा सोचता था, वैसी तो नहीं है। उसने सोचा। पर उस दिन? अजीब तरह से चढ़ी चली गयी। बोलने का अवसर ही नहीं दिया। और आज?

उसे समझना थोड़ा मुश्किल है।

पता नहीं कैसी, पर अच्छी-सी अनुभूति हो रही थी। मन खिला-खिला था। धूप खिली-खिली थी। उसने आकाश की ओर देखा। नीला और बेदाग़। मुर्ग़ी का अंडा याद आया। बच्चे याद आये। अंडे जैसे ही बेदाग़ बच्चे। खिले-खिले। मासूम, निश्छल और निष्पाप।

मोहन सिंह की दुकान के पास से गुज़रते हुए उसने सिर के ऊपर ऊँचा हाथ हिला कर 'राम-राम' कहा। मोहन सिंह ने एक पल के लिए सोचा—इतना ऊँचा

हाथ? तेजू भाई खुश लगते हैं। यह सही अवसर है। उसने आवाज़ दी, "बहुत जल्दी में हैं? चाय तो पी जाओ।"

तेजू मुड़ा और दुकान की ओर चला गया।

"आज सुबह से तीन चाय पी चुका," कह कर वह बाहर रखी बेंच पर बैठ गया और जेब से सिगरेट निकालता हुआ बोला, "सिगरेट पी लेता हूँ।"

मोहन सिंह कुर्सी खिसका कर उसके पास बैठ गया। वह कई दिन से इस अवसर की तलाश में था। जब वे दोनों अकेले हों। उसे लगता था, रमेश के अलावा तेजू ही वह व्यक्ति हो सकता है जो उसकी जिज्ञासा को शान्त कर सके। यह अवश्य जानता होगा। उसने हल्की-सी भूमिका के साथ बात शुरू की, "कई दिन से एक बात पूछना चाह रहा था। मुझे लगता है, आप बता सकते हैं। ...आपने गिलहरी देखी है?"

तेजू के दिमाग़ में अचानक फ्यून का ख़याल कौंध गया। शायद मोहन सिंह कुछ बता दे।

"हाँ, देखी है।"

"देखी है?" —मोहन सिंह खुशी से लगभग चिल्ला पड़ा।

"दिल्ली में हमारे घर के पास एक पार्क था। उसमें कई पेड़ थे। उन पेड़ों पर लगभग रोज़ ही गिलहरियाँ दिखाई देती थीं। ...एक बात मैं भी आपसे पूछना चाहता हूँ।"

"हाँ-हाँ, एक नहीं दस पूछो।"

"आपने फ्यून देखा है?"

"सुबह-सुबह कैसी अपशकुन की बात कर रहे हो? ...वैसे, मैंने उसे देखा नहीं।"

"उसके बारे में सुना तो होगा?"

मोहन सिंह ने हाथ जोड़ लिए। आप गिलहरी के बारे में मत बताओ। मुझे नहीं जानना। तेजू ने उसे समझाया कि वह फ्यून के बारे में जानने के लिए कोई शर्त नहीं रख रहा। फिर उसने गिलहरी के बारे में खुद ही बताना शुरू किया, "अगर उसकी पूँछ को भूल जाओ तो वह एक बड़े चूहे की तरह होती है।"

इस सूचना से मोहन सिंह बुरी तरह चौंका। गिलहरी और चूहे की तरह? तेजू ने बताया कि उसकी पूँछ बहुत मोटी होती है। उसके बदन में धारियाँ होती हैं और वह पेड़ों पर या ज़मीन पर सरपट दौड़ती है। पेड़ों पर लगे फल, उनकी फुनगियाँ वगैरह खाती है और मूँगफली जैसी गिरीदार चीजें उसे बहुत पसन्द हैं। वैसे रोटी, ब्रैड, बिस्किल वगैरह दो तो सब खा लेती है और छोटे-छोटे कीड़े-मकौड़े भी खाती है।

"और उसके पैर होते हैं?"

तेजू हँसा, "कैसी बात करते हो, पैर क्यों नहीं होंगे? चूहे से थोड़ा बड़े पैर होते

हैं। चूहे जैसे ही समझ लो। आगे के दो पैरों से वह खाने की चीज़ें पकड़ कर उन्हें कुतरती है। चूहे और खरगोश की तरह।"

सुन कर मोहन सिंह सोच में पड़ गया। इतने पिद्दी प्राणी के बारे में वह न जाने क्या-क्या सोचता रहा। अब घर जाकर बेटी को तुरन्त बतायेगा कि गिलहरी के पैर होते हैं, ह्वील्स नहीं। फिर अचानक वह तेजू से मुख़ातिब हुआ, "देखो जी, जिसके बारे में आप पूछ रहे हो, लोग उसका नाम नहीं लेते। बड़ा ही अपशकुनी प्राणी है। हमारे गाँव में कहते थे, जिस दिन वह बोल गया, किसी न किसी की मौत पक्की समझो। अब तो आबादी बहुत हो गयी। हमारा गाँव भी गाँव नहीं रहा। हाँ, जंगल से लगे इलाक़ों में कभी-कभार उसका बोलना सुनाई पड़ता है बल। मैंने तो बचपन के बाद कभी नहीं सुना। अच्छा ही है।"

"फ्यून जानवर ही है ना?"

"कहते तो जानवर ही हैं।"

"कितना बड़ा होता होगा?"

"ये तो मैं नहीं बता सकता। ...पर आप ऐसी चीज़ के बारे में क्यों पूछ रहे हो? बेकार में क्यों सिर खपाना।"

"आपने गिलहरी के बारे में क्यों पूछा?" मोहन सिंह ने उसके चेहरे को देखा तो तेजू ने बताया, "इसे जिज्ञासा कहते हैं। जिस चीज़ को नहीं देखा, उसके बारे में उत्सुकता होती है।"

इस इलाके में दिशा ज्ञान या स्थान-बोध कराने के लिए 'आगे' या 'पीछे' कोई नहीं कहता। 'ऊपर' और 'नीचे' कहा जाता है। इस तरह कोई नहीं समझाता कि जोशी कॉटेज के उत्तर में चन्दू पांडे का घर और दक्षिण में मोहन सिंह की दुकान। मोहन सिंह की मानें तो, उसकी दुकान से जोशी कॉटेज तीन फ़रलांग। जोशी कॉटेज से चन्दू पांडे का घर तीन फ़रलांग। चन्दू पांडे कहता है कि कुछ लोग मोहन सिंह की तरह नाप-जोख की यह डोटियाली[1] पद्धति आज भी अपनाते हैं।

तब की बात और थी जब लोग ज़्यादा दूरी को मील में और कम को फ़रलांग में आँकते थे। हालाँकि शायद बहुत कम लोगों को पता हो कि फ़रलांग कितने गज या मीटर होता है। कोस में मापने वाले तो आज़ादी से पहले ही मर-खप गये। अब तो मील के पत्थर लगने वाले चेहरों से भी दूरियों की इबारत मिटने लगी। मील में मापने वाली वह पीढ़ी भी स्वर्ग या नरक की गाड़ी खुलने के इन्तज़ार में है। कुछ

1. नेपाल के सेती अंचल के अन्तर्गत आने वाले डोटी जिले के दिहाड़ी मज़दूरों जैसी (हिसाब-किताब की) अनगढ़।

पुराने पत्थर इतिहास की अदालत में गवाही देने भर को बचे हैं। अन्यथा, चुस्त समय में तो, जहाँ देखो वहीं किलोमीटर के साइन बोर्ड दिखाई देते हैं। मोहन सिंह और चन्दू पांडे जैसे कुछ ही हैं जो मील और किलोमीटर के बीच लछमन झूला का काम कर रहे हैं। चन्दू पांडे की भरसक कोशिश चुस्त और सुस्त समय के बीच आवाजाही बनाये रखने की इसलिए है, क्योंकि उसका इरादा अन्ततः उधर कूच कर जाने का है। इन दिनों वह अपने पाले के लोगों को बात-बात में कम आँकने लगा है—गँवार, पिछड़े और उजड्ड।

सुस्त समय में ग़रीब-गुरबा युवा भी हैं, जो उधर छलाँग लगाने की ताक में बैठे रहते हैं। वहाँ सबसे बड़ा आकर्षण कान पर लगाने वाले यन्त्र का है।

तब आवाजाही के आज जैसे इफ़रात साधन नहीं थे। कुछ लोग तो यहीं पैदा हुए और बीस-पच्चीस किलोमीटर के दायरे में घूम-घाम कर मर गये। आधा मील उन दिनों काफ़ी दूर लगता था। पचास मील तो ऐसा था जैसे हुणियों[1] के देश की बात हो रही हो। जबकि फ़रलांग-डेढ़ फ़रलांग इतना पास लगता, मानो, पड़ोसी की दीवार पर गुप्तांग का नाम लिख कर झट से भाग आना हो। इसीलिए यहाँ मील की दूरी के किसी क़िस्से में वह निकटता कभी महसूस नहीं की गयी, जो फ़रलांग वाले क़िस्सों में। दूर की बातें जोहार (मुंस्यारी) के हल्दुवा और पिंगलुवा की सैकड़ों वर्ष पुरानी कहानी की तरह अविश्वसनीय लगतीं। जिस कहानी में दो अलग-अलग गिरोहों के सरगना हल्दुआ और पिंगलुवा के, बदन तो बदन, जीभ में भी बाल उगे होने का उल्लेख था। मनुष्यों को खाने वाला एक ऐसा पक्षी भी उस कथा में आता जिसके पंख इतने बड़े थे कि वे मापाँग घाटी में उतरते वक़्त दो पहाड़ों के बीच में अटक जाते। कहानी में एक उड़ने वाले लामा का ज़िक्र भी था। वह हुणदेश से उड़ कर आता और वहीं लौट जाता। हालाँकि इन बातों को चार-पाँच दशक पहले भी विश्वसनीयता में फसक से भी कमतर (कोरी गप की) श्रेणी में रखा जाता था। लेकिन सुनने का और देर तक बैठने का अपार धैर्य था। मानो, तीतरी मार कर फुर्सत में बैठे हों।

मोहन सिंह अपने बौज्यू से कहानियाँ सुन-सुन कर ही अपनी बात को रोचक अन्दाज़ में कहना सीखा और मोतराम ने महफ़िलों में बैठ कर क़िस्सागोई सीखी। कहना चाहिए कि उसे सोहबत ने सिखाया। सोहबत में तो जीतराम भी सीख रहा था। लेकिन अब क़िस्सागोई ही उतार पर थी और उसकी सीखने की उम्र को भी चढ़ाई लग गयी थी। आजकल की युवा पीढ़ी फसकियों के बाँधने में नहीं आ रही। पी थ्री कहते हैं—लौंडे असल में हरामी हो गये। छुपछुप कर अश्लील तस्वीरें और वीडियो देखने का चस्का लग गया। बेचारे मोहन सिंह टाइप लोगों को क्या पता कि लड़के उस चमत्कारी यन्त्र में गिलहरी के नहीं, सनी लिओने के गणवे देखते हैं।

1. हूणों।

मोतराम कहता है, बचपन में उसके लिए गेहूँ की रोटी कैंची मन्दिर का मालपुवा थी। नैनीताल से सोलह किलोमीटर दूर कैंची में बाबा नीम करौली का आश्रम है। वहाँ हर पन्द्रह जून को भंडारा होता है। मोतराम के बचपन में, जब दुकानों में खाने के लिए गुड़-चना, गट्टे-मिसरी के सिवा कुछ नहीं मिलता था, मालपुओं के प्रति अलग ही आकर्षण होता था। लोग भंडारे के दिन दस-दस मील दूर से पैदल चल कर शुद्ध घी के मालपुवे खाने कैंची आते थे। पूरा दिन कैंची धाम के प्रांगण में पड़े रहते। मालपुवे खाते और लड़कियाँ ताकते। कुछ लोग ठोक कर पेट भरने के बाद, वहीं ठंडे पानी के सोते पर ओक से पानी पीते और धूप छिपने से पहले वापस लौट जाते। कई तो (जिनके पास दिखाने लायक बदन था और तैराकी आती थी) चिलचिलाती धूप में, मन्दिर को छूकर बहती नदी में तैरते हुए मालपुवे पचाते।

भंडारे के दिन तितलियों की तरह इठलाती लड़कियाँ पता नहीं कहाँ से आतीं और कहाँ बिला जातीं। उनके बालों में रंगबिरंगे रिबन होते, औसत एड़ी की सेंडल उनके पैर मरोड़तीं, बदन से टैलकम पाउडर और पसीने की मिलीजुली गन्ध आती (उन दिनों डियोडोरेंट नहीं चले थे), जिसे लड़के फेफड़ों के अन्दर खींच लेते। उनकी आँखों में मस्ती का वही एक लमहा पसरा रहता और सपने पृष्ठभूमि में ठिठके हुए दिखाई देते। वे झुंड में चलतीं और बेइंतहा चँहकतीं। उनके चले जाने के बाद जेट विमान के धुएँ की तरह हँसी की लकीर बहुत देर तक मौजूद रहती। उनमें से कई अगले मेले में नहीं दिखाई देतीं। लड़के सोचते कि उनकी शादी हो गयी होगी। इसी तर्क के साथ किसी नयी लड़की से नज़रें लड़ाने में अपराध-बोध नहीं होता।

मोहन सिंह कहता है, बचपन में उन्हें दो वक़्त का खाना मिलता था। नाश्ता क्या होता है, यह न स्कूल के मास्टरों ने कभी बताया और न माँ-बाप ने। हाँ, शाम को जब कूदते-फाँदते पेट खाली हो जाता तो कभी-कभी बासी रोटी मिल जाती थी। लेकिन हमेशा मिलेगी इसका आश्वासन न इजा देती और न बाबू। जिस दिन घर में मिठाई आ जाये, उस रात बड़ी बेचैनी रहती और बची हुई मिठाई के बारे में सोच कर देर तक नींद नहीं आती थी। उन दिनों गुड़ और नमक में ही बड़ा स्वाद होता था। या शायद रोटी में होता था। हो सकता है भूख में ही स्वाद होता हो, क्योंकि सूखी रोटी खाने में आनाकानी करने पर इजा कहती थी—भूख मीठी तो भोजन मीठा। नहीं खाता तो घुत्ती[1] में जा।

भूख से बिलबिला रहे हों, तो भी खाना अपने समय पर और अपनी रफ़्तार से बनता था। आधे घंटे में चूल्हा जलता। फिर धुएँ से पिरपिरी हुई आँखें मलती इजा बड़े से भड्डू[2] को राख से पोतती, ताकि लकड़ी की झुलस न लगे। फिर पानी उबाला जाता। उबलते पानी में दाल डाली जाती। दाल उबलने तक सिल-बट्टे पर मसाले

---

1. ठेंगा, 2. सँकरे मुँह का पीतल का बरतन।

पीस दिये जाते। घंटों में दाल पकती। अन्त में हींग या जम्बू[1] का धुँगार दिया जाता। उसके बाद बनता भात। जिसे दाल-भात नसीब हो जाये, वो बड़भागी। वरना उनके पड़ोसी चन्दन सिंह के घर में तो पेट भरने के जतन करते-करते एक वक़्त के खाने का नागा ही हो जाता। कई बार तो सुबह से बच्चों की भूख को हलवा-पूड़ी का फ़रेब खिला कर शाम तक थाम लिया जाता। जिस दिन हलवा-पूड़ी मिल जाये उस दिन बच्चे मुहल्ले में घूम-घूम कर हलवे की अमर-कथा सुनाते।

उन दिनों मोतराम को रोज़ ही मडुवे की रोटी नसीब होती। मडुवे से कोई शिकायत नहीं थी। लेकिन जब वह हाथ में डब्बा लेकर दिशा-मैदान के लिए गाँव से आधी मील दूर झाड़ियों में जाता, दिक़्क़त तब आती। असल में उन्हीं झाड़ियों में बामणों-ठाकुरों के बच्चे भी जाते थे। मोतराम के शौच में एकदम काला कोयला निकलता। मडुवे के प्रति मन नफ़रत से भर जाता। उन दिनों के दलित रोज़ मडुवे की रोटी खाने वाले महाग़रीब थे। मोतराम के अन्दर गेहूँ की रोटी खाने की इच्छा सिर्फ़ इसलिए उफनती, ताकि वह ठाकुरों-बामणों की तरह अपने पीछे सफ़ेद चिन्ह छोड़ कर आ सके। गेहूँ की रोटी के इस चमत्कार के बारे में उसकी इजा ने बताया था—ठाकुर-बामण सफ़ेद हगते हैं। बाक़ी उनमें अलग कुछ नहीं है। हमारे जैसे ही हैं।

लेकिन यह पूछने पर कि हमसे छूते ही वे छूवड़[2] क्यों डालते हैं, मोतराम की इजा निरुत्तर हो जाती।

मोतराम को तभी से सफ़ेद रंग से बड़ी ईर्ष्या होने लगी थी। उसने बचपन में प्रण कर लिया था कि बड़ा होकर जब वह बाबू की तरह मिस्त्री बन जायेगा तो दो काम करेगा। एक तो, मुँह पर अफ़गान स्नो क्रीम लगाया करेगा और दूसरा, सिर्फ़ गेहूँ की रोटी खायेगा। क्रीम तो वह कभी नहीं लगा पाया। लेकिन अब सचमुच गेहूँ की रोटी खाता है। सरकारी सस्ते गल्ले के गेहूँ की। या फुटकर ख़रीदे गये मिल के पिसे आटे की। मडुवा अब इस इलाक़े में कम मिलता है। लोगों ने मोटे अनाज की खेती लगभग बन्द कर दी। जहाँ दूर-दराज मडुवा होता है, वहाँ से, कहते हैं, दिल्ली, मुम्बई या दूसरी जगहों को चला जाता है। उसे नोस्टेल्जिक पर्वतीय प्रवासी खाते हैं। कहते हैं कि उस मडुवे के आटे से रक्तचाप के अमीर मरीज़ों के खाने के लिए महंगे बिस्किट बनते हैं। पी थ्री कहते हैं—बचवाली में ग़रीबी तो कुंडली मारे बैठी रह गयी, लेकिन ग़रीबों का अनाज अमीर हो गया।

यह अट्ठाईस साल पहले की बात है। दिन और वार पनराम को भी याद नहीं था, तो उसका लड़का मोतराम क्या बतायेगा। लेकिन वह कहता था, दिन वही था जब जोशी

---

1. एक प्रकार की हर्ब, 2. गौ-मूत्र या सोना छुआये पानी के छींटे (शुद्धिकरण के लिए)।

कॉटेज पर बिजली गिरी थी। यह बिजली वैसी नहीं थी जो आसमान से गिरती है। यह ज़मीन से आसमान पर गिरने वाली बिजली थी। उस दिन मोतराम का बाप पनराम पत्थर फोड़ने वाला घन लेकर मछली मारने खैरना निकल गया था। घर से काफ़ी दूर कोसी किनारे। नैनीताल और अल्मोड़ा जिले की सीमा पर। साथ में मछलियाँ रखने के लिए जीन का थैला भी ले गया था। पनराम ने पजामा खोल कर रेत पर रखा और पानी में उतर गया। वह हर उस पत्थर पर घन ठोकता, जिसके नीचे मछलियाँ होने की संभावना थी। फिर इन्तज़ार करता कि पत्थर के नीचे छिपी मछलियाँ अपने चमकते पेट के बल उलटी होकर पानी की सतह पर आयेंगी। लेकिन ऐसा नहीं हुआ। दिन ही अच्छा नहीं था। पट्टे का अंडरवियर पूरा भीग गया था। कीते-मीते[1] भी हाथ नहीं लगे। लौटते हुए वह उस थैले में काई लगे गोल पत्थर रख लाया और पत्नी को थमाता हुआ बोला—उबाल अब इन्हीं को। पता नहीं कैसी भनचक[2] लगी। सोचा था महाशीर मारूँगा, लेकिन साला एक गिंगाँज भी हाथ नहीं आया।

ऐसा पनराम कई बार करता था। उन काई लगे पत्थरों से मछली की गन्ध आती थी। मोतराम की माँ नमक-मिर्च और मसाले डाल कर पत्थर उबालती और उस तरी के साथ सारा परिवार मोटी-मोटी रोटियाँ हकबक-हकबक खाता। उस तरी का स्वाद मछली के शोरबे जैसा होता।

असफलता भरे उस उदास दिन के अन्त में, जब सूरज ढल रहा था और मोतिया की माँ आग तापने के लिए लकड़ियाँ जलाने लगी थी, तभी अचानक ज़मीन से दो फुट ऊपर उछाल देने वाली वह ख़बर आयी। ख़बर लाया था पनराम का भाई चनराम। जिसे सुनने के बाद पनराम के अन्दर पुलक-सी उठी—चलो, बड़ा अच्छा हुआ। कट गयी नाक।

आकाश में बादलों के यहाँ-वहाँ बिखरे कई लाल टुकड़े आपस में मिल रहे थे। पनराम ने आकाश की ओर देखने के बाद गहरी साँस ली और हाथ हिला-हिला कर बिरादरी के लोगों को बुलाने लगा। कुछ लोग पहले ही सुन चुके थे। अपने पिता की कमर तक पहुँच रहा मोतिया (मोतराम) आश्चर्यचकित था। उसने कमीज़ से नाक पोंछते हुए पिता से पूछा—फिर उनकी नाक ज़मीन में गिर गयी बाबू?

बाबू चुप। ध्यान ही नहीं दिया। बिरादरी के लोगों से मुख़ातिब थे, "इतनी लम्बी नाक, एक झटके में झड़ गयी।"

मोतिया ने अपनी नाक को छूकर उसकी लम्बाई का अनुमान लगाते हुए पूछा—बाबू, फिर उनकी नाक किसने चिपकाई?

बाबू ने झिड़की दी—चुप रे, नाक की रट लगा रखी है। गू लग गया उनकी नाक में।

---

1. छोटी मछलियाँ, 2. अपशकुन।

पिता की डाँट से मोतिया सहम गया। उसकी माँ आग जलाना छोड़कर घर की पाँचफुटा चौखट पर सिर फँसाये खड़ी हो गयी थी। उसका क़द चौखट से एक इंच ऊपर था। उसने झुके हुए सिर पर पल्ला रखा था और हरे रंग की लाल किनारीदार सूती धोती का आँचल दाँतों के बीच दबा रखा था। मोतिया भाग कर आया और माँ की पीठ के पीछे छिप गया। कुछ देर में मोतिया ने माँ के कान से मुँह सटा दिया—इजा, फिर उन्होंने नाक को धोकर चिपकाया?

इजा की हँसी छूट गयी। उसने मीठी झिड़की दी, "चुप, ये बात किसी से मत कहना। तेरे बाबू तो पगलि[1] गये।" फिर उसने स्वर को ऊँचा उठा कर कहा, "बताओ जरा, ऐसी बातें बच्चों के सामने कौन करता है ! बामणों ने सुन लिया तो कल से काम नहीं मिलेगा।"

मोतिया की इजा ने आँगन में जुटे लोगों के साथ-साथ पति को सुनाते हुए कहा था। इसके बाद सब इधर-उधर छिटक गये। पनराम अपने भाई से बात करता हुआ दूर निकल गया। मोतिया जंगल की तरफ़ भागा, जहाँ तेरह साल की सरुली घास काटने गयी थी। उसने गायत्री मन्त्र की तरह दो बातें अपनी बड़ी बहन के कान में फूँकीं। एक तो यह कि जोशी कॉटेज में बामणों की नाक कट गयी। दूसरा, बाबू पगलि गये।

सरुली को तुकबन्दी का बड़ा शौक था। वह पिंडलियों पर झूलता फ्रॉक दोनों हाथों से थोड़ा उठा कर कुछ सोचती रही। फिर उसने दो-तीन बार हाथ हिला कर नृत्य की मुद्रा बनाई और ताज़ा रची दो पंक्तियाँ लयबद्ध कर दीं--

मोति लिबेरि ऐरौ डाक, बाबू पगलि गयीं
बामणोंकि झड़गे नाक, बाबू पगलि गयीं
(मोतिया लेकर आया डाक, बाबू पगला गये
ब्राह्मणों की झड़ गयी नाक, बाबू पगला गये)

मोतराम को घर में जब सीधे सम्बोधित करना हो तो ' मोतिया ' और अन्य पुरुष (थर्ड पर्सन) में बात करते हुए ' मोति ' कहते थे। घर आकर बालक मोतिया बहिन के साथ एक टाँग पर उछलते हुए उसकी नयी तुकबन्दी को ज़ोर-ज़ोर से दोहराने लगा। शायद दोनों को ही, या तो उस तुकबन्दी का सही अर्थ पता नहीं था या उसकी गम्भीरता। नाक झड़ना दोनों के लिए ही रहस्यमय था। 'बाबू पगलि गये' का आशय सरुली यह समझी कि वे गरदन हिला-हिला कर और बालों को आँखों के आगे झुलाते हुए 'हुर्र-हुर्र' करते होंगे या थूक के बुलबुले हवा में उड़ाते होंगे। माँ ने जब तुकबन्दी सुनी तो, मोतिया का तो कुछ नहीं बिगड़ा, सरुली की चोटी पकड़ कर उसने चक्की की तरह घुमा दिया।

---

1. पगला।

खदबदा देने वाली लड़की

भैरव झपताल का अभ्यास कर रहा था—धी-ना, धी-धी-ना, ती-ना, धी-धी-ना। उस्ताद अल्ला रक्खा की तरह बड़ी-बड़ी आँखों से महराज की ओर देख कर वह गरदन हिलाता। जवाब में बाबाजी उस्ताद रविशंकर की तरह मुस्कराते। बीच-बीच में बायीं हथेली पर दायाँ हाथ सीधा और उल्टा मार कर ताल देने लगते। भैरव दरी के ऊपर पालथी मार कर बैठा था। बाबाजी गावतकिये पर लधरे हुए थे। दोनों की जुगलबन्दी चल रही थी। बाबाजी प्रसन्न थे। चेहरे पर सन्तोष था। मानो, ठंढाई पी रहे हों।

बाबाजी चाहते हैं, भैरव जल्द से जल्द तबला सीख जाये। ताकि प्रवचन के दौरान वे जहाँ भी भजन गायें, संगत वही दे। उन्हें लगता था, संगत देने वाले धनिया तबलची के दिमाग़ बहुत चढ़ गये। पैसा तो ज़्यादा माँगता ही है, नख़रे भी करने लगा। देर से आता है। तब तक बाबाजी का एकाध भजन निकल चुका होता है। फिर तबले की सेटिंग में आधा घंटा खींच देता है। प्रवचन के बीच में हथोड़ी से दो बार तबले की किनारियाँ ठोकता है और तीन बार तबले पर उँगली मारता है। बाएँ पर कभी पाउडर छिड़ता है तो कभी हथेली का निचला हिस्सा रगड़ कर देखता है। जिससे निकलने वाला 'धुनुक-धुनुक, धप-धप' का स्वर बाबाजी का ध्यान भंग करता है। उसका औसत से लंबा, पिचका और नीचे को खिंचा चेहरा देखकर बाबाजी की इच्छा होती है उसे चपटा कर दें।

लीलाधर दोपहर के भोजन की तैयारी में लगा था। बाबा ने भैरव को उँगली के इशारे से पास बुलाया। उस वक़्त कक्ष में वे दोनों ही थे। अपने उल्टे हाथ के मुक्के से अपनी पीठ ठोकते हुए बोले, "भोजन के बाद विश्राम करूँगा। कमर का दर्द फिर उभर आया है।"

"विश्राम से पहले अरंडी के तेल की मालिश ठीक रहेगी।" भैरव ने बाबाजी की ओर देख कर सुझाव दिया और उनके उत्तर की प्रतीक्षा करने लगा। वे चुप रह गये, तो भैरव ने बताया, "पुष्पा अभी यहीं है।"

"देख लो, पर शाम पाँच बजे तक भक्तों से मिलना स्थगित रखो। दरवाज़ा खुला रहे, पर बन्द समझा जाये।"

भैरव इसका मतलब समझता था। दरवाज़ा खुला हो, लेकिन भैरव दरवाज़े के बाहर बैठा रहे। भैरव ने सिर हिला कर अपनी स्वीकृति दी और बाहर निकल गया। पाँच मिनट के अन्दर पुष्पा हाथ में तेल की शीशी लिए बाबाजी के कक्ष में पहुँच गयी। बाबाजी ने उसे ग़ौर से देखा। आज उसने गुलाबी रंग की साड़ी पहनी थी, जिसे नाभि से नीचे तो नहीं, पर पहले की तुलना में काफ़ी नीचे बाँध रखा था। पुष्पा ने बाबाजी को कनखियों से देखा, "आप अपना ध्यान नहीं रखते बाबाजी।"

"तुम तो हो ध्यान रखने के लिए," कह कर बाबाजी ने स्पष्ट किया, "भक्त लोग हैं।"

पुष्पा कुछ नहीं बोली। बाबाजी उल्टा लेट गये। पुष्पा ने कमर पर तेल लगाना शुरू किया तो बाबा ने समझाया कि दोनों अँगूठों से रीढ़ पर दबाव देते हुए उन्हें पहिये की तरह ऊपर-नीचे सरकाओ। पुष्पा दोनों अँगूठों को उसी तरह रीढ़ पर सरकाने लगी। पर बाबा सन्तुष्ट नहीं हुए। बोले, "रुको, मैं बताता हूँ।"

उन्होंने पुष्पा से उल्टा लेटने को कहा। बाबाजी ने अपने दोनों हाथों से उसकी कमर कस कर पकड़ ली और दोनों अँगूठे उसकी रीढ़ पर रख दिये। उसके बाद वे रीढ़ पर दबाव देते हुए अँगूठों को ऊपर की तरफ़ ले जाने लगे। पसलियों के पास पहुँचे थे कि तभी कमरे के बाहर लगे पर्दे से मुँह सटाए भैरव ने आवाज़ दी, "अन्दर आ सकता हूँ?"

बाबाजी खीझ कर बोले, "क्या हो गया?"

"अन्दर आ जाऊँ तभी तो बताऊँगा।"

बाबाजी ने पुष्पा की कमर छोड़ते हुए कहा, "आओ।"

जब तक भैरव अन्दर आया, पुष्पा सीधी होकर बैठ गयी। भैरव बोला, "थाने से आये हैं, दरोगा जी और दो सिपाही।"

"क्यों, क्या हो गया?"

"ये नहीं बताया। कहते हैं, बाबाजी से मिलना है।"

बाबा ने पुष्पा को देखा और लगभग फुसफाते हुए बोले, "एक होता है शक्की मनुष्य। एक होता है शक्की पेशा। शक्की मनुष्य कई बार आप पर शक न भी करे। लेकिन जिनका पेशा है, वे शक किये बिना नहीं रह सकते।... तुम पिछले दरवाज़े से निकलो।" इतना कह कर वे बड़बड़ाते हुए सीधे बैठ गये। भैरव बाहर की ओर लपका। उसने अदब के साथ दरोगा व दोनों सिपाहियों से अन्दर आने के लिए कहा। बाबाजी ने गहरी साँस खींच कर हँफनी को नियन्त्रित किया और आँखें मूँद कर भजन गुनगुनाने लगे। अन्दर घुसते ही भैरव ने उन्हें आवाज़ दी। दरोगा ने गरदन को मामूली-सा झुका कर हाथ जोड़े और सिपाहियों ने कुछ ज़्यादा झुक कर।

"कैसे तकलीफ़ की?"

दरोगा ने कुर्सी पर बैठते हुए कहा, "क्या बतायें बाबाजी, तकलीफ़ में ही हैं।"

दरोगा ने दोनों सिपाहियों की तरफ़ देखा। दोनों खड़े थे। हालाँकि भैरव ने प्लास्टिक की तीन कुर्सियाँ वहाँ रख दी थीं। बाबाजी तखत पर बैठे थे।

"अरे, बैठ जाओ रे," दरोगा ने सिपाहियों को निर्देश दिया और बाबाजी की ओर मुख़ातिब हुआ, "अब क्या बताऊँ बाबाजी, एक साले शराबी ने तीन दिन से घनचक्कर बना रखा है।"

बाबाजी ने सोचा कि उनका इस मामले से क्या लेना-देना। तब तक सिपाही दरोगा के बराबर से कुर्सियाँ हटा कर उसके पीछे एक अलग पंक्ति बना कर बैठ गये थे। दरोगा ने कनखियों से सिपाहियों को देखा और आगे बताया, "शराबी ने एक बुंदा खो दिया। ...कान का बुंदा !" उसने कान पर हाथ लगाते हुए कहा, "वैसे, बुंदा तो कान का ही होता है।"

वह अपनी बेवकूफ़ी पर हँसा। सिपाही भी हँसे। दरोगा ने बताया, "हरामज़ादे ने नशे में कहीं गिरा-विरा दिया। अब कहता है, रात में कोई घर में घुसा और पैंट की जेब से निकाल ले गया।"

"शराबी अगर बुंदा पहनता था तो उसने पैंट की जेब में क्यों रखा?" —बाबाजी ने दिमाग़ पर ज़ोर देते हुए सवाल किया।

"शराबी नहीं पहनता था, जेब में रख कर ले गया था सुनार के पास। ठीक कराने। एक ही बुंदा ले गया था, ये बात सुनार भी कहता है।"

"बुंदा उसकी पत्नी का होगा?"

"हाँ, और किसका बुंदा लेकर घूमेगा। ...पर बाबाजी, औरत बड़ी चालाक है। उसी ने आफ़त मचा रखी है। ...अगर कोई ऐरा-गैरा शराबी होता तो औरत के सामने ही साले के बाँस करता, ताकि दर्द उसे हो और दहशत औरत को।"

बाबाजी मुँह देखते रहे। दरोगा बोला, "शराबी जो है, एस.पी. साहब की साली का देवर है। मुसीबत हमारी जान को हो गयी। साहब कहते हैं, चाहे जहाँ से लाना पड़े, चोर को हाज़िर करो। अब चोर होगा, तभी तो हाज़िर करेंगे?"

बाबाजी चुप रहे। दरोगा ने फिर कहा, "इसीलिए आपके पास आये हैं। कुछ बताइए कि उस हरामी ने बुंदे का क्या किया?"

"मैं चोरी-चकारी और इश्क-मुहब्बत के केस नहीं लेता।"

"ये केस तो देखना पड़ेगा बाबाजी, मुसीबत में हैं। बुंदा तो हम अपनी जेब से भर देते। मैंने कहा भी उसकी घरवाली से...।"

पीछे बैठे सिपाही हँसने लगे। दरोगा ने गरदन उनकी ओर घुमा कर कहा, "बेटा, अभी हँस रहे हो, जब भरना पड़ेगा तो तीन बराबर हिस्से होंगे।"

एक सिपाही ने उसी तरह हँसते हुए बाबाजी को बताया, "असल में, हम लोग हँस इसलिए रहे हैं क्योंकि साहब ने पिंड छुड़ाने के लिए बुंदे के पैसे जेब से भरने की बात तो कह दी, पर साहब को क्या गुमान कि औरत इतनी पहुँची हुई चीज़

है। बोली, बुंदा डायमंड का था। वैसा ही चाहिए।"

"तो दूसरा बुंदा दिखाने को कहते।" —बाबाजी ने कहा। दरोगा मन ही मन बड़बड़ाया कि बाबा भी सी.आई.डी अफसर बन रहे हैं। लेकिन मुँह से विनम्रता को विदा नहीं होने दिया, "यही बात मैंने उससे कही। औरत ऐंठ गयी जी। कहने लगी, दूसरा कहाँ से दिखायेंगे? चोर को सिपाही की तरह मूर्ख समझते हो, जो एक ही बुंदा ले जायेगा?"

दूसरे सिपाही ने बताया, "दरोगाजी बोले, तुम्हारा आदमी तो एक ही बुंदा बता रहा था। तो कहने लगी, मेरा आदमी पागल है। तुम लोग तो सही हो। जरा दिमाग़ से काम लिया करो। पुलिस की नौकरी में होकर हलवाई की तरह मत सोचो कि ग्राहक जोड़े में लड्डू नहीं माँगता। बुंदे जोड़े में ही ख़रीदे जाते हैं और जोड़े में ही चुराये जाते हैं।"

इतनी देर में पुलिस वालों के लिए चाय आ गयी। दरोगा ने चाय हाथ में लेते हुए कहा, "चाय-वाय तो पीते रहते हैं बाबाजी, अभी तो हमारा काम कराओ।"

"एस.पी. को क्यों नहीं बोला कि उनकी रिश्तेदार सोने को डायमंड और एक बुंदे को दो बताने लगी है?"

सिपाही फिर हँसे। दरोगा ने फिर उन्हें कनखियों से देखा और गम्भीर स्वर में बोला, "अजी, साहब ने भी साली के चक्कर में दिमाग़ के दरवाज़े भेड़ लिए हैं। उल्टा मुझसे कहते हैं, ठीक से सुना करो, दो को एक कैसे सुन लिया तुमने?"

"मैंने कहा ना, मैं इस तरह के केस नहीं लेता," बाबाजी ने पीछा छुड़ाना चाहा, "इसमें बड़ी फ़जीहत है। लोग दुश्मन हो जाते हैं।"

"देख लो बाबाजी, पुलिस और आम आदमी में फर्क़ तो है।"

"ये केस तो आपसे बड़े अफ़सर का है।"

"लेकिन बाबाजी, इस इलाक़े के अफ़सर तो हम ही हैं।"

बाबाजी ने इसे परोक्ष धमकी मान कर थोड़ा चिन्तन करने के लिए आँखें मूँद लीं। पाँच मिनट तक आँखें मूँदे रहने के बाद बोले, "बता देता हूँ, लेकिन मुझे बीच में न डालें।"

दरोगा ने आश्वासन दिया तो बाबा ने कहा—बुंदा शराबी ने बेच खाया।

दरोगा चिहुँका, "ओय बेटा, ये दोनों तो एक से बढ़ कर एक शातिर निकले।"

दरोगा खुश होकर बाबा को धन्यवाद देता हुआ बाहर निकल गया। एक कोने में हाथ बाँधे खड़े भैरव ने बाबा की ओर सवालिया नज़रों से देखा। बाबा बोले, "पिंड छुड़ाने का यही रास्ता था। लेकिन मैं जानता हूँ, दरोगा जेब से ही भरेगा।"

तेजू पहाड़ों वाली सड़क पर टहलते हुए बचवाली से उल्टी दिशा में जा रहा है।

शाम घिरने को है। यह सौदा-सुल्फ लेने गये लोगों के लौटने का और शराबियों के बाज़ार की ओर जाने का समय है। बचवाली के लोग आस्तिक हैं। सुबह-शाम पूजा करते हैं, व्रत रखते हैं, त्यौहार मनाते हैं। लेकिन ऐसे बहुत कम घर होंगे जहाँ एकाध पियक्कड़ न हो। पीना और खाना चूँकि निजी मामला था, इसलिए किसी की भावनाएँ आहत नहीं होती थीं। मांस खाने में भी नहीं। इस मायने में यहाँ बड़ा अच्छा माहौल था।

वह दोस्तोयेव्स्की का उपन्यास 'क्राइम एंड पनिशमेंट' पढ़ रहा था। पढ़ते-पढ़ते नींद आने लगी तो टहलने निकल पड़ा। उसने बाज़ार की ओर जा रहे खिचड़ी बालों वाले और दरमियाना कद के एक अधेड़ को देखा। उम्र पचास के आसपास होगी। वह तेज़ी से चला जा रहा था। उसके स्वेटर में घास के तिनके चिपके हुए थे। तेजू ने अनुमान लगाया कि यह अवश्य ही शराब पीने जा रहा होगा। हुड़क लगी होगी।

वह काफ़ी देर टहलता रहा। जब थक गया और लौटने लगा तो वही अधेड़ लड़खड़ाता हुआ वापस आ रहा था। सन्तुलन बनाने में उसे बहुत दिक़्क़त हो रही थी। उसकी कमर कभी आगे तो कभी पीछे की ओर झूलने लगती। अपने अनुमान के सही ठहरने पर तेजू के होंठों पर मुस्कराहट तिर आयी। उसे उपन्यास के शराबी चरित्र मार्मेलादोव की याद आ गयी। मार्मेलादोव की तरह इसकी भी कोई बेटी होगी—सोनिया जैसी? इससे आगे सोचना उसे फ़िजूल लगा। पर बचवाली बाज़ार में कितना ट्रैफिक है। किसी दिन यह भी मार्मेलादोव की तरह कुचल सकता है। लेकिन लालू क्यों कहता है कि शराबी कभी गाड़ी से नीचे नहीं आते?

उसने इस ख़याल को झटका दिया तो रेवा याद आ गयी। क़स्बे को खदबदा देने वाली उस लड़की ने तेजू के दिमाग़ में उथल-पुथल मचा रखी है। उसकी याद आते ही वह फिर से सिर को झटक देता है। बायीं तरफ़ के उस इलाक़े को देखना ठीक रहेगा। दायीं तरफ़ जोशी कॉटेज है। अँधेरा घिरने लगा था और बायीं तरफ़, सड़क के नीचे बने घरों में एक-एक कर रोशनी होने लगी थी। हालाँकि अभी रोशनी दीयों की तरह टिमटिमाती हुई लग रही थी। तल्ला रामखेत कभी गाँव होता था। अब बचवाली क़स्बे का विस्तार होते-होते वह जोशी कॉटेज तक पहुँच गया है। यहाँ मोटर रोड पर ज़मीन महंगी थी। सड़क से हट कर, थोड़ा नीचे, ढलान की ओर तेजू के पिता को सस्ती जगह मिल गयी थी। पाँच लाख में डेढ़ सौ गज। वहाँ गाड़ी नहीं जा पाती। दिल्ली वालों को ऐसी जगह चाहिए, जहाँ दरवाज़े तक गाड़ी जाये। इसलिए यह प्लॉट बच गया था। दिल्ली वालों के लिए प्लाट छोटा भी था।

यों, यहाँ भी आस-पास का इलाक़ा काफ़ी आबाद हो चुका है। कई पुराने घर हैं। कुछ कम हैसियत वाले बाहरी लोग भी बस गये हैं। उन्हें ज़मीन बेचने वालों ने झाँसा दिया था कि जल्दी ही वहाँ तक सड़क बन जायेगी। लेकिन देखते ही देखते, जिस खाली जगह को सड़क बताया गया था, उसके ठीक बीच में कुछ बेतरतीब

मकान उग आये थे। इससे तीन-चार साल पहले ही सड़क की संभावना समाप्त हो गयी थी। मोटर की सड़क से देखने पर ऐसा लगता है जैसे छोटे-बड़े मकान खाई में धकेल दिये गये हों। आड़े-तिरछे जैसे भी गिरे, वैसे ही ठहर गये।

जब घर बन रहा था, तेजू के पास करने को ज़्यादा कुछ नहीं था। बीच-बीच में दिल्ली चला जाता और कई-कई दिन वहाँ रहने के बाद लौट आता। पिताजी हर बार समझते कि इस मर्तबा उसे नौकरी ज़रूर मिल जायेगी। वह फिर-फिर खाली हाथ लौटता। जब घर में होता है तो ज़्यादातर समय किताबें पढ़ता रहता है। पता नहीं किताबें पढ़ते रहने के पीछे कोई योजना है या इस तरह व्यस्त दिखना केवल पिता के ग़ुस्से को थामे रहने का उपक्रम। माँ सोचती है।

जोशी कॉटेज की ओर फिर नज़र गयी। रेवा का घर। रेवा। जो दिमाग़ पर, मानो, परमानेंट मार्कर से लिख दी गयी है। मिटती नहीं।

पुष्पा जब भी परेशान होती है, उसे तेजू की माँ के पास बड़ा सुकून मिलता है। लेकिन कभी-कभी उसके जहन में यह सवाल उठता है कि कहीं यह सुकून तेजू के साथ बात करने से तो नहीं मिलता? लेकिन वह इस सवाल को दफ़ना देती है। जब से फलों की दुकान बन्द हुई, वह तेजू की माँ से बातचीत करने आ जाया करती है। कभी-कभार तेजू से भी बात हो जाती है। तेजू जब बोलता है तो वह उसे देखती रहती है। उसकी आवाज़ और बात करने का लहजा और सही व शुद्ध भाषा। वह सब उसके लिए एक तिलिस्म जैसा है। तेजू के विचार, लेकिन, उसकी समझ में नहीं आते। हालाँकि अपने विचारों को पुष्ट करने के लिए वह जो तर्क देता है, वे अकाट्य होते हैं। यही तो है तिलिस्म। वह अक्सर तेजू की माँ से उसकी प्रशंसा करती है—चाची, आपके बेटे को देख कर बहुत अच्छा लगता है। हर समय पढ़ता रहता है। फ़ालतू बातें नहीं करता। जो बोलता है, बहुत ही नपा-तुला और समझदारी के साथ। यहाँ के लड़के तो लड़कियों के, नशे के और मोबाइल के चस्के में बर्बाद हैं। ऐसी बात नहीं कि समझदार लड़के नहीं हैं। लेकिन वो बाहर निकल जाते हैं। कुछ पढ़ाई के लिए, कुछ नौकरी के लिए।

माँ को सन्तोष होता है। कम से कम बिगड़ा तो नहीं। एक दिन पुष्पा ने सलाह दी—चाची अपने लड़के को वापस दिल्ली भेज दो। यहाँ क्या रखा है? और क्या भरोसा कि कभी नहीं बिगड़ेगा?

तेजू सुन रहा था। माँ इधर-उधर हुई तो उसने पुष्पा से पूछा, "मुझे क्यों भगाने में लगी हो?"

"नहीं, ऐसी बात नहीं है। मैं तो चाहती हूँ...मतलब अगर तुम यहाँ रहो तो अच्छा ही है। ...लेकिन तुम यहाँ नहीं रहो।"

"तुम तो दोनों बातें कह रही हो। मैं यहाँ रहूँ और मैं यहाँ नहीं रहूँ।"

पुष्पा झेंप गयी। तेजू चुप हो गया। पर यह बात उसे कई बार कचोटती है कि

सचमुच वह यहाँ कर क्या रहा है? फ्यून की खोज? यहाँ रह कर बमुश्किल एक-दो लेख लिखे हैं, जो बेशक छप गये हैं। इसके अलावा? केवल यहाँ से वहाँ भटकना। लोगों को पढ़ना और किताबें पढ़ना। इसके अलावा उस लड़की ने दिमाग़ अलग घुमा दिया है। हर वक़्त छाई रहती है।

पुष्पा उसे तब तक एकटक देखती रही जब तक तेजू की माँ लौट नहीं आयी।

वह घर की ओर लौटते हुए उस जगह से आगे बढ़ गया, जहाँ जोशी कॉटेज की ओर जाने वाली पगडंडी फूटती है। यहाँ पहुँचने के लिए उसके कदम अपने आप उठते हैं। लेकिन पहुँच पर उसे बड़ी कोफ़्त होती है। वह इस तरफ़ आता क्यों है। कौन लाता है उसे? वह इसके लिए तेज प्रताप को ज़िम्मेदार ठहराता है। वही है जो अन्दर बैठ कर सारे प्रपंच रचता है।

झुटपुटा होते ही सड़क पर आवाजाही कम हो गयी थी। सड़क का तारकोल दूर तक काली लकीर की तरह नज़र आ रहा था और मोड़ों पर जाकर बिला जाता था। सड़क के दोनों तरफ़ के पेड़ एक-दूसरे की ओर झुकते हुए लग रहे थे। मानो, अँधेरा होने के बाद प्रणयाकुल हो गये हों। उसने गरदन घुमा कर उड़ती-सी नज़र पगडंडी पर डाली, जो सड़क से कुछ ऊँचाई पर थी और जिसके आखिरी छोर पर जोशी कॉटेज था। कॉटेज की छत और ऊपर का कुछ हिस्सा सड़क से देखा जा सकता था। उधर नज़र पड़ते ही उसे रेवा का दुर्व्यवहार याद आ गया। इधर तो देखना भी गुनाह है। उसने सोचा। लेकिन अगले ही क्षण उसकी मुस्कराहट और हाथ हिलाना याद आया। वह क्या था?

कुछ दूर और चला और अपने घर की ढलान पर उतरने ही वाला था कि कन्धे पर थैला लटकाये एक लड़की सड़क के किनारे-किनारे चलती हुई सामने से आ रही थी। धुँधलका होने के कारण थोड़ा क़रीब आने पर वह उसे पहचान पाया। रेवा ही थी। तेजू झुटपुटे का फायदा उठा कर उसकी ओर देखे बिना आगे बढ़ जाता लेकिन तेज प्रताप चिंगोटी काटने लगा—अबे उधर देख। अबे गधे, देख ले। ऐसे लड़कियों की तरह नज़रें चुराना ठीक नहीं।

रेवा पास आ गयी थी। दोनों ने एक-दूसरे को देखा। वह चौंकी, "अरे आप? जोशी कॉटेज की तरफ़ गये थे?"

"जोशी कॉटेज? ओह,...ह्वेर डॉग्ज एंड डीलर्स आर नॉट अलाउड...?" —तेजू ने पहली मुलाक़ात को याद कर व्यंग्य किया। वह और भी खरी-खरी सुना देता, लेकिन तेज प्रताप ने दख़ल दिया—अबे पागल की औलाद, खूबसूरत लड़कियों और मासूम बच्चों से लठमार ज़बान में बात नहीं करते। देख, कितनी शर्मिंदा है बेचारी।

"अब तक नाराज़ हैं?" —रेवा ने पूछा। तेजू आसमान की ओर देखने लगा। घुप्प अँधेरा होने में बस थोड़ा ही वक़्त रहा होगा। भूली-भटकी चिड़ियाँ अपने-अपने

बसेरों को लौट रही थीं। कत्थई-काले बादलों के टुकड़े नीले आकाश पर पैवन्द की तरह दिख रहे थे। आसमान का नीला रंग डूब रहा था।

"एक कप चाय पिलाऊँ तो नाराज़गी दूर होगी?"

"नहीं, पहले ही देर हो चुकी। फिर कभी।"

तेज प्रताप ने कोंचा–अबे घनचक्कर, चाय पीते-पीते भूत की कहानी पूछ लेना।

तेजू के दिमाग़ ने पलटी खाई, "चलिए...वरना आप समझेंगी मैं नाराज हूँ।"

उसने रेवा के चेहरे को पहली बार ग़ौर से देखा। बहुत ही मासूम। सम्भवतः मासूमियत सुन्दरता से आती होगी। उसने सोचा। बहुत ही मृदुभाषी। यह मिठास कहाँ से आती होगी?

वे दोनों कच्चे रास्ते पर चलते हुए जोशी कॉटेज पहुँच चुके थे। जब तक रेवा भाप उड़ाती दो कप चाय ट्रे में रख कर लाई, उसने सरसरी तौर पर पूरे घर का मुआइना कर लिया था। एक स्टूल पर चाय रख कर वह सामने बैठ गयी। तेजू ने पहली बार उसे सामने बैठ कर फुर्सत से देखा। वह बहुत सुन्दर थी। सचमुच थी या फुर्सत में देखने का असर था, समझ नहीं पा रहा था।

वह जोशी कॉटेज के बाहर पहली मुलाक़ात का जिक्र करते हुए खुल कर हँसी। तेजू को लगा, इसी को चन्दू पांडे काँच-कूट हँसी कहता है। इस लड़की के कारण जो 'बचवाली वार्मिंग' हो रही है, उसकी वजह इसका सौन्दर्य है या यह काँच-कूट हँसी? तेजू ने उसको याद दिलाया कि उसने पहली बार उसे भुमई एस्टेट की ढलान पर देखा और पहली मुलाक़ात मोहन सिंह की दुकान पर हुई थी। रेवा ने बताया कि वह सुबह की सैर करते हुए भुमई एस्टेट से नीचे उतरती है। असल में, भुमई एस्टेट जिस पहाड़ी पर है, वहाँ जंगल के निचले हिस्से में थोड़ा-थोड़ा दूरी पर कुछ घर हैं। वहीं एक तरफ़, बनिस्बत वीरान हिस्से में, नन्नू बाबा का आश्रम आबाद है। जोशी कॉटेज से अगर कुछ देर चढ़ाई चढ़ी जाये तो ऊपर ही ऊपर एक सँकरी पगडंडी सीधा भुमई एस्टेट के पास निकलती है। जिसके एक तरफ़ घास उगी रहती है और लगभग आधी पगडंडी पर झुकी होती है। बरसात में घास पूरी पगडंडी को गिरफ़्त में ले लेती है। कभी-कभी घास के रंग के हरे साँप पैरों के नीचे से निकल जाते हैं।

भुमई एस्टेट से ढलान उतरते हुए चुंगी तिराहे पर पहुँचा जा सकता है। यों, जोशी कॉटेज से चुंगी तिराहे के लिए सीधी सड़क है। जिसे भुमई एस्टेट या आश्रम न जाना हो वह सीधी सड़क पकड़ता है। रेवा सुबह की सैर के लिए ऊपर की पगडंडी पकड़ती है। वापसी में वह सीधी सड़क से आती है, क्योंकि थक जाने के बाद चढ़ाई चढ़ने की इच्छा नहीं होती।

वह ज़्यादा खुल नहीं रही थी। तेजू चाय की चुस्की लेते हुए दीवारों को देखने लगता। घर की दीवारों का रंग-रोगन उड़ चुका था। काई और सीलन की गन्ध अब

भी घर में थी। शायद रेवा उसकी अभ्यस्त हो चुकी हो। फिर भी, जब यह घर बना होगा, बहुत खूबसूरत रहा होगा। तेजू ने सोचा।

"घर तो बहुत अच्छा है। बस, ह्वाइट वॉश की ज़रूरत है।"

"कुछ समय के लिए ही रहना है। देखती हूँ।"

वह चुप हो गयी। तेजू के अन्दर भूत की कहानी घुमड़ रही थी। इसलिए नहीं कि उसे यक़ीन था। वह सिर्फ़ जानना चाहता था कि इस कहानी का जन्म क्यों और कैसे हुआ।

"आप कभी दोस्तों वगैरह को पार्टी-वार्टी देती होंगी?"

"नहीं, यहाँ कोई दोस्त नहीं है।"

"भूतों के बारे में आपका क्या ख़्याल है?"

"ये कैसा सवाल है?" —उसकी त्यौरियों में बल पड़ गये।

तेजू झेंप गया, "इतनी वीरान जगह पर...इस घर में अकेली रहती हैं, तो यूँ ही पूछ लिया।"

उसे विश्वास होने लगा कि चन्दू पांडे की कहानी मनगढ़ंत है।

बातों-बातों में दोनों के बीच किताबों का ज़िक्र चल पड़ा। तेजू ने उसे कुछेक अच्छी किताबें देने का वादा किया। फिर अचानक ही पूछ बैठा, "जब आप बोर हो जाती हैं तो अकेले-अकेले दीवारों से बातें करती होंगी, ज़ोर-ज़ोर से?"

रेवा के चेहरे की रंगत बदल गयी, "क्या आप रात में यहाँ आते हैं?"

दरअसल, रेवा को पता था कि कुछ लोग रात में उसके घर के आस-पास चक्कर काटते हैं और ताक-झाँक की कोशिश करते हैं। उसे शक होने लगा। हो न हो तेजू उन लोगों में शामिल है। शायद इसीलिए दिन के उजाले में वह जोशी कॉटेज के आस-पास घूमता पाया गया। यह तो शोहदा टाइप निकला। वह सोच रही थी।

तेजू को उसके सवाल से हैरानी हुई, उसने फिर भी मज़ाक किया, "दिन में ही भगा दिया गया, रात मैं आने की मेरी हिम्मत?"

"मैं जानती हूँ कि आप रात में आ चुके हो।"

"आप मेरे सवाल से कुछ अपसेट हो गयी हैं?"

"कोई आपकी जासूसी करे तो आप अपसेट नहीं होंगे?" उसका चेहरा तमतमा रहा था। वह उखड़ गयी। तेजू को शंका होने लगी कि कुछ तो रहस्य है। आख़िर आवाज़ों की बात करते ही किसी को इतना बुरा कैसे लग सकता है? ऐसा तो नहीं कि चन्दू पांडे की कहानी पूरी की पूरी मनगढ़ंत न हो?

"आप यह कहना चाहती हैं कि मैं आपकी जासूसी करता हूँ?"

वह चुप हो गयी। चुप्पी में उसका उत्तर था। तेजू तल्ख़ होकर बोला, "अब चुप क्यों हो?"

"आप जानते हैं। चिल्लाने से सच्चाई बदलती नहीं।"

"इनफ...तुम समझती क्या हो खुद को?" तेजू गुस्से में आते ही 'तुम' पर उतर आया, "केवल मुझे और पी थ्री को छोड़कर, सारा बचवाली तुम्हारे बारे में बातें करता है। तुम्हें भूत की प्रेमिका कहता है।"

"क्या कहता है? क्या बोला तुमने?" —उसने 'तुम' का जवाब 'तुम' से दिया और गुस्से से उठ खड़ी हुई। तेजू ने भी गुस्से में अपनी बात दोहरा दी, "भूत की प्रेमिका कहता है।"

"भूत की प्रेमिका?...यू आर सिक।"

"लोग तुम्हारी जासूसी करते हैं। कहानियाँ तुम्हारे बारे में बनाते हैं। और तुम मुझसे...मैं...सिक? अब मुझे शक होता है...।"

रेवा चिल्लाई, "शक होता है? उल्टा मुझ पर?"

"मोहन सिंह ने तुम्हें चाय पिलाना क्यों बन्द कर दिया, कभी सोचा? लोग तुम्हें देख कर पीठ क्यों फेर लेते हैं? तुमने कभी सोचा? नहीं सोचा। तुम खुद को बहुत होशियार समझती हो, लेकिन बेवकूफ़ हो।"

रेवा खड़ी-खड़ी काँपने लगी। उसका दिमाग़ भन्ना रहा था। 'बेवकूफ़' कहने से वह काफ़ी चिढ़ गयी थी। तेजू झटके के साथ दरवाज़े से बाहर निकल गया। जोशी कॉटेज से निकल कर उसने बग़ीचे की सीमा पार की और बिना पीछे मुड़े बड़बड़ाता हुआ तेज़ कदमों से पगडंडी पर उतर आया। रेवा ने जिस गर्मजोशी से बुलाया था, उससे ज़्यादा बेअदबी से विदा किया। तेजू ने मन ही मन सोचा, अब इस लड़की से कभी बात नहीं करनी। बदतमीज़ है। ये भूत की प्रेमिका बनने लायक ही है। सच तो ये है कि भूत के लायक भी नहीं है।

बाबा शेरलॉक होम्स

जिस वक़्त उन तीनों ने प्रवेश किया, भजन कक्ष महिलाओं से अटा पड़ था। उन्हें अचानक देख कर बाबा घबरा गये। इतने भक्तों के बीच दरोगा पता नहीं क्या कह दे। उन्हें भैरव पर क्रोध आ रहा था। अगर ज़रा पहले सचेत कर दिया होता तो वे सलवार-कमीज़ पहन कर सिर पर चुन्नी ओढ़ लेते और दरोगा के सामने उसी दरवाज़े के सटक लेते जिससे उसने प्रवेश किया।

उनकी साँस अटक गयी। अब क्या हो?

पर अविश्वसनीय रूप से दरोगा ने कुछ ज़्यादा ही झुक कर प्रणाम किया। सिपाही पैरों में लगभग लोटने को हो रहे थे। बाबा हैरान। तभी उनकी नज़र उस सिपाही पर पड़ी जिसके एक हाथ में मिठाई का डिब्बा और दूसरे में सेब का थैला झूल रहा था। वह चढ़ाई में दो किलो वजन उठा लाने भर से पसीने में लतपथ हो रहा था। बाबा और भी आश्चर्य में पड़ गये। हाथ में मिठाई और सेब?

"आपके आशीर्वाद से केस निपट गया।" —दरोगा ने कहा। बाबा को यक़ीन नहीं हुआ। दरोगा फँदा तो नहीं डाल रहा? उन्होंने एक नज़र भैरव की ओर देखा और थूक निगलते हुए दरोगा से पूछा, "इतने शातिर पति-पत्नी ने, वह भी इतने बड़े पुलिस अधिकारी के रिश्तेदार... क़बूल कैसे किया?"

दरोगा भी फसकियों की बिरादरी का था। वह भैरव के कुर्सी लाने से पहले ही आराम से कालीन पर बैठ गया। उसने चारों तरफ़ नज़र दौड़ाने के बाद जो घटनाक्रम बयान किया, वह इस तरह था—

बाबाजी से सुराग मिलने के बाद वह शराबी के घर पहुँचा। शराबी की पत्नी ने बैठने को नहीं कहा। पुलिस अधिकारी से रिश्तेदारी की ऐंठ थी। दरोगा को अच्छा नहीं लगा। वह बिना पूछे सोफे पर पसर गया और पीठ टिकाने के बाद टाँग पर टाँग रख ली, "केस सुलझ गया मैडम। मिठाई खिलाओ।"

"मतलब बुंदे मिल गये?"

अचानक दरोगा की निगाह डायनिंग टेबल पर सजे फलों पर पड़ गयी। वह जवाब देने की जगह उठ कर डाइनिंग टेबल तक गया और दो केले उठा लिए। केले सिपाहियों को देते हुए कहा, "खा लो। ...अपना माल समझो।"

ये तो बेहूदगी है। स्त्री का ग़ुस्सा बढ़ रहा था। पर वह बोली कुछ नहीं। पहले बुंदे हासिल करने थे। दरोगा फिर से सोफे पर बैठ गया और बाएँ पैर पर दायाँ पैर रख कर झुलाने लगा। वह स्त्री ग़ुस्से से बोली, "मैंने पूछा, बुंदे मिल गये?"

दरोगा ने सिपाहियों को केले खाने का समय दिया। जब उन्होंने खा लिए तो बोला, "केले इनके पेट में गये। आपके सामने गये। आप उन्हें बरामद कर सकती हो?"

स्त्री उसकी बात को समझने की कोशिश कर रही थी। दरोगा मुस्करा रहा था।

"नहीं कर सकते," उसने स्त्री को समझाया, "आप और मैं केवल गवाही दे सकते हैं कि इन दोनों ने हमारे सामने केले खाये। बस।"

"मतलब जिसने बुंदे चुराये, वो खा गया?"

"आप तो पढ़ी-लिक्खी हो मैडम, बुंदे कोई कैसे खा सकता है?"

"हाँ, नहीं खा सकता, लेकिन आप ही ने...।"

"खा सकता है मैडम।"

"अभी तो आपने कहा कि नहीं खा सकता?"

"बेच कर खा सकता है।"

"तो चोर ने बुंदे बेच खाये?"

"बुंदे नहीं, बुंदा बोलो। क्योंकि एक ही था। और डायमंड का नहीं, सोने का था।"

शराबी की औरत गुर्राने लगी, "नशे में तो नहीं हो दरोगाजी?"

"ये तो एस.पी. साहब तय करेंगे। मैं सारा केस उन्हें ब्रीफ करने जा रहा हूँ। यहाँ सिर्फ़ इसलिए आ गया, ताकि साहब की नज़र में आप लोग गिरें नहीं।...कल सौ काम पड़ेंगे, किस मुँह से कहोगे?"

यह सुन कर शराबी की घरवाली थोड़ा नरम पड़ गयी, "आप कहना क्या चाहते हैं?"

यह दरोगा के लिए गरम होने का अवसर था, "हमने बड़ी तसल्ली के साथ कम से कम चार लोगों के हाथ लूले किये। टाँग कितने लोगों की तोड़ी भई?" दरोगा ने सिपाहियों से पूछा, तो एक ने बताया, "तीन की। एक का, राम सिंह ने झापट मार कर मुँह फोड़ दिया था।"

"तब जाकर सारा केस सुझला।" दरोगा ने स्त्री की आँखों में देख कर कहा, "जो बुंदा था ना आपका, उसकी चोरी नहीं हुई।"

"तो क्या हुआ?"

"आपके पतिदेव ने बेच दिया।"

"क्या फ़ालतू बात कर रहे हैं आप?"

"ख़रीदने वाला सुनार जो है, साहब के सामने गवाही देने के लिए तैयार है।"

दरोगा जेब से फ़ोन निकाल कर नंबर मिलाता हुआ बोला, "चलो, साहब को बता दें, केस सुलझ गया।"

औरत झट से बोली, "एक मिनट रुकिये। मैं जरा घर में देख लूँ।"

दरोगा ने सिपाहियों को आँख मारी। वह घर के अन्दर गयी और सात मिनट बाद वापस आयी। तब तक दरोगा को दिल्लगी सूझती रही। सिपाहियों से पूछा, "और खाओगे केले? खाना हो तो बोलो, मैं गवाही नहीं दूँगा।"

जब शराबी की पत्नी पहुँची, सिपाही हँस रहे थे। वह एक नज़र सिपाहियों को देखने के बाद बोली, "डायमंड बाले बुंदे घर में ही हैं। आपने सही कहा।"

"और सोने का दूसरा बुंदा?"

"बुंदा भी एक ही गायब हुआ है।...लेकिन, मैं पूरे यक़ीन के साथ कह सकती हूँ कि उसे मेरे पति ने बेचा नहीं।"

"आपने पुलिस का डंडा देखा है? रूल? उससे हम पैर के तलवे कूटते हैं। ...उससे और भी बहुत कुछ करते हैं, लेकिन वो मैं आपको बता नहीं सकता।"

क़िस्से के बीच में मामूली-सा व्यवधान खड़ा हुआ। भजन-कक्ष में बैठी और क़िस्सा सुन रही कई औरतों ने सिर झुका लिए। बाबाजी ने अनुमान लगाया कि उन्हें डंडे के पुलिसिया उपयोग के बारे में पता होगा। दरोगा ने एक नज़र औरतों की तरफ़ देखा और आगे बताया–

तो जी शराबी की औरत बोली–आप डराने की कोशिश कर रहे हैं?

"नहीं मैं तो बताने की कोशिश कर रहा हूँ कि जब सुनार के साथ वह सब किया ना, तो उसने पहले फ़र्श पर पेशाब की, फिर पीने के लिए पानी माँगा और फिर रोते-रोते एक-एक बात उगल दी।

"बुंदा तो एक सौ एक परसेंट आपके साहब ने बेचा है। वहीं से वो दारू की दुकान में गये थे। दारू वाला भी गवाही देने को तैयार है। अब गवाहों पर भरोसा करें या आपके यक़ीन पर?"

दरोगा अपनी बात पर अड़ गया तो औरत का आत्मविश्वास डगमगाने लगा। उसने पति को फ़ोन मिलाया और थोड़ा दूर जाकर धीमी आवाज़ में बातें करने लगी। कुछ ही देर में उसकी आवाज़ तेज़ हो गयी। वह चिल्लाने लगी। काफ़ी देर चिल्लाने के बाद उसने फ़ोन काट दिया। दरोगा ने व्यंग्यात्मक लहजे में कहा, "जेबकतरा पहली बार तब जेब काटने उतरता है जब उसे कुटने का अभ्यास हो जाये। शराबी अपनी पत्नी के जेवर तब बेचता है जब उसे झूठ बोलना आ जाये।"

"वो कहते हैं, बेचा नहीं। अगर चोरी नहीं गया तो जेब से गिर सकता है।"

"नशा उतरने के बाद हर नशेड़ी यही कहता है।"

शराबी की पत्नी लाजवाब हो गयी। दरोगा ने फौरन दहला मारा, "तो आप बताइए कि जो कान का बुंदा आपके पति ने बेच दिया दारू पीने के लिए, उसकी क़ीमत हम चुका दें?"

"अब आप...प्लीज चले जाइये।"

दरोगा ने कहा, "केस को रफ़ा-दफ़ा किये बिना कैसे जा सकते हैं मैडम? साहब को क्या जवाब देंगे?"

"मामले को रफ़ा-दफ़ा समझिये और जाइये। साहब से हम बात कर लेंगे।"

कहानी बताने के बाद दरोगा ने बाबाजी से कहा, "आप तो सचमुच शेरलॉक होम्स हैं बाबाजी। आँख मूँद कर पाँच मिनट में सारा केस सॉल्ब कर दिया।"

बाबाजी मुस्कराए। लेकिन उनके माथे पर पसीना चमक रहा था। इस दौरान कुछ और भक्त जुट आये थे, जिनमें पुरुष अधिक थे। पुष्पा भी वहीं थी। सबकी आँखों में भक्ति-भाव अर्ध-पारदर्शी तेल की तरह चमकने लगा। सब गद्‌गद थे कि बाबा सचमुच चमत्कारी हैं। बाबा ने झेंपते हुए कहा, "मैंने एक बार आपके लिए कर दिया दरोगाजी...अब बार-बार मत कहना। चोरी-चकारी और इश्क-मुहब्बत के केस मैं नहीं लेता।"

दरोगा बोला, "बाबाजी, उस दिन तो मैं टेंशन में था, इसलिए पूछ नहीं पाया। पर आज तो बता ही दीजिए, इश्क-मुहब्बत के केस कौन-से होते हैं?"

बाबाजी थोड़ा सामान्य हो गये थे। वे खुल कर हँसे, "तुलसी इस दुनिया में भांति-भांति के लोग। ...कई तरह के केस आते हैं। लोग एकतरफ़ा प्रेम करते हैं और कहते हैं, कुछ करा दो बाबाजी। क्या करा दो भई? बाबाजी दलाल हैं? कभी

प्रेम में थर्ड पार्टी दखल दे रही होती है। कुछ कर दो बाबाजी। अरे भय्या, हम क्या कर सकते हैं? और क्यों करेंगे?

"अभी हाल में एक लड़की आ गयी। बोली, कुछ कीजिए। पता नहीं कहाँ-कहाँ से आकर लोग मारने की धमकी दे रहे हैं। घरवाले मरने और मारने, दोनों पर उतारू हैं। पूछने लगी, क्या दूसरे धर्म के लड़के से प्रेम करना अपराध है? मैंने पूछा—तुम करती हो? बोली—हाँ, करती हूँ। मैंने समझाया—ये ठीक नहीं है। उसे छोड़ दो। कहने लगी—मैं बचाने का रास्ता पूछ रही हूँ, आप छोड़ने का बता रहे हैं। मैंने कहा—किसी के प्रेम को बचाने का ठेका मैंने नहीं लिया है। हाँ, धर्म को बचाना मेरा दायित्व है।"

भक्त गद्गद।

तेज प्रताप का दो-टूक आकलन है कि बचवाली में क़िस्सागोई की अर्थी निकल चुकी। कुछ चूतिये अब भी कब्रिस्तान में बैठे हैं, बस। उसके इशारे पर तेजू भुमई एस्टेट के पहाड़ की तरफ़ देखता है, जहाँ टावर है और जहाँ उसके भी काफ़ी ऊपर अक्सर चीलें मंडराती रहती हैं। उसे पूरा विश्वास है—अब तो सारी क़िस्सागोई और तसवीरकशी यहीं से हो रही है। कहाँ से? जवाब में वह केवल मुस्करा देता है। लोग चीलों को देखते हैं। बादलों को देखते हैं। चीड़ के पेड़ों की फुनगियों को देखते हैं। वह लगातार मुस्कराता है। पर बोलता नहीं। हो सकता है काकभुशुंडी ने इस बारे में मुँह खोलने से मना किया हो।

रेवा के आधुनिक क़िस्से में रहस्य-रोमांच का मसाला है। इससे बचवाली की क़िस्सागोई में एक बार फिर जान आ गयी है। क़िस्सागोई के उखड़ते तंबू को थामने के लिए कई लोग उठ खड़े हुए हैं। इनमें चन्दू पांडे है, जो खुद ऐसे कई रोचक क़िस्सों का जन्मदाता है। मोहन सिंह दुकानदार है, जिसकी आमा[1] कहती थीं कि इस धरती को शेषनाग अपने फन पर उठाये हुए है। ऐसे और भी हैं, जो अपने फन (हुनर) पर क़िस्सागोई को उठाये रखना चाहते हैं। जो भी हो, इधर लम्बे अन्तराल के बाद किसी क़िस्से से लद्धड़ पाले में भूकम्प-सा आया हुआ है। फसकिये उत्साहित हैं। मोहन सिंह की आमा, जिसके बारे में उसे यक़ीन है कि वह स्वर्ग में होगी, कहती थी—जब शेषनाग को खुजली लगती है तो वह हिलता है। वह हिलता है तो धरती डोलती है।

यहाँ कई लोगों की पीठ और ज़बान एक साथ खुजला रही है। वे क़स्बे को खूब डुला-झुला रहे हैं।

---

1. दादी।

और चुस्त पाले में क्या हो रहा है? पता नहीं। वहाँ सबने अपने लिए एक निजी और रहस्यमय संसार रच लिया है। सब उसमें डूबे हैं। गरदन तक नहीं उठाते। केवल उँगलियाँ चलाते हैं। लालू उर्फ़ लालबुझक्कड़ कहता है, "अरे ग़ज़ब की चीज़ है भई। क्या नहीं है उस जादू के पिटारे में। मैं सोचता था कि ये साले लड़के हर चीज़ के लिए उसी पिटारे का मुँह क्यों देखते हैं। एक दिन मैंने तीन लड़कों को एक ही जादुई पिटारे में झाँकते हुए देखा। मैं भी चुपचाप पीछे से झाँकने लगा। साले निपट नंगी फोटो देख रहे ठैरे यार, माँ कसम।

"एक लड़के ने पूछा, क्या काला गुलाब एकदम काला होता है? स्क्रीन पर जिस लड़के की उँगलियाँ थीं उसने एक मिनट के अन्दर निकाल कर दिखा दिया। ये ले, देख, काला गुलाब। दूसरे ने कहा मौसम दिखा। उँगली चलाने वाले ने पूछा, कौन-सा? लड़के ने कहा, गरमी का दिखा दे। सर्दी का तो हम यहाँ रोज़ ही देखते हैं। उसने खट से गरमी का मौसम दिखा दिया। सड़कें पिघल रही ठैरीं। आदमी मछली की तरह पानी के लिए तड़प रहे थे। कौवों की चोंच और कुत्तों के मुँह खुले ठैरे। जीभ बाहर। देख कर पसीने छूट गये। ग़ज़ब चीज़ है।"

आभासी दुनिया के बारे में लालू बहुत नहीं जानता। कहता है, दुनिया बदल गयी। अभी कुछ साल पहले तक, लोग खुले में रहें या पर्दे में, दुनिया को खुली आँख से देखते थे। आजकल के लड़के खुले में रहते हैं पर दुनिया को पर्दे पर देखते हैं।...झाँट भर का पर्दा और साले के अन्दर सारी अलामात।

लालू क़रीबन छब्बीस साल का है। वह राज्य सरकार की अस्थायी नौकरी में है। बताता नहीं, पर छुप कर कविताएँ लिखता है। वह अपने से आठ-दस साल छोटे और किशोर उम्र के लड़कों से तुलना कर रहा था। सेल फ़ोन उसके पास भी था लेकिन फ़ोन करने, सुनने और सन्देश पढ़ने के अलावा उसका कोई और इस्तेमाल नहीं करता था। उसने कोशिश ही नहीं की। मोहन सिंह पूछता है, ये नये ज़माने के लड़के उस डिब्बे को सूचना का पिटारा क्यों कहते होंगे? लालू ने तेजू को देखा। उत्तर दिया तेज प्रताप ने—सूचना साली, बकरी की लेंड़ी। सारी दुनिया को पगलाये हुए है। आखिर इस इफ़रात सूचना से करोगे क्या? एक दिन दिमाग़ फट जायेगा। सूचना के नाम पर कचरा बीनते रहो। सच्चाई तो यह है कि सूचनाएँ, उल्टा तुम्हारे बारे में एकत्र की जा रही हैं। तुम्हारा सेल फ़ोन और तुम्हारा कंप्यूटर तुम्हारी हर गतिविधि और सूचना लीक कर रहा है। आपकी लोकेशन तक उसे पता होती है। बाज़ार को चूतिया और खुद को चालाक मत समझो।

तेज प्रताप की बात का तेजू ने आर.जे. की तरह (शालीन भाषा और फूहड़ अन्दाज़ में) प्रसारण कर दिया था—सूचना...साली, बकरी की लेंड़ी...।

कुछ दिन पहले की बात है। तेजू और पी थ्री की बचवाली बाज़ार चौराहे पर मुठभेड़ हो गयी। वैसे, पी थ्री से तेजू की हर मुलाक़ात मुठभेड़ की तरह होती है।

हमेशा गरमा-गरम बहस चल पड़ती है। खूब गोले दगते हैं और कई दौर की चाय के बाद दोनों विदा लेते हैं। उस दिन बाज़ार में खड़े-खड़े गपशप होने लगी। चन्दू पांडे साथ था। वह कुछ दिन से तेजू के पीछे इस उम्मीद में लगा हुआ था कि दिल्ली में किसी परिचित को ज़मीन बिकवा देगा। कोई विवादग्रस्त ज़मीन उसके हाथ लगी थी। ऐसा कहा जा रहा था।

वैसे, पी थ्री से तेजू के परिचय की शुरुआत बड़ी रोचक थी। मोहन सिंह की दुकान के अन्दर एक हिलती हुई मेज़ के दोनों तरफ़ दो बेंच लगी थीं। एक पर प्रेम प्रकाश पन्त यानी पी थ्री बैठे थे। बेंच का मुँह दुकानदार की ओर था। दूसरी बेंच खाली थी। उस पर कोई बैठा होता तो काउंटर की ओर उसकी पीठ होती और दुकानदार से बात करने के लिए उसे गरदन घुमानी पड़ती। दुकानदार अभी-अभी मेज़ पर कपड़ा मार कर गया था। इससे दुकान के अन्दर काई जैसी हल्की गन्ध फैल गयी थी। यह गन्ध लगातार गीला रहने वाले उस चीकट कपड़े के कारण आ रही थी। पी थ्री को देख कर मोहन सिंह सहमा हुआ-सा था। तेजू और पांडे काउंटर के क़रीब खड़े थे। तेजू ने उनका परिचय जानना चाहा तो पांडे ने धीरे-से बताया था, "इन्हें रोलेक्स घड़ी समझ लो। क़ीमती चीज़ हैं। लेकिन पुर्जा ख़राब है।"

मोहन सिंह ने तेजू के क़रीब आते हुए पांडे से कहीं दबे स्वर में बताया, "इनकी बाल-कमानी टूटी हुई है।" और वह ही-ही करता हुआ काफ़ी देर तक हँसता रहा।

प्रेम प्रकाश पन्त को 'पी थ्री' कहने का पीने-पिलाने से कोई सम्बन्ध नहीं था। सीधी-सी बात यह थी कि उनके नाम में तीन 'पी' थे। हालाँकि वे कभी-कभार पीते ज़रूर हैं, पर केवल तीस-तीस एम.एल. के दो छोटे पैग। इससे ज़्यादा पीने में, उनका कहना था, वे धुरी से हट जाते हैं। पर लोग कहते हैं कि वे धुरी पर थे कब? आठ साल पहले तक, उनकी शिक्षा और ज्ञान का इलाक़े में बड़ा खौफ़ था। वे वैसे ही हैं जैसे हर गाँव-क़स्बे में एकाध अपनी धुन में रहने वाले होते हैं, जिन्हें लोग झक्की या 'ख़ब्ती टाइप' मान लेते हैं। ज़्यादा पढ़े-लिखे व्यक्ति को छोटी जगहों पर सबसे बड़ी दिक़्क़त उस वक़्त आती है जब उसे लगता है कि बाक़ी लोगों से बात करने वाली भाषा उसके पास नहीं है। भाषा और विषय पर अधिकार होते हुए भी वह अपने को लाचार-सा पाता है। वे ऐसे ही थे। लोग हँसते हैं—पी थ्री ने वनस्पति विज्ञान में एम.एस-सी. करने के बाद राजनीति शास्त्र में एम.ए. किया और कोई नौकरी-रोज़गार करने की जगह घर पर बच्चों को ट्यूशन पढ़ाते हैं।

खैर, इन दिनों उन्हें दर्शन शास्त्र के अध्ययन की धुन सवार है। साहित्य तो रोज़ ही पढ़ते हैं। पर केवल गद्य। कविता के बारे में उनका कहना है कि ससुरी डरपोक औरत के नाड़े की तरह होती है, जिसमें गाँठ पर गाँठ पड़ी रहती हैं।

पी थ्री अक्सर दाँत इसलिए साफ़ नहीं करते क्योंकि इस तरह की क्रियाओं से समय बचा कर उसे किताबें पढ़ने में लगाते हैं। कई बार ज़्यादा व्यस्त होने पर वे

शौच का भी एकाध नागा कर देते हैं। किसी ने सुझाया कि किताब लेकर संडास में बैठे रहो। एक पन्त (पंथ), दो काज। पी थ्री का तर्क था, 'नित्य कर्म' मान कर रोज़ संडास में बैठना मूर्खता है। आपकी पॉटी के लिए सूर्योदय नहीं रुकेगा। सुबह रोज़ होती है। एक दिन गुठली मार गये तो, अगले दिन चले जाओ।

पी थ्री इज़्ज़दार परिवार से हैं। एक तो कुलीन ब्राह्मण होने की इज़्ज़त, दूसरा, परिवार के सभी लोग बड़े-बड़े ओहदों पर थे। इसलिए सामने से लोग पी थ्री का भी सम्मान करते थे। पर इधर उनकी हालत पर तरस खाने लगे हैं। कुछ खिल्ली भी उड़ाने लगे। परिवार के सदस्यों में यह मूक सहमति है कि उन्हें उपहार में कपड़े ही देने हैं। इसकी वजह है। वे जो कपड़े पहन लेते हैं, उन्हें आसानी से उतारते नहीं। कपड़ों पर दाल गिर जाये, मुचड़ आयें, उन्हें फर्क़ नहीं पड़ता। वे उन्हीं कपड़ों से किसी सरकारी दफ़्तर में पहुँच सकते हैं और किसी अधिकारी को धाराप्रवाह अंग्रेज़ी में डाँट सकते हैं। यह उनकी खास अदा है। यों भी हिन्दीभाषी राज्यों में अंग्रेज़ी की धौंस-दपट काफ़ी होती है।

उस दिन चौराहे पर खड़ा रहने वाला ट्रैफिक पुलिस का सिपाही ग़ायब था। शायद चाय पीने या सू-सू करने गया हो। जिस छतरी के नीचे उसके खड़े रहने की जगह थी, वहाँ एक लड़का बैठा था। बस, कार, ट्रक, बाइक और पैदल चलने वाले आ-जा रहे थे। लड़का सिर नहीं उठा रहा था। केवल पुतलियाँ हिलाता, मुस्कराता और तेज़ी से फ़ोन पर उँगलियाँ चलाता था।

चौराहे गम्भीर चर्चाओं के लिए उपयुक्त स्थान नहीं होते। इसलिए तीनों इधर-उधर की बातें कर रहे थे। पी थ्री की उपस्थिति में पांडे कम ही हस्तक्षेप करता था। अचानक तेजू ने छतरी के नीचे बुत बने दुबले लड़के की ओर उँगली उठा कर कहा, "अगर आदमी ने पैरों से काम लेना बन्द कर दिया, तो क्या एक दिन पूँछ की तरह उसके पैर भी झड़ नहीं जायेंगे?"

पी थ्री ज़ोर से हँसे। इतनी ज़ोर से कि पान की पीक होंठों से छलक कर कमीज़ पर गिर गयी। चन्दू पांडे ने बिना सन्दर्भ समझे अपनी असहमति व्यक्त की, "आदमी की पूँछ किसने देखी? जब तक ईश्वर न चाहे, शरीर का कोई अंग पके करेले की तरह अपने-आप झड़ नहीं सकता।" फिर उसने अपना पौना हाथ हवा में लहरा कर आकाश की ओर उँगली उठाई, "उसकी मर्ज़ी के बिना मूँछ का बाल तक नहीं झड़ सकता, पूँछ तो बहुत दूर की बात है।"

पी थ्री ने सावधानीवश पान का पीक गटका और अपने पीले दाँत फाड़ कर हँसे, "तूने आदमी की पूँछ नहीं देखी, मैंने तेरा ईश्वर नहीं देखा। लेकिन अगर वो है तो उसके दिमाग़ में, कम से कम तेरी तरह भूसा नहीं भरा होगा।" तेजू की तरफ़ देखते हुए पी थ्री ने एक तरह से उसकी बात का समर्थन किया, "जब पैरों की ज़रूरत नहीं रह जायेगी तो इसका ईश्वर आदमी को बनाने में एक्स्ट्रा मटीरियल क्यों ख़र्च करेगा?"

पांडे ने धीमे से कहा, "मटीरियल तो हमारा ही ख़र्च होता है। ईश्वर तो बनाता है।"

"ईश्वर क्या राज मिस्त्री है, जिसे ईंट, रेता और सीमेंट तुम देते हो, बनाता वो है?" —तेजू ने व्यंग्य किया और साथ ही पी थ्री की तरफ़ आँख का इशारा भी। पांडे बोला, "वो जान फूँकता है।"

"तुमने कभी डारविन का जैव विकास का सिद्धांत पढ़ा?'' —तेजू का प्रश्न था। पांडे ऐसे देखने लगा जैसे वह अबूझ हड़प्पाई लिपि पढ़ कर सुनाने लगा हो। वह पांडे की स्थिति समझ गया, "अच्छा चलो, तुम मनु और शतरूपा की कोई एक ऑथेंटिक कहानी बता दो, जिसके बारे में एक राय हो?" —तेजू ने इस बार थोड़ा तल्ख़ लहज़े में पूछा। पांडे फिर भी लंडूरे की तरह यहाँ-वहाँ देखता रहा। मानो, उसकी पूँछ वहीं कहीं झड़ी हो।

पी थ्री हँसे, "नन्नू बाबा का तोता उतना ही बोलेगा, जितना उसे रटाया गया है।" इतना कह कर उन्होंने पांडे की ओर गरदन घुमाई, "कल बाबाजी से पूछ कर आना।"

दोनों की आक्रामकता से पांडे के पैर उखड़ने लगे थे। पी थ्री ने तेजू से कहा, "मनुष्य जिस जीवन पद्धति के साथ अनुकूलन कर ले, वह अगर मौत का कारण भी बनती हो तो उसे छोड़ना आसान नहीं होता। विलासिता और नशा, दोनों की प्रवृत्ति एक जैसी है। फ़र्क़ इतना है कि नशे का हम तर्कसंगत बचाव नहीं कर पाते, जबकि विलासिता को पूरी बेशर्मी के साथ आवश्यकता साबित करते रहते हैं।"

"असल में यह हमारा चुनाव है ही नहीं। हमें पता ही नहीं है कि आदतें और जीवन-पद्धति, जो आपने कहा, हम पर थोपी जा रही है।" तेजू बोला।

पांडे कुछ देर दोनों को बारी-बारी से देखता रहा। जब कुछ समझ में नहीं आया तो उसने मान लिया कि दोनों ही सनकी हैं और बे-सिर-पैर की बातें करते हैं। इनके मुँह लगना फ़िज़ूल है। वह जल्दी ही मैदान छोड़ गया।

कई बार मन-मस्तिष्क का हमारे व्यवहार पर कोई नियन्त्रण नहीं रह जाता। ऐसा लगता है, कोई और ही शक्ति हमें संचालित कर रही है। संकट के वक़्त अनिर्णय की स्थिति आने पर अक्सर ऐसा लगता है। हम खुद को परिस्थितियों पर छोड़ देते हैं। जो होता है, होने देते हैं। ऐसे वक़्त में अपने ही सवालों का जवाब हमारे पास नहीं रह जाता। पति की मृत्यु के बाद अचानक ही पुष्पा ने पाया कि तेजू उसे अच्छा लगने लगा है। क्यों लगने लगा? इस सवाल का सही-सही जवाब उसके पास नहीं है। उसमें कोई ऐसी बात है कि वह अच्छा लगता है। वह खुद से कहती है। लेकिन अपने इस तर्क से वह कभी सन्तुष्ट नहीं होती। क़स्बे में, और जब से मदन गुज़रा,

पता नहीं कितने लोग उसके क़रीब आने की कोशिश करते हैं। वह सब समझने लगी है। घर से बाहर निकल कर सब समझ आने लगता है। वह जानती है कि एक विधवा के लिए पुरुषों से दूर रहना ही ठीक है। यही बड़े-बूढ़े कहते हैं। वे विधवा के लिए सजने-सँवरने और तामसी भोजन तक का निषेध बताते हैं। वह अमल करती है। नहीं करेगी, तो लोग क्या कहेंगे। पर मन को श्रृंगार करने से वह कैसे रोके?

नहीं चाहते हुए भी, तेजू से बातें करने को मन करता है। तब फिर वह उससे जाने को क्यों कह रही है? क्या वह खुद से डरती है? उसने तो तेजू को हमेशा आईने की तरह पाया है। जिसमें वह खुद को देख सकती है। शायद पानी की तरह। जिसके आर-पार देखा जा सकता है।

बचवाली में कई उससे ज़्यादा आकर्षक लड़के हैं। पढ़े-लिखे भी हैं। पर उसमें कुछ अलग है। वह क्या है? नहीं जानती। वह घोर निराशा के समय में उम्मीद की तरह लगता है? तो फिर क्यों चाहती है कि वह बचवाली से चला जाये? शायद इसलिए कि वह सचमुच उसकी शुभचिन्तक है?

रेवा की स्थिति पुष्पा से अलग है। उसके अन्दर क्या चलता रहता है, इसकी थाह वह खुद को भी नहीं लेने देती। वह सारी भावुकताओं को नियन्त्रण में रखती है। बहुत ही व्यावहारिक। वह जिस मक़सद से आयी है, सारा ध्यान उसी पर केन्द्रित किये हुए है। लक्ष्य से भटकना नहीं चाहती। उसे कुछ बातों का पता लगाना है और जल्द से जल्द लगाना है। उसके पास ज़्यादा वक़्त नहीं है। वह हमेशा बचवाली में पड़े नहीं रह सकती। वह दिल्ली के एक पब्लिक स्कूल में साइंस टीचर थी। नौकरी छोड़ दी। नेट परीक्षा पास कर चुकी है। शोध-कार्य में लगी हुई है। विश्वविद्यालय या कालेज में नौकरी मिल जाये, यह उसका पहला लक्ष्य था। लेकिन इधर अचानक ही भारी उथल-पुथल मच गयी। जीवन में ऐसे क्षण भी आते हैं कि आपकी प्राथमिकताएँ अचानक बदल जाती हैं। सब कुछ छोड़ कर दूसरी दिशा में सक्रिय हो जाना पड़ता है। फिलहाल, उसका एक ही लक्ष्य है।

तेजू उसे मित्र की तरह लगता है। लेकिन वह मित्र है, इस बारे में भी उसने कभी नहीं सोचा। बाक़ी कुछ सोचने का तो मतलब ही नहीं होता। उसने यह भी कभी नहीं सोचा कि तेजू उसे लेकर क्या सोचता होगा। उसके दिमाग़ में पागलपन की तरह एक धुन सवार है। दरअसल, जिस मक़सद से वह बचवाली आयी है, वह उसके लिए जीवन-मरण का प्रश्न बन चुका है। तेजू इस काम में मददगार बनेगा, इतनी-सी उम्मीद रखती है। इससे अधिक कुछ नहीं।

रामदत्त जोशी की बदसलूकी को पनराम कभी भूला नहीं। जब से होश सँभाला, पिता नरराम (नरिया) ने घृणा और आक्रोश के साथ एक ही क़िस्सा बार-बार दोहराया

था। ज्यों-ज्यों वह बड़ा होता गया, उस क़िस्से को सुनते ही उसकी मुट्ठियाँ भिंचने लगतीं। हुआ यों था कि नरराम की शादी तय हुई थी। उसके पिता झुँगरराम ने फैसला किया कि वह नरिया की बारात डोली में ले जायेगा। यह 1933-34 की बात होगी। या इसके थोड़ा आगे-पीछे हो सकता है। उन दिनों संयुक्त प्रांत (उत्तर प्रदेश) के कुमाऊँ और गढ़वाल क्षेत्र में हरिजन डोला-पालकी में बारात नहीं निकाल सकते थे। सवर्णों को कड़ी आपत्ति थी। एक छोटी जात का आदमी बड़ी जात वालों की बराबरी कैसे कर सकता है? झुँगरराम के ज़िद ठान लेने की यह घटना निश्चित ही 1936 से पहले की है। जब इलाहाबाद हाई कोर्ट ने गढ़वाल के लँगूरी-मैंदोली क्षेत्र में शिल्पकारों[1] की डोला-पालकी बारात पर हमले से सम्बन्धित मुकदमे में, निचली अदालत के उलट, शिल्पकारों के पक्ष में फैसला सुनाया था।

झुँगरराम ने बारात को डोली में ले जाने की ज़िद क्यों और कैसे ठानी, कोई नहीं जानता। यह भी कोई नहीं जानता कि उन दिनों बचवाली और उसके आस-पास के गाँवों में डोला-पालकी आन्दोलन का असर था भी कि नहीं। नरराम का अनुमान था कि महात्मा गाँधी के दर्शन करने के बाद उसके पिता के अन्दर यह आत्मविश्वास जागा होगा। लेकिन यह बात भी सोलह आने प्रामाणिक नहीं थी।

हाँ, 1929 में गाँधी पहली बार कुमाऊँ की तरफ़ आये थे। पुराने लोग कहा करते थे, गाँधीजी का स्वास्थ्य ठीक नहीं चल रहा था। जवाहरलाल नेहरू चाहते थे, वे काम के साथ-साथ थोड़ा आराम भी करें। हालाँकि कुमाऊँ आकर हवा-पानी ज़रूर बदला होगा, लेकिन यहाँ भी वे जितने दिन रहे लगातार काम करते रहे। वे लोगों से मिलते, दरिद्रनारायण के लिए उनके आगे हाथ पसारते, चिट्ठियाँ और लेख लिखते, भाषण देते, जिसमें चर्खा और स्वदेशी अपनाने, आंचलिक संकीर्णताओं और साम्प्रदायिकता जैसे दुर्गुणों को छोड़ने और निडर बनने की प्रेरणा होती। इन सब बातों के पीछे गाँधी का स्वतन्त्रता के लिए अलख जगाने का अन्तर्निहित उद्देश्य कुछ लोग समझ पाये होंगे, पर कुछ लोगों को लगता था कि गाँधी सनकी आदमी हैं। कुछ भी करने लगते हैं।

गाँधी की छोटी-छोटी बातों को आज़ादी के आन्दोलन से जोड़ पाना, या अलगाना ही, उनकी सामर्थ्य से बाहर की बात रही होगी। ग़ुलामी से मुक्ति के साथ-साथ सामाजिक और आर्थिक असमानता उनकी चिन्ता के केन्द्र में थी। इस सम्बन्ध में उनके सारे प्रयास भाँति-भाँति के प्रयोगों और कार्य-व्यवहार में विस्तार पाते थे। उसे पूरी तरह समझ पाना सामान्य जन के बस में होगा, ऐसी उम्मीद नहीं की जा सकती थी। झुँगरराम की समझ में गाँधी कितने आये, इसका कोई प्रामाणिक लेखा-जोखा नहीं मिलता।

---

1. हरिजनों।

14 जून 1929 की सुबह गाँधीजी हल्द्वानी होते हुए नैनीताल पहुँचे थे। वे नैनीताल के पास ताकुला में ठहरे। अपने 18 दिन के कुमाऊँ प्रवास में उन्होंने ज़्यादा वक़्त कौसानी में बिताया। यहाँ उन्होंने गीता के श्लोकों का सरल अनुवाद भी किया। झुँगरराम ने गाँधीजी को 15 जून 1929 की शाम तब देखा जब वे भवाली सेनेटोरियम आये थे। भवाली में उनकी जनसभा हुई थी। शनिवार का दिन था। भारी भीड़ थी। आस-पास के कई गाँवों के लोग जुटे थे। नैनीताल से भी पूरा क़ाफिला आया था। कई लोग साथ आये थे। गाँधीजी छोटी धोती पहने हुए थे। ऊपरी बदन पर दुशाला था और पैरों में चप्पल। आँखों पर गोल चश्मा था, जिसकी डंडियाँ उनके बड़े-बड़े कानों में समा जाती थीं। उनकी मोटी-ऊँची नाक चश्मे के बीच से उगी हुई लगती थी। उँगलियाँ बड़ी और पंजा चौड़ा था। अद्‌भुत ऊर्जा से भरा साँवले रंग का दुबला-पतला आदमी। पर क़तई अनाकर्षक। इसके बावजूद अपनी गहरी आँखों से चुम्बक की तरह लोगों को खींचने में सक्षम।

गर्मी के दिन थे। लेकिन पहाड़ में मौसम खुशगवार था। शाम होते-होते सर्दी होने लगी। हवा तेज़ थी और उसमें खुनक थी। दुशाला उनकी पीठ को तो ढक रहा था लेकिन छाती की तरफ़ खुला था और हवा में झूलने लगा था। किसी स्त्री ने गाँधी का दुशाला ठीक किया। जब गाँधी हाथ उठा कर बोलते तो बार-बार उनका बदन उघड़ जाता और वह महिला उन्हें सही तरह से दुशाला ओढ़ाने की कोशिश करती। गाँधीजी उसकी तरफ़ ध्यान नहीं दे रहे थे। एक अन्य स्त्री ने अपने बगल में खड़ी दूसरी स्त्री से फुसफुसा कर कहा—किसी से नहीं डरते। न अंग्रेज़ों से, न सर्दी से।

अपने गाँव से, कई और लोगों के अलावा, झुँगरराम भी पहुँचा था। उस दिन उसने गाँधीजी के आस-पास और भीड़ में कई भव्य और विशिष्ट लगने वाले चेहरे देखे। सफ़ेद खादी की साड़ी में महिलाएँ भी कई थीं, जो एक तरफ़ खड़ी थीं। स्थानीय नागरिकों की ओर से गाँधीजी को मानपत्र दिया गया। उसमें भवाली की अनेक समस्याओं का उल्लेख था और यह उम्मीद जताई गयी थी कि गाँधीजी के आने से अब उनके दुखों का अन्त होगा। उन्होंने जनसभा में जो कहा, उसी बात ने शायद झुँगरराम को प्रेरित किया था। गाँधीजी बोले—यह शक्ति (दुखों का अन्त करने की) मेरे पास नहीं है। यह केवल ईश्वर के पास है और ईश्वर उन्हीं की सहायता करता है जो स्वयं अपनी सहायता करने के लिए तैयार रहते हैं। उन्होंने यह भी कहा था—आप लोगों को स्वयं अपने-अपने अन्दर शक्ति और भरोसा पैदा करना चाहिए।

झुँगरराम भीड़ में बहुत पीछे था। सवर्णों से छू न जाये, इस भय से अलग हट कर खड़ा था। जब भी कोई ठाकुर या ब्राह्मण आता, वह थोड़ा और पीछे हो जाता। लोग लगातार आ रहे थे और आगे बढ़ते जा रहे थे। हर कोई गाँधीजी को एकदम क़रीब से देखना चाहता था। वह धीरे-धीरे पीछे होता चला गया। लेकिन उसे सन्तोष था कि उसने गाँधीजी के दर्शन कर लिए। उसकी जिज्ञासा शान्त हो

गयी थी। झुँगरराम ने इससे पहले कई बार सोचा था कि वह नंगा-पुंगा महात्मा कैसा होगा, जिसके पीछे, कहते हैं, लोग-बाग मौनों[1] के झुंड की तरह भागा करते हैं। गाँधीजी की नज़र शायद ही झुँगरराम पर पड़ी हो। इसके बावजूद उसने मान लिया कि जिस तरह राम के स्पर्श से अहिल्या का उद्धार हुआ, वैसे ही गाँधीजी के दर्शन से उसका उद्धार हो गया।

भाषण सुनते-सुनते अचानक ही झुँगरराम के अन्दर आत्मविश्वास पैदा होने लगा। जब लोग गाँधीजी को दरिद्रनारायण के लिए भेंट देने लगे, तो वह समझ नहीं पा रहा था कि ये दरिद्रनारायण कौन है। उसकी जेब में एक-एक पैसे के तीन सिक्के थे। उस ज़माने में ग़रीब आदमी की जेब में तीन पैसा होना छोटी बात नहीं थी। उसने सिक्कों को उलट-पलट कर देखा। फिर अचानक भीड़ में घुसने लगा। कई दबंग ब्राह्मणों और ठाकुरों ने उसे दुत्कार दिया—हट रे झुँगरिया, कहाँ घुस रहा है बीच में। दूर खड़ा रह। कुछ सवर्ण ऐसे भी थे, जो उसे देख कर खुद ही दूर हट गये। जब उसे लगा कि भीड़ को ठेल कर वह आगे नहीं जा सकता, उसके दिमाग़ में अचानक एक ख़याल कौंधा। क्यों न पैसे वहीं से गाँधीजी पर चढ़ा दूँ? उसने ताक़त लगा कर तीनों सिक्के गाँधीजी की तरफ़ उछाल दिये। उसके आगे पंडित जमना दत्त खड़े थे। उन्होंने चीख कर कहा—क्यों रे, गाँधीजी की तरफ़ क्या फेंका तूने? इतना सुनते ही एक युवक ने उसके मुँह पर कुहनी मार दी। ग़नीमत थी कि बात का बतंगड़ नहीं बना। झुँगरराम चोट खाकर वहीं बैठ गया। उसके मुँह से हल्का-सा खून बहने लगा था। निचले होंठ का भीतरी हिस्सा कट गया था। उसके आँसू निकल आये। वह समझ नहीं पाया कि यह दर्द के कारण है या अपमान के।

शायद गाँधीजी के उसी भाषण का नतीजा था कि जब झुँगरराम के बेटे नरराम की शादी तय हुई तो उसने बारात डोली-पालकी में ले जाने का फैसला कर लिया। कुछ लोग कहते हैं कि उस लड़के का मुक्का लगने से झुँगरराम की कोई नस दब गयी और वह सनक गया था। हरसौली गाँव से बेटे की बारात को पाँच-साढ़े पाँच मील दूर जाना था। जिसमें लगभग दो मील का रास्ता कच्चा था। सवर्णों को भनक तब लगी जब बारात दुल्हन के घर पहुँच गयी। अगली सुबह बारात को लौटना था। सवर्णों ने तैयारी कर ली। तीस-बत्तीस लोगों की भीड़ एकजुट होकर उस जगह पहुँच गयी जहाँ से बारात को पैदल रास्ता पकड़ना था। यह टीलेनुमा ऊँची जगह थी, जहाँ से मोटर रोड साफ़ दिखाई देती थी।

रोड पार कर पैदल रास्ते से टीले की तरफ़ आती बारात दूर से ही नज़र आ गयी थी। सोलह साल का नरराम और तेरह-चौदह साल की उसकी दुल्हन एक ही डोली में बैठे थे। सवर्णों के तन-बदन में आग लग गयी। कच्चे रास्ते के पास पहुँच

---

1. मधुमक्खियों।

कर बारात ने थोड़ी देर विश्राम किया। डोली उठाने वाले जब भी थक जाते और कन्धा बदलना चाहते तो बारात थोड़ी देर के लिए रुक जाती। बाराती बीड़ी पी लेते या पेशाब फिर आते। कुछ सवर्ण युवक तो विश्राम करते लोगों पर हमला बोलने की ज़िद करने लगे। पर एक कानूनबाज़ बुज़ुर्ग ने धीरज रखने की सलाह दी, "बारात को जंगल में घुसने दो। कोई ऊँच-नीच हो गयी तो गवाह नहीं मिलना चाहिए।"

बारात ने चढ़ाई चढ़नी शुरू की। सवर्णों के दिल धड़कने लगे। दलितों को पता ही नहीं था कि अगले क्षण क्या होने वाला है। वे निश्चिंत चल रहे थे। यों भी ज़्यादातर बाराती थके हुए थे। रातभर हुड़दंग मचाते रहे और सोये नहीं थे। इसलिए नींद की ख़ुमारी में थे, जो धूप में और ज़्यादा चढ़ रही थी। बारात आधा फ़रलांग दूर पहुँची होगी कि सवर्णों ने हल्ला बोल दिया। बारात को घिरते देख हड़कंप मच गया था। बारात रोकने वालों में रामदत्त भी शामिल थे, जो जोशी कॉटेज के मालिकों में से एक थे। वे शिल्पकारों पर हाथ साफ़ करने के लिए अपना नौकर साथ लेकर आये थे। इसके दो कारण थे। एक तो उनकी लड़कपन की उम्र नहीं थी। दूसरा, अछूतों को छूना नहीं चाहते थे। भीड़ में कई धोतीधारी और पजामाधारी पंडित थे तो कई दबंग ठाकुर। दो लोग सम्मानित वैश्य परिवारों से भी थे। कुछ ठाकुरों के हाथ में लाठियाँ थीं, एक-दो के हाथ में टेढ़ी-बाँकी और फड़ी हुई लकड़ियाँ थीं। जिनके पास कुछ नहीं था उन्होंने पत्थर उठा लिए थे। कुछ युवक बाँस के झुरमुटों में घुस कर सूखे बाँस तोड़ने की कोशिश कर रहे थे। कुछ आस-पास की झाड़ियों से सिसूँण[1] के बड़े-बड़े तने तोड़ लाये। एक लड़का जंगल में पानी के सोते के पास जाकर सिसूँण को भिगो लाया, जिससे उसके नरम काँटे ज़्यादा दंशकारी हो गये।

बारात को घिरते देख आधे से ज़्यादा बाराती सिर पर पैर रख कर भाग खड़े हुए। भागते बारातियों पर पथराव होने से किसी ने मुड़ कर देखने का साहस नहीं किया। कुछेक को चोट भी लग गयी, पर वे रुके नहीं। डोली उठाने वाले सबसे पहले भागे। जब सवर्णों की भीड़ बारात के क़रीब पहुँची और 'मारो रे' की हाँक लगी तो बचे हुए बाराती भी दौड़ पड़े। केवल झुँगरराम, दूल्हा, दुल्हन और दो-तीन रिश्तेदार बच गये थे। नरराम की दुल्हन हक्की-बक्की रह गयी। यह क्या हुआ? जब माजरा समझ में आया तो दहाड़ें मारने लगी। नरराम डर से काँप रहा था और उसे ऐसा लग रहा था जैसे पेट के निचले हिस्से में दबाव अचानक बढ़ गया है। दूल्हा और दुल्हन को उतरने के लिए कहा गया। दुल्हन झटपट नीचे उतर आयी। नरराम ने अपने पिता की ओर देखा। झुँगरराम ने 'ना' में गरदन हिलाई और आँखों ही आँखों में कह दिया—डोली से मत उतरना।

1. बिच्छू घास (अर्टिका पर्विफ्लोरा)।

झुँगरराम की अकड़ देख कर सवर्ण विचलित होने लगे। तभी किसी ने पीछे से उसे लात जमा दी। बात बिगड़ती देख बचे हुए दोनों रिश्तेदारों ने अपनी-अपनी किश्ती टोपियाँ निकाल कर दबंगों के चरणों से गज भर दूर जमीन पर रख दीं। सिर झुका लिए—ग़लती हो गयी देवता जी। अब शुभ काम में बिघ्न मत डालो।

लेकिन लोग नहीं माने। तन कर खड़े झुँगरराम की ऐंठ देख कर उनका ग़ुस्सा उबल रहा था। उसी वक़्त भीड़ में से किसी ने दन्न-से झुँगरराम की पीठ पर लठ दे मारा। निशाना सिर पर लगाया था, पर बाल-बाल बच गया। फिर क्या था, देखते-देखते उस पर पथराव शुरू हो गया। उसने ज़मीन पर बैठ कर आधा सिर घुटनों के बीच डाल लिया और दोनों हाथ आपस में फँसा कर सिर के ऊपर रख लिए। दूल्हा अभी भी डोली में बैठा काँप रहा था। तभी रामदत्त का ध्यान उसकी ओर गया। उन्होंने दूल्हे की तरफ़ उँगली उठाकर अपने नौकर को आवाज़ दी—इसकी सुरयाव[1] खोल रे, रमुआ।

नरराम हड़बड़ा कर नीचे उतर आया। रमुआ ने उसके पजामे का नाड़ा खींच लिया। नरराम ने विरोध नहीं किया। रामदत्त फिर चिल्लाये—लगा इसके भेल (नितंब) में सिसूँण।

रमुआ ने नरराम को पेट के बल लिटा दिया और बिच्छू घास से झपा-झप उसका पिछवाड़ा सेंकने लगा। नरिया बिलबिला उठा। उसके शरीर में हजारों चींटियों के काटने जैसी चिनचिनाहट होने लगी। उसने उल्टा लेटे-लेटे मिट्टी में पेशाब कर दी। भीड़ में मौजूद युवाओं को सिसूँण लगाने में अपार आनन्द मिल रहा था। देखते ही देखते कई सारे एक साथ उस पर टूट पड़े। मार से ज़्यादा असरदार बिच्छू घास थी। जिसके लगते ही उसकी चीखें निकल पड़तीं। वह जितना चीखता, उससे ज़्यादा ज़ोर से दुल्हन दहाड़ें मारती। उनकी दहाड़ों से जंगल दहल गया। पेड़ थरथराने लगे। शायद उस जंगल में पहली बार कोई इस तरह चीख रखा था। पेड़ों के कोटर में छुपे पक्षी बाहर निकल आये। बेटे की हालत देख कर झुँगरराम अचानक उठ खड़ा हुआ। उसने तुरन्त अपना पजामा उतार दिया और ब्राह्मणों-ठाकुरों की तरफ़ नितंब दिखा कर बोला, "ये लो, मेरे भेल में लगाओ, नरिया की क्या ग़लती है?"

जंगल से होकर निकलने वाले रास्ते में उस दिन केवल काफल, उतीश, बाँज और चीड़ के बड़े-बड़े दरख़्त घटना के गवाह थे और चीखें थीं। चीखें पहाड़ से टकरा कर वापस लौटतीं और साँस की तरह टूट जातीं। पक्षी फड़फड़ा कर उड़ते और फिर से बैठ जाते। झुँगरराम टूटने को तैयार नहीं था और सवर्णों के चले जाने के बाद भी अपना भेल आकाश की ओर किये रहा। उन लोगों ने एक अन्याय यह भी किया

---

1. पजामा।

कि जाते हुए नरिया का पजामा साथ ले गये। झुँगरराम ने बड़ी मुश्किल से बेटे के लिए लट्ठे का कुर्ता-पजामा सिलवाया था। उन दिनों आर्थिक महामंदी का दौर था। अमेरिका तक की हालत पतली थी। भारत की कमर टूटी हुई थी। बचवाली जैसे पिछड़े इलाके सबसे ज़्यादा प्रभावित थे और झुँगराम जैसे महाग़रीबों का परिवार इस महामंदी से सबसे अधिक त्रस्त था। ऊपर से नरिया तो इस घटना को इसलिए भी नहीं भूल सकता क्योंकि वर्षों तक उसके लिए नया पजामा नहीं बन पाया और वह शादी के बाद हमेशा पुराने और फटे पजामे में ससुराल जाता रहा। लेकिन इससे भी शर्मनाक बात यह थी कि उसकी बारात जब घर पहुँची तो वह बग़ैर पजामे के था। कारण जो भी रहा हो, पर जब नरिया का पजामा खींचा गया, उसके अन्दर से अंडरवियर नहीं निकला। शायद उन दिनों हर किसी को अंडरवियर नसीब न होता हो। कुछ लोग इसे, बाद के दिनों में, वैश्विक मंदी के जोड़ते रहे। लोग कहते थे, मंदी हो या ग़रीबी, सबसे पहले अन्दर के कपड़ों पर असर डालती है।

उन दिनों डोला-पालकी को लेकर हरिजनों के विरोध की और सवर्णों के ख़िलाफ़ साहस जुटाने की बचवाली और आसपास के इलाक़े में सम्भवतः यह पहली घटना थी। ख़बर फैलते देर नहीं लगी। अगले दिन ही हरसौली गाँव के हरिजनों ने सभा कर डाली। लेकिन रामदत्त के भाई तारादत्त ने कांग्रेसियों के अलावा कुछेक आर्यसमाजियों के साथ गाँव में जाकर सभी से माफ़ी माँग ली। तारादत्त कांग्रेस में थे और स्वतन्त्रता आन्दोलन में सक्रिय थे। कुरीतियों और जात-पात के खिलाफ जनजागरण का काम किया करते थे। इलाक़े के लोग उनका काफ़ी सम्मान करते थे। किन्तु अनपढ़ झुँगरराम माफ़ी देने के लिए तैयार नहीं हुआ। कुछ लोगों ने उसे धर्म परिवर्तन कर ईसाई बन जाने की सलाह दे दी थी। वह ज़िद पर अड़ा हुआ था कि ऐसे हिन्दू धर्म में रहने से अच्छा ईसाई बन जाना है। सिर उठा कर तो जियेंगे। अपने बेटे के साथ किये गये सलूक से उसे बहुत तकलीफ़ हुई थी। वह उसे भूल नहीं पा रहा था।

कह नहीं सकते कि तारादत्त सचमुच सन्त प्रकृति के थे या उन्हें राजनीति आ गयी थी। बोले, "मैं सब समझता हूँ। झुँगरराम को तकलीफ़ हुई होगी। इसके लिए मैं सार्वजनिक माफी माँग रहा हूँ। अगर वो चाहे तो मेरे कपड़े उतार कर मुझे सिसूँण लगा दे। बाकी अपने भाई के कृत्य के लिए मैं प्रायश्चित तो करूँगा ही।"

यह सब सुन कर झुँगरराम की बिरादरी के लोग पानी-पानी हो रह थे। इन्हीं बिरादरी वालों और कुछ दूसरे लोगों ने बीच में पड़ कर उसे समझाने-बुझाने का प्रसाय शुरू किया। झुँगरराम ने कहा, "मुझे इनसे कोई शिकायत नहीं। लेकिन यही बात इनका भाई रामदत्त क्यों नहीं कहता?"

आनन-फानन रामदत्त को बुलाया गया। रामदत्त आने को तैयार न हों। उनका कहना था कि डोली में बारात ले जाने की ग़लती इन लोगों ने की और माफ़ी मैं

माँगूँ? और अकेला मैं ही क्यों माँगूँ? मैंने तो किसी शिल्पकार को हाथ तक नहीं लगाया, पीटना तो दूर की बात।

तारादत्त के दबाव में जब रामदत्त हरसौली पहुँचे तो यह मानने को तैयार नहीं हुए कि नौकर ने उनके इशारे पर सिसूँण लगाया। बोले, "नौकर ही हुआ। जोश में आ गया तो हरक़त कर बैठा।"

तारादत्त ने डपट दिया, "माफ़ी माँग।"

रामदत्त ने कहा कि माफ़ी नौकर से मंगवाओ। नौकर को बुला कर उससे माफ़ी मंगवाई गयी और फिर तारादत्त ने भाई से कहा, "अब तू माँग। नहीं तो मैं यहीं हरसौली में अनशन पर बैठ जाऊँगा और झुंगरराम के हाथ से पानी पीकर ही अनशन तोड़ूँगा।"

रामदत्त घबराए और उन्होंने अनिच्छा के साथ ही सही, माफ़ी माँग ली। तब लोगों ने झुंगरराम को समझाया कि तारादत्त जी ने माफ़ी माँग ली, रामदत्त ने माँग ली, नौकर ने माँग ली, अब क्या बचा। इस तरह झुंगरराम भी मज़बूर हो गया और अन्ततः सारा मामला शान्त हुआ। चूँकि सवर्णों के हमले के वक़्त दलित अड़े नहीं थे, इसलिए टकराव बढ़ा नहीं। इसी वजह से किसी को ज़्यादा चोट-पटक भी नहीं आयी। लिहाजा मामला आपसी सुलह-सफाई से दब गया। हालाँकि झुंगरराम का कहना था कि उसने किसी को माफ़ नहीं किया। हाँ, तारादत्त के प्रति उसके मन में सम्मान है और रहेगा।

लेकिन मामला चूँकि दब गया, इस तरह यह घटना क़स्बे के और कुमाऊँ के इतिहास में दर्ज नहीं हो पायी। बाद के वर्षों में पढ़-लिख गये दलितों का यह भी कहना था कि ऐसी घटनाओं को लिखने वाले चूँकि सवर्ण ही थे, इसलिए उन्होंने इसे और बहुत सारी दूसरी घटनाओं को या तो दबा दिया या सही तरह से दर्ज़ नहीं किया। उन्हीं में से कुछ का यह भी मानना था कि झुंगरराम ने भी उस दिन एक ठाकुर और दो-एक बामणों को पेल (कूट) दिया था। कई सवर्ण घबरा कर भाग खड़े हुए थे। उनका यह भी कहना था कि तारादत्त के कहने पर रामदत्त ने झुंगरराम के पैर पकड़ कर माफी माँगी थी। लेकिन इस विवरण की पुष्टि करने वाला कोई नहीं था। नरराम ने भी इस बारे में किसी से कभी कोई उल्लेख नहीं किया। कौन जाने झुंगराम ने कुछ कहा ही हो और उस पर भी सवर्णों ने मिट्टी डाल दी हो।

झुंगरराम जब तक जिया, हरिजनों के बीच साहस का प्रतीक बन कर जिया। वह किसी भी ब्राह्मण या ठाकुर से, चाहे वह कितना ही दबंग हो, कभी नहीं डरा। मरते समय उसने अपने बेटों से क्या कहा, इसका कभी पता नहीं चल पाया। हाँ, नरराम बिच्छू घास की चुभन जीवनभर नहीं भूल पाया। जब भी वह इस घटना

को याद करता, कई चेहरे उसकी आँखों से सामने आ जाते। जंगल में अपनी और अपनी पत्नी की चीखें और पिता का अंगद की तरह पैर टिका कर खड़े रहना याद आता। यह भी याद आता कि किस तरह कुर्ते के दोनों छोरों को पकड़ कर वह घर पहुँचा, ताकि अपनी 'शर्म' को ढाँप सके। रामदत्त को देख कर तब तक उसका खून खौलता रहा जब तक वे हल्द्वानी नहीं बस गये। नौकर को लेकर भी उसके मन में भारी आक्रोश था। लेकिन उनका वह नौकर भी अब नहीं था। सुनते थे कि एक पैसे का सिक्का चुराने के शक में एक दिन रामदत्त ने उसे भी सिसूँण लगाया था। उसके बाद वह भाग गया। तब नरराम को नौकर के प्रति सहानुभूति होने लगी।

कई और चेहरे थे जिनसे उसे घृणा होती थी। उन चेहरों के प्रति एक अजीब-सा आक्रोश नरराम के भीतर समाया हुआ था। सवर्णों के अन्याय के प्रत्युत्तर में उसने डोली और पालकी बनाने का काम सीखा और जीवन भर वही बनाता और उससे अपनी गुज़र-बसर करता रहा। अपने आक्रोश को वह सारा जीवन अन्दर ही अन्दर मथता और तीव्रतर करता रह गया। उम्र की ढलान पर पहुँच कर वर्षों से पाले इस आक्रोश की विरासत को अपने सबसे बड़े, और बनिस्बत दबंग बेटे पनराम को सौंपने के बाद एक दिन वह भी इस दुनिया से विदा हो गया।

पिता से मिले इस आक्रोश को पनराम मिस्त्री उन्हीं की तरह पालता-पोसता रहा। ठाकुरों और ब्राह्मणों के खिलाफ जब-तब ज़हर उगल कर अपना गुस्सा शान्त करता रहता। इसके सिवा उसे क्या करना चाहिए, वह नहीं जानता था। इसी कारण अट्ठाईस साल पहले जोशी कॉटेज में घटी घटना से वह बहुत खुश हुआ था। जोशी कॉटेज के मालिकों में निष्ठुर रामदत्त भी थे, जिन्होंने उसके पिता के साथ उस वक़्त अमानवीय व्यवहार किया था जब उनकी उम्र केवल सोलह साल थी। तब उस घर का नाम जोशी कॉटेज नहीं पड़ा था। ब्राह्मणों की नाक कटने पर पनराम की खुशी अपने अन्दर बचा कर रखे गये आक्रोश की स्वाभाविक प्रतिक्रिया थी। लेकिन पनराम की पत्नी ने उसका उत्साह ठंडा कर दिया। घरवाली की नाराज़गी से पनराम की समझ में आ गया कि वह खुशी और उत्तेजना शायद ग़लत थी। यों भी यह जोशियों की तीसरी पीढ़ी थी। एक तरह से देखा ज़ाये तो उस घटना के लिए ये लोग दोषी नहीं थे। दोषी भी हों तो, उसने सोचा, दुख तो सभी का एक जैसा होता है।

पनराम का बेटा मोतराम अब अड़तालीस के लपेटे में है। मरते समय पनराम जान गया था कि किसी चिंगारी को अपने अन्दर सुलगाये रखने का कोई लाभ नहीं। इससे खुद को ही तकलीफ़ होती है। हर अन्याय का प्रतिरोध उसी वक़्त करना चाहिए जब वह घटित हो रहा हो। प्रतिरोध का विकल्प प्रतिशोध नहीं है।

बचवाली में क़िस्सागोई भले ही मंदी के दौर से गुज़र रही थी, फिर भी शिल्पकारों (हरिजनों) के बीच मोतराम कुशल क़िस्सागो माना जाता है। उसके श्लील-अश्लील क़िस्सों के श्रोता, देखा जाये तो, ब्राह्मण-ठाकुर ज़्यादा रहे हैं। लेकिन

उनके सामने मोतराम ने कभी जोशी कॉटेज की कहानी नहीं दोहराई। इसका कारण है। मरते समय उसके पिता पनराम ने कहा था, "मैंने बामणों को उनके पिछले हर अन्याय के लिए माफ़ी कर दिया।" उन्होंने यह बात कुमाऊँनी में कही थी। फिर थोड़ा रुक कर उन्होंने हाथ के इशारे से पानी माँगा। मोतराम की माँ एल्यूमीनियम का गिलास उनके मुँह के पास लाई और उन्होंने मुँह खोला। एक घूँट पानी से गला तर करते हुए उन्होंने थके स्वर में कहा, "पर कोई भी माफ़ी हमेशा के लिए नहीं होती। जब भी अन्याय हो, पैर से जूता निकाल कर हिसाब बराबर करने के लिए तैयार रहना चाहिए।"

मोतराम नक्काशीदार लाठियाँ बनाता है। लकड़ी पर उसका हाथ बहुत सधा हुआ है। यह हुनर शायद उसे अपने दादा से मिला। जब छोटी-सी उम्र में उसने यह काम शुरू किया, उन दिनों पहाड़ में बूढ़े क्या, अधेड़ भी लाठी लेकर चलना शान समझते थे। कुछ बेवजह लाठी थाम लेते। कुछों के पास लाठी लेने के पीछे साँप और कुत्तों से बचाव का तर्क होता था। उसकी कारीगरी देखने लायक थी। उसने अपने जीवन में सैकड़ों ब्राह्मणों और ठाकुरों के सहारे के लिए लाठियाँ तैयार कीं। सारा तन-मन और परिश्रम लकड़ी की उन बेजान डंडियों में झोंक दिया जिन्हें वह जंगल से काट-छाँट कर लाता और मूठ लगा कर, फूल-बूटेदार नक्काशी कर जीवंत बना देता। ऐसा लगता, हाथ में लेते ही लाठी बोलने लगेगी—और बुड़ज्यू, के है रईं (कहो वृद्ध महाशय, क्या हाल हैं)?

अब तो लाठियाँ भी मोतराम की तरह चलन से बाहर हो गयीं।

मोतराम को इसी तरह क़िस्सागोई में भी महारथ हासिल है। लेकिन विडम्बना देखिए कि इलाक़े में उसे कलाकार की तरह सम्मान कभी नहीं मिला। क़िस्सागोई को तो यों भी कोई कला नहीं मानता। उनके लिए वह फसक थी। लोग मोतराम को सुनते और पीठ पीछे फसकिया, गपोड़ी, चुगलख़ोर का ख़िताब देते। दूर से देखकर आपस में फुसफुसाने लगते कि मोतिया आ रहा है, कोई न कोई डाक लाया होगा। इसी वजह से लगभग पन्द्रह साल पहले 'डाक बाबू मोतराम' की उपाधि उसके माथे पर चिपका दी गयी। पता नहीं सबसे पहले यह किसने कहा। पर आश्चर्य की बात थी कि इस नकारात्मक नामकरण से मोतिया विचलित नहीं हुआ। एक तो इसमें उसके बचपन की स्मृतियाँ थीं, जब सरुली ने 'मोतिया लेकर आया डाक' कह कर तुकबन्दी की थी। दूसरा, लोग अब 'आ रे मोतिया' न कह कर 'आ भई डाक बाबू मोतराम' कहते थे। इससे, उसे लगता था, सम्बोधन में तू-तड़ाक की आक्रामकता काफ़ी हद तक कम हो गयी है। बल्कि मोतराम को तो 'मोतिया' की तुलना में यह काफ़ी सम्मानजनक लगने लगा। उसने इसे मुस्करा कर स्वीकार कर लिया था।

अब वह डाक बाबू मोतराम है। उसके बाबू पनराम पहले ही गुज़र चुके हैं। इजा मरणासन्न है। तुकबन्दी करने वाली बड़ी बहिन सरुली अपनी ससुराल से

साल-डेढ़ साल में कभी आ जाती है। वह पाँच जवान बच्चों की माँ बन चुकी है। बाबू ने ग्यारह साल की उम्र में, पाँचवीं पास करते ही, सरुली की पढ़ाई छुड़वा दी थी और सोलहवाँ लगने पर दुल्हन बना कर विदा कर दिया था। शादी के बाद सरुली ने सारी तुकबन्दी केवल बच्चों के लिए की। हर बच्चे को तीन-तीन साल जांघ पर बैठाते और स्तनपान कराते हुए वह अपने मन से लोरियाँ बनाती और सुनाती रही। फिर अचानक एक दिन उसने देखा, उसके बड़े-बड़े और सुडौल स्तन लटक गये। चेहरे पर झुर्रियाँ पड़ने लगीं और तुकबन्दी की हुड़क ख़त्म होने लगी। हालाँकि शरीर में आये बदलावों का तुकबन्दी से कोई सम्बन्ध नहीं था। पर उसे लगता था, तुकबन्दी का जो स्रोत अन्दर था, उसमें भी शिथिलता आ गयी है। वक़्त मछली की तरह कैसे हाथ से फिसल जाता है, वह सोचती और उसकी आँखों में उदासी छा जाती।

उमड़ती-घुमड़ती पुरानी फिल्मी धुन

रेवा की प्रेम-कहानी का एक और संस्करण बचवाली बाज़ार में आ गया। इसके रचयिता जोशी कॉटेज में खिड़की से अन्दर झाँकने वाले रमेश, महेंदर और चन्दन थे। यह चन्दू पांडे रचित मूल कथा से भिन्न थी। हुआ यों कि चन्दू की कहानी की विश्वसनीयता जाँचने-परखने के लिए इलाक़े के कसरती लड़के गिरीश ने उन तीनों को पकड़ा था। चन्दू के अलावा वे तीनों ही घटना के चश्मदीद थे। गिरीश मोटी बुद्धि का बद-दिमाग़ युवक था। वह किसी को भी कॉलर पकड़ कर ज़मीन से फुट भर ऊपर उठा देने के लिए कुख्यात था। कहा जाता था, वह एक मिनट में किसी की नाक पर इतने मुक्के बरसा सकता है कि उसकी नाक वोडाफ़ोन वाले कुत्ते (पग) की तरह चपटी हो सकती है। मोजे में बटन वाला रामपुरी चाकू खुँसा रखने और पलक झपकते ही उसे खोल कर हवा में लहरा देने के भी उसके क़िस्से प्रचलित थे। गिरीश से वे तीनों घबराते और कन्नी काटते थे। एक दिन उसने लड़कों को पास बुला कर लगभग डपटते हुए पूछा—क्यों बे, जोशी कॉटेज में क्या देखा तुमने?

"अरे दाज्यू, ये पूछो, क्या नहीं देखा।" —रमेश ने ऐसे ही फेंक दी और बाक़ी दोनों के चेहरे देखने लगा। उनके चेहरों पर हवाइयाँ उड़ने लगी थीं।

"ऐसा क्या देख लिया बे?"

"सभी कुछ देख लिया।" —रमेश ने कहा, तो चन्दन ने सफाई दी, "कुछ नहीं देखा दाज्यू। खाली खिड़की से झाँकते थे। ये साला तो ऐसे ही बक़वास करता है।"

गिरीश ने चन्दन की पीठ पर हाथ रख कर समझाया कि घबराने की कोई बात नहीं है। जो देखा बता दो। वरना मुझे उगलवाना आता है।

दाँव उल्टा पड़ गया। मरता क्या न करता। तब महेंदर ने उस रात के जोशी

कॉटेज के सन्नाटे का बड़ा ही खौफ़नाक दृश्य खींचना शुरू किया–चारों तरफ़ घुप्प अँधेरा था। हवा सीटी बजा रही ठैरी–हुर्र-हुर्र। बिलौटा 'म्याओ, म्याओ' कर रहा था, जिससे घबराहट बढ़ रही थी। मन कर रहा था पत्थर मार कर साले का सिर फोड़ दूँ। बीच-बीच में उल्लू बोलने लगता–ऊ-ऊ। मैंने कहा, धत साले, एक तेरी ही कमी थी। तू भी डरा ले बेटा।

चन्दन बोला–अमावस्या की रात थी शायद। कुछ नहीं दिखाई देता था। कान में बात करनी हो तो मुँह के अन्दर नाक घुस जाती थी। रमेश और महेंदर के चेहरे खाली ब्लैक बोर्ड जैसे दिख रहे ठैरे।

"अबे, तुम्हारे ब्लैक बोर्ड की ऐसी-तैसी मारूँ। सीधे-सीधे बताओ, देखा क्या?"

उसने आँखें तरेरते हुए बाँहें समेट लीं। रमेश ने उसे शान्त करते हुए बताया, "हम तीनों ने अन्दर झाँकने की कोशिश की। खिड़की पर भारी पर्दे लगे ठैरे। एक जगह पर्दा थोड़ा-सा खिसक रहा था।...ओये, होये...ग़ज़ब ही हुआ अन्दर का नज़ारा।"

"सालो, इतनी देर से पागल बना रहे हो, सीधे बताओ, ग़ज़ब क्या था?"

"बता रहे हैं दाज्यू...अन्दर झाँका तो क्या देखते हैं...लड़की एकदम वस्त्रविहीन।"

"वस्त्रविहीन नहीं, 'निर्वस्त्र' बोलते हैं रे। वरना 'नंगी' बोल।" –महेंदर ने रमेश को टोका। उसने ऐंठने का नाटक करते हुए कहा, "मैं उतनी गोरी लड़की के लिए 'नंगी' शब्द का इस्तेमाल नहीं करूँगा।"

"तो 'नग्न' कह दे।" –तीसरे ने कहा। गिरीश का पारा चढ़ गया–तुम साले नंगों को इतना मारूँगा कि निर्वस्त्र घर जाओगे।

महेंदर उसके आगे बढ़ने से पहले ही शुरू हो गया, "तुमने कभी मोम के पुतले देखे दाज्यू? ओये-होये, बस...वैसी ही सफ़ेद ठैरी, बाप कसम।"

रमेश ने पूछा, "गिरीश'दा आपने हंस देखा? हंस?"

"कैसा हंस?"

उसने कुहनी हथेली पर रख कर नाग के फन की तरह हंस की गरदन की नकल बनाते हुए कहा, "ऐसा।" फिर अपनी हँसी को काबू करते हुए बताया, "जो पानी में तैरता है। ...बस समझ लो वैसी ही चटकीली सफ़ेद ठैरी।"

गिरीश हत्थे से उखड़ गया। उसका कॉलर पकड़ कर हवा में उठाते हुए बोला, "मैं पूछ रहा हूँ क्या देखा, तुम साले मुझे नंगे के पर्यायवाची और हंस की सफ़ेदी बता रहे हो?"

"हंस की नहीं दाज्यू, लड़की की सफ़ेदी बता रहे हैं। तुम उस सफ़ेदी को देखते ना, पागल हो जाते। ऐसी ठैरी जैसे घर में नयी-नयी पुताई हो रखी हो। मुझे तो आज भी हर चीज़ वैसी ही सफ़ेद दिखाई देती है। बरफ़ जैसी।" –रमेश ने डरते-मरते कहा। चन्दन ने आगे बताया, "तो फिर शुरू हो गयी, चूमा-चाटी। पुच्च, पुच्च करके। ऐसी आवाज़ें आ रही ठैरीं दाज्यू, अब क्या बतायें।"

"लड़की के साथ कौन था?" —गिरीश उतावला हो रहा था।

"वो जो था ना, उसने लड़की को अपनी तरफ़ खींच लिया था। कितनी कोशिश कर दी। बीच में साला पर्दा आ जाये। लेकिन पुच्च, पुच्च तो रुकने का नाम ही नहीं ले रही ठैरी।"

"एक घंटा हो गया साला। पुच्च-पुच्च सुन कर दिमाग़ ख़राब हो गया। मन कर रहा था, खिड़की का काँच फोड़ कर पर्दा हटा दें।"

"तो फोड़ देते काँच। साले डरपोक।"

"फोड़ने की सोच रहे थे, पर तभी अचानक एक काला भुजंग-सा आदमी दिखाई दिया। साढ़े छह फुट का तो होगा। क्यों रे साढ़े छह फुट का होगा ना?" चन्दन ने रमेश की ओर देख कर पूछा। उसने सिर हिलाया, "हाँ, दो-चार इंच कम होगा।"

"सवा छह फुटा मान लो। ...तो वो सवा छह फुटा गेंडा भी एकदम नंग-धड़ंग ठैरा हो। क़तई नग्न। निर्वस्त्र। ऐ मोटी-मोटी काली टाँगें और टाँगों में वनमानुष जैसे बाल।"

"वनमानुष की टाँगों में बाल होते हैं रे?" —महेंदर बीच में कूदा।

"कहानी आगे बढ़ने दे बे, नहीं तो कान फोड़ दूँगा।" —गिरीश गुर्राया।

"हाँ तो उसने लड़की को ऐसे उठा रखा ठैरा जैसे आजकल के बच्चे बार्बी डॉल उठाये रखते हैं। आपने बार्बी तो देखी होगी गिरीश 'दा?"

"बार्बी की माँ की...चुपचाप आगे बताओ साले, उलझाओ मत।"

इससे आगे रमेश ने बताया, "ऐ चौड़ा सीना हुआ उस कलुवे का।...सीने के ऊपर चीड़ के पेड़ जैसी मोटी गर्दन हुई...और गर्दन से ऊपर जब नज़र गयी दाज्यू, तो हमारे मुँह से चीख निकल पड़ी। उस कलवे की मुंडी गायब ठैरी। माँ कसम।"

"अरे बाप रे, तुम्हारी तो हालत ख़राब हो गयी होगी?" गिरीश ने पूछा। तभी अचानक उसे कुछ सूझा तो चौंक कर बोला, "एक बात बताओ रे उल्लू के पट्ठो, जब कलवे का मुँह नहीं था तो पुच्च-पुच्च कहाँ से कर रहा था? फुद्दू बना रहे हो?"

"तुम जल्दबाज़ी बहुत करते हो दाज्यू, पूरी बात सुन लो।" —रमेश ने कहा।

"हाँ, बता जरा, बिना मुँह के पुच्च-पुच्च कैसे हो रही थी?"

बाकी दोनों को लगा कि फँस गये। रमेश ने थोड़ा सोचा और फिर बड़े आत्मविश्वास के साथ कहा, "असल रहस्य तो यही है दाज्यू। हुआ यों कि भूत उसे गोद में उठाकर घर का गोल-गोल चक्कर लगाने लगा। अचानक भूत के हटते ही मेरी नज़र पीछे रखी मेज पर पड़ी। मेरी आवाज़ बन्द। मैंने इन दोनों से उँगली लगा कर कहा कि उधर देखो। उधर देखा तो इनकी भी घिग्गी बँध गयी।"

"क्यों?"

"भूत की मुंडी जो हुई, मेज पर रखी ठैरी।...और जिधर लड़की जाये, मुंडी

उधर ही घूम रही ठैरी। मुंडी के बाहर को मुड़े हुए मोटे-मोटे होंठ लड़की की ओर पुच्च-पुच्च कर रहे ठैरे।"

गिरीश की आँखें बाहर को निकल आयीं। चेहरा सिकुड़ गया था। तीनों ने एक-दूसरे को देखा। उसकी आँखों में भय देख कर तीनों के अन्दर से खुशी बुक्का फाड़ कर बाहर निकलना चाहती थी। लेकिन वे जज़्ब कर गये।

रेवा और उसके कथित प्रेमी भूत की एक नयी कहानी। पहली से रोचक। फसकियों के मतलब की।

नन्नू महराज के आश्रम में गौ-कथा चल रही है। भजन-कक्ष में गऊ सरीखी सरल स्त्रियाँ सिर पर पल्ला रखे बैठी हैं। गौशाला की जगह घर के खूँटे से बँधी। कई कुपोषण की शिकार। धुलाई में पीली पड़ गयी सफ़ेद कमीज़ जैसी। कुछ अविवाहित युवतियाँ भी हैं जिन्होंने दुपट्टा ओढ़ रखा है। उनमें जो थोड़ा चंचल हैं, वे कभी-कभी कनखियों से पुरुषों को देख लेती हैं। सबके सामने एक-एक चौकी रखी हुई है। जिस पर गाय की तस्वीर सजाई गयी है। कहीं-कहीं एक चौकी के सामने दो-दो, तीन-तीन स्त्रियाँ बैठी हैं। कुछ पुरुष भी आश्रम में मौजूद हैं, जो या तो उन स्त्रियों के परिवार के लोग हैं या महराज के भक्त। कुछेक वहाँ आयी युवतियों के भक्त हैं (यह आरोप उनकी नज़रों का हवाला देकर चन्दू पांडे लगाता है)। महाराज गौ माताओं की महिमा का बखान कर रहे हैं—गाय की कथा समुद्र मंथन से शुरू होती है। समुद्र मंथन में नन्दा, सुभद्रा, सुरभि, सुशीला और बहुला नाम की पाँच गौ माताएँ प्रकट हुईं...।

स्त्रियाँ बीच-बीच में गायों के चित्र पर फूल चढ़ाती जाती हैं। हाथ खाली होने पर गायों की तस्वीरों की तरफ़ हाथ जोड़ लेती हैं। असल गाय से अधिक सुन्दर और आकर्षक काग़ज़ की गायें लग रही हैं। गोबर भी नहीं कर रहीं। महाराज कह रहे हैं—गौ माताओं की सेवा करने से मनुष्य जन्म सफल हो जाता है। नक्षत्र अनुकूल हो जाते हैं। सन्तान की प्राप्ति होती है।

एक निःसन्तान स्त्री सबकी नज़रें बचा कर अपनी कोख पर हाथ रखती है। उसे विश्वास है कि जो बाबा कह रहे हैं वह एक दिन होगा। बाबा आगे कहते हैं—गौ माता की सेवा से ताप-सन्ताप दूर होते हैं। सुख-समृद्धि में वृद्धि होती है। गौ माता में तैंतीस कोटि देवता वास करते हैं। उनकी पूजा कर ली तो सभी देवी-देवता प्रसन्न हो जाते हैं।

सभी स्त्रियाँ एक साथ गौ-माता को प्रणाम करती हैं। सुख-समृद्धि सभी को चाहिए। सभी तख़मीना लगा रही हैं कि उस अकूत धन-सम्पत्ति को वे कैसे खर्च करेंगी और कैसे बचा कर रखेंगी, जो गौ माता के आशीर्वाद से मिलेगी। सामने

बैठी एक युवा स्त्री का आँचल ढुलका हुआ है। बाबाजी का ध्यान बार-बार उसकी तरफ़ जा रहा है।

उस स्त्री की नज़र बाबाजी पर पड़ी तो उसने अपना आँचल सँभाला और बाबाजी ने अपना ध्यान। बोले—हर माता, चाहे वह बच्चे को स्तन-पान कराती हो, चाहे अन्न-जल देती हो, चाहे उसकी रक्षा-सुरक्षा करती हो, वह सम्माननीय है। जैसे हमारी धरती माता।...जैसे भारत माता। जैसे गंगा मय्या। ज़ैसे माँ लक्ष्मी, माँ सरस्वती। जो निःस्वार्थ भाव से अपना प्रेम लुटाये, शिशुओं का लालन-पालन करे, वही माता है। माता का स्थान इसीलिए ईश्वर के समतुल्य है। ऐसी ही दयालु हैं गौ माता। इनकी आँखों में देखो। देखो गौ माताओं की आँखें। कितनी दया है उनमें। कितनी करुणा है। कितना स्नेह है। ये आँखें, उन्होंने एक बड़ी-बड़ी और अथाह गहरी आँखों वाली युवती की ओर देख कर कहा, प्रेम-रस के प्यालों की तरह हैं। ऐसी दयालु और करुणामयी माता की सेवा से सदैव पुण्य की प्राप्ति होती है।... बोलो, गौ माता की...।

महिलाएँ जैकारा लगाती हैं। पुष्प चढ़ाती हैं और तस्वीर में बनी सुन्दर गायों की आँखों में झाँकती हैं। सचमुच बड़ी ही निष्छल, निरीह और निष्पाप हैं वे आँखें। कइयों को उन आँखों में अपनी सासों, ननदों और बहुओं की आँखें दिखाई देने लगती हैं। वे गौ माता के सींग पर जाती अपनी नज़रों को बार-बार हटाती हैं। दूर बैठे पुरुष, जिनका ध्यान कथा में है, अपनी स्त्रियों के सदैव 'गऊ' आँखों वाली बने रहने की कामना करते हैं। जो मरखनी न हो। हृष्ट-पुष्ट बच्चों को जन्म दे, उन्हें दूध पिलाये, खाना पकाये, चूल्हा-चौका करे, पानी भरे, कपड़े धोये, बड़ियाँ बनाये, अचार डाले और स्वेटर बुने। जो भी करे, निःस्वार्थ भाव से करे। और अमूर्त, अदृश्य व मूक माताओं की पूजा से पुण्य कमाये। जिसके पुण्य-प्रताप से घर में सुख-समृद्धि और शान्ति आये।

बाबाजी ने भजन शुरू कर दिया— ***'छोटी-छोटी गौवें, छोटे-छोटे ग्वाल, छोटे से हमरे मदन गोपाल।'***

बाबा जब बीच-बीच में, ऊँचे स्वर में, 'छोटू से हमरे' कहते तो गाय जैसी आँखों वाली औरतें झूमने लगतीं। भैरव के हाथ में लोटा था, जिस पर वह खुटका लगा रहा था। अभी वह खुद को गुणीजनों के बीच तबला बजाने लायक नहीं मानता और बन्द कमरे में रियाज़ करता है।

सभी स्त्रियों को बाबाजी ने गाय की एक-एक तस्वीर दी है, जिसे घर के मन्दिर में रख कर वे पूजा करेंगी। उन्होंने अगली बार हल्द्वानी से प्लास्टिक की गायें मँगाने का वादा किया और कहा कि मन्दिर में विराजमान गाय को रोज़ धूप-बत्ती दिखाने से सुख, समृद्धि और शान्ति आयेगी।

गौशालाओं में गोबर से खुर सड़ा रही और सड़कों पर आवारा घूम रही गायों

की जगह काग़ज़ की गायों को मन्दिर में बैठाने की इस उल्लेखनीय शुरुआत के लिए बाबाजी को भी पुण्य प्राप्त होगा। ऐसा भक्तों का मानना था।

माधव मुम्बई में रहते थे। कहते हैं, अठारह साल पहले वे एक बार गरमी के मौसम में अँधेरा घिरने के बाद यहाँ आये। उन्होंने घर खोला। थोड़ी देर रुके और अँधेरे में ही लौट गये। पता नहीं क्यों आये थे और क्यों चले गये। लोगों ने तो इस पर भी कहानी बना दी थी। कहने लगे, गोविन्द बल्लभ जोशी के पास अपने बाप-दादों के ज़माने के सोने के नींबू थे। जिन्हें गोविन्द बल्लभ ने दीवार में गाड़ कर गोबर और मिट्टी से लीप दिया था। माधव वही नींबू निकाल कर ले गये। हालाँकि, न किसी ने उन्हें देखा और न किसी को उन्होंने कुछ बताया। लेकिन क़िस्सा चल पड़ा।

लोगों ने केवल घर में रोशनी और माधव जैसे ही किसी व्यक्ति को बचवाली बाज़ार में देखने की बात कही थी। पुष्टि तो तब होती जब कोई कहता कि उसने माधव को सामने से देखा और उनसे बात की थी। इसलिए कुछ लोगों ने इसे अफ़वाह कह कर ख़ारिज कर दिया था। बाकी लोग सोने के नींबू ले जाने की बात को इस क़दर विश्वसनीय मान रहे थे जैसे नींबू उन्हीं ने दीवार में लीप रखे हों। मज़ेदार बात यह थी कि आज तक किसी ने सोने के नींबू देखे नहीं थे।

बाद के वर्षों में लोग आश्चर्य करते रहे कि आख़िर अपना घर और ज़मीन कोई इस तरह छोड़ता है भला? कुछ लोग कहते, अरे भय्या, असली माल तो ले गये। ज़मीन-जायदाद भी बेच दी होती, लेकिन मौक़ा नहीं लगा होगा। ज़रूर अब तक दोनों मर-खप गये होंगे। हालाँकि उम्र की गिनती के हिसाब से, और जो लगभग सही थी, माधव अभी साठ से एकाध साल कम ही होंगे। शिव उनसे भी ढाई साल छोटे थे। जबकि उनके मर-खप जाने के अनुमान वर्षों पहले से लग रहे थे। वे किसी के सम्पर्क में नहीं थे। वह तो मुम्बई में एक शादी के दौरान नैनीताल के मोहित साह की अचानक माधव से मुलाक़ात हो गयी। दोनों साथ पढ़े थे। स्कूल में हाज़िरी के वक़्त आगे-पीछे उनका नाम पुकारा जाता। इसलिए एक-दूसरे को भूले नहीं थे।

मोहित की बचवाली में रिश्तेदारी थी। उसी के ज़रिये बात बचवाली पहुँची कि माधव मुम्बई में हैं। उसी को माधव ने यह भी बताया था कि छोटा भाई शिव दिल्ली में है। उसके बाद लोग यह मान बैठे कि दोनों उस घर को बेच भले ही दें, आयेंगे नहीं। हो सकता है बेच ही दिया हो। मोहित साह और माधव की मुलाक़ात को भी कई साल हो गये। बाद की कोई ख़बर किसी के पास नहीं थी।

लोग उस घर को और जोशी भाइयों को काफ़ी हद तक भूलने लगे थे। लेकिन इस लड़की ने फिर पुरानी बातों को उघाड़ दिया। हालाँकि उनके बारे में लोगों की

स्मृति में अब ज़्यादा कुछ नहीं था। कुछ पुराने लोग उनके पिता गोविन्द बल्लभ जोशी को ज़रूर याद करते थे। यहाँ तक कि गोविन्द बल्लभ के स्वतन्त्रता सेनानी पिता तारादत्त जोशी का ज़िक्र भी कभी हो जाता था, जिन्हें अंग्रेज़ों की टेलीफ़ोन लाइन काटते हुए रंगे हाथों दबोच लिया गया था और जेल हो गयी थी।

हालाँकि उस ज़माने के फसकियों ने क़िस्सा चला दिया कि तारादत्त तो तार चुरा रहे थे। पकड़े गये। अंग्रेज़ों को क्या पता हिन्दुस्तानी कितने भुक्खड़ होते हैं। उन्होंने सोचा, टेलीफ़ोन लाइन ठप करने वाला क्रान्तिकारी है। खूब मारा जी। साथियों का नाम पूछते रहे। साथी हों तो तारादत्त बतायें। अंग्रेज़ों ने मान लिया कि तपा हुआ क्रान्तिकारी है। हो गयी जेल। गाँव के कुछ ईर्ष्यालु उन्हें तार चोर कहते रहे।

जेल से छूटने के बाद तारादत्त अपने भाई रामदत्त के घर हल्द्वानी रहने लगे थे। तब रामदत्त ने बचवाली छोड़ कर हल्द्वानी में घर बना लिया था। रामदत्त थोड़ा अलग तरह के व्यक्ति थे। उन्हें अंग्रेज़ी ठाट-बाट पसन्द था। वे नियमित पूजा-पाठ करते थे और अपने ब्राह्मण होने पर उन्हें बड़ा गर्व था। उनकी पत्नी ही नहीं, वे भी छुआछूत बहुत मानते थे। उनका व्यक्तित्व अंग्रेज़ी ठाठ और छुआछूत, दो विरोधाभासी तत्वों के मिश्रण से बना था। उन्हीं ने मोतराम के दादा नरराम को अपने नौकर से कह कर डोली से उतारवाया था और सिसूँण लगवाया था।

जब आज़ादी का आन्दोलन ज़ोरों पर था, लोगों ने तारादत्त जोशी को हल्द्वानी की सड़कों पर प्रभात फेरी निकालते देखा था। खादी का कुर्ता-पाजामा पहने, लम्बी दाढ़ी और बालों में। भोर के वक़्त जब लोग सोये होते, तारादत्त 'उठ जाग मुसाफ़िर भोर भई' गाते हुए घरों के पास से गुज़र रहे होते। आज़ादी के मक़सद को पूरा करने के लिए ही वे हल्द्वानी रह रहे थे। बच्चे और परिवार बचवाली में था। गाँधीजी, पंडित गोविन्द बल्लभ पन्त, पट्टाभि सीतारमैया वगैरह से उनकी कई मुलाक़ातें हुई थीं। ऐसा वे कहते थे। कहा तो यह भी जाता था कि उन्हें नेहरू भी जानते थे। पर नेहरू के साथ अपनी भेंट का उल्लेख उन्होंने कभी विस्तार से नहीं किया।

अप्रैल 1947 की बात है। आज़ादी क़रीब थी और तय मानी जा रही थी। उधर हल्द्वानी में गर्मी शुरू हो गयी थी। अब उनका कोई विशेष काम नहीं रह गया था। स्वास्थ्य भी साथ नहीं दे रहा था। वे बचवाली लौट आये। उन्होंने 15 अगस्त को तिरंगे को हवा में लहराते हुए बचवाली में ही देखा। उनकी आँखों में खुशी के आँसू थे और भर्राए गले से 'जय हिन्द' कह कर झंडे को सैल्यूट किया था।

अब करने को जैसे कुछ बचा नहीं था। नेहरू और उनकी सरकार क्या कर रही है यह जानने के लिए वे ख़बरों पर नज़र रखते और कभी-कभी अपने जेल के क़िस्से सुनाते। आँखों के जिस पानी में सपने उतराते हैं, वहाँ सूखा और उजाड़ दिखाई देता था। पता नहीं क्यों। सरकार ने उन्हें तराई में, सितारगंज के पास,

ज़मीन देने की पेशकश की, लेकिन उन्होंने नहीं ली। उनका कहना था, उन्हें ज़मीन का लालच नहीं है। रहने को घर तो है ही। यों भी तराई में साँप-बिच्छुओं के बीच मरने कौन जाये। ताम्रपत्र अवश्य ले लिया था। वह अब भी जोशी कॉटेज में एक टिन के ट्रंक में रखा हुआ है, जिसमें पीतल का ताला लगा है। परिवार के किसी सदस्य ने उस ताम्रपत्र से कोई लाभ नहीं लिया।

आज़ादी के सात-आठ साल बाद पेट के मर्ज़ से बचवाली में उनकी मृत्यु हो गयी थी। घर की औरतें कहती थीं कि जेल में उन्हें सीमेंट मिली रोटियाँ खिलाई गयीं इसलिए पेट के मर्ज़ ने पकड़ लिया। इसी वजह से जल्दी मर गये। पुरुषों का कहना था कि वे गाँधीजी की हत्या से टूट गये थे। वे लोग नाथूराम गोडसे को कोसते और तारादत्त की मृत्यु के लिए भी उसे ही ज़िम्मेदार ठहराते। मिलने-जुलने वाले कहते थे कि तारादत्त उस आज़ादी से निराश हो गये थे जिसका सपना उन्होंने देखा। निराशा में उनकी मृत्यु हुई। कुछ कांग्रेस विरोधी और जन संघ समर्थक उनकी मृत्यु के लिए प्रत्यक्ष तौर पर नेहरू और गाँधी, दोनों को ज़िम्मेदार बताते।

उन दिनों जोशी कॉटेज एक बेनाम मकान था। हालाँकि सब जानते थे कि तारादत्त जोशी का घर है। मरने से पहले तारादत्त ने उस मकान की मरम्मत करवाई थी। मरम्मत के वक़्त उन्होंने राज मिस्त्री से कह कर सीमेंट के छज्जे पर 'जोशी निवास' लिखवा दिया था। जोशी निवास के आगे मिस्त्री ने बिना उनसे पूछे 'ओम' लिख दिया। उनके मरने के वर्षों बाद, जब मकान जर्जर होने लगा तो माधव और शिव के पिता गोविन्द बल्लभ ने इस घर को नये सिरे से बनवाया। इस बार उन्होंने घर दुमंजिला कर दिया था और घर बनाने में लकड़ी का भी काफ़ी इस्तेमाल किया। ऊपर की मंज़िल का फ़र्श तो पूरा का पूरा लकड़ी का था। छत के भीतरी हिस्से में भी लकड़ी लगवाई और बाहरी हिस्से में टिन की मजबूत चादरें डलवाईं। छत पर लाल रंग का पैंट करवाया था और दरवाज़ों पर हरा। अन्दर लकड़ी पर केवल वार्निश करके छोड़ दिया था। वार्निश और चीड़ की लकड़ी की मिलीजुली गन्ध से घर काफ़ी लम्बे समय तक महकता रहा। यह गन्ध जब उनके नथुनों में घुसती तो उन्हें बड़ा सुकून मिलता। इस घर को उन्होंने नया नाम दिया—जोशी कॉटेज। इस बार जोशी कॉटेज के आगे लिखा 'ओम' ग़ायब था। किसी ने इस तरफ़ ध्यान नहीं दिया। तब, नये बन रहे घरों के आगे लिखे 'ओम' और 'स्वस्तिक' के चिन्ह धीरे-धीरे हट रहे थे। कोई जान-बूझ कर हटाता नहीं था, लेकिन सोच-समझ कर लिखवाता भी नहीं था।

वक़्त करवट ले रहा था।

उन दिनों जोशी कॉटेज की चमक-दमक देखने लायक थी। वहाँ रहने वालों

का रुतबा भी इलाक़े में अलग ही था। तारादत्त जब तक रहे, ईर्ष्यालुओं को छोड़ दें तो, राह चलते लोग झुक कर ऐसे प्रणाम करते, जैसे चलते-फिरते मन्दिर हों। उसके बाद पिता की कमाई इज़्ज़त गोविन्द बल्लभ के काम आयी।

अब तो गोविन्द बल्लभ जोशी के बेटे माधव और शिव का नाम भी लोगों की स्मृति से धीरे-धीरे मिट रहा है। कम से कम, रिश्ते-नातेदार तो यों भी जानकी का नाम नहीं लेते। पिछले क़रीब तीन दशकों से उनके मुँह पर कॉर्क के डाट लगे हुए थे। उनके सामने कभी कोई दूसरा भी जानकी का ज़िक्र करता तो वे खामोशी ओढ़ लेते। हालाँकि पचास साल या उससे बड़ी उम्र के उस इलाक़े के तमाम लोगों की स्मृति में जानकी मौजूद थी। एक खूबसूरत छरहरी लड़की के रूप में, जो यहाँ से वहाँ सरपट दौड़ा करती थी। दौड़ते वक़्त उसके शरीर के ऊपरी हिस्से में लहर सी उठती-गिरती। बचवाली के लड़के उसे ऐसे देखते जैसे समुद्र के किनारे खड़े हों। वह हरदम मुस्कराती रहती और हर राह चलते व्यक्ति से रुक-रुक कर और पलट-पलट कर बात करती। हरेक का हाल-चाल पूछती। दिखने में सुन्दर। व्यवहार-कुशल। पढ़ने में होशियार। हर कोई उसकी प्रशंसा करता। उन दिनों वह खुशबू की तरह पूरे इलाक़े में फैली हुई थी।

कैसी विडम्बना है कि जोशी कॉटेज आज भी अपनी जगह है, लेकिन उस घर के लोग वहाँ नहीं थे। रेवा के आने से पहले, पिछले अट्ठाईस वर्षों में, घर के अन्दर पैरों की आहट नहीं हुई। चूड़ियाँ नहीं खनकीं। कोई खाँसा नहीं। किसी ने ठहाका नहीं लगाया। दाल में छोंका लगने की सुगन्ध नहीं फैली। घर के बग़ीचे में फलदार वृक्ष मौजूद थे, लेकिन उन पर हर वक़्त लंगूर बैठे रहते। कुछ वृक्ष बूढ़े होकर सूख गये। एक सूखे और खुक्कल पेड़ के कोटर में उल्लू ने डेरा बना रखा था। एक जंगली बिलाव का वहाँ अड्डा था जो शिकार की टोह में खेतों की घास के बीच पसरा रहता। उसकी उनींदी आँखें झपकती रहतीं। वह बिल्लियों की गन्ध भी वहीं से लेता। कभी-कभी मोटे और रौबिले स्वर में दो-चार बार 'म्याओ-म्याओ' करता हुआ अपने एकच्छत्र राज्य का अहसास कराता और फिर शान्त हो जाता।

जोशी कॉटेज चूँकि सड़क से हट कर है और वहाँ तक जाने वाला रास्ता आम नहीं है, इसलिए कोई उधर तब तक नहीं पहुँच सकता जब तक कि उसका इरादा वहाँ जाने का न हो। पहले सड़क चलते लोग उस तरफ़ नज़र उठा कर एक बार ज़रूर देखते थे। उस घर की लाल टीन की छत और हरे दरवाज़े मोटर की सड़क से साफ़ चमकते थे। घर बन्द रहने के एक-दो वर्षों तक भी लोगों की नज़र उस ओर उठ जाती थी। धीरे-धीरे जोशी कॉटेज में लोगों की रुचि कम होती गयी। इस घर से जुड़े पुराने क़िस्से को नये फिल्मी गाने की तरह लोगों ने कुछ वर्षों तक दोहराया। लेकिन धीरे-धीरे वे ऊब गये। उसमें कोई नया अध्याय उसके बाद नहीं जुड़ा। कुछ लोग उस पुराने क़िस्से के साथ ही मर-खप गये। नये गाने चल पड़े। एक नयी पीढ़ी

बड़ी हो गयी। नयी पीढ़ी में ज़्यादातर को इतना ही पता था कि जोशी कॉटेज एक बन्द मकान का नाम है। उनके पास ऐसा कोई सूत्र नहीं था जो उन्हें जोशी कॉटेज से जोड़ता। कभी भूले-भटके किसी की नज़र उस तरफ़ उठे, और वह आड़ू, खुबानी और प्लम में बौर आने का मौसम हो, तो उन्हें सफ़ेद, बैंगनी और हल्के गुलाबी फूलों के टोकरे-से हवा में लटके दिख जाते। धीरे-धीरे सात नाली की उस ज़मीन पर इतनी झाड़ियाँ उग आयी थीं कि फूल दिखना भी बन्द हो गया।

अभी पन्द्रह-बीस साल पहले तक, उस समय के बच्चे वहाँ फल चुराने या झड़े हुए अखरोट बीनने जाया करते थे। लेकिन आजकल के बच्चे जोशी कॉटेज की तरफ़ नहीं जाते। सम्भवतः उन्हें पेड़ों पर चढ़ना नहीं आता। हो सकता है उन्हें पता ही न हो कि उस वीरान घर के बग़ीचे में जो वृक्ष हैं, उनमें फल लगते हैं। इधर के वर्षों में, वहाँ झाड़ियों के कारण वृक्षों के तने तक नज़र नहीं आते थे। पूरन सिंह और भोला दत्त सोचते, फल लगते भी होंगे, तो पक कर झड़ जाते होंगे। या हो सकता है, ये जो लंगूर वहाँ अड्डा जमाए हुए हैं, उन फलों को शुरुआत में ही नष्ट कर देते हों। इतना ज़रूर था, कभी-कभी तोतों का दल उधर जाते हुए दिखाई देता था।

भोला दत्त और पूरन सिंह, दोनों शिवप्रसाद जोशी के दोस्त हैं। उन्हें पूरा विश्वास है कि किसी दिन शिव अचानक आयेगा। लेकिन कभी-कभी निराशा में यह भरोसा टूटने लगता है। अपने बालों और दाढ़ी की सफ़ेदी देख कर अन्दर से कुछ बिखरता हुआ लगता है। अभी पिछले साल लम्बी बीमारी से उबरने के बाद भोला दत्त ने निराशा में कहा था, "शिव से मुलाक़ात तो अब मुश्किल लगती है। लेकिन फ़र्ज़ करो पूरन बाबू, अगर किसी दिन आ गया और हम पेड़ों पर चढ़े तो बच्चे हसेंगे नहीं?"

पूरन सिंह खामोश हो गये। भोला दत्त भी आकाश को देखने लगे। जैसे यह अविश्वसनीय बात हो और इसका उत्तर देने की ज़रूरत न हो।

शिवप्रसाद के साथ वृक्षों पर चढ़ कर काले-रसीले प्लम, ललाई पड़े आड़ू और बादामी खुबानी की गुठलियाँ फोड़ कर खाने की बचपन की स्मृतियों को भोला दत्त और पूरन सिंह कभी भुला नहीं पाये। बग़ीचे में दो पेड़ अखरोट के भी थे। उन विशालकाय पेड़ों के नीचे वे जब भी जाते, झड़े हुए अखरोट आसपास बिखरे मिल जाते। ऐसा लगता, जैसे वह कोई जादुई पेड़ हो, जिसे बच्चों की मनोकामना पूरी करने का वरदान मिला हो।

पूरन सिंह इसके अलावा भी एक ऐसी स्मृति को अपने अन्दर दफ़न किये हुए हैं, जिसे वे अपने सबसे क़रीबी दोस्त भोला दत्त से भी कभी साझा नहीं कर पाये। वे जब भी शिव प्रसाद को याद करते, उनकी आँखों के सामने जानकी की तस्वीर उभर आती। एक बार वे जानकी के साथ खेलते हुए बग़ीचे की तरफ़ चले गये

थे। तब अखरोट हरे थे। वे दोनों कच्चे अखरोट तोड़ कर उसकी छाल को होठों पर रगड़ने लगे। दोनों के होंठ वसन्ती हो गये थे। उनमें होड़ लग गयी कि किसके होंठ ज़्यादा रंगे हैं और सुन्दर लग रहे हैं। उन्होंने अपने-अपने होंठ हाथ से पकड़ कर बाहर की ओर खींचे ताकि अपनी आँखों से होंठों की रंगत देखी जा सके। फिर एक-दूसरे के सामने खड़े होकर अपने-अपने होंठों को थूथन की तरह बाहर की तरफ़ निकालते हुए बहुत क़रीब ले आये। अचानक दोनों के होंठ छू गये थे। जानकी को लगा था, पूरन ने जान-बूझ कर ऐसा किया। दोनों कुछ देर तक उसी स्थिति में रह गये। अन्दर एक तूफ़ान-सा आ गया था। वह तूफ़ान पूरन सिंह के अन्दर सारा जीवन घुमड़ता रहा।

दोनों ही तब तेरह-चौदह साल के रहे होंगे। होंठों के सटने के कुछ देर बाद ही, पता नहीं क्या हुआ कि जानकी तेज़ी से अपने घर की तरफ़ भागी। पूरन डर गया और अपने घर की ओर दौड़ा। वह कई दिन तक डरा-डरा रहा। शिव से मिलने भी नहीं गया। लेकिन जब एक दिन जानकी से सामना हुआ तो वह उसे देख कर शरमा गयी। पूरन ने इसे सकारात्मक संकेत मान लिया।

आज उन्हें लगता है, हरी छाल की वह खुशबू अब भी उनके अन्दर मौजूद है, जैसे कल की ही बात हो। फिर वे सोचते हैं, वह खुशबू क्या जानकी के अन्दर भी उसी तरह ताज़ा होगी? और उस खुशबू के साथ जानकी कहाँ होगी?

उस दिन के बाद वे जानकी को पसन्द करने लगे। पूरन को देख कर जानकी के अन्दर भी मोम की तरह कुछ गलने लगता था। ज्यों-ज्यों दोनों बड़े हुए, आकर्षण बढ़ता गया। लेकिन दोनों अपने प्रेम के बारे में खुल कर कभी बात नहीं कर पाये। पता नहीं क्यों? शायद यह संकोच हो कि वह ब्राह्मण थी और पूरन क्षत्रिय। दोनों के प्रेम विवाह को घरवालों की स्वीकृति नहीं मिल पायेगी। वह दौर ही ऐसा था। हो सकता है कि पूरन के अन्दर कहीं यह संकोच रहा हो कि दोस्त की बहन है और जानकी के अन्दर यह कि पूरन उसके भाई का दोस्त है। किसी एक को या दोनों को ही लगा हो कि यह सम्बन्ध उचित नहीं। पता नहीं वे कैसे दिन थे कि लोग प्रेम करते थे और अपने संकोच व सामाजिक बन्धनों के कारण उसी प्रेम को अपनी आँखों से सामने दम तोड़ते हुए चुपचाप देखते रहते थे। आज़ादी के दौर की पीढ़ी अगर देश के लिए मर मिटने को तैयार थी तो उसके बाद की पीढ़ी इतनी कायर कैसे हो सकती है कि अपने प्रेम के लिए लड़ भी न पाये। उस दौर में जिन साहसी लोगों ने अपने प्रेम को बचाया उनके क़िस्से भी गाथाओं की तरह गाये और सुनाए नहीं गये। पता नहीं कैसा तो समय रहा होगा वह—कायर समय। प्रेम का शत्रु समय।

जानकी उन दिनों जब हिरनी की तरह कुलाँचें मारती तो पूरन सिंह की समूची देह आँख बन कर उसे देखती रहती। वह दिन उसे आज भी याद है जब जानकी

बारहवीं में पढ़ती थी और सफ़ेद सलवार, गहरी नीली कमीज़ और सफ़ेद दुपट्टे में स्कूल जा रही थी। गुँथी हुई दो चोटियों को उसने लाल रिबन से बाँध रखा था। दूर से ऐसा लगता था जैसे उसने बालों में दो गुलाब खोंस रखे हैं। पूरन सिंह ने साहस बटोर कर रास्ते में उसे एक चिट थमा दी थी। उसमें जानकी से रात के आठ बजे उन्हीं के बग़ीचे में अखरोट के पेड़ के नीचे मिलने को लिखा था। जानकी ने वह चिट मुट्ठी में भींच ली थी।

उस रात चाँदनी छिटकी हुई थी। पूरन का दिल सुबह से तेज़-तेज़ धड़क रहा था। आठ बजने तक उसकी धड़कनें बेक़ाबू होने लगीं। वह इलाक़ा भी उन दिनों वीरान-सा लगता था। पूरन का घर जोशी कॉटेज से काफ़ी दूर था। उसने मिलने की जगह, जाने क्यों जानकी का बग़ीचा ही चुना। वह भी इतनी देर गये। सर्दियों में, रात के आठ बजे, पहाड़ों में लोग खा-पीकर सोने की तैयारी करने लगते हैं।

पूरन को घबराहट हो रही थी। यह भी आशंका थी कि कहीं जानकी ने शिकायत न कर दी हो और उसकी जगह हाथ में डंडा लिए उसके पिता न आ टपकें। लेकिन आशंका के विपरीत जानकी ही आयी। चाँद की रोशनी में उसके बाल चाँदी के लग रहे थे। वह सलवार-कमीज़ और स्वेटर पहने थी। पता नहीं कपड़े किस रंग के थे, पर चाँदनी जैसे ही उजले लगते थे। बग़ीचे में झिंगुरों की अनवरत झीं-झीं के अलावा कभी-कभी मेंढ़कों के टर्राने के स्वर सुनाई देते। अन्यथा एकदम सन्नाटा था। सर्दी कपड़ों के अन्दर घुस रही थी। जानकी क़रीब आ रही थी। दुपट्टा हवा में लहरा रहा था। पूरन का गला सूखने लगा। क्या कहूँगा उससे? वह और क़रीब आ रही थी। पूरन के हलक में काँटे चुभने लगे। एकदम पास पहुँच कर जानकी ने उसे देखा और उसने जानकी को। वह कुछ कहता कि उससे पहले ही जानकी पलटी और उसकी तरफ़ पीठ कर ली। दुपट्टे के छोर को वह पुरानी फिल्मों की हीरोइन की तरह दोनों हाथों से पकड़ कर उँगली में लपेटने लगी थी। उसकी झुकी हुई गरदन देख कर लगता था उसकी नज़रें ज़मीन पर गढ़ी हुई हैं।

"नाराज़ हो?"

जानकी का सिर हिला—नहीं।

"हम जहाँ खड़े हैं...तुम्हें याद होगा...हम अखरोट के पेड़ के नीचे खड़े हैं।"

"पता है।"

"जिसकी छाल..."

"....."

"मैं यहाँ रोज़ आ सकता हूँ। तुम?"

"नहीं।"

"तुम ठीक हो?"

"हाँ।"

"घर में सब जगे होंगे?"

"हाँ। छुप कर आयी हूँ। डर लग रहा है। तुम्हें कुछ नहीं कहना था तो बुलाया क्यों?"

"मुझे कहना था...मतलब, कहना है।...लेकिन, कहीं मुझे...मतलब, कहीं तुम्हें डाँट न पड़े। तुम्हें देर तो नहीं हो रही?"

"जल्दी कहो।"

"जल्दी? शिव को पता चला तो...?"

"ये तो पहले सोचना था।"

पूरन की ज़बान तालु से चिपक गयी। धड़कनें इतनी तेज़ हो गयीं कि कनपटी की नसों में बह रहे रक्त की सर्र-सर्र कानों में बजने लगी। जैसे दोनों कनपटियों पर बैठ कर दो मेंढ़क टर्रा रहे हों। उसे समझ में नहीं आ रहा था कि जानकी को चिट थमाने में जितना साहस उसने दिखाया उसका आधा भी अब क्यों नहीं होता। जानकी ने कुछ पल इन्तज़ार किया। वह कुछ तो कहे। पर पूरन सिंह गूँगा बन गया था। आख़िरकार वह सरपट दौड़ पड़ी। पूरन ठगा-सा देखता रह गया। मेंढकों और झिंगुरों की आवाज़ अचानक तेज़ हो गयी और उसकी धड़कनें मंद पड़ने लगीं।

बाद के वर्षों में, मन में कई बार यह विचार आता रहा कि काश उस दिन उन्होंने जानकी का हाथ थाम लिया होता। अपने दिल की बात कह दी होती। वह उनसे क्या सुनना चाहती होगी? कहीं उसने उन्हें दब्बू और कायर समझ कर न ठुकराया हो। मन रोने को होता। किसी उदास धुन को ज़ोर-ज़ोर से दोहराने को होता। लेकिन घर में पत्नी और बच्चों की मौजूदगी में वे न कभी रो सके और न गा सके। आज भी जब जानकी की याद आती है, 'जाने कहाँ गये वो दिन' टाइप पुरानी फिल्मी धुन अन्दर ही अन्दर घुमड़ती रहती है। मथती रहती है। पर कैसी विवशता है इस जीवन की। विवाहित व्यक्ति को इतनी आज़ादी भी नहीं कि वह अपने प्रेम के लिए दो आँसू बहा सके? आँसू न सही, एक गाना गा सके। कहीं वे सचमुच कायर तो नहीं हैं? या फिर अपने घर-परिवार को बचाने के लिए ऐसा करना पड़ता है? क्या विवाह संस्था का यही विधान है?

बाबाजी के गौ-कथा के अद्‌भुत आयोजन से भय्याजी हद से ज़्यादा प्रभावित थे। लेकिन बेचैन थे। दिमाग़ में एक योजना कुलबुला रही थी। पर बाबाजी के सहयोग के बिना वह कार्यान्वित नहीं हो सकती थी। बुकड़ीनन्दन को उन्होंने अपनी योजना बतायी, तो उसे आश्चर्य हुआ। गौ-कथाओं के मौनी आलोचक भय्याजी में यह परिवर्तन कैसे आया।

भय्याजी बाबा से मिलने पहुँच गये। उन्हें बताया कि वे गायों की सौन्दर्य

प्रतियोगिता आयोजित करने की सोच रहे हैं। गायों की सौन्दर्य प्रतियोगिता? बाबा चौंके। भय्याजी ने विस्तार से अपनी योजना का खुलासा करते हुए कहा, "देखिए, पूरे इलाक़े के लोगों को अपनी-अपनी गायों को सजा-धजा कर प्रतियोगिता में शामिल होने के लिए आमन्त्रित किया जायेगा। गाँव की स्त्रियाँ रस्सी पकड़ कर गायों को रेंप पर लायेंगी। नज़ाकत के साथ। अद्भुत नज़ारा होगा।"

"इस आयोजन का उद्देश्य?" —बाबा ने पूछा।

"गाय के प्रति लोगों के मन में प्रेम और श्रद्धा जगाना। धर्म और संस्कृति का प्रचार।"

"बस?"

"लोग गाय से प्रेम करेंगे तो, ज़ाहिर है, हमसे भी करेंगे। गाय धर्म का ऐसा धागा है, जिसमें सारे मनके पिरोये जा सकते हैं। वैतरणी तो गाय ही पार कराती है। बाकी, आप मुझसे बेहतर जानते हैं।"

बाबाजी मुस्कराये। कुछ देर सोचते रहे। फिर बोले, "योजना तो अच्छी है। लेकिन छोटी जगह है। ज़्यादा लोग आयेंगे नहीं।"

"तो हल्द्वानी में किसी खुली जगह पर करा लेते हैं। वहाँ अच्छी भीड़ जुट जायेगी। यहाँ के लोगों को भी वहाँ ले जायेंगे।"

"ठीक है, लेकिन इस तरह के मामले थोड़ा संवेदनशील होते हैं। ध्यान से करना होगा।"

"ध्यान से करेंगे महराज। ...वैसे, इसमें गड़बड़ी की सम्भावना क्या हो सकती है?"

"होगा कुछ नहीं, पर कुछ हो ही जाये तो?"

"जैसे?"

"गायों की सौन्दर्य प्रतियोगिता करना और उन्हें रेंप पर उतारना...गौ माता का अपमान न मान लिया जाये।"

बाबाजी की आशंका के बाद भय्याजी ने इस पर फिर से विचार करने का फैसला किया। इसके लिए कुछ ही दिन बाद उन्होंने अपने घर पर सलाहकार मित्रों की बैठक बुला ली। इसमें बाबाजी, चन्दू पांडे, नन्दन भाई उर्फ़ बुकड़ीनन्दन के अलावा नौ और लोग शामिल थे। चन्दू पांडे के साथ लालू उर्फ़ लालबुझक्कड़ यों ही चला आया था। उन लोगों का मानना था कि लालबुझक्कड़ आजकल ज़्यादा सनक गया है। वह रहेगा तो मनोरंजन होगा। असल में, इन दिनों लालबुझक्कड़ को जब भी किसी तरह की चिन्ता व्यक्त करनी हो तो पाकिस्तान का नाम लेता। कहता—पाकिस्तान के हालात बिगड़ रहे हैं। थोड़ा इन्तज़ार करो। और बिगड़ेंगे।

लोग हँसते। पागल समझ कर खिल्ली उड़ाते। पंगे लेते—छोड़ क्यों नहीं देता पाकिस्तान। वहाँ क्यों रह रहा है? 'हिन्दुस्थान' चले आ।

बैठक में दो घंटे तक गहन चर्चा हुई। जिसका सार यह था कि गायों को रेंप पर उतारना एक शानदार विचार है। इससे मीडिया का ध्यान खिंचेगा। मीडिया का ध्यान खिंचने से जनता का ध्यान स्वाभाविक रूप से खिंचेगा। जिससे लोगों में यह सन्देश जायेगा कि हम लोग गौ-प्रेमी हैं। धर्म के रक्षक और संस्कृति के संरक्षक हैं।

यह भी तय हुआ कि सुन्दर, लम्बी और छरहरी युवतियों को तैयार किया जाये, जो एक-एक गाय की रस्सी पकड़ कर रेंप पर लायें और उनका हर कोण से प्रदर्शन करें। चन्दू पांडे ने बड़े नकात्मक ढंग से गरदन हिलाते हुए अपनी आशंका सामने रखी, "देखो जी, आजकल के लौंडे हैं हरामी। गाय को नहीं औरतों को देखते रहेंगे। सीटी-वीटी बजायेंगे तो आयोजन की सारी गम्भीरता घुस जायेगी।"

लालबुझक्कड़ सिर झुका कर हँसने लगा। बाबाजी ने इस विचार से सहमति जताते हुए कहा, "अगर यह दूसरी सौन्दर्य प्रतियोगिताओं की तरह अश्लीलता का प्रदर्शन होकर रह जाये तो फिर गौ-माताओं को रेंप पर उतारने का क्या लाभ?"

नन्दन भाई गम्भीर हो गये। कुछ बोलने वाले थे कि लालबुझक्कड़ हँसने लगा। चन्दू पांडे ने उसे डपट दिया, "हँसता क्यों है बे पागल?"

लालबुझक्कड़ ने चन्दू की ओर देख कर कहा, "अव्वल तो सारे आइडिया इतिहास से नहीं चुराने चाहिए। चुराओ तो उन्हें विकृत नहीं करना चाहिए।"

"क्या मतलब?" —भय्याजी ने सख़्ती से पूछा।

"आप लोग गाय की इतनी चिन्ता कर रहे हैं, तो मेरा ध्यान लगभग ढाई सौ साल पुराने पशु-वध या गो-हत्या बन्दी आन्दोलन के इतिहास की तरफ़ चला गया।"

बाबाजी तैश में आ गये, "यहाँ कोई आन्दोलन नहीं हो रहा। हम माँ के प्रति उसके बेटों के दायित्व की याद दिला रहे हैं।"

"उस आन्दोलन के तथ्यों पर ध्यान दें तो वह राजनीतिक था।" —लालबुझक्कड़ ने कहा। बाबाजी ने जोड़ा, "हम सांस्कृतिक जागरूकता की बात कर रहे हैं। अपने धर्म की बात कर रहे हैं। तुम्हारी समझ में न आ रहा हो तो चुपचाप बैठे रहो।"

लालबुझक्कड़ चुप हो गया। बाबाजी ने नन्दनभाई की ओर देखा, "आप कुछ कह रहे थे?"

"भौंडेपन से बचने का एक उपाय समझ में आया है। सभी स्त्रियों को पारंपरिक घाघरे-पिछौड़े[1] में उतारा जाये और सभी अपने चेहरे पर घूँघट ओढ़ कर आयें। कैसा रहेगा?"

बाबाजी इस सुझाव से बहुत प्रसन्न हुए, "यह ठीक रहेगा। इससे एक तो ध्यान स्त्रियों की जगह गाय पर जायेगा, जिसे हम हाईलाइट करना चाहते हैं। दूसरा,

1. घाघरा-ओढ़नी।

इससे यह सन्देश भी जायेगा कि स्त्री को घूँघट में रहना चाहिए। वह प्रदर्शन की वस्तु नहीं है।"

इस पर सहमति बन गयी। भय्याजी के मन को एक बात, बाबाजी से पहले हुई बातचीत के बाद से ही, खटक रही थी। उन्होंने कहा, "एक शंका और है। चूँकि हम अश्लीलता के प्रदर्शन का हमेशा विरोध करते हैं, तो गायों को रैंप पर नग्नावस्था में उतारना ठीक रहेगा?"

"गायें कपड़े पहनती हैं क्या?" —बैठक में आमन्त्रित एक सरकारी अधिकारी ने पूछा। लेकिन बाक़ी लोग इस सवाल पर हिल गये। लालबुझक्कड़ फिक्क-से हँसा। बाबाजी किसी तरह के विवाद से बचने के पक्ष में थे। उन्होंने पूछा, "अगर हम उन्हें नग्नावस्था में न उतारना चाहें तो?"

"तो कपड़े-वपड़े, झालर-वालर लटका कर इस तरह सजा देंगे कि बदन ढँका हुआ लगे।" —बुकड़ीनन्दन ने कहा तो चन्दू पांडे उछल पड़ा, "आइडिया बुरा नहीं है।"

लालबुझक्कड़ ने हँस-हँस कर पेट पकड़ लिया। चौदह-पन्द्रह लोगों में केवल एक लालबुझक्कड़ था जो लगातार हँस-हँस कर दोहरा हो रहा था। वह पार्टी का आदमी नहीं था। किसी संगगठ से जुड़ा हो, ऐसी कोई जानकारी भी उन लोगों को नहीं थी। उसे कभी कोई गम्भीरता से लेता ही नहीं था। हालाँकि आज उसने कुछ सवालों से उन लोगों को अपनी धारणा पर पुनर्विचार करने के लिए मजबूर कर दिया था। किन्तु उसकी हँसी सबको परेशान कर रही थी। भय्याजी ने डपट कर पूछा, "क्यों भय्या लालू जी, हम लगातार देख रहे हैं, तुम बात-बात पर हँसते हो? यहाँ कोई मज़ाक चल रहा है?"

लालू ने हँसी को नियन्त्रित करते हुए कहा, "गायों को इस तरह पेश करना कितना अश्लील लगेगा?"

एक-दो लोग हँस पड़े। बाबाजी ने उन्हें चुप कराते हुए कहा, "इस तरह सोचें कि गाय केवल पशु नहीं है।"

लालबुझक्कड़ लगातार हँसता रहा। जब सबने उसे घूर कर देखा तो वह ड्राइंग रूम से बाहर निकल आया। बाहर जाते हुए उसने ज़ोर से कहा, "गायों को भी घूँघट में क्यों नहीं उतारते?"

लोग सन्न रह गये। खुले में आकर उसने खुल कर ठहाके लगाये, जिन्हें अन्दर साफ़-साफ़ सुना जा सकता था। इससे सारे लोगों की स्थिति हास्यास्पद-सी हो गयी थी। भय्याजी गम्भीर हो गये। बोले, "गायों को कपड़े पहनाने की कोशिश...नहीं। सचमुच अश्लीलता झलकेगी।"

लालबुझक्कड़ अब भी हँस रहा था। बाबाजी ने झल्ला कर कहा, "इसे आप लोग पागल कहते हैं? ये पागल है? ...पागल नहीं है। मुझे तो कम्युनिस्ट समर्थक या उनका भेजा एजंट लगता है।"

सब लोग सन्नाटे में डूब गये। बाबाजी ने गहरे चिन्तन-मनन के बाद मुँह खोला, "भय्याजी, अगर यह सब न करके, आपकी ओर से घर-घर में प्लास्टिक की और काग़ज़ की गायें बाँट दी जायें तो यह ज़्यादा अच्छा नहीं रहेगा? मेरा सुझाव है। आप इस पर सोच लीजिए।"

भय्याजी उस वक़्त सोचने की स्थिति में नहीं रह गये थे। कहीं दूर से लालबुझक्कड़ के ठहाके उन्हें अब भी सुनाई दे रहे थे।

धूप सेंकती कुर्सियाँ

बिलौटे ने मंथर गति से रास्ता काटा। शेर की तरह। संयोग से कुछ दूर, पगडंडी के पास एक स्त्री बकरियाँ चरा रही थी। वह डुनि बुब की बात की पुष्टि करने के लिए रेवा का पेट देखने आयी थी। बकरियाँ चराना केवल बहाना था। उसका ध्यान बकरियों की जगह पेट पर था, जो उसकी उम्मीद के विपरीत काफ़ी सपाट था। बल्कि अन्दर धँसा था। उसे निराशा होती है। इससे उबरने के लिए वह अपने आप को समझाती है। हो सकता है अभी पहला-दूसरा महीना हो।

वह घर से निकल रही रेवा को क़दम बढ़ाने से रोकना चाहती थी। पर उठा हुआ हाथ उसने नीचे कर लिया। सोचा, होने दो अपशगुन। भूत के साथ फँसने से बड़ा अपशगुन और क्या होगा। रेवा ने आगे बढ़ते हुए केवल यही सोचा कि बिलाव बहुत ढीठ है और यह कि जैकेट पहनने का उसका फैसला सही था। बाहर ठीक-ठाक सर्दी है। लेकिन उस स्त्री का मन नहीं माना। रेवा ज्योंही नजदीक पहुँची, वह रेवा के सामने खड़ी हो गयी। बकरी का बच्चा उसके बगल में चला आया और रेवा की ओर ताकने लगा। स्त्री बोली, "यहाँ पर थोड़ा थूक जाओ।"

रेवा ने उसका चेहरा देखा। फिर मेमने को देख कर मुस्कराई और उसकी ओर इशारा करती हुई बोली, "इसे अच्छा लगता है थूक? तुम क्यों नहीं थूक लेती?"

"हुँह," औरत ने ग़ुस्से से मुँह फेर लिया। लेकिन मन ही मन 'मर साली' भी कहा। ये क्या समझती है, मैं अपनी बकरी को इसका थूक चटवा रही हूँ? उसे आश्चर्य हो रहा था कि इतनी-सी बात इस लड़की की समझ में न आयी हो। कि बिल्ली का अपशगुन टालने के लिए थूका जाता है।

बनती है। उसने सोचा। रेवा के पल्ले कुछ नहीं पड़ा। आगे बढ़ते हुए उसने अपनी छोटी-सी पॉकेट डायरी में लिखे कुछ नाम देखे और उन्हें अच्छी तरह याद कर लेने के बाद डायरी जेब में रख ली। डायरी में सबसे ऊपर पूरन सिंह और उसके नीचे भोला दत्त का नाम था। कुछ नाम और भी थे।

वह काफ़ी देर चुंगी तिराहे के दोनों तरफ़ दूर-दूर तक टहलती रही। क़स्बे में घूमते हुए पहले कभी उसे ऐसा नहीं लगा कि यह वही जगह है जिसके बारे में उसने

बचपन में सुना था। कई बार तो उसे लगता, बचपन में सुनी कहानियों का जो पहाड़ था, वह कोई और रहा होगा। लेकिन ऐसा सम्भव नहीं था, क्योंकि कहानियों का घर वही था। जो चाभियाँ वह लेकर आयी थी, उन्हीं से घर के ताले खुले थे। लेकिन समस्या यह थी कि कुछ भी हू-बहू कहानियों जैसा नहीं था। कहीं ऐसा तो नहीं, कहानी के पात्र कोरी कल्पना हों !

उसने बेकार ही कई दिन गँवा दिये। यह काम पहले ही कर लेना चाहिए था। हाथ कुछ नहीं लगना था तो अब तक दिल्ली लौट गयी होती। असल में पहले उसे उस घर के अलावा सब कुछ काल्पनिक लगता था। उम्मीद की एक और किरण उस वक़्त दिखाई दी जब जोशी कॉटेज के बग़ीचे की झाड़ियाँ और ऊँची घास कट गयी। उसी के बाद वह जगह काफ़ी हद तक कहानियों वाले बग़ीचे की तरह लगने लगी थी। अगर वह कहानी के पात्रों को ढूँढ़ ले तो सब कुछ साफ़ हो जायेगा। शायद, हो जाना चाहिए।

उसने जेब से डायरी निकाल कर एक बार फिर से नाम देखे—पूरन सिंह और भोला दत्त। हालाँकि ये नाम उसे बचपन से याद थे, लेकिन फिर भी वह डायरी देख कर तसल्ली कर लेना चाहती थी। उन दोनों के बारे में वह कई तरह की कल्पनाएँ कर चुकी थी। मसलन, भोला दत्त एक सीधा-साधा आदमी होगा। बहुत विनम्र। पैंट के बाहर कमीज़ निकली रहती होगी। अधपके बालों में तेल डालता होगा या छोटे-छोटे बाल खड़े रहते होंगे। यह भी सम्भव है कि मफ़लर पहने रहता हो और बार-बार खाँसता हो। और पूरन सिंह? वह मोटा-थुलथुल आदमी हो सकता है। नहीं, थुलथुल लोग इस इलाक़े में दिखाई नहीं देते। हो सकता है, दुबला-पतला हो। गोरा हो, या फिर गेहुँवा त्वचा हो। लम्बी नाक होगी। कहानियों पर भरोसा किया जाये तो वह शरारती होगा। कुछ भी सम्भव है।

उसने तय कर लिया था कि अगर सारे तार जोड़ने हैं तो दोनों से मिलना होगा। कम से कम एक से तो ज़रूर मिलना चाहिए। वह चुंगी तिराहे से काफ़ी आगे बचवाली बाज़ार की तरफ़ निकल आयी थी। उस वक़्त सड़कों के दोनों तरफ़ दुकानें खुलने और सजने लगी थीं। कुछ दुकानदार हाथ में झाड़न लिए सफाई में लगे थे। कुछ सामान बाहर निकाल रहे थे। कुछ बाँस के डंडों में हेंगर फँसा कर दुकानों के बाहर लगी खूँटियों पर टाँग रहे थे, जिन पर डिस्प्ले के लिए टी-शर्ट, सलवार-सूट, कमीज़ें और चोलियाँ थीं। कुछ दुकानदारों ने सड़क पर कई फुट आगे तक सामान रख दिया था। एक बुज़ुर्ग दुकानदार के सामने रेवा के पैर ठिठक गये। उसने बन्द गले का कोट और काली किश्ती टोपी पहन रखी थी। वह अपने जनरल स्टोर में 'एल' के आकार के सफ़ेद काउंटर की बायीं तरफ़ बैठा था। उसके बेटे (या शायद कर्मचारी) दुकान की साफ़-सफ़ाई में लगे थे। बुज़ुर्ग को देख कर उसने सोचा, ये तो भोला दत्त और पूरन सिंह से भी पुराने ज़माने के लगते हैं। ज़रूर दोनों को जानते होंगे।

"अंकल, आप भोला दत्त जी और पूरन सिंह जी को जानते हैं?"

"भोला दत्त को या पूरन सिंह को?" —वह व्यक्ति अपनी चतुराई पर हँसा। उसका मुँह पोपला था। हँसी बहुत फूहड़ थी। रेवा थोड़ा गड़बड़ा गयी और मुँह से निकल गया, " भोला दत्त।"

"कौन भोला दत्त?"

यही पता होता तो वह ख़ुद न ढूँढ़ लेती। उसने मन ही मन सोचा। उसे बुज़ुर्ग पर ग़ुस्सा आने लगा था। लेकिन संयम रखते हुए बताया, "ये मैं भी नहीं जानती।"

"देखो, एक भोला दत्त तो मेरे समधी थे। वो कंई साल पहले गुज़र गये। बाकी, और किसी भोला दत्त को ...नहीं, एक भोलादत्त और हैं। पर आजकल वो दिखाई नहीं दे रहे। कहीं गये होंगे।"

"और पूरन सिंह?"

"पूरन सिंह तो बहुत हैं। यहाँ हर चौथा आदमी पूरन है। एक पूरन सिंह तो...।"

उसको ग़ुस्सा आये इससे पहले वह बुज़ुर्ग की पूरी बात सुने बग़ैर आगे बढ़ गयी।

एक और जनरल स्टोर के आगे एक युवक बाज़ार की ओर पीठ किये खड़ा था। उसने नीले रंग का पूरी बाहों का स्वेटर पहन रखा था और नीली जींस। वह ख़रीदारी कर रहा था। दुकानदार काउंटर की ओर पीठ किये कोई सामान निकाल रहा था। बोहनी का समय था। रेवा ने दुकानदार की जगह युवक को आवाज़ देना ठीक समझा। तभी वह पलटा। रेवा को देखते ही उसका चेहरा फीका पड़ गया। लेकिन रेवा के चेहरे पर शरारती मुस्कान फैल गयी। वह तेजू था। दोनों के चेहरे पर उस दिन की बहस की अलग-अलग प्रतिक्रिया थी। रेवा को तेजू का ग़ुस्से से तमतमाया चेहरा याद आ रहा था, जबकि तेजू को उसका व्यवहार, जो उसकी समझ से बहुत रूखा था।

"सॉरी उस दिन...।"

"मुझे लगा, कोई कसर रह गयी...।"

"सॉरी", वह मुस्कराई, "मैं वाक़ई शर्मिंदा हूँ। मैं ग़लत थी। मोहन सिंह की दुकान पर गयी थी। मुझे बहुत कुछ समझ में आ गया है।"

"ग़नीमत है।" —उसने रूखेपन से कहा। रेवा उसी तरह मुस्कराती रही, "एक मदद चाहिए।"

"बताइए?"

"आप किन्हीं पूरन सिंह या भोलादत्त को जानते हैं?"

"मैं नहीं जानता," कह कर तेजू दुकानदार की ओर मुख़ातिब होना चाहता था, जो अब उस लम्बी और गहरी दुकान के काफ़ी अन्दर चला गया था। दूसरे ही क्षण उसे लगा, यह ज़्यादा सपाट जवाब हो गया। बोला, "मैंने कहा था ना, मुझे यहाँ ज़्यादा वक़्त नहीं हुआ है।"

"उस दिन मैंने आपको ग़लत समझा।" –रेवा की समझ में नहीं आ रहा था कि और क्या बात करे।

"मेरे दो-एक परिचित हैं, जो बचवाली में हर किसी को पहचानते हैं। आप कहें तो मैं उनसे पता कर सकता हूँ।"

"थैंक्स। मैं कोशिश करती हूँ। अगर कुछ पता नहीं चल पाया तो आपसे मदद लूँगी।" रेवा ने आगे निकलने हुए एकाएक पलट कर उससे फ़ोन नम्बर देने का अनुरोध किया। बोली, "आपसे बात करने की ज़रूरत पड़ सकती है।"

तेजू ने एक क्षण सोचने के बाद नंबर दे दिया। लेकिन उसका नंबर नहीं माँगा। ऐसी नकचड़ी लड़की का कोई भरोसा नहीं। किस बात का बुरा मान जाये। जब फ़ोन करेगी, नंबर आ जाएगा।

रेवा को लगा था, छोटी जगह है और नाम पूछ कर वह पूरन सिंह और भोला दत्त का घर चुटकियों में ढूँढ़ लेगी। आम तौर पर दुकानदार ज़्यादातर लोगों को जानते हैं, यह सोच कर भी वह दुकान वालों से पूछताछ कर रही थी। लेकिन अब यह इतना आसान नहीं लग रहा था। बाज़ार से लौटते हुए उसने एक और दुकान वाले से पूछा कि भोला दत्त जी कहाँ रहते हैं? दुकानदार पचास के आसपास का होगा। गोरा और कुछ-कुछ ऐंठा हुआ-सा। लेकिन स्वभाव से हँसमुख था।

"कौन? रोडवेज वाले?... वो तो अब ऊपर रहते हैं," कह कर वह हँसा, "स्वर्ग में। दूसरे भोलादत्त भी हैं, जिनकी दुकान थी। लेकिन वो आजकल...।"

इतनी देर में बगल का दुकानदार बीच में कूद गया, "किसको पूछ रही हो?"

"पूरन सिंह।"

पहले वाला चौंका, "अभी तो तुमने भोला दत्त कहा था?"

"हाँ, लेकिन आप ही ने बताया कि वो मर गये।"

दूसरा दुकानदार पहले से भी ज़्यादा भौचक्का था, "पूरन सिंह तो मेरा नाम है।"

लड़की ने उसके चेहरे को ग़ौर से देख कर बुदबुदाई कि चलो कोई तो ज़िन्दा है। वह पैंतीस का होगा। एक-दो साल कम-ज़्यादा। इस उम्र का पूरन सिंह तो तब पैदा ही हुआ होगा।

"उनकी उम्र साठ के आसपास होगी। थोड़ा-बहुत कम-ज़्यादा हो सकती है।"

दोनों दुकानदार आपस में बातें करने लगे–अरे, भीड़े वाले पूरन सिंह की बात तो नहीं कर रही हैं? जल निगम वाला पूरन तो हो नहीं सकता। उसकी उम्र तो तीस साल भी नहीं होगी।

आपस में तय करने के बाद दुकानदार पूरन सिंह ने कहा–एक पूरन सिंह सामने वाली पहाड़ी पर रहते हैं। उनकी उम्र साठ साल होगी। कुछ ज़्यादा भी हो सकती है। फुलवाड़ी वाला मकान है। घर के आगे खूब सारे फूल लगे होंगे। टिन की भूरी छत है और हरे दरवाज़े हैं। घर के बाहर एक झबरू कुत्ता होगा।

दूसरे दुकानदार ने उसे आश्वस्त किया—बेधड़क जाना। बुड्ढा कुत्ता है, काटता नहीं।

दुकानदार पूरन सिंह ने अचानक दूसरे दुकानदार से अपनी दुकान देखने को कहा और रेवा से बोला, "चलो, मैं रास्ता बता दूँ।"

जब वह पहाड़ी चढ़ कर ऊपर पहुँची तो सामने वैसा ही घर था जैसा दुकानदार पूरन सिंह ने बताया। भूरी टिन की छत वाला पुराना घर। छत के आगे छज्जा। छज्जे के अन्दर की तरफ़ लगी बल्लियाँ काफ़ी पुरानी हो गयी थीं। लकड़ी के मोटे पायों ने उन्हें थाम रखा था। पायों पर हरा पैंट लगा था, जो अब धुँधला पड़ चुका था। शायद घर बहुत पुराना था। वर्षों से इसकी मरम्मत और रंग-रोगन नहीं हुआ था। घर के बाहर कुछ पैदाइशी मैले लगने वाले बच्चे खेल रहे थे। बाबा आदम के ज़माने क़ी दो टूटी कुर्सियाँ आँगन में पड़ी थीं। सम्भवतः दो लोग अभी-अभी बैठ कर गये थे या बैठने की तैयारी थी। हो सकता है, दोनों इन कुर्सियों पर बैठ कर धूप सेंकते हों। हालाँकि कुर्सियों को देख कर लगता था कि वे यों ही धूप में पड़ी रहती होंगी और दिनभर सूरज की ओर पीठ किये धूप सेंकती होंगी।

आँगन के चारों तरफ़ फूलों की क्यारियाँ थीं। सबसे ज़्यादा गेंदा और गुलदाऊंदी के फूल थे। इससे पूरी बगिया पीली लग रही थी और बाक़ी रंग दब गये थे। उसने गुलदाऊदी की छाया जैसे पीले और एनिमिक लग रहे बच्चों से पूरन सिंह के बारे में पूछा। हक्के-बक्के बच्चे उसे देखते रहे। कोई कुछ बोला नहीं। जैसे वह ग़लत घर में पहुँच गयी हो। या बच्चे उसकी हिन्दी समझ न पा रहे हों। एक बच्चे की नाक बह कर ऊपर के होंठ तक पहुँच गयी थी। वह काफ़ी डरा हुआ लग रहा था और बार-बार नाक सुड़कता था। वह घर के कुछ और क़रीब पहुँच गयी। उसे क़रीब आता देख घर के अन्दर से निकल कर एक झबरू कुत्ता बाहर आया और थकी हुई आवाज़ में भौंकने लगा। स्वर से ही वह बूढ़ा लगता था। कुत्ते के भौंकते ही एक महिला उस भूरी और नीची छत वाले घर के अन्दर से सिर झुकाए बाहर निकली। उसकी साड़ी बेतरतीब थी। बाल काफ़ी पक चुके थे। उसने कुत्ते को झिड़की दी। महिला का रंग साफ़ था लेकिन चेहरे पर झुर्रियाँ थीं। उम्र के लिहाज से ज़्यादा ही थीं। रेवा ने अनुमान लगाया कि पानी कम पीने से इसके चेहरे पर झुर्रियाँ पड़ी होंगी। या हो सकता है, उम्र ही ज़्यादा हो।

"किसको पूछ रही हो?" —बुज़ुर्ग महिला ने सवाल किया। रेवा ने अनुमान लगाया कि यह पूरन सिंह से उम्र में बड़ी होगी। माँ तो शायद न हो।

"पूरन सिंह जी यहीं रहते हैं?"

"क्यों, क्या काम है उनसे?"

"ऐसे ही, कुछ बात करनी थी।"

"क्या बात करनी है? और तुम आयी कहाँ से हो?"

"मैं दिल्ली से हूँ।"

"एक पूरन सिंह तो बज़ार में भी रहते हैं, कहीं उनके घर तो नहीं जाना है?"

"नहीं, घर तो यही है।"

"तुम पहले आयी हो यहाँ?"

"नहीं, मैंने इस घर के बारे में कहानियों में सुना था। बचपन में। एकदम वही है।"

उस औरत की आँखें फटी रह गयीं। वह बड़बड़ाई—हमारे घर के बारे में कहानियों में....?

उसी वक़्त एक पुरुष अन्दर से निकला। जो सत्तर का लगता था। एक तरफ़ को थोड़ा झुक कर चल रहा था और जिसके बाल पूरी तरह सफ़ेद नहीं हुए थे। तीन-चार दिन की छूटी दाढ़ी भी काली-सफ़ेद थी और धूप-छाँव जैसी लगती थी। उसने अपने कनकटे चश्मे को कानों में अटकाने की कोशिश करते हुए आँखें मिचमिचा कर रेवा की ओर देखा। उसके चश्मे की एक डंडी ग़ायब थी और कान में फँसाने के लिए मोटे धागे से बाँध रखा था। रेवा ने अनुमान लगाया कि यह व्यक्ति शायद पूरन सिंह का बड़ा भाई होगा और यह महिला इसी की पत्नी होगी। तभी वह स्त्री बोली, "ये आ गये। बात कर लो इनसे।"

सांसारिकता से काफ़ी हद तक विरक्त-सा लगने वाला वह व्यक्ति पूरन सिंह ही था। वह कई-कई दिन दाढ़ी नहीं बनाता था। तीन लड़कियाँ थीं, तीनों की शादी कर दी। अब करने को कुछ नहीं बचा। दोनों पति-पत्नी दिन भर पूरब की ओर पीठ कर घाम तापते। दोपहर बाद, जब सूरज आधे आकाश को पार कर जाता, वे पश्चिम की ओर पीठ कर लेते। कभी-कभी आँगन में ही लम्बी झपकी ले लेतें। अभी भी वे अनमने और अलसाये-से बाहर आये थे। दोनों का चेहरा टैनिंग के कारण कुछ ज्यादा तपा हुआ लग रहा था जबकि रंग दोनों का साफ़ था।

"पूरन सिंह जी से मिलना था।"

"मैं ही हूँ पूरन सिंह। और यहाँ कौन हुआ। हम दो ही बुड्ढे-बुढ़िया रहने वाले हुए।"

अब तक पूरन सिंह पुतलियों को नियन्त्रित कर चुके थे। उन्होंने लड़की से बैठने को कहा। पत्नी उन्हें क़रीब बुला कर फुसफुसायी, "ये कह रही है, मैंने तुम्हारे घर के बारे में बचपन की कहानियों में सुना।" इतना कह कर वह हँसने लगी। पति ने उसे हँसने से मना किया, "वो इधर ही देख रही है।"

पूरन सिंह की पत्नी ने आशंका जाहिर की, "कहीं पिछले जनम में तुम्हारी इजा तो नहीं थी, जो किसी बड़े आदमी के घर में पैदा हो गयी हो? ...कहती है कहानियों में.... ।"

वह फिर हँसी। पूरन सिंह ने उसे आँखें दिखाईं और लड़की की तरफ़ बढ़ते हुए पूछा, "तो आप दिल्ली से आये हो?"

"जी।"

"तो कैसे आना हुआ?"

"ऐसे ही। ...ये देखने के लिए कि कहानियों की बातें सच होती हैं?"

"पै, मैंल नि कयो, तुमेरि इज छू।" (तो, मैंने नहीं कहा, तुम्हारी माँ है)—पूरन सिंह की पत्नी झट से बोली। इस बार पूरन सिंह को भी हँसी आ गयी। उन्होंने हँसी को बड़ी मुश्किल से काबू किया, "आप कौन हुए? और कैसी कहानियाँ हुईं जिनमें हमारे घर की बातें होने वाली हुईं। पूर्व जन्म की बातें हैं क्या?"

"पुनर्जन्म को मैं नहीं मानती।" —वह मुस्कराई।

"तो इस जनम में हम एक-दूसरे को कैसे जानते हैं?"

"हम नहीं जानते," कह कर लड़की ने बताया, "मैं जोशी कॉटेज में आयी हूँ।"

जोशी कॉटेज का नाम सुनते ही पूरन सिंह को जैसे बिजली का झटका लगा, "क्या कहा, जोशी कॉटेज? ...तुम हो कौन?"

"मैं रेवा हूँ।"

"किसकी लड़की हो?"

"आपको शिवप्रसाद जोशी की याद है?"

"अरे हद्द कर दी। याद है, मतलब? याद क्यों नहीं होगी? तुम शिव की बेटी हो क्या?" कह कर पूरन सिंह उसके उत्तर की प्रतीक्षा किये बिना अपनी पत्नी से मुख़ातिब हुए, "देख ले, मैं कहता था ना, एक दिन शिव ज़रूर आयेगा।" वे उत्साह में कुर्सी से उठ कर पत्नी के पास पहुँच गये थे, जो ज़मीन से एक फुट ऊँचे बारामदे में बैठी थी और दाँते टूटे कंघे से बाल सुलझा रही थी। रेवा ने बताया कि वह अकेली आयी है। पूरन सिंह की पत्नी लीला हैरान थी। हाथ रोक कर बोली, "अरे, मिट्टी पड़े मेरी अकल पर, मैं क्या समझ रही ठैरी।" इतना कह कर वह लड़की के क़रीब आ गयी, "ये जो हैं ना उनके दोस्त, बस उन्हीं का इन्तज़ार करते रहते हैं।"

पूरन सिंह की आँखें डबडबा आयीं। पत्नी लीला भी साड़ी से आँखों की कोर पोंछने लगी, "बेचारी ठीक ही तो कह रही ठैरी, कहानियों में सुना। मेरी अक्कल को आग लगे।"

खुले आँगन में गुनगुनी धूप बहुत अच्छी लग रही थी। धूप से ज़्यादा रेवा को यह एहसास अन्दर से खुशी दे रहा था कि जो उसने सोचा था, वह सच निकला। पूरन सिंह और भोला दत्त कहानी के काल्पनिक पात्र नहीं थे। पूरन सिंह को यक़ीन नहीं हो रहा था कि शिव की बेटी उनके सामने बैठी है। उस शिवप्रसाद जोशी की जो उनका सबसे अच्छा दोस्त था और जिसे उन्होंने लगभग अट्ठाईस साल से देखा नहीं था। रेवा ने यह नहीं सोचा था कि जिस पूरन सिंह को वह खोज रही थी, वे इस हाल में मिलेंगे। हैरानी इस बात की थी कि दोनों पति-पत्नी अपनी वास्तविक उम्र से कई साल बूढ़े लगते थे। रेवा ने भोला दत्त के बारे में पूछा तो पूरन सिंह ने

बताया, "भोला गुरु आजकल अपने भतीजे के पास गये हैं देहरादून। जैसे ही लौटते हैं, मैं उन्हें लेकर जोशी कॉटेज आऊँगा।" पूरन सिंह का उत्साह छुप नहीं रहा था। लीला ने जानना चाहा, ''तो कैसी कहानियाँ सुनाते थे इनके दोस्त?''

रेवा ने बताया, "हर तरह की कहानियाँ होती थीं। लेकिन हर कहानी में पहाड़, पूरन सिंह और भोला दत्त ज़रूर होते थे।"

लीला ने अपने पति की तरफ़ देखा। फिर से साड़ी के पल्लू से आँखें पोंछती हुई बोली, ''बताओ, कितना याद करने वाले हुए तुम्हें।''

पूरन सिंह उठ कर घर के अन्दर चले गये। उनके सब्र का बाँध टूट रहा था। वे अन्दर जाकर रो लेने और मुँह धोने के बाद ही लौटे। रेवा ने दोनों के चेहरों की तरफ़ देखा, ''जब कभी हम लोग पहाड़ों के बारे में बात करते तो वे यह तो बताते थे कि वहाँ हमारा घर है, लेकिन जब हम उस घर को देखने की बात करते तो वे खामोश हो जाते। बड़े होकर जब हमने पहाड़ चलने की ज़िद की तो उन्होंने साफ़-साफ़ कह दिया कि वे नहीं जायेंगे। लेकिन क्यों नहीं जायेंगे, इस सवाल का जवाब उन्होंने कभी नहीं दिया। मेरी समझ में नहीं आता था कि अपने घर को, अपने दोस्तों को इतना याद करने वाला व्यक्ति एक बार भी वहाँ क्यों नहीं जाना चाहता।''

"हाँ, मन में गाँठ बाँधे रखना ठीक थोड़ी हुआ।" –पूरन सिंह ने कहा, तो रेवा चौंकी, "कैसी गाँठ?"

पूरन सिंह टालने लगे, "कोई भी। अगर कोई हो तो।"

"मुझे भरोसा है कि आप उस गाँठ के बारे में जानते हैं।"

"ऐसा कुछ नहीं है।"

"उनके पास तो बहाने ही बहाने थे, और उसकी वजह भी रही होगी। आपके पास क्या बहाना है और क्या वजह है?"

कुछ देर के लिए खामोशी छा गयी। रेवा ने कुर्सी की पीठ पर लधरते हुए गहरी साँस ली, "शायद आप लोग भी इस गुत्थी को सुलझाने में मेरी मदद नहीं करेंगे।''

"अरे बेटा, इतनी लम्बी ज़िन्दगी में कई छोटी-मोटी बातें हो जाने वाली हुईं। किसको याद रहता है कि कब कौन-सी बात मन से लगा बैठे होंगे लला।" –लीला ने समझाने की कोशिश की और सफ़ाई दी, "मेरी तो तब शादी भी नहीं हुई थी।''

वे अचानक ही चाय बनाने के बहाने घर के अन्दर चली गईं। पूरन सिंह शोर मचाते बच्चों को दूर जाकर खेलने की हिदायत देते हुए काफ़ी आगे तक निकल गये। बूढ़ा झबरू कुत्ता अपनी थकी हुई आवाज़ में लेटे-लेटे भौंक रहा था। लीला उसे रसोई से ही झिड़की दे रही थीं।

उल्टी टाँग वाले टिड्डे

चुंगी तिराहे का यह इलाक़ा, जहाँ मोहन सिंह की दुकान है, बचवाली और आस-पास के गाँवों का फसक ज़ोन है। जो फसक गोपनीय तरीक़े से सार्वजनिक करनी हो, उसके लिए सबसे बड़ा उगालदान यहीं है। सड़क किनारे की पुलिया पर सबसे ज़्यादा रामखेतियों का जमावड़ा रहता है। पुलिया पर क़िस्म-क़िस्म के फसकिये फड़ लगाये रहते हैं। कुछ फेरी लगाते मिल जायेंगे। दो-दो, तीन-तीन के झुंड में ग्राहक उन्हें घेरे रहते हैं।

पी थ्री तिराहे की पुलिया पर 'इंडियन एक्सप्रेस' हाथ में लिए बैठे हैं। हिन्दी अख़बार पढ़ने वाली जनता के बीच इस तरह लबे सड़क अंग्रेज़ी अख़बार पढ़ने वाले को लोग तोप जैसा मुँह खोले एक बार ज़रूर देख लेते हैं। इतनी गरिष्ठ पढ़ाई फसकियों की पुलिया पर?

क़स्बे में ज़्यादातर लोग उन्हें जानते हैं, इसके बावजूद वे पलट-पलट कर देखते हैं। कभी पी थ्री को और कभी उनकी आँखों के सामने बिछे अख़बार को। वे इस तरह बैठे हैं मानो बाइक पर बैठे हों। दोनों टाँगें पुलिया के दोनों तरफ़ डाल रखी हैं। कमीज़ मुचड़ी हुई है और पैंट में, पीछे की तरफ़, सफ़ेदी लगी है। हवा चलने से अख़बार फड़फड़ा रहा है। दो विपरीत दिशाओं में भागते बाल मोर के पंखों की तरह खड़े हैं। तेजू चुपचाप आकर पुलिया पर टेढ़ी तशरीफ टिकाते हुए बैठ गया है, जैसे महिलाएँ स्कूटर पर बैठती हैं। पी थ्री ने एक बार नज़र उठा कर उसे देखा और मुस्करा कर फिर से अख़बार में डूब गये। पुलिया पर ऐसा सन्नाटा?

यहीं, आस-पास मँडराते रहने वालों में चन्दू पांडे भी है। वह कुछ वक़्त मोहन सिंह की दुकान पर, कुछ पुलिया पर और कुछ खड़े-खड़े बिता देता है। समय कैसे व्यतीत हो? बुड्ढों के लिए सबसे बड़ा संकट और सबसे बड़े चुनौती। आपदा की तरह। लेकिन बचवाली में यह युवाओं और अधेड़ों की समस्या भी है। समय को परास्त करने की लड़ाई आँख खुलते ही शुरू हो जाती है। इस युद्ध में चाय, फसक और नशा अग्रिम पंक्ति के सिपाही होते हैं।

पांडे की नज़र पी थ्री पर पड़ी तो क़दम उसी ओर बढ़ने लगे। "नमस्कार पन्त

जी, ग्राम प्रधान का चुनाव लड़ रहा हूँ। आपका सहयोग चाहिए।"

"मैनिफेस्टो कहाँ है बे तुम्हारा?" —पी थ्री ने डपट कर पूछा। उसी ग्रामसभा में उनका घर भी पड़ता है। पांडे दायें-बायें देखने लगा। फिर उसने पीछे मुड़ कर देखा। उसके पीछे और अगल-बगल कोई नहीं था। उसे अहसास हुआ कि सवाल उसी से किया जा रहा है। पी थ्री ने समझाया—माने घोषणा-पत्र?

पांडे फिक्क-से हँस दिया। पी थ्री ने उसे घूर कर देखा और फिर से अख़बार में नज़रें गढ़ाते हुए बोले, "घोषणा-पत्र कोई अश्लील शब्द है?"

"पन्तजी, वो कहते हैं ना, क्या पिद्दी और क्या पिद्दी का शोरबा। प्रधान के चुनाव में क्या घोषणा-पत्र होता है?" —पांडे बुदबुदाया। हालाँकि उसे घोषणा-पत्र के उच्चारण से सचमुच अश्लीलता की ध्वनि आ रही थी। मानो, 'घ' की जगह 'भ' बोला जा रहा हो। पी थ्री ने गरदन उठाये बिना कहा—तो किसने कहा चुनाव लड़ने को? डॉक्टर ने? या नन्नू बाबा ने? पांडे हँसना चाहता था। लेकिन चुनाव लड़ने वाले के लिए बात-बात पर हँसना ठीक नहीं, यह बात वह इन दिनों समझने लगा था। पी थ्री बरसते रहे—बेहतर है, ठगी करो। उठाईगीरी करो। चोरी-चकारी करो। चुनाव लड़ कर भी तो यही करना है।

"तो आप ही बना दो। कसम से, जो सेवा कहेंगे, करूँगा।" —चन्दू ने 'घोषणा-पत्र' शब्द का इस्तेमाल इस दफ़ा एहतियातन नहीं किया। चुनाव के मौक़े पर ज़बान रपटने का डर था। इससे अनर्थ हो सकता था। पी थ्री बहुत सतर्क आदमी हैं, ज़बान पकड़ सकते हैं।

"मैं ऐसे लोगों का घोषणा-पत्र नहीं बनाता, जो चुनाव को ग़लत कामों का लाइसेंस समझते हैं।" उन्होंने ज़ोर से कहा और फिर मद्धम स्वर में बोले, "यों भी, आजकल मच्छरों पर रिसर्च कर रहा हूँ।"

पांडे को हँसी आ गयी। पी थ्री बिगड़ पड़े—मैंने कोई चुटकुला सुनाया? उसने झट-से हँसी रोक ली, "मैं तो अपनी बुद्धि पर हँस रहा हूँ। आप नाले के पास बैठे हैं तो समझ लेना था कि ज़रूर किसी महत्वपूर्ण चीज़ पर रिसर्च कर रहे होंगे।"

इतनी देर में मोहन सिंह अपनी दुकान छोड़ कर उधर आ गया। उसके पीछे-पीछे वह मज़दूर लड़का भी आ पहुँचा जिसका मन एक दिन भूत और गुलफ़ाम की कहानी पर अटक गया था। दोनों पुलिया के पास आकर इस तरह खड़े हो गये, मानो कोई तमाशा हो रहा हो। मोहन सिंह दूर खड़ा बेवजह हँस रहा था। लड़का समझने की कोशिश कर रहा था कि हँसाने वाला तत्व क्या है। दुकानदार को देख कर चन्दू के लिए अपनी हँसी पर काबू पाना मुश्किल हो रहा था। पी थ्री बोले—क्या ये बात किसी को पता है कि आजकल मच्छरों ने भिनभिनाना बन्द कर दिया? मच्छर पहले से ज़्यादा चालाक और ताक़तवर हो गया है? किसी ने सोचा कि मच्छर पहाड़ों तक कैसे पहुँच गये?

पांडे और दुकानदार को फिर से हँसी का हल्का दौरा पड़ा। उन्हें देख कर लड़का भी हँसने लगा। पी थ्री ने डपट कर कहा, "हँसने की क्या बात है?"

पांडे को लगा, वह हँसी को दबा नहीं पायेगा। वह उल्टी आने का बहाना बना कर 'याक-याक' करता हुआ सड़क के दूसरी तरफ़ भागा और किनारे पर जाकर सिर झुकाये बैठ गया। मोहन सिंह ने हँसी रोकने के लिए अपनी कमीज़ की खुली बाँह मुँह में घुसेड़ ली। उन्होंने दुकानदार की यह हरकत देख ली थी। सीधी उँगली और गरदन, दोनों को एक बार मोड़ कर उसे पास आने का इशारा किया। दुकानदार की हँसी अचानक ही काफ़ूर हो गयी।

"यहाँ सड़क पर आकर मज़ा ले रहे हो?" —पी थ्री गुर्राए।

"अरे नहीं पन्त जी, मैं तो इनकी उल्टी पर हँस रहा हूँ।" उसने चिरौरी करने के अन्दाज़ में सफ़ाई दी, "गाभिन औरत की तरह सुबह से ही आ रही है।"

"उल्टी करते हुए हँसी आती है?"

"यही तो समझ में नहीं आ रहा। जितनी बार इन्हें उल्टी होती है, हँसते हैं। सुबह से यही हाल है।"

पी थ्री भुनभुनाने लगे—इन्होंने कहा और मैं मान लूँगा। इनकी तरह मूर्ख हूँ?

यह सब देख-सुन कर तेजू को भी हँसी आने लगी। पी थ्री ने नज़र उठाई—तुम भी? तेजू की समझ में नहीं आया कि क्या जवाब दे। उसने पी थ्री की तरह मोटर साइकिल स्टाइल में बैठते हुए बड़ी शालीनता के साथ बताया, "आप जानते हैं, मेरा तो चेहरा ही ऐसा है।" हालाँकि, वह जानता था कि यह बहुत ख़राब बहाना था। तेजू के उत्तर पर कोई प्रतिक्रिया किये बिना पी थ्री ने दुकानदार से पूछा, "तुम क्या समझते हो, मैं कुछ नहीं समझता?"

दुकानदार ने चन्दू की ओर नहीं देखा, क्योंकि उसे हँसी का दौरा पड़ने का डर था, "मैं जानता हूँ पन्तजी, आपसे समझदार और पढ़ा-लिखा इस इलाक़े में कौन है?"

पी थ्री बुड़बुड़ाते-भुनभुनाते रहे।

मज़दूर लड़का हँसी दबाने के लिए जबड़े भींच रहा था। मोहन सिंह ने उसे देखा तो दौरा पड़ गया। उसने फ़ौरन अपनी कमीज़ की खुली बाँह फिर से दाँतों में दबा ली। पी थ्री ने उन दोनों को अनदेखा किया। जेब से पान निकाला और मुँह में डालते हुए विषय बदल दिया, "हमारे बाप के ज़माने में लोगों ने मच्छर नहीं देखे थे। टिड्डी को मच्छर समझते थे। औक़ात से बड़ी आँखों और उल्टे घुटनों वाले टिड्डी।"

उँगली बराबर टिड्डी। नाखून के मैल बराबर मच्छर। तेजू ने सोचा और उसे मच्छर व टिड्डी की बराबरी किये जाने पर आश्चर्य हुआ। वह बताने लगा कि दिल्ली में तो अब बारहों महीने मच्छर रहते हैं। पी थ्री ने जैसे हवा को सम्बोधित किया, "मलेरिया उन्मूलन की घोषणा करने से मच्छरों का वंशनाश नहीं होता। जब तक मच्छर रहेगा, मलेरिया, डेंगू और चिकनगुनिया रहेंगे। कोई नयी गम्भीर बीमारी भी

जन्म ले सकती है। कौन जाने मच्छर भविष्य में ऐसा ख़तरनाक वायरस फैला दें कि लोग पतंगों की तरह मरने लगें।"

तेजू को छोड़ बाकी तीनों की आँखें टिड्डों की तरह चेहरे पर फैल आयीं। ये पी थ्री तो सचमुच ख़ब्ती है। पर चन्दू को लगा, इस तरह एकटक देखने से वह बाक़ी दोनों की तरह उल्लू का पट्ठा साबित हो रहा है। उसने झट से कहा, "मैं आपसे सहमत हूँ पन्तजी।"

पी थ्री ने उसकी ओर नज़र उठा कर गरदन को झटका दिया, "एक ये हैं साले, नये मच्छर। असहमत भी हो जाओ तो मेरा क्या उखाड़ लोगे?"

पांडे खिसिया गया, "मैं मच्छर नहीं, सेवक हूँ पन्तजी। सेवक का काम उखाड़ना नहीं होता।" उसने हाथ जोड़ते हुए भय्याजी की नकल की।

"मैं जानता हूँ तू कैसा सेवक है, चन्दू पांडे। मेरा मुँह मत खुलवा।"

चन्दू जैसे समझ गया कि पी थ्री क्या कहना चाहते हैं। वह सरकना चाहता था। लेकिन जैसे ही दो क़दम आगे बढ़ा, पी थ्री ने उसकी बाँह पकड़ ली, "इस आदमी को, ये जो ग्राम प्रधान का चुनाव लड़ रहा है, एक लड़की को सेलफ़ोन उपहार में देने के लिए देवदार के दो पेड़ काटते हुए मैंने रंगे हाथों पकड़ा था।"

पांडे का रंग उतर गया। बोला, "पन्त जी, मैं आपकी बहुत इज़्ज़त करता हूँ और इज़्ज़त मेरी भी है।"

पी थ्री ने उसका हाथ और कस कर पकड़ लिया, "तेरी इज़्ज़त की ऐसी-तैसी मारूँ। इज़्ज़त का जनाज़ा तो उसी दिन उठ जाता बेटा, पर मैं ग़लती कर गया जो शिकायत नहीं की।"

पांडे हाथ छुड़ा कर गोली की तरह भागा। पी थ्री गाली-गुफ़्ता की भाषा कम इस्तेमाल करते हैं। लेकिन चन्दू की ज़ुर्रत देख कर उखड़ गये। गुलफ़ाम से प्रभावित लड़के और मोहन सिंह को उम्मीद नहीं थी कि चन्दू पांडे की ऐसी दुर्गति होगी। वे दोनों चुपचाप खिसक लिए। लड़के ने एक बात गाँठ बाँध ली कि चन्दू पांडे साधारण जीव नहीं। चन्दू सड़क के दूसरी ओर पहुँच कर सुर्ती बनाते हुए अकेले में पी थ्री को गालियाँ देता रहा।

पी थ्री तेजू को पेड़ काटने वाली उस रात की कहानी बताने लगे, जब पूरा चाँद निकला हुआ था। उन्हें नींद नहीं आ रही थी। वे टहलते हुए ठक-ठक की उस आवाज़ की ओर निकल गये थे, जो पेड़ पर कुल्हाड़ी चलने से जुन्हली रात के सीने को चीर कर पहाड़ों से टकरा रही थी। ऐसा लगता था कोई शरारती छोकरा पहाड़ की चोटी पर बैठ कर उस आवाज़ की नकल कर रहा है।

भोला गुरु से मिलने के लिए पूरन सिंह कई दिनों से उतावले थे। उनके बचवाली

पहुँचते ही पूरन सिंह ने उन्हें सारी बातें विस्तार से बतायीं। पूरन सिंह तीनों मित्रों में सबसे बड़े थे। लेकिन वे, स्कूल के दिनों को छोड़ कर, भोला दत्त को पंडित होने के कारण 'गुरु' कहने लगे थे।

भोला दत्त हैरान थे। आख़िर माधव और शिव की जगह यह लड़की बचवाली क्यों आयी। वह जोशी कॉटेज के वीरान होने की कहानी क्यों जानना चाहती है? इससे एक बात तो स्पष्ट है कि शिव ने उसे साफ़-साफ़ कुछ नहीं बताया है। तब हम कैसे बता सकते हैं? भारी धर्मसंकट है।

"हो सकता कि बेटी के साथ शिव भी आया हो?" भोलादत्त ने मन में आ रहे ख्याल को पूरन से साझा किया।

"आया होता तो हमसे मिलता नहीं? और उसकी बेटी छिपाती क्यों?" —पूरन सिंह बोले। भोला दत्त ने कुछ क्षण चुप रहने के बाद दूसरी संभावना की ओर इशारा किया, "कौन जाने, घर के अन्दर ही हो?"

"ये सम्भव नहीं है।" पूरन सिंह ने कहा तो भोला दत्त चुप हो गये। लम्बी खामोशी और फिर से कुछ देर की अटकलबाजी के बाद दोनों ने अगले दिन अपनी-अपनी पत्नियों के साथ जोशी कॉटेज जाने का फैसला कर लिया।

पूरन सिंह और भोला दत्त, दोनों ही जीवन को निस्सार मानने की ओर प्रवृत्त थे। पूरन सिंह तो सारा जीवन अपने आप को खुद ही पीड़ा पहुँचाते रहे। दर्द से दर्द का इलाज़। पता नहीं खुद से उन्हें क्या शिकायत थी। हालाँकि अपनी बेटियों से बहुत प्रेम करते थे। अपनी जीवन साथी के स्वभाव के साथ उन्होंने पटरी बिठी ली थी। निभाते रहे। उन्होंने कभी किसी को नहीं बताया कि वह कौन-सा दुख है जिसे अन्दर घोटते रहते हैं।

भोला दत्त वक़्त के सताए थे। सच पूछा जाये तो समय ने भोला दत्त की बड़ी धुलाई की। उनका जीवन बच्चों के कारण नीरस हो गया था। पशुओं जैसी स्वप्नविहीन आँखों के साथ वे जी तो रहे थे, लेकिन जीवन के प्रति कोई उत्साह नहीं बचा था। सुख-दुख की बातें करने पर ऐसे देखते जैसे भैंस कुछ कहना चाहती हो। मुँह से कहते कुछ नहीं थे। आँखों की भाषा कोई समझता नहीं था। पहले जब दुकान पर बैठते थे, अख़बार का सहारा था। दुकान छूटने के बाद उन्हें अपने अकेले की ज़रूरत के लिए अख़बार महंगा लगने लगा। अब घर में बैठ कर दीवार को एकटक देखते रहते हैं और पता नहीं क्या सोचते हैं।

बड़ा बेटा लखनऊ में नौकरी कर रहा था। सास-बहू में कभी नहीं बनी। शुरू में बड़ा घर पर पैसे भेजता था। पिछले कुछ सालों से वह सिलसिला बन्द हो गया। छोटा लड़का शुरू से ही उनके साथ दुकान सँभालता था। उसका पढ़ने में मन नहीं लगा, पर काम पर लगता था। सब ठीक चल रहा था। बड़ी बहू के साथ हुए अनुभव से सास ने सबक लिया। उन्होंने अपने मुँह को ताला मार लिया था।

खुलेगा नहीं तो अप्रिय बात कैसे निकलेगी। पर छोटे की पत्नी मुँह खोलने के लिए उकसाती रहती। जैसे कोई बार-बार साँड़ को कपड़ा दिखाता हो। एक दिन सास का मुँह सोडा वाटर की बोतल की तरह लीक कर गया—सू-ऊऊऊ। बहू ने शब्द पकड़ लिए। पति के सामने उनकी व्याख्या की—तुम्हारी माँ ने आज 'सू-ऊऊऊ' कहा। मैं यहाँ अपमान सहने के लिए नहीं हूँ। बेटे ने इसे गम्भीरता से ले लिया। ये तो वाक़ई अपमानजनक है। सास होने का ये मतलब नहीं कि कुछ भी कह कर बहू की खिल्ली उड़ाई जाये।

उन्हें अलग रहने का बहाना मिल गया।

यहाँ तक भी ठीक था। लेकिन उसके बाद बाप-बेटे में दुकान को लेकर तकरार शुरू हुई। आख़िर में लड़के ने दुकान पर क़ब्जा कर लिया। भोला दत्त काफ़ी रोये-गिड़गिड़ाये और गरजे-दहाड़े। लेकिन बेटा न डरा, न पसीजा। तब कुछ लोगों ने बीच में पड़ कर बाप को तीन हजार रुपए महीना किराये की तरह देते रहना तय करवा दिया। उसी से घर का ख़र्च चलता है। भोला दत्त के हाथ-पैरों में सूजन रहती है। कुछ लोगों ने डराया कि किडनी ख़राब न हो गयी हो। मुसीबत में वे भतीजे के पास देहरादून भागे और सारी जाँच वगैरह करवाने के बाद अब लौटे थे।

लीला ने चलने से पहले बालों में तेल डाल कर चोटी गूँथी और सिर पर पल्ला रख लिया। बाल और साड़ी सरसों के तेल की तेज गन्ध से महक रहे थे। जोशी कॉटेज पहुँचते ही उन्होंने रेवा को गले लगाया। पति के लँगोटिया यार की बेटी।

रेवा को वह गन्ध आत्मीय लगी। बचपन की कहानियों के नायकों में से एक की पत्नी।

भोला दत्त की पत्नी ने उसके सिर पर हाथ फेरा। पति के लँगोटिया यार की बेटी।

रेवा ने गोबर की गन्ध वाली उस स्त्री की तरफ़ कृतज्ञता से देखा। बचपन की कहानियों के दूसरे नायक की पत्नी।

दोनों उसके हाथों को अपने-अपने खुरदरे हाथों में लेकर काफ़ी देर तक निहारती रहीं। पूरन सिंह और भोला दत्त बैंत की बुनी कुर्सियों पर बैठ कर जोशी कॉटेज को देख रहे थे। पुराने ज़माने की उन कुर्सियों के फ्रेम को थामने के लिए पीतल के टावर बोल्ट लगे थे, जो मैल और वातावरण की नमी से काले हो गये थे। कुर्सियों की तरह बहुत सारी ऐसी चीज़ें वहाँ अब भी मौजूद थीं जो बदरंग होने के बावजूद पुराने दिनों की याद दिलाती थीं। अपनापन लिए पुरानी और बदरंग चीज़ें। बोरा-बन्द यादों का मुँह खोलतीं।

महिलाएँ फिर-फिर रेवा के सिर पर हाथ फेर रही थीं। रेवा का मन भर आया।

इतना गहरा प्रेम और अपनापन निश्छल स्त्रियाँ ही दे सकती हैं। निश्छल स्त्रियाँ, जो बचपन की कहानियों के नायकों की पत्नियाँ हैं।

क़स्बे में भोला दत्त और पूरन सिंह जैसे इक्का-दुक्का लोग ही होंगे जिन्हें जोशी कॉटेज के दरवाज़े खुलने की भनक पहले से नहीं लग पायी, जबकि इन्तज़ार उन्हीं दोनों को रहता था। असल में, भोला दत्त पिछले कुछ महीनों से बचवाली में नहीं थे। पूरन सिंह घर से निकलते नहीं। केवल राशन-पानी और ज़रूरी सौदा-सामान लेने हफ़्ते-दस दिन में बाज़ार जाना होता है। घोड़े की तरह सीधे जाते हैं। गधे की तरह सामान लेकर सीधे आते हैं। दुनियादारी की बातों में उनकी रुचि कम होती जा रही थी। कुछ लोग कहते हैं, इस उम्र में अब उन्हें बेटे की ज़रूरत महसूस होने लगी है। लड़कियाँ ही लड़कियाँ होने का ग़म खा गया। हालाँकि पूरन सिंह इससे इनकार करते हैं। कहते हैं, बेटियाँ दूर रह कर भी ध्यान रखती हैं। शायद इतना ध्यान बेटे पास रह कर भी नहीं रखते होंगे। बेटियाँ उजाले की तरह होती हैं। शायद खुशबू की तरह होती हैं। या शायद संगीत के सुरों की तरह होती हैं। वे जहाँ होती हैं रोशनी, खुशबू और गुंजन फैलाती हैं। बेटे कैसे होते हैं, मुझे नहीं पता। लेकिन इतना पता है कि बेटे भोला गुरु के बेटों की तरह भी होते हैं। अपने बचपन की ओर पीठ फेरे। आँखें मूँदे। उस बचपन की ओर जिसमें भोला गुरु अपनी उँगली और भौजी अपनी चूचियाँ छोड़ आयी थीं।

शिव को याद करने का सिलसिला शुरू हुआ तो पता नहीं बचपन की कितनी बातें निकल आयीं। रेवा ने अपने फ़ोन की फोटो गैलरी में सेव की गयी शिव और उनकी पत्नी की कई तस्वीरें उन लोगों को दिखाईं। उनके बारे में बहुत सारी बातें बतायीं। थोड़ा आश्चर्यजनक था कि उसने फ़ोन पर बात नहीं कराई। पर इस ओर भोला दत्त और पूरन सिंह का ध्यान नहीं गया। उन दोनों के लिए फ़ोन कॉल अब भी कोई सस्ती चीज़ नहीं थी। वे खुश थे। दोस्त के बारे में बहुत कुछ जानने को मिला। दोनों एक राय थे कि अगर शिव उन्हें सड़क पर मिल जाता तो वे शायद ही उसे पहचान पाते। वह युवा लगने वाला अधेड़। हम बूढ़े हो गये अधेड़।

"तो वह कौन-सी गाँठ थी, जिसके बारे में पूरन अंकल उस दिन बता नहीं पाये? ...भोला अंकल, क्या आप भी चुप रहना पसन्द करेंगे?" हँसी-खुशी के उस माहौल के बीच रेवा के सवाल ने अचानक ही मिज़राब की तरह वह सुनसान तार छेड़ दिया, जिससे एक उदास धुन निकलने लगी। वह धुन कमरे में धुँध बन कर फैल गयी। धुँध राख में तब्दील होकर सबके चेहरों पर बैठने लगी। राख से चेहरे शर्मिंदा हो गये।

काफ़ी देर उदास धुन बजती रही। काफ़ी देर तक राख उड़ती रही। पूरन सिंह और भोला दत्त के साथ-साथ उनकी पत्नियों के चेहरों को भी स्याह और शर्मिंदा करती रही। अन्ततः भोला दत्त ने संवाद में आया गतिरोध तोड़ा, "बेटा, जो बातें

दुख के अलावा कुछ नहीं दे सकतीं, उन्हें याद करने का क्या फ़ायदा?"

"कैसी बात करते हो, ऐसा कुछ भी तो नहीं है।" –भोला दत्त की पत्नी ने उन्हें टोका, तो पूरन सिंह ने साथ दिया, "हाँ, और क्या, हर बात हमने बता दी।"

"आप लोग सफ़ाई के साथ झूठ भी नहीं बोल पा रहे।" –रेवा ने एक तरफ़ के गाल को हल्का टेढ़ा कर आहत मुस्कराहट के साथ कहा।

"ऐसी कोई बात नहीं है।" –पूरन सिंह ने फिर से समझाना चाहा, लेकिन उनकी नज़रें सीधी नहीं थीं।

"मैं आपके दोस्त को यहाँ लाना चाहती थी। मेरा सोचना ग़लत था कि यह घर एक बार फिर आबाद हो सकता है।"

चारों कमज़ोर पड़ने लगे। सबसे पहले पिघले भोला दत्त। कहानी उन्हीं ने शुरू की। पूरन सिंह ने साथ दिया। दोनों मिल कर रेवा को अट्ठाईस साल पहले जोशी कॉटेज में आये तूफ़ान की कहानी बयान करने लगे। दोनों औरतें उस कहानी को फिर से सुन रही थीं और बीच-बीच में उनकी आँखें छलक आती थीं। दुख पनाह माँगता रेवा के अन्दर घुस रहा था। इतना कुछ घटा उस स्त्री के साथ जिसने केवल प्रेम करने की ग़लती की थी। कितना निष्ठुर, सनातनी और रूढ़िवादी समाज! ऐसे कट्टर और परम्परानिष्ठ घरवाले।

दुख रो रहा था।

पूरन सिंह, भोला दत्त और दोनों स्त्रियों को जोशी कॉटेज में दो घंटे हो गये थे। माहौल काफ़ी बोझिल हो चुका था। रेवा ने एक भी आँसू नहीं बहाया। यह काम स्वयं दुख ने सँभाल लिया था। वह विचलित लग रही थी। दृढ़ किन्तु विचलित। पूरन सिंह की पत्नी ने मर्मांतक टिप्पणी की, "सारी ग़लती जानकी की थी। उसने एक भरे-पूरे परिवार को उजाड़ दिया।"

भोला दत्त की पत्नी ने उतना ही मर्मघाती समर्थन किया, "जवानी तो सबको चढ़ती है। ऐसा भी क्या कि घर-परिवार की इज़्ज़त का ध्यान न रहे।"

भोला दत्त ने गर्दन हिलाई। सहमत। पूरन सिंह कसमसाते रहे। अन्ततः उनसे रहा नहीं गया, "एक उम्र होती है। हो जाता है।"

"तुम सठिया गये। 'हो जाता है' का मतलब? बीमारी थोड़े है कि हो जाती है।" –उनकी पत्नी भड़क गयी। पूरन सिंह ने निर्विरोध स्वर में कहा, "बीमारी ही समझ लो। सोच-समझ कर कोई कुछ नहीं करता। किसी के भी साथ हो सकता है।"

भोला दत्त की पत्नी ने पूरन सिंह से मज़ाक किया, "तुम तो ऐसे कह रहे हो जैसे तुम्हें भी कभी हुआ हो?"

पूरन सिंह हकलाने लगे, "हम सब ज़िन्दगी में ग़लतियाँ करते हैं। लेकिन अपनी भूल जाते हैं और दूसरों की कुरेदते रहते हैं।"

पूरन सिंह जानकी की कुशल जानना चाहते थे। किन्तु पूछ नहीं पा रहे थे।

कहीं बचपन की ओर जा रहे बेतार के उस तार को कोई पकड़ न ले। उनकी टिप्पणी से भोला दत्त की पत्नी का ध्यान उस ओर गया, "हाँ, वैसे वो है कहाँ?"

सवाल रेवा से था। सभी उत्तर के लिए उसकी ओर देखने लगे। पूरन सिंह का दिल धड़कने लगा था।

"पता नहीं।"

"मतलब?" —पूरन सिंह ने पूछा।

"यहाँ से मुम्बई जाने के एक साल बाद ही एक दिन वो दवाई लेने गयीं और ...फिर लौट कर कभी नहीं आयीं। न ज़िन्दा, न मुर्दा।"

सब सन्न रह गये। पूरन सिंह के चेहरे पर मायूसी छा गयी। उन्होंने अपना चश्मा पोंछा। रेवा के घर आने से पहले वे कनकटे चश्मे को डंडी लगवा चुके थे। उसे वापस पहनते हुए उन्होंने ज़ोर से आह भरी—हरे रामजी।

रेवा चुप थी और बारी-बारी से सभी के चेहरों की तरफ़ नज़र उठा लेती। अन्ततः दोनों महिलाएँ अफ़सोस करती हुई उठ खड़ी हुईं। उन्होंने रेवा के सिर पर हाथ फेरा और चली गयीं। पूरन सिंह और भोला दत्त भी भारी कदमों के साथ विदा हुए। पूरन एक तरह से सदमे की स्थित में थे। जब भी जानकी की याद आती, वे हमेशा यही दुआ करते थे कि वह जहाँ भी हो सही-सलामत हो। सुखी हो। लेकिन इस स्थिति की तो उन्होंने कल्पना ही नहीं की थी। उफ।...मेरा प्रेम तो चलो, असफल रहा, लेकिन उसके सुखी जीवन के लिए मेरी दुआएँ और प्रार्थनाएँ भी काम नहीं आयीं !

दुआएँ और प्रार्थनाएँ काम आने वाली होतीं तो सबका जीवन वही सँवार रही होतीं। उन्होंने दुआ और प्रार्थना पर, उनकी निरर्थकता के लिए व्यंग्य किया।

चोखे सपने, नशेड़ी मन

फसक के ढलते दौर में भी लालबुझक्कड़ बचवाली को फसकियों का देश कहता है। जहाँ लोगों की नस-नस में फसक बहती है। लबरे-लबाड़ी अपनी अद्‍भुत सर्जनात्मकता का परिचय देते हुए अक्सर मामूली क़िस्से में भी चार चाँद लगा देते हैं। चार चाँदों की रोशनी में फसक की नदी। फसक के पेड़। फसक के बादल। चार चाँदों की रोशनी में फसक का सूरज।

पुष्पा का ही क़िस्सा लीजिए। नन्नू बाबा के आश्रम में जाते हुए पन्द्रह-बीस दिन हुए होंगे कि फसक का छतनार वृक्ष खड़ा हो गया। हर शाख की अलग कहानी। हरेक दूसरी से होड़ लेती हुई। हर फुनगी पर पुष्पा। जो कभी बाबा के आश्रम नहीं गये, वे भी कहने लगे कि पुष्पा को बाबा के पैर दबाते उन्होंने अपनी आँखों से देखा। कुछ लोग हर संभावित स्थित की कल्पना कर कहानी में

सलमा-कढ़ाई करने लगे। कहा जाने लगा कि आजकल पुष्पा बाबाजी को ध्यान कराने लगी—छलिया ध्यान। इस द्विअर्थी वाक्य से लोगों का मनोरंजन होता। इसके कई-कई अर्थ निकाले जाने लगे और अन्ततः अनर्थ होने लगा। लोग कहने लगे, पुष्पा आँख मूँदती है और बाबा आँखें खोले रखते हैं। पुष्पा अपने अन्दर देखती है और बाबा पुष्पा के अन्दर।

किसी की टिप्पणी होती है—बाबा तो दिव्य-दृष्टि से पहले ही 'अन्दर' देख चुके होंगे। कोई लद्धड़ कहता है कि आजकल वे खिड़की से हिमालय की चोटियाँ देखते हैं। नन्दादेवी और नन्दाकोट।

कुछ लोगों ने यह सूचना भी दे डाली कि बाबा का चेला भैरव रात में उसे छोड़ने जाता है। चलो, ईश्वर करे उस बेचारे को भी खुरचन नसीब हो।

कटु आलोचक वे लोग थे जो बाबा के भक्त नहीं थे या जो पुष्पा के ठंडे रिसपॉन्स से निराश थे। पुष्पा का चरित्र संदिग्ध होता जा रहा था। इन बातों की भनक चन्दू पांडे को लगनी ही थी। छोटी जगह और चन्दू के चौकन्ने कान। लेकिन उसने अपना ध्यान भटकने से रोके रखा। वह ग्राम प्रधान के चुनाव में व्यस्त था। अव्वल तो उसने यक़ीन नहीं किया कि इतने पहुँचे हुए बाबा किसी साधारण स्त्री पर, जो कहीं भी पहुँची न हो, लट्टू हो सकते हैं। यह अवश्य ही बाबा के चरित्र-हनन की कोई साजिश होगी। फिर उसने सोचा, अगर इसमें ज़रा भी सत्यता है तो भी उसे ऐसी बातों पर विश्वास नहीं करना चाहिए, क्योंकि इससे आस्था खंडित होती है। लेकिन ऐसी भी क्या आस्था कि हम उसे किसी कसौटी पर परखने को तैयार न हों?

उसे पी थ्री की बात याद आने लगी। वे कहते हैं, आस्था हमारे विवेक का नाश करती है। कहीं सचमुच मेरा विवेक नष्ट तो नहीं हो गया? नहीं, पी थ्री की बात पर भरोसा करना ठीक नहीं। साला अघोरी कौमनष्ट (कम्यूनिस्ट)। वह क्या जाने आस्था क्या होती है। आस्था हमारे विश्वास की बुनियाद है। वह हिल गयी तो अपने आप से भरोसा उठने लगेगा। वह चुनाव मैदान में क्यों उतरा? क्योंकि उसे जीत की उम्मीद है? उम्मीद क्यों है? क्योंकि उसे बाबा पर आस्था है।

उसने पूरी बाजू के कुर्ते और जवाहर कट सदरी में हाथ जोड़े हुए अपनी एक अच्छी-सी तस्वीर खिंचावाई। उससे पोस्टर तैयार करवाए। फोटोग्राफर को हिदायत दी थी कि चेहरे को भरा हुआ और नेताओं जैसा भव्य बनाना है। बल्कि बाबाओं जैसा दिव्य बनाये तो बेहतर होगा। किन्तु ध्यान रहे, फोटो से इतनी छेड़छाड़ न की जाये कि लोग पहचान न पायें। चन्दू साइड पोज चाहता था। फोटोग्राफर ने फ्रंट पोज लिया। वह अपने काम में दक्ष था। चन्दू की लँगड़ा आम जैसी ठोढ़ी चौसा और रटौल सरीखी गोल दिखने लगी।

इलाक़े में जगह-जगह पोस्टर लग चुके थे। पोस्टर के नीचे एक चलताऊ क़िस्म का नारा लिखा था—'सबको शिक्षा, सबको काम, जब चन्दू होंगे ग्राम प्रधान।' हालाँकि चन्दू पांडे को भी पता था कि सबको शिक्षा दिलाने में ग्राम प्रधान की कोई भूमिका नहीं होती। बमुश्किल दस्तख़त कर पाने वाले ग्राम प्रधानों की तो नहीं ही होती होगी। और प्रधान पत्नियों के हस्ताक्षर खुद करने वालों की? दस्तख़त करने को आतुर साक्षर पति, जो खुद की पत्नियाँ को अक्षर-ज्ञान से दूर रखें।

काम के नाम पर वह मनरेगा में मजूरी के अलावा कुछ नहीं दिला सकता। उसे यह भी विश्वास था कि शिक्षा और काम के झाँसे में लोग वोट देने के लिए टूट पड़ने वाले नहीं हैं। उनका विरोधी मुन्ना सिंह कहता फिर रहा था कि ग्राम प्रधान किसी को घंटा नहीं दिला सकता। फिर भी चन्दू का मानना था, मूर्खों को नारे आकर्षित करते हैं। यों भी चुनाव जीतने के लिए कोई कसर छोड़नी नहीं चाहिए। छत्तीस नुस्ख़ों में एक यह भी था। एक आदमी भी लपेट में आ जाये तो नुस्ख़े को कामयाब समझना चाहिए। कई बार एक वोट से हार-जीत हो जाती है।

जिसे चन्दू की ओर से आजमाया गया दूसरा नायाब नुस्ख़ा माना जा रहा था, वह एक अघटित घटना थी। ऐन चुनाव के दौरान यह बात फैली कि इलाक़े में भूत-प्रेत बहुत सक्रिय हो गये हैं। गंडे-ताबीज़ और भभूत फेल हो रहे हैं। गाँव पर संकट आन पड़ा है।

कूल्हों से खिसकती जींस वाला लालबुझक्कड़ कहता था कि यह अफ़वाह चन्दू के अलावा किसी और की करामात नहीं हो सकती। पर अफ़वाहें हमेशा ऐसे उड़ाई जाती हैं कि उनके उद्‌गम स्थल का पता न लगे। चन्दू ने सार्वजनिक तौर पर केवल यह कहा कि गाँव में प्रेत मुक्ति यज्ञ कराना ज़रूरी हो गया है। इस काम के लिए बाबाजी को बुलाया गया था।

निवर्तमान प्रधान मुन्ना सिंह इस बार कुर्ता-पजामा पार्टी के समर्थन से चन्दू के ख़िलाफ़ चुनाव लड़ रहा था, लेकिन बड़े ही ठंडेपन के साथ। वादे वह कर नहीं सकता था, क्योंकि टिकुली पार्टी की नकल में किया गया पिछला कोई वादा पूरा नहीं कर पाया। जिनमें से, गाँव में मन्दिर बनाने का उसका एक वादा इस बार चन्दू ने लपक लिया और नारा दिया—'जहाँ मुन्ना सिंह ने नहीं बनाया, मन्दिर वहीं बनायेंगे।' कुछ मित्रों और परिचितों से उसने मन्दिर के नाम पर चन्दा उगाही भी शुरू कर दी थी। मुन्ना सिंह का कहना था कि चन्दे की रकम से गाँव के दारूखोरों की पार्टी चलती है। उन दारूबाज़ों में से किसी ने एक दिन नशे की झोंक में आशंका जताई कि अगर भगवान नाराज़ हो गया तो उसके कोप से उन्हें दारू नसीब नहीं हो पायेगी। यह सुन कर एक कच्चा खिलाड़ी ज़ार-ज़ार रोने लगा। चन्दू ने उन्हीं के बीच बैठ कर तेज़ी से तीन पैग खींचे और उसे उत्तर सूझ गया, "अगर भगवान नाराज़ होगा तो सबसे पहले मुझसे होगा। क्योंकि मैं दारू पिला रहा हूँ और पी भी रहा हूँ।"

बात तो ठीक है। सबने सहमति में गरदन हिलाई। चन्दू ने पूछा, "तुम लोग मुझे गधा समझते हो?"

सबने कहा—क़तई नहीं। चन्दू खुश हुआ। बोला, "मैं चन्दे और धन्धे के नोट अलग-अलग रखता हूँ। मन्दिर के रुपये से आज तक कभी दारू नहीं ख़रीदी। कोई भगवान को चकमा देकर चुनाव जीत सकता है भला?"

नहीं। सबने माना। कच्चे खिलाड़ी के आँसू थम गये। वह मुस्कराया। सबने ठहाके लगाये। उस रात उन्होंने देर तक पी। भगवान से नाराज़ नहीं होने और चन्दू को चुनाव जिता देने की प्रार्थना की।

नन्नू बाबा ने दो तर-ज़बान और दो ठस-दिमाग़ लोगों को साथ रखने की सलाह दी थी। तर-ज़बान और बुद्धिमान गाँव में मिले नहीं। वह ऐसा बुद्धिमान ढूँढ़ रहा था जो तेजू जैसा भूत और भगवान विरोधी न हो। जो पी थ्री और लालबुझक्कड़ की सोहबत में न हो। जो रस्ट कलर के कुर्ते वाले जैसा कुतर्की न हो। जो साला कम्यूनिस्टों की लँगोट न हो।

कम्यूनिस्टों की लँगोट का अर्थ उसने 'वाम समर्थक' बताया।

आख़िरकार उसने चार ठस-दिमाग़ मुश्टंडे साथ रख लिए। वे चारों मारपीट, छेड़छाड़, बदसलूकी आदि के लिए कुख्यात थे। उन्हें साथ रखने से दहशत फैलाने में बड़ी मदद मिली। बदले में उसने चारों का पन्द्रह दिन तक खाने और 'पीने' का ख़र्चा उठाया। दो मुश्टंडों को तो उसने भरोसा दिला दिया था कि आगे चल कर वह एक को निजी सचिव और दूसरे को उगाही प्रभारी बनायेगा। निजी सचिव फ़ोन पर डील करेगा और उगाही प्रभारी मौक़े पर जाकर। निजी सचिव चन्दू के हाथ से झंडे, बैनर, पोस्टर अपने हाथ में लेकर पीछे-पीछे चलने लगा। अपनी भविष्य की भूमिका वर्तमान में निभाते हुए। उगाही प्रभारी ने मन्दिर के चन्दे का काम सँभाल लिया।

चन्दू ने दिन में दो बार बूढ़ी और अधेड़ औरतों के पैर छुए, हर युवती को बात-बात पर 'बैणी'[1] कहा और हरेक को कोई न कोई आश्वासन देकर खुश करने की कोशिश की। जिन्हें उसने बैणी कहा, उनमें से मायके आकर रह रही एक महिला ऐसी भी थी जिससे उसने कभी सैंणी[2] बनने की पेशकश की थी। गाँव की भाभियों को उसने 'प्रणाम भौजी' कहना शुरू किया था। हालाँकि इनमें से ज़्यादातर पर उसने कभी न कभी फबती कसी थी।

सब हैरान थे। उन्होंने चन्दू में आये इस परिवर्तन को देखते हुए उसे माफ़ कर दिया। उनका मानना था कि सुधरे हुए आदमी को भले ही मौक़ा न दो, पर बिगड़ैल को देना चाहिए। उसके सुधरने से समाज का संकट कट जाता है।

अन्ततः सबसे अधिक वोट उसके पक्ष में पड़े प्रेत-मुक्ति यज्ञ से। लोगों ने

---

1. बहिन, 2. पत्नी (स्त्री)।

इसे सबसे बड़ी समाज-सेवा करार दिया, क्योंकि बाबाजी ने यज्ञ की समाप्ति पर हरेक की पीठ पर डुक्का मार कर उन्हें प्रेत के संभावित असर से मुक्त किया था। घर-घर में स्पष्ट सन्देश गया कि यह सब चन्दू पांडे के प्रयास से सम्भव हुआ। कुछ तो यहाँ तक कहते थे कि यह चन्दू के प्रताप से हुआ। सारी मेहनत-मशक़्क़त (मुन्ना सिंह की मानें तो चाल-फ़रेब) का नतीजा यह हुआ कि चन्दू ने चुनाव में फ़तह हासिल की।

भगवान ने शराबियों की प्रार्थना सुन ली।

चुनाव जीतने पर भविष्य का निजी सचिव और उगाही प्रभारी स्थायी भाव की तरह चन्दू के साथ चिपक गये। उगाही प्रभारी तो अभी से वसूली अभियान चलाने के फेर में था। चन्दू ने समझाया कि थोड़ा सब्र करे, ग्राम प्रधान स्तर के नेता की एजंट से वसूली कराने की हैसियत नहीं होती। प्रधान की जेब में तो लोग 'डाइरेक्ट' भी कुछ नहीं डालते। उसे किटकन ठेकेदारी और मुफ़्त की सब्जी, दूध, फल वगैरह पर गुज़र कर लेने वाला अदना नेता माना जाता है। ग्राम प्रधान का मतलब फ़ोकट की फूँ-फाँ।

चुनाव जीतते ही चन्दू ने दोनों मुश्टंडों को साथ लिया और सबसे पहले नन्नू महराज से मुलाक़ात की। खड़ी क्रीज वाली पैंट-कमीज़। माथे पर पिठ्यां (रोली-चावल)। गले में गेंदे के ताज़ा फूलों की माला। चरण छूकर बाबाजी का आशीर्वाद लिया। अगली बार ब्लाक प्रमुख का चुनाव जीतना था। हालाँकि उसमें सीधे विधानसभा के लिए मोर्चा लेने की कूव्वत आ गयी थी, बशर्ते बाबा के आशीर्वाद से भय्याजी का पत्ता कट जाये। उसने तो सपना भी देख लिया था। सड़क के दोनों तरफ़ लोग खड़े थे। गाड़ियों के काफ़िले को हाथ हिलाते और ज़िन्दाबाद के नारे लगाते। अचानक उसे अहसास हुआ कि जिस काफ़िले को वह देख रहा है, वह उसी का है। सड़क पर खड़ा चन्दू गाड़ी में बैठे चन्दू को देख रहा था। सड़क पर खड़ा चन्दू गाड़ी मे बैठे चन्दू की 'ज़िन्दाबाद' सुन रहा था। सड़क पर खड़े और गाड़ी में बैठे, दोनों चन्दुओं का मन झूमने लगा। जैसे मन ने बियर पी रखी हो।

सड़क किनारे खड़े लोगों में रेवा और बचवाली की कई नकचड़ी लड़कियाँ नज़र आयी थीं। बियर पिये मन को बड़ी तसल्ली हुई।

सपने की सुबह उसने सोचा कि बाबाजी से रेवा का भूत उतरवा लिया जाये तो लड़की बड़ी मस्त है। पर उसे ख़तरा भी लगा। भूत उतार कर कहीं बाबाजी खुद...उन्हें कौन उतारेगा? फिर उसने अपने आप को कोसा—छी-छी, बाबाजी के बारे में ऐसी बात सोचना उसे शोभा नहीं देता। अभी वह विचार फिर से कौंधा। लेकिन...छी-छी। बाबाजी की बदौलत ही उसने प्रधान का चुनाव जीता। उसे तो यों भी बाबाजी के बारे में अच्छे विचार रखने चाहिए।

नन्नू बाबा ने दोनों हाथ सिर पर रख कर आशीर्वाद दिया, "मेरी भविष्यवाणी का पहला चरण पूरा हुआ।"

चन्दू ने गद्गद भाव से बाबा को देखा, "मेरी इच्छा है, जल्द ही एक और चरण पूरा हो और आश्रम देहरादून पहुँच जाये। अंतिम चरण में दिल्ली। मुख्यालय यहीं रखेंगे महराज। ये बड़ी शगुनिया जगह है।"

देहरादून उत्तराखंड की राजधानी और दिल्ली देश की। बाबा उसका इरादा भाँप गये। सड़क से संसद तक की यात्रा। बड़ा तेज़। टीवी चैनलों को पछाड़ रहा है।

"अभी तो आश्रम के विस्तार का विचार बनाओ चन्दू जी।" बाबा ने चन्दू का ध्यान प्रधानी की गुरु दक्षिणा की ओर खींचा। चन्दू के मन में कोई 'छी-छी' बात नहीं आयी। उसे अभी कई और चुनाव जीतने थे। कई सपने देखने थे। बियर पीने वाले मन को दारू पिलानी थी। चोखे सपने और नशेड़ी मन।

उसने भविष्य की ओर देखा और बाबा को आश्रम के कायाकल्प का आश्वासन देकर जाने लगा। नशेड़ी मन झूम रहा था। पर्दा गिरने को हुआ। लेकिन फिर से उठ गया। दृश्य में एक अविश्वसनीय एंट्री हुई थी। पुष्पा स्टील की तस्तरी में कटा हुआ सुनहरा-नारंगी पपीता लिए बाबाजी की ओर बढ़ती चली जा रही थी। चन्दू उसकी चाल में खो गया। ऐसी लचक-मचक। इतनी नख़रीली।

पुष्पा अब ज़्यादा से ज़्यादा समय बाबा की सेवा में लगा रही थी। चालीस दिन पूरे हो चुके थे। लेकिन बाबा ने चलिया ध्यान को चालीस दिन और आगे बढ़ा दिया। उनका कहना था कि जादू का असर अभी पूरी तरह समाप्त नहीं हुआ है। पुष्पा को लगता कि वह ज़रूर कोई चूक कर बैठी होगी। इसीलिए असर रह गया। अब कोई चूक नहीं होने देनी।

चन्दू ने पुष्पा से नज़र हटा कर बाबाजी से मिलाई, "अच्छा फल है। आपकी पसन्द अच्छी है। अपने बग़ीचे के आड़ू-प्लम खाकर मैं भी ऊब गया हूँ।"

"तुम्हारे पास अपना बग़ीचा तो है चन्दू बाबू। हमारे पास तो है ही नहीं," कह कर बाबा ने पपीते की तस्तरी कस कर पकड़ ली, "ये सन्यासियों का फल है। इसका रंग देखो।" फिर पूछा, "तुम्हारे लिए सेब कटवाऊँ?"

चन्दू ने इनकार कर दिया। नज़र फिर से पुष्पा पर ठहर गयी। उसे आश्चर्य हो रहा था कि यह स्त्री ऐसी ही थी या इसमें अचानक निखार आ गया। कहीं बाबा इसे हल्दी-चन्दन और जड़ी-बूटियों का देसी फेस-पैक बना कर तो नहीं दे रहे?

"बाबाजी, कॉस्मेटिक्स के धन्धे में बड़ी बरकत है।" —उसने बिना किसी सन्दर्भ के कहा। बाबा की समझ में नहीं आया कि यह बात अचानक कहाँ से आ गयी।

"मतलब?"

"मतलब यही कि धरम के दूने हैं।"

"व्यवसाय करने को कह रहे हो?"

"देश की महिलाओं का सौन्दर्य निखारना देश सेवा है। कैसे है, यह आप साबित कर देंगे। आप बाबा हैं।" –चन्दू ने फिर से पुष्पा की ओर देख कर कहा। बाबाजी को आश्चर्य हुआ। आदमी की बुद्धि के कपाट उसकी उन्नति के साथ खुलते जाते हैं क्या? एक झटके में इतनी चतुराई। बोले, "एम.एल.ए. बन जाओ, तो शुरू करेंगे।"

भक्तों के आने का समय हो रहा था। पुष्पा कोने में रखा कालीन बिछाने लगी। चन्दू ने कनखियों से उसकी ओर देख कर कहा, "महराज जी, आप बग़ीचे की चिन्ता कर रहे थे। आपका भी तैयार समझो। ज़मीन सरकारी, बग़ीचा आपका।"

महराज हँसे, किन्तु वह उन्मुक्त हँसी नहीं थी। उन्हें चन्दू की बात अच्छी नहीं लगी। चन्दू पांडे भी बाबा के मनोभाव ताड़ गया। लेकिन ज़बान से निकली बात को छिपकली की तरह जीभ फेंक कर खींच नहीं सकता था। घबराहट होने लगी। कहीं महराज नाराज़ न हो जायें। उसने मन्दिर के विस्तार का आश्वासन एक बार और दोहराया, ताकि वे उसकी भूल को नज़रंदाज़ कर दें।

अब भय्याजी का आशीर्वाद लेना ज़रूरी था। उसने सोचा। चरण छुएगा, तभी एक दिन पैरों के नीचे से दरी खींच पायेगा।

चन्दू पांडे किशोर उम्र से ही डगमगाते ईमान के साथ जवान हुआ। नाव में बैठा ईमान। जब भी कोई मूल्यवान और आकर्षक चीज़ देखी तूफ़ान आ जाता। लड़की से लेकर लकड़ी तक। नौका डोलने लगती। बहुत कम उम्र में ही वह लकड़ी चोर के रूप में कुख्यात हो गया था। बाद में उसने चोरी-चकारी को पर्दे के पीछे धकेल दिया। सीना तान कर प्रॉपर्टी के धन्धे में प्रवेश किया। उसे धन्धे ही टेढ़े सुहाते थे, जिनमें सम्मान पाना भी टेढ़ा काम था। भय्याजी की मेहरबानी से साल में ठेकेदारी का एकाध काम पहले भी मिल जाता था। उसमें भी रुपये से ज़्यादा बदनामी कमाई। कोई दीवार उठाने, पुलिया (कल्वर्ट) या नाली बनाने का काम मिलता तो उसकी कोशिश होती कि एक लाख के ठेके में सत्तर हजार बच जायें। इस प्रयास में वह पचास प्रतिशत बचा ही लेता। प्रधान बनने के बाद ठेकेदारी का धन्धा फलने-फूलने की उम्मीद बँध गयी। ज़्यादा बड़ा काम और ज़्यादा बड़ी बचत के द्वार खुलते दिख रहे थे। इससे आगे और चमकते दिन थे। उजले और अच्छे दिन। खुल जा सिमसिम!

पत्नी भी आश्वस्त थी। पति का भविष्य उज्जवल लग रहा था। वरना वह तो चन्दू की सनक से उकताने लगी थी। बाबाजी से पूछते-पूछते रह गयी कि क्या सचमुच उन्होंने चन्दू को एम.पी. बनने का आशीर्वाद दिया है, या वह खिसक गया?

चन्दू के प्रधान बनने के बाद उसे इसकी ज़रूरत नहीं रही। अपने गाँव-बिरादरी के वोट ठगना, देश को ठगने से ज़्यादा मुश्किल काम है। विश्वास हो गया कि अब चन्दू का कुछ भी बनना सम्भव है। पति की कामयाबी ने घरवाली को ऐंठने का हौसला दिया। उसकी गरदन खड़ी-खड़ी और अकड़ी-अकड़ी रहने लगी। उसने मोम-तेल के लेप से फटी एड़ियों की मरम्मत शुरू कर दी। बीस रुपए सैकड़े में भतीजी को सफेद बाल उखाड़ने का ठेका दे दिया। बड़े लोगों जैसा बनने के लिए बड़ी तैयारी ज़रूरी थी।

लोगों के व्यवहार में रातोंरात आया बदलाव देख कर वह गद्‌गद थी। पति को सांसद बनवाने के लिए कोई तिकड़म उसे भी भिड़ानी चाहिए। उसका भी कोई योगदान हो। उसने सोचा।

सत्यनारायण की कथा करने का विचार बुलबुलों की तरह मन में उठने लगा।

चन्दू की उम्र ज्यों-ज्यों बढ़ रही थी, धन की भूख और औरत की प्यास तेज होती जा रही थी। पुष्पा को क़रीब से देखने के बाद उसमें गहरी छटपटाहट भर गयी। ग़ज़ब की लचक-मचक। इस स्त्री के सौन्दर्य को वह पहले क्यों नहीं देख पाया? अब भारी दिक़्क़त थी। पुष्पा पर, जैसा कि बताया जा रहा था, नन्नू बाबा मेहरबान थे। नन्नू बाबा पर चन्दू को बड़ी श्रद्धा थी। धर्मसंकट। दिमाग़ रोकता लेकिन दिल रपट-रपट जाता। जैसे बर्फ़ पर पाला पड़ने के बाद पैर रपटता है।

चन्दू को बाबाजी का कथन याद आ गया। उन्होंने कहा था—जब किसी पर श्रद्धा रखते हो तो शंका मत करो। शंका से श्रद्धा कम होती है। श्रद्धा कम होने से पतन होता है। पतन होने से नरक मिलता है। नरक में इस जीवन से करोड़ गुना कष्ट हैं।

लेकिन नरक तो मरने के बाद मिलेगा। अभी तो सांसद बन कर स्वर्ग देखना है। बाबाजी पर शंका की और वे रुष्ट हो गये तो दोनों जहान के स्वर्ग से जाऊँगा। वैसे, जीते-जी धरती पर स्वर्ग भोगने वाले नेता मृत्यु के बाद जाते कहाँ होंगे? स्वर्ग में या नरक में? यह सवाल रेंगता हुआ चला आया। पता नहीं कहाँ से। इसके उत्तर में उसने खुद को समझाया—अबे मूर्ख, जिसकी क़िस्मत इतनी अच्छी हो कि वह चुनाव की प्रचंड होड़ में सबको पछाड़ दे, मरने के बाद उसे स्वर्ग ही मिलता होगा। ग़रीबों को बाबाजी 'नरक के कीड़े' क्यों कहते हैं? क्योंकि वे नरक में जाते होंगे। बड़े लोगों के लिए स्वर्ग। छोटे लोगों के लिए नरक। वहाँ भी हैसियत देखी जाती होगी। बाबाजी को तो सब पता हुआ।

चन्दू दोनों जहान के स्वर्गों के बारे में सोचने लगा। सिनेमा के पर्दे की तरह भोग-विलास के दृश्य आने-जाने लगे। स्कॉच के पैग, मुर्गे की टँगड़ी, वियतनामी काजू (भुने हुए), कैलीफोर्निया का रेड ग्लोब अंगूर और बगल में दबे दो-दो देसी पपीते। उसकी उल्लू जैसी गोल आँखें मिचमिचाने लगीं। स्वप्न और दिवा-स्वप्न

में यही तो अन्तर है। सपने साले सपनों की मर्ज़ी से आते हैं। अगड़म-बगड़म। दिवा-स्वप्न आप अपनी मर्ज़ी से देखते हैं। अच्छे-अच्छे, गुलगुले और हसीन।

चमत्कारों पर विश्वास रखने वाले चन्दू के जीवन में एक दिन अचानक ही एक और चमत्कार हो गया। ऐसा ही होता है, जब सौभाग्य भिखमंगी बुढ़िया बन कर दरवाज़ा खटखटाता है। उसकी समझ में नहीं आ रहा था कि इसे बाबा की इच्छा माने या अपनी क़िस्मत। पुष्पा एक महिला के साथ खुद ही चन्दू पांडे के घर पहुँच गयी। चन्दू हथप्रभ। साथ आयी स्त्री दूसरे गाँव, उल्टाखेत की थी। चन्दू समझ नहीं पा रहा था कि पुष्पा को लेकर वह स्त्री आयी है या उसे लेकर पुष्पा। असल में, दोनों को भिखमंगी बुढ़िया लाई होगी। सौभाग्य की देवी।

उसने दोनों से बैठने को कहा। हाल-चाल पूछा। पुष्पा बड़ी बेतकल्लुफ़ी से यहाँ-वहाँ की बातें करती रही। चन्दू मचल रहा था। श्रीमती सौभाग्य देवी गुदगुदी लगा रही थीं। अगर पुष्पा सिर्फ़ गप्पें हाँकने चली आयी है तो फिर यह सचमुच चमत्कार है।

पुष्पा ने ही बताया कि साथ आयी स्त्री उसकी ममेरी बहन है। उसकी सास सात साल पहले विधवा हो गयी थी। उसने विधवा पेंशन के लिए अर्जी लगाई। सात साल धक्के खाये। जब हार गयी तो अचानक ही वृद्धावस्था पेंशन मिलने लगी।

"पेंशन तो पेंशन है, जो भी मिल जाये। इतनी बड़ी व्यवस्था में ऐसा हो जाता है। समझो कि जो हुआ, अच्छा हुआ। बहुत बड़ा सहारा हो गया।"

"यही सहारा अगर मुझे मिल जाता तो आपका बड़ा उपकार होता।" —पुष्पा मुद्दे पर आ गयी।

"हाँ, तो मैं दूँगा तुम्हें सहारा। मतलब मैं दिलवाऊँगा। तुम्हें विधवा पेंशन ही मिलेगी, वृद्धावस्था तक इन्तज़ार नहीं करना पड़ेगा। पति का मृत्यु प्रमाण-पत्र और कुछ दूसरे काग़ज़ात देने होंगे। बाकी मुझ पर छोड़ दो।"

पुष्पा ने कृतज्ञता भरी निगाहों से उसकी ओर देखा। चलो, काम हो गया।

वे लोग जाने लगे तो चन्दू ने चाय पीकर जाने का आग्रह किया और सुझाव दिया, "पेंशन तो लग गयी समझो। पर मैं तो कहता हूँ, तुम नौकरी के लिए ट्राई करो।" पुष्पा गद्गद। उसके अन्तरमन से चन्दू के लिए सम्मान और दुआएँ फूट रही थीं। यह बात उसकी बड़ी-बड़ी आँखें खुल्मखुल्ला बयान कर रही थीं। श्रीमती सौभाग्य देवी ने उसके दरवाज़े की ओर मुँह कर लिया था। चन्दू को ऐसा लग रहा था जैसे किसी ने उसकी नसों में टुल्लू पंप से उत्साह भर दिया है। ऐसी कातर दृष्टि कि वह बाबाजी को भूल गया। दसवीं तक पढ़ी पुष्पा ने अपनी शंका सामने रखी, "कहते हैं, दसवीं पास को तो आजकल चपरासी की नौकरी भी नहीं मिलती?"

चन्दू ने समझाया—देखो, जब भाग्य बलवान हो तो दसवीं पास मन्त्री बन जाता है और नौकरियाँ बाँटता है। दसवीं तक की पढ़ाई को कम मत समझो।

"मतलब मिल सकती है?"

"जिसे नौकरी मिलती है उसके सिर पर सींग होते हैं? नहीं होते। तो फिर कैसे मिलती है?"

"कैसे?"

"जुगाड़ होता है। तुम्हारा मैं हूँ... जुगाड़। मेरे जुगाड़ भय्याजी हैं। उनके जुगाड़ ऊपर हैं। गेंडे जैसी गर्दन वाले नेताजी। बात करके देखता हूँ। दबाव डालूँगा तो करना पड़ेगा। सब इसी तरह चलता है। पूरा देश इसी जुगाड़बाज़ी से चल रहा है।"

पुष्पा की आँखें पनीली हो गयीं। हे ईश्वरा, तेरा भी अजब खेल है, ग़ज़ब माया। एक काम से आयी और दो हो गये। इस दुनिया में अच्छे लोग बहुत हैं। मिल ही जाते हैं। तू ही है मिलाने वाला। मैं तो पांडे जी को ओछा आदमी समझती थी। ये तो देवता तुल्य निकले।

मन में एक और शंका थी, "तो चपरासी का काम तो मुझे आ जायेगा?"

"कुच्छ नहीं करना होता। एक स्टूल पर बैठ कर बिनाई करती रहो। जब तीन बार घंटी बजे तो एक बार झल्ला कर पूछ लो—क्या है?"

पुष्पा बोली, "मैं तो, जितनी बार घंटी बजेगी उतनी बार पूछ लूँगी।"

चन्दू ने समझाया, "देखो, भूल कर भी बार-बार स्टूल से मत उठना। इससे दो दिक़्क़तें आयेंगी। एक तो साथ वाले चपरासी नाराज़ हो जायेंगे कि तुम दफ़्तर का माहौल बिगाड़ रही हो। दूसरा, अफ़सर को घंटी बजाने में मज़ा आने लगेगा। खाली आदमी को शरारत करने का अवसर कभी मत दो।"

पुष्पा को तसल्ली हुई कि जब नौकरी की ट्रेनिंग हो गयी तो नौकरी भी मिल जायेगी। उसे स्थायी आय की सख़्त ज़रूरत थी। नन्नू महराज के आश्रम में मन अशान्त रहने लगा था। कहना नहीं चाहिए, पर बाबाजी जब अपनी ठंडी और अबूझ आँखों से देखते हैं तो अजीब-सी बेचैनी और घबराहट होने लगती है। बाबाजी के हाथ-पैर और कमर दबाना उसे मंजूर है, लेकिन उनसे आँख मिला कर बात करने में ऐसा लगता है, जैसे कोई शरीर से रक्त खींच रहा है।

बाबाजी के बारे में इस तरह के विचार मन में उठने के लिए वह ईश्वर से क्षमा याचना करती है। शायद वह इस तरह कभी न सोचती, अगर आश्रम के रास्ते में गपशप करते हुए उल्टाखेत की ही एक अधेड़ औरत ने ध्यान न दिलाया होता। उसने सुआ घोंपती निगाहों से पुष्पा की छातियों का मुआइना करते हुए पूछा था, "हाथ-पैर दबाने के लिए बाबाजी कहते हैं या उन्हें खुश करने के लिए तुम खुद ही दबा देती हो?"

"बाबाजी बेचारे थक जाते हैं। भैरव कहता है, दबा दो। उन्हें अच्छा लगता है।" उसने बताया। अधेड़ स्त्री ने पूछा, "और क्या अच्छा लगता है बाबाजी को?"

"हलवा।"

"मैं खाने की बात नहीं पूछ रही हूँ।...और क्या करने को कहते हैं?"

"कुछ नहीं। पूछते हैं, भजन गाना आता है? फिर खुद ही गाने लगते हैं। बड़े निश्छल आदमी हैं।"

"छूते भी हैं?"

"छूते ही नहीं। बहुत शर्मीले हैं। जब नाभि पर हाथ रखना होता है तो कहते हैं, पुष्पा मेरा हाथ रख दो, मैं नहीं रख सकता।"

"अच्छा तो ध्यान में नाभि पर हाथ रखते हैं?"

"हाँ, और क्या। कुंडलिनी जाग्रत करनी पड़ती है बल। बाबाजी ने ही बताया।"

वह स्त्री हँसने लगी, "और क्या जाग्रत करते हैं बाबाजी?"

बोली, "और क्या होता है फिर? ऐसे ही नाभि में उँगली डाल कर कुरमुर-कुरमुर[1] करते हैं। मुझे तो गुदगुदी लग जाती है। साँस रोक कर सहन करना पड़ता है।"

वह स्त्री खीझ कर बोली, "तू या तो पागल है...या फिर मुझे पागल बना रही है।"

पुष्पा ने उल्टा उसी स्त्री से सवाल किया कि उसे ऐसा क्यों लगता है? उसने जो बताया उससे पुष्पा का दिमाग़ भाँय-भाँय करने लगा। अब उसे हर वक़्त वही भाँय-भाँय सुनाई देती है। मानो, दिमाग़ में भँवरे घुस गये हों। उसी के बाद पुष्पा ने बाबाजी को नये सिरे से समझने का प्रयास किया। तब से उसे उनकी ठंडी आँखें बुरी तरह बेचैन कर देती हैं। ठंडी आँखों से गरम लावा। कैसी अनहोनी।

फुसफुसाने वाली दो निश्छल स्त्रियाँ

मुहल्ले के मुर्गे बाँग दे चुके थे। चिड़ियाँ चँहक-चँहक कर थक चुकी थीं। तेजू ने सुबह की चाय और सिगरेट पी ली थी। नौ बजने को थे। तभी रेवा का फ़ोन आया। स्वर काफ़ी दबा हुआ था। तेजू को चिन्ता हुई। रेवा ने बताया कि किसी को ढूँढ़ने में उसकी मदद चाहिए। क्या वह उससे मिल सकती है? एक बार ख़याल आया कि उसे अपने घर बुलाया जाये, लेकिन दूसरे ही क्षण उसने कह दिया कि वह जोशी कॉटेज पहुँच रहा है। कृष्णानन्द ने दिल्ली में एक पुरानी गाड़ी खरीदी थी—वैगनआर। उसे वे लोग बचवाली ले आये थे। बहुत दिन से गाड़ी चली नहीं थी। तेजू ने गाड़ी साफ़ की। नहाया और जींस के ऊपर धुली हुई हरी टी-शर्ट पहन कर तैयार हो गया। उसे मालूम था कि पूरन सिंह और भोला दत्त को उसने ढूँढ़

1. सहलाना-कुरेदना।

लिया है। तो फिर अब किसे ढूँढ़ना चाहती है? क्या समस्या है उसकी। वह खुल कर बताती नहीं। अगर बताना नहीं चाहती तो मेरी मदद क्यों माँग रही है? उसने नाश्ता करते-करते सोचा। लेकिन इसका उत्तर खोज नहीं पाया।

ज़ोशी कॉटेज के कच्चे रास्ते के पास गाड़ी खड़ी करने के बाद वह पगडंडी पर पहुँचा तो देखा वहाँ पहले से कुछ लोग मौजूद हैं। घर के बाहर पेड़ की छाँव में कुर्सियाँ लगा रखी हैं। दो पुरुष और दो स्त्रियाँ। साथ में रेवा। कौन हैं ये लोग?

वहाँ पहुँचने पर पता चला कि पूरन सिंह, भोला दत्त और दोनों की पत्नियाँ हैं। वे लोग तेजू से कुछ ही पहले पहुँचे थे। दोनों महिलाएँ रेवा के सिर पर हाथ रख कर लम्बी उम्र की दुआएँ दे रही थीं। पूरन सिंह की पत्नी ने उसके गाल थपथपाये। रेवा को आज पहले जैसी आत्मीय सिहरन नहीं हुई। पूरन सिंह की आँखें चश्मे के अन्दर मुस्करा रही थीं। भोला दत्त बात-बात में चँहकने लगते। वे अपने-अपने घर से खाना पका कर लाये थे। अपने मित्र की बेटी के साथ मिल कर खाने और गपशप करने का कार्यक्रम बनाया था। रेवा को इसकी पूर्व सूचना नहीं थी। वरना तेजू को वह उस वक़्त नहीं बुलाती। उन लोगों का उत्साह देखते बनता था। किन्तु रेवा बुझी-बुझी लगी। होंठ सूखे और बेजान थे। आँखों की चमक नदारद थी। उसने बुझे स्वर में तेजू का परिचय कराया। वे लोग कुछ देर तेजू से उसके पिता के और नये घर के बारे में बातें करते रहे। रेवा के दिमाग़ में उन लोगों की बतायी जाति-गौरव की कथा गूँज रही थी—जानकी एक हरिजन लड़के से प्रेम कर बैठी। पहली ग़लती। चलो हो गयी। लेकिन क़दम बहक गये। दूसरी सबसे बड़ी ग़लती। घर वालों को पता चला तो उन पर पहाड़ टूट पड़ा। अपनी इज़्ज़त की ख़ातिर जोशी कॉटेज छोड़ कर चले गये। अट्ठाईस साल में कभी चेहरा नहीं दिखाया। किस मुँह से आते। जानकी ने सिर झुका दिया था।

"अब किस दिन बुला रही है अपने पापा को?" —भोला दत्त की पत्नी ने रेवा से पूछा। सबकी नज़रें उस पर टिक गयीं। पर उसने कोई जवाब नहीं दिया। इधर-उधर देखती रही। उदासी उसके चेहरे से हट नहीं रही थी। तेजू को लगा वह ग़लत वक़्त पर आ गया। शायद रेवा उसकी उपस्थिति में बोलना नहीं चाहती। उसने इज़ाज़त चाही, तो रेवा ने रोका, "आप बैठिए। जो बात मैं आपको बताना चाहती थी, उसे अब इनसे भी छुपाने का कोई मतलब नहीं है।"

सब हैरान। आख़िर क्या छुपाया होगा इसने? उसने बताया, "आप लोग जोशी कॉटेज की बर्बादी का सारा दोष एक ऐसी स्त्री के सिर मढ़ रहे थे, जो जाति से बाहर प्रेम कर बैठी। इस बात से मैं अपसेट हूँ।"

"मुझे भी अच्छा नहीं लगा।" —पूरन सिंह ने कहा और फिर पत्नी का चेहरा देख कर इस तरह सफाई देने लगे जैसे उन्हें चोरी पकड़े जाने का भय हो, "मतलब, दूसरे की जगह ख़ुद को रख कर देखना चाहिए।"

तेजू की समझ में नहीं आया कि अचानक किस स्त्री की बात होने लगी और जोशी कॉटेज की किस बर्बादी की बात चल रही है?

“लेकिन शादी से पहले जो किया...?” —पूरन सिंह की पत्नी ने पूछा। पूरन सिंह ने, अपने स्वभाव के विपरीत पत्नी को आँख दिखाई।

“हाँ तो, दोनों को शादी करने देते।” —रेवा ने कहा।

“लेकिन तुम्हारी बुआ ब्राह्मण और वो...।” —भोला दत्त की पत्नी ने याद दिलाया।

“आप लोग नहीं जानते कि वह स्त्री कौन थी।”

तेजू को छोड़ कर चारों हैरान दिखाई दिये। वे सभी जानते थे कि वह कौन थी। पूरन सिंह की पत्नी ने कहा, “हम क्यों नहीं जानेंगे? जानकी तो थी।”

“हाँ, पर आप लोग ये नहीं जानते कि वह मेरी क्या थी।”

“हद्द कर दी तूने...तेरी बुआ तो हुई।” —पूरन सिंह की पत्नी ने फिर कहा।

“वह मेरी माँ थी।”

पूरन सिंह का मुँह खुला रह गया। दोनों औरतों की आँखें फटने को हो आयीं। भोला दत्त चौंक कर बोले, “तो तुम जानकी की बेटी हो? शिव की भानजी?”

“पहली बार पूरन अंकल ने मुझे बताने का अवसर नहीं दिया। मैंने जैसे ही मामा का नाम लिया, इन्होंने मान लिया कि मैं उनके दोस्त की बेटी हूँ। दूसरी मुलाक़ात में मुझे खुद लगने लगा कि अभी बताने का उचित अवसर नहीं है।”

हवा ने चुप्पी मार ली। पेड़ के नीचे सन्नाटा पसर गया। चारों एक-दूसरे का चेहरा देख रहे थे और तेजू उन पाँचों का। तेजू की समझ में कुछ नहीं आ रहा था। रेवा ने सिर पकड़ लिया।

बहुत देर बाद पूरन सिंह ने समझाने की कोशिश की, “परेशान होने से कुछ बदलता नहीं बेटा।”

भोला दत्त चुप थे और दोनों महिलाएँ आपस में बहुत धीमे स्वर में और लगभग फुसफुसा कर बातें करने लगी थीं। विषय बदलने और बोझिलता कम करने के लिए पूरन सिंह ने खाने की ओर ध्यान खींचा, “चलो खा लेते हैं, ठंडा हो जायेगा।”

वे टिफिन में लाया गया खाना खोलने लगे।

“मैं तो खाकर आयी हूँ। इन लोगों को खिलाओ।” —भोला दत्त की पत्नी ने रेवा और तेजू की ओर इशारा किया। पूरन सिंह की पत्नी ने तुरन्त जोड़ा, “मेरे तो गैस हो जाती है। तुम लोगों को पता ही हुआ।”

भोला दत्त ने पूरन सिंह की ओर देखा। औरतों के इनकार का कारण दोनों समझ रहे थे। पूरन सिंह ने इशारे से कहा—खाते हैं। रेवा घर के अन्दर से प्लेटें ले आयी। तेजू को पता था कि उसकी माँ खाने पर इन्तज़ार करेगी, लेकिन उसने इनकार नहीं किया। भोला दत्त खाने को तैयार नहीं थे। पर पूरन सिंह उनसे उम्मीद

कर रहे थे कि वे खायें। उन्होंने अपने हाथ से थोड़ा-सा चावल अपनी प्लेट में डाल लिया और दाल के साथ चुपचाप खाने लगे। फुसफुसाने वाली औरतों ने अपना काम जारी रखा।

रेवा ने खाने की प्लेट हाथ में लेते हुए पूरन सिंह की ओर देखा, "आप मेरे पिता के बारे में कुछ बता सकते हैं?" फिर तेजू की ओर देख कर कहा, "उन्हीं को ढूँढ़ने में आपकी मदद चाहिए थी।"

पूरन सिंह की जगह भोला दत्त ने उत्तर दिया, "हमारा उससे कोई मतलब नहीं हुआ। हमने कभी उसे देखा नहीं था। देखा भी होगा तो, याद नहीं है।"

पूरन सिंह ने हाथ का निवाला रोक कर कहा, "लोगों का कहना था वह तुम्हारे मामा लोगों से डर कर कहीं चले गये। उसके बाद कभी अपने गाँव आये हों तो कह नहीं सकता। बचवाली में उन्हें किसी ने नहीं देखा।"

"शिल्पकारों के बीच हमारा उठना-बैठना तो हुआ नहीं। हमें क्या पता कहाँ गया और क्या हुआ।" —पूरन सिंह की पत्नी ने कहा। पूरन सिंह सफाई देने लगे, "धीरे-धीरे सब अपने-अपने में व्यस्त हो गये। लोग भूलने लगे। उनका घर भी दूर हुआ।"

खाना खत्म हुआ। दोनों स्त्रियाँ इसी का इन्तज़ार कर रही थीं। उन्होंने फुफफुसाहट बन्द की और उठ खड़ी हुईं। भोला दत्त ने खाने की केवल औपचारिकता निभाई। तेजू भी खड़ा हो गया। फुसफुसाने वाली दोनों निश्छल स्त्रियाँ बिना रेवा की ओर देखे जाने लगीं। इस बार जाते हुए उन्होंने रेवा के सिर पर हाथ नहीं फेरा। रेवा को हैरानी हुई। मेरी पहचान बदलने भर से?

दो निश्छल स्त्रियाँ। जाति से बँधी। दोनों के कुछ निश्छल और कुछ-कुछ घुन्ने पति। धर्मसंकट में फँसे।

रेवा अपने आप को रोके हुए थी। बहुत कोशिश की। लेकिन पूरन सिंह, भोला दत्त और उन दोनों की पत्नियों के जाने के बाद उसका सारा संयम टूट गया। आँसू बह निकले। सारा दुख उलट कर बाहर आने लगा। तेजू की समझ में नहीं आ रहा था कि वह क्या करे। किस तरह उसे चुप कराये। भारी असमंजस। तेज प्रताप उकसा रहा था—उसके कन्धे पर हाथ रख। सांत्वना दे। मैं होता तो...।

तेजू ने उसकी एक न सुनी। उसे तेज प्रताप पर गुस्सा आ रहा था। रेवा को थोड़ी देर रो लेने दिया जाय। हाथ रख कर उसे कमज़ोर बनाना ठीक नहीं। उसने सोचा। उसके हाथ बँधे रह गये। शरीर कुर्सी से चिपक गया। रेवा एकदम सामने बैठी थी। वह लपक कर उसका हाथ थाम सकता था। पर वह पत्थर की तरह स्थिर रहा। दुख उसे भी था। लेकिन ऐसे अवसर पर क्या करना चाहिए, वह नहीं जानता था।

सचमुच कुछ ही देर में रेवा ने अपने आप को सँभाल लिया। वह शान्त हो गयी। तेजू का सोचना ग़लत नहीं था।

"तुम ठीक हो?"

रेवा ने 'हाँ' में सिर हिलाया। तेजू ने कुछ क्षण चुप रहने के बाद पूछा, "तुम्हारे पिता को कहाँ ढूँढ़ना है और कब?"

"आज। कल। जब समय हो।"

रेवा ने उसे संक्षेप में अपनी माँ की कहानी बतायी, जिसे वह कुछ हद तक पूरन सिंह और भोला दत्त के मुँह से सुन चुका था। जब वह कहानी बता रही थी, तेज प्रताप ने फिर उकसाया—उसके हाथ पर अपना हाथ रख। इस वक़्त उसे तेरी सख़्त ज़रूरत है।

तेजू ने जबड़े भींच कर अपने आप को काबू में रखा। तेज प्रताप के भड़कावे में नहीं आना।

बोलते-बोलते रेवा का गला फिर से भर आया। वह चुप हो गयी। तेजू ने उसके बगल वाली कुर्सी पर बैठते हुए उसे सांत्वना दी, "हिम्मत रखो। हम लोग उन्हें ढूँढ़ निकालेंगे।"

यह कहते हुए उसने बिना सोचे उसके हाथ पर अपना हाथ रख दिया। रेवा फिर से रोने लगी और तेजू के कन्धे पर सिर रख लिया। तेज प्रताप हँसा—मैंने कहा था ना। देख, सारी दूरियाँ कैसे मिट गयीं।

"उस आदमी ने मेरी माँ को इस तरह छोड़ कैसे दिया? और कभी खोजने की कोशिश नहीं की?"

"कौन जाने, दोनों साथ हों। हो सकता है, तुम्हारी माँ ग़ायब न हुई हों, तुम्हारे पिता उन्हें साथ ले गये हों। किसकी क्या मजबूरी रही और किसके साथ क्या कुछ घटा, तुम नहीं जानतीं। हम केवल अनुमान लगा सकते हैं।"

"दोनों साथ नहीं हो सकते। वे मुझे इस तरह अकेला छोड़ कर कैसे जा सकते हैं?"

"देखो, सब अटकलें ही हैं। कुछ भी हो सकता है। सम्भव है, कोई ऐसी बात हो, जिस दिशा में हम सोच न पा रहे हों।"

क्या पता उसके पिता भी अब इस दुनिया में न हों। तेजू के मन में यह विचार अचानक आया। दिमाग़ में गाँव वालों का अन्धविश्वास घूमने लगा। क्या पता उसके पिता के गाँव वाले भी कहें कि उस भयानक अँधेरी रात में जब फ्यून बोला था, उसके अगले दिन ही...और तारीख़ और वार उन्हें याद नहीं।

रेवा चुप थी। एकाएक उसने तेजू के कन्धे से सिर हटा लिया। उसे आश्चर्य हो रहा था कि उसने किस तरह तेजू के कन्धे का सहारा ले लिया। तेजू उसके इस आत्मीय स्पर्श से सुधबुध खो चुका था। इतना अपनापन।

"कल तक जो स्त्रियाँ सिर पर हाथ रखती, दुआएँ देती, थकती नहीं थीं, आज उनका व्यवहार तुमने देखा? मैं बहुत हर्ट हुई हूँ। मामा ने ठीक ही कहा था, वहाँ तुम्हें अपमान का सामना करना पड़ सकता है।"

तेजू ने घड़ी देखी। काफ़ी देर हो चुकी थी। वह उठना चाहता था। तभी रेवा ने उसे अपना अतीत बताने का फैसला कर लिया। उसने बताया कि कुछ महीने पहले तक उसे पता नहीं था कि वह कौन है। वो लोग हमेशा छिपाते रहे। आप कितना ही छिपायें, पर कुछ न कुछ छूट जाता है। जहाँ शक की गुंजाइश रह जाती है। स्कूल में पिता की जगह मामा का नाम लिखा हुआ था। जहाँ माँ के नाम की ज़रूरत पड़ी, वहाँ मामी का नाम लिखा। पर उसकी जन्म-तिथि मामा-मामी की शादी की तारीख़ से पहले की थी। बड़े होने पर इस बात से उसके मन में कई तरह के सवाल उठने लगे। जब उसने पूछा तो उन लोगों ने बताया कि सन् गलत लिख गया। उसने मान लिया।

एक बार स्कूल की छुट्टियों में वे लोग बड़े मामा के पास मुम्बई गये थे। शाम को सब लोग आपस में बातें कर रहे थे। तब अचानक छोटे मामा के मुँह से निकला कि जानकी अगर ज़िन्दा है तो मैं उसे निष्ठुर ही कहूँगा। आख़िर एक बार भी उसने अपनी बेटी को याद नहीं किया।

इस बात से उसके मन में सवाल उठा कि बुआ की बेटी आख़िर है कहाँ। उसने यह जिज्ञासा उन लोगों के सामने रखी। बाकी बच्चे छोटे थे। वे भी जानने को उत्सुक हुए। छोटे मामा घबरा गये। दोनों मामाओं ने टालना चाहा। पर जब हम बच्चे माने नहीं तो उन्होंने बताया कि उनकी लड़की को उसके पिता ले गये।

रेवा फिर से कुछ सोचने लगी। अचानक उसने तेजू के चेहरे को देखा, जिसमें आगे जानने की उत्सुकता थी। रेवा ने आगे बताया—उन लोगों की बातें बहुत विश्वनीय नहीं जान पड़ रही थीं। रेवा ने पूछा कि बुआ और उनकी बेटी उन लोगों के साथ क्यों रहती थी? वह अपने पति के साथ क्यों नहीं थी? इस पर उन लोगों का जवाब था कि बुआ ने अपनी पसन्द की शादी की थी। पर उनका पति अच्छा आदमी नहीं था।

उसके मन में एक और सवाल उठ खड़ा हुआ। कि अगर वह अच्छा आदमी नहीं था तो बुआ की बेटी उसे क्यों दे दी? पर यह सवाल उसने नहीं पूछा। लेकिन मन में बेचैनी तो थी। वापस दिल्ली पहुँच कर जब उसने यह सवाल छोटे मामा के आगे रखा तो उनका उत्तर था कि वह आदमी जबरन ले गया। बेटी तो उसी की थी। क़ानूनन भी हम उसे उसके पिता से अलग नहीं कर सकते थे।

रेवा ने बताया कि उसने सारी बातों पर विश्वास कर लिया। हालाँकि कहीं एक शंका मन में रह गयी थी कि बुआ और उसकी बेटी का मामला पेचीदा तो है। कुछ ऐसा भी है जिसे ये लोग छुपा रहे हैं। अन्ततः सारा भेद तब खुला जब कुछ महीने

पहले बड़े मामा अपने परिवार के साथ दिल्ली आये। एक दिन दोनों भाई अचानक अपनी बहन को याद करने लगे थे। फिर बड़े मामा ने एकाएक ही कहा कि अगर जानकी होती तो आज कितना खुश होती। पता नहीं कहाँ होगी?

रेवा का गला भर आया था। तेजू ने उसका हाथ थाम लिया। उसने बताया, "मैं दूसरे कमरे में थी। उनकी बात मेरे कान में पड़ी तो मैं चौकन्नी हो गयी। दोनों मामियाँ उस वक़्त पास ही में गयी हुई थीं। बाज़ार तक। मैं कान लगा कर सुनने लगी। बड़े मामा बोले, आज उसकी बेटी इतनी बड़ी हो गयी। पीएच.डी. कर रही है। स्कूल में पढ़ा भी रही है। कैसी अभागी निकली वह। ज़िन्दा तो शायद ही हो। ज़िन्दा होगी तो पता नहीं किस हाल में होगी। छोटे मामा ने कहा उस आदमी (प्रदीप) के साथ तो नहीं हो सकती। होती तो वे लोग अपनी बेटी की खोज-ख़बर लेने कभी तो आते।"

उसका गला रुँध गया। जैसे किसी ने दो उँगलियों से पकड़ कर घोंट दिया हो। तेजू ने उठ कर उसे एक गिलास पानी दिया। पानी पीने के बाद उनसे अपने आप को सँभालते हुए फिर से बताना शुरू किया, "मैं ड्राइंग रूप में आ गयी। जहाँ वे लोग बैठे थे। बात मैंने सुन ली थी। बुआ की लड़की मेरी तरह कैसे हो सकती है? ये लोग जो कुछ बता रहे हैं, यह तो, ऐसा लगता है, मेरे बारे में है। यह सोच कर मुझे चक्कर-सा आने लगा। मैं उनके सामने पहुँच गयी थी। वे लोग घबरा गये। मैं सोफे पर बैठ गयी। मेरा चेहरा शायद यह बता चुका था कि मैंने सब कुछ सुन लिया। उन दोनों के चेहरे की घबराहट इसकी गवाही दे रही थी।

"तब तक दोनों मामियाँ भी लौट आयी थीं। उनके हाथ में पेपर बैग थे। दोनों मामा उनसे शॉपिंग के बारे में बातें करने लगे ताकि किसी भी अप्रिय स्थिति को टाल सकें। पर मैंने सीधा सवाल दाग़ दिया—मैं जान चुकी हूँ। बुआ की बेटी मैं ही हूँ ना?

"सुन कर सब लोग स्तब्ध रह गये। उन्होंने कई तरह से समझाने और सफ़ाई देने की कोशिश की। पर मेरी समझ में सब आ चुका था। हर सफ़ाई में छुपा झूठ साफ़-साफ़ पकड़ में आ रहा था। वे जितना छुपाते उतना उलझते जाते। अन्ततः उन्होंने मान लिया। उन्होंने तमाम मजबूरियाँ बतायीं। बहुत तरह से समझाने की कोशिश की। मैं जानती थी कि मेरे छोटे मामा और मामी ने मेरे साथ कभी कोई भेदभाव नहीं किया। हमेशा अपनी बेटी की तरह पाला। पर मेरी माँ और मेरे पिता कहाँ हैं, यह सवाल अपनी जगह था, जो मुझे परेशान कर रहा था। उन लोगों से पूछा तो उन्होंने जाति वाला एंगल छुपा दिया, जो अब यहाँ आकर खुला है। उन्होंने यही बताया कि जानकी एक दिन अचानक लापता हो गयी और मेरे पिता अच्छे आदमी नहीं थे। उन्होंने जानकी को अपने घर से निकाल दिया था। उन्होंने कभी अपनी पत्नी और अपनी बेटी की कोई ख़बर नहीं ली। मुझे अपने पिता के प्रति नफ़रत हो रही थी। फिर भी इस सारी कहानी पर मैं पूरी तरह भरोसा नहीं कर पा रही थी।

"मेरी कहानी एक घिसी-पिटी फिल्मी कहानी जैसी अविश्वसनीय थी। मैं उसकी तह में जाना चाहती थी। वह सब जानना चाहती थी जो मेरा खुद का जाना और समझा हुआ हो। मैं अब दूसरों की बतायी कहानी पर भरोसा नहीं कर सकती थी। मैंने बचवाली जाने का फैसला कर लिया। वे लोग इसकी इज़ाज़त देने को क़तई तैयार नहीं थे। महीना भर मैं उधेड़-बुन में रही। घर के लोग मेरी मनःस्थिति को लेकर चिन्तित थे। बड़े मामा और मामी मुझे समझा-बुझा कर जा चुके थे। मैं अपनी ज़िद पर अड़ी रही। आख़िर छोटे मामा हार गये। उन्होंने बहुत सारे निर्देश देते हुए मुझे घर की चाभियाँ थमा दीं।"

तेजू अब भी रेवा का हाथ अपने हाथ में लिए हुए था। इसका ख़याल न उसे था और न रेवा को। अचानक उसने घड़ी देखी। समय काफ़ी हो चुका था। जानकी की कहानी सन्नाटे में बजने वाली दीवार घड़ी की तरह दिमाग़ में बजने लगी। हवा भारी हो गयी। उसकी ऑक्सीजन किसी ने चुरा ली थी। ऐसे घुटन भरे क्षण।

तेजू उठ खड़ा हुआ, "चलता हूँ। कल तुम्हारे पिता के गाँव चलना है। ...बल्कि तुम चाहो तो आज मेरे घर चलो। मेरी सलाह है। यहाँ अकेले-अकेले परेशान होती रहोगी। मेरे माता-पिता को कोई आपत्ति नहीं होगी। तुम चल सकती हो।"

"नहीं, मैं ठीक हूँ। थैंक्यू...तुम आये।"

नौकरी के एक आकर्षक सूत्र ने पुष्पा और चन्दू के बीच बातों और मुलाक़ातों का सिलसिला शुरू करवा दिया था। सतरंगी डोर में बँधे ब्लैक एंड ह्वाइट सपने। पुष्पा के। ब्लैक एंड स्वाइट डोर में बँधा इन्द्रधनुषी सपना। चन्दू का।

गुजर-बसर की स्थायी व्यवस्था हो जाये, इससे अधिक पुष्पा को कुछ नहीं चाहिए था। आश्रम ने उसे जकड़ लिया था। घुटन हो रही थी। वह ईश्वर का आभार जताती है कि उन्होंने चन्दू तक पहुँचाया। दुबारा हो रहे चलिया ध्यान को पन्द्रह दिन और रह गये थे। आश्रम से मुक्त होने की राह अब बनती दिख रही थी। कुछ ही दिनों की बात है। जादू-टोने से छुटकारा पाने के चक्कर में फलों की दुकान का भट्टा बैठ चुका था। कच्चा काम था। फल बिके नहीं तो सड़-गल जाते हैं। मँगाने ही बन्द कर दिये। उसने बाबाजी से कहा कि वह दुबारा चालीस दिन ध्यान करेगी तो, दुकान ठंडी हो जायेगी। पहले ही काफ़ी हर्जा हो चुका। बाबाजी ने हिम्मत बँधाई। उसे जब भी पैसों की ज़रूरत हो तो माँग ले। जल्दी ही उसकी दुकान चमकेगी। तब वह चाहे तो उधार चुकता कर सकती है। अन्यथा कोई दबाव नहीं है। पर पुष्पा की समझ में नहीं आ रहा था कि आत्मसम्मान को ताक़ पर रख कर हाथ कैसे फैलाये। पहले ही बाबाजी ने सेल फ़ोन थमा कर उसे अहसान के तले दबा रखा था।

हाथ फैलता है तो आत्मसम्मान सिकुड़ जाता है।

नौकरी मिल जाती तो इस दुकान के झंझट से मुक्ति मिलती। वह सोचती। चन्दू ने निराशा के इस दौर में उम्मीद बँधाई। उसका मन कृतज्ञता से भर उठा है। उसे लगता है चन्दू अवश्य ही उसे जीवन की अँधेरी सुरंग पार कराएगा। सुरंग के उस पार उजाला ही उजाला होगा, जहाँ पहुँचते ही सब ठीक हो जायेगा। बेटा अच्छे कपड़े पहनेगा, मैगी और मोमोज खायेगा और पीठ पर बत्तख की फोटो वाला बस्ता लेकर स्कूल जायेगा। सरकारी स्कूल में क़तई नहीं। खुद उसे गुड़ वाली काली चाय से छुटकारा मिलेगा। चीनी डाल कर खूब गोरी-गट्टमट्ट चाय पियेगी। दूध वाली। साथ में बन खायेगी। बेटा मक्खन के साथ, वह चाय में डुबो कर।

ब्लैक एंड ह्वाइट स्वप्न बन खाने लगे।

इस दौरान बाबाजी को ख़बर लग गयी कि पुष्पा पिछले दिनों चन्दू के पास गयी थी। अपने लिए विधवा पेंशन और नौकरी की बात कर आयी है। चन्दू ने छह महीने के अन्दर दोनों में से एक काम कर देने का वादा किया है। बाबा ने पुष्पा पर व्यंग्य कसा, "जान है तो जहान है। नौकरी मिल जाये, धन्धा चल निकले, उससे क्या होता है? अगर आदमी ही चला जाये, तो क्या करोगे ऐसी नौकरी और धन्धे का?"

पुष्पा चुप। बाबाजी और चिढ़ गये, "अगर मुझ पर भरोसा नहीं है तो, जो नौकरी दिला रहा है, उससे टोना भी उतरवा लो। छोड़ दो मेरा बताया रास्ता, ताकि मेरे सिर पर दोष न आये कि बाबा कुछ नहीं कर पाये।"

"नहीं बाबाजी, करना है।"

"लापरवाही जानलेवा होती है। मुझे लगता है, तुम्हारा ध्यान भटक रहा है।"

"नहीं महराज, ऐसा कुछ नहीं है।"

"कुछ लोग ऐसे होते हैं जो तुम्हें रत्ती भर दे नहीं सकते। उल्टा, तुम्हारे पास जो है उसे भी ले लेते हैं। मुझे दिख रहा है। तुम ऐसे लोगों के चंगुल में फँस रही हो। मैं तुम्हें सावधान कर रहा हूँ।"

पुष्पा समझ गयी कि बाबाजी का संकेत चन्दू की ओर है। लेकिन उसे यह नहीं समझ आ रहा था कि आख़िर बाबाजी हर किसी से सावधान क्यों करते हैं। दुनिया सचमुच इतनी बुरी है?

चन्दू से जब अगली मुलाक़ात हुई तो बाबा ने उसे भी व्यंग्य किया, "सुना है, आजकल नौकरियाँ बाँट रहे हो?"

"सेवा करने की कोशिश है महराज। लम्बी दौड़ के लिए लोगों में पैठ तो बनानी होगी।"

"पैठ बनाना तो ठीक है। लेकिन लम्बी दौड़ के घोड़े को हरी घास देख कर बीच में रुकना नहीं चाहिए।"

चन्दू हँसा। बाबाजी इतने परेशान क्यों हैं? बाबा को चन्दू का हँसना अच्छा नहीं लगा। वे ताड़ गये, "अपनी नीयत के इम्तिहान में दूसरों को फेल करना ठीक नहीं है। पास और फेल आप ही होते हैं। साधु-महात्माओं पर शंका करने से नरक का रास्ता खुल जाता है।"

घबराहट से चन्दू के हाथ पसीजने लगे। नरक का रास्ता खुलने की चिन्ता उतनी नहीं थी। बाबा मन में चल रहे विचारों को पढ़ लेते हैं, यह जान कर चिन्ता हो रही थी। बाबा ने समझाया, "तुम्हें आत्मा का शुद्धीकरण करना चाहिए।"

चन्दू हकलाने लगा, "भय्याजी कहते हैं, राजनीति में किसी को 'ना' मत कहो, काम भले ही मत करो। उन्हीं के फार्मूले में फँस गया।"

"अच्छी बात है, फँसो। मेरा काम तो सावधान करना था।"

"सावधान हो गया महाराज। अब आप भी विश्राम करें और मुझे इज़ाज़त दें।"

"गृह-दशा ख़राब हो तो मैं सचेत कर देता हूँ। आगे भक्त की श्रद्धा और प्रभु की इच्छा।"

"ठीक है बाबाजी, मैं आपका आभारी हूँ।"

"जय श्रीकृष्ण।"

जोशी कॉटेज जब तक वीरान पड़ा था, चन्दू पांडे निश्चिंत था। आज नहीं तो कल, इस ज़मीन-जायदाद का सौदा वही करेगा। मौक़ा लगा तो औने-पौन में ख़रीद लेगा। लेकिन रेवा के आने के बाद उसे कॉटेज हाथ से फिसलता लग रहा था। इससे पहले वह इस जगह को लेकर इतना परेशान कभी नहीं हुआ। वह किसी सूरत में इसे खोना नहीं चाहता था। सात नाली ज़मीन के बीचोंबीच बने इस कॉटेज की क़ीमत इस वक़्त मरे दर्जे ढाई करोड़ होगी। किसी को जगह भा जाये तो ज़्यादा भी दे सकता है। यह रक़म चन्दू के लिए बहुत बड़ी थी। उसे लगता था, जोशी कॉटेज के मालिकों को क्या पता कि यहाँ ज़मीन की क़ीमतें कहाँ पहुँच गयीं। जब वे गये तब कोई पचास हजार देने वाला नहीं मिलता। ग्राम प्रधान बनने के बाद चन्दू के हौसले काफ़ी बुलंद थे। उसे जल्द ही विधायक और फिर सांसद बनना था। चुनाव में ख़र्च करने के लिए पैसा तो इसी तरह आयेगा। घरवाली के जेवर बेच कर तो कोई चुनाव लड़ता नहीं। पहली बार हुँडी घुमानी पड़ती है। फिर तो पैसा ही पैसा है।

उसे यह भी पता चल चुका था कि जोशी कॉटेज अभी तक बिका नहीं है। यह भनक भी लग गयी थी कि वहाँ रह रही युवती जानकी की बेटी है। माधव और शिवप्रसाद जोशी की बहन की बेटी। मोहन सिंह की दुकान में इसी पर चर्चा

छिड़ी हुई थी। चन्दू ने अपनी राय पेश की, "बहन की बेटी जोशी कॉटेज पर कब्ज़ा कैसे कर सकती है?"

"कब्ज़ा कर लिया क्या?" —किसी ने पूछा।

"किया नहीं है। पर मैं पूछ रहा हूँ कि उसका क्या अधिकार है? उसकी माँ का भी अधिकार नहीं है। पिता की जायदाद पर बेटी का हक़ कैसे हो सकता है?" —चन्दू तैश में आ गया था।

"पांडे जी, क़ानून तो अब ऐसा ही है बल।" —मोहन सिंह ने बताया।

"होगा। लेकिन बेटी की अवैध सन्तानों पर यह क़ानून लागू नहीं होता।" —वह चिढ़ कर बोला।

"हाँ, ये तो पते की बात कही," मोहन सिंह ने उसकी 'हाँ' में 'हाँ' मिलाई, "पर जानकी तो अवैध सन्तान नहीं है ना?"

सब चुप हो गये। अचानक चन्दू ने ग़ुस्से से ज़मीन पर थूकते हुए कहा, "थू है इन जोशियों पर। हम समझ रहे थे, हयादार आदमी हैं, लौट कर आने में शर्म आयेगी। इन्होंने तो हद कर दी। बहिन की अवैध सन्तान को यहाँ भेज दिया। वह भी हरिजन की औलाद। कौन जाने, साली उस बहिन की ही नीयत ख़राब हो गयी हो।"

"आजकल किसी का कोई भरोसा नहीं है पांडे जी। मुझे तो लगता है ये लड़की बैठ जायेगी कब्ज़ा करके। इसके पीछे तो भूत की ताक़त भी है।"

"ऐसे ही बैठ जायेगी? ये होती कौन है? मैं देखता हूँ।"

"हाँ, आप कोई राह चलते लुच्चे-लफ़ंगे थोड़े हैं। ग्राम प्रधान हैं। आपको किसी से भी पूछने का अधिकार है कि भई, तू है कौन?...बस, एक ही डर है। भूत से कैसे पूछोगे?"

"मोहन'दा टोंट कस करे हो?"

"अरे प्रधान जी, जीभ कभी दाँतों को टोंट कस सकती है?"

सफ़ेद पुतलियाँ

अल्मोड़ा और रानीखेत को जाने वाली सड़क पर एक छोटी-सी जगह थी। जहाँ सड़क किनारे तीन दुकानें थीं। एक दुकान के बाहर लैटरबॉक्स लगा हुआ था। बायीं तरफ़ एक कच्ची सड़क किसी अज्ञात स्थान के लिए निकल गयी थी। उसके ठीक सामने एक निर्जन-सा गेट था, जिसे देख कर लगता था कि अन्दर कोई सरकारी भवन, डाक बंगला या गैस्ट हाउस रहा होगा। जो अब खंडहर हो चुका था। ऐसा बाहर से लगता था। तेजू ने कच्ची सड़क के पास चौड़ी और खुली जगह देख कर वैगनआर पार्क कर दी।

जब दोनों गाड़ी से उतरे तो उन्हें देख कर, दुकानदारों की निर्जन गेट जैसी

आँखें फटने को हो आयीं। ये कौन लोग हैं जो इस बियाबान में उतर आये। रेवा ने उजले रंग का सूट पहना था। बहुत ही सोबर। रंग के साथ-साथ सूट भी उसके व्यक्तित्व को सौभ्यता और भव्यता की आभा दे रहा था। उस सूट में वह कुछ और स्लिम लग रही थी। तेजू ने जींस के ऊपर सफ़ेद शर्ट और उसके ऊपर खादी की मरून रंग की ऊनी वास्कट पहन रखी थी। इन कपड़ों में वह कुछ ज़्यादा गम्भीर लग रहा था। उन्हें देख कर दुकानदारों के साथ-साथ वहाँ बैठे इक्का-दुक्का ग्राहक भी चौंके हुए लग रहे थे।

उन्होंने एक दुकान वाले से तूना गाँव का रास्ता पूछा तो दुकानदार की आँखें एकदम बाहर को निकल आयीं, "तूना?"

उसने अविश्वास के साथ पूछा। जैसे, सुनने में ग़लती हुई हो। शिल्पकारों के गाँव में ये शहरी लोग? उसने हाथ के इशारे से पाताल की ओर जाने वाले एक और रास्ते की तरफ़ इशारा कर दिया, जो बायीं तरफ़ अचानक नीचे उतर जाता था। दुकानदार का बस चलता तो वह कह देता कि आप लोगों को ग़लतफहमी हुई है। इस गाँव में आपको नहीं जाना होगा। अच्छी तरह याद कर लो। पर उसके मुँह में शब्द अटके रह गये। तब तक तेजू और रेवा आगे बढ़ चुके थे।

गाँव सड़क से डेढ़-दो किलोमीटर दूर था।

सुबह जब वे बचवाली से चले थे, सूरज निकल रहा था। आसमान साफ़ था। अभी-अभी कुछ बादल घिर आये हैं। बारिश का अंदेशा तो फिलहाल नहीं है, पर दो-चार घंटे में मौसम कोई भी करवट ले सकता है। या बारिश या धूप। रेवा के अन्दर भी बादल-से लगे हुए थे। कई तरह की आशंकाएँ थीं, भ्रम थे। मन के किसी कोने में एक धुंधली-सी उम्मीद भी थी कि कौन जाने वह आदमी यहीं, इसी गाँव में दुबका हो। उसके आधा दर्जन बच्चे हों। वह उसे पहचानने में आनाकानी करे। बदतमीज़ी से बात करे।

वह चुप थी। उसके लिए ऊँचे-नीचे रास्ते पर चलना थोड़ा मुश्किल हो रहा था। कई बार वह डगमगाती और तेजू अपना हाथ तैयार रख लेता। पर उसने थामा नहीं। दो-एक जगह रेवा ने खुद ही उसकी बाँह या कन्धा थाम कर उसका सहारा लिया। तेजू को अच्छा लगा।

गाँव सामने था। कुछ पक्के मकान थे। सीमेंट के बने। कुछ पुराने टिन की छत वाले और नीचे मकान थे। जो ढलावदार और झुकी हुई छत के कारण कुछ ज़्यादा नीचे लग रहे थे। गाँव में कई जगह कंडों (उपलों) का ढेर लगा हुआ था। कई घरों के आगे गाय-भैंस बँधी हुई थीं। कुछ घरों में बकरियाँ और मुर्ग़ियाँ भी थीं। जहाँ-तहाँ घास के लूटे[1] लगे थे। एक जगह नंग-धड़ंग बच्चे कंचे खेल रहे थे।

---

1. जमीन के लम्बवत खड़े पिरामिड जैसे घास के ढेर जिन्हें, बीच में लट्ठा डालकर खड़ा रखा जाता है और बेमौसम मवेशियों के खाने के लिए इस्तेमाल किया जाता है।

ग़रीबी हर तरफ़ पसरी थी। वे लोग ज्योंही गाँव में घुसे, हर कोई अपना काम छोड़ कर उन्हें देखने लगा। जैसे गाँव में दो अजूबे आ गये हों। उन्होंने एक समझदार-से लगने वाले व्यक्ति से प्रदीप के घर के बारे में पूछा। उसने थोड़ा आश्चर्य के साथ उन्हें देखा और घर के बाहर तक छोड़ आया।

यहाँ निराशा रेवा का इन्तज़ार कर रही थी। एक बूढ़ा घर के अन्दर मौजूद था। काफ़ी आवाज़ देने पर वह घर से बाहर निकला। उसने काली टोपी पहन रखी थी और एक फटा हुआ काला कोट, दोनों कन्धों के पास जिसका बुकरम झाँक रहा था। नीचे से तंग मोहरी का पजामा पहना था, जो न अलीगढ़ी था, न चूड़ीदार। कुछ अनगढ़ ढंग से सिला हुआ मोटे और मैलख़ोर कपड़े का पजामा। किश्ती टोपी की किनारियों में तैलीय मैल की लकीर जमी हुई थी। घर का आँगन तीन-साढ़े तीन फुट ऊँची पत्थर की दीवार से घिरा था। दीवार जगह-जगह से गिरने लगी थी। आँगन गोबर से लीप रखा था। घर की हालत जर्जर थी। बूढ़ा बाहर आकर दीवार पर बैठ गया।

तेजू ने प्रदीप का नाम लिया। बूढ़े के अन्दर कोई प्रतिक्रिया नहीं हुई। लगा कि वह कुछ नहीं समझा। उसने आँखें मिचमिचा कर उनकी ओर देखा और जेब से माचिस की तीली निकाल कर दाँत खुरचने लगा। इस बार रेवा ने पूछा, "प्रदीप जी का घर यही है?"

"तुम लड़की हो?" उसने आँखें मिचमिचा कर देखने की कोशिश की, "मुझे दिखाई नहीं देता।"

"ओह...प्रदीप जी का घर यही है?" —रेवा ने सवाल दुहराया।

"वो साला हरामी 'जी' कब से हो गया?"

दोनों सकते में आ गये। तेजू ने कुछ सँभल कर पूछा, "घर में कौन-कौन है?"

"एक ब्वारी[1] है। छोटे लड़के की घरवाली। बीस साल पहले विधवा हो गयी थी। एक मैं हुआ।"

"घर तो आते होंगे?"

"कौन, प्रदिपवा?"

"हाँ।"

"तुम लोग सरकारी आदमी हो?" —बूढ़े ने पूछा और जब दोनों ने कोई उत्तर नहीं दिया तो बोला, "मुझको पेंशन नहीं मिली अब तक। कई बार काग़ज़ जमा कर दिये।"

"हम लोग पेंशन दिलाने वाले नहीं हैं।"

"तो? चुनाव तो हो गये, अब कैसे आये?" दोनों ने कोई जवाब नहीं दिया तो उसने फिर से पूछा, "या उसकी मौत की ख़बर लाये हो?"

1. बहू।

तेजू और रेवा, दोनों ही सोच रहे थे कि इस व्यक्ति के अन्दर अपने बेटे को लेकर इतनी कड़वाहट क्यों है। बूढ़े की समझ में नहीं आ रहा था कि बेवजह सवाल पूछने तो यहाँ आये नहीं होंगे, "तुम लोग हो कौन और किसलिए ये सब पूछ रहे ठैरे?"

दोनों चुप रहे। अचानक तेजू को उत्तर सूझ गया, "प्रदीप चाचा मेरे पिताजी के साथ पढ़ते थे।...हम लोग ऐसे ही इस इलाक़े में आ रहे थे, तो पिताजी ने कहा कि जरा उनके बारे में भी पता करते आना।"

"तुम कहाँ रहते हो?"

"नैनीताल।" —उसने बचवाली का नाम जान-बूझ कर नहीं लिया।

"अच्छा, बहुत दूर से आये हो।"

"हाँ...पर अब पिताजी से क्या कहूँगा?"

बूढ़े ने कुछ देर सोचा। फिर आसमान की ओर देखने लगा। उन दोनों ने पहली बार ग़ौर किया कि उसकी पुतलियाँ सफेद थीं। शायद उसे मोतियाबिन्द था।

"पच्चीस साल पुरानी बात होगी।...नहीं। शायद ज़्यादा ही पुरानी बात हो। एक दिन वो झोला-झमटा लेकर अचानक घर से निकल पड़ा। उसके बाद कभी नहीं आया।"

बूढ़े के शरीर में झुरझुरी-सी हो रही थी। वह अजीब तरह से काँप रहा था, "इतने साल हो गये उसका निपल्ट[1] हुए। पढ़ाया-लिखाया और... ।"

बूढ़ा अचानक बच्चों की तरह फूट-फूट कर रोने लगा, "यही दिन देखने के लिए होते हैं माँ-बाप?" वह चुप हो गया। उसने अपनी कँपकँपी को थामने की कोशिश की और बोला, "उन दिनों यहाँ घर-घर में एक ही बात फैली ठैरी। कि बचवाली में एक बामणी के चक्कर में पड़ गया था। बड़ी बेइज़्ज़ती हुई बल। अब राम जाने क्या हुआ। लेकिन कुछ तो हुआ होगा कि वह फिर कभी नहीं आया।"

बूढ़े की रोते-रोते हिचकियाँ भर आयीं। उसे देख कर रेवा की आँखों में भी आँसू आ गये। वह बोला, "अपनी इजा को भूल गया। इन्तज़ार करते-करते चार साल पहले गुज़र गयी। छोटा भाई उसके जाने के कुछ साल बाद ही गुज़र गया था। एक मैं हूँ, उसके इन्तज़ार में प्राण रोके हुए हूँ। ब्यारी की क्या कहूँ। आस-औलाद हुई नहीं। सारे मुर्दों का बोझ अकेली उठाती है। प्रदिपवा का भी। मेरा भी। ...मैं भी तो मुर्दा हुआ।"

इससे अधिक वह कुछ नहीं बोल पाया। रेवा ने तेजू की ओर देखा और उठ कर अचानक ही चल पड़ी। उसकी आँखों में अब भी आँसू थे। उसी वक़्त उस बूढ़े की बहू लकड़ी का गट्ठर लेकर पहुँच गयी थी। वह साँवले रंग की एक छरहरी औरत

---

1. लौट कर न आना।

थी, जिसकी उम्र चालीस से कम लगती थी। चेहरा पत्थर के भगवान जैसा। मूर्तिकार जिसमें मुस्कराहट नहीं ला पाया। उसने गट्ठर नीचे फेंका ही था कि रोती हुई एक सुन्दर-सी लड़की को अपने घर से निकलते हुए देख कर हैरान रह गयी। लेकिन चेहरे पर हैरानी का भाव नहीं था। लड़की के पीछे-पीछे एक गोरा और हट्टा-कट्टा लड़का देखा तो हैरानी बढ़ गयी। पर चेहरा सपाट। उसने ससुर से पूछा कि कौन लोग थे और वह लड़की रो क्यों रही थी। ससुर को दिखाई नहीं दिया था। उन्हें सुन कर आश्चर्य हुआ कि लड़की रो रही थी। उसके बाद न बहू ने ससुर से कुछ पूछा और न ससुर ने इस बारे में कोई बात की।

रास्ते भर रेवा कुछ नहीं बोली। बचवाली पहुँचने तक। तेजू ने किसी बहाने कोई सिरा पकड़ कर बात शुरू करने की कोशिश नहीं की। कोई सिरा था ही नहीं। सहानुभूति व्यक्त करने से उसे चिढ़ थी। उतनी ही चिढ़ रेवा को सहानुभूति लेने से थी। बचवाली में रेवा के घर के पास उसे उतारते वक़्त बोला, "कोई अगर तूना गाँव में नहीं है, तो इसका मतलब यह नहीं कि वह इस दुनिया में नहीं है। वो कहीं तो होंगे। हम ढूँढ़ निकालेंगे। फिर शायद तुम्हारी...।"

"तूना ले जाने के लिए शुक्रिया। बाय।"

घटना के चश्मदीद बच्चे बाघ का रंग काला बता रहे थे। यह अविश्वसनीय था। उनका कहना था कि बाघ दो पैरों पर चल रहा था। भालू की तरह। यह और भी अविश्वसनीय था। उन्होंने वह खौफ़नाक दृश्य शाम के झुटपुटे में देखा था।

जंगल से लगा हुआ घर था। इससे बड़ी सुविधा थी। जब ज़रूरत हो, जंगल की तरफ़ फ़ारिग होने चले जाओ। घर में रसोई गैस खत्म हो जाये या नहाने के लिए पानी उबालने में गैस बचानी हो तो जंगल से सूखी लकड़ियाँ बीन लाओ। मवेशियों के लिए घास ले आओ। और भी फ़ायदे थे। कई बार पेड़-पौधों की कलियाँ और कोमल तने चुन कर साक-सब्जी भी जंगल से मिल जाती। सर्दी के मौसम में कचनार के दो-तीन पेड़ पुष्पा के सबसे बड़े मददगार थे। जब कोई सब्जी न हो तो वह कचनार की कलियाँ तोड़ लाती थी। सच पूछा जाये तो जंगल पिता की तरह था। संकट में कोई न कोई समाधान निकाल देने वाला।

पिछले साल गर्मियाँ बुरी बीतीं। माफिया ने जंगल में आग लगवा दी। उसके बाद बहुत-से पेड़ ग़ायब कर दिये गये। गाँव के लोगों का कहना था कि इसमें चन्दू पांडे की मिलीभगत है। उसे माफिया का स्थानीय एजंट बताया गया। प्रमाण किसी के पास नहीं था। राम ही जाने।

उस दिन भी पुष्पा को संकट में जंगल याद आया। शाम के वक़्त वह रसोई में घुसी और चाय बनाने लगी थी। स्टोव जलाया तो गैस ख़त्म। अब क्या करे।

पिछले कई दिनों से वह आश्रम नहीं गयी थी। महराज ग़ुस्से में थे। लेकिन भैरव से पारिवारिक सम्बन्ध हो गये थे। उसने भैरव को मिस्ड कॉल दिया। उसने पलट कर फ़ोन किया तो पुष्पा ने बताया कि गैस अचानक ख़त्म हो गयी। कल उसके लिए सिलेंडर भरवाने का जुगाड़ कर देना। बचवाली में गैस सिलेंडर भरवाना आसान काम नहीं था। भैरव ने पूछा कि अभी कैसे काम चलेगा? उसने कहा, अभी तो जंगल जाकर लकड़ियाँ बीन लाती हूँ। भैरव ने आश्रम आने के बारे में पूछा। उसने कोई उत्तर नहीं दिया। केवल इतना कहा कि आने की इच्छा नहीं है। पर तुम गैस का इन्तज़ाम ज़रूर करवा देना।

वह दराँती ढूँढ़ रही थी। लेकिन मिली नहीं। शायद बच्चे गिल्ली बनाने ले गये हों। सूखी लकड़ियाँ ही तो बीन कर लानी हैं। बिना दराँती के भी काम चल जायेगा। उसने सोचा और आकाश की ओर देखा। अँधेरा होने वाला था। वह जल्दबाज़ी में लकड़ियाँ बाँधने की रस्सी लेकर जंगल की ओर निकल गयी। उस वक़्त उसका बेटा कन्नू, जेठ के दो बेटे और एक बेटी आँगन में खेल रहे थे। बच्चों ने उड़ती नज़र से उसे देखा था। वह अक्सर इसी तरह जंगल जाती थी। फ़र्क़ इतना था कि और दिन सुबह जाती और रस्सी के साथ दराँती भी होती थी।

बच्चे खेलने में मस्त थे। उन्हें पत्तों के दबने की चरमर-चरमर देर तक सुनाई दी। पन्द्रह-बीस मिनट बाद उन्हें जंगल की तरफ़ से घुटी हुई-सी चीख सुनाई पड़ी। चरमर की आवाज़ तेज हो गयी थी। ऐसा लगता था, कोई पत्तों को रौंद रहा है। बच्चों ने उस ओर देखा। वहाँ अँधेरा था। पेड़ साये की तरह दिख रहे थे। पेड़ों के बीच, बच्चों का कहना था, उन्हें काले रंग का बाघ दिखाई दिया। वह हाथ उठा कर चल रहा था। भालू की तरह।

'भालू की तरह' सभी बच्चों ने नहीं कहा। केवल जेठ के बड़े लड़के ने यह कहा था और अभिनय करके बताया था। यह भी कि शायद एक से ज़्यादा काले बाघ थे। वो पुष्पा चाची पर झपट रहे थे। फिर चरमर बन्द हो गयी। बाघ ग़ायब हो गये। पुष्पा चाची भी नज़र नहीं आयीं।

अँधेरा घिर आया था। औरतें खाना पकाने में जुट गयी थीं। मर्द आ चुके थे। शराबी घर से निकले हुए थे। बत्तियाँ जल गयी थीं। ठीक उसी वक़्त तल्ला रामखेत के उस मुहल्ले में, जहाँ पुष्पा रहती थी, हल्ला मच गया। थोड़ी ही देर में लोग जुट आये। एक व्यक्ति के पास लाइसेंसी बन्दूक थी, वह सबसे आगे चलने लगा। लोग उस मरियल बन्दूक वाले के पीछे-पीछे चल रहे थे। लोगों का मानना था कि बाघ ही होगा। रात में बाघ काला लगा होगा। बच्चों को बाघ और भालू को लेकर भ्रम हो रहा है। हालाँकि बड़ा बच्चा अपनी बात दोहरा रहा था—दो पैरों पर चलने वाला काला बाघ।

बन्दूक वाला डरते हुए जंगल के अन्दर घुस रहा था। भरी हुई बन्दूक तान

रखी थी। मुठभेड़ के लिए जा रहे पुलिस वालों की तरह। पीछे-पीछे चल रहे लोगों में से कुछ के हाथों में टार्च थे। किसी ने मशाल लेकर चलने को कहा था। लेकिन उसकी ओर कोई ध्यान नहीं दे रहा था। या शायद कोई इस झंझट में पड़ना नहीं चाहता था। जो भी पीछे रह गया, वह अपनी आँखों से सब कुछ देखने से वंचित हो सकता था। लोग जल्दी में थे और घंटा भर बीत जाने के बाद भी इस तरह जल्दी मचा रहे थे जैसे बाघ के मुँह से पुष्पा को खींच लाने का अवसर अब भी हो। मानो, बाघ बैठा होगा। पुष्पा उसके सामने ज़मीन पर गिरी होगी। वह बाघ के आगे हाथ जोड़ रही होगी कि उसकी जान बख़्श दे और बाघ पंजा मार कर पुष्पा के साथ खिलवाड़ कर रहा होगा।

ज़्यादा ऊपर जाने का साहस कोई नहीं कर रहा था। असल में जंगल थोड़ा ऊँचाई पर था। आगे चल कर और ऊँचा होता जाता था। जंगल से बचवाली को जाने के कई रास्ते थे। लेकिन बाघ के बचवाली की ओर भागने की संभावना नहीं थी। बाघ शिकार लेकर जंगल से बस्ती की तरफ़ क्यों भागेगा। लोगों का अनुमान था कि वह पुष्पा को घसीट कर पहाड़ की चढ़ाई में ले गया होगा। जंगल के अन्दर जाने का मतलब चढ़ाई चढ़ते हुए आगे बढ़ना। लोगों का कहना था कि किसी चट्टान के ऊपर से या पेड़ की आड़ से बाघ उन पर छलाँग लगा सकता है। बन्दूक वाला लोगों को सबसे ज़्यादा डरा रहा था। लोग जिस तेज़ी से गये, वैसे ही उल्टे पाँव लौट आये। ज़्यादा अन्दर जाने को कोई तैयार नहीं हुआ। पुष्पा के जेठ भी नहीं। वापसी में जब वे ख़तरे वाले इलाक़े से बाहर आ गये तो कुछ ज़्यादा ही मुश्तैदी के साथ पंजों के निशान देखने की कोशिश करने लगे। कई लोग डींगें हाँक रहे थे। बाघ दिख जाता तो वे पत्थर से मार डालते। बन्दूक वाले का कहना था उसने एक ज़माने में बहुत शिकार किया है। बाघ सबसे पहले कंठ पर हमला करता है। कंठ फोड़ कर गरम खून पीता है। उसके बाद खींच कर ले जाता है और आराम से खाता है। कुछ लोगों ने यह देखने का प्रयास किया कि कहीं आसपास खून तो नहीं गिरा है। खून कहीं नहीं था। या फिर अँधेरे में दिखाई नहीं दे रहा था। एक आदमी बहस करने लगा कि बाघ खून नहीं पीता। उसे आदमी का कंठ फोड़ने की ज़रूरत नहीं पड़ती। आदमी तो दहशत में मर जाता होगा। कंठ वह केवल जानवर का फोड़ता है, ताकि उसे काबू किया जा सके। फिर दाँत गढ़ा कर उसके मरने का इन्तज़ार करता है। हम समझते हैं बाघ खून पी रहा है।

लोगों ने सुबह फिर से खोज-ख़बर लेने की बात कहते हुए मान लिया कि पुष्पा को बाघ ही ले गया। अब तक उसका काम तमाम कर चुका होगा। पुष्पा की जेठानी उसके रोते हुए बच्चे को सीने से लगाये दहाड़ें मार रही थी। वह लगातार पुष्पा की प्रशंसा में कुछ अच्छी और कुछ अनर्गल बातें बोलती जा रही थी। उसका कहना था कि ऊपर वाला कितना बेरहम है, बच्चों के बारे में भी नहीं सोचता। उसे

भी अच्छे लोगों की ही ज़रूरत पड़ती है। चन्दू पांडे और उसके भाइयों में से किसी को क्यों नहीं उठा ले गया। वे लोग तो रात-रात भर जंगल के अन्दर सेंधमारी करते हैं। कितना अभागा है पुष्पा का यह लड़का। पहले बाप का सहारा छीना और अब माँ की छाँव।

फर्राटा समय में रहने वाले युवक अपनी आदत के मुताबिक बेचैन, किन्तु स्थितप्रज्ञ थे। वे लोगों की बात सुन कर भी अनसुना कर रहे थे। उन्होंने इंटरनेट पर खोज शुरू कर दी कि इस इलाक़े में भालू पाये जाते हैं या नहीं। इलाक़े के जंगलों में कितने बाघ होंगे। बाघ अपने शिकार को किस तरह कब्ज़े में करता है। भालू स्त्रियों के साथ कैसा सलूक करता है। वगैरह-वगैरह। वे किसी नतीजे पर नहीं पहुँच रहे थे। लेकिन कई तरह की संभावनाओं पर पहुँचने लगे थे। फिर भी अपनी बात वे अपने मित्रों से ही शेयर करते। लद्धड़ पाले के कई लोग देर तक पुष्पा के जेठ और जेठानी के पास बैठ कर अफ़सोस करते रहे। फिर एक व्यक्ति अचानक यह कह कर उठा कि देर हो गयी, कहीं रास्ते में बाघ से मुठभेड़ न हो जाये। उसके बाद सब घबरा गये और झुंड बना कर निकल पड़े। रास्ते में कुत्ते या बिल्लियों की आँखों में टार्च लगते ही वे सहम जाते।

अगली सुबह जंगल में फिर से खोजी अभियान शुरू हुआ। पता नहीं किन-किन निशानों के आधार पर यह तय पाया गया कि पुष्पा को बाघ ही ले गया। भालू की संभावना को सभी ने ख़ारिज कर दिया। पुराने शिकारी और शिकारियों की सोहबत कर चुके लोग बताते थे कि वास्तव में बाघ अपने शिकार को मारने के बाद घसीट कर काफ़ी दूर तक ले जाता है। बाकी लोग मूर्खों की तरह उनकी बात सुन रहे थे और उनमें से कइयों ने पुष्टि की कि जंगल में घसीटे जाने के निशान पाये गये थे।

वह पहली बार आयी थी। तेजू ने पहली बार उसे इस पोशाक में देखा था। उसने पीला कुर्ता और सफ़ेद चूड़ीदार पजामा पहना था। कुर्ते में हल्के सफ़ेद फूल थे, जिन्हें पीले रंग ने लगभग दबोच लिया था। इस नये परिधान में वह निश्चित ही सुन्दर और सौम्य लग रही थी। तेजू की माँ उसे अपना घर दिखाने लगीं। घर बनने के कुछ साल बाद भी मन के किसी कोने से यह इच्छा सिर उठाती कि मेहमान आयें और घर देखें। हालाँकि घर साफ़-सुथरा था, पर था साधारण। देखने लायक कुछ खास नहीं था। पर जिसने जीवन के तीस साल किराये के घरों में गुज़ारे हों, उसके लिए अपना घर बना लेना असाधारण उपलब्धि थी। पिछले कुछ सालों में उन्होंने इसे लगभग असम्भव कार्य मान लिया था। वह ठुमक-ठुमक कर इस कमरे से उस कमरे में जातीं। अपने थुलथुल बदन को चलाने में उन्हें काफ़ी परिश्रम करना पड़ रहा था।

क्या रेवा ने उनके घर आने के लिए जान-बूझ कर सलवार-कुर्ता पहना? इस

सौम्यता से क्या वह माँ और पिताजी को प्रभावित करना चाहती है? अरे नहीं, मैं भी कितनी दूर चला जाता हूँ। कुछ लोगों में अद्‍भुत ड्रेस सेंस होता है। वे इसका ध्यान रखते हैं कि कब, कहाँ और किस अवसर पर क्या पहनना चाहिए। इतना ही। बस।

रेवा ने घर की प्रशंसा की। तेजू की माँ ने अधूरे रह गये कुछ कामों के बारे में बताते हुए खुद को तसल्ली दी या फिर रेवा को विश्वास दिलाया, “अब तेजू जैसा चाहेगा वैसा इंटीरियर करवाता रहेगा। हमने तो सिर छुपाने के लिए छत और दीवारें बना दीं।” फिर अचानक ही उनके चौड़े-चकले मुँह पर चिन्ता की रेखाएँ खिंच गयीं। उन्होंने अपना चेहरा रेवा के क़रीब लाते हुए स्वर को धीमा किया, “तुम्हें कभी तेजू ने बताया कि वह करना क्या चाहता है?”

“नहीं।”

तेजू की माँ की आँखें भर आयीं, “तुम कभी पूछो, उसकी क्या इच्छा है। खाली किताबें पढ़ने से पेट नहीं भरता। इसके पापा की पेंशन भी नहीं है। बहुत परेशान और चिड़चिड़े हो गये हैं।”

वह आमतौर पर हँसमुख महिला थीं। तेजू ने दूर से उन्हें देखा तो चौंक पड़ा। उनका रुआँसा चेहरा उन्हें अजनबी-सा बना रहा था। वह वहाँ से हट गया। रेवा ने उन्हें आश्वासन दिया कि वह बात करेगी। फिर अचानक उन्होंने बताया, “तुम्हारी बहुत तारीफ़ करता है। शायद तुम्हारी बात मान जाये।”

रेवा मुस्करा दी। इस बात को उसने जैसे इसी जगह विराम दे दिया।

“पता नहीं, ये लड़का मेरी समझ में नहीं आता। मुझे तो इसकी चिन्ता होती है।”

“अपने बच्चों के बारे में सभी को ऐसी आशंका होती है। खासतौर पर, जो बच्चे माँ-बाप के थोपे हुए सपनों को साकार करते नहीं दिखाई दें।” चौड़े-चकले चेहरे पर शिकन देख कर वह थोड़ा रुकी, “माफ कीजिएगा, मैं ज़्यादा साफ़ शब्दों में बोल रही हूँ। पर जहाँ तक मैं समझ पायी हूँ, तेजू समझदार है। आप चिन्ता न करें।”

पहले वाला हँसमुख चेहरा लौट आया। वे रसोई में घुस कर रेवा की ख़ातिरदारी के इन्तज़ाम में लग गयीं। वे रेवा जैसी किसी सुन्दर और समझदार लड़की को बहू बनाने का सपना देखने लगी थीं। चाय के साथ-साथ सपने भी उबल रहे थे। कृष्णानन्द की हिदायत के बावजूद, इधर वे केवल ऐसे ही सपने देखा करती हैं और उनमें उबाल लाती रहती हैं। कुछ समय पहले कृष्णानन्द ने फिर से कोई नौकरी-धन्धा पकड़ने की इच्छा व्यक्त करते हुए पत्नी से साफ़ कहा था, “जब माँ-बाप बच्चों की शादी और नौकरी का सपना देखने लगें तो समझो यह उनके सपनों के अन्त की शुरुआत है। अपने लिए भी, केवल अपने लिए, सपने देखना बन्द कभी नहीं करना चाहिए। बुढ़ापे की छाया मन पर नहीं पड़नी चाहिए।”

तेजू संकोच और असमंजस की स्थिति में था। उसे एक ही सवाल लम्बे समय से परेशान किये हुए था। अगर भूत-प्रेत हमारी कल्पना हैं या एक खास मानसिक अवस्था की उपज हैं, तो भी जोशी कॉटेज में गूँजने वाली आवाज़ों को लेकर कोई विसंगति किसी क़िस्से में क्यों नहीं थी? हर कोई उन आवाज़ों को लेकर एकमत क्यों था?

पूछने में वह हिचक रहा था। पहली बार जब रेवा के घर गया तो इस सवाल पर दोनों के बीच काफ़ी कड़वाहट आ गयी थी। फिर वही बात किस तरह कही जाये? तेज प्रताप ने उकसाया—पूछ ले। लड़की कुछ नहीं कहेगी। तेजू अनसुनी करता रहा। कभी-कभी तो उसे तेज प्रताप की बचकानी हरकतों से खीझ होती। तेज प्रताप फुसफुसाया, "मैं आँखों की भाषा पढ़ सकता हूँ। पलकों में बैठे सपनों को देख सकता हूँ। उसने यों ही कन्धे पर सिर नहीं रखा था !"

"बाइ द वे, भूत वाली अफ़वाह कैसे फैली?" —तेजू ने अन्ततः यह सवाल करने के बाद प्रतिक्रिया जानने के लिए उसके चेहरे पर नज़र टिका दी।

"ये तो फैलाने वाले बेहतर जानते होंगे।" —रेवा ने हँसने की कोशिश की। लेकिन चेहरे के रंग इस तरह बदल रहे थे, जैसे यह रंगमंच की प्रकाश व्यवस्था का नतीजा हो। डायलॉग के मुताबिक लाल और नीला रंग। लाल, नीला। नीला, लाल।

"मैं तो ऐसे ही पूछ रहा हूँ।...बात भूतों की नहीं है।"

"तो क्या है?"

"आवाज़ें ! आदमी की।"

रेवा के चेहरे पर फिर से कई रंग आने-जाने लगे। इस बार पीला रंग प्रमुख और सुप्रकट था। उठ कर कुछ क़दम चक्कर काटने के बाद वह वापस बैठ गयी। तेजू को पछतावा हो रहा था। क्यों फिर से यह विषय छेड़ दिया। मैं भी पागल हूँ। बार-बार इस तेज प्रतपवा के झाँसे में आ जाता हूँ। वह किस क़दर दुविधाग्रस्त लगती है। भरोसा नहीं, नाराज़ ही हो जाये।

"पता नहीं तुम इसे कैसे लोगे...।" उसने कहा और चुप हो गयी। कुछ देर सोचती रही। उतनी देर में उसने दुविधा पर विजय पा ली। चेहरा तेज रोशनी की तरफ़ हो गया। रंगों की दुविधा ने निकला उजला चेहरा। तब उसने जो बताया वह वाक़ई चौंकाने वाला था। उसका कहना था कि उसे एक ही डर सताता है। आदमियों का। डर आपके अन्दर कहीं से भी आ सकता है। आप से साथ घटी घटना से। आपके क़रीबी लोगों के साथ घटी किसी घटना से। प्रचार माध्यमों से, मीडिया से, टीवी धारावाहिकों से, कानून-व्यवस्था के रखवालों के रवैये से। कहीं से भी।

वह अपना पर्स खोलती है। तेजू अनुमान लगाना चाहता है कि आख़िर वह अचानक पर्स खोल कर क्या निकालना चाहती है। पर्स से निकाल कर वह एक छोटा चाकू और पेप्पर स्प्रे दिखाती है। वह चौंक पड़ता है।

तेजू ने कुर्सी पर पहलू बदला। रेवा ने बताया—तुम्हें तो पता है कि कुछ लोग मेरा पीछा करते थे। थे क्या, शायद अब भी करते हैं। जोशी कॉटेज के बाहर मुझे कई बार क़दमों की आहट सुनाई दी। एक बार खिड़की से बाहर झाँकने पर मुझे हुड पहने तीन साये दिखाई दिये थे। एक रात कोई ईंटों पर चढ़ कर रोशनदान से झाँकने की कोशिश कर रहा था। मैं बुरी तरह डर गयी। मैं यहाँ किसी को नहीं जानती थी। क्या किया जाये, समझ में नहीं आया। फिर अचानक एक उपाय सूझ गया। मैं ज़ोर-ज़ोर से बोलने लगी। मैंने अपनी आवाज़ बदल कर दूसरी स्त्री की आवाज़ निकाली। मैं यह ज़ाहिर करना चाहती थी कि अन्दर कोई और भी है। ताकि अकेली लड़की जान कर किसी तरह की ज़ुर्रत कोई न करे।

"ईंटों पर चढ़ने वाले को तो मैं जानता हूँ। हुड पहने तीन लोग भी उसी के गाँव के थे। मल्ला रामखेत के। पर उन्हें नहीं जानता।"

"क्यों आये थे वे लोग?"

"ऐसे ही। खुराफ़ात। ...खैर, तुम कुछ कह रही थीं?"

"जब मुझे विश्वास हो गया कि बाहर खड़े लोग धोखा खा गये, तो मैं अपनी सफलता से काफ़ी उत्साहित हुई। मैं मर्दाना आवाज़ें भी निकालने लगी। हालाँकि उन लोगों ने कभी कोई ऐसी-वैसी हरकत नहीं की। फिर भी मुझे लगता था कि वे किसी न किसी हरकत की तैयारी में हैं और उन्हें जैसे ही अवसर मिलेगा, वे उसे अंजाम देंगे। मैं शाम होने के बाद दरवाज़े नहीं खोलती थी। सोने से पहले पूरे घर का एक-एक कोना देखती थी कि कोई छुपा न हो। अपने को तसल्ली देती कि हो सकता है वे लोग केवल शरारत के इरादे से आते हों।

"मैं शुरू में केवल यह साबित करना चाहती थी कि मैं अकेली नहीं हूँ। बाद में, सच कहूँ तो, उनका डर देख कर डराने में मज़ा आने लगा। डराने वाले को दहशत में देखना रोचक खेल है।

"पता नहीं मेरा यह तरीक़ा सही था या ग़लत, लेकिन इससे गड़बड़ तो हुई। सोचा नहीं था कि लोग भूत-प्रेत की अफ़वाहें उड़ाने लगेंगे।"

तेजू को चन्दू की याद आते ही हँसी आ गयी, "वो लोग तो बुरी तरह डरे हुए हैं।"

उसी वक़्त तेजू की माँ चाय ले आयीं। चाय के साथ खाने को इतना कुछ था कि रेवा की समझ में नहीं आ रहा था कहाँ से शुरू किया जाये। चाय रखने के बाद वे लौट गयीं। उन्हें लग रहा था दोनों के बीच इतनी गम्भीर बात तो वही हो सकती हो, जिसका अनुरोध उन्होंने रेवा से किया था। वह तेजू को नौकरी के लिए तैयार कर देगी। दोनों से थोड़ा दूर रह कर रेवा को अवसर दिया जाये। वह बहुत अच्छी लड़की है। चेहरे से ही मददगार लगती है। ऐसी बहू मुझे मिल जाये तो कितना अच्छा हो?

लेकिन तेजू कुछ सोच कर अचानक ख़यालों में खो गया। स्तब्ध-सा। यह रेवा का भय है या मनोविकार? भय में तो दिमाग़ काम करना बन्द कर देता है। भय से खेला कैसे जा सकता है?

"मुझसे डर नहीं लगता?" —तेजू ने जानना चाहा।

"अजनबियों से लगता है।"

"भीड़ में, ट्रेन या बस में, बाज़ार वगैरह में भी डर लगता है?"

"नहीं।"

"किसी और चीज़ से? मसलन, लोगों से बात करने में, ऊँचाई से, आग से, पानी से, जानवरों से, कीड़े-मकोड़ों से?"

"नहीं। किसी चीज़ से नहीं। सिर्फ़ अजनबी पुरुषों से।...पर तुम इतना परेशान क्यों हो?"

"मैं तो सिर्फ़ जानना चाहता हूँ कि...।"

रेवा ने उसकी बात काटते हुए कहा, "मैं भय को अपनी ताक़त बना चुकी हूँ।"

"भय तो कमज़ोरी ही है।"

"ऐसा नहीं है।"

"मनोचिकित्सक हसेंगे।"

"क्या तुम उनके पास जाने की सलाह दे रहे हो?"

"नहीं। पर अगर...।"

"मेरा डर मेरे नियन्त्रण में है।"

तेजू ने विषय बदल दिया।

जाते वक़्त उसने रेवा को कृष्णा सोबती का उपन्यास 'दिलोदानिश', 'ग्रेट वर्क्स ऑफ एंटन चेख़व' और 'बदबू ' शीर्षक एक आत्मकथा थमाते हुए कहा, "ये कुछ पुस्तकें हैं, अगर तुम साहित्य से सरल सिद्धांतों और नुस्ख़ों की उम्मीद नहीं करतीं तो, अच्छी लगेंगी।"

नाली के किनारे उगे पुदीने की पत्तियों के ऊपर तितलियाँ मँडराती रहती थीं। छोटी-छोटी पीली तितलियाँ, आसमानी-काली और सफेद बूटों वाली बड़ी तितलियाँ। मध्यम आकार की सतरंगी तितलियाँ। हवा के साथ उड़ती हुईं। नाली के किनारे बैठतीं। पुदीने के पत्तों के ऊपर लहरातीं। बैठतीं। उड़ जातीं।

यह नाली पुष्पा के घर के पास थी, जिससे होकर रसोई और गुसलख़ाने का पानी घर के सामने वाली क्यारी में चला जाता था। पानी की वजह से क्यारी में खाने भर के लिए चौलाई, मूली, बथवा वगैरह हो जाता था। नाली के दोनों किनारों पर पता नहीं कैसे और कब पुदीना उग गया था। धीरे-धीरे, जहाँ तक नाली चली गयी

थी, पुदीने का झाड़ वहीं तक पहुँच गया। पुष्पा के बेटे कन्नू को तितलियाँ पकड़ने का फ़ितूर सवार था। वह हर वक़्त तितलियों के पीछे भागता। दोनों हथेलियों को एक-दूसरे के क़रीब लाता और उनके बीच जगह बनाते हुए हथेलियों को पत्तियों पर बैठी तितली के पास ले जाकर आपस में जोड़ देता। तितली दोनों हथेलियों के बीच क़ैद हो जाती। कभी-कभी वह तिलली को पंखों से पकड़ लेता। पंखों के कच्चे रंग उसकी उँगलियों पर छप जाते। रंग उतरने से तितली के पंख फीके और पारदर्शी दिखाई देने लगते। वह घबरा कर तितली को छोड़ देता।

तितलियाँ अपने रंगों के साथ ही अच्छी लगती हैं। उड़ती हुई। बैठी हुई।

माँ के बिना कन्नू उदास हो गया था। पुष्पा को गये अभी दूसरा दिन था। घर में लोग लगातार मातमपुर्सी के लिए आ रहे थे। सबको व्यस्त देख कर वह पुदीने के झाड़ के पास पहुँच गया और तितलियों से बातें करने लगा। उसने तितलियों को सावधान कर दिया कि वे बाघ से बच कर रहें, क्योंकि वह उसकी माँ को ले गया। अचानक एक नारंगी तितली वहाँ आ गयी, जिसके पंखों की किनारियाँ काली-सफेद थीं। उस तितली का पीछा करता हुआ वह काफ़ी दूर निकल गया। जंगल की ओर। उसने देखा, तितली एक ठिगने पौधे की पत्तियों के पीछे बैठ गयी। वह तितली को समझाने लगा कि डरे नहीं, वह उसे नहीं पकड़ेगा। जब तितली बाहर नहीं निकली तो उसने पत्तों को उलटना शुरू किया। पत्तों के पीछे छोटी-छोटी चमकीली बुंदकियों जैसे अंडे नज़र आये। वह समझ गया कि तितली यहाँ अंडे देती है।

वह अंडों में उलझा था कि उसके पैर पर साँप ने डंक मार दिया। वह बहुत ही मोटा और काला साँप था। उसके पैर में दाँत के दो निशान बन गये थे और उनसे खून रिस रहा था। कन्नू का ध्यान, दर्द के कारण, खून की तरफ़ तो गया, लेकिन उसे पता नहीं चला कि साँप ने काटा है। उसे लगा कोई काँटा चुभा होगा। उसने खून पर मिट्टी डाल दी और घर चला आया। आते हुए उसे ऐसा लगा जैसे उसे बहुत तेज़ नींद आ रही है। उसने ताई को कुछ नहीं बताया। दरअसल, पुष्पा तितलियों के पीछे-पीछे भागने से हमेशा मना करती थी। जब भी उसे देखती, हाथ पकड़ कर खींच लाती। हाँ, जब कभी वह उसके साथ जाता तो जी-भर कर तितलियों से खेलता। ताई ने तो घर से कहीं न निकलने की सख़्त हिदायत दे रखी थी। पर उसने ध्यान ही नहीं दिया कि कन्नू है कहाँ। घर आने तक नींद असह्य हो गयी थी। कन्नू चुपचाप सो गया।

जब वह कई घंटे सोया रह गया तो ताई ने उसे जगाना चाहा। लेकिन उसके मुँह से झाग निकलता देख वह घबरा गयी। वह बेहोश था। ताई चीखने-चिल्लाने लगी। उसकी चीख-पुकार सुन कर कुछ पड़ोसी चले आये थे। हल्ला सुन तेजू भी वहाँ पहुँच गया। उसे फ़ौरन अस्पताल ले जाया गया। ज़हर पूरी तरह फैल चुका था। अस्पताल वाले अपनी ओर से उसे बचाने की कोशिश में लग गये। इस बीच पुष्पा

के जेठ ने किसी झाड़-फूँक वाले को बुला लिया, जिसके बारे में कहा जाता था कि वह साँप के काटे का अचूक मन्त्र जानता है। लेकिन उसके पहुँचने और अस्पताल में ही अपनी सारी कोशिशें करने के बावजूद कन्नू ने दम तोड़ दिया। लोगों ने मन्त्र को फेल होते देखा तो साँप को हद से ज़्यादा ज़हरीला बताया जाने लगा। कुछ की राय थी कि देर कर दी। वरना ठीक हो सकता था। पर ज़्यादातर का मानना था कि घास में रहने वाला साधारण साँप इतना ज़हरीला नहीं होता। यह नाग होगा।

जब बच्चे का शव घर आया, तो एक दिन बाद ही उनके घर पर एक बार फिर लोगों का ताँता लग गया। जो सुनता वही चला आता। चन्दू पांडे, हरिया, फल बेचने वाला भुर्रन ज़ुल्फ़ी, दीपू, अपने काले चश्मे के साथ बूढ़ा तिवाड़ी और कई दूसरे लोग पहुँच चुके थे। तेजू और उसकी माँ भी वहीं थे। कैसी अनहोनी हो गयी। औरतें कहतीं। साल भर भी नहीं हुआ, पहले पीलिया से मदन मरा, फिर पुष्पा को बाघ ले गया और उसके एक दिन बाद ही बेटे को साँप ने डस लिया। पुष्पा की जेठानी जब दहाड़ मार कर रोती तो कई स्त्रियाँ उसके साथ सुर मिला कर मंद-मंद रोतीं। दुखी सभी थे। स्त्रियाँ मदन और पुष्पा के दुर्भाग्य पर तरह-तरह से विचार कर रही थीं। कैसा अभागा आदमी और कैसी अभागी औरत। सारा परिवार ख़त्म हो गया। कैसा अविश्वसनीय अन्त। ऐसा तो दुश्मन के साथ भी न हो। कुछ लोग ईश्वर के न्याय पर हैरत करते। कुछ महिलाएँ दबी ज़ुबान से कहने लगीं कि ईश्वर ने एक तरह से न्याय ही किया। पति के बिना वह जीवित रह कर क्या करती? और माँ-बाप के बिना बच्चे का जीवन किस काम का?

रात के बारह बज कर सात मिनट हुए थे। अभी जीतू की आँख लगी ही थी कि सिरहाने पर रखा सेल फ़ोन बजने लगा। उसने बहुत दिनों बाद बिस्तर पर लेटे-लेटे फेसबुक पर अपने मित्रों की कई सारी पोस्ट पढ़ी थीं और कुछ देर पहले ही बत्ती बुझाई थी। पहले उसने घड़ी देखी और फिर घबरा कर फ़ोन उठाया। रेवा कॉल कर रही थी। वह चौंका। इतनी रात गये उसका फ़ोन कैसे आ गया? दूसरे कमरे में भी हलचल होने लगी। शायद पिताजी और माँ की नींद खुल गयी थी। बेटी ससुराल में रहती है। देर रात आने वाले फ़ोन कॉल घबराहट बढ़ा देते हैं। तेजू ने धीमे स्वर में 'हेलो' कहा तो उधर से रेवा की सिसकियाँ सुनाई दीं। वह घबरा गया, "क्या हुआ? सब ठीक तो है?"

वह कुछ बोल नहीं पायी। तेजू की घबराहट बढ़ गयी, "क्या हुआ, कुछ बोलो तो?"

"तुमने जान-बूझ कर यह किताब मुझे दी। है ना?"

"कौन-सी किताब? हुआ क्या?"

"तुम्हें अच्छी तरह अन्दाज़ा था कि 'बदबू' किसकी आत्मकथा है। था ना?"

"नहीं। किसकी है?"

"तुम जानते थे कि यह मेरे पिता की आत्मकथा है।"

वह रोने लगी। तेजू सफ़ाई देने लगा। बल्कि साफ़ शब्दों में कहा कि वह उसके पिता की आत्मकथा कैसे हो सकती है? लेकिन वह सुनने को तैयार नहीं थी। उसने रोते-रोते तेजू का शुक्रिया अदा किया और बोली, "मुझे पूरा यक़ीन है, यह कहानी जिसने भी लिखी हो, पर है मेरे माता-पिता की। लेखक का नाम क्योंकि प्रदीप नहीं है, इसलिए पक्का भरोसा नहीं कर पा रही। पर मेरे पिता ने शायद नाम बदल लिया होगा।"

"पहले तुम पूरा पढ़ लो, फिर बात करते हैं। हो सकता है, आगे चल कर कहानी कुछ और हो।"

"कहानी उन्हीं की है।... फिर भी, मैं तुम्हें कल फ़ोन करती हूँ।"

तेजू समझ नहीं पा रहा था कि यह सब क्या हो रहा है। उसने वह आत्मकथा अब तक पढ़ी नहीं थी। उसके पिता अपना नाम बदल कर क्यों लिखेंगे? उस लेखक का पूरा जीवन परिचय तो देखना चाहिए। तेजू दरवाज़े खोल कर बाहर निकल आया। खुली हवा में साँस ली और सिगरेट जला ली। कश खींचते हुए उसने सोचा, पूरी आत्मकथा पढ़ने के बाद रेवा की समझ में खदु-ब-खुद आ जायेगा कि वह ग़लत थी। अभी उसे समझाने का कोई फ़ायदा नहीं।

रेवा ने आँखों में पानी के छींटे मारे, मुँह पोंछा और अगला अध्याय शुरू किया। 'बदबू' आत्मकथा की जगह आत्मकथात्मक उपन्यास लगता था। वह ज्यों-ज्यों आगे बढ़ रही थी, उसे यक़ीन होता जा रहा था कि वह उसके माता-पिता की कहानी है। पिता (लेखक) ने अवश्य ही कुछ सोच कर अपने साथ-साथ पात्रों के नामों में भी हेरफेर किया है। मसलन, जानकी को सावित्री कर दिया, शिव का नाम सुन्दर है और माधव का महेश। 'बचवाली' को लेखक ने केवल गाँव कहा है। गाँव का नाम नहीं है। तिराहे को चौरस्ता लिख दिया है।

उसने आगे पढ़ना शुरू किया—

हमउम्र लड़कियाँ उससे दोस्ती करना चाहती थीं। पुरुषों को उससे बात करना अच्छा लगता था। औरतों की आँखों में उसके लिए अपार स्नेह था। युवक उसे देखते रहना चाहते थे—लगातार और अपलक। वह तितली की तरह इठलाती घूमती थी। हवा की दिशा में उड़ती थी। दायें-बायें, ऊपर-नीचे। फुर्र।

पता नहीं कितने लोग थे जो तितली की ओर हथेली बढ़ाते थे। तितली उड़ती रहती थी। लेकिन एक दिन वह उड़ते-उड़ते थोड़ा सुस्ताने के लिए मेरी हथेली पर आकर बैठ गयी। मैंने न मुट्ठी बन्द की, न दूसरी हथेली उसके ऊपर रखी। मैं उसे देखता रहा।

उस दिन के बाद तितली मेरी हथेली पर जब-तब बैठने लगी। मुझमें खास बात कुछ नहीं थी। साधारण क़द-काठी, साँवला रंग और हल्के भूरे बाल। हाँ, मैं मोहम्मद रफ़ी और मुकेश के गाने हू-बहू गा लेता था।

हमारे साथ जो घटा उसके बाद मैं उसके गाँव कभी नहीं गया। लेकिन सुना है, गाँव के लोग कहते हैं कि हमारी प्रेम कहानी ने एक भरे-पूरे और खुशहाल घर के वीरान होने की समानांतर कथा को जन्म दिया था। हर कोई उस घर के वीरान होने को मार्मिक कथा की तरह बयान करता है। लेकिन हम दोनों का क्या? हमारी बात तो कोई नहीं करता। मानो, उस कथा के खलनायक हम ही थे। मैंने सुना, लोग आज भी पूछते हैं कि उस घर के साथ ऐसा क्या हुआ, जो कौवों तक ने मुंडेर पर बैठना बन्द कर दिया। राहगीरों ने नज़रें फेर लीं। बग़ीचे के फूल मुरझा गये। मधुमक्खियाँ अहाते से ही लौटने लगीं। किसकी नज़र लगी उस घर को?

कॉलेज में हम दोनों साथ पढ़ते थे। परीक्षाएँ खत्म होने के बाद हम दोनों को ही परिणाम का इन्तज़ार था। उसका बड़ा भाई महेश उन दिनों नौकरी के लिए शहर गया था। अभी तक उसका विवाह नहीं हुआ था। उसके लिए लड़की ढूँढ़ी जा रही थी और उस घर को नयी पीढ़ी के पहले शुभ कार्य की प्रतीक्षा थी। महेश की शादी जून में ही कर देने का इरादा था, लेकिन जून निकला जा रहा था। चतुर लोग बरसात से पहले घरों में रंगाई-पुताई नहीं करते, ताकि बारिश में रंगों की ताज़गी धुल न जाये। लेकिन उन लोगों ने रंग-रोगन कर घर चमका दिया। अचानक शादी तय हो जाने पर किसी तरह की हड़बड़ी में नहीं फँसना चाहते थे। उन्हें क्या पता था कि हड़बड़ी का अवसर आयेगा ही नहीं। बारिश से पहले ही रंगों की शोख़ी और ताज़गी धुल जायेगी।

उन दिनों उस घर की धज देखने लायक थी। पेड़ों के झुरमुटों के बीच ताज़ा पैंट के कारण वह अलग से नज़र आता था। वह चमक-दमक और रुतबा मुझे कई बार भयभीत कर देता था।

महेश के बाद अगले वर्ष सावित्री की बारी थी। ऐसा उनकी माँ का विचार था। पिता का निधन हो चुका था। माँ जल्द से जल्द बेटी के विवाह की ज़िम्मेदारी से भी मुक्त होना चाहती थीं। घर में इधर केवल सुन्दर, उसकी माँ और सावित्री, तीन ही प्राणी रह रहे थे। लेकिन मेहमानों की आवाजाही लगातार बनी रहती थी। कोई पूछे कि वह दौर कैसा था, तो मैं कहूँगा वह प्रेम को हदों में बाँध कर रखने का दौर था। जाति के बाहर प्रेम करने में संकोच करने और घबराने का दौर था। परिचय के दायरे में, दोस्तों की बहिनों और बहिन की सहेलियों से प्रेम करने से बचने का दौर था। ऐसे दौर में सावित्री और मेरा प्रेम हदें पार कर गया।

सावित्री को आने वाले संकट की आहट तो पहले ही मिल गयी थी। कुछ दिनों से उसे अपने अन्दर अंकुरण-सी मंद-मंद सरसराहट महसूस होने लगी। इससे उसकी

शंका पुष्ट हो गयी। पर तब तक बहुत देर हो चुकी थी। उसने अपनी सबसे क़रीबी सहेली मीना से और मीना ने, भरोसा कर, एक दाई से सलाह ली। दूसरों का पेट पहचानने वाली दाई का अपना पेट काफ़ी कमज़ोर निकला। इस तरह एक चिंगारी सुलगी और आग बन गयी। पलक झपकते ही इस आग ने पूरे इलाक़े में फैलना शुरू कर दिया। घर वालों को तब पता चला जब बाहर फैली आग की आँच घर तक आनी शुरू हुई।

सुन्दर ने अपनी सबसे लाड़ली बहन पर बचपन के झगड़ों के बाद ग़ुस्से में पहली बार हाथ उठाया था। माँ ने कितने ही अपशब्द कह डाले। लड़के का नाम पूछा, किन्तु सावित्री ने जबड़े भींच लिए। आख़िर तीन दिन की गहन पूछताछ और यातनाओं के बाद वह टूट गयी। उसके टूटते ही घर पर वज्रपात हो गया, क्योंकि लड़का कोई और नहीं बल्कि मैं था—एक दलित। यह बात उस कुलीन ब्राह्मण परिवार के लिए जितनी अविश्वसनीय थी, उससे ज़्यादा असह्य। उन्हें लगता था, सामाजिक प्रतिष्ठा के आगे किसी चीज़ का कोई मूल्य नहीं और वह प्रतिष्ठा जातीय सम्मान को बरकरार रख कर ही बनी रहती है। हालात आज भी बहुत नहीं बदले, पर उन दिनों स्थित बड़ी विकट थी। सावित्री का चेहरा देखते ही माँ ग़ुस्से से उसकी ओर झपटती और एक ही सवाल पूछती कि तूने ऐसा क्यों किया? भाई उसे बार-बार झकझोरता। पर वह पेड़ की तरह हिल कर स्थिर हो जाती। सूखी पत्तियों की तरह केवल आँसू झड़ते।

पतझड़। कभी ख़त्म नहीं होने वाले आँसुओं का।

कैसे-कैसे खुड़पेंची

पुष्पा की अधखायी लाश बरामद करने के सारे प्रयास असफल रहे। कोई सुराग नहीं मिला। लोग आश्चर्य करते। बाघ उसको पूरा का पूरा खा गया? कपड़ों समेत? किसी का कहना था कि जब गाय पॉलेथिन सहित रोटी खा सकती है तो बाघ कपड़ों समेत मनुष्य को क्यों नहीं खा सकता? एक युवक ने तर्क दिया—आदमी थोड़े है, कि छिलके उतार कर केला खायेगा। बाघ क्या पुष्पा चाची के कपड़े उतारता?

एक बुज़ुर्ग ने उसे डपट दिया। कुछ लोग मुँह छुपा कर हँसने लगे। यह विचार भी सामने आया कि बाघ लाश को घसीट कर माँद में ले गया होगा। लेकिन जंगल में माँद कहीं थी ही नहीं (हालाँकि जंगल के बहुत अन्दर तक कोई नहीं घुसा)।

नाते-रिश्तेदारों और घर आने वालों ने दोहरा मातम मना लिया था। परिवार वाले पंडित से सलाह-मशमिरा कर रहे थे। उसका कहना था कि शव तो मिलना ही चाहिए। चाहे जिस हालत में मिले। दाह-संस्कार ज़रूरी है। लोगों ने पूछा, अगर नहीं मिला तो? विकल्प तो उसका भी है। घर वालों ने पूछा—और बाक़ी के संस्कार? जब पति या बेटा, कोई है ही नहीं तो कौन करेगा? पंडित ने फिर फच्चर फँसाया। चाहे जो हो, करना तो पड़ेगा। बिना संस्कार के मुक्ति नहीं मिलती। आत्मा भटकती रहती है।

लोगों ने एक-दूसरे की ओर देखा। जैसे यह जुमला पहली बार सुन रहे हों। आत्मा भटकती रहती है बल !

पंडित को चिन्ता यह थी कि लाश नहीं मिली तो संस्कार खटाई में न पड़ जाये। उसने संस्कार की बहुत सारी सामग्री मँगवा ली।

लेकिन हैरान कर देने वाली घटना तो तीन दिन बाद घटी, जब एक पड़ोसन ने पुष्पा लोगों के घर के सामने खड़ी एक फटेहाल स्त्री को देखा। वह दोनों हाथों से दरवाज़े की चौखट थामे हुए थी और अपने ही हाथों में झूल रही थी। उसने सोचा, कोई भिखारिन घर में घुसने की कोशिश कर रही है। वह पास गयी तो घिग्गी बँध गयी। मुँह से आवाज़ ही नहीं निकली। नाली की तरह गला फँस गया। जब डाट खुला तो चिल्लाई—पुष-पा आ-ग-ई...पुष्पा आ गयी।

कोई बाहर नहीं आया। माँ के इन्तज़ार में घंटों दरवाज़े पर टकटकी लगाये रहने वाला बेटा अब नहीं था, जो भाग कर बाहर आता। पड़ोसन के कई बार चिल्लाने के बाद पुष्पा की जेठानी अलसायी हुई-सी बाहर निकली। अंगड़ाई ली और बाहर देखा तो पलकें झपकाना भूल गयी। घर के बाहर सचमुच पुष्पा खड़ी थी। घर में खुशी और क़ोहराम एक साथ मच गया। पुष्पा अस्त-व्यस्त हालत में थी। बाल बिखरे हुए। कपड़े फटे। उसे देख कर डरी-सहमी पड़ोसन काफ़ी दूर जाकर खड़ी हो गयी थी। वह अपनी घबराहट को अब भी काबू नहीं कर पा रही थी। केवल अजगर के पेट से साबुत आदमी निकाला जा सकता है। वह भी मरा हुआ। लेकिन बाघ के पेट से साबुत और जीवित? तीन दिन बाद?

जेठ और जेठानी उसे अन्दर ले गये। वे एक ही सवाल बार-बार पूछें कि बाघ ने छोड़ कैसे दिया? लेकिन पुष्पा की आवाज़ को पाला मार गया था। वह सुध-बुध खो चुकी थी। पत्थर की तरह घर वालों को देखती रही। उसकी निगाहों ने अपने बेटे को नहीं खोजा। उसके बारे में कोई सवाल नहीं किया। हद है। वह होता तो शायद पूछता कि इजा, तुझे बाघ ने काटा तो नहीं? कहीं दर्द तो नहीं हो रहा?

छोटा-सा मुहल्ला। ख़बर फैलते देर नहीं लगी। यहाँ तक कि मुहल्ले से बाहर जाने में भी अधिक समय नहीं लगा। पलक झपकते घर पर फिर से भीड़ जुट गयी। तेजू, उसकी माँ और पिताजी भी पहुँच गये थे। माँ कुछ देर के लिए अन्दर गयी। पिताजी बाहर से ही लौट गये। तेजू दरवाज़े के बाहर खड़ा देखता रहा। लोग हैरान थे कि उस परिवार के साथ यह सब हो क्या रहा है। कुछ लोगों का सुझाव था कि देवता रुष्ठ है, जागर लगानी चाहिए।

घर पहुँचने वाले एक सवाल अवश्य पूछते। बाघ के मुँह से बच कर कैसे आयी? अन्ततः जेठ ने समझाया, ताकि सवालों पर विराम लगे, "इसे सदमा लग गया है। बाघ से जिसका सामना हुआ हो, उसकी हालत क्या होगी, आप लोग समझ सकते हैं।"

किसी खुड़पेंची औरत ने पूछा, "लेकिन तीन दिन बाघ के साथ कैसे रही?"

जेठानी का मुँह उतर गया। खुड़पेंची औरत का पति उसे दस साल से पीट रहा था। सब जानते थे। जेठानी बड़बड़ाने लगी—लोग दस-दस साल से बाघ के साथ रह रहे हैं और पूछते हैं, पुष्पा तीन दिन कैसे रही। खुड़पेंची औरत बिदक न जाये इसलिए जेठ ने बात सँभाल ली, "कहा ना, अभी बताने की हालत में नहीं है। हम भी इसे कुछ नहीं बता रहे हैं। घर पहुँच कर दो ही बातों का उत्तर दे पायी, उसके बाद सुन्न पड़ गयी।"

"हाँ, कई बार यह सोच कर सदमा लग जाता है कि बाल-बाल बच गये।" —किसी बुज़ुर्ग महिला ने अपनी राय दी। हकला कर बोलने वाले एक पुरुष ने पूछा कि कहीं बेटे के बारे में जान कर तो सदमा नहीं लगा? उसे अपनी बात कहने में

सामान्य से दूना समय लगा। कई लोगों ने ऐसा महसूस किया कि उन्हीं का गला फँस रहा है। तब तक जेठ और जेठानी ने एक साथ बता दिया कि बेटे के बारे में तो कोई बात ही नहीं हुई। तभी एक लम्बी नाक और बियर के पिचके कैन जैसे मुँह वाले अधेड़ ने पूछा, "दो बातें क्या बतायीं?"

जेठ ने कहा, "एक तो इसके मुँह से दो बार 'बाघ' निकला। दूसरा जब हमने पूछा कि कहाँ रही तीन दिन, तो उसने ऊपर की ओर उँगली उठा कर 'पेड़' कहा। बस।"

"ओ हो, शिबौ, इसके साथ तो बड़ा बुरा हुआ। कुछ खाने को दो इसे। पेड़ में बैठे-बैठे तो खाना-पानी कुछ नहीं मिल पाया होगा।" –पिचके मुँह वाले ने कहा।

उसके बाद सुझावों की झड़ी लग गयी। किसी ने कहा कि दूध में हल्दी डाल कर दो। चोट-पटक लगी होगी तो आराम मिलेगा। किसी ने खिचड़ी जैसा हल्का खाना देने का सुझाव दिया, क्योंकि तीन दिन बाद अचानक भारी खाना खाने से तबीयत बिगड़ सकती है। किसी ने लिम्का देने को कहा। पर उसने लिम्का के औषधीय गुणों के बारे में नहीं बताया, जो शायद वह खुद नहीं जानता था। एक स्त्री बोली–अभी बच्चा होता तो इसकी गोद में डाल देते, फ़ौरन आवाज़ खुल जाती। दवा की दुकान पर काम करने वाले गोधन ने सुझाव दिया कि भौजी को नींद का इंजेक्शन लगवाओ, एक दिन आराम करेंगी तो अगली सुबह ठीक हो जायेंगी।

तेजू लोगों की बातों से उकता गया। उफ़् कैसे-कैसे लोग हैं। पुष्पा पर रहम भी नहीं खा रहे। घर और आँगन में भीड़ बढ़ती जा रही थी। जितने मुँह उतनी बातें। उतने सुझाव। अचानक ही पुष्पा एक स्त्री की ओर उँगली उठा कर 'बा-बा' कहने लगी। वह स्त्री गेरुवे रंग की साड़ी पहने हुए थी। लोग आपस में विचार-विमर्श के बाद इस नतीजे पर पहुँचे कि 'बा' का मतलब बाघ है। इस स्त्री की साड़ी का रंग बाघ से मिलता-जुलता है। इसीलिए डर रही है।

उसके बाद बाघ पर चर्चा शुरू हो गयी। किसी ने बताया कि गुलदार होगा। किसी ने कहा कुकुरीबाघ की संभावना ज़्यादा है। इसको खाली दहशत हो गयी है। गुलदार होता तो ज़िन्दा बच कर नहीं आ पाती।

कुछ लोग उसके साहस की प्रशंसा करने लगे। बड़ी हिम्मत की भई। बाघ के मुँह से छूट आना मखौल नहीं है। बेटे के लिए ज़िन्दा रहना है, यह सोच कर बाघ से लड़ पड़ी होगी। पर भाग्य में देखो, क्या लिखा था। जिसके लिए बाघ को पछाड़ा, उसे काल ने पछाड़ दिया।

"किस्मत फूटी थी।" किसी स्त्री ने कराहते हुए कहा। वह बीमार या चोट खाई हुई लगती थी। मानो फूटी क़िस्मत से उसकी मुठभेड़ हुई हो और उसी से पिट कर कराह रही हो। कुछ औरतों ने जेठानी से कहा कि पुष्पा को अन्दर लेकर आये।

देखना चाहिए कि उसके बदन पर घाव तो नहीं हैं। कौन जाने बाघ ने नोंचानाची की हो। आनन-फानन औरतें उसे अन्दर ले गयीं। पुरुष इन्तज़ार करते रहे। देखें अन्दर से क्या ख़बर आती है। औरतों ने पिंडलियों से शुरू कर जाँघ, पेट, पीठ, छाती, सब खँगाल डाला। बूढ़ी औरतों ने अपनी मिचमिचाती कमज़ोर नज़रों से कुछ ज़्यादा ही तसल्ली से छिद्रान्वेषण किया। स्तनों को उलट कर भी देखा। कुछ देर बाद बाहर निकली एक अधेड़ स्त्री ने सूचना दी, "एक-दो जगह चिंगारे (खरोंच) लगे हैं।"

"कहाँ पर लगे हैं?" —पुष्पा को चाची कहने वाले युवक ने पूछा।

"इसका क्या मतलब है? पैर में लगे होंगे तो क्या सियार ने खरोंचा होगा? फ़ालतू बकवास करते हैं साले।" —उसी बुज़ुर्ग ने फिर टोका। युवक सन्नाटा खा गया। लोग फिर से अपने अनुमान प्रस्तुत करने लगे। बाघ ने झपट्टा मारा होगा, लेकिन दबोच नहीं पाया होगा। शायद तेज़ी से पेड़ पर चढ़ गयी होगी। वाह भई, औरत हो तो ऐसी हिम्मती। अभागा था मदन जो ऐसी साहसी स्त्री का साथ छोड़ कर निकल गया। मरना तो सबको है। ऐसी भी क्या जल्दी कि शराब पी और निकल लिए।

"मदन बेचारा तो स्वर्ग सिधार गया। क़िस्मत तो इसी की फूटी।" कराहती आवाज़ फिर सुनाई दी।

कुछ लोग बहस को अलग दिशा में ले गये। कहने लगे कि बाघ भी तो पेड़ पर चढ़ जाता है। पीछे-पीछे चढ़ा क्यों नहीं होगा? कुछ अन्य ने अनुमान लगाया कि गाँव वालों का हल्ला सुन कर बाघ भाग गया होगा। प्राइमरी स्कूल के एक मास्टर ने बताया, "बाघ पेड़ पर नहीं चढ़ पाता। चीता चढ़ता है। लेकिन इतना तय है कि वह रात भर पेड़ के नीचे बैठा रहा होगा। सोचता होगा, पेड़ से टपकेगी तो खाऊँगा। बाघ बड़े ज़िद्दी होते हैं।"

लोगों ने कहा कि एक दिन नहीं, पूरे तीन दिन बैठा रहा साला। तभी तो लौट कर नहीं आ पायी। जब बाघ हार मान कर चला गया होगा, तब लौटी होगी। ये तो सरासर ज़िद हुई।

औरतों की तरफ़ से आवाज़ आयी, "बच गयी बेचारी।...लेकिन भाग्य में...।"

कराहती आवाज़ ने कहा, "छेद था।"

अब चर्चा इस बात पर होने लगी कि भाग्यशाली कैसे होते हैं और अभागे कैसे। तभी पुष्पा ने फिर से 'बा-बा' कहा। एक अधेड़ ने बताया, "बेचारी 'बाघ' कहना चाहती है लेकिन 'बा-बा' कह कर रह जाती है। बाघ की दहशत तो ग़ज़ब होने वाली हुई।"

पिचके मुँह वाले अधेड़ ने, जिसके दो दाँत बोलते वक़्त खरगोश की तरह बाहर निकल आते थे, पुष्पा को सम्बोधित किया, "हाँ, बेटा बोल, घबराने की बात नहीं है। अब तू पेड़ पर नहीं, अपने घर में है। बोल, बाऽऽघ।"

पुष्पा ने कातर निगाहों से उसकी ओर देखा। उसकी दशा देख कर एक स्त्री रोने लगी। उसकी देखा-देखी रोने का सिलसिला शुरू हो गया। यह रुलाई छूत की बीमारी की तरह औरतों में फैल गयी। एकाध कमज़ोर दिल वाले और पुष्पा को एकतरफ़ा पसन्द करने वाले पुरुषों की आँखें भी डबडबा आयीं। उसी वक़्त चन्दू पांडे पहुँच गया। किसी ने कहा—प्रधान जी आ गये। लोगों ने उसे रास्ता दिया। मानो, ग्राम प्रधानों को सरकार की ओर से बाघ की दहशत उतारने का प्रशिक्षण दिया गया हो।

चन्दू पांडे को लोगों ने सारी बात विस्तार से बतायी। जैसे डॉक्टर को मर्ज़ बताते हैं। चन्दू सुनता जा रहा था और पुष्पा की ओर कनखियों से देख रहा था। आख़िर उसने पुष्पा की आँखों में देखा, "तुम्हारा विधवा पेंशन वाला काम हो गया। सुन रही हो?"

पुष्पा के चेहरे पर कोई प्रतिक्रिया नहीं हुई। चन्दू ने उसके जेठ से एक खाली काग़ज़ मँगवाया और अपनी जेब से पेन निकाल कर उसकी ओर बढ़ाता हुआ बोला, "ये लो दस्तखत करो। पेंशन का काम हो गया।"

वह घबरा कर पीछे हट गयी और फिर से 'बा-बा' कहने लगी।

"देखो, फिर बाघ-बाघ कह रही है।" एक बुज़ुर्ग ने बाक़ी लोगों के साथ-साथ चन्दू को समझाने के लिहाज़ से कहा। चन्दू बुदबुदाया—बाघ न बकरी। ये क्या कह रही है, मैं जानता हूँ।

बुज़ुर्ग ने पूछा—बाबू तो नहीं कह रही?

"क्या चूतियापे की बात करते हो चचा, कितनी उमर हो गयी तुम्हारी?"

"साठ से तो ऊपर ही होगी।"

"सठिया गये तुम। जिसे बेटे का होश नहीं, उसे बाप याद आयेगा?"

बुज़ुर्ग चुप। बाक़ी लोग दीवार की तरफ़ देखने लगे। बुज़ुर्ग की इज़्ज़त रखने के लिए ज़रूरी था।

"डिसबेलेंस हो गयी है। ...समझे?" —चन्दू मनोचिकित्सक की तरह पूरे आत्मविश्वास के साथ बोला। दीवार को देख रहे लोग चन्दू को देखने लगे।

"ठीक हो जायेगी?" —पुष्पा के जेठ ने इस तरह पूछा जैसे 'डॉक्टर साब' का सम्बोधन उसके सवाल में छुपा हो।

"कद्दू पता चलेगा इस भीड़ में? एक तो आदमी दहशत में है, ऊपर से तरह-तरह के नमूने यहाँ जुट आये हैं।" —डॉक्टर चन्दू ने दो-तीन छिछोरे युवकों की ओर देखते हुए कहा। उसके बाद नाक के आगे हाथ से पंखा-सा झलता हुआ बोला, "कमरे को गैस चेंबर बना दिया है सालों ने।"

पुष्पा का जेठ कुछ लोगों से हाथ जोड़ कर हवा आने देने का अनुरोध करने लगा। भीड़ छँटने लग गयी। फिर भी कुछ लोग जमे हुए थे। चन्दू उठ खड़ा हुआ,

"कल आता हूँ। तब तक पुष्पा को आराम करने दो।...और ये लौंडे-लफाड़ियों को दूर रखो, तमाशा नहीं हो रहा है यहाँ।"

अगली सुबह चन्दू माथे पर गोल टिकुली लगाये पुष्पा के घर पहुँच गया था। लग रहा था, वह नहा कर और पूजा-पाठ करने के बाद सीधा पहुँचा है। बाल खोपड़ी से चिपके हुए थे। एक जेब में रिवाल्वर और दूसरे में कुछ और था, जिससे दोनों जेबें उठी हुई लग रही थीं। जेठानी उस वक़्त पुष्पा को नहला कर कमरे में लाई थी और उसके सिर पर कंघा कर रही थी। हालत उसकी जस की तस थी। कल की तुलना में चेहरा थोड़ा निखर आया था। शायद धूल-मिट्टी उतरने से ऐसा लग रहा हो। जेठ उसी वक़्त काम पर निकले थे। चन्दू ने हाल-चाल पूछा तो जेठानी रोने लगी। चन्दू ने बताया कि वह कल रात कुछ पूछना चाह रहा था पुष्पा से, लेकिन भीड़ बहुत थी। जेठानी ने कहा, "अब पूछ लो।"

"अगर तुम ठीक समझो तो, दस मिनट के लिए बाहर जाना पड़ेगा।"

जेठानी के साथ उसकी बेटी चिपकी हुई थी। उसने बच्ची की उँगली पकड़ कर कहा, "हाँ, हाँ, तुम बात करो, तब तक मैं मुन्नी को रोटी खिला कर आती हूँ।"

चन्दू ने उसके जाते ही दरवाज़े को थोड़ा-सा ढुलका दिया और जेब से एक मुड़ा हुआ पोस्टर निकाल कर उसे सीधा किया। पोस्टर पुष्पा की आँखों के सामने लहराया। पुष्पा घबरा गयी और 'बा-बा' कहने लगी। चन्दू ने उसके दायें हाथ पर अपना हाथ रख दिया। दूसरा हाथ उसके सिर और गाल पर फेरा। फिर धीरे से पुष्पा की पीठ सहलाई। उसके होंठों को छुआ। उसके कन्धे थपथपाये। पुष्पा थोड़ा शान्त हो गयी। चन्दू उसकी चेतना को किसी अन्य तरीक़े से झकझोरता कि तभी जेठानी लौट आयी।

"ये ठीक हो जायेगी। मैं समझ गया हूँ। चाहो तो नमूना तुम देख लो।"

चन्दू की साँस फूल रही थी। उसने जेठानी को पोस्टर दिखाये बिना फिर से उसे पुष्पा की आँखों के सामने लहराया तो उसने 'बा-बा' कहते हुए जेठानी की गोद में सिर रख लिया। चन्दू ने पोस्टर लपेट कर जेब के हवाले किया। जेठानी ने पूछा, "बाघ का फोटो दिखाया?"

"इसी फोटो के सहारे कुछ दिन में ठीक हो सकती है।" चन्दू ने उसकी बात का सीधा उत्तर देने से बचते हुए कहा, "तब तक पुष्पा को डॉक्टर के अलावा किसी और के पास मत ले जाना।"

"यहाँ के डॉक्टर तो देख नहीं पायेंगे बल, कहीं और ले जाने में तो बहुत पैसे लगेंगे?" —जेठानी ने पूछा और फिर अपनी ओर से स्पष्ट किया, "बरेली या आगरा...।"

"पैसे तो लगेंगे। ...पर अभी हड़बड़ी मत मचाओ। कई बार हम दहशत को पागलपन समझ लेते हैं। कुछ दिन देखो। लेकिन बाबाओं और तांत्रिकों के पास भूल कर भी मत ले जाना।"

"जागर लगा लें? इष्टदेव को याद करने में तो कोई हर्ज नहीं है?"

"ये तो जब चाहे कर लो।...चाहो तो अभी सिर्फ़ बिभूती (भभूत) लगवा लो।"

"वैसे फोटो किसका दिखाया तुमने?"

"बाघ का।" —चन्दू ने कहा और वहाँ से सीधा बाबाजी के आश्रम के लिए रवाना हो गया।

भैरव ने बताया बाबाजी ध्यान कर रहे हैं। थोड़ा इन्तज़ार करना पड़ेगा। इतना कह कर वह फिर से हथेली से तबले की किनारियाँ ठोकता हुआ व्यस्त होने का अभिनय करने लगा। वह संवाद से बच रहा था। चन्दू की बम के नीचे स्प्रिट लैंप सुलगने लगा। क्रोध धीमी आँच में उबल रहा था। यह तो सरासर अपमान है। अब मुझे भी बाबाजी के लिए इन्तज़ार करना पड़ेगा?

पर वह अपमान का घूँट पीकर बैठा रहा, कसमसाता रहा और उबलता रहा। आख़िर कुछ देर के इन्तज़ार के बाद भगोने से बाहर आ गया, "मैं जा रहा हूँ भैरव'दा। तुम अपना तबला ठोको। यही बताने आया था कि पुष्पा लौट आयी है।"

भैरव के चेहरे पर घबराहट साफ़ दिखाई दे रही थी। जब से बाबाजी ने सिर पर हाथ रखा, इतना विचलित उसे कभी नहीं देखा गया। उसने चन्दू से केवल एक मिनट इन्तज़ार करने को कहा और सीधा बाबा के कक्ष में घुसा। बाबा नाश्ते के बाद लेटे थे और पैर हिलाते हुए कुछ सोच रहे थे। भैरव ने सूचित किया, "इन्तज़ार कराने से पांडेजी भड़क रहे हैं। एकदम साँड़ की तरह हुँकारते-फुँकारते हैं। कहते हैं पुष्पा के लौटने की ख़बर देने आया था। अब जा रहा हूँ। मैंने एक मिनट के लिए रोका है।"

बाबाजी बैठ गये और चन्दू को भेज देने के लिए कहा। चन्दू ने भन्नाई खोपड़ी के साथ कक्ष में प्रवेश किया। बाबाजी बोले, "ध्यान कर रहा था। आजकल लोग बहुत व्यवधान डालते हैं। इसीलिए भैरव ने मना किया होगा।"

उसने कोई उत्तर नहीं दिया। बाबाजी को देखता रहा और ग़ुस्सा पीने की कोशिश करता रहा। इससे उसका गिलास जैसा चेहरा विकृत होकर लोटे जैसा लगने लगा। उसने पीछे हाथ लगाया। स्प्रिट लैंप बुझने लगा था। ग़ुस्से का आख़िरी घूँट गटकने के बाद बोला, "पुष्पा लौट आयी।"

"मैंने तो सुना था उसे बाघ खा गया। तो फिर कैसे लौट आयी?"

"यही तो आपसे पूछ रहा हूँ?"

"मुझसे क्यों?"

"आपकी कृपा रही होगी, तभी लौट पायी।"

"कृपा-वृपा तो मानने पर है।" —बाबाजी कुछ गड़बड़ा रहे थे।

"आप तो चमत्कार दिखाते रहते हैं। ये भी आप ही का चमत्कार लगता है।"

बाबाजी हँसने लगे, किन्तु उस हँसी में कुछ मिसिंग था। वह क्या था, पकड़ में नहीं आ रहा था। चन्दू बोला, "लेकिन सदमे में है। 'बा-बा' बोलती है। लोग अनुमान लगा रहे हैं कि 'बा' से बाघ होता है या कुछ और। मुझसे पूछ रहे थे। आप ही बतायें बाबाजी, 'बा' से और क्या हो सकता है?"

"तुम कोशिश करो समझने की। समझ में आ जाये तो मुझे भी बताना।"

"आप तो सब कुछ बता सकते हैं, इसलिए आपसे पूछ रहा हूँ। ऐसे भी, आपकी शिष्या है।"

"मैं बता सकता हूँ। लेकिन कुछ बातें मैं बताता नहीं, तुम जानते हो।"

"पुलिस को तो बता देते हैं?" कह कर चन्दू ने जैसे अपने आप को सँभाला, "पुलिस वाले तो खैर, उगलवाने में माहिर होते हैं।... बुंदे वाली बात कर रहा हूँ।"

बाबाजी ज़्यादा बेचैन दिखने लगे। चन्दू ने पूछा, "क्या बात है बाबाजी, कमर का दर्द ठीक है? आप कुछ परेशान लग रहे हैं?"

"मैं ठीक हूँ। जब तक तुम सांसद नहीं बन जाते, दर्द कितना ही बढ़ जाये, समाधि नहीं लेने वाला।"

चन्दू हँसा और बाबाजी का शुक्रिया अदा किया। बाबा ने उसके चेहरे को देखा, "लेकिन एक बात बताइये चन्दू जी, अचानक बाघ में आपकी इतनी रुचि क्यों हो गयी? बाघ में है या...?"

"बाघ में नहीं बाबाजी, 'बा' में कहिये।"

"एक ही बात है...आपकी रुचि 'बा' में ही है तो ठीक है, लेकिन किसी और चीज़ में है तो...?"

चन्दू केवल मुस्कराया। वही शरारती और कुटिल मुस्कान। जिसमें रहस्य को जान लेने का दंभ हो। बाबाजी ने भैरव से एक गिलास पानी माँगा। उनका मुँह सूख रहा था।

एक प्रेम कहानी, सात खलनायक

रेवा पढ़ते-पढ़ते सुबक रही थी। माँ ने कितना सहा। इसलिए क्योंकि स्त्री होकर एक विजातीय पुरुष से प्रेम करने की भूल की। पिता को भी सहना पड़ा। क्योंकि दलित होने के बावजूद उन्होंने एक सवर्ण युवती से प्रेम करने का साहस किया। रेवा सोच रही थी और पढ़ते-पढ़ते सुबकती जा रही थी—

मॉनसून की पहली बारिश शुरू हुई थी। शाम से पहले अँधेरा छा गया था।

टिन की छत पर बूँदों की टिपर-टिपर रुदन का संगीत लगती थी, जिसमें एकरसता थी। वह उदासी का सबब बन रही थी। सावित्री (जो रेवा की राय में जानकी थी) की माँ लगातार रो रही थीं। बीच-बीच में आकाश की ओर देखती थीं। उन्हें लगता था, आकाश से सावित्री के बाबू आँसू बहा रहे हैं। जाति में दाँत लग गया था। बहुत असह्य वेदना थी। सुन्दर ने माँ से सलाह-मशविरा कर गाँव में ही रहने वाले चाचा-चाची और चहेरे भाई विष्णु के अलावा, माँ के कहने पर, मामा-मामी को भी बुलवा लिया था।

सात लोग मिल कर एक अलग कक्ष में मन्त्रणा करने लगे—फुसफुस-फुसफुस। बीच में माँ भैं-भैं करने लगतीं। उनकी नाक बहने लगी थी। मामी और चाची तबला और हारमोनियम वाले संगतियों में बदल गयी थीं। यह क़तई मशीनी ढंग से हो रहा था। माँ जितनी ज़ोर से 'भैं' करतीं, चाची के होंठों और गालों में उतनी ही तेज कंपन होता। होंठ अन्दर को मुड़ जाते। मुँह से हल्की-सी हुक-हुक होती। मानो, हिचकी ले रही हों। मामी गले से सप्रयास निकाला 'ऐं' का स्वर 'भैं' से मिला देतीं। मामा का मन उन्हें डपटने को होता, क्योंकि 'ऐं' का नाटकीय फूहड़पन उनकी समझ में आ रहा था। पर मौक़े की नज़ाकत को देखते हुए वे जज़्ब कर जाते।

घंटों मंथन होता रहा। अंकुर को नष्ट करने के लिए पिछले तीन-चार दिन से माँ और इस प्रकरण को हवा देने वाली दाई ने मिल कर कई तरह के देसी नुस्खे आज़माये, लेकिन कोई कामयाबी नहीं मिली। सरकारी अस्पताल ने देरी हो जाने के कारण साफ़ इनकार कर दिया था। जोख़िम है। नियम विरुद्ध भी है। उनका कहना था।

आख़िर यह तय हुआ कि सावित्री को लेकर माँ और सुन्दर मुम्बई चले जायें महेश (रेवा के अनुसार माधव) के पास। चिन्ता यह कि गाँव में रह कर लोगों से नज़रें कैसे मिलायेंगे। चुभती निगाहों का सामना कैसे करेंगे। सिर शर्म से झुक नहीं जायेगा? सावित्री ने आश्वस्त करना चाहा—प्रदीप अच्छा लड़का है। वे दोनों यहाँ से बहुत दूर चले जायेंगे। ऐसे शहर में बस जायेंगे जहाँ से कोई उनकी ख़बर या सन्देश लेकर न आ पाये। बहुत दूर और गुमनाम जगह। गुमनामी की ज़िन्दगी। बस उन्हें उनका प्रेम और ज़िन्दगी बख़्श दी जाये।

सुन कर घरवाले बिदक गये। कहने लगे, कोई भी ग़ैरतमंद ब्राह्मण यह नहीं होने देगा। अगर उन दोनों ने भाग निकलने की कोशिश की तो नतीजा भुगतने के लिए तैयार रहें।

आख़िरकार सावित्री के भविष्य का फैसला करने वाले सात लोगों की बैठक में तय हुआ कि दुस्साहसी प्रेमियों को एक-दूसरे से दूर रखा जाये। यह तभी हो सकता था जब सावित्री जल्द से जल्द बंबई (मुम्बई) चली जाये। सुन्दर अब तक गुमसुम हो चुका था, लेकिन चचेरा भाई ग़ुस्से से दीवारों पर मुक्के मारता और

सावित्री को सुनाते हुए मुझे देख लेने का इरादा दोहराता। सावित्री के लिए उसके पास केवल नफ़रत थी और गालियाँ थीं। उसने ग़ुस्से में घर के बाहर लौकी की बेल में लटकी लौकियाँ छुरी से काट-काट कर आधी कर दीं। सावित्री कभी उन कटे हुए टुकड़ों को देखती और कभी बेल में लटकी रह गयी आधी लौकियों को। वह दहशत से भर जाती।

जिस दौरान वे सातों अपना सम्मान बचाने के लिए विचार-विमर्श में डूबे थे, ऐन उसी वक़्त सावित्री से मिलने मीना आ गयी। उन लोगों का बस चलता तो वे मीना को मिलने नहीं देते, पर वह एकाएक और ऐन सामने आ पहुँची। सावित्री ने इसे अपनी क़िस्मत माना। जब दुखों का पहाड़ टूट पड़ा हो तब कंकड़ बराबर राहत भी हिम्मत बढ़ाने के लिए काफ़ी होती है। इसी को कहते हैं, डूबते को तिनके का सहारा। सावित्री उस वक़्त सबसे ज़्यादा परेशान मेरे लिए थी। चचेरा भाई विष्णु एक आवारा कुत्ते को फुटबॉल की तरह धुन रहा था। सावित्री ने मीना को बताया कि वह कुछ भी कर गुज़रेगा। वह बेहद ग़ुस्सेबाज़ है। उसका पागलपन तुम देख रही हो। उसकी बातचीत और हरकतों से इसके स्पष्ट संकेत मिल रहे थे। उसने कटी हुई लौकियाँ दिखाईं, जिनसे गोंद की तरह लिसलिसा द्रव टपक रहा था।

सावित्री ने मीना के ज़रिए मुझे सन्देश भिजवाया था और यह संयोग ही था कि मैं उस वक़्त उसी इलाक़े में था।

बारिश की हल्की झड़ी सुबह से लगी हुई थी। दिन भर पानी बरसने के कारण शाम होने तक तापमान गिर गया था। सावित्री के जीवन में खलनायक की भूमिका में आ गये सातों लोग अब भी चाय पी-पी कर उसे कोस रहे थे और उसके भाग्य का फैसला करने में व्यस्त थे। जब भी कोई थक जाता, दीवान पर लेट कर कमर सीधी कर लेता या तकिये के सहारे दीवार पर पीठ टिका कर लधर जाता। मामा यह क़वायद कई बार कर चुके थे। चाचा अधलेटे होते ही बेचैन हो जाते और चहलकदमी करने लगते। उन्हें या तो कोई तकलीफ़ थी या फिर ऐसी संकट की घड़ी में लेट कर आराम फ़रमाने का आरोप चस्पाँ होने से डर रहे थे।

शाम घिरने पर सावित्री के कमरे में अँधेरा देख कर माँ लाइट जलाने पहुँची थीं। लेकिन वह कमरे में नहीं थी। माँ के मन में खुटका हुआ। सबसे पहले उन्होंने सभी संभावित जगहों पर खुद देख लिया। मसलन, वॉशरूम, ऊपर की मंज़िल, आँगन, रसोई वगैरह। पर सावित्री कहीं नहीं मिली। आख़िर उन्होंने घबरा कर बाक़ी लोगों को सूचना दी। सब हड़बड़ा कर उठे और यहाँ-वहाँ ढूँढ़ने लगे। वह पगडंडी की ओर भाग चली थी। सबने मिल कर घर का कोना-कोना छान मारा। सुन्दर और विष्णु बग़ीचे की तरफ़ दौड़े। मामा टॉर्च की रोशनी में पेड़ों की डालियों को देख रहे थे। उन्हें लगता था, कहीं किसी डाली पर फँदा डाल कर झूल न गयी हो। वे ऐसा चाहते थे या नहीं, इसका खुलासा चेहरे से नहीं होता था। उनका चेहरा ग्लोब की

तरह गोल था और उस पर अलग-अलग सम्प्रभु राष्ट्रों की तरह आँख, कान, नाक, होंठ चिपके हुए थे। सब अपने-अपने में ऐंठे और दूसरे से अपना भेद छिपाते। मानो, उनकी सीमाएँ तय थीं और उन्हें उसका अतिक्रमण नहीं करना था।

चाचा बारामदे में चहलकमी करते हुए अपनी परेशानी का प्रदर्शन कर रहे थे। चाची को ऐसा लग रहा था, पति बहुत ख़राब अभिनेता साबित हो रहे हैं। दुख ऐसे व्यक्त नहीं किया जाता कि लगे पेट में मरोड़ उठ रहे हैं। एकाएक माँ को रुलाई का दहला देने वाला दौरा पड़ा। मामी उन्हें चुप करा रही थीं। उनका ध्यान अपने निचले होंठ पर था, जो काँप कर अन्दर की तरफ़ नहीं मुड़ पा रहा था। सावित्री उस वक़्त पगडंडी पर देवदार के पेड़ की आड़ में खड़ी सब देख रही थी। वह अब भी दुविधा में थी। घरवालों का क्या होगा। उनके मान-सम्मान का क्या होगा। पर अन्ततः उसने घर की तरफ़ खींच रही भावनाओं से बाँह छुड़ा ली। वह तेज़ी से निकल कर सड़क पर आ गयी थी। उसने सड़क से घर की ओर देखा। उसे विश्वास था कि आख़िरी बार अपने घर को देख रही है। बग़ीचे में जुगनू चमक रहे थे। पेट के निचले सफ़ेद हिस्से से पीली रोशनी फैलाने वाले जुगनू। सैकड़ों की संख्या में बग़ीचे में चमकने वाले जुगनू। पता नहीं जहाँ वह जायेगी वहाँ जुगनू होंगे कि नहीं। उसने घर को देखा। घर में साये की तरह कुछ लोग यहाँ-वहाँ भाग रहे थे। ऐसा लगता था जैसे किसी छोटे स्टेशन पर ट्रेन में चढ़ने के लिए भगदड़ मची हो।

रात आधे से ज़्यादा बीत चुकी थी। रेवा ने कुछ देर घर के अन्दर चहलकदमी की। पर्दे हटा कर बेवजह बाहर अँधेरे को देखा। अँधेरे में घुप्प अँधेरे के अलावा कुछ नहीं दिखाई देता था। जुगनू कहीं नहीं थे। क्या जुगनू इस बग़ीचे से विदा हो गये? क्या पता यह जुगनुओं का मौसम न हो। उसने पानी पीते हुए सोचा और फिर से पढ़ने बैठ गयी–

सातों खलनायकों के होश उड़े हुए थे। आमतौर पर अँधेरा होने के बाद सावित्री कच्ची सड़क पर भी ज़्यादा दूर नहीं जाती थी। आख़िर कहाँ जा सकती है? पर सच्चाई तो यह थी कि वह भय से और बन्धनों से मुक्त होने के लिए क़दम उठा चुकी थी। सिर्फ़ एक छोटे से पाउच में उसने कुछ रुपए रखे थे, जो काफ़ी समय से उसके पास जमा थे और इतनी मुड़ी-तुड़ी हालत में थे कि उसने गिनने में वक़्त नहीं गँवाया। वह सूट भी नहीं बदला जिसे सुबह से पहने हुए थी। मौसम का मिज़ाज देख कर बाहर से स्वेटर ज़रूर डाल लिया था। अचानक किसी का सामना हो जाने पर कपड़ों से या हाथ के सामान से शक हो सकता था। घर में मौजूद सात-सात लोगों की आँखों में धूल झोंकना आसान नहीं था। लेकिन वह सफल रही।

जब वह चौरस्ते पर पहुँची, मैं पहले से इन्तज़ार कर रहा था। उसने मुझे सन्देश भेजा था। कि घर वालों को सब पता चल गया। ये लोग कुछ भी कर सकते हैं। तुम्हारे लिए ख़तरा ज़्यादा है। आज शाम साढ़े छह बजे चौरस्ते पर मिलो। भागने की तैयारी के साथ आना।

मैं अपने घर जाकर सामान के साथ समय पर लौट आया था। वह दस मिनट देर से पहुँची थी। मेरे कन्धे पर एयरबैग था। उसमें कुछ कपड़े, सर्टिफिकेट और थोड़ा-बहुत ज़रूरी सामान था। हम दोनों ने एक-दूसरे को देखा और मुस्कराए। उसकी मुस्कराहट में थकान थी। काफ़ी कमज़ोर लग रही थी। पिछले कुछ दिनों में उसके साथ जो कुछ बीता, वह सब उसने एक साँस में मुझे बता दिया। हम घर से भाग रहे थे। फिर भी खुश थे। अब ऐसी जगह जाकर रहेंगे जहाँ हमें जानने वाला कोई नहीं होगा। जहाँ चेहरों पर जन्मजात पहचान टँगी नहीं होगी। जहाँ लौकियों का धड़ अलग करने वाला और कुत्ते को फुलबॉल बनाने वाला चचेरा भाई नहीं होगा। जहाँ चुप्पा और घुन्ना सगा भाई नहीं होगा।

हम बस अड्डे जाने वाली सड़क की ओर बढ़ने लगे। हमें पूरा यक़ीन था कि अपनी नयी दुनिया बसाने में सफल होंगे। उन दिनों 'हम होंगे कामयाब' जैसा गाना सुना होता तो घबराहट में भी वह दिमाग़ में ज़रूर आया होता।

तभी क़दमताल करती-सी आहटें सुनाई दीं। पलट कर देखा तो थोड़ी दूरी पर सुन्दर और विष्णु तेजी से चले आ रहे थे। उनके पीछे-पीछे मामा थे। जो हाथ में एक लम्बा टार्च लिए लगभग दौड़ते हुए आ रहे थे। उनका थुलथुल शरीर अपना बोझ उठाने में असमर्थ लग रहा था। ऐसा लगता था, दोनों भाई एक ख़राब ट्रक को अदृश्य रस्सी के खींच कर ला रहे हैं। सावित्री घबरा गयी। उसने सावधान किया, "वो लोग आ रहे हैं।"

हमें बस अड्डे की ओर जाना था लेकिन अब उधर जाना ख़तरे से खाली नहीं रह गया था। भागने वाले को सबसे पहले बस अड्डे और रेलवे स्टेशन पर ढूँढ़ा जाता है। वहाँ केवल बस अड्डा था। हम हड़बड़ाहट में उल्टे हाथ वाली सड़क की ओर बढ़ने लगे, जिस पर उन दिनों आवाजाही काफ़ी कम रहती थी। वाहन भी इक्का-दुक्का ही चलते थे। हम चाहते थे, पीछा कर रहे लोग सीधे बस अड्डे की ओर निकल जायें और जिस सड़क पर हम थे, वहाँ से कोई भी वाहन पकड़ कर हम उनकी पहुँच से दूर हो जायें। हमें उम्मीद थी कि कोई तो वाहन यहाँ से गुज़रेगा।

सावित्री के भाई और मामा चौराहे से सीधे बस अड्डे वाली सड़क पर बढ़ने लगे। मैं और सावित्री सूनी सड़क पर तेज़ी से चले जा रहे थे। बायें हाथ वाली यह सड़क चौराहे से थोड़ा आगे चल कर चढ़ाई चढ़ने लगती थी। फिर कुछ और आगे चल कर नीचे की ओर उतरती थी। ऊँचाई से चौरस्ते के अलावा गाँव वाली और मन्दिर वाली सड़क काफ़ी दूर तक साफ़ दिखाई देती थीं। बस बड्डे जाने वाली सड़क

को केवल कुछ दूर तक देखा जा सकता था। हमने नीचे झाँका और उन लोगों को न पाकर राहत की साँस ली।

बैग के वजन के साथ दौड़ते हुए और सम्भवतः भय के कारण मेरा दम फूल रहा था। फिर भी हम तेज़ कदमों से आगे बढ़ते रहे। मैं बीच-बीच में कन्धा बदल लेता। सावित्री के भाई और मामा, जो रात के अँधेरे में सायों की तरह दिखाई दे रहे थे, अब कहीं नहीं थे। मोड़ से आगे बढ़ते हुए हमने आख़िरी बार नीचे झाँका। हम एक बार और आश्वस्त हो लेना चाहते थे, क्योंकि आगे चल कर नीचे की सड़कें दिखाई देना बन्द हो जाता थीं। तभी हमने देखा साये वापस आ रहे हैं। एक ख़राब ट्रक और उसे खींच कर ला रहे दो साये।

"हो सकता है घर की ओर लौट रहे हों।" –सावित्री ने कहा। शायद उसने खुद को तसल्ली दी। हम दोनों की घबराहट बढ़ गयी थी। उस वक़्त तो हमारे हाथ-पैर एकाएक फूल गये जब हमने देखा कि वे लगभग दौड़ते हुए उसी सड़क पर चढ़ रहे हैं। ख़राब ट्रक ने भी रफ़्तार पकड़ ली थी। हमने कुछ सोचे बिना दौड़ना शुरू कर दिया। भागते हुए हमारी साँसें उखड़ने लगी थीं। वे तीनों तेज़ी से क़रीब आ रहे थे। सावित्री अपने पेट में वजन महसूस कर रही थी। वह तेज़ी से भाग नहीं पा रही थी। जबकि मुझे बैग के कारण भागने में उलझन हो रही थी।

दम साध कर भागने की सारी कोशिशें कुछ ही देर में बेकार होने लगीं। भागते हुए एक ट्रक को हाथ दिया, जो हमें लगता था, हमारी क़िस्मत से आया है। मारने वाला नहीं, बचाने वाला ट्रक। मैंने सोचा। किन्तु अँधेरी सड़क पर उसने सवारी नहीं उठाई। अब क्या करें। सावित्री काफ़ी थकान और कमज़ोरी महसूस कर रही थी। व्यस्त सड़क न होने के कारण उस पर कोई स्ट्रीट लाइट उन दिनों नहीं थी। मामा ने शायद जान-बूझ कर टार्च बन्द कर दिया। अँधेरा होने के कारण यह अनुमान लगाना मुश्किल हो रहा था कि हमारा पीछा करने वाले किस रफ़्तार से आ रहे हैं और कहाँ तक पहुँचे हैं। केवल क़दमों की आहट पीछे-पीछे आती सुनाई दे रही थी और हम अनुमान ही लगा सकते थे वे कितनी दूर होंगे। अचानक मामा ने टार्च जलाया और उस तीन सेल के बड़े जीप टार्च की रोशनी में तारकोल की सड़क नग्न हो गयी। काली नागिन।

सड़क पर दौड़ते हुए हम दोनों को उन्होंने देख लिया। हालाँकि वे जितनी दूरी पर थे, वहाँ से हमारी पीठ देख कर हमें पहचानना आसान नहीं रहा होगा। लेकिन वे अनुमान लगा सकते थे कि अँधेरी और सुनसान सड़क पर भागते दो लोग कौन हो सकते हैं। मुझे और सावित्री को पहली बार यह अहसास हुआ कि ख़तरा कितने क़रीब आ चुका है। साहस समर्पण करने की तैयारी में था। अन्ततः सावित्री हिम्मत हार गयी। कमर पर दोनों हाथ रख कर बोली, "अब बचना मुश्किल है। तुम भाग जाओ, तुम्हारे लिए ख़तरा है।"

उसकी साँस फूली हुई थी। मैं उसे छोड़ कर भागने के लिए तैयार नहीं था। उसने समझाया, "पागल मत बनो।"

वे लोग एकदम क़रीब आ गये। सावित्री सड़क किनारे जंगले पर बैठ गयी और मुझे भागने के लिए आगे की ओर धकेल दिया। मैं एक बार और दम लगा कर भागा। मैंने पलट कर सावित्री को देखा और क़दम तेज़ कर लिए। आगे चल कर एक जगह मोटर रोड से नीचे की ओर कच्चा रास्ता जाता था। मैं उसी पर उतर गया। बचने का यही एक उपाय सूझा। यह कच्चा रास्ता पास के ही गाँव तक जाता था। लेकिन वे लोग सावित्री के पास पहुँच कर तेज़ी से आगे निकल आये और कच्ची सड़क पर उतरने लगे। विष्णु पत्थर उठा-उठा कर मेरी ओर फेंक रहा था। इससे मेरी रफ़्तार कम हो गयी। बैग पहले ही मुसीबत बना हुआ था। कुछ ही देर में उन्होंने मुझे दबोच लिया। मामा लगातार मुझ पर टार्च की रोशनी फेंक रहे थे। चचेरा भाई विष्णु चिल्लाया, "मारो साले को।"

कुछ ही देर में वे मुझे घसीटते हुए सड़क पर ला रहे थे। वह चिल्लाने लगी, उसे मारना मत। लेकिन वे लोग लात-घूँसों से मारते, कूटते और घसीटते हुए मुझे उसके क़रीब ले गये। पसलियों पर चोट लगने से मैं निढाल हो चुका था और ज़मीन पर लेट गया था। मेरा ध्यान बार-बार बैग की तरफ़ जा रहा था, जो पगडंडी पर गिर गया था और जिसमें मेरे सर्टिफिकेट थे। सावित्री लगातार चीख रही थी।

रेवा ने दीवार घड़ी देखी। वर्षों से बन्द घड़ी। जिसे उसने हाल ही में चलाया था। सुबह के पौने पाँच बज रहे थे। भोर की किसी इकलौती चिड़िया ने चुर्र की। उसने फिर से पर्दे हटा कर बाहर देखा। बाहर अभी भी अँधेरा था। जिस पहाड़ के पीछे से सूरज उगता था, वहाँ उजास की हल्की छाया थी। या फिर उसको उजास का धोखा हो रहा था। वह आँखों को कुछ क्षण आराम देकर फिर से पढ़ने लगी—

अचानक ही मामा का जूता सड़क किनारे पाख़ाने पर पड़ गया। शायद कोई शौच के लिए वहाँ बैठा होगा। मामा ने टार्च से अपना जूता देखा और सड़क पर घृणा से थूका। फिर अगले ही क्षण उन्होंने आदेश देते हुए कहा, "रुक जाओ। बहुत हो गया। अब दूसरा इलाज करना पड़ेगा।"

मैं ज़मीन पर पड़ा था। मामा ने मेरे मुँह पर अपना जूता रख दिया और 'ले-ले' कहते हुए चिल्लाने लगे। वे घिन से इस तरह थूक रहे थे जैसे जूता मेरा हो और मुँह उनका।

दूर से किसी निरीह पशु का घुटा हुआ स्वर पहाड़ों से टकरा कर वापस लौटा और शान्त हो गया। ऐसा लग रहा था जैसे कसाई ने पहाड़ पर ले जाकर बकरा ज़िबह किया हो। मैंने ज़ोर की आवाज़ के साथ उल्टी की। सुन्दर और

विष्णु अपने कपड़े बचाने के लिए थोड़ा दूर हट गये। इसी अवसर का लाभ उठा कर मैं लड़खड़ा कर उठा। उनमें से कोई मेरी तरफ़ झपटा, जिसे मैं अँधेरे में पहचान नहीं पाया। मैंने अपने बचाव में ज़ोर से घूँसा चलाया जो उसके जबड़े पर लगा। मुझे उसकी कराह सुनाई दी थी। मामा ने जब तक टार्च की रोशनी उस पर फेंकी, मैं तेज़ी से उसी कच्ची सड़क पर उतर गया था। मुझे बैग में रखे सर्टिफिकेट्स की चिन्ता थी।

उन लोगों ने कुछ दूर तक पीछा किया। लेकिन पगडंडी पर नहीं उतरे। उनके हाथ-पैर कच्चे रास्ते के दोनों तरफ़ उगी कूरी[1] की झाड़ियों में छिल चुके थे और थकान से वे निढाल हो रहे थे। मामा की साँस दमे के मरीज़ की तरह बेक़ाबू हो गयी थी। पिटने में मुझे जितना दर्द हुआ, उसी अनुपात में उनकी ऊर्जा नष्ट हुई थी।

कुछ दूर भागने के बाद, जब मुझे भरोसा हो गया कि कोई पीछे नहीं आ रहा, मैं वापस लौटने लगा। ताकि देख सकूँ कि वे सावित्री के साथ क्या सलूक करने जा रहे हैं। भागते रहने से मेरा गला पहले ही खुश्क था। घृणा से थूकते-थूकते गले में नागफनी के काँटे उग आये। मैं वापस उस जगह तक आ गया था, जहाँ कच्चा रास्ता मोटर की सड़क से मिलता था। मैं अँधेरे में खड़ा था। उस वक़्त वे लोग सावित्री को लगभग घसीटते हुए ले जा रहे थे। सावित्री विपरीत दिशा में ज़ोर लगाती हुई प्रतिरोध कर रही थी। सावित्री ने मुड़ कर देखा। पर मुझे नहीं देख पायी। पीछे भी उतना ही अँधेरा था, जितना आगे। वे उसे मुझसे दूर ले जा रहे थे। उस नाटक का पात्र होकर भी मैं अब दर्शक की भूमिका में था। केवल देख रहा था। अँधेरे को और जातीय गौरव के लिए पशु बन गये तीन पुरुषों को। मैं उन पर हमला करना चाहता था, लेकिन मेरे हाथ-पैर मेरा साथ नहीं दे रहे थे। अकेला था, इसलिए हमला करने के विचार से ही दम निचुड़ रहा था। दलित होने के कारण सवर्णों पर हमला करने का मेरा अनुभव नहीं था। शायद इसलिए। मैं खड़ा रह गया।

मेरा मन कुल्ला करने को हो रहा था। पर आसपास कहीं पानी नहीं था। कुल्ला करने के बाद एक घूँट पानी पीना चाहता था। मुझे लग रहा था, मेरा मुँह बदबू से भर गया। बदबू इतनी तेज़ थी, जैसे मेरी नाक मुँह के अन्दर खुल गयी हो। बदबू मेरे पूरे शरीर से आ रही थी। मेरे रोम छिद्र विष्ठा की दुर्गंध उगल रहे थे। अगर पानी मिला तो क्या मैं उसे गले से नीचे उतार पाऊँगा? गले के साथ-साथ मेरा दम भी घुटने लगा।

वर्षों बीत जाने के बाद, आज भी मुझे अपने पसीने में वह बदबू महसूस होती है। वह अब भी मेरे अन्दर समाई हुई है। मानो, मेरे रक्त में विष्ठा घुली हो। मैं उस घटना को और दुर्गंध को भूल नहीं पाता। भोजन करते हुए, वह घटना याद आते

---

1. लेंटाना।

ही उबकाई आने लगती है। उस दुर्गंध ने मुझे कभी चैन से सोने नहीं दिया। वह हमेशा मेरे आसपास रहती है। सच पूछा जाये तो मैं कभी चैन से साँस तक नहीं ले पाया, क्योंकि वह मेरी साँसों में रहती है।

नाक की टुक्की और बाबाजी का घंटा

नन्नू महराज ने काफ़ी सोचा। इतना सोचा कि चिड़चिड़े हो गये। वे जानते थे कि चन्दू पांडे खुड़पेंची आदमी है। उससे केवल चतुराई से निपटा जा सकता है। हद से ज़्यादा महत्वाकांक्षी होने के कारण वह निष्ठुर और निर्मम भी है। ऐसा व्यक्ति कुछ भी कर सकता है। किसी भी हद तक जा सकता है। जिसके लिए करुणा कोई मूल्य न हो, उसके लिए कोई भी मूल्य, मूल्य नहीं। वह किसी की मान-प्रतिष्ठा की क्या परवाह करेगा।

काफ़ी सोच-विचार के बाद उन्होंने चन्दू से फ़ोन पर बात करने का फैसला कर लिया।

"कहिए चन्दू जी, क्या हाल हैं?"

"आपकी कृपा है महराज जी।"

"अभी भी बाघ पर ही अटके हो?"

"क्यों?"

"बाघ से बड़ा भी कुछ होता है।"

"शेर होता है। शेर से बड़ा बब्बर शेर।" –चन्दू अपनी टुच्ची हाज़िर जवाबी पर खुश हुआ।

"और इन सबसे बड़ा?"

"कौन होता है?"

"विधायक। उससे बड़ा सांसद...अटकना हो तो उन पर अटको।"

"आप आदेश कीजिए।"

"मैं सोचता हूँ, तुम्हें विधानसभा चुनाव पर ध्यान देना चाहिए।"

"इस पार्टी के लिए हम जान भी दे दें, यह भय्याजी से आगे सोचने वाली नहीं है।"

"अगर भय्याजी दावेदारी छोड़ दें?"

"भय्याजी की जिन खूबियों का बखान नन्दन भाई करते हैं, उसके हिसाब से तो लगता नहीं कि वे दावेदारी छोड़ेंगे।"

"छोड़ेंगे। जब प्रमोशन होगा तो छोड़ेंगे।" बाबाजी ने कहा और जब चन्दू की तरफ़ से 'हूँ-हाँ' कुछ नहीं सुनाई दी तो बोले, "मैं उनसे कहूँगा लोकसभा के लिए दावेदारी ठोकें। तुम्हारे लिए विधानसभा का रास्ता साफ़ हो जायेगा।"

"भय्याजी मानेंगे? और पार्टी मानेगी?"

"वह मुझ पर छोड़ दो। दोनों ही मानेंगे। लालच बड़ा हो तो मुट्ठी में बन्द चीज़ छोटी लगती है।"

"ठीक है तो...मैं बाघ को भूल गया। ...कैसा बाघ?" —वह हँसा।

"जय श्रीकृष्ण।" —बाबाजी ने बिना हँसे कहा।

"जय गोलज्यू[1]।"

सुबह-सुबह कुछ लोग बड़े-बड़े कढ़ाव, भगोने और बर्तन लेकर जोशी कॉटेज पहुँच गये थे। एक व्यक्ति के थैले में कुछ ऐसी सामग्री थी, जिसे देख कर अनुमान लगाया जा सकता था कि वह सम्भवतः किसी तांत्रिक क्रिया में इस्तेमाल की जाती होगी। कुछ लोगों के हाथों में हवन सामग्री, आम की लकड़ी, घी, फूल वगैरह थे। उनके दिमाग़ में क्या है, यह अभी पता नहीं चल रहा था। देखते ही देखते भीड़ बढ़ने लगी और पूरे जोशी कॉटेज पर छा गयी। रंगमंच पर प्रॉप सजाने वालों की तरह उन्होंने फटाफट चप्पे-चप्पे को कब्जे में ले लिया। साफ़-सफ़ाई होने लगी। आँगन में झाड़ू लगने लगा। एक ड्रम में पाइप लगा कर पानी भरा जाने लगा। बारामदे से थोड़ा हट कर, बग़ीचे के एक छोर पर ईंटों से हवन कुंड बना दिया गया।

माथे पर टीका लगाये कुछ लोग काफ़ी सक्रियता से काम कर रहे थे। बाक़ी लोग या तो उनके अनुयायी थे या तमाशबीन। कढ़ाव और भगोने बग़ीचे के दूसरे छोर पर रख दिये गये थे। वहीं कुछ लोग दरियाँ बिछा कर आलू छीलने लगे, फूलगोभी काटी जाने लगी और कुछ लोगों ने टमाटरों की ढेरी धोनी शुरू कर दी।

चन्द लोगों के बीच, जो इस घटनाक्रम से बेख़बर थे, अटकलें लग रही थीं। वे इस बात पर लगभग एकमत थे कि यह गृह-प्रवेश की तैयारी लगती है। इसका मतलब है, जोशी कॉटेज बिक गया। पर ख़रीदा किसने? चन्दू पांडे ने? वही हो सकता है। सबसे सक्रिय वही नज़र आता है। तमाशबीनों ने सोचा। हालाँकि अपने अनुमान पर खुद उन्हें भरोसा नहीं था। वह पैसे खर्च करने वालों में से तो है नहीं।

तेजू को सूचना पी थ्री ने दी। फ़ोन पर। उसने अपनी पुरानी वैगनआर उठाई और जोशी कॉटेज की तरफ़ भागा। भारी भीड़ थी। लोगों को बताया गया था कि जोशी कॉटेज में भंडारा है और भोजन वहीं करना है। पी थ्री भी पहुँच गये थे। वे हालात का जायजा लेने पहुँचे थे। तेजू जिस वक़्त आया, पी थ्री युवाओं के झुंड से भिड़े हुए थे। भीड़ जोशी कॉटेज को आग लगाने की बात कर रही थी। पी थ्री उन्हें रचनात्मक काम का महत्व समझा रहे थे। लड़कों का कहना था, उन्हें पता है

1. कुमाऊँनी लोगों के इष्ट देवताओं में से एक।

कि इस क्षेत्र के लिए और खासतौर पर अपने समाज के लिए वे कितना रचनात्मक और ऐतिहासिक महत्व का काम कर रहे हैं। एक लड़के ने बताया, "इस घर में जो लड़की रहती है, वह भूत से फँस गयी है। उसे मुक्त कराने से बड़ा काम और क्या हो सकता है?"

सुन कर तेजू और पी थ्री, दोनों सन्न रह गये। कुछ युवकों का कहना था कि भूत को बचवाली से विदा करना है। वह तभी भागेगा जब उसका अड्डा नष्ट होगा। तेजू घबराया। रेवा कहाँ है? वह रेवा को ढूँढ़ने के लिए कॉटेज की ओर भागा। किन्तु दरवाज़े पर ताला लगा था। उसने फिर से फ़ोन लगाया। रेवा का फ़ोन नहीं लग रहा था। अगर इन्होंने आग लगा दी तो? उसने अपनी चिन्ता पी थ्री के सामने रखी। पी थ्री ने सन्तोष व्यक्त किया कि कम से कम लड़की घर में नहीं है।

उसने कई बार फ़ोन लगा लिया, पर रेवा के फ़ोन को आउट ऑफ कवरेज एरिया बताया जा रहा था। उसके हाथ-पैर फूलने लगे। गयी कहाँ? उसने पी थ्री की तरह ही लोगों को समझाने की कोशिश शुरू की। घर को आग लगाना ठीक नहीं है। यह ग़ैरक़ानूनी है।

"ग़ैरक़ानूनी!" —एक लड़के ने दोहराया। बाकी सब हँसने लगे। तेजू परेशान हो गया था। कहीं ऐसा न हो, रेवा के आने तक लोग घर जला कर राख कर दें। जब वह युवकों को समझाने की कोशिश कर रहा था, उसी वक़्त नन्नू महराज अपने चेले भैरव के साथ आते दिखाई दिये। अचानक चन्दू पांडे घर के पिछवाड़े से निकल कर बाबाजी के स्वागत के लिए लपका। घर के पिछले हिस्से में एक पंडित के निर्देशन में कुछ लोग भूत भगाने के लिए तांत्रिक अनुष्ठान में लगे थे। अनुष्ठान के बाद घर के चारों कोनों में एक-एक पोटली दफ़ना दी गयी थी। उन लोगों की अगुआई चन्दू पांडे कर रहा था।

जब चन्दू प्रकट हुआ तो उसके कुछ पिछलग्गू भी साथ आ गये। आज रिवाल्वर उसकी कमर पर लटका था। तेजू ने तब तक चन्दू पांडे को देखा नहीं था। वह पांडे से साथ अपने सम्बन्ध ठीक-ठाक मानता था। उसकी जान में जान आयी, "अच्छा हुआ आप यहाँ हैं। इन्हें रोकिये पांडे जी। ये सब हो क्या रहा है?"

"हवन हो रहा है।" —चन्दू ने थोड़ा अक्खड़पन में कहा। तेजू को उसका लहज़ा बदला हुआ लगा।

बाबाजी के साथ आगे बढ़ते हुए चन्दू ने पलट कर खिल्ली उड़ाने के अन्दाज़ में जोड़ा, "सब भूत भगाने के लिए हो रहा है। आप तो मानते नहीं। लेकिन ये लोग मानते हैं। दाढ़ी वाला भूत है। बड़ा कर्रा और जबरजंड।"

बाबाजी ने चलते-चलते इस कार्य के महत्व का उल्लेख करना ज़रूरी समझा, "आज भूत यहाँ है, कल किसी और के घर डेरा डालेगा। इससे मुक्ति पाने का आयोजन लोक-हित में अनिवार्य है।"

पी थ्री अपने को रोक नहीं पाये, "भूत नहीं, भविष्य की चिन्ता कीजिए बाबाजी। ये लोग, जो देश का भविष्य हैं, उन्हें अतीत में धकेलना ठीक नहीं।"

"चुप भोसड़ी के।" —भीड़ के बीच से किसी ने डपट कर कहा। समझ में नहीं आया कि वह आवाज़ कहाँ से आयी। पांडे सहित सारे लोग हँसने लगे। बाबाजी मुस्कराए। इसका असर यह हुआ कि कुछ युवक पी थ्री से सीधे भिड़ने पर उतारू हो गये। कहने लगे कि वह अपनी भाषणबाजी से हवन में विघ्न न डाले। एक लड़का अचानक बोला, "डुनि बुब का कहना है कि भूत अपनी प्रेमिकाओं को गाभिन कर देते हैं।"

पांडे ने उसकी बात से सहमति जताते हुए कहा, "देखिये, कैसा समय आ गया। भूत आबादी बढ़ाने लगे। दाढ़ीवाले भूत और कर भी क्या सकते हैं? अगर बचवाली को, और इस देश को, बोझ उठाना ही है तो हम खुद दो-चार और पैदा नहीं कर लेंगे?"

लोगों ने ठहाका लगाया। बाबाजी फिर से मुस्कराये—बच्चे जितने हो जायें अच्छे।

उन्होंने हवा में हाथ नचा कर दार्शनिक अन्दाज़ कहा और आगे बढ़ते हुए स्पष्ट किया, "भूत के नहीं।"

बाबाजी सीधे हवन कुंड के पास जाकर रुके। उन्हें और पंडित को थोड़ा ऊँचा और गद्दीदार आसन दिया गया। उनके बगल में चन्दू बैठ गया। हवन शुरू हुआ। चन्दू ने बाबाजी के कान में कहा—भूत के साथ-साथ बाघ को भी आज इस हवन कुंड में झोंक देंगे। वह बाबाजी से मिले सहयोग से कृतज्ञ था। बाबाजी मुस्कराये। पंडित जब ज़ोर से 'स्वाहा' कहता, हवन कुंड के चारों तरफ़ बैठे लोग हवन सामग्री अग्नि के हवाले कर देते। बाबाजी युवकों को बता रहे थे कि किस तरह दो उँगलियों और अंगूठे से पकड़ कर हवन सामग्री डाली जाती है। अग्नि जब भी मंद पड़ती, उसमें घी डालने का काम चन्दू पांडे करता।

पीछे बैठे कुछ लोग बढ़ती आबादी पर चिन्ता जताने लगे। बहस इस बात पर पहुँच गयी कि सरकार तो जंगली जानवरों तक की आबादी बढ़ा रही है। लेकिन हमारा मूल्य जानवरों के बराबर भी नहीं। बाबाजी ठीक कहते हैं कि बच्चे जितने हो जायें अच्छे।

चन्दू पांडे के एक चम्पू ने फूहड़-सा नारा लगाया, "हम दो हमारे बीस, सरकार देगी खाना, सरकार देगी फीस।"

उसके बाद भीड़ में यह नारा लोकप्रिय हो गया।

हवन जारी था। युवकों में से किसी ने कहा कि अगर डुनि बुब की बात सही हुई और लड़की के पेट में भूत का बच्चा हुआ तो? दूसरे ने अपने हाथ का डंडा दिखाते हुए कहा—'मार के डंडा, फोड़ दे अंडा। ...हुर्र-हुर्र।' बाक़ी सभी ने हवा में हाथ उठा कर एक-दूसरे के साथ हाथ टकराए—हुर्र-हुर्र।

लेकिन लड़की तो, लगता है, भाग गयी। किसी ने कहा। दूसरा बोला—भाग गयी तो अच्छा है। लौट कर आयी तो और भी अच्छा। अंडा फोड़ेंगे।

चन्दू पांडे का ध्यान उनकी तरफ़ गया, "पर चले कहाँ गयी साली?"

सुन कर तेजू के हाथ-पैर फूल गये। उसने पी थ्री की ओर देखा। उन्होंने हवा को देख कर मानो उससे शिकायत की।

"क्या अन्धविश्वास कट्टरता की जननी है?" तेजू ने पूछा। पी थ्री ने सिर हिलाया और पान का पीक गटका, "स्थितियाँ तब बिगड़ती हैं जब कोई ऑब्जेक्ट तीन की जगह दो डायमेंशन्स में ही दिखाई दे।"

बाबाजी और चन्दू, दोनों के भक्त लगातार नारे लगा रहे थे। हास्यास्पद, फूहड़ और कुछ बचवाली-भक्ति के नारे। तेजू ने फिर से रेवा को फ़ोन लगाया। इस बार फ़ोन लग गया। वह फ़ौरन भीड़ से हट कर एक तरफ़ आ गया। फ़ोन पर हाथ की ओट बना कर एक साँस में पूछा, "तुम ठीक हो? कहाँ हो? फ़ोन लग नहीं रहा था, मैं कब से ट्राई कर रहा हूँ।"

"मैं ठीक हूँ। तुम इतना घबराये हुए क्यों हो?"

"तुम हो कहाँ?"

"सॉरी, मैंने तुम्हें बताना चाहिए था। मैं पुणे जा रही हूँ। ट्रेन में हूँ। 'बदबू' के बैक कवर पर पुणे का पता लिखा था।"

"थैंक गॉड।"

"थैंक गॉड क्यों? ...और ये पीछे से आवाज़ें कैसी हैं?"

"कुछ नहीं, मैं बाज़ार में हूँ।" वह टाल गया, "लेकिन ये बताओ, तुम्हें कैसे पता कि वो तुम्हारे पिता ही होंगे?"

"मुझे लगता है।"

"जो लगता है, हमेशा सच तो नहीं होता?"

"हमेशा ग़लत भी नहीं होता। चाँस लेने में कोई हर्ज नहीं है, ऐसा मैंने सोचा।"

"चलो, तुम पुणे पहुँचो तो बात करते हैं। ...बस एक बात तुमसे कहना चाहता हूँ।...अच्छा फिर कभी।"

"हलो...हाँ, अभी बोलो। हलो...आवाज़ कट रही है।"

"बाद में बात करते हैं।"

"हलो...हाँ, अब ठीक है। हलो...तुम्हें मुझसे कुछ कहने में अब भी सोचना पड़ता है?...नख़रे मत करो...जल्दी बताओ।"

"शायद मैं तुम्हें...हाँ, हलो...शायद नहीं, आज मुझे लगा कि यक़ीनन...मैं तुमसे...। हलो...हैल्लो।"

फ़ोन कट गया। उसके बाद वह फिर से फ़ोन मिलाता रहा लेकिन नेटवर्क नहीं मिला। उफ़्। कितना त्रासद है यह सब। मैंने अपनी बात आधी कह दी। पूरी तो

मैं शायद कह भी नहीं पाता। बाकी का आधा वह समझ तो गयी होगी? पर उसका जवाब नहीं सुन सका। यह भी तो हो सकता है कि उसने मेरी बात सुनी ही न हो। उससे पहले ही फ़ोन कट गया हो। या समझी न हो। कितना साहस जुटाया था यह सब कहने के लिए।

जोशी कॉटेज के बारे में उसने रेवा को कुछ नहीं बताया। अगर ये लड़बावरे जोशी कॉटेज को फूँक भी दें तो वह ट्रेन में बैठे-बैठे क्या कर सकती है? उसने सोचा। दिमाग़ में यह ख्याल भी कौंधता और परेशान करता रहा कि कहीं उसने प्रेम का इज़हार करने में जल्दी तो नहीं मचा दी? कहीं उसने नाराज़ होकर तो फ़ोन नहीं काट दिया? नहीं, उसने तो पहले ही कहा था कि आवाज़ कट रही है। लेकिन उसका उत्तर क्या होगा? सोच-सोच कर वह बेचैन हो रहा था।

अन्ततः उसने इस मामले को फ़ोन मिलने तक के लिए छोड़ दिया। उसने पांडे को समझाने की एक और कोशिश शुरू की। पर नाकाम रहा। पांडे ने अपने कान और दिमाग़ को इस तरह बन्द कर लिया जैसे मिर्गी का मरीज़ दाँत कस लेता है। इतनी देर में तीन सिपाहियों के साथ दरोगा भी आ पहुँचा। उसने बाबाजी को झुक कर प्रणाम किया। उसकी देखा-देखी कांस्टेबल भी झुके। दरोगा ने इधर-उधर नज़रें दौड़ाते हुए पूछा, "घर को आग कौन लगा रहा है? कौन है वो फन्नेखाँ?"

"आग? यहाँ तो हवन हो रहा है। भूत भगाने के लिए।" —उत्तर बाबाजी ने दिया। दरोगा बड़ी विनम्रता के साथ बोला, "ये तो बड़ी अच्छी बात है। पता नहीं किस बावले ने फ़ोन किया। कहता था, कुछ लोग जोशी कॉटेज को फूँकने वाले हैं।"

दरोगा अपने फ़ोन पर आयी कॉल्स की लिस्ट देखने लगा। पांडे बोला, "दरोगा जी, भूत के कारण पूरा बचवाली मुसीबत में है।"

"धन्य हैं महाराज जी, और आप जैसे उनके भक्त। कितनी चिन्ता करते हैं इस इलाक़े की। हमारा काम भी आसान कर देते हैं।" दरोगा प्लास्टिक की कुर्सी पर बैठता हुआ बोला, "मान लो, भूत कुछ उल्टा-सीधा कर ही डाले, तो मुसीबत तो हमारी है। ऊपर बैठे अफ़सरों का क्या है। मुँह हिलाना है। केस सुलझाओ दरोगाजी। करो धर-पकड़। दरोगा जी क्या कर लेंगे, बाबाजी का घंटा?"

दरोगा अपनी रौ में बोल पड़ा, लेकिन बाबाजी पर नज़र पड़ते ही झेंप गया, "माफ़ करना महराज जी, ये तकियाकलाम है। बचपन से ही आदत पड़ गयी।"

बाबाजी मुस्करा दिये तो दरोगा ने कहा, "अफ़सर साले किताबी बातें करते हैं। अगर बता दिया कि भूत ने कोई काँड कर दिया तो साली नौकरी ख़तरे में पड़ जाये। एक बार हो चुका जी।"

दरोगा ने कुर्सी पर अपने आप को ठीक से बैठाते हुए कहा, "पिछले साल की बात है, जब मेरा यहाँ तबादला नहीं हुआ था। एक घर में भूत रात को पथराव

करता था। घर का मालिक बड़ा पहुँच वाला। ऊपर से शक्की और झक्की आदमी। भूत को माने नहीं। शिकायत कर आया अफ़सरों से।"

दरोगा को किसी ने चाय थमाई तो तेज़ी से सुड़की मारते हुए बोला, "हमने डी.एस.पी. को बता दिया कि सर, इसमें पुलिस क्या करेगी? उनसे पूजा-पाठ करने को कहें। डी.एस.पी चौंका। पूजा-पाठ से क्या लेना-देना? मैंने कहा—सर पथराव जो करता है, वह मनुष्य नहीं, भूत है। डी.एस.पी. गुस्से से फट पड़ा। पेपरवेट उठा कर मेरी तरफ़ झपटा। मार तो नहीं सकता था। अपने ही बाल नोंचने लगा। चिल्लाने लगा, किस पागल ने तुम्हें पुलिस की नौकरी दी? अब उसे कौन समझाए। मौक़े पर तो हम जाते हैं। भूतों के कारनामे हम देखते हैं। तुम साले काग़ज़ के शेर।

"अफ़सर क्या है?" —थोड़े विराम के बाद पूछे गये उसके इस सवाल पर बाबाजी सहित सबने उसकी ओर देखा। दरोगा ने समझाया, "अफ़सर आई.पी.एस. का इम्तिहान पास कर लेने वाली एक खोपड़ी है। केवल एक खोपड़ी। अनुभवहीन। जब उसकी ट्रेनिंग होती है, तो उस खोपड़ी को उल्टी खोपड़ी बना दिया जाता है। कान कमज़ोर और ज़बान तेज़ करके। इसलिए अफ़सर सुनते किसी की नहीं। मुँह से सिर्फ़ आर्डर निकालते हैं—पक-पक, पक-पक...।" वह बुक्का फाड़ कर हँसा, "सिस्टम को ऐसे ही लोग चाहिए। जो ऊपर के ऑर्डर सुनें और उन्हें नीचे को जारी कर दें।"

"आप यहाँ कहानी सुनाने आये हैं या आगजनी रोकने?"

पी थ्री ग़ुस्से में आ गये थे। दरोगा ने उनकी बात पर ध्यान नहीं दिया। यह पी थ्री के लिए अपमान की बात थी। वे थूक के छींटे फेंकते हुए दरोगा को उसके विचारों और उसकी निष्क्रियता के लिए लानतें देने लगे। दरोगा ने बड़ी विनम्रता के साथ कहा, "देखिये श्रीमान जी, आपके अंग्रेज़ी में बोलने से हवन और पूजा को मैं आगजनी की कार्रवाई तो मान नहीं सकता। मुझे दिख रहा है, यहाँ क्या हो रहा है। जब आग लगेगी तब मुझसे फ्रेंच और जर्मन में बात कर लेना।"

चन्दू पांडे ने ठहाका लगाया। उसके साथ कई और ठठा कर हँसे। उसी दौरान एक लड़का रेवा की ब्रा को एक डंडी पर टाँग पर भीड़ के बीच ले आया—ये देखो जी, भूत की घरवाली का अन्तर्वस्त्र।

तेजू हैरान रह गया। इन लोगों ने घर का ताला तोड़ दिया? उसने दरोगा से पूछा, "आपकी मौजूदगी में लोग ताला तोड़ कर किसी के घर में कैसे घुस सकते हैं?"

"देखो जी, ताला तो हमारे सामने किसी ने तोड़ा नहीं, और न घर के मालिक ने अब तक ताला तोड़ने की रपट लिखाई।"

"घर का मालिक यहाँ होगा तभी तो रपट लिखायेगा।" तेजू ने कहा तो चन्दू पांडे बीच में बोल पड़ा, "किसकी बात कर रहे हो? अवैध सन्तानें घर की मालकिन नहीं होतीं तेज प्रताप जी!"

"वैध और अवैध का फैसला आप करेंगे? आप इस घर में जो कर रहे हैं, उसे आप वैध मानते हैं? किसी महिला की निजता में दखल देना कैसी हरकत है? और जातीय अपमान भी विधि-सम्मत होगा?" —तेजू ने कहा तो चन्दू पांडे को जवाब नहीं सूझा। बाबाजी ने ज्योंही मुँह खोला, तेजू ने टोक दिया, "मैं आपके बारे में नहीं जानता, लेकिन जिसकी भूषा और भाषा में इतना अन्तर हो, उससे बहस करना बेकार है।"

इतना कह कर वह, पी थ्री जहाँ खड़े थे, उस ओर चला गया। बाबाजी को उसकी बात तमाचे की तरह लगी। वे सारा क्रोध और प्रवचन चन्दू पांडे पर झाड़ने लगे, "देखिये पांडेजी, या तो ऐसे लोगों को मुँहतोड़ जवाब दो या फिर बोलने का अवसर मत दो।"

"बोलने से किसी को कैसे रोक सकते हैं?"

"हूट करो...ऐसे चिल्लाने लगो कि सामने वाले की बात दब जाये। ऐसा कड़ा विरोध करो कि दुबारा बोल न पाये। दूसरों को बोलने की आज़ादी उतनी ही देनी चाहिए, जितना उचित है।"

बोलने की आज़ादी कितनी उचित है और उचित व अनुचित का फैसला वे कैसे करते हैं, यह उन्होंने नहीं बताया। चन्दू ने जीवन में कई लोगों से बदतमीज़ी की थी। लेकिन पढ़े-लिखों के सामने उसके पैर उखड़ जाते थे। वह लिहाज करने लगता था। आज उसे पहली बार बाबाजी से आक्रामकता की नयी प्रेरणा मिली। थोड़ा हैरान और परेशान होने के बावजूद उसने तय कर लिया कि भविष्य में जब भी जवाब नहीं सूझे तो वह मुँहतोड़ बदतमीज़ी करेगा। बाबाजी ने उसके कान में कह दिया था—बदतमीज़ी ज़बान को लकवाग्रस्त कर देने वाला अचूक हथियार है।

पी थ्री दूसरी बहस में उलझे थे। उनका कहना था, किसी के घर में घुस कर कोई जबरन हवन कैसे कर सकता है? दरोगा ने समझाया, "मर्डर थोड़े कर रहे हैं जी, हवन करने में क्या हर्ज है? राष्ट्र के, समाज के हित में काम करने के लिए इज़ाज़त नहीं माँगी जाती।"

दूसरे लोग भी बहस में कूद पड़े। उनका कहना था कि यह सब इलाक़े के हित में हो रहा है। तुम लोग समाज विरोधी, बचवाली विरोधी, नास्तिक और बहसबाज़ हो। पी थ्री चिल्लाने लगे। उनके मुँह से शब्दों के साथ थूक के छींटे गिरने की रफ़्तार तेज़ हो गयी। कुछ लोग इस दौरान अपने मोबाइल फ़ोन से ब्रा के साथ सेल्फी लेने लगे। तेजू के दिमाग़ में अचानक यह ख्याल आया कि क्यों न वह भी इन लोगों की हरकतों को क़ैद कर ले। वह अपने मोबाइल से पुलिस वालों, बाबाजी, चन्दू पांडे और तमाम दूसरे लोगों की तस्वीरें खींचने लगा।

यह देख कर भक्तों-कार्यकर्ताओं का धैर्य जवाब दे गया और उसके साथ धक्का-मुक्की पर उतर आये। कुछ उसके फ़ोन पर झपटे। दरोगा ने उस तरफ़ पीठ घुमा ली और बाबाजी से बातें करने लगा। पी थ्री ने कड़ा विरोध किया और

पुलिस को हस्तक्षेप करने के लिए आवाज़ लगाई। दरोगा ने बिना पीछे मुड़े लड़कों को सम्बोधित किया, "क़ानून हाथ में मत लेना रे।"

"हम हाथ में कुछ नहीं लेते दरोगाजी, दे देते हैं?" —लड़कों ने ठहाका लगाया और तेजू को पीछे से धक्का मार दिया। वह लड़खड़ाया। फ़ोन नीचे गिर गया, जिसे लेकर छीना-झपटी मच गयी।

"हाथ में क्या दे देते हो रे?" —दरोगा ने शरारती अन्दाज़ में पूछा।

"दाँत तोड़ कर, लात तोड़ कर। और क्या।" —लड़कों ने फिर ठहाका लगाया।

"लौंडे बहुत हरामी हैं आपके पांडेजी।" दरोगा ने दबे स्वर में कहा। पांडे गरदन झुका कर हँसने लगा। मानो, लौंडों के हरामी होने में उसे संकोच हो रहा हो। उसी वक़्त कुछ और लोग भीड़ में से निकल आये और पी थ्री को लगभग घसीट कर एक तरफ़ ले गये। उनमें से एक हट्टे-कट्टे युवक ने उनके मुँह पर सेलो टेप चिपकाते हुए कहा, "बकबक करने की आज़ादी का बहुत बेजा इस्तेमाल कर रहा है ये। इच्छा तो होती है इसकी...। लेकिन लोग कहते हैं, पागल है। छोड़ो।"

वह हट्टा-कट्टा व्यक्ति किसी बिल्डर या ठेकेदार का आदमी बताया जाता था। ऐसे और भी लोग भीड़ में थे। कुछों को अज्ञात बताया जा रहा था। कुछों की पहचान भय्याजी के आदमियों के रूप में की जा रही थी। पता नहीं ये लोग किसी के न्योते पर यहाँ पहुँचे थे या किसी के आदेश पर। लालबुझक्कड़ का कहना था—एक हाथ ही हरकत से दूसरा हाथ अनजान। मेरा पाक महान।

लालबुझक्कड़ अभी-अभी आया था। वह आँगन के एक छोर पर स्थित ऊँची टीलेनुमा जगह पर चढ़ गया था। उसने एक अख़बार को लपेट कर माइक की तरह मुँह से सटा लिया और घोषणा करने लगा—

"लोगो, मेरे लोगो...!"

जो उसे नहीं जानते थे उन्होंने सोचा कि यह अपना आदमी लगता है। 'मेरे लोगो' कह रहा है। वे उसके क़रीब आ गये। जो उसे जानते थे, वे इसलिए क़रीब आ रहे थे, ताकि ख़ब्ती की बातों से मनोरंजन हो। उसने फिर ऐलान किया—लोगो, मेरे लोगो...नाजिम हिक़मत की सुनो—

कोई फुसफुसाया, "उसे लगता है, वह पाकिस्तान में रहने लगा। शायद इसीलिए अपना नाम नाजिम हिक़मत रख लिया।"

लालबुझक्कड़ फिर चिल्लाया—

...लोगों मेरे लोगो...

"अबे अटक क्यों गया, आगे बोल।" —भीड़ में से कोई चिल्लाया।

लालबुझक्कड़ ने काग़ज़ के माइक को ठीक करते हुए कहा—

अगर टी.वी. और रेडियो झूठ बोलते हैं,
अगर किताबें झूठ बोलती हैं,

अगर दीवार के पोस्टर और अख़बारों के इश्तहार झूठ बोलते हैं,
अगर परदे पर लड़कियों की नंगी टाँगे झूठ बोलती हैं,
अगर प्रार्थनाएँ झूठ बोलती हैं,
अगर लोरियाँ झूठ बोलती हैं,
...अगर तुम्हारे हाथों को छोड़कर,
तुम्हारे हाथों के सिवा
हर चीज़ और हर शख़्स झूठ बोलता है,
तो यह सारी क़वायद तुम्हारे हाथों को
मिट्टी के लोंदे की तरह फरमाबरदार,
अँधेरे की तरह अन्धा,
और कुत्ते की तरह भोंदू बना देने के लिए है...

किसी ने टिप्पणी की, "हमें कुत्ता और भोंदू कह रहा है।"

उसके बाद कुछ युवकों ने लपक कर टीले के मंच से उसे घसीट लिया और पीटने लगे।

इस बीच पी थ्री ने टेप नोंच कर फेंक दिया था। इसी दौरान तेजू का फ़ोन उसके कब्ज़े में आ गया। लोगों का ध्यान बँटते ही तेजू खुद को छुड़ा कर फ़ोन जेब में डालते हुए तेज़ी से भागा और पी थ्री को आवाज़ दी—चलो पन्त जी, यहाँ से निकलो। पी थ्री ने पिट रहे लालबुझक्कड़ की तरफ़ देखा। तेजू भी ठिठका। लालबुझक्कड़ ज़मीन पर गिरा हुआ था। उसने रघुवीर सहाय की कविता की एक पंक्ति बोली—***उसको सब विख्यात जनों का कच्चा चिट्ठा मालूम है।***

"वो कौन है बे, किसे मालूम है औ किसका कच्चा चिट्ठा?"

"रघुवीर सहाय को। विख्यात जनों का।"

लोगों ने लातों से मारा। रघुवीर सहाय का पता पूछते रहे। वह हँसता रहा। लोगों ने फिर पीटा। वह पिट कर भी हार नहीं मान रहा था। किसी भी कवि की कोई एक पंक्ति अचानक बोलता और हँसता। कुछ लोग हर पंक्ति का एक ही भावानुवाद कर रहे थे—गाली दे रहा है। ...गन्दी और अश्लील बातें करता है।... अश्लीलता देशद्रोह है।

चन्दू पांडे की नाक की नोक पर गॉज भर कर टेप लगाया हुआ था। हर जगह यही चर्चा थी कि आधी नाक ग़ायब है। इसमें थोड़ा अतिशयोक्ति की संभावना थी। पर नाक को निश्चित तौर कुछ तो हुआ था। मिलने वाले बड़ी संख्या में आ रहे थे। उनमें से ज़्यादातर देखना चाहते थे कि नाक कितनी गयी और कितनी बची रह गयी। और यह भी कि कटी नाक के साथ चन्दू कैसा लगता होगा।

भय्याजी और नन्दन भाई उर्फ़ बुकड़ीनन्दन भी मिलने आये थे। चन्दू अस्पताल से घर आ चुका था और सबको आपबीती सुना रहा था। उसकी पत्नी को चिन्ता थी कि नाक नुच जाने से उसके सांसद बनने में कोई अड़चन तो नहीं आयेगी। लेकिन टूटा हाथ और शरीर पर गुमचोट के अनगिनत निशान वाले लालबुझक्कड़ ने समझा दिया कि सांसद बनने के लिए नाक का होना कोई शर्त नहीं है।

बकौल चन्दू पांडे क़िस्सा कोताह इस प्रकार था—

दोपहर का वक़्त था। पत्नी कीर्तन में गयी थी। वह लेटा था और दरवाज़े ढुलका रखे थे। खिड़की खुली थी। उसे झपकी आ गयी। इसी दौरान एक जंगली बिल्ली खिड़की से अन्दर घुस आयी। खुटके से उसकी नींद खुली। वह डंडा लेकर बिल्ली को खदेड़ने लगा। बिल्ली को बाहर निकलने का रास्ता नहीं मिल रहा था, क्योंकि वह बेवकूफ़ी कर गया था। वह खिड़की के पास खड़ा हो गया था। अचानक वह झपट पड़ी और नाक पर चिपक गयी। वह चीखा। बहुत हाथ-पैर फेंके। पर आसपास कोई नहीं था।

"नाक तो साबुत है ना? ...मतलब चबा कर छोड़ दिया होगा?" —भय्याजी ने पूछा। चन्दू पांडे बोला, "उस समय होश नहीं था। पता नहीं चल रहा। मुझे लगता है नाक की नोक तो शायद ले गयी।"

सुन कर सब दहशत में आ गये। उसने बदन पर लगी खरोंचें दिखाईं, "ये देखो, कितने नाखून मारे हैं।"

क़िस्सा थोड़ा अविश्वसनीय था। पर नाक की नोक या तो ग़ायब थी या कुचली हुई हालत में थी। अभी उसमें गॉज भरी थी। भरोसा करने के लिए इतना काफ़ी था। बिल्ली के नाक ग़ायब कर ले जाने का कोई क़िस्सा बचवाली में पहले कभी नहीं सुना गया था। इसलिए इस क़िस्से से पूरे इलाक़े में बिल्लियों को लेकर भय का वातावरण बन गया था। अगर बिल्लियाँ घर में घुस कर इस तरह हमला करने लगीं तो यह बहुत ही चिन्ताजनक है। बिल्लियों के प्रति लोगों में बड़ा आक्रोश था, लेकिन उन्हें मारे कौन? सबने हाथ खड़े कर दिये। भय्याजी बगलें झाँकने लगे। बचवाली के लोगों का मानना था कि बिल्ली किसी से मर जाये तो उसकी गरदन हिलने लगती है। कहते हैं, सोने की बिल्ली दान करने से ही मुसीबत टलती है। लोगों का यह भी कहना था कि किसी की हिलती गरदन ठीक होते देखी नहीं गयी। कौन जाने, सोने की बिल्ली भी जाये और गरदन भी हितली रह जाये। बिल्ली को मारने का जोख़िम क्यों उठाना?

लोग बिल्लियों को डराने के लिए तरह-तरह के उपाय करने लगे। कुछ लोगों ने चूहों का सफाया शुरू कर दिया। दूध अलमारियों में रखा जाने लगा। कई लोग दोपहर में झपकी लेने से पहले खिड़की-दरवाज़े बन्द रखने लगे। बच्चों के सोने पर माताएँ पहरा देने लगीं। रात को तो इसका पूरा ध्यान रखा जाता कि बिल्ली के

घुसने लायक कोई छेद खुला न रह जाये। बच्चे क्या, कई बड़े तक बिल्लियों को देखते ही अपनी नाक पर हाथ रख लेते।

पूरा इलाका दहशत में डूबा था।

फ्यून दिमाग़ को घुन देने वाला साबित हो रहा था। तेजू को यक़ीन हो चुका था कि बचवाली में उसके बारे में शायद ही कोई बताये। अपशगुन। मृत्यु का भय। जीवन का जोख़िम उठाकर अन्धविश्वास को कौन तोड़ेगा। जैसा लोग मानते आये हैं, उसी लीक पर चलते रहना है। ऐसा मानने वाले लोगों से उम्मीद करना बेकार है।

अन्धविश्वास के कुचक्र को तोड़ने का साहस करने वाले दो ही लोग थे। लालबुझक्कड़ और पी थ्री। लालबुझक्कड़ को जानकारी नहीं थी। बचे केवल पी थ्री। वह काफ़ी समय से उनसे बात करने की सोच रहा था। लेकिन हर मुलाक़ात में या तो कोई अन्य चर्चा होने लगती या ऐन वक़्त पर फ्यून दिमाग़ के किसी कोने में छुप जाता। याद ही नहीं पड़ता।

अगर पी थ्री जानते होंगे तो ज़रूर बतायेंगे। उसे विश्वास था। वह उनसे मिलने उनके घर पहुँच गया। कमरे में चारों तरफ़ किताबें, पत्रिकाएँ और अख़बार बिखरे पड़े थे। वे उस ढेर पर बैठे मेनस्ट्रीम पत्रिका पढ़ रहे थे। तेजू को देख कर चौंके। उन्हें अच्छा लगा। पी थ्री के घर में बूढ़ी माँ थीं। वे आकर सामने बैठ गयीं। कुछ देर यहाँ-वहाँ की बातें होती रहीं। जब वे चाय बनाने के लिए उठीं तो तेजू ने जल्द से जल्द फ्यून पर बात कर लेने का फैसला किया।

"कई दिनों से एक जानकारी चाहता हूँ। बचवाली में कोई इस बारे में बात करने को तैयार नहीं है।"

पी थ्री ने उसकी ओर देखा। तेजू ने सीधे बात करना बेहतर समझा, "आपने कभी फ्यून के बारे में सुना है?"

"सुना है। अब कम सुनाई देता है। पहले के लोग बहुत बात करते थे।"

"क्या बला है?"

"समझो कि मिथ है।"

"ओह, तो कुछ है नहीं।"

"है क्यों नहीं। लेकिन यह विचार मिथ है कि उसके बोलने से मृय्यु होती है।" उन्होंने कहा। इस दौरान माँ चाय ले आयी और तुरन्त ही लौट गयी। पी थ्री ने तेजू की ओर चाय बढ़ाते हुए बताया, "फ्यून सियार परिवार का प्राणी है। वह उसी तरह रोता है जैसे सियार रोते हैं और कई बार कुत्ते भी रोते हैं। सियार बिरादरी का है या सियार ही है यह भी ठीक-ठीक कहा नहीं जा सकता। पर उस प्रजाति का ऐसा

जानवर है जो झुंड से अलग और अकेला रहता होगा। क्योंकि, कहते हैं, जब वह रोता है तो अकेला रोता है।"

"आपने कभी देखा है?"

"नहीं, मैंने नहीं देखा। ऐसा कोई मिला नहीं जिसने उसे देखा हो। हो सकता है किसी ने देखा ही न हो। वह रात में रोता है। रात में कोई कैसे देख सकता है। ...रोना असल में, कुत्ते-बिल्लियों का भी बुरा लगता है। लेकिन लोगों ने इसे अपशकुन मान लिया। अन्धविश्वासों के समर्थन में कोई तर्क तो होता नहीं।"

पी थ्री चाय की आखिरी घूँट पीने के लिए कुछ पल रुके। कप एक तरफ़ रखा और बोले, "गाँव में पहले लोग अज्ञात बीमारियों से मरते रहते थे। कोई इलाज नहीं था। कभी फ्यून बोला और अगले कुछ दिनों के भीतर अगर कोई मर गया तो लोगों को भरोसा हो गया कि उसके बोलने से अपशगुन हुआ और वही मृत्यु का कारण बना।"

जिस मनहूस दोपहर में चन्दू पांडे की नाक पर बिल्ली झपटी, उसी दोपहर एक आश्चर्यजनक घटनाक्रम में पुष्पा की आवाज़ खुल गयी। जेठानी का कहना था कि पुष्पा की आवाज़ चन्दू पांडे जी ने खोली। उसने चन्दू पांडे के नाम के साथ पहली बार 'जी' लगाया था। थोड़ा अटपटा लग रहा था। उसने बताया कि वह दोपहर में पुष्पा को चन्दू पांडे जी के घर छोड़ आयी थी। पांडे जी पिछले कुछ दिनों से उसे फोटो सुँघा कर पटरी पर लाने की कोशिश में लगे थे। आख़िर उन्हें सफलता मिल गयी।

अनुमान था कि चन्दू की नाक का नुचना और पुष्पा की आवाज़ का खुलना, दोनों घटनाएँ एक साथ घटी थीं। बहरहाल, चन्दू पांडे के इस परोपकारी कृत्य के कारण उसकी नाक के साथ घटी दुर्घटना को लेकर स्त्रियों की सहानुभूति बढ़ गयी थी। पर आश्चर्य की बात यह थी कि आवाज़ खुलने के बावजूद पुष्पा घर के अन्दर बन्द हो गयी थी। केवल कन्नू को पूछती। जेठानी ने कह दिया कि वह उनके साथ है। एक बार ठीक होने के बाद ही वह कन्नू को साथ रख सकती है।, वे लोग सदमे की हालत में उसे एक और बड़ा सदमा नहीं देना चाहते थे।

पुष्पा बुरी तरह डरी हुई लगती थी। किसी के लिए दरवाज़े नहीं खोल रही थी। आहटों से चौंक जाती। मानो, उसे किसी के घर में घुस आने, या हमला कर दिये जाने का भय हो। जेठानी तरह-तरह के अनुमान लगा रही थी कि आख़िर हुआ क्या होगा? जेठ ने झिड़क दिया, "तेरा सिर हुआ होगा। अरे, उसका दिमाग़ अभी हिला हुआ है। बाघ से लड़ कर आयी है, कोई मखौल है? जैसे आवाज़ लौटी, वैसे ही एक दिन दिमाग़ भी सुलट जायेगा।''

जेठानी ने सिर हिलाया, "ठीक कहते हो।"

फिर कुछ ही दिन में अचानक हल्ला मचा कि पुष्पा का दिमाग़ सुलट गया।

हुआ यों कि जेठानी किसी से बात कर रही थी, "अरे चन्दू पांडेजी के साथ बड़ा बुरा हुआ। हम पर तो पुष्पा की आवाज़ लौटा कर उन्होंने बड़ा उपकार किया। पर होनी को कौन टाल सकता है। बिल्ली उनकी नाक की टुक्की[1] ले गयी।"

पुष्पा के कान में यह संवाद पड़ा तो वह खिड़की से सट कर खड़ी हो गयी। वह स्त्री अविश्वास के साथ बोली, "अरे ऐसा मत कहो, बिल्ली ने खाली चिंगारे (खरोंच) मारे होंगे।"

"जाकर देख आओ। पता चल जायेगा। पांडेजी खुद ही सारा क़िस्सा बता रहे हैं। सुनी-सुनाई बात नहीं है।"

उस स्त्री के जाते ही पुष्पा ने अचानक दरवाज़ा खोल दिया। सोंधी खुशबू का एक झोंका अन्दर तक आया। बाहर हल्की बूँदाबाँदी शुरू हो गयी थी। उसने खुली हवा में आकर सबसे पहले आकाश की ओर देखा। पता नहीं कितने दिन हो गये थे आसमानी रंग देखे। हालाँकि उस वक़्त आकाश बादलों के ढँका था। उसने अँगड़ाई ली और हवा में गहरी साँस खींची। लगा, ऐसी गहरी और आज़ाद साँस लिए हुए सदियाँ बीत गयीं। अँगड़ाई भी शायद 1857 के बाद ले रही हो।

उसे देख कर जेठानी ने पहले आश्चर्य से मुँह खोला और फिर होंठों पर हाथ रख लिए। आँखें फैल गयीं। फिर अचानक वह होश में आयी। पति को आवाज़ दी, "अरे सुनो हो, तुम ठीक कह रहे थे, पुष्पा का दिमाग़ सुलट गया। जल्दी बाहर आओ।"

गूमड़ वाले लोग

जोशी कॉटेज में आग नहीं लगेगी, इसकी एक हल्की-सी उम्मीद उस दिन शेष थी। हालाँकि तेजू को लगता था कि चन्दू पांडे यह नहीं करना चाहेगा, क्योंकि उसकी नज़र कॉटेज पर है। लेकिन भीड़ के तेवर देख कर वह हिल गया था। चन्दू ने कभी तेजू को बताया था कि जोशी कॉटेज में सिर्फ़ लकड़ी ही लाखों रुपए की है। शायद इसीलिए वह एक ही बात पर ज़ोर दे रहा था। जिस बिस्तर में भूत सोता है उसे जला दो और जिन बर्तनों में वह खाना खाता है उन्हें तोड़-फोड़ दिया जाये। उसका कहना था कि भूत मांस खाता है। पता नहीं, कौन-सा। पर खाता है। सुन कर, मांस खाने वाले बहुतेरे लोगों सहित, बचवाली वालों की आस्था थरथराने लगी थी।

किसी ने पूछा—भूत की प्रेमिका के कपड़ों का क्या करें? चन्दू का जवाब था, "देख लो, भूत की और मांस की बास किसी चीज़ में नहीं रहनी चाहिए।"

जोशी कॉटेज जला नहीं। लेकिन लड़के एक-एक कपड़े को सूँघते और मान

---

1. नोक।

लेते कि भूत की बास आ रही है। हालाँकि उनमें से किसी को पता नहीं था कि भूत की दुर्गंध कैसी होती है। बरतनों में उन्हें मांस की बास आ रही थी। अजीब पागलपन और हैवानियत थी। उनकी ज़बान पर एक ही बात थी कि वह बड़ा ही कर्रा और जबरदस्त है। भूत देखने का दावा करने वाले अब उसकी दाढ़ी देखने का दावा भी करने लगे थे।

चन्दू पांडे ने पैंट मँगवा कर घर के मुख्य द्वार पर, जहाँ सीमेंट पर जोशी कॉटेज लिखा था, 'ओम' लिखवा दिया था और स्वस्तिक का चिन्ह बनवा दिया था। उसने लोगों को बताया, "बाबाजी कहते हैं, 'ओम' में इतनी शक्ति है कि भूत यहाँ आने से पहले सौ बार सोचेगा।"

उस दिन जोशी कॉटेज से तेजू और पी थ्री बड़ी मुश्किल से जान बचा कर निकले थे। भागते-भागते पी थ्री की साँस फूलने लगी थी। कुछ लोगों ने उनका पीछा किया, लेकिन वे दूर रह गये। सड़क पर पहुँचते ही तेजू ने गाड़ी स्टार्ट की और अगला दरवाज़ा खोल दिया था। पी थ्री लपक कर बैठे। दो-तीन लड़कों ने गाड़ी के पीछे पत्थर फेंके, लेकिन वे लोग पहुँच से दूर निकल चुके थे। बाक़ी लोग लालबुझक्कड़ पर पिले पड़े थे। तेजू और पी थ्री ने एक बार उसे भाग कर आने के लिए आवाज़ लगाई, लेकिन वह लोगों से घिरा हुआ था और भागने की कोशिश नहीं कर रहा था। वह पिटने का अभ्यस्त हो चुका था।

पी थ्री का इलाक़े में सभी सम्मान करते हैं। लेकिन उस दिन भीड़ ने सब कचरा कर दिया। इसकी शुरुआत उस हट्टे-कट्टे अजनबी ने की थी। सार्वजनिक तौर पर ऐसा पी थ्री के साथ बचवाली में पहली बार हुआ था।

गाड़ी का शीशा चढ़ाने से पहले उन्हें कपड़े जलने की तेज़ गन्ध आयी थी। हवा में कपड़ों की गन्ध के साथ नारों की तरंग चौतरफ़ा फैल रही थी, जो गाड़ी का शीशा चढ़ाने पर मद्धम पड़ी। तेजू और पी थ्री हैरान थे कि उन नारों से रौद्र रस की उत्पत्ति क्यों हो रही है? दोनों एक-दूसरे को देख रहे थे और बिना बोले ही बात कर रहे थे। लालबुझक्कड़ का क्या होगा? पहले उन्हें जोशी कॉटेज की चिन्ता थी। अब चिन्ता के केन्द्र में लालबुझक्कड़ था।

जब तेजू ने पी थ्री को उनके घर के पास उतारा, तो गाड़ी का दरवाज़ा पकड़ कर उन्होंने अन्दर झाँकते हुए कहा था, "मैंने जब से होश सँभाला, ऐसा माहौल बचवाली में नहीं देखा। सतर्क रहने की ज़रूरत है।"

तेजू उल्टा उन्हीं से 'टेक केयर' कहता हुआ आगे बढ़ गया। लेकिन उसकी धड़कनों ने रफ़्तार पकड़ ली थी। उसे पता था कि वह घबरा रहा है।

अगले दिन पी थ्री और लालबुझक्कड़ के साथ चाय पर चर्चा हुई। मोहन सिंह के अड्डे पर। लालबुझक्कड़ काफ़ी टूटी-फूटी हालत में था। बेरहमी से पिटाई किया जाना मोहन सिंह को ठीक नहीं लगा। उसने इतना ही कहा कि जिन लोगों के

अन्दर इतनी नफ़रत हो, वे बचवाली से प्रेम करते होंगे, यह मैं नहीं मान सकता। असल में, कुछ समय से वह काफ़ी चुपचुप रहने लगा था। फसकबाज़ी से भी उसका मोहभंग होता दीख रहा था। यह कुछ-कुछ आज़ादी के बाद स्वतन्त्रता सेनानियों को हुए मोहभंग जैसा था।

चर्चा के दौरान पी थ्री और लालबुझक्क्ड़ ने तेजू को जो बताया उसका लब्बोलुआब इस तरह था–

एक समय था जब बचवाली के लोगों की ज़बान वैसी ही थी जैसी सबकी होती है। गले की जड़ से शुरू होती और दातों से चार अंगुल बाहर निकलने की क्षमता के बावजूद मुँह में दुबकी रहती। ज़रूरत पड़ने पर तालु और दाँतों से टकराकर शब्दों की, ध्वनियों की बौछार करती थी। करामाती थी, इसलिए कई बार ग़ज़ब ढाती। उसे साधना कठिन काम था। साध लो तो गीत गाने लगती, भाषण देती, प्रशंसा करती। आज़ाद छोड़ दो तो पानी की तरह कहीं भी बहने लगती थी। अंट-शंट शब्द निकालती, निन्दा करती और झगड़ा-झंझट करवा देती थी। पर यह सब दो लोगों या दो परिवारों के बीच होता। कभी-कभार ही तीसरा बीच में कूदता।

फसकियों की ज़बान और भी बेलगाम थी। उसे बहुत ज़्यादा साधने में फसकियों का भरोसा नहीं था। वे लोगों की आँखों में झाँक कर उनके आनन्द की थाह लेते और उसी के मुताबिक अपनी ज़बान के घोड़े दौड़ाते थे। लेकिन अब ज़्यादातर लोग ज़बान लड़ाने लगे थे। दूसरे की ज़बान पकड़ने लगे थे। उन्होंने मानो तय कर लिया था कि किसी को बोलने नहीं देना। जो असहमत हो उसे अलग-थलग कर दो। उसे पागल, जोकर, मूर्ख और लंठ साबित कर उसकी छवि बिगाड़ दो। उसे दूसरे-दूसरे राजनीतिक दलों का एजंड करार दो। पता नहीं यह कब हुआ। पर अन्दर ही अन्दर इसकी लम्बी तैयारी चली होगी।

ऐसा पी थ्री और लालबुझक्क्ड़ का अनुमान था। दोनों ही छवि-मलिनीकरण के शिकार थे। दोनों का मानना था कि बचवाली के लोगों में आँधी की तरह सबको हवा में उड़ा देने का माद्दा आ गया है और उन्हें एक भी ऐसा व्यक्ति पसन्द नहीं है, जो बहस करे और तर्क करे।

लालबुझक्कड़ पूछता है, रस्ट कलर के कुर्ते बाला कहाँ गायब हुआ? तेजू सवालिया निगाहों से उसे देखता है। लालबुझक्कड़ बताता है–उसके पास सवाल बहुत थे। उसके पास जवाब भी बहुत थे। पर लोगों को न सवाल पसन्द हैं और न जवाब। कहते हैं, बाबाजी से सवाल (जिसे उन्होंने कुतर्क कहा था) करने के बाद वह डर कर भाग गया। पता नहीं सच क्या है। लेकिन वह तभी से दिखाई नहीं दिया। भाग ही गया होगा।

वे दोनों बताते हैं कि इस क़स्बे में फसक की परम्परा बहुत पुरानी है। ऐसा अनुमान है कि जब इस परम्परा की शुरुआत हुई होगी, पहाड़ों में समय काटना

पहाड़ चढ़ने जैसा ही मुश्किल रहा होगा। अब भी कुछ लोगों के लिए समय काटना बड़ा भारी काम है। हालाँकि अब सिनेमा, टेलीविजन, कंप्यूटर, मोबाइल फ़ोन जैसे कितने ही साधन हैं। फसकबाज़ी, मनोरंजन के अलावा, कई बार केवल निन्दा रस का आनन्द लेने के लिए होती थी। कभी-कभी यह व्यक्तिगत मान-अपमान की हद तक भी पहुँच जाती। लेकिन इसके पीछे सामूहिक या समुदायिक अपमान की भावना कभी नहीं रही। इसमें लोक-हित भले न हो, लेकिन लोक के अहित की भावना नहीं देखी गयी थी।

पर जाने ऐसा क्या हुआ कि इधर के वर्षों में फसक की प्रकृति बदल गयी। कई फसकें तो अब बनी-बनाई आने लगी हैं। कभी-कभी पुर्जे बाहर से आते हैं और स्थानीय ज़रूरत के हिसाब से फसक को असेम्बल कर लिया जाता है। इसमें लद्धड़ और फर्राटा, दोनों तरफ़ के लोग समान रुचि ले रहे हैं। लद्धड़ों के बीच यह मौखिक रूप से फैलती है। मानो ये लोग श्रुत परम्परा के वाहक हैं। चुस्त लोगों के बीच फसक स्क्रीन पर लिखी और पोस्ट की जाती है। इससे एक क्षण में वह दूर-दूर तक पहुँच जाती है। नयी फसक में परम्परागत फसक के काफ़ी अन्तर है। पुरानी फसक में सच भी थोड़ा-थोड़ा सन्देहास्पद लगता था। पर उसकी रोचकता ही उसकी लोकप्रियता थी। नयी फसक में सन्देहास्पद चीजें भी भरोसेमंद हो गयी हैं। क्योंकि इसमें आस्था का तत्व है। वह किसी सवाल, सन्देह और चुनौती से परे होती जा रही है।

तेजू बचवाली के अतीत से परिचित नहीं था। पर अभी कुछ महीनों के अन्दर ही उसने फसक को शुद्ध अफ़वाह में तब्दील होते देखा था। दुश्मन देश की फ़ौज से भी ज़्यादा आक्रामक। भूत की फसक से भी ज़्यादा डरावनी। बिना सिर और बिना पैर की।

नयी फसक में कुछ नायक होते हैं और कुछ खलनायक। खलनायक हमेशा माथे पर गूम (गूमड़) निकले हुए डरावने लोग होते हैं। धोखेबाज़ और ग़ैरभरोसेमंद। जबकि नायक सर्वशक्तिमान, सर्वगुण सम्पन्न, सर्वहितकारी, सच्चे और सबसे अच्छे। उजले और टीका लगे ललाट वाले।

फसक का शिकार होने से खुद तेजू भी बच नहीं पाया है। इन दिनों बचवाली में उसकी आँखों से चिपके रहने वाले 'वे फेयरर' सन क्लासेज की चर्चा थी। लोगों का मानना है कि तेजू अपने इस चश्मे से आदमी को नंगा देख सकता है। तेज प्रताप हँसता है—झंडू कहीं के। और तेजू को यह कहने के लिए उकसाता है कि 'नंगा देखने के लिए आदमी ही रह गये?'

तेजू ने यह वाक्य ज्यों का त्यों उगल दिया। इस कथन का ग़लत मतलब निकाल लिया गया। अब रामखेत की औरतें उसे देखते ही कसमसाने लगती हैं। पुरुष धूप निकलने के बाद अपनी बहू-बेटियों को तेजू की नज़रों से दूर रहने की सख्त हिदायत देते हैं—उसका चश्मा एक्स-रे मशीन जैसा है बल।

इस अफ़वाह के उड़ने का क़िस्सा बड़ा रोचक है। एक बार भय्या जी ने अपने कार्यकर्ताओं के बीच अनौपचारिक बातचीत में कहा था, "एक ज़माने में भारत के कम्युनिस्टों को रूस और चीन से उपहार में चश्मे दिये जाते थे। ताकि देश में लोग नंगे दिखाई दें और ज़ाहिर तौर पर उनके भूखे होने का भी भ्रम हो। अब ये काम देश के दुश्मन कर रहे हैं। सत्ता परिवर्तन होते ही देश विरोधी ताक़तें सक्रिय हो गयी हैं। वे भ्रम फैलाने लगी हैं।"

भय्याजी ने अपने कार्यकर्ताओं को ग़ौर से देखा। उनके कपड़े देखे। उनके चेहरे देखे। बोले, "इस देश में ग़रीब ज़रूर हैं, पर नंगा कोई नहीं है।"

कार्यकर्ताओं ने स्वीकृति में गरदन हिलाई। जब भय्याजी कह रहे हैं तो ठीक ही कह रहे होंगे। पर एक कार्यकर्ता ने अपनी शंका सामने रखी, "भय्याजी, ये जो दिल्ली से आया है, तेज प्रताप, कहता है, देश के नेताओं का पैसा स्विस बैंक में और तहखानों में जमा है और इन्हें गद्दी पर बैठाने वाली जनता भूखी-नंगी है।"

भय्याजी व्यंग्य से हँसे, "देश के दुश्मनों ने एक चश्मा तेज प्रताप को भी दिया है।" कार्यकर्ताओं ने उन्हें देखा। वे उनका हौसला बुलंद करते हुए बोले, "ऐसे लोगों को अफ़वाहें उड़ाने का मौक़ा ज्यादा दिन तक नहीं दिया जायेगा। जनता उठ खड़ी होगी और घर में घुस कर मारेगी।"

लोगों ने एक साथ कहा, "सही बात है।"

भय्याजी ने एक और क़िस्सा सुनाया, "दिल्ली में एक बड़े नेता थे। वर्षों से सत्ता का मज़ा लूट रहे थे। चश्मा पहनते थे। चेहरा हमेशा लटकाए रहते। किसी ने एक बार उनसे पूछा कि नेताजी आप मुस्कुराते क्यों नहीं? बोले—मुझे सामने बैठे लोग नंगे दिखते हैं। भूखे दिखते हैं। जनता ने इस टिप्पणी को अपने विरुद्ध मान लिया। उन्होंने इसे दिल पर क्या लिया, नेताजी इस बार बड़ी मुश्किल से जमानत बचा पाये। सब चश्मे का खेल था।"

भय्याजी के धुर विरोधी के कानों में जब यह बात पहुँची तो उन्होंने कहा, "हाँ, बात तो ठीक है। नेताजी का समय ख़राब चल रहा था। हार गये और उनका चश्मा भी गया। एक दिन करोलबाग में मन्दिर के पास से गुज़र रहे थे। आँखों पर वही चश्मा लगा था। एक विशालकाय बन्दर, जो झुंड का सरगना लगता था, जिसके चूतड़ सिन्दूरी लाल थे और जिसके फोते, चलते वक़्त, पीछे की तरफ़ डगमग-डगमग करते थे, झपट्टा मार कर चश्मा ले उड़ा। अब वह डाली-डाली कूदता-फाँदता नज़र आता है और कुर्ते-पजामे वालों को देख कर खों-खों करता हुआ छाती कूटता है।"

यह क़िस्सा ज़्यादा रोचक था और बचवाली में चल पड़ा। उधर भय्याजी का एक कार्यकर्ता, जो तल्ला रामखेत रहता था, अपने घर पहुँचा तो उसके दिमाग़ में तेजू का धूप का चश्मा घूम गया। उसने बताया—तेज प्रताप के पास जो चश्मा है, उससे लोग नंगे दिखते हैं बल।

उसी के बाद रामखेत में उसके चश्मे की सोहरत घर-घर में फैल गयी।

तेजू के खिलाफ़ कोई कुछ बोले, पुष्पा को अच्छा नहीं लगता। उसके चश्मे के बारे में जो बातें हो रही थीं, उनसे वह चिन्तित तो थी, पर यक़ीन करने को तैयार नहीं थी। मन के किसी कोने में आशंका बनी हुई थी। क्या पता यह सच ही हो। पिछले बुधवार तेजू को अकेला पाकर उसने आख़िर बात छेड़ ही दी, "मैं तुम्हारी बहुत इज़्ज़त करती हूँ। यक़ीन नहीं होता कि तुम ऐसा चश्मा पहन कर घूमते होगे?"

"दो मिनट रुको", कह कर वह घर के अन्दर से अपना चश्मा निकाल लाया, "मैंने इससे तुम्हें कई बार देखा है। बड़ी अच्छी लगती हो। आज तुम मुझे देखो।"

पुष्पा ने आश्चर्य से अपने होंठों पर हथेली रख ली और आँखें झुक गयीं—हट, बदमाश।

"ये लो, पहनो।"

पुष्पा शर्म से लाल हो रही थी। होंठों पर फिर से हथेली रख कर भागने को हुई कि तेजू ने हाथ पकड़ लिया और जबरन उसकी आँखों पर चश्मा चढ़ा दिया। पुष्पा झेंप गयी। आँखें मूँद लीं। कुछ देर में उसने धीरे से आँखें खोलीं और तेजू के पैरों की तरफ़ देखा। उसने निक्कर पहनी थी। पुष्पा ने घबरा कर फिर से आँखें मूँद लीं। यह तो नंगा दिख रहा है। उसने आँखें थोड़ा-सा खोल कर नज़रें ऊपर उठाईं। निक्कर का एक कोना दिखाई दिया। यह क्या है? उसने धीरे-धीरे नज़रें ऊपर उठाईं। ऊपर। और ऊपर। और कमर से ऊपर पहुँचते ही उसने राहत की साँस ली। चश्मा उतार कर बोली, "कोई कुछ भी कहे, मुझे पूरा यक़ीन था। तुम ऐसे हो ही नहीं सकते।"

चन्दू पांडे की नाक की नोक में अभी भी गॉज भरी हुई थी। लेकिन पट्टी बदलते हुए अस्पताल के कर्मचारी ने भरोसा दिलाया कि घाव भरने लगा है। चन्दू पांडे ने शीशा देखने की इच्छा व्यक्त की। अस्पताल का स्टाफ टालता रहा। लेकिन जब वह नहीं माना तो किसी ने स्टाफ रूम से एक छोटा शीशा लाकर उसे दिखा दिया। चन्दू पांडे अपनी नाक देख कर चीख पड़ा। उसने वार्ड ब्वॉय का गला पकड़ लिया, "उल्लू के पट्ठो, ये क्या कर दिया मेरी नाक के साथ? ये नाक की नोक में पुटकी-सी कैसे निकल गयी। ...बीच में पिचका कैसे दी?"

असल में, चन्दू पांडे को जब अस्पताल लाया गया, उसकी नाक की नोक में दोनों तरफ़ से छेद पड़े हुए थे। एक तरह से बोतलों के ढक्कन में लगने वाली सील की तरह नाक की नोक कहीं-कहीं से मामूली अटकी हुई थी। टाँके लगा कर सरकारी अस्पताल के अनाड़ी स्टाफ ने उसकी नाक को ऐसा बना दिया था जैसे

बोरे का मुँह सुतली से बाँध दिया हो। नाक की नोक बीच में फुनगी की तरह उभर आयी थी। वार्ड ब्वॉय बोला, "हमें गाली क्यों दे रहे हो पांडे जी, हम लोगों ने तो आपकी नाक बचा दी। दूसरा अस्पताल होता तो ऊपर का हिस्सा काट कर टाँके लगाता। इससे बुरी हालत हो जाती।"

घर आकर वह पागल साँड़ की तरह कुदकता रहा। बिना गूमड़ निकले ही (चूँकि वह नायक था) उसके सींग उग आये। उसने रिवाल्बर निकाल कर उसमें गोलियाँ भर लीं और उसे जेब में ठूँस कर चहलकदमी करने लगा। कई दिन तक उसने नाक को छुआ नहीं था, क्योंकि दर्द बहुत था। अब बार-बार नाक पर हाथ जा रहा था। पट्टी के बाहर से छूकर अनुमान लगाने से दहशत और बढ़ गयी। ऐसा लग रहा था नाक डबल चिन की तरह डबल नोज में बदल गयी। नीचे का हिस्सा अलग। बीच में सँकरी। उसके ऊपर चिपकाई हुई छोटी-सी पोटली।

पत्नी पीछे-पीछे चक्कर काट रही थी। चन्दू का क्रोध देख कर उसने सुझाव दिया, "देखो जी, बिल्ली को मत मारना। पाप लगता है। ...और लालू भय्या कह रहे थे कि बिना नाक के भी चुनाव लड़ सकते हैं।"

"अबे चुप साली चुड़ैल, खोपड़ी ख़राब मत कर, नहीं तो इसे तेरी खोपड़ी में खाली कर दूँगा।" –चन्दू ने उसकी तरफ़ रिवाल्वर तानते हुए कहा। पत्नी थर-थर काँपने लगी। एम्पियाइन बनने का सुख भोगे बिना ही मर जाऊँगी? वह भाग खड़ी हुई। उसने चन्दू की नाक देखी नहीं थी। उसका अनुमान यही था कि नाक का एक हिस्सा बिल्ली ले गयी।

अचानक चन्दू को अपने उस पिछलग्गू का ध्यान आया, जिसे उसने निजी सचिव बनाने का आश्वासन दिया था। उसने फ़ोन लगाया। जब तक वह हाज़िर हुआ, चन्दू पांडे ग़ुस्से में मिट्टी का एक गमला और काँच के दो गिलास फोड़ चुका था। पत्नी दहशत में थी और दरवाज़े की आड़ में छुप गयी थी।

"चलो।" –चन्दू ने पिछलग्गू से कहा।

"ऐसे ही...नाक पर पट्टी लेकर?"

"हाँ। ऐसे ही।"

"चलना कहाँ है?"

"थोड़ा दहशत फैलानी है।"

पिछलग्गू उसका कठोर चेहरा देखता रह गया। इससे उसके खुद के चेहरे पर हवाइयाँ उड़ने लगीं। चलते हुए रास्ते में उसने सुझाव दिया, "नाक की मरहम-पट्टी तो उतर जाने देते चन्दू भय्या।"

चन्दू ने मन ही मन में सोचा कि अब ये नाक तो पट्टी उतारने लायक भी नहीं रही। कुत्ते के पिल्लों ने नाक को अनार का फूल बना दिया। वह अस्पताल वालों से नाराज़ था। उसके जबड़े भिंच गये। लेकिन बिना बोले चुपचाप चलता रहा। मल्ला

रामखेत से तल्ला रामखेत की तरफ़। पिछलग्गू पीछे-पीछे। एकाध बार उसने जानना चाहा कि किसे डराना है और कहाँ जाना है। लेकिन चन्दू ने खुलासा नहीं किया।

अचानक वह मोटर की सड़क छोड़ कर नीचे उतर गया। तल्ला रामखेत की बस्ती में। पुष्पा के घर के पास पहुँच कर वह एकाएक ठिठक गया। घर की दीवार पर कुछ लतरें चढ़ी हुई थीं। लतरों से होड़ लेती काई नीचे से ऊपर को चढ़ रही थी और हरे-काले चकत्तों की तरह चमक रही थी। घर के जिस हिस्से में पुष्पा रहती है वह ज़्यादा ही टूटा-फूटा और उजाड़ लगता था। पुष्पा आँगन में खड़ी थी। कई दिनों बाद उसने कपड़े धोये। उन्हें सुखाने के लिए रस्सी पर डाल रही थी।

चार दिन हुए, जेठ और जेठानी ने उसकी दिमाग़ी हालत दुरुस्त देख कर कन्नू की मौत के बारे में बता दिया था। वह पछाड़ खा कर बेहोश हो गयी थी। तब से बिस्तर पकड़ लिया। न कुछ खाया, न पिया। जीवन निरर्थक लगने लगा था। कन्नू का मुँह देख-देख कर पति की मौत का सदमा बर्दाश्त कर लिया। लेकिन वह भी धोखा दे गया। जैसा दग़ाबाज़ बाप, वैसा बेटा।

उसे हर वक़्त ऐसा लगता जैसे कन्नू वहीं कहीं है और नाक उठा कर दूध की गन्ध ले रहा है। वह तकिये के बीच में मुँह रख कर उसे दोनों तरफ़ से कानों तक मोड़ लेती और बुक्का फाड़ कर रोती। कोई उसकी चीखें और सिसकियाँ क्यों सुने? दुख जिसका है वही उसकी तीव्रता और घनत्व को माप सकता है। कभी-कभी पुष्पा का मन करता कि एक बार तकिया हटा दे, ताकि साँप उसका रोना सुन सके। वह साँप (जिसके नाग होने की संभावना थी) जिसने कन्नू की जान ली। ताकि उसका दिल दहल जाये। ताकि उसे पता चले कि मनुष्य साँप नहीं होता, जिन्हें अपने बच्चों से कोई भावनात्मक लगाव न हो (उसने, ग़लत ही सही, यह सुना था कि कई बार साँप अपने बच्चों को निगल जाते हैं)।

जेठ और जेठानी ने उसकी काफ़ी देखभाल की और उसे समझा-बुझा कर खाने के लिए तैयार किया था। एक दिन पहले ही जेठानी ने अपना दूसरे नंबर का बेटा उसकी गोद में डालते हुए कहा, "तुझे क्या चिन्ता है, ये रहा तेरा बेटा। इसे तू हमेशा के लिए रख ले। मेरे पास एक बेटा और एक बेटी है। हमारे लिए बहुत है।"

तब जाकर पुष्पा की आँखों से आँसू बहे। आँसुओं में अफ़सोस था कि उसने जेठानी पर जादू-टोने का शक किया। मुँह की बुरी हो सकती है, लेकिन मन से साफ़ है। जेठानी की गोद में मुँह छुपा कर वह फट पड़ी। वह उसका सिर सहलाती रही। पुष्पा ने फैसला कर लिया। एक बार फिर से उठना होगा। जैसे मदन के मरने के बाद उठी थी। इस तरह कब तक पड़ी रहेगी। जीना है तो उठना होगा।

आख़िरकार उसने अपने आप को सँभाल लिया।

रस्सी पर कपड़े डाल रही पुष्पा को चंदू कमर पर हाथ रख कर देख रहा था। पिछलग्गू मुस्करा रहा था। वह जानता था कि चन्दूजी उस पर फ़िदा हैं। वे उसे

प्यार से 'पुसी' कहते हैं और उसकी बातें करते हुए इस तरह खुश होते हैं जैसे कोई पीठ खुजला रहा हो।

अचानक ही पुष्पा की नज़र चन्दू पर पड़ी। वह हड़बड़ा उठी। समझ में नहीं आया कि अन्दर भागे या घर के जेठानी वाले हिस्से की तरफ़ भाग जाये। पिछलग्गू चौंका। पुष्पा इस तरह व्यवहार क्यों कर रही है? तभी चन्दू ने कमर में खुँसी रिवाल्वर निकाल ली और धाँय-धाँय दो गोलियाँ दाग दीं। तारों पर बैठे कौवे और चिड़ियाँ घबरा कर इधर-उधर उड़ पड़ीं। पुष्पा पछाड़ खाकर ज़मीन पर गिर गयी।

चन्दू टहलता हुआ निकल गया। पिछलग्गू बुरी तरह घबराया हुआ था। उसने हकलाते हुए पूछा, "क्या हुआ दाज्यू? तुमने किस एंगल से गोली चलाई? हाथ तो आकाश की ओर था और ...वो टपक गयी। मेरी समझ में कुछ नहीं आ रहा।"

चन्दू दाँत भींचे रहा। वह जानता था कि क्या हुआ। इतनी देर में लोग घरों से बाहर निकल आये थे। लेकिन तब तक चन्दू और उसका साथी आगे निकल चुके थे और उनके टहलते हुए चले जाने से कोई उन पर शक नहीं कर रहा था। लोग पटाखे की आवाज़ समझ कर फिर से घरों में घुस गये।

"तुम तो उस पर फ़िदा थे?" –पिछलग्गू ने पूछा। चन्दू चुप। उसने अपने नाक की टुक्की को आँखें भेंगी करके देखा। छूने ही हिम्मत नहीं हो रही थी।

"वो मरी कैसे?"

"चुप बे साले...मैंने उस पर निशान लगाया ही नहीं।"

"मुझे भी पता है। पर वो टपकी कैसे?"

"दहशत।"

"दहशत से...?"

"हो गया...बस। अब एक शब्द मत बोलना। ये बात यहीं ख़त्म हुई। न कोई मरा और न किसी ने मारा। ...और न तूने कुछ देखा।"

ऐसा नहीं था कि वह कोई साहसी व्यक्ति होगा और उसे घनी अँधेरी रात में आसमान में छिटके तारों का सहारा रहा होगा। वह निश्चित ही अकेला नहीं होगा। कोई अकेला व्यक्ति आधी रात में बिस्तर से उठ कर शरारत करने नहीं निकलेगा। वे झुंड में आये होंगे। जो हरकत उन्होंने की, उससे ज़ाहिर है कि वे कायर और डरपोक होंगे। उन्हें एक-दूसरे का सहारा रहा होगा और तभी कुछ कर गुज़रने की हिम्मत आयी होगी। सब कुछ योजनाबद्ध तरीके से हुआ होगा। इतना तय है।

पहली रात की घटना के बारे में विचार करते हुए तेजू और पी थ्री इस नतीज़े पर पहुँचे थे। रात में, जब चारों तरफ़ सन्नाटा पसरा था, काँच टूटने की आवाज़ों से तल्ला रामखेत के उस मुहल्ले की नींद खुल गयी थी जहाँ तेजू रहता है। तेजू

और उसके माता-पिता घबरा कर जाग गये थे। उन्होंने देखा कि उनके घर के शीशों पर लगातार पत्थर पड़ रहे हैं और कई शीशे टूट गये हैं। कुछेक खिड़कियों का काँच छिटक कर उनके बहुत क़रीब गिरा था और पूरे घर में जहाँ-तहाँ बिखर गया था। अगर यह किसी नेता के साथ हुआ होता तो अख़बार ने इसे 'बाल-बाल बचना' लिखा होता।

पहले तो उन लोगों की समझ में नहीं आया कि यह सब क्या हो रहा है। लेकिन जब घर के शीशे तड़ातड़ टूटने लगे तब जाकर लगा कि यह उन्हीं के साथ हो रहा है और सपना नहीं है। पर क्यों और कैसे हो रहा है, इसका अन्दाज़ा लगाना, नींद से एकाएक जागने पर, तेजू के लिए भी आसान नहीं था।

पी थ्री ने बताया कि कुछ दिनों से उनके साथ भी कुछ न कुछ अजीबोग़रीब घट रहा है। अलग तरीक़े की बदसलूकी। जब भी वे घर से निकलते हैं, पीछे से 'पागल-पागल' की आवाज़ें आती हैं। जब वे पलट कर देखते हैं तो सब शान्त हो जाते हैं। वे फिर से आगे बढ़ते हैं तो ठहाके गूँजने लगते हैं। वे बचवाली के किसी भी इलाक़े में हों, हर कहीं इस तरह की आवाज़ें आने लगती हैं। पी थ्री का यह भी कहना था कि यह उनका वहम नहीं है। कुछ लोग उनके घर के गेट पर शौच करके चले जाते हैं। दीवारों पर गन्दी और अश्लील बातें लिखी होती हैं। किसी ने हाल में लिख दिया—ट्रिपल पी = पगलट प्रकाश पन्त।

उन्होंने बताया कि जोशी कॉटेज में हवन वाली घटना के बाद से अचानक ऐसा होने लगा। निश्चित ही यह सब सोच-समझ कर किया जा रहा है। वे लोग हतोत्साहित करना चाहते हैं। शायद डराना और दहशत फैलाना चाहते हों।

पी थ्री ने उसे शीशे तोड़े जाने के ख़िलाफ़ रिपोर्ट दर्ज़ कराने का सुझाव दिया। लेकिन तेजू नहीं माना। इसमें दो समस्याएँ उसने बतायीं। एक तो दरोगा से उसे कोई उम्मीद नहीं थी। दूसरा, किसी तरह का विवाद खड़ा कर वह माता-पिता को डराना नहीं चाहता। उन्हें किसी ने जोशी कॉटेज की घटना के बारे में उड़ती-उड़ती-सी जानकारी दी है। पिताजी परेशान हैं। जब-तब रोने लगते हैं। उससे दिल्ली जाने को कहते हैं। जल्द से जल्द। कहते हैं, यहाँ फ़ालतू के झंझटों में पड़ा रहता है।

तेजू ने कुछ देर सोचते रहने के बाद बताया कि घरवालों की ज़िद के आगे वह हार मान चुका है। रेवा ने भी निराश किया है। उसका फ़ोन बन्द है। वह जल्द ही दिल्ली चले जाना चाहता है। माता-पिता पीछे से अकेले रह जायेंगे। यहाँ रह कर हर वक़्त घबराएँगे। रिपोर्ट दर्ज़ कराते ही उन्हें सब कुछ बताना होगा। अभी तक सब ठीक है। उनका ध्यान इस ओर गया ही नहीं है। वे बैठ कर अनुमान लगाते हैं कि या तो यह हुआ होगा या फिर वह। ग़नीमत समझो कि मुहल्ले के कुछ लोगों ने उन्हें समझा दिया है। कि बच्चों ने शरारत की होगी। हो सकता है, कोई बच्चा किसी बात से चिढ़ गया हो और उसने अपना ग़ुस्सा उतारा हो।

असल में इसकी शुरुआत तीन-चार दिन पहले हो गयी थी। किसी ने सड़क किनारे खड़ी उनकी वैगनआर के चारों टायरों की हवा निकाल दी थी। इसे उन्होंने बच्चों की शरारत समझा। उसके अगले दिन उसने टायरों में हवा भरवा ली। पर उसी दिन किसी ने विंड शील्ड पर पत्थर मार कर उसे दरका दिया। तेजू ने गाड़ी कच्चे रास्ते में उतार कर एक पड़ोसी के घर के अहाते में खड़ी कर दी थी, जहाँ तक गाड़ी जाना सम्भव था। उसके बाद घर पर पथराव की अब यह तीसरी घटना थी। इससे बहुत कुछ स्पष्ट हो गया था।

"तो तुम भाग रहे हो?"– पी थ्री ने पूछा। तेजू का स्वर विरोध के कारण तीखा हो गया, "नहीं। बुरे वक़्त में बुरा होता है रोना। उससे भी बुरा होता है सोना। मैं जाग गया हूँ। देखता हूँ कि क्या कर सकता हूँ।"

लोग हैरान थे। भला, भालू कैसे बाबाजी से शक्तिशाली हो सकता है? उसकी हस्ती क्या है? कुछ तो सदमे की हालत में पहुँच गये थे। पतियों की अनुपस्थिति में भक्तनें रो रही थीं।

हल्द्वानी के सुशीला तिवारी अस्पताल के बाहर घटना बयान कर रहे भैरव के मुताबिक यह पिछली रात की बात है। झुटपुटे के वक़्त बाबाजी को अचानक जंगल जाकर ध्यान करने की सनक चढ़ गयी। वे भुमई एस्टेट के जंगल की तरफ़ भागे। मैं उनके पीछे-पीछे भाग रहा था। खड़ी चढ़ाई थी। बाबाजी ऊपर और मैं नीचे। जब भी बाबाजी को सनक चढ़ती है, किसी की नहीं सुनते। बच्चों सरीखा व्यवहार करने लगते हैं।

उसने बाबाजी की आदत के बारे में बताया। साथ में यह भी जोड़ा कि उसी के क़ाबू में आते हैं।

बाबाजी ने जंगल की ओर जाते हुए अचानक उस पर पत्थर फेंकना शुरू कर दिया। वे नहीं चाहते थे कि भैरव उनके ध्यान में खलल डाले। वह अन्ततः लौट आया। उसने तय किया कि टॉर्च लेकर जायेगा। ऐसे पीछा करने और भगदड़ मचाने से क्या फ़ायदा। एक बार ध्यान में बैठ जायेंगे तो पकड़ लायेंगे। एकाध को और साथ ले लूँगा। अगर नहीं आये तो हम वहीं डेरा-डंडा डाल कर बैठे रहेंगे।

लेकिन, भैरव ने बताया, दुबारा वह अकेला ही गया। बाबाजी ज़्यादा लोगों को देख कर बिदक सकते थे। जोगी की सनक का कुछ पता तो होता नहीं। ऊपर से ऐसा मनमौजी जोगी। निश्छल और निर्मल। ज़्यादा दूर निकल गये या पेड़ पर चढ़ गये तो मुश्किल बढ़ जायेगी। उसने सोचा। कुछ देर बाद जब वह जंगल में पहुँचा तो देखा बाबाजी के सामने एक भयंकर काला भालू खड़ा है।

भालू को याद करते ही वह फूट-फूट कर रोने लगा। लोगों ने उससे आगे

का हाल बताने का अनुरोध किया। वह आँसू पोंछने के बाद फिर से बताने लगा—उसने देखा, भालू बाबाजी पर हमला कर रहा है और बाबाजी पेड़ की आड़ लेकर भालू को गोल-गोल घुमा रहे हैं। जब दाँव उनके हाथ आता तो वे बन्दर की तरह उछल कर भालू के मुँह पर रैपटा खींच देते। भालू उन्हें पकड़ नहीं पा रहा था। तभी उसका ध्यान बाबाजी के उल्टे हाथ पर गया। उनका पंजा पेड़ की टूटी टहनी की तरह लटका हुआ था। उससे खून बह रहा था। भैरव को भयंकर ग़ुस्सा आ गया। बाबाजी को संकट में देख कर हिम्मत भी आ गयी थी। वह चीखने लगा—हैऽऽट...होऽऽओ...हुर्र।

भालू का ध्यान भंग हुआ। इससे पहले कि वह उस पर झपटे, उसने भालू की आँखों में टॉर्च लगा दिया। भालू की आँखें चुँधिया गयीं। तब उसने एक भारी-भरकम पत्थर उठा कर उसके सीने पर दे मारा। भालू जब तक सँभलता, बाबाजी ने उसके पेट पर लात जमा दी। वह बिलबिला गया और फिर से उनकी ओर झपटा।

"मैंने फिर से एक पत्थर उठाया और उसके सिर पर मार दिया। वह मेरी ओर पलटा। मैंने फिर से उसकी आँखों में टॉर्च लगा दी। भालू जंगल की ओर मुड़ गया। बाबाजी ने पीछे से लात जमाई और भालू डुडाट (गर्जना) करता हुआ भाग गया।"

इतना कह कर भैरव चुप हो गया। फिर अचानक अपना माथा पीटता हुआ बोला, "लेकिन क्या करें, महराज जी का पंजा...पता नहीं जुड़ कर पहले जैसा हो पायेगा कि नहीं।"

यह घटना बचवाली में बहुत बड़ी ख़बर बन चुकी थी। सुबह से घर-घर में इसी पर चर्चा हो रही थी। बाबाजी के आश्रम में मेला लग गया। ऐसी भीड़ भंडारे के दिन भी किसी ने नहीं देखी। पर बाबाजी आश्रम में नहीं, बल्कि हल्द्वानी के अस्पताल में थे। बचवाली के अस्पताल से फर्स्ट-एड देकर हल्द्वानी रेफर कर दिया गया था। वे प्राइवेट नर्सिंग होम में जाना चाहते थे, लेकिन भय्याजी ने सुशीला तिवारी अस्पताल में फ़ोन लगा कर उनके लिए विशेष व्यवस्था करवा दी।

यह सब सुन कर भक्तजनों ने हल्द्वानी का रुख़ किया। बचवाली से झुंड के झुंड हल्द्वानी की ओर रवाना हो रहे थे। कुछ लोग बहुत ग़ुस्से में थे और भालुओं के वंशनाश की सौगन्ध उठा रहे थे। उनका कहना था कि हजारों की संख्या में बाबा के भक्त जंगल पर धावा बोल देंगे और जहाँ भी कोई भालू दिखाई देगा उसे ख़त्म कर देंगे। जिन भक्तों के पास लाइसेंसी बन्दूकें हैं, उनकी ड्यूटी जंगल में लगा दी जायेगी। एक भक्त ने एलान किया कि वह एक भालू को मारने पर एक हजार रुपए और पाँच कारतूस अपनी ओर से देगा।

कुछ लोगों का कहना था कि सरकार से भालू मारने की इज़ाज़त लेनी होगी। लेकिन बहस अचानक इस ओर मुड़ गयी कि राज्य सरकार इज़ाज़त देगी या नहीं।

अन्त में किसी ने यह कह कर बहस का पटाक्षेप किया कि हम केन्द्र सरकार से इज़ाज़त ले लेंगे। राज्य सरकार क्या बेचती है? केन्द्र से जब हड़काया जायेगा ना, तो राज्य सरकार के मूत की नदियाँ बह जायेंगी।

किसी ने बहस को आगे बढ़ाने के लिए जानना चाहा कि मूत की नदियाँ देहरादून से कहाँ-कहाँ जायेंगी? दूसरे ने उसे यह कह कर चुप करा दिया—"यह मज़ाक का वक़्त नहीं है। बाबाजी कहते हैं, मनुष्यों और भालुओं के बीच युद्ध छिड़ चुका है।"

भैरव अस्पताल के बाहर खुले में बैठा था। चारों तरफ़ से भक्तों ने घेर रखा था। उसने बताया कि कलाई के पास से बाबाजी का पंजा पूरा लटक गया था। डॉक्टरों ने जोड़ दिया है, पर कोई गारंटी नहीं कर रहे। लेकिन ग़ज़ब की हिम्मत है बाबाजी में। पंजा लटक गया पर दूसरे हाथ से भालू को थप्पड़ लगाते रहे। अगर मैं समय पर नहीं पहुँचता तो बाबाजी एक हाथ से ही भालू को पेड़ पर रगड़-रगड़ कर उसका सीना फाड़ डालते। पंजा न गया होता, तो मेरे आने तक भालू का काम तमाम हो गया होता। यह सब सुन कर लोगों ने भैरव को कोसा कि आख़िर वह पहुँचा क्यों। भालू को मरने देता। कुछ लोगों की चिन्ता दूसरी दिशा में मुड़ गयी—अगर पंजा न जुड़ा और बाबाजी टुंडे हो गये तो? पैरों में गिरने वाले भक्तों को बाँह पकड़ कर कैसे उठायेंगे? कैसे दोनों हाथ की उँगलियाँ काँख में घुसेड़ेंगे? यह सुन कर भैरव के आँसू निकल आये। कुछ लोगों का मानना था कि सब ठीक होगा। अगर पंजा ठीक न हुआ तो भी सब ठीक हो जायेगा। बाबा के बड़े-बड़े भक्त हैं। वे नकली पंजा लगवा लेंगे। फिर बहस इस बात पर केन्द्रित हो गयी कि क्या ऐसा कोई पंजा बन गया होगा जिसे स्पर्श की अनुभूति होती होगी? भैरव ने फिर से आँसू बहा दिये। किसी समझदार भक्त ने लोगों को ध्यान दिलाया कि स्पर्श की अनुभूति के लिए उनके दूसरे हाथ की उँगलियाँ सही-सलामत हैं। और अभी तो यह भी पता नहीं है कि पहला बेकार हो ही गया है। भैरव के चेहरे का नूर लौट आया। बाक़ी भक्त भी सन्तुष्ट हुए। बात तो ठीक है।

उधर बचवाली में कुछ अन्धभक्त महिलाओं को यक़ीन था कि यह बाबा की खुद की रची कोई लीला है। उनके पंजे को कुछ नहीं होगा। ईश्वर का दूत कभी टुंडा नहीं हो सकता।

एक ससुरा लालबुझक्कड़ था, जो बाबाजी और भालू की मुठभेड़ का क़िस्सा सुन कर लगातार हँसता था। कभी-कभी हँससे-हँसते दोहरा हो जाता। चन्दू की नाक के बारे में सुन कर भी वह इसी बेहूदगी से हँसा था।

मोहन सिंह की दुकान पर चन्दू की जगह बाबाजी की बहादुरी का क़िस्सा चल रहा था। उनकी सनक के बारे में तरह-तरह की कथाएँ सुनाई जा रही थीं। सनक को पॉजेटिव लक्षण की तरह परिभाषित किया जा रहा था। मोहन सिंह चुप था।

उसने केवल आश्चर्य जताया कि गुरु और चेले को एक साथ यह कैसी दशा आयी। पहले चेले की नाक पर संकट आया और फिर गुरु के पंजे पर। एक पर बिल्ली ने हमला किया तो दूसरे पर भालू ने। किसी ने याद दिलाया कि बाबाजी की शिष्या पुष्पा पर भी तो बाघ ने हमला किया था। लालबुझक्कड़ ने अपनी विशेष टिप्पणी में कहा, "बचवाली में जंगल-राज हो गया।" फिर उसने लोगों की ओर देख कर अपनी बात को स्पष्ट किया, "मतलब जानवरों का राज।"

दाँत और दराँती

शाम ढल चुकी थी। मर्द और बच्चे लौट आये थे। स्त्रियाँ खाने-पकाने की तैयारी में जुट गयी थीं। मुख्य सड़क पर मरियल-सी स्ट्रीट लाइट जल रही थीं। तेजू को छिटपुट ख़रीदारी करनी थी और पी थ्री से मुलाक़ात। वह अपनी धुन में चला जा रहा था। पैसों की बड़ी तंगी चल रही थी। मकान बनाने के बाद पिताजी हद से ज़्यादा कंजूस हो गये थे। इधर काफ़ी दयनीय लगने लगे। हर वक़्त गुमसुम रहते। दिन में कई बार घर खर्च का बजट बनाते और पैसों का हिसाब लगाते रहते। माँ को फ़ालतू ख़र्च करने पर झिड़कते। फिर भी माँ कभी-कभार चोरी-छुपे कुछ पैसे तेजू को दे देती थी। तेजू कई महीनों से फुटकर सिगरेट ख़रीदने लगा था। इस चक्कर में काफ़ी दूर तक जाना पड़ता। इसलिए घर पर बीड़ी का बंडल रखना शुरू कर दिया। माँ को जब बीड़ी की दुर्गंध आती तो उसे तेजू की हालत का पता चल जाता। अगले दिन वह किसी तरह कुछ पैसे उसके हाथ में रख देती। पढ़ा-लिखा बच्चा बीड़ी पीता हुआ अच्छा नहीं लगता। वह सोचती। पर माँ के पास सौ-पचास रुपए से ज़्यादा होते ही कहाँ थे।

कच्ची सड़क सुनसान थी और अँधेरे में खो गयी थी। इक्का-दुक्का घरों से रोशनी छन कर बाहर आ रही थी, जो लापरवाही से चलने के लिए पर्याप्त नहीं थी। अचानक एक घर की दीवार से किसी ने छलाँग लगाई और ठीक उसके सामने कूदा। तेजू घबरा कर दो क़दम पीछे हट गया। एक क्षण के लिए उसे लगा, जिन्होंने घर के शीशे तोड़े, उन्हीं में से किसी ने हमला कर दिया। लेकिन यह देख कर हैरान रह गया कि सामने पुष्पा खड़ी है। उसके हाथ में दराँती है। साड़ी का पल्ला क़मर में खोंस रखा है और चेहरे पर तनाव है। तेजू घबराया, "ये क्या बदतमीज़ी है?"

"कुछ नहीं, ऐसे ही...खेल कर रही थी।" —वह दराँती पीठ के पीछे छुपाती हुई हँसने लगी।

"ये कौन-सा खेल है? बेकार में डरा दिया।" —कह कर तेजू ने केवल एक

क़दम बढ़ाया। उसने अब भी पर्याप्त दूरी बना रखी थी। पुष्पा की मानसिक स्थिति, जैसा कि बताया जाता था, ठीक नहीं चल रही थी।

"तुम तो लमतड़ंग हो, इसलिए धोखा नहीं हुआ। वरना मैंने गरदन काट देनी थी।" उसके बाएँ गाल के आधे हिस्से में बल्ब की हल्की रोशनी पड़ रही थी। साफ़-साफ़ दिख रहा था कि वह मुस्करा रही है। पागल की मुस्कराहट इतनी निश्छल? तेजू ने सोचा।

"किसकी गरदन काट देती?"

"तुम्हारी क्यों काटूँगी, मैं पागल हूँ?"

"तो मेरे ऊपर क्यों कूदी?"

"मैंने समझा...मैंने किसी और को समझा।"

तेजू चौंका, "किसे समझा था?"

"शायद आप बाज़ार जा रहे थे।...जाओ। मैं तो ऐसे ही मज़ाक कर रही थी।"

तेजू चला तो गया पर पुष्पा की बात उसके दिमाग़ में जोंक की तरह चिपक गयी। आख़िर वह दराँती हाथ में लेकर उसके ऊपर क्यों कूदी? क्यों वह उसके बारे में बताना टाल गयी, जिसके धोखे में कूदी थी? ऐसा क्या हुआ उसके साथ? या सचमुच उसकी दिमाग़ी हालत ठीक नहीं?

पिछले कई दिनों से उसकी इस हालत को लेकर बचवाली में चर्चाएँ शुरू हो गयी थीं। तेजू से खुद माँ ने कहा था। कि बेचारी के साथ बड़ा बुरा हुआ। पति को गये साल भर नहीं हुआ और बेटा भी चला गया। बाघ के मुँह से बाल-बाल बच कर आयी है। दिल और दिमाग़ पर असर तो पड़ता ही है।

उसके बारे में खुद जेठ और जेठानी चर्चा कर रहे थे। कह रहे थे—हमारा अनुमान ग़लत निकला। ठीक नहीं हो पायी। यों सामने से बातें ठीक-ठाक करती है, लेकिन हिली हुई है। अकेले में एकदम सनक जाती है। दराँती हाथ में लेकर दरवाज़े की आड़ में खड़ी हो जाती है। घर के बाहर भी दराँती लेकर निकलने लगी। कभी-कभी पेड़ों पर हमला कर देती है। मुँह से 'खचाक्-खचाक्' बोलती जाती है। हम लोगों ने खिड़की से छुप कर देखा है। बहुत दुख होता है। रोना आता है। कई बार कहती है, इस पृथ्वी से साँपों का सफ़ाया कर दूँगी। अब क्या बतायें, हालत इतनी ख़राब है कि कुछ आदमियों को भी, नाम नहीं लेना चाहिए, साँप और बाघ कहने लगी है। बताओ, है ना गड़बड़?

चन्दू के लिए भालू का हमला आश्चर्यजनक घटना थी। लगभग अविश्वसनीय। एक तो भुमई एस्टेट के जंगल में भालू देखे जाने का कोई क़िस्सा उसने बचपन के बाद कभी नहीं सुना। और दूसरा क्या? दूसरी बात पर वह रहस्यमय तरीक़े से चुप हो

जाता। उसने तो कभी इस बात को भी स्वीकार नहीं किया था कि पुष्पा पर बाघ का हमला हुआ और उसके डर से वह तीन दिन पेड़ पर बैठी रही। लेकिन बाघ के बारे में उसने बड़े अजीब ढंग से चुप्पी साध ली थी। देखा जाये तो, इसमें अजीब कुछ नहीं था। उसने खुद से चुप रहने का वादा किया था। असल में, अपने आप से विधायक बनने का वाद किया था। इसके लिए मुँह खोलने और बन्द करने की टाइमिंग ही तो मायने रखती है।

भालू के हमले को लेकर भी उसने अपने मित्र और बाबाजी के नंबर दो सहयोगी लीलाधर को छोड़ कर किसी और के सामने शंका व्यक्त नहीं की। दोनों पूरी रात अस्पताल में रहने के बाद सुबह साथ-साथ बचवाली लौटे थे। लीलाधर का कहना था कि उस शाम बाबाजी को कोई फ़ोन आया था। उसी के बाद वे जंगल की तरफ़ गये। ध्यान करने और एकांत के लिए कई बार वे जंगल की ओर निकल जाते हैं। कोई नयी बात नहीं थी। बाबाजी के थोड़ी देर बाद भैरव तेज़ी के साथ उसी तरफ़ गया था। वह चढ़ाई में दौड़ रहा था। कुछ ही देर में वह रोता-चिल्लाता हुआ उन्हें पकड़ कर लाता दिखाई दिया। वे सुन्न पड़ गये थे और धीरे-धीरे कराह रहे थे।

"बाबाजी का पंजा किसने काटा?"

"भालू ने।"

"भालू ने?"

"यही कह रहे हैं भैरव'दा।"

"वो तो मैं बीस बार सुन चुका। तुम क्या कहते हो?"

"मैं तो वही कहूँगा जो ये लोग कहते हैं।"

"और तुम्हारा ये दोस्त पूछेगा, तब भी तुम वही कहोगे?" —चन्दू ने लीलाधर पर भावनात्मक दबाव बनाया। लीलाधर ने कुछ देर सोचा, फिर इधर-उधर देखा। वे लोग जीप से उतर कर खुली जगह पर खड़े थे। आसपास कोई नहीं था। दीवारें भी नहीं थीं। लीलाधर फुसफुसाया, "जब भैरव'दा चिल्लाते हुए आये तो, मुझे ऐसा लगा, उन्होंने 'दराँती' कहा था। कुछ देर में जब मैंने पूछा तो बोले, मैंने 'दाँत से कचका दिया' कहा था।"

चन्दू की आँखों में रहस्यमय चमक आ गयी। वह मुस्कराया। उसे देख कर लीलाधर घबरा गया और फौरन कहा, "मुझे लगता है, मैंने ग़लत सुना। दाँत ही कहा होगा।"

"तुम्हें लगता है भालू ने किया होगा?"

"कर सकता है।...भालू ही कर सकता है।"

"मनुष्य नहीं कर सकता?"

लीलाधर चुप। चन्दू ने फिर से दोस्ती का वास्ता दिया।

"मनुष्य भी कर सकता है," कह कर लीलाधर ने पूछा "पर क्यों करेगा? और भैरव'दा मनुष्य को भालू क्यों कहेंगे?"

अगली सुबह चन्दू पांडे बहुत जल्दी अस्पताल पहुँच गया था। वह बाबाजी से बात करने के लिए एकांत चाहता था। लेकिन अवसर नहीं मिल रहा था। मुलाक़ातियों का सिलसिला रुकता ही नहीं था। दोपहर के तीन बज गये। उसे शाम होने से पहले बचवाली लौटना था। आख़िर वह बाबाजी के बायें कान की ओर झुका, "आपसे बात करनी थी। अलग से।"

बाबाजी का दर्द कुछ कम हुआ था। लेकिन चेहरा अब भी पाख़ाने में बैठे क़ब्ज के मरीज़ जैसा लगता था। चेहरे की यह तमतमाहट और बेचैनी पीड़ा के लक्षण थे। उन्होंने भैरव को क़रीब आने का संकेत किया और अपना मुँह उसके कान से सटाते हुए कहा कि वह कुछ देर के लिए मिलने वालों को बाहर ही रोके। भैरव ने हैरानी से देखा तो बाबा ने समझाया, "कहना डॉक्टर का राउंड है। कुछ देर इन्तज़ार करें।"

वे कुछ ज़्यादा बेचैन हो गये थे। भैरव की हैरानी फिर भी कम नहीं हुई। बाबाजी के सामने वह मुँह से कम और आँखों से ज़्यादा बोलता था। बाबा इस बार थोड़ा खीझ गये, "चन्दू जी से ज़रूरी बात करनी है।"

मिलने वालों में दो लोग अब भी बच गये थे। वे एक साथ बाहर निकले तो भैरव भी बाहर निकल आया। जाते हुए उसने बाबाजी को देखा और आँखों से इशारा किया कि अब वे बात कर सकते हैं। चन्दू स्टूल से उठ कर बाबाजी के बेड पर बैठ गया, "भालू की इतनी हिम्मत नहीं हो सकती कि आपका पंजा कचका दे।"

"क्यों? तुम भालू को कमज़ोर समझते हो? बिल्ली बहुत ताक़तवर होती है?"

"बिल्ली एक तरह से छोटा बाघ है।"

"बहुत खूब। अंग्रेज़ बाघ को बिग कैट कहते हैं। तुम बिल्ली को छोटा बाघ कह रहे हो। ...खैर, सीधी बात करो चन्दू जी। कहना क्या चाहते हो?" —बाबाजी ने घायल पंजे को सिर के ऊपर कर लिया और उनकी बेचैनी काफ़ी बढ़ गयी।

"बचवाली के जंगल में अगर सचमुच भालू हैं तो सावधान रहने की बात है। इसीलिए पूछ रहा था।"

"तुम शंका कर रहे हो? अगर मैं पूछूँ कि तुमने एक पिद्दी-सी बिल्ली से नाक कैसे नुचवा ली?" उन्होंने चिढ़ कर कहा। चन्दू चुप। आँखें भेंगी कर अपनी बदसूरत नाक को देखने लगा, जिसकी पट्टी उतर चुकी थी और खुरंट अभी लगे थे।

बाबाजी कुछ क्षण उसके चेहरे को पढ़ते रहे। फिर कराहते हुए बोले, "बात ये है चन्दू जी, हम दोनों ही अच्छी तरह जानते हैं कि हमारे साथ क्या हुआ।"

"क्या हुआ?"

"जानवर का हमला हुआ।... चूँकि हम मनुष्य हैं इसलिए हमें खूँखार जानवरों से बेहद सावधानी के साथ और मिल कर निपटना होगा। बात इतनी-सी है।" बाबा ने बाहर की तरफ़ देखा, "ये दर्द कम क्यों नहीं होता...भैरव...।"

"मैं आपसे सहमत हूँ।" —चन्दू ने कहा।

हवन हुए पन्द्रह दिन बीत गये थे। जोशी कॉटेज बच गया। भक्तजनों को चन्दू पांडे ने भड़काया था और जब आग लगाने पर उतारू हुए तो उसी ने समझाया-बुझाया। पर रेवा के कपड़े और रज़ाई-गद्दे आग के हवाले कर दिये गये। बग़ीचे के कुछ पेड़ भी जला दिये। हालाँकि उस वक़्त पेड़ झुलसे भर थे। लेकिन भद्रजन रात में जोशी कॉटेज की सीमा के अन्दर लगे पाँच पेड़ काट ले गये। इनमें तीन चीड़, एक देवदार और एक पेड़ अखरोट का था। उन्होंने तनों के ठूँठ में मिट्टी का तेल डाल कर आग लगा दी थी, ताकि काटे जाने के चिन्ह मिट जायें। जोशी कॉटेज उन पेड़ों के बगैर ठूँठा लग रहा था।

रेवा नहीं आयी। उसका फ़ोन भी नहीं आया। तेजू इन्तज़ार करते थक गया। खुद दिन में कई-कई बार फ़ोन मिलाता था, लेकिन फ़ोन स्विच ऑफ बताया जा रहा था। अन्ततः उसने तय कर लिया कि अब नहीं करेगा। जिस लड़की ने जाने से पहले एक बार भी सूचना देना मुनासिब नहीं समझा, जिसने पहुँचने की ख़बर नहीं दी, उसके लिए इतना इमोशनल होना बेमतलब है। हो सकता है, उसके मन में कुछ न हो। उसका मकसद अपने माता-पिता को ढूँढ़ना था। खासतौर पर पिता, जिनके इस पृथ्वी पर कहीं न कहीं होने की संभावना बची थी। उन्हीं के लिए वह यहाँ आयी थी। कौन जाने मिल ही गये हों।

उसने रेवा को अपने दिल की बात बता कर ग़लती की। तेजू ने सोचा।

बस एक बार पुणे पहुँचने पर बता देती कि सब ठीक है तो मन इतना बेचैन न होता। इस आशंका से परेशान नहीं होना पड़ता कि कहीं वह किसी मुसीबत में न हो। या फिर अपने पिता की खोज में असफलता हाथ लगने से निराश न हो। तेज प्रताप उसे लगातार छेड़ रहा था—सुना है, जोशी कॉटेज का भूत बावला हो गया। ...चलो भूत की तो प्रेमिका थी, पर तुझे क्या हुआ? तुझे उसका फ़ोन नहीं करना इतना क्यों कचोट रहा है?

तेजू ने अपने आप से पूछा, क्या तेज प्रताप सही कह रहा है? अरे नहीं, मुझे क्या हुआ है? उस वक़्त जोशी कॉटेज के जो हालात थे और रेवा को सही-सलामत पाकर जिस तरह मैं भावनाओं में बह गया, मुँह से वह सब निकल जाना स्वाभाविक था। न वो मुझसे प्रेम करती थी, न मैं करता हूँ। तेज प्रताप तो पागल है। फ़िजूल की बात।

घटित को अघटित मानने का सन्तोष। खुद को झूठी तसल्ली।

पर एक रात अचानक ही रेवा का एक लम्बा एस.एम.एस आ गया। रात के ग्यारह बजे थे। वह टीवी पर ख़बरें देख रहा था। रेवा का सन्देश देख कर वह एक पल के लिए खुशी से उछल पड़ा। पर उसमें खुश होने की कोई बात नहीं थी। अगले ही पल उदास भी हो गया। रेवा ने लिखा था—मैंने उस दिन तुम्हारी बात सुन ली थी। समझ भी ली थी। कई दिन सोचती रही। फिर इस नतीज़े पर पहुँची कि हालात आज भी बदले नहीं हैं। गाँधी ने केवल गाँवों, कस्बों और शहरों को स्वच्छ रखने की ही बात नहीं की थी, दिमाग़ से कचरा साफ़ करने पर भी ज़ोर दिया था। जातीय असमानता की जड़ें इसलिए इतनी गहरी हैं, क्योंकि उसमें तमाम जातियों के उतने ही गहरे हित हैं। जाति छोड़ने को कोई तैयार नहीं। मैं नहीं चाहती कि जो मेरी माँ के साथ हुआ, वह मेरे साथ भी हो।... हम अच्छे दोस्त तो रहेंगे ही।

उसने कई बार रेवा को फ़ोन लगाया, लेकिन स्विच ऑफ था। वह काफ़ी थका और उदास लगने लगा था। रेवा के मैसेज का गहरा असर हुआ था। वह समझ गया कि रेवा इस फ़ोन नंबर का उपयोग शायद फिर कभी न करे। मन इतना भारी हो गया जैसे डूब रहा हो। इससे पहले जीवन इतना नीरस कभी नहीं था। उसने सोचा और उदासी बढ़ती गयी।

तेजू के पास माँ के तज़ुर्बे पर शक करने की कोई वजह नहीं रह गयी थी। ठीक ही कहती है। किताबें दिमाग़ की भूख मिटा सकती हैं, पेट की नहीं। पिताजी परेशान हैं तो इसमें भी ग़लत कुछ नहीं है। कुछ तो करना पड़ेगा। वरना पिताजी कुछ कर बैठेंगे। उनकी हालत ठीक नहीं लगती। घर में हर वक़्त पड़े रहते हैं। लेटे-लेटे छत को देखते रहते हैं। आज घर से निकले हुए हैं। माँ ने बताया, कहीं पार्ट टाइम नौकरी के जुगाड़ में गये हैं। पहले भी कई बार जा चुके, लेकिन काम बनता नहीं। बचवाली में उनके अनुभव के मुताबिक कोई काम नहीं है।

घंटे भर बाद माँ भी किसी से मिलने मल्ला रामखेत चली गयी। तेजू ने जैसे फैसला कर लिया। फैसला तो पहले ही कर चुका था। लेकिन निकलने का दिन तय नहीं कर पा रहा था। उसने बैग में सामान रखना शुरू कर दिया। आज ही निकल जाना ठीक रहेगा।

उसी वक़्त दरवाज़े पर आहट हुई। दरवाज़े खुले थे। शायद पिताजी लौट आये। इतनी जल्दी? तेजू ने अन्दर के कमरे में कमीज़ की तह करते हुए सोचा। जब कोई हलचल नहीं हुई तो बाहर निकल आया। दरवाज़े पर पुष्पा खड़ी थी। उसका मुँह बाहर की ओर था। अन्दर से उसकी पीठ दिखाई दे रही थी। वह पर्दे और दरवाज़े की आड़ लेकर दुबकी हुई थी। पास गया तो देखा, उसके हाथ में दराँती है और बाहर की तरफ़ ऐसे कान लगाये हुए है, मानो किसी की आहट सुन रही हो।

"क्या बात है, क्या कर रही हो?" —तेजू ने ठीक उसके पीछे पहुँच कर पूछा। पुष्पा ने घबरा कर उसकी ओर देखा, जैसे किसी ने पीछे से हमला किया हो। मुड़ते-मुड़ते वह सन्तुलन खो बैठी। तेजू ने एक हाथ से उसे सँभाला और उसी क्षण दूसरे हाथ से अपने से दूर भी कर दिया।

"ये क्या है हाथ में? और ऐसे छिप कर यहाँ क्या कर रही हो?"

"मुझे लगा, कोई पीछा कर रहा है। ...चाची कहाँ हैं?" —उसका चेहरा सुर्ख़ हो गया था।

"चाची और चाचा कोई नहीं हैं। मैं तैयारी कर रहा हूँ दिल्ली जाने की।" —तेजू ने अन्दर के कमरे की ओर मुड़ते हुए कहा। यह एक तरह से पुष्पा के लिए चले जाने का संकेत था। या शायद इस तरह उसे थाम लेने से संकोच हो रहा था।

"ये तुमने सही फैसला किया।"

तेजू के कदम ठहर गये। वह कुर्सी पर बैठ गया, "किसकी आहट सुन रही थी?"

"पीछा करने वाले की।"

"कौन कर रहा था?"

"कोई भी कर सकता है। ...रात में तो ख़तरा सबसे ज़्यादा है। बहुत डर लगता है।" कह कर उसने पूछा, "एक बात बताओ, अगर किसी के एक हाथ का पंजा न हो तो वह दरवाज़ा तोड़ कर घर में घुस सकता है?"

"क्यों?"

"ऐसे ही पूछ रही थी।"

"दिक़्क़त होगी, लेकिन घुस तो सकता है।"

"और जिसकी नाक की टुक्की घायल हो, उसे तो कोई परेशानी नहीं होगी?"

"हाँ, लेकिन ये कैसा सवाल है?"

उसने कोई उत्तर नहीं दिया। पर तेजू के अन्दर अचानक ही एक सवाल बिजली की तरह कौंधा। नाक की नोक और हाथ का पंजा?

वह कुछ देर उसे घूरता रहा। पुष्पा घर के बाहर देखने लगी।

"मैंने तुमसे कुछ पूछा।"

वह कुछ नहीं बोली। गरदन घुमा कर तेजू को देखती रही। उसकी पनीली आँखों में, जिनकी पुतलियाँ गुड़ के रंग की गहरी भूरी थीं, कोई राज़ था। लेकिन होंठ हिलते नहीं थे।

"मैं समझ रहा हूँ कि तुम किसके बारे में सोच रही हो।"

उसने इस बात का भी कोई उत्तर नहीं दिया। ऐसा लगा जैसे वह धीरे-से मुस्कराई या फिर उसके होंठ काँपे। तेजू ने ऊँचे स्वर में कहा, "कुछ पूछ रहा हूँ !"

वह उसी की ओर देख रही थी। पर्दे लगे होने के कारण बाहर की तुलना में

अन्दर काफ़ी अँधेरा था। उसकी आँखें काले फ्रेम में टँगी हुई लग रही थीं। भालू जैसे अँधेरे चेहरे पर अधखुली आँखें। तभी पर्दा हिला और धूप का एक चमकदार टुकड़ा उसकी आँखों पर पड़ कर ओझल हो गया। बड़ी-बड़ी बिल्लौरी आँखें। तेजू के बदन में झुरझुरी-सी दौड़ गयी। नहीं। ये क्या सोच रहा है वह। असम्भव। शायद इसका मानसिक सन्तुलन ठीक नहीं है, इसीलिए बहकी-बहकी बातें कर रही है। माँ ठीक कहती है। पति के बाद बेटे की मौत हुई है। दोहरे सदमे को बर्दाश्त करना आसान नहीं है।

पर क्या पता इसने कर ही डाला हो? किसी का कोई भरोसा है? आवेश में कोई भी कर सकता है। कुछ भी कर सकता है। फिर तो इससे साफ़-साफ़ पूछना पड़ेगा। अगर इसने किया है तो यह ख़तरे में है। तेजू ने उसे ग़ौर से देखा, "मुझे इतना विश्वास है कि तुम मुझसे झूठ नहीं बोलोगी। पता नहीं, पर मुझे ऐसा लगता है।"

"सच है। तुमसे झूठ नहीं बोल सकती।"

पुष्पा ने उसे देखा। उसकी आँखें भँवर की तरह खींच रही थीं। उसने फौरन नज़रें हटा लीं। बर्दाश्त करना मुश्किल हो रहा था। उसी वक़्त पुष्पा की जेठानी उसे ढूँढ़ती हुई आ गयी। तेजू ने राहत की साँस ली। उसने पुष्पा की जेठानी को अन्दर आने के लिए कहा। जेठानी ने पुष्पा के हाथ में दराँती देखी तो आँखों में आँसू छलक आये। वह उथले बर्तन में आँसू लिए घूमने वाली स्त्री थी। बात-बात में छलकते थे। वह तेजू को संकेतों में बताने लगी कि पुष्पा की दिमाग़ी हालत ठीक नहीं है। तेजू ने उन्हें देखा पर कुछ बोला नहीं। उसका ध्यान दूसरी तरफ़ था। दुविधा की स्थिति बन गयी थी। वह जो पूछना चाहता था, जेठानी के सामने कैसे पूछे। तभी जेठानी ने कहा, "तुम्हीं इससे बात करके थोड़ा अन्दाज़ा लगाओ कि यह सब क्यों कर रही है।"

तेजू को अवसर मिल गया। हालाँकि वह जेठानी के सामने खुल कर बात करेगी, इसमें उसे सन्देह था। उसने कोशिश की, "क्या जंगल में तुम्हारा बाघ से सामना हुआ था?"

"हाँ, हुआ था।"

"तुमने बाघ को देखा?"

उसने गरदन हिलाई 'हाँ' और फिर ज़मीन पर नज़रें गढ़ाए हुए कहा, "दो बाघ थे। दोनों ने काले कपड़े पहन रखे थे।"

"बाघ ने कपड़े पहन रखे थे? बाघ कपड़े पहनते हैं?"

"पहनते नहीं, पर पहन रखे थे।"

"अब देख लो, कैसी बातें करती है ये। कलेजा फटता है।" —जेठानी रुआँसी हो गयी। तेजू ने उसे चुप रहने का इशारा किया और पुष्पा की ओर गरदन घुमाई, "तो तुम्हें कैसे पता चला कि बाघ हैं?"

"मुँह देखा था बाघ का?" जेठानी फिर बीच में बोल पड़ी, "कहीं लम्बा मुँह तो नहीं था, काले रंग का? ऐसा?"

उसने हाथ से मुँह के आगे थूथन-सी बनाते हुए पूछा। जेठानी के अन्दर अचानक भालू का ख्याल कौंध गया था। पुष्पा ने कहा, "नहीं।"

"तो फिर तुमने बाघ को पहचाना कैसे?" —तेजू ने पूछा।

"चन्दन की खुशबू से।"

"चन्दन की खुशबू?"

"अरे बाघ में से केहड़ैन[1] आती है बल, उसी को चन्दन की खुशबू कह रही है।"

तेजू के अन्दर का धुँधलका कुछ हद तक छँटने लगा था। लेकिन जेठानी के सामने इससे ज़्यादा खुल कर बात नहीं की जा सकती थी। शायद पुष्पा भी खुलना न चाहे।

दोनों के जाने के बाद तेजू के दिमाग़ में पुष्पा की बातें रह-रह कर गूँजती रहीं। वह उसके बयानों के बारे में सोच-सोच कर चौंकता था। उससे पूरी बात पूछनी चाहिए थी। अब तो लगता है, वह कर सकती है। लेकिन पूछने का समय कहाँ है? उसे तो आज ही रात निकलना है।

उथल-पुथल जारी थी। माँ के लौटते ही वह पुष्पा के घर की ओर निकल पड़ा। वरना यह सवाल, उसने सोचा, परेशान करता रहेगा।

उसके घर के अन्दर जाने में संकोच हो रहा था, पर उसने हिम्मत की। आज नहीं पूछा तो फिर जाने कब मौक़ा मिले। पुष्पा घर पर अकेली थी। वह उसे देख कर चौंक पड़ी। फिर अचानक खुश हो गयी। कहाँ बैठाऊँ इन्हें? उसने झपट कर उसका हाथ पकड़ लिया। चारपाई पर बिछी चादर ठीक करते हुए उसे बड़े सम्मान के साथ बैठाया। कमरे में एक चारपाई ही थी बैठने के लिए। ज़मीन पर तीन गुणा छह फुट की एक दरी बिछी थी। छोटे-से कमरे में एक मन्दिर था, जिसे देख कर लगता था उसने काफ़ी दिनों से पूजा नहीं की थी। दीवारों पर बालकृष्ण का तारीख़ों वाला एक कैलिंडर लटका था, जो सन् 2012 का था। बच्चे की एक खिलौना कार खिड़की के पास एक स्टूल पर रखी हुई थी और बेटे की एक बिना फ्रेम की हुई तस्वीर लेई से दीवार पर चिपका रखी थी। जो सम्भवतः अभी एकाध दिन के भीतर ही चिपकाई गयी थी। दीवारें कभी सफ़ेद रही होंगी, जो लकड़ी के धुएँ से पीली पड़ गयी थीं। पुष्पा उसे चारपाई पर बिठा कर खुद उसके पैरों के पास ज़मीन पर बैठ गयी और उसके चेहरे को एकटक देखती रही। जैसे कहना चाहती हो कि तुम आये हो तो तुम्हीं बताओगे कि कैसे आना हुआ।

तेजू की समझ में नहीं आ रहा था कि कहाँ से शुरू करे। लेकिन गँवाने के

---

1. बाल या मांस जलने की दुर्गंध।

लिए ज़्यादा वक़्त नहीं था, "यक़ीन करने में बहुत मुश्किल हो रही है, लेकिन फिर भी मुझे लगता है कि तुम कर सकती हो। इसलिए सीधे-सीधे पूछ रहा हूँ, वो सब तुमने किया?"

वह मुस्कराई।

"अगर तुमने किया तो...तुमने कैसे किया?"

वह काफ़ी देर चुप रही। फिर हाथ की उँगली से मिट्टी का फ़र्श कुरेदती हुई बोली, "कर दिया।"

"क्या सचमुच?" पुष्पा ने कोई जवाब नहीं दिया तो उसने फिर पूछा, "पर कैसे?"

उसने काफ़ी देर तक सोचा। फिर अचानक बोली, "जैसे दाँत से ककड़ी काटते हैं। ...जैसे दराँती से लकड़ी काटते हैं।"

तेजू ने आगे झुक कर उसका हाथ कस कर पकड़ लिया और काफ़ी देर उसी तरह थामे रहा। नज़रें नीची कर लीं। उसने पुष्पा की गुड़ के रंग की चुम्बकीय आँखों में नहीं देखा, जो उस पर टिकी हुई थीं।

अचानक उसने पुष्पा का हाथ एक बार ज़ोर से दबा कर छोड़ दिया। वह उठा और चलने लगा। इस बार पुष्पा ने उसका हाथ पकड़ लिया। जैसे उसे जाने नहीं देना चाहती हो। उसकी आँखें कुछ कह रही थीं। पर तेजू ने नज़रें नहीं मिलाईं। चुम्बकीय आँखें। वह हाथ छुड़ा कर चला गया। पुष्पा घर की देहरी पर खड़ी उसे देखती रही। तेजू ने एक बार मुड़ कर देखा और दूर से दायाँ हाथ इस तरह माथे पर लगाया जैसे सेल्यूट कर रहा हो।

इसका क्या अर्थ हुआ? पुष्पा सोचती रह गयी।

वह जानती थी, तेजू रेवा को पसन्द करता है। जब चाची तक इस बात को समझ गयीं तो क्या उसकी समझ में नहीं आयेगा? दो बार रेवा से उसकी भी मुलाक़ात हुई थी। वे दोनों इधर-उधर की बातें करते हुए फिर-फिर तेजू की ही बात पर आ जाती थीं। रेवा के मन की थाह लेने की कोशिश भी उसने की। जहाँ तक उसका अनुमान है, रेवा के मन में कुछ था। कुछ तो था। पर पक्के तौर पर शायद किसी के बारे में कुछ नहीं कहा जा सकता। वह सोच रही थी और काफ़ी उदास हो गयी थी।

उसने अपने बारे में भी सोचा। मैं। एक विधवा। जिसका पति ही नहीं बच्चा भी उसे छोड़ कर चला गया। जिसका न वर्तमान है और न भविष्य। अतीत भी कराहता हुआ है। जिसके ऊपर चील-कौवे मँडरा रहे हैं। जिसका सच्चा हितैषी कोई है भी या नहीं, भरोसे के साथ नहीं कह सकती। जिस पर, अब तो लगता है, मौत मँडरा रही है।

पर समझ में नहीं आता कि जाते हुए तेजू ने जो संकेत किया उसका क्या

मतलब था। क्या पता, पढ़े-लिखे शहरी लड़के ऐसे ही फ़ौजियों की तरह विदा लेते हों।

लालबुझक्कड़ का भविष्य-कथन

उस रात, जब तेजू को दिल्ली रवाना होना था और वह गया नहीं, बचवाली में एक नयी फसक बनते-बनते रह गयी। हुआ यों कि अँधेरा घिरने के बाद पुष्पा के कमरे से उसकी चीख सुनाई दी। ऐसा लगा जैसे उसने बाघ को ललकारा। जेठानी ने सोचा, पागलपन में चिल्लाई होगी। पर उसके कमरे में अँधेरा देख कर खुटका हुआ। वहाँ जाकर देखा तो पता चला पुष्पा लापता है। वे लोग उसके लौटने का इन्तज़ार करने लगे। घड़ी की सुइयाँ भाग रही थीं। वे इन्तज़ार करते रहे। करते रहे। वे चाहते थे, जब तक वह लौट न आये, समय थम जाये। पर, ऐसा लगता था, रात को बहुत जल्दी है और तेज़ी से गहराती जा रही है। सन्नाटा बढ़ रहा था।

पुष्पा के लौटने की उम्मीद धुँधली पड़ते-पड़ते ख़त्म हुई। जेठानी ने पति को देखा। देखने में एक तीखा सवाल था। अब लोगों को क्या जवाब देंगे?

दोनों को यक़ीन होने लगा कि पुष्पा को या तो बाघ ले गया, या पागलपन में कहीं निकल गयी। उसका लौटना अब नामुमकिन लग रहा था। लेकिन गाँव के लोग तो सवाल करेंगे। जवाब भी देना होगा। कैसी मुसीबत में फँसा गयी। जेठानी बार-बार हाथ मले और जेठ तड़प कर दरवाज़े की ओर देखें।

रात के दस बज गये। पति ने बच्चों को देखा। बच्चे सो गये थे। अचानक वे उठे। दरवाज़ा खोला और आँगन में जाकर चिल्लाना शुरू कर दिया—ले गया रे, ले गया। पुष्पा को ले गया। बचाओ, कोई बचाओ। ...कोई बन्दूक लाओ।

कुछ लोग बिस्तर में घुस चुके थे। वे कुनमुनाए और फिर से सो गये। जब 'ले गया रे' की टेर थमी नहीं तो इक्का-दुक्का लोग घरों से निकलने लगे। जेठ की देखा-देखी जेठानी भी छाती पीट कर रोने लगी थी। कुछ पड़ोसी फिर भी बिस्तर में दुबके रहे। कुछ जम्हाइयाँ लेते हुए घरों से निकले। क्या हुआ? चोर आये क्या? तब जेठ ने बताया—पुष्पा को बाघ ले गया।

फिर अनहोनी। ये क्या हो रहा है?

कुछ लोग जुट आये। विस्तार से सारी बात बताने को कहा। पुष्पा के जेठ ने घटना बयान की—रस्सी में कपड़े टँगे रह गये थे। पुष्पा को अचानक ध्यान आया होगा। वह उन्हें उठाने बाहर गयी। तभी हमने उसकी चीख सुनी। दरवाज़ा खोला तो देखते क्या हैं, बाघ उसका कंठ मुँह में दबाये घसीट ले जा रहा है। उसकी चीख बन्द हो गयी थी। मुँह से केवल घें-घें की आवाज़ निकल रही थी। हमने बहुत हल्ला मचाया। लेकिन बाघ ने नहीं छोड़ा। हमने पत्थर फेंके। पर वह ले गया।

लोग फिर टार्च लेकर कुछ दूर तक गये। जंगल में घुसने को कोई तैयार नहीं था। एकाध ने तो 'रोज़ का ड्राम है' कह कर अपने घर की राह ली। इतनी रात गये जंगल में घुसने में भय और हिचक के अलावा अनिच्छा ज़्यादा थी। कुछ लोगों ने आश्वासन देने के अन्दाज़ में कहा—हो सकता फिर से तीन दिन पेड़ पर बैठ कर लौट आये। उसे बाघ को छकाना आ गया है।

आँगन में खड़ी औरतें घटना के तमाम पहलुओं पर विचार-विमर्श करने लगीं। बड़ा ज़िद्दी बाघ था भय्या। पहले तीन दिन पेड़ के नीचे बैठा रहा और फिर घर के बाहर घात लगाये बैठ गया। उठा ही लिया आख़िर। हिम्मत देखो बाघ की।

किसी स्त्री ने अपनी राय दी कि बाघ दो प्रकार के होते हैं—गुंडे और अच्छे। गुंडे बाघ पीछे पड़ जाते हैं। पुष्पा उसके मन[1] आ गयी होगी। दूसरी स्त्री ने पूछा, "सुन्दर औरतें बाघों को भी अच्छी लगती होंगी?"

यह वार्तालाप सुन रहे दो पुरुषों ने एक-दूसरे की ओर देखा। एक की आँखों में सवाल था। दूसरे ने जवाब दिया—बेकार की बात। बाघ को तो खाना ही है। क्या सुन्दर, क्या बदसूरत। हाँ, ये हो सकता है कि स्वस्थ मनुष्यों को पसन्द करता हो, जैसे हम खस्सी पसन्द करते हैं।

किसी अन्य स्त्री का कहना था कि अवश्य ही बाघ के खून मुँह लगा होगा। पुरुष इस विचार पर एकमत थे कि प्रशासन को इत्तला करनी चाहिए। खून मुँह लग गया तो बाघ आदमख़ोर हो जाते हैं। आदमख़ोर बाघ के नाम से लोग दहशत में आ गये थे। इतनी दहशत कि फुसफुसाने लगे—कल सुबह भी जंगल में घुसना ख़तरे से खाली नहीं है। क्या करना है?

—हाँ जी, अब तक कौन-सा बाघ ने उसे ज़िन्दा रखा होगा? और अगर पेड़ पर चढ़ गयी होगी तो बात अलग है।

किसी ने चन्दू पांडे को फ़ोन लगाया। चन्दू ने टका-सा जवाब दे दिया, "जब बाघ ले ही गया तो मैं क्या कर सकता हूँ? क्या कहूँगा बाघ से, मैं ग्राम प्रधान हूँ? और वो छोड़ देगा?"

उस व्यक्ति ने जिज्ञासावश पूछ लिया, "कहीं ऐसा तो नहीं कि जोशी कॉटेज वाली लड़की को भी बाघ ले गया हो?"

चन्दू पांडे बाघ की तरह गुर्राया, "देखो, नहीं ले गया तो ले जायेगा। ऐसी सुनसान जगह में अकेली रहती है। भूत और बाघ में से जिसका दाँव पहले लग जाये।"

उसी वक़्त 'धप्प' की आवाज़ के साथ कोई भारी चीज़ खुबानी के पेड़ से आँगन में कूदी। लोग चीखते-चिल्लाते हुए भागे। भारी भगदड़ मच गयी। कुछ

1. पसन्द (भाना)।

एक-दूसरे से टकरा कर गिर पड़े। अगर ये लोग तीर्थ यात्री होते तो कई कुचल गये होते।

सबने समझा था, बाघ है। लेकिन लोग यह देख कर हैरान रह गये कि हाथ में दराँती लिए पुष्पा आँगन के बीचोंबीच खड़ी है। लोग जेठ और जेठानी की ओर देखने लगे। जैसे पूछ रहे हों कि तुमने तो कहा कि बाघ ले गया। कंठ फोड़ दिया। ये तो पेड़ से टपक रही है?

जेठ ने हकलाते हुए सफाई दी, "बाघ तो आया था। पुष्पा पर झपटा भी था। चढ़ गयी होगी पेड़ पर। हम चढ़ते हुए नहीं देख पाये। यहीं पर चूक हो गयी।"

"लेकिन तुमने तो कहा कि बाघ घसीटते हुए ले गया?"

"ले तो गया था। पक्की बात है।...अब पता नहीं किसे ले गया।"

लोग घबरा गये। हर कोई अपने-अपने घर के सदस्यों को देख कर तसल्ली कर लेना चाहता था। पुष्पा के जेठ ने कहा, "हो सकता है, कुत्ते या किसी मवेशी को ले गया हो।"

पुष्पा चिल्लाई, "मुझे बाघ की मुंडी चाहिए।"

लोग डर गये। ये तो बाघ से भी खूँखार हो गयी। सब तितर-बितर हो गये।

तेजू रात को जल्दी सो गया था। सुबह-सुबह निकलना था। वह तो शाम को ही निकल गया होता पर पिताजी सात बजे तक घर नहीं लौटे थे। उसके दिल्ली जाने की सूचना से माँ दुखी थी। पिताजी जब लौटे तो वे भी उदास हो गये। तेजू ने कह दिया था, "इस बार लौटूँगा नहीं। मतलब, खाली हाथ।"

दोनों ही चाहते थे कि वह दिल्ली चला जाये। लेकिन इस बार उसकी बात से दोनों का दिल बैठने लगा था। 'इस बार लौटूँगा नहीं'। ऐसा उसने क्यों कहा होगा भला? वे जानते थे कि वह ज़िद्दी है। चाहे कितने ही कष्ट उठाने पड़ें, पर अगर उसने कह दिया तो, लौट कर नहीं आयेगा। उसके मुँह से निकली बात पर शुभ-अशुभ की दृष्टि से विचार करते हुए माँ के मन को भारी पीड़ा हो रही थी। पिताजी इस बात से उदास थे कि अब पत्नी और वे अकेले रह जायेंगे। जीवन भी क्या है। बच्चे बड़े हो जाते हैं और यहाँ-वहाँ चले जाते हैं। माँ-बाप सूने घर में चौकीदारों की तरह अनवरत चक्कर काटने के लिए रह जाते हैं। या बिस्तर पर पड़े रहते हैं। अगर दोनों में से एक कम हो जाये तो अपना ही साया डराने लगता है। किससे बात करें कि कहाँ दर्द है। कि मन कितना उदास है। कि मरे हुए पुरखे क्यों सपनों में आते हैं। कि आज बीमार हैं और दवा खाने तक के लिए उठने की शक्ति नहीं है।

क्या विडम्बना है। आदमी घर बनाता क्यों है? अकेला रह जाने के लिए?

कुछ-कुछ इसी तरह माँ भी सोच रही थी। लेकिन उसे तेजू को दिल्ली में होने वाले कष्टों की चिन्ता ज़्यादा थी। कैसे रहेगा अकेला? कैसे चलायेगा अपनी घर-गृहस्थी। कैसे खायेगा? क्या खायेगा?

दोनों देर रात तक करवटें बदलते रहे। दोनों जान रहे थे कि उनकी पीठ के पीछे एक और पीठ है। उस पीछे वाली पीठ के आगे एक मुँह है। उस मुँह में दो आँखें हैं। उन दो आँखों में निश्चित ही आँसू हैं। पर एक-दूसरे के दुख की गोपनीयता को कैसे भंग करें?

सुबह जब वह जाने के लिए तैयार हुआ तो पिताजी का गला भर आया। जब तक वह यहाँ था तो वे इसलिए उखड़े-उखड़े रहते थे कि वह जाता नहीं। उनकी थाह मिलना थोड़ा मुश्किल है। आखिर हैं तो उसी के बाप। माँ कई बार रो चुकी। उसने अंटी से निकाल कर चुपचाप डेढ़ सौ रुपए थमा दिये। पिताजी ने पाँच हजार। जिनमें दो हजार रुपए की चिल्लर थी। ऐसा लगता था, जैसे गुल्लक फोड़ कर निकाले हों।

सारा सामान बाँधने के बाद वह सिगरेट पीने के लिए टहलता हुआ घर से थोड़ा दूर निकल गया। पर उसके क़दम पुष्पा के घर की ओर अपने आप बढ़ने लगे। ठीक उसके घर के बाहर वह ठिठक गया और दरवाज़े को देखता रहा। घर में कोई हलचल नहीं थी। कहीं इधर-उधर तो नहीं गयी है। उसने एक पल को सोचा और लौटने का ख्याल मन में आया। तभी पुष्पा हाथ में दराँती लिए घर के पिछले हिस्से से निकल आयी। वह दोनों हाथों से दराँती को सिर की ऊँचाई पर थामे हुए थी और शगुन-आखर[1] की तर्ज़ पर कुछ अंड-बंड गा रही थी। ये क्या? उसके बदन में झुरझुरी-सी दौड़ गयी।

तेजू लपक कर उसके एकदम क़रीब पहुँच गया। पुष्पा ने उसे देखा लेकिन कोई प्रतिक्रिया नहीं की। मानो, जानती ही न हो। वह उसी तरह गाते हुए आँगन में टहलती रही। गीत के बोल तेजू को अब साफ़-साफ़ सुनाई दे रहे थे—

आओ श्याँपो[2] आओ रे,
सपोलो, नागो आओ रे
आओ बाघो आओ रे,
ख्वर[3] में दातुल[4] खाओ रे

यह सब देख कर तेजू दंग रह गया। उसने झिंझोड़ते स्वर में पुष्पा को पुकारा। पुष्पा ने पलट कर नहीं देखा। उसने दुबारा आवाज़ दी तो वह तेज़ी से पलटी। अपनी गहरी भूरी आँखों से एक नज़र तेजू को देखा। 'खचाक्-खचाक्'। उसने खुबानी के पेड़ पर वार किया और फिर से गाती हुई आँगन की परिक्रमा

---

1. शादी-ब्याह आदि अवसरों पर गाए जाने वाले गीत, 2. साँपा, 3. सिर, 4. दराँती।

करने लगी। यह क्या हो गया इसे? तेजू को भारी निराशा हुई। पुष्पा सचमुच ठीक नहीं है।

तभी उसकी जेठानी बाहर आ गयी और धोती से आँसू पोंछती हुई बोली, "ये हालत हो गयी बेचारी की। अब तो पहचान भी नहीं रही। तुम जाओ...कोई भरोसा नहीं।"

तेजू खड़ा रह गया। पुष्पा की जेठानी ने बताया कि अब खुद उन लोगों को पुष्पा के क़रीब जाने से डर लगता है। उन्होंने अपने बच्चों को उसके पास न जाने की सख़्त हिदायत दे रखी थी। खास तौर पर अपने छोटे बेटे को, जिसे उन्होंने पुष्पा की गोद में डाल दिया था।

तेजू मुड़ा और जाने लगा। उसी पल पुष्पा उसकी ओर लपकी। पुष्पा की जेठानी और तेजू दोनों घबराए। हमला तो नहीं करने वाली? जेठानी कुछ क़दम पीछे हो गयी। पुष्पा तेजू के क़रीब आकर फुसफुसाई, "डरो मत। मैं स्वाँग कर रही हूँ।"

"क्या?" —वह लगभग चीख पड़ा।

"तुम्हीं बताओ, मैं और क्या कर सकती हूँ?" वह हँसी, "तुम तो मुझे भगा कर दिल्ली ले नहीं जाओगे (?)।"

तेजू इसका क्या उत्तर देता। चुप रह गया। लेकिन उसने साहस जुटा कर पुष्पा की आँखों में देखा, जिनसे वह बचता था। उन आँखों में गहरी वेदना थी। जो बाहर के बयाज अन्दर को बहती थी। अपना दर्द अपने ही अन्दर। अपनी रगों में।

इतनी देर में जेठानी क़रीब आ गयी, "क्या कह रही है?"

"कह रही है, जेठानी के परिवार को छोड़ कर किसी के भी सिर पर दराँती मार सकती हूँ।" —तेजू ने बताया। इससे बेहतर बात उस वक़्त उसे नहीं सूझी।

उसने एक बार पुष्पा की ओर देखा और आँखें बचा कर चला गया। पुष्पा उसे जाते हुए देखती रही। कुछ दूर जाकर अचानक वह पलटा। पुष्पा ने अपने दायें हाथ को देखा। उसमें पकड़ी दराँती (हँसिये) को बायें हाथ में लेकर झंडे की तरह ऊपर उठाया और दायें हाथ से तेजू की तरह ही सेल्यूट किया। इसका जो भी अर्थ हो, पर जवाब तो देना था। दे दिया।

तेजू चला गया था।

लेकिन उसके जाने के दो दिन बाद ही, ठीक आधी रात में घर पर फिर से पथराव हो गया। पिताजी ने रो-धो कर जो नये शीशे लगाये थे उन पर धड़ाधड़ पत्थर पड़ने लगे। माँ अचकचा कर उठी। कृष्णानन्द गहरी नींद में थे। उन्हें लगा, वे सपना देख रहे हैं। शायद उस घटना की दहशत सपनों में पीछा करती है। लेकिन जब काँच का एक टुकड़ा उनके हाथ पर लगा और उसी वक़्त पत्नी ने चिल्ला कर उन्हें उठाया, तो एकाएक घबरा कर भागे। भागते हुए अलमारी से टकरा कर गिर पड़े।

पत्नी ने उठाया। सिर फट गया था। खून बहने लगा। छिटपुट पत्थर अब भी शीशों पर पड़ रहे थे। आधी रात का वक़्त था। शीशे की खनक के साथ तेजू की माँ का रुदन सन्नाटे को चीरने लगा। तब कुछ पड़ोसियों ने कृष्णानंद को अस्पताल पहुँचाया, जिनमें पुष्पा भी थी। चार टाँके लगाने के बाद डॉक्टरों ने कह दिया था कि ख़तर की कोई बात नहीं है। लेकिन सिर की चोट होने के कारण उन्हें अगली दोपहर तक ऑब्जर्वेशन में रखा था। पुष्पा और लालू उर्फ़ लालबुझक्कड़ रात से ही अस्पाल में बैठे हुए थे। पी थ्री को सूचना मिलते ही सुबह-सुबह अस्पताल पहुँच गये। वे और लालबुझक्कड़ इस बात पर एकमत थे कि पथराव करने वालों को तेजू के दिल्ली चले जाने की ख़बर शायद नहीं है।

पुष्पा के एक हाथ में दराँती थी और स्टूल पर सारी रात इस तरह बैठी रही जैसे पहरा दे रही हो। लालबुझक्कड़ सुबह होने तक तेजू की माँ को ढाढस बँधाता रहा। सवेरे पी थ्री ने डॉक्टरों से बात की और आश्वस्त हुए कि गम्भीर चोट नहीं है।

माँ तो चाहती थी कि तेजू को ख़बर कर दी जाये। पी थ्री फ़ोन करने लगे थे। लेकिन कृष्णानन्द ने साफ़ मना कर दिया कि उसे चिन्ता होगी। हालाँकि मन के अन्दर यह भय काम कर रहा था कि लौट आया तो फिर पता नहीं कब जायेगा। पथराव का कारण अब वे कुछ-कुछ समझ रहे थे। इसीलिए तेजू को लेकर कुछ ज़्यादा ही चिन्तित थे। दोपहर बाद उन्हें अस्पताल से छुट्टी मिल गयी।

शाम के वक़्त अचानक ही कृष्णानन्द को तेजू का फ़ोन आ गया। वे घर पर थे। उस वक़्त पुष्पा दराँती गोद में रखे कुर्सी पर ऊँघ रही थी। उसका एक हाथ दराँती की बेंट पर था। माँ दरवाज़े की तरफ़ पीठ किये हुए पिताजी के पैरों के पास बैठी थी। पिताजी तकिये पर पीठ टिकाए अधलेटे हो रहे थे। उनका आधा धड़ बेड के सिरहाने पर टिका था। एक कुर्सी पर पी थ्री बैठे थे। लालबुझक्कड़ खड़ा था और कोई ऐसी बात कह रहा था जिस पर पिताजी हँस रहे थे। उस दृश्य में एक ऐसा पात्र भी शामिल था, जिसकी आवाज़ सुन कर तेजू चौंक पड़ा था।

असल में जब पिताजी ने फ़ोन उठाया तो वे लालबुझक्कड़ की बात पर हँस रहे थे। तेजू ने कई दिन बाद पिताजी की हँसी सुनी। उसने राहत की साँस ली। एक-दूसरे का हाल-चाल जानने के बाद कृष्णानन्द ने फ़ोन माँ को थमाते हुए कहा, "ले अपनी माँ से बात कर।"

एक मिनट बात करने के बाद ही माँ का गला भर आया। उन्होंने अचानक फ़ोन पास बैठी रेवा को थमाते हुए कहा, "ले इससे बात कर।"

किससे? तेजू ने सोचा और तभी रेवा की आवाज़ सुन कर वह चौंक पड़ा। उसे यक़ीन नहीं हुआ। उसने दो बार 'हैलो' कहा और आवाज़ पहचान कर अचानक चुप हो गया।

रेवा माँ से क़रीब बैठी थी। वह फ़ोन लेकर बाहर चली गयी। वह जानती

थी कि तेजू कोई ऐसा सवाल पूछ सकता है जिसका जवाब सबके सामने देने में दिक़्क़त हो।

रेवा सुबह ही बचवाली पहुँची थी और बैग सहित सीधी मोहन सिंह की दुकान पर गयी थी। उससे चाय बनाने को कहकर, उसके दूध का बहाना करने से पहले ही यह भी जोड़ दिया था, "ब्लैक टी चलेगी। भूतों की प्रेमिकाएँ काली चाय पीती हैं।"

मोहन सिंह हक्का-बक्का रह गया। अब कोई बहाना नहीं कर सकता था। उसने काली चाय बना दी और चाय बनाते हुए सोचा कि इसकी आँखों में नहीं देखना है। बस। रेवा उसे देखती रही। वह कनखियों से देखता था। अचानक मोहन सिंह ने पूछा, "तो कैसा लगता है उस वक़्त? सब याद रहता है?"

"किस वक़्त?"

"जब वो सामने आता है?"

पुष्पा समझ गयी कि वह भूत की बात कर रहा है। वह हँसी, "अभी तक तो कोई आया नहीं।"

काँचकूट हँसी। मोहन सिंह ने सोचा। और यह भी कि शायद इसे सुबह कुछ याद नहीं रहता होगा। रेवा ने विषय बदल दिया, "और कैसे हैं सब लोग?"

"कौन सब लोग?"

"पन्त जी, तेज प्रताप...वगैरह।"

"सब ठीक हैं।" उसने रेवा की ओर घूम रही गरदन को सप्रयास सड़क की ओर मोड़ कर कहा, "तेज प्रताप दिल्ली चले गये। लेकिन उनके पिताजी अस्पताल में हैं।"

जब वह घर पहुँची तो वहाँ की हालत देख कर दंग रह गयी। बहुत सारा सामान ग़ायब था। पूरा घर उथल-पुथल कर रखा था। ताले टूटे पड़े थे। पाँच पेड़ अपनी जगह नहीं थे। वह बिना नहाए और बिना एक पल गँवाए सीधा अस्पताल गयी थी। वहाँ उसे जोशी कॉटेज में घटी घटना का ब्योरा पी थ्री और लालबुझक्कड़ ने दिया।

तेजू के फ़ोन से पुष्पा चौंक कर सीधी हो गयी थी। लालबुझक्कड़ और पी थ्री भी सजग हो गये। रेवा ने बारामदे में पहुँच कर एक बार धीरे से 'हैलो' कहा। कुछ देर खामोशी छाई रही। फिर तेजू की आवाज़ उसके कानों में पड़ी, "क्या हुआ पुणे में?"

"कुछ नहीं।"

"कुछ नहीं?"

"उस पते पर वे चार साल पहले तक रहते थे। अब कहाँ गये, कोई नहीं जानता।"

"कोई और जानकारी?"

"परिवार के साथ रहते थे। पत्नी और दो बेटे।"

"पत्नी का नाम पूछा?"

"किसी को पता नहीं था। जो उनके एकदम पड़ोस में थे और जिनके साथ उनकी अच्छी बातचीत थी, एक साल पहले उनका भी ट्रांसफर हो गया। काफ़ी लोगों से पूछताछ की। पर कोई ज़्यादा कुछ बता नहीं पाया। शहर में दूसरी जगहों पर भी पता लगाती रही। सब बेकार।"

दोनों के बीच फिर से खामोशी छा गयी। माँ अन्दर से लगातार बाहर की ओर देख रही थी। पुष्पा कभी-कभी चोर नज़रों से उस तरफ़ देख लेती और फिर नज़रें हटा लेती। वह बेचैन लग रही थी। कुर्सी पर लगातार पहलू बदलती थी।

"कोई और रास्ता निकलेगा। उम्मीद नहीं छोड़नी चाहिए।" —तेजू ने कहा।

"मुझे अब बहुत उम्मीद नहीं रही। पुस्तक में लेखक का जन्म-स्थान और जन्म-तिथि भी नहीं है। वह आदमी...पता नहीं। वह कोई और भी हो सकता है।"

फिर से चुप्पी।

"हैलो...कम से कम फ़ोन तो बन्द नहीं रखना चाहिए था।" —तेजू ने पुणे में फ़ोन बन्द रखने की शिकायत की।

"सॉरी। पर आपकी वजह से बन्द नहीं किया था। मामा को जब पुणे जाने की सूचना दी तो नाराज़ हो गये थे। फौरन लौटने को कह रहे थे। बार-बार फ़ोन करते थे। इसीलिए बन्द कर दिया था। उनसे बात करते हुए मेरा ग़ुस्सा भड़क जाता है।"

तेजू ने कोई प्रतिक्रिया नहीं की।

"मैं सच कह रही हूँ।"

"हाँ, मैं भी सच ही समझ रहा हूँ। ...खैर, तुम कब तक वहाँ हो?"

"मामा को बुलाया है। उन्हें जोशी कॉटेज में हुई घटना के बारे में बता दिया है। कहते हैं, आयेंगे। उसके बाद ही देखेंगे।"

"तुम कब आ रहे हो?"

"पता नहीं। शायद एक साल बाद। या शायद दो साल बाद। कुछ नहीं जानता।"

"मुझसे नाराज हो?"

"अपनी ग़लती के लिए खुद से नाराज हूँ।... और बन्द हो गये उस अध्याय पर कोई बात नहीं करना चाहता।"

तेजू ने फ़ोन काट दिया। रेवा घर के अन्दर चली आयी। वह काफ़ी उदास थी। पुष्पा ने एक नज़र उसे देखा और धीरे-से उठी। 'चाची मैं चलती हूँ' कहती हुई वह बिना किसी की ओर देखे घर के बाहर निकल गयी।

सब चुप थे। सबको रेवा के होंठ हिलने का इन्तज़ार था। शायद वह बताये कि तेजू से क्या बात हुई। पर वह एकदम खामोश हो गयी थी। तभी कुछ दूर से

आ रही पुष्पा की आवाज़ उन लोगों के कानों में पड़ने लगी—***आओ श्याँपो आओ रे/सपोलो, नागो आओ रे...***

बचवाली में सब कुछ पहले की तरह चलता रहा। तिराहे पर मोहन सिंह की दुकान से लेकर फसकियों की पुलिया तक। फर्राटा पाले के लड़के और लड़कियाँ अपने-अपने सेल फ़ोन पर चिपके हुए थे। जाने कितने सेल टॉवर उग आये थे। गये-गुज़रे लद्धड़ों के पास भी फ़ोन आ चुके थे और वे उसकी नयी-नयी करामातें सीख रहे थे। कई लड़के बेवजह बाइक पर चक्कर काटते थे। लड़कियाँ छतों पर खड़ी बेमतलब खिलखिलाती थीं। सूनी आँखों वाले दुकानदार ग्राहकों की बाट जोहते थे। काम के बोझ से बेदम हुई औरतें अपने रोग और दर्द छुपा कर अकेले में कराहती थीं। जीवन से ऊब चुके बुज़ुर्ग शून्य में ताकते रहते थे।

काँव-काँव की रट लगाने वाले कौवे थे, कुत्तों की गन्ध सूँघते कुकुरीबाघ थे, भँवरों और मधुमक्खियों के छत्ते खोजते भालू थे (थे बल। जिन्हें बाबाजी और भैरव के अलावा किसी ने नहीं देखा था), डरावनी बिल्लियाँ थीं, प्लास्टिक और काग़ज़ की गायें घरों और दुकानों में सजने लगी थीं।

भाषणबाज भय्याजी थे, पंजा सुधरवा रहे बाबाजी थे, आँखें भेंगी कर बार-बार नाक को देखने वाला चन्दू पांडे था। तबले की रियाज़ कर रहा भैरव था, मुँह की बबासीर वाला लालबुझक्कड़ था, रान खुजाता और चुप्पी साध गया मोहन सिंह था, थूक के छींटे मारते पी थ्री थे और दराँती लेकर घूमती-गाती पुष्पा थी। सचमुच, सब कुछ पहले की तरह था। फिर भी शान्त लगने वाले मनुष्य कुछ चिढ़चिढ़े और कुछ-कुछ हिंसक लगते थे।

बचवाली के फसकियों की ज़बान पर कुछ ताज़ा-तरीन फसक थीं। इनमें सबसे रोचक क़िस्सा यह चल रहा था कि तीन पागलों ने तेजू के पिता का अस्पताल में इलाज़ कराया। जोशी कॉटेज में चन्दू पांडे के सारे करतबों के बावजूद रेवा की अचानक वापसी और पुलिस में शिकायत दर्ज कराना सुर्खियों में था। यह भी रस लेकर बताया जा रहा था कि भूत की घरवाली (रेवा) उन तीन पागलों के साथ अस्पताल में देखी गयी। इसके अलावा एक अध्यापक के भाषण से केहड़ैन (मांस जलने की दुर्गंध) आने की सुगबुगाहट क़िस्से में तब्दील हो रही थी। एक नाट्य-मंडली के सदस्यों को कॉस्ट्यूम में दौड़ाए जाने की वीर-गाथा ऐसे सुनाई जा रही थी जैसे वीर-रस की कविता हो।

लालबुझक्कड़ के बारे में कहा जा रहा था कि वह पुष्पा की तरह ही पटरी से एकदम उतर गया। इसलिए कि वह जगह-जगह ऐलान करता फिर रहा था—आखेट उन्हीं का होगा, जो अकेले होंगे, क्योंकि आखेटक झुंड में आयेंगे। उनके पास

हथियार नहीं, भावनाएँ मथने वाली मथनियाँ होंगी। उजाले को लील जाने वाली कालिख होगी। आवाज़ें दबाने वाला भोंपू होगा। उनके चेहरे मानचित्रों की तरह रंगीन, टेढ़े-मेढ़े और अबूझ होंगे। वे सब कुछ बदल देने की हड़बड़ी में होंगे, लेकिन फुर्सत में दिखेंगे। उनकी आँखें बाघ की तरह ललाई लिए हुए बिल्लौरी होंगी। वे मुस्कराते हुए आयेंगे और फ्यून की आवाज़ में बोलेंगे। वे जहाँ से गुज़रेंगे, अपने पीछे, धरती पर, पंजों के निशान छोड़ कर नहीं जायेंगे।

लालबुझक्कड़ की बातों से लोगों की बेचैनी बढ़ रही थी। यह कैसा संकट आ पड़ा है बचवाली पर। लालबुझक्कड़वे की ज़बान काली है। कौन जाने, भविष्यवाणी कर रहा हो। कहीं सब कुछ अन्धकार में न डूब जाये।

पर कुछ लोगों का ग़ुस्सा भड़क रहा था। कुछ बिना गूमड़ वाले लोग। जो मुखर थे। वाचाल थे।

□□